陈云发 解

元杂剧选解

复旦大学出版社

前　言

在中国历史上，元朝是一个由少数民族贵族集团统治的朝代，政治制度无比黑暗，统治者以高压和暴力禁锢老百姓，社会矛盾和民族矛盾都比较尖锐、复杂，人民生活困苦不堪。这么一个时代却造就了一个文艺样式的繁荣，这就是杂剧。

一

严格地说，杂剧并不是在元代才开始产生的。据当代戏剧史专家的研究，杂剧正式作为一种文艺样式"登台"，应当在北宋末期金代中期。当然，如果再溯源而上，它应当是从中国古典表演艺术中逐渐发展而来的。它的来源可能有三个方面。一是古代优伶创作的宫廷曲艺。我们现在所能见到的最早有关演"戏"的记载是《国语·晋语》中关于"言无邮"的记载，春秋时晋国献公宫中有个著名伶人优施，他倚恃自己的特殊身份，介入了晋国高层的夺权斗争，为晋献公夫人骊姬服务。至楚庄王时，楚国有一位叫优孟的伶者，利用在宫中给楚庄王表演的机会，装扮成已故的楚相孙叔敖，对庄王进行讽谏，《史记·滑稽列传》记载了这个故事。此后，又有秦伶优旃借艺术表演对秦始皇、秦二世进行讽谏的记载。当然，那个时代的优伶表演并不是戏剧，而是一些小曲艺，是供君王逗乐休息的，我估计那些伶者的表演形式也不过类似于现代的相声、独角戏或小品之类。杂剧的第二个来源是上古时代就已出现的祭祀艺术。由于古代自然科学知识甚少，人们对大自然有敬畏，对祖先要纪念，因此逐渐发展成祭祀仪式，即在特定的时间举行隆重的祭天地、鬼神、祖先的典礼，为了使祭典显得庄重、丰富，便出现了表演艺术。杂剧的第三个来源是民间。这大约表现在两个方面：一是老百姓在繁重的体力劳动中编一些故事缓解疲劳，于是便有了口头文学创作，从上古有关天帝、西王母的传说，到《山海经》《吕氏春秋》《搜神记》等作品，直至唐宋时期的民间故事传说，都为杂剧的诞生提供了创作素材和理念；二是民间的乐曲、山歌、小调的逐步丰富、发展，为日后杂剧的词曲创作、演唱准备了条件。当然，杂剧在发展过程中，还要走过一个阶段，那就是唐代参军戏。参军戏一般只有两个角色，一个叫"参军"，一个叫"苍鹘"，表演内容大都是嘲讽赃官的。参军戏的名称始于唐玄宗开元年间的优伶李仙鹤，因他善演此类讽刺戏而被皇帝授予"同正参军"的官职，后来便称这类戏为"参军戏"。

杂剧的雏形阶段应该是在宋金时期。随着当时经济的发展、城市规模的扩大，老百姓对精神消费产品的需求越来越大、越来越高，他们已不再满足于一两个角色在台上说学逗唱，而需要既有故事情节又有歌唱舞蹈的新艺术，于是便逐渐发展出一种杂剧艺术。宋之杂剧相比后来的元杂剧，不仅表演的人少，而且故事不够完整，结构格局也不像元杂剧那么严谨。据吴自牧《梦粱录》"妓乐"条记载，北宋时的杂剧中"末泥为长，每一场四人或五人。先做寻常熟事一段，名曰'艳段'。次做正杂剧、通名两段。末泥色主张，引戏色分付，副净色发乔，副末色打诨。或添一人，名曰'装孤'。先吹曲，破断送，谓之'把色'。大抵全以故事，务在滑稽，唱念应对通遍"。宋代的戏曲分为两大类：一类以歌唱为主，如诸宫调、大曲、鼓子词等；另一类以讲故事为主，如傀儡、影戏、杂剧等。金代的戏剧被称为"院本"，即"行院之本"，演员大都是娼妓身份，所居之处为"行院"。金代产生了著名的《西厢记诸宫调》，创作者为董解元，这部作品精致工丽，极具才情，字字本色，因而被誉为"北曲之祖"。在戏剧史和文学史上"董西厢"都有其独特的地位，它对"王西厢"（元代王实甫的代表作《西厢记》）的创作亦具有启后的影响。

二

蒙古帝国虽然早在公元 1206 年就由成吉思汗（铁木真）建国，但真正获得中国的正统，一直要到公元 1279 年。这一年，元世祖忽必烈（铁木真幼子拖雷第四子，元宪宗蒙哥同母弟）攻灭了南宋。

蒙古骑兵曾横扫亚、欧两洲许多国家，所以元朝尽管已统一了海内，但仍然一味迷信武功，而对如何"文治"则缺乏有效的手段。元统治者以征服者自居，并不企求整个国家的富强，而一味对昔日的敌国地域进行掠夺、剥削。首先是在政治上搞民族压迫，把全国的族群分为四等：一等是蒙古人，二等是色目人（最先臣服蒙古的西域人），三等是汉人（原先金朝统治地域的人民），四等是南人（原先南宋统治区的人民）。南人为最贱的族群，其次是汉人。不同等级的民族享受不同等级的待遇，蒙古人、色目人最优越，他们还享受着打死南人不偿命的特权。

元朝的法律，与历史上其他残暴的朝代一样，对人民的压迫是很重的。据《元史·刑法》载，元朝对犯人的刑罚有笞刑、杖刑、徒刑、流刑、死刑，其中死刑又分斩刑、凌迟处死两种。元政府规定了所谓的"十恶"大罪，包括谋反、谋大逆、谋叛、恶逆、不道、大不敬、不孝、不睦、不义、内乱。凡涉及"十恶"大罪的，轻则斩刑，重则凌迟。而我们看到，这"十恶"罪名的定性是有弹性的，即可以用"莫须有"之名定罪，如所谓"大不敬"中就规定了"指斥乘舆，情理切害，及对捍制使，而无人臣之礼"这样的抽象条例，其实就包含了言论罪，这些罪名可以随意编造。元朝官吏在审案时也往往随意定罪，例如我们在关汉卿的名剧《窦娥冤》中看到，张驴儿药死了其父，嫁祸于窦娥，昏官胡说她药死了"公公"，可窦娥什么时候嫁过张驴儿了？因为事涉"十恶"大罪，州官就不会去仔细审理，便草菅人命，冤斩了窦娥。当然，元统治者也假惺惺地表示要慎用刑罚，元世祖忽必烈就对宰臣说："朕或怒，有罪者使汝杀，汝勿杀，必迟回一二日乃复奏。"（《元史·刑法》）据说"自后继体之君，惟刑之恤，凡郡国有疑狱，必遣官复谳而从轻，死罪审录无冤者，亦必待报，然后加刑"（《元史·刑法》）。但我们分明看到，窦娥的冤案中，此类程序根本皆无。《元史·刑法》指出："然其弊也，南北异制，事类繁琐，挟情之吏，舞弄文法，出入比附，用谲行私，而凶顽不法之徒，又数以赦宥获免；至于西僧岁作佛事，或恣意纵囚，以售其奸宄，俾善良者暗哑而饮恨，识者病之。然则元之刑法，其得在仁厚，其失在乎缓弛而不知检也。"这就是说，即使元代刑法比起其他朝代可能略"缓"一些，但由于吏治的黑暗，人民并没有获多少利益。当然，元统治者毕竟没有公开规定禁锢思想的言论罪，"十恶"之中没有因言论、著述获罪的，也没有焚书坑儒的严酷规定，总算在这方面给了知识分子一些"空间"，这对元杂剧创作的繁荣，意义是很大的。

元统治者在经济上也残酷地剥削、压迫汉人和南人。统一战争结束后，大批南宋百姓在元朝统治者推行的"投下"制度下，成为蒙古人的奴隶，他们赖以生存的土地被夺去。即使没有失地的农民，也要被迫缴纳许多租税。至元十七年（1280），户部规定全科户丁税每丁粟三石，驱丁粟一石，地税每亩粟三升。后来，元统治者在江南地区课以夏税、秋税。数税之外，还有科差，即农户必须向官库交细丝料、包银。元太宗丙申年规定，每二户出丝一斤；至中统年间，每户输官的官丝增至一斤六两四钱，另加包银四两（《元史·食货》）。与此同时，元统治者在统一国家后，不断滥发纸币，掠夺人民的钱财。元世祖中统元年（1260）推行"交钞制"，以丝为本造交钞。当年十月又造中统元宝钞，至元十二年添造厘钞，二十四年改为至元钞，元武宗至大二年造至大银钞。故《元史》称："元之钞法，至是盖三变矣。大抵至元钞五倍于中统，至大钞又五倍于至元……仁宗即位，以倍数太多，轻重失宜，遂有罢银钞之诏。"这混乱的货币政策背后，便是人民财富被掠夺。

在元朝一系列错误的经济政策下，社会财富分配不公，钱财、土地急剧向少数人那里聚集，贫富分化继续加剧。据史料记载，土地多的地主每年所收的租米多至二三十万石，佃户达到二三千户。松江大地主曹梦炎在淀山湖地域占地达数万亩，积粟高达百万石；松江另一地主瞿霆发也占地数万亩，人称"多田翁"。还有一个情况也值得注意，由于元统治者崇尚佛教，寺庙大量占田的情况也极为严重。僧人杨琏真迦被任为江南释教都总统，他占地二万三千亩，私庇平民二万三千户，极有财势。元文宗对大承天护圣寺一次赐田就达十六万顷，而其背后则是农民大量失地，被迫沦为寺庙的奴隶。

对汉族知识分子的政策，终元之世，始终没有得到落实，朝廷内入阁为相的基本是蒙古人，元统治者对儒家学说和汉族知识分子不重视。1234年蒙古兵入汴灭金，曾派人找到孔子五十一代孙，虽奏请袭封了衍圣公，但并未开展尊孔读经，他们根本不知道利用儒家学说来统治中原。因此，开科取士、笼络汉族知识分子的政策便无从谈起。元太宗时，中书令耶律楚材提议请用儒术选士，虽也选得若干名士，但"当世或以为非便，事复中止"（《元史·选举》）。元世祖至元初年，丞相史天泽提出科举，但未实行。至元四年，虽选出了蒙古进士和汉人进士，但亦未授官。直到元仁宗皇庆二年（1313）十月，才正式颁旨开科。考试时，蒙古人、色目人和汉人、南人的科考分开（《元史·选举》），显见考试的标准不一。正因为元统治者立国后迟迟不对汉族知识分子采取笼络、任用的政策，所以广大汉族知识分子心灰意冷，仕途被堵塞了，便只能混迹于瓦舍勾栏中，与优伶结合在一起，从事杂剧的事业。邾经在《青楼集序》中就指出了当时知识分子的无奈状态："我皇元初并海宇，而金之遗民若杜散人、白兰谷、关己斋辈，皆不屑仕进，乃嘲风弄月，留连光景。"其实，"堕落"到为优伶编杂剧，实在也是知识分子的无奈之举。还有一个因素亦不可忽视，即元代社会各阶层中，知识分子地位极低，当时有"一官、二吏、三僧、四道（士）、五医、六工（匠）、七猎（户）、八民（农）、九儒、十丐”的说法，知识分子是不折不扣的“臭老九”。所以，大批像关汉卿、王实甫、白朴、马致远那样有才华的知识分子便被“赶到”杂剧创作领域中来了，这是元杂剧的幸事，却是元代统治集团的重大损失。

由于大批知识分子被元朝排斥、冷落，因此，元朝政府就无法依靠汉族知识分子来禁锢人民的思想，统治者也不可能像后来清朝那样搞文字狱来迫害知识分子。所以，统治残暴的元朝在言论上却又相对自由，杂剧作家大写官场黑暗政治、针砭时弊，并没有受到禁止或取缔，从而使元杂剧的创作呈现出了空前的繁荣。

三

元朝的存续期仅98年（从公元1271年忽必烈定国号算起），却出现了大量的杂剧作品（不包括像《荆钗记》《白兔记》《拜月记》《杀狗记》这样的长篇戏文作品）。锺嗣成《录鬼簿》记载的杂剧作品达435种，朱权《太和正音谱》记载的杂剧目录为535种，傅惜华《元代杂剧全目》透露元杂剧有700多种。李调元在《剧话》中称：“元人剧本，见于百种曲，仅十分之一。”若照此推算，元杂剧当在千部以上。而剧作家人数也不少，有姓名可考的即达50多人。

不过由于种种原因，元杂剧能够遗存下来的并不多。目前保存元杂剧剧目最著名的作品集是明万历年间臧懋循以其所藏之秘本参照内府诸善本辑录而成的《元曲选》，共收100部杂剧剧本。中华人民共和国成立后，又汇集尚存的其他元杂剧剧本62种，编成《元曲选外编》。以上两书收集的元杂剧文本总共为162部。

1996年9月，中州古籍出版社出版了由张月中、王钢主编的《全元曲》一书，书中分为杂剧、戏文、散曲三部分，没有注释。杂剧部分共收录剧本163部，比《元曲选》和《元曲选外编》两书所选剧本总量多出了一部（詹时雨的《对弈》，仅一折）。

1998年8月，河北教育出版社出版了由徐征、张月中、张圣洁、奚海主编的《全元曲》，共十二卷，包括了现存的全部元代杂剧和元散曲文本。杂剧部分共有完整杂剧剧本162种，残剧46种，著录429种，共计637种。此书最大的特点是附上了注释，其注释工程浩大，是一件功德无量的事，对元杂剧的研究整理、欣赏传播具有极大的意义。

元杂剧是在城市经济发展的基础上繁荣起来的，大批优秀文化人的加入，对元杂剧品位提高和创作数量的增加起了决定性的作用。由于文人对元杂剧唱词的雅化(增强文学性),使杂剧经历了一场根本性的变革。唐朝的参军戏及宋、金时代的民间演艺活动,并没有严格的文学剧本,所以唱词、念白往往由演员临场发挥,其水平可想而知,口语化现象十分严重。经过文人编剧后,剧情讲究完整,唱词不仅文辞优美,还符合曲牌的格式,讲究押韵,这就提高了语言艺术水准。

元杂剧一般每部戏由四折组成(当然也有例外,如王实甫的《西厢记》,虽然篇幅较长,但它仍被归入杂剧中),有的戏在某折之前可能还有楔子,充当开场或交代剧情背景。通常一个剧目始终只有一个人演唱,这个人物必定是剧中主角(现在通称的一号人物),可以是正末(相当于今天京剧中的老生或小生、花脸)也可以是正旦主唱。正末主唱的戏称为"末本",正旦主唱的叫"旦本"。其他角色充当配角,一般只有宾白。剧本结尾时总要以两句或四句对诗,称为"题目"或"点题",用以点出剧本的主题。

历来研究者在叙述元杂剧创作状况时,一般分为前、后两期或初期、中期、晚期三个时期。前者将元朝立国至元成宗大德以前(1260 年忽必烈建元中统起至 1297 年元成宗大德元年止)视为元杂剧创作的前期,大德以后为元杂剧发展的后期。后者认为:"元杂剧史可分为初、中、晚三期。初期,自蒙古灭金至元世祖忽必烈至元三十一年(1234—1294);中期,自元成宗铁穆耳元贞元年至文宗图帖睦尔至顺三年(1295—1332);晚期为元顺帝妥懽帖睦尔统治时期。"(李修生《元杂剧史》)初期杂剧作家最为著名的代表有关汉卿、杨显之、费君祥、费唐臣、马致远、王仲文、石子章等大都作家群,白仁甫、戴善甫、尚仲贤等真定作家群,高文秀、李好古等东平作家群,石君宝、李行道、孔文卿等平阳作家群,以及郑定玉、武汉臣、李寿卿、吴昌龄等,其中成就当数关汉卿最大。中期的杂剧作家成就较大的有王实甫、马致远(后期)、张国宾、狄君厚、刘唐卿,还有郑光祖、宫大用、乔吉等杭州作家群。晚期的杂剧作家代表人物为秦简夫、萧德祥、贾仲明、朱凯、王晔、罗贯中等。此外,还有一大批作者已佚的杂剧作品,风格不一,说明这些剧作为多位作家的作品,可惜作者姓名已无可稽考了。

这里附带还要说一下南戏的问题。南戏指活跃于元代杭州等地的南方戏剧。祝允明在《猥谈》中说,"南戏出于宣和之后,南渡之际,谓之温州杂剧",也称为"永嘉杂剧"或"戏文"。元代时南戏仍在江南流行,据记载,著名剧作有 168 种,现仅存 16 种。南戏早期作品结构松散,语言俚俗,艺术上并不成熟。北方杂剧随元帝国势力南移以后,南戏吸收了北剧的长处,在艺术上变化很大，结构开始严谨起来，唱词也完全雅化了，其规模又突破了元杂剧的"四折制"，篇幅冗长，多达几十出。而登场演唱更是末、旦、净齐上，完全按剧情需要，都可以唱，不是一角唱到底。这就更便于叙述故事和抒发感情，使戏剧效果更加强烈。南戏的出现和走向成熟，使元代戏剧迈入了新的革新之路，为明代戏剧新品种——传奇剧的产生，准备了充裕条件。元代南戏目前留下的剧目以柯丹丘的《荆钗记》、刘唐卿的《白兔记》（一说他仅改过此剧）、高明的《琵琶记》和徐畛（字仲田）的《杀狗记》为佳，此外还有萧德祥的《小孙屠》、施惠的《幽闺记》、无名氏的《张协状元》《宦门子弟错立身》等。限于篇幅及剧种类别不同，本书对南戏作品没有涉及。

四

元杂剧是一座丰富的艺术宝库，是中国传统文化的瑰宝。对它的研究自明代时就已开始，而且成就很大，主要体现在挖掘、整理剧本，考证剧作家生平，以及对某些剧目题材的改编演出等方面。1949 年以后，对元杂剧的研究亦卓有成就，出版了多种元杂剧剧目文本，还出版了由蒋星煜先生主编的《元曲鉴赏辞典》（上海辞书出版社，1990 年 7 月），顾肇仓选注的《元人杂剧选》（人民文学出版社，1956 年 5 月），王学奇、吴振清、王静竹整理的《关汉卿全集校注》（河北教育出版社，1988 年 11 月）等。在对元曲的理论研究上，著述更是汗牛充栋，十分丰富。仅关于关汉卿的戏剧作品和《西厢记》，就有许多研究专著问世，还形成了"关学"和"西学"。其中"西学"的研究以王季思、蒋星煜、戴不凡等先生成就为最，仅蒋星煜自 1979 年至 1996 年间就发表有关《西厢记》的论文百余篇，有 100 多万字。至于根据杂剧题材移植、改编的作品，更是由许多戏曲剧种进行演出，取得很高的成就，其例子不胜枚举。在 20 世纪 50 年代还出现了描写元代剧作家生活的文人戏《关汉卿》（粤剧，由著名粤剧表演艺术家马师曾饰关汉卿，红线女饰珠帘秀），田汉编剧，还拍成了电影，影响极大。

当然，由于改革开放以前政治运动不断，对元杂剧的研究也并不是十全十美，例如在评述元杂剧作品的思想倾向时，不恰当地拔高了其中的"阶级斗争"因素，或更多地贴上"反封建"的标签。研究的剧目亦有一定的局限性，重点放在爱情题材剧目、揭露社会黑暗的题材剧目、"水浒"题材剧目等方面，对一些所谓的"消极剧目"，如神仙道化戏、宣扬儒家伦理的社会戏，则缺乏重视和研究，对这些剧目中思想上、艺术上可能吸取利用的营养注意不够。这说明，元杂剧在理论领域可以探讨、总结、研究的空间还很大。应当提倡与传统论述不同的观点，只要言之成理，应该允许存在，这对于元杂剧的传播和研究是有很大益处的，尤其是在当前戏剧面临空前挑战的时期。

就元杂剧本身而言，目前它在思想内容上有许多值得人们去再研究、再咀嚼的地方，总体来说大致有以下六个方面：

（一）元杂剧中的一些作品表现了在民族压迫的政策下，汉族人民"人心思汉"的思想。蒙古兴起之后，始终把汉族人民当作被征服的民族，对汉人的压迫是极其残暴的。《元史·耶律楚材传》称："太祖之世……近臣别迭等言：'汉人无补于国，可悉空其人以为牧地。'楚材曰：'陛下将南伐，军需宜有所资，诚均定中原地税、商税、盐、酒、铁冶、山泽之利，岁可得银五十万两、帛八万匹、粟四十余万石，足以供给，何谓无补哉？'"原来有些蒙古大臣竟提出了要屠杀汉人、开辟牧场的血腥计划，如果真实现了，那就是中原和南方汉民族的灭顶之灾，幸好朝中尚有耶律楚材这样的大臣，总算提出了对汉人经济上搜括的"新政策"，才避免了汉民族的大灾难。在这种民族矛盾的情势之下，汉族知识分子怎么会不"人心思汉"？关汉卿在《单刀会》中把汉将关羽写得如此神威天降，而剧中一再强调"汉家"当年威风，又感叹："我想汉家天下，谁想变乱到此也呵！"当时的汉族百姓看到这样的戏，会作何感想？马致远作《汉宫秋》，竟然"违背"昭君和番的史实，让王昭君一进入北番就投黑龙江(今呼和浩特市南之大黑河)而亡，强调汉宫的悲剧，皇帝到了不能庇护一位宠姬的程度，实际上亦反映了当时"人心思汉"的真实状况。而《梧桐雨》中对安禄山等番将发动叛乱、进犯长安、打破中原人民平静生活的谴责，实际上包含了对蒙元统治者的谴责。此外还有《孟良盗骨》等作品，也反映了汉族人民"人心思汉"、渴望民族强大、挣脱蒙元统治的强烈愿望。

（二）元杂剧作家虽然并不具有民主思想，他们却在许多作品中自觉地流露出不同程度的人权意识，尤其是在一些描写婚姻爱情的作品中，这类人权意识是非常值得重视的。蒙古统治者在入主中原以后，军队到处驻防，姚燧在《千户所厅壁记》中称："我元驻戍之兵，皆错居民间，以故万夫、千夫、百夫之长，无廨城邑者。"这样的结果便如《绩溪县尹张公旧政记》所称："万夫长、千夫长、百夫长，恃世守，陵轹有司，欺细民，细民畏之过守令，其卒群聚为虐。"元杂剧中有许多公案剧，其案由大都是无辜百姓被刑，而其背后则是公民的基本人权被侵犯。《窦娥冤》中，窦娥和蔡婆婆被黑恶势力控制，竟然无处可以控告，当然亦无法解脱。在婚姻爱情题材的戏中，元杂剧也触及了女性的人权、尊严。最著名的例子是石君宝的《秋胡戏妻》，农妇梅英在桑园抗拒了"陌生男子"的性骚扰以后，发现该男子原来就是自己丈夫，她严词斥责，并索要休书，表现出她对人格尊严的追求。可惜，梅英受时代的局限，没有像娜拉那样走出家门，但梅英对自己人格尊严的维护，已足以使她的形象光彩夺目。而《救风尘》这部戏表面上是在谴责嫖客周舍的无耻，实际上也反映了当时妓女阶层对自己人格尊严的追求，也正因为如此，赵盼儿这一形象才站得住。

（三）元杂剧表现出了当时社会下层民众对司法公正的渴望。我们知道，一个社会需要有一个正常的、能保护人民的法律秩序，而司法公正则是法律秩序的最根本保证。但是，在元朝的民族压迫下，人分四等，最基本的各民族平等权利也没有，就不可能有司法公正。在此大环境之下，吏治之坏自然无法避免。王仲文的杂剧《不认尸》中的官员说："我做官人只爱钞，再不问他原被告，上司若还刷卷来，厅上打得狗也叫。"《还牢末》中官员自称："做官都说要清名，偏我要钱不要清，纵有清名没钱使，依旧连官做不成。"正因为司法腐败，所以元杂剧才着力塑造了包拯、张鼎、窦天章这些好官能吏，他们平冤狱，惩腐恶，受到老百姓的拥护。包公这个官出现在北宋，但在南宋时并没有后来的声誉，正是经过元杂剧的渲染，他才成为家喻户晓的清官。而其深刻的社会背景正是当时人们对司法公正的迫切渴望。

（四）元杂剧中的许多作品对人性的张扬有较多的描述，主张承认人性、维护人性，认为人性是社会之本，谁都难以将它压抑。在《陶学士醉写风光好》一剧中，那位来自中原"上国"大宋的陶学士到了南唐国，居然被一位"上厅行首"迷倒，最后弄得回朝不得，只得逃亡吴越国，后来与所爱的妓女在杭州团聚，这便是人性的力量。而《柳毅传书》中的书生柳毅，他能顶得住"凶龙"钱塘君的逼婚威胁，但是在美貌的龙女面前彻底投降了，这就是人性的力量。《倩女离魂》《误入桃源》《梧桐叶》等剧，看似描写爱情，其实也是在张扬人性。最值得称道的是李行甫的《灰阑记》一剧，剧中的包待制采用了一个离奇的破案妙法，即让两位真、假母亲去拉孩子，谁能用力把孩子拉出灰阑，就判她是真母亲。这种断案看似简单，但拉孩子并不是拔河，因为若两边抓住孩子使劲拉，会把孩子拉坏的。而这个时候，真母亲会考虑损伤孩子的问题，便不忍心出狠力；假母亲并非孩子生母，她绝不会考虑孩子的安危，只追求结果。这便是人性的因素，包待制用这种人性的测试手段，一下子就辨出了真伪。在没有亲子鉴定的年代，这未始不是一种有效手段。所以，这种人性破案之法才会引起欧洲人的注意，使这部剧能广为传播。

（五）元杂剧中的"财经戏剧"独树一帜，它们触及了社会物质财富分配不公、贫富不均的社会现象，还对社会财富的二次分配、财产的托管、遗产的继承等问题进行了一些探索。我们知道，自宋、元以来，城市经济的发展催生了商品经济，财富问题自然也成为一个社会问题。在文艺作品中从正面去描写商人、富人，去解构社会财富的积聚、分配、转移、继承等，过去的笔记小说、话本、传奇中亦有所涉及。我们从郑廷玉的《看钱奴》、刘君锡的《来生债》、秦简夫的《东堂老》、无名氏的《合同文字》等杂剧作品中，可以看出元杂剧中的"财经戏剧"已经到了相当高的层次。当然，它毕竟产生于社会生产力并不发达的封建社会，这些作品依旧打着那个时代的烙印，与今天的财经题材文艺作品不可同日而语。

（六）对元杂剧中的神仙道化戏，亦应用新的视角去研究。我们既然把京剧《天女散花》《八仙过海》《廉锦枫》等奉为经典，那么我们亦不应排斥杂剧《风花雪月》《布袋和尚》《东坡梦》《误入桃源》《野猿听经》这样的作品。其实，元杂剧中的神仙道化戏在一定程度上反映了当时知识分子的苦闷、彷徨，他们在元统治者错误的知识分子政策下，根本找不到出路，便只能从幻想中寻找慰藉和宣泄，产生出世思想在所难免。但这些作品的基调都还是"阳光"的，说明元代知识阶层与魏晋之际的士人还是有所不同，前者更多的是无奈，而后者则完全是消极避世。当然，我们讲要研究或整理这些神仙道化戏，并不是不要批评它的消极因素，像《三醉岳阳楼》《布袋和尚》《度柳翠》等戏中神仙"强度"凡人的行为，亦是一种对人性的摧残。这也从一个侧面反映出元代佛、道两家宗教势力的强悍。为了扩大影响力，佛寺、道院除了掠夺金钱、土地之外，还大量掠夺人口，诱骗大批百姓进入释门、道门。

毫无疑问，这部《元杂剧选解》代表了我对元杂剧解读的见解，其中可能有许多提法与传统提法不同，论述角度也比较独特。我之初衷即在用新的视角去观察、研究元杂剧，对一些已有定论的优秀剧目，我尽量在不违背大原则前提下找到新的切入点；而对一些长期受"冷遇"的剧目，也希望能通过评点引起大家的注意。总之，以我自己对元杂剧的认识，努力做抛砖引玉的工作。

五

在撰写这部拙作的过程中，原先我打算选赏四分之一左右的元杂剧，并且拟定了目录，但后来限于篇幅，只能缩小规模。在选择作品时，尽量顾及各种题材，作家的面也尽量宽泛一些。当然，一些脍炙人口的著名作品是不能不选的，如《西厢记》《窦娥冤》《汉宫秋》等；一些比较冷僻的作品也入选了，主要是为了让大家看到元杂剧的全貌。即使这样，限于篇幅等原因，有些目前尚流传的名剧未能选进来，如《闺怨佳人拜月亭》（关汉卿）、《黑旋风双献功》（高文秀）、《裴少俊墙头马上》（白朴）、《河南府张鼎勘头巾》（孙仲章）、《李亚仙花酒曲江池》（石君宝）、《冤报冤赵氏孤儿》（纪君祥）等，只能割爱。

戏曲研究专家蒋星煜先生多年来在元杂剧研究领域辛勤耕耘，著述颇丰。这次为撰述拙著，我曾专程上门向蒋先生请教，并蒙他不吝指点，在此谨致谢忱。

母校的出版社——复旦大学出版社的社长贺圣遂先生、总编辑高若海先生对书稿的选材提出了方向性意见，责任编辑韩结根先生具体给予了指导并对书稿的审阅付出了大量心血，对此，我一并向他们表示敬谢。

写于 2007 年 7 月 24 日暑日

目 录

关大王独赴单刀会

关汉卿

【剧情简介】

吴国中大夫鲁肃作保,由吴王孙权将荆州借与刘备作为根基。刘备取蜀后却不肯归还,并派关羽镇守荆州威胁吴国。鲁肃与守将黄文商定三计欲讨还荆州:一是修书贺蜀汉新近击退曹操,顺邀关羽渡江到吴地赴会,于宴席上索取荆州;二是将江上船只尽行拘收,软禁关羽,逼其献还荆州;三是在宴会上伏兵,击金钟为号,擒住关羽,乘乱攻取荆州。鲁肃把三计告诉东吴元老乔公,乔公认为关羽勇武盖世,"休道是三条计,便是千条计,也近不的他"。鲁肃不服,又去找到襄阳贤士司马徽,邀其一起到江下赴宴。司马徽说:"我已在草庵修行,不想吃你的酒。"鲁肃告诉他还邀请了寿亭侯关云长。司马徽说:"要我去可以,但你与我要躬身伺候关羽,酒宴上不许提索还荆州的事。如果你轻举妄动,关羽连同黄汉升、赵子龙、马孟起、张飞等怎肯罢休?"鲁肃请不动司马徽,只好派黄文过江去请关羽。黄文见关羽英雄得像个神道,为鲁肃之计能否成功捏一把汗。关羽之子关平和部将周仓反对赴会,关羽说:"我是三国英雄汉云长,端的豪气有三千丈。"遂毅然佩单刀与周仓带十多个人驾小船赴会。鲁肃与关羽相见,设宴款待。鲁肃认为关羽不还荆州是"傲物轻信",关羽大义凛然指出荆州是汉家之地,并说:"我这佩剑正发怒啸,如果你强索荆州,便一剑先叫你亡。"鲁肃吓得不敢用武,眼睁睁看着关羽离席下船,返回荆州。

第 四 折

(鲁肃①上,云)欢来不似今朝,喜来那逢今日?小官鲁子敬是也。我使黄文②持书去请,关公③欣喜,许今日赴会,荆襄地合归还俺江东。英雄甲士已暗藏壁衣之后,令人江上相候,见船到便来报我知道。

(正末关公引周仓④上,云)周仓,将到那里也?(周云)来到大江中流也。(正末云)看了这大江,是一派好水呵!(唱)

〔双调新水令〕 大江东去浪千叠,引着这数十人驾着这小舟一叶。又不比九重龙凤阙⑤,可正是千丈虎狼穴。大丈夫心别,我觑这单刀会似赛村社⑥。

(云)好一派江景也呵!(唱)

〔驻马听〕 水涌山叠,年少周郎何处也?不觉的灰飞烟灭,可怜黄盖⑦转伤嗟。破曹的樯橹⑧一时绝,鏖兵的江水犹然热,好教我情惨切！（云）这也不是江水，（唱）二十年流不尽的英雄血！

（云）却早来到也，报伏去。（卒报科⑨）（做相见科）（鲁云）江下小会，酒非洞里之长春⑩，乐乃尘中之菲艺⑪，猥劳⑫君侯屈高就下，降尊临卑，实乃鲁肃之万幸也！（正末云）量某有何德能，着大夫置酒张筵？既请必至。（鲁云）黄文，将酒来。二公子满饮一杯。（正末云）大夫饮此杯。（把盏科）（正末云）想古今咱这人过日月好疾也呵！（鲁云）过日月是好疾也。光阴似骏马加鞭，浮世似落花流水。（正末唱）

〔胡十八〕 想古今立勋业，那里也舜五人⑬、汉三杰⑭？两朝相隔数年别，不付能见者，却又早老也。开怀的饮数杯，（云）将酒来。（唱）尽心儿待醉一夜。

（把盏科）（正末云）你知"以德报德，以直报怨"么？（鲁云）既然将军言"以德报德，以直报怨"，借物不还者谓之怨。想君侯文武全才，通练兵书，习《春秋》《左传》，济拔颠危，匡扶社稷，可不谓之仁乎？待玄德⑮如骨肉，觑⑯曹操若仇雠，可不谓之义乎？辞曹归汉，弃印封金，可不谓之礼乎？坐服于禁⑰，水淹七军，可不谓之智乎？且将军仁义礼智俱足，惜乎止少个"信"字，欠缺未完。再若得全个"信"字，无出君侯之右也。（正末云）我怎生失信？（鲁云）非将军失信，皆因令兄玄德公失信。（正末云）我哥哥怎生失信来？（鲁云）想昔日玄德公败于当阳⑱之上，身无所归，因鲁肃之故，屯军三江夏口。鲁肃又与孔明同见我主公，即日兴师拜将，破曹兵于赤壁之间。江东所费巨万，又折了首将黄盖。因将军贤昆玉无尺寸地，暂借荆州以为养军之资；数年不还。今日鲁肃低情曲意，暂取荆州，以为救民之急；待仓廪丰盈，然后再献与将军掌领。鲁肃不敢自专，君侯台鉴不错。（正末云）你请我吃筵席来，那是索荆州来？（鲁云）没、没、没，我则这般道。孙、刘结亲，以为唇齿，两国正好和谐。（正末唱）

〔庆东原〕 你把我真心儿待，将筵宴设，你这般攀今览古分甚枝叶？我根前使不着你"之乎者也""诗云子曰"，早该豁口截舌！有意说孙、刘，你休目下翻成吴、越⑲！

（鲁云）将军原来傲物轻信！（正末云）我怎么傲物轻信？（鲁云）当日孔明⑳亲言：破曹之后，荆州即还江东。鲁肃亲为担保。不思旧日之恩，今日恩变为仇，犹自说"以德报德，以直报怨"！圣人道："信近于义，言可复也。""去食去兵，不可去信。""大车无輗，小车无軏㉑，其何以行之哉？"今将军全无仁义之心，枉作英雄之辈。荆州久借不还，却不道"人无信不立"！（正末云）鲁子敬，你听的这剑界㉒么？（鲁云）剑界怎么？（正末云）我这剑界，头一遭诛了文丑，第二遭斩了蔡阳㉓，鲁肃呵，莫不第三遭到你也？（鲁云）没、没，我则这般道来。（正末云）这荆州是谁的？（鲁云）这荆州是俺的。（正末云）你不知，听我说。（唱）

〔沉醉东风〕 想着俺汉高皇图王霸业，汉光武秉正除邪，汉献帝将董卓诛，汉皇叔把温侯灭，俺哥哥合情受汉家基业。则你这东吴国的孙权，和俺刘家却是甚枝叶？请你个不克己先生自说！

（鲁云）那里甚么响？（正末云）这剑界二次也。（鲁云）却怎么说？（正末云）这剑按天地之灵，金火之精，阴阳之气，日月之形；藏之则鬼神遁迹，出之则魑魅潜踪；喜则恋鞘沉沉而不动，怒则跃匣铮铮而有声。今朝席上，倘有争锋，恐君不信，拔剑施呈。吾当摄剑㉔，鲁肃休惊。这剑果有神威不可当，庙堂㉕之器岂寻常。今朝索取荆州事，一剑先教鲁肃亡。（唱）

〔雁儿落〕 则为你三寸不烂舌，恼犯我三尺无情铁。这剑饥餐上将头，渴饮仇人血。

〔得胜令〕 则是条龙向鞘中蛰，虎在座间趄。今日故友每㉖才相见，休着俺弟兄每相间别。鲁子敬听者，你心内休乔怯，畅好是随邪㉗，吾当酒醉也。

（鲁云）臧宫㉘动乐。（臧宫上，云）天有五星，地攒五岳。人有五德，乐按五音。五星者：金、木、水、火、土。五岳者：常、恒、泰、华、嵩。五德者：温、良、恭、俭、让。五音者：宫、商、角、徵、羽。（甲士拥上科）（鲁云）埋伏了者。（正末击案，怒云）有埋伏也无埋伏？（鲁云）并无埋伏。（正末云）若有埋

伏，一剑挥之两段！（做击案科）（鲁云）你击碎菱花㉔。（正末云）我特来破镜㉚！（唱）

〔搅筝琶〕 却怎生闹吵吵军兵列，休把我当拦者！（云）当着我的，呵呵！（唱）我着他剑下身亡，目前流血！便有那张仪口、蒯通舌，休那里躲闪藏遮。好生的送我到船上者，我和你慢慢的相别。

（鲁云）你去了倒是一场伶俐。（黄文云）将军，有埋伏哩。（鲁云）迟了我的也。（关平㉛领众将上，云）请父亲上船，孩儿每来迎接哩。（正末云）鲁肃，休惜殿后㉜。（唱）

〔离亭宴带歇指煞〕 我则见紫袍银带公人㉝列，晚天凉风冷芦花谢，我心中喜悦。昏惨惨晚霞收，冷飕飕江风起，急飐飐帆招惹。承管待、承管待，多承谢、多承谢。唤艄公慢者，缆解开岸边龙，船分开波中浪，棹搅碎江心月。正欢娱有甚进退，且谈笑不分明夜。说与你两件事先生记者：百忙里趁不了老兄心，急切里倒不了俺汉家节㉞。

【注释】

① 鲁肃：字子敬，临淮东城人。出身士族，后投孙权集团，与周瑜一起力主联合刘备集团在赤壁抵抗曹操南下大军，周瑜死后代领其兵。历任吴国奋武校尉、汉昌太守、偏将军、横江将军。 ② 黄文：历史上无此人，为虚构的剧中过场人物。 ③ 关公：关羽，字云长，河东解县人。东汉末，他逃亡至涿郡，与刘备、张飞在桃园结义，后随刘备打天下，曾被曹操拜为偏将军、汉寿亭侯。赤壁之战后，刘备入蜀建汉国，他留守荆州，刘备封他为前将军、假节钺，曾一度率军攻占曹魏的襄阳郡，后在孙权、曹操联军夹攻下失荆州，被孙权擒斩。宋以后被尊为神，称为"武圣"，至今在全国许多地方都有祭祀他的关帝庙。 ④ 周仓：关羽贴身部将。 ⑤ 九重龙凤阙：指皇宫。《楚辞·九辩》云："君之门以九重。"阙：皇宫门前两边的楼。 ⑥ 赛村社：指旧时农村的社火表演竞赛。 ⑦ 黄盖：字公覆，东吴将领。赤壁之战时任都尉，为先锋，曾以诈降法火烧曹军取胜，后官至偏将军。 ⑧ 樯橹：樯为帆，橹则指橹桨，此处泛指水军。 ⑨ 科：元杂剧中常用的戏剧术语，形容表演动作的样子，也作语气助词。 ⑩ 长春：传说中仙家美酒，喝后能长生不老。 ⑪ 菲艺：很普通的艺术。 ⑫ 猥劳：烦劳的意思。 ⑬ 舜五人：传说上古舜帝之下有五位贤人，即禹、弃、契、皋陶、垂。 ⑭ 汉三杰：一般指帮助汉高祖刘邦打天下建立汉朝的三位名臣，即萧何、张良、韩信。 ⑮ 玄德：刘备，字玄德，系汉景帝后裔。东汉末，他与关羽、张飞共同起兵，先与黄巾作战，以功任平原县令，陶谦死后代领徐州刺史，又被汉献帝封左将军、宜城亭侯、豫州牧，先后依投军阀吕布、曹操、袁绍、刘表、孙权等。曾与孙权联手在赤壁破曹操军，赤壁之战后率军攻入西川，收汉中，领益州牧，又自立为汉中王。曹丕篡建魏国后，刘备称皇帝，国号汉。不久，他统军攻吴，败于夷陵，病逝于秭

归之永安宫。在位三年，谥昭烈皇帝。 ⑯ 觑：视、观的意思。 ⑰ 于禁：字文则，泰山巨平人，曹操部将，以战功封左将军。建安二十四年，他奉魏王曹操命救樊城，被关羽放水淹灭其七军，被擒后乞降。孙权攻取荆州后，他获释返魏国，降为偏将军，受羞辱忧死。 ⑱ 当阳：地名，在今湖北省。 ⑲ 吴、越：指春秋时互为敌国的吴、越两国。 ⑳ 孔明：诸葛亮，字孔明，著名政治家、军事家，琅琊阳都人。青年时随叔父隐居于襄阳隆中，号卧龙先生，刘备三顾茅庐请他出山辅佐，他为刘备战略决策取西川立国。刘备称帝后封为丞相，主持朝政。后主刘禅即位后，又加封他为武乡侯、益州牧，曾领兵南征七擒孟获，六出祁山攻魏国，病死于军中。因其"鞠躬尽瘁，死而后已"的名言，被后世奉为忠君道德楷模。 ㉑ 大车无輗，小车无軏：语出《论语·为政》。大车：用牛力的载重车辆。小车：田车、兵车等用马力的车。輗：车端横木，用以扎缚牛、马的缰绳。軏：车辕上的曲钩。此二者均为驾车时所必需，此句比喻人没有信用便行不通。 ㉒ 剑界：指宝剑发出的啸声。 ㉓ 蔡阳：曹操部下大将。关羽从曹操处投奔刘备，在古城被张飞拒纳，当时蔡阳正好率军追至，张飞擂三通鼓罢，关羽斩蔡阳，兄弟释疑。 ㉔ 摄剑：执剑。 ㉕ 庙堂：泛指皇家宫院、太庙或殿帅部堂，也包括大庙。 ㉖ 每：宋元时口语，作"们"解。 ㉗ 畅好是随邪：意为你真正无情义。 ㉘ 臧宫：虚构的剧中过场配角人物。 ㉙ 菱花：古语中对铜镜的泛称。 ㉚ 破镜：双关语，因鲁肃字子敬，破镜便寓意"破敬"。 ㉛ 关平：关羽义子，作战勇猛，随关羽守荆州遇害。 ㉜ 殿后：在后护卫。 ㉝ 公人：此处泛指鲁肃部下将校士卒。 ㉞ 汉家节：节即节杖，上有羽旄，为国家象征。西汉时苏武出使匈奴，被扣19年不降，坚持执汉节在北海牧羊，保持了民族气节。

【评解】

《单刀会》是关汉卿最重要的两部代表作之一（另一部为《窦娥冤》），是一部讴歌英雄主义的戏剧，是戏剧舞台上塑造正面英雄形象的开山之作。

关羽单刀赴会，历史上确有其事，但情节与《单刀会》完全相反。据《三国志·鲁肃传》记载："肃邀羽相见，各驻兵马百步上，但请将军单刀俱会。"席间，鲁肃"因责数羽曰：'国家（指东吴）区区本以土地借卿家者，卿家军败远来，无以为资故也。今已得益州，既无奉还之意，但求三郡，又不从命。'语未究竟，坐有一人曰：'夫土地者，惟德所在耳，何常之有？'肃厉声呵之，辞色甚切。羽操刀起谓曰：'此自国家事，是人何知！'目使之去……备遂割湘水为界，于是罢军"。可见，在这场单刀赴会中，真正的英雄是鲁肃而不是落下风的关羽，而《三国志·关羽传》对此也并无记载。

那么，关汉卿为何要重编故事，把理屈词穷的关羽树为英雄呢？要解开此谜，其钥匙就在于全剧不断强调的一个"汉"字上。关羽在剧中自称"我是三国英雄汉云长"，"急切里倒不了俺汉家节"。一段〔沉醉东风〕的唱词中，一连讲了"汉高皇""汉光武""汉献帝""汉皇叔""汉皇基业"等五个"汉"，既表达了老百姓"人心思汉"、对汉民族政权的怀念，同时也是对当时元朝统治权正统的否定，对蒙古贵族残酷压迫汉人的谴责。末一句"则你这东吴国的孙权，和俺刘家却是甚枝叶"，更是道出了剧作家的心声。关汉卿自己的名字就隐含"汉家卿相"之意，他可能一直有"汉、贼不两立"、恢复汉室的想法。另一方面，自北宋以后，三国故事已家喻户晓，人们同情蜀汉，刘备、关羽、张飞、诸葛亮成为民间口传的英雄，尤其是关羽的声誉日益上升。所以，关汉卿选择单刀赴会这一题材，重塑关羽舞台形象，就颇易获得老百姓认可。此外，关汉卿可能也出于一点光宗耀祖的考虑，他姓关，自然就很愿意为关羽树英雄形象。

这出戏采取了烘云托月的艺术结构。在第一、二折中叙述鲁肃自以为定下三条计策便可以挟制关羽，乔公和司马徽却大讲关羽英雄，料他三计必败，从而在关羽未出场时便先声夺人，衬托出鲁肃的愚顽。第三折关羽出场，接受鲁肃邀请，但他对鲁肃怀有警惕，"我须索紧紧的防"，依然"豪气有三千丈"前去赴会。而这折戏中，先是描述关羽"大江东去浪千叠，引着这数十人驾着这小舟一叶"，而"我觑这单刀会似赛村社"的气概，从正面表现了关羽的大无畏的英雄气概；最后他义正词严，斗败设下鸿门宴的鲁肃，笑傲东吴群雄，安全返回荆州。他的对手鲁肃则胆小猥琐，却暗中定下计谋，却处处碰壁，只能眼睁睁看着关羽大义凛然离去。两相比较，关羽形象更显得高大。

剧中通过关羽的唱词、念白和动作，处处从正面塑造关羽形象，获得巨大成功。以这折戏为例，一开头，关羽乘船来到大江中，头一句就唱"大江东去浪千叠"，何等豪迈！随后，他回顾了当年赤壁大战的经历，发出了"鏖兵的江水犹然热，好教我情惨切"的感叹；又悲壮地喊出"这也不是江水"，是"二十年流不尽的英雄血"！毫无疑问，关羽心知此去江东赴宴，鲁肃必定暗藏诡计，但他不能不接受东吴的挑战。怎么办？抱着威武不屈、不怕牺牲的精神迎接挑战。这就把关羽英勇无畏的面貌活画出来了。最后，关羽以"剑界"会"饥餐上将头，渴饮仇人血"的警告，震慑了鲁肃和东吴诸将，安全撤退。面对江心月、波中浪，他唱出"冷飕飕江风起，急飚飚帆招惹"，以"谈笑不分明夜"，表达了战胜敌方后的喜悦。在这部戏中，关羽成为没有缺点的神威英雄。

关汉卿的《单刀会》一剧对后世影响很大。自此以后，《三国志·鲁肃传》中描写的真实历史便被替代，原先的胜利者鲁肃变成了小人，失败者关羽成为英雄。后来的小说《三国志通俗演义》和《三国演义》都采用《单刀会》的情节，从正面描述关羽的神勇。这种创作手法既为后世艺术家所借鉴，也为自元末以后历朝统治者神化关羽提供了依据。

该剧目近代以来仍一直在舞台上演出，京剧、川剧、汉剧、徽剧、秦腔等均有此剧目，名称又有"刀会""单刀赴会"，一般只演此剧的第三、四折。京剧演《单刀会》时唱昆曲，关羽以红生扮演。此外，曲艺中京韵大鼓、竹琴、弹词等也均有《单刀会》的曲目。

望江亭中秋切鲙旦①

关汉卿

【剧情简介】

儒生白士中新获潭州太守之职，上任途中顺道往清安观探望出家为尼的姑姑。得知侄媳亡逝，白姑姑想起每日到观中叙话的美貌少妇谭记儿，其夫李希颜已亡故三年，至今寡居，便决定撮合白士中和谭记儿"牵手"再婚。当日，白姑姑趁谭记儿来观中的机会，使出软硬手腕，让半推半就的谭记儿同意嫁给白士中，夫妇拜别白姑姑赴潭州就任。

一向垂涎谭记儿美色的当朝豪宦、外号"花花太岁"的杨衙内，原想娶谭记儿为妾，得知白士中抢先将谭娶走，顿时妒火中烧。他在朝中权贵支持下，向圣人（皇帝）谎奏白士中"贪花恋酒，不理公事"，取得朝廷颁发的势剑、金牌和文书，驾船从水路前往潭州追杀白士中。白士中母亲得到杨衙内要去陷害儿子的消息，连忙派老院公到潭州报信。白士中知杨衙内来者不善，很是着急。谭记儿思得一计，决定自己改扮卖鱼婆，在半路望江亭以美色诱惑杨衙内，伺机盗取其手中的势剑、金牌。

杨衙内带着亲随张千、李稍，离船到望江亭歇息，时值中秋之夜，因身边没女人，三人喝酒时觉得十分无趣。正在此时，一位自称张二嫂的美貌卖鱼婆来到亭中推销金色鲤鱼，并要当场为客人切鲙下酒。张二嫂通过与李稍搭讪，引起杨衙内注意。杨衙内半醉之时，色性顿起，企图占张二嫂为妾，张二嫂假装同意，乘机将杨衙内灌醉，盗得势剑、金牌离去。原来这位张二嫂便是谭记儿改扮的。

白士中有了势剑、金牌，稳坐潭州衙门大堂，等待鱼儿上钩。杨衙内不知内情，还想吓唬白士中，诈称带着势剑、金牌要逮捕他。白士中当即戳穿其伎俩，让谭记儿重扮卖鱼婆控告杨衙内倚权贪色，将杨衙内拘捕。此时，圣人已发现杨衙内诬告官员真相，湖南都御史李秉忠奉御命前来查处，当堂将杨衙内判重责八十棍，削职为民，白士中照旧供职，夫妻安享富贵。

第 三 折

（衙内②领张千、李稍上）（衙内云）小官杨衙内是也。颇奈白士中无理，量你到的那里！岂不知我要取谭记儿为妾？他就公然背了我，娶了谭记儿为妻，同临任所，此恨非浅！如今我亲身到潭州，标取③白士中首级。你道别的人为甚么我不带他来？这一个是张千，这一个是李稍：这两个小的，聪明乖觉，都是我心腹之人，因此上则④带的这两个人来。（张千去衙内鬓边做拿科）

（衙内云）嗯⑤！你做甚么？（张千云）相公鬓边一个虱子。（衙内云）这厮倒也说的是。我在这船只上，个月期程也不曾梳篦的头。我的儿，好乖！（李稍去衙内鬓上做拿科）（衙内云）李稍，你也怎的？（李稍云）相公鬓上一个狗鳖⑥。（衙内云）你看这厮！（亲随、李稍同去衙内鬓上做拿科）（衙内云）弟子孩儿，直恁的般多⑦！（李稍云）亲随，今日是八月十五日中秋节令，我每⑧安排些酒果，与大人玩月，可不好？（张千云）你说的是。（张千同李稍做见科，云）大人，今日是八月十五日中秋节令，对着如此月色，孩儿每与大人把一杯酒，赏月何如？（衙内做怒科，云）嗯！这个弟子孩儿！说甚么话！我要来干公事，怎么教我吃酒？（张千云）大人，您孩儿每并无歹意，是孝顺的心肠。大人不用，孩儿每一点不敢吃。（衙内云）亲随，你若吃酒呢？（张千云）我若吃一点酒呵，吃血！（衙内云）正是，休要吃酒！李稍，你若吃酒呢？（李稍云）我若吃酒，害疔疮！（衙内云）既是您两个不吃酒，也罢，也罢，我则饮三杯，安排酒果过来。（张千云）李稍，抬果桌过来。（李稍做抬果桌科，云）果桌在此。我执壶，你递酒。（张千云）我儿，酾满着！（做递酒科，云）大人，满饮一杯。（衙内做接酒科）（张千倒退自饮科）（衙内云）亲随，你怎么自吃了？（张千云）大人，这个是摄毒的盏儿⑨。这酒不是家里带来的酒，是买的酒；大人吃下去，若有好歹，药杀了大人，我可怎么了！（衙内云）说的是，你是我心腹人。（李稍做递酒科，云）你要吃酒，弄这等嘴儿；待我送酒，大人满饮一杯。（衙内接科⑩）（李稍自饮科）（衙内云）你也怎的？（李稍云）大人，他吃的，我也吃的。（衙内云）你看这厮！我且慢慢的吃几杯。亲随，与我把别的民船都赶开者！（正旦拿鱼上，云）这里也无人。妾身白士中的夫人谭记儿是也。妆扮做个卖鱼的，见杨衙内去。好鱼也！这鱼在那江边游戏，趁浪寻食，却被我驾一孤舟，撒开网去，打出三尺锦鳞，还活活泼泼的乱跳。好鲜鱼也！（唱）

〔越调斗鹌鹑〕 则这今晚开筵，正是中秋令节。只合低唱浅斟⑪，莫待他花残月缺⑫。见了的珍奇，不消的咱说。则这鱼鳞甲鲜，滋味别。这鱼不宜那水煮油煎，则是那薄批细切。

（云）我这一来，非容易也呵！（唱）

〔紫花儿序〕 俺则待稍关打节⑬，怕有那惯施舍的经商不请言赊。则俺这篮中鱼尾，又不比案上罗列⑭，活计全别。俺则是一撒网、一蓑衣、一箬笠，先图些打捏⑮；只问那肯买的哥哥，照顾俺也些些。

（云）我缆住这船，上的岸来。（做见李稍，云）哥哥，万福！（李稍云）这个姐姐，我有些面善。（正旦云）你道我是谁？（李稍云）姐姐，你敢是张二嫂么？（正旦云）我便是张二嫂，你怎么不认的我了？你是谁？（李稍云）则我便是李阿鳖。（正旦云）你是李阿鳖？（正旦做打科⑯，云）儿子⑰，这些时吃得好了，我想你来！（李稍云）二嫂，你见我亲么？（正旦云）儿子，我见你，可不知亲哩！你如今过去，和相公说一声，着我过去切鲙，得些钱钞，养活我来也好。（李稍云）我知道了。亲随你来！（张千云）弟子孩儿，唤我做甚么？（李稍云）有我个张二嫂，要与大人切鲙。（张千云）甚么张二嫂？（正旦见张千科，云）媳妇孝顺的心肠，将着一尾金色鲤鱼特来献新，望与相公说一声咱。（张千云）也得，也得！我与你说去。得的钱钞，与我些买酒吃。你随着我来。（做见衙内科，云）大人，有个张二嫂，要与大人切鲙。（衙内云）甚么张二嫂？（正旦见科，云）相公，万福⑱！（衙内做意科，云）一个好妇人也！小娘子，你来做甚么？（正旦云）媳妇孝顺的心肠，将着这尾金色鲤鱼，一径的来献新。可将砧板、刀子来，我切鲙哩！（衙内云）难得小娘子如此般用意！怎敢着小娘子切鲙，俗了手！李稍，拿了去，与我姜辣煎爧⑲了来。（李稍云）大人，不要他切就村了。（衙内云）多谢小娘子来意！抬过果桌来，我和小娘子饮三杯。将酒来，小娘子，满饮一杯！（张千做吃酒科）（衙内云）你怎的？（张千云）你请他，他又请你；你又不吃，他又不吃，可不这杯酒冷了？不如等亲随乘热吃了，倒也干净。（衙内云）哇⑳！靠后！将酒来，小娘子满饮此杯。（正旦云）相公请！（张千云）你吃便吃，不吃我又来了。（正旦做跪衙内科）（衙内扯正旦科，云）小娘子请起！我受了你的礼，就做不得夫妻了。（正旦云）媳妇来到这里，便受了礼，也做得夫妻。（张千同李稍拍桌科,云)妙、妙、妙!(衙内云)小娘子请坐。(正旦云)相公,你此一来何往?(衙内云)小官有公差事。(李稍云)二嫂,专为要杀白士中来。(衙内云)哇!你说甚么!(正旦云)相公,若拿了白士中呵,也除了潭州一害。只是这州里怎么不见差人来迎接相公?(衙内云)小娘子,你却不知,我恐怕人知道,走了消息,故此不要他们迎接。(正旦唱)

〔金蕉叶〕 相公,你若是报一声着人远接,怕不的㉑船儿上有五十座笙歌摆设。你为公事来到这些,不知你怎生做兀的关节㉒?

(衙内云)小娘子,早是你来的早;若来的迟呵,小官歇息了也。(正旦唱)

〔调笑令〕 若是贱妾晚来些,相公船儿上黑魆魆的熟睡歇。则你那金牌势剑身旁列,见官人远离一射㉓,索用甚从人拦当者?俺只待拖狗皮的㉔拷断他腰截。

(衙内云)李稍,我央及你,你替我做个落花媒人㉕。你和张二嫂说:大夫人不许他,许他做第二个夫人;包髻、团衫、绣手巾,都是他受用㉖的。(李稍云)相公放心,都在我身上。(做见正旦科,云)二嫂,你有福也!相公说来:大夫人不许你,许你做第二个夫人;包髻、团衫、袖腿绷……(正旦云)敢是绣手巾?(李稍云)正是绣手巾。(正旦云)我不信,等我自问相公去。(正旦见衙内科,云)相公,恰才李稍说的那话,可真个是相公说来?(衙内云)是小官说来。(正旦云)量媳妇有何才能,着相公如此般错爱也!(衙内云)多谢,多谢!小娘子,就靠着小官坐一坐,可也无伤!(正旦云)妾身不敢。(唱)

〔鬼三台〕 不是我夸贞烈,世不曾㉗和个人儿热。我丑则丑,刁决古憋㉘;不由我见官人便心邪,我也立不的志节。官人,你救黎民,为人须为彻;拿滥官,杀人须见血。我呵,只为你这眼去眉来,(正旦与衙内做意儿科㉙,唱)使不着㉚我那冰清玉洁。

(衙内做喜科㉛,云)勿、勿、勿!(张千与李稍做喜科,云)勿、勿、勿!(衙内云)你两个怎的?(李稍云)大家要一要。(正

旦唱）

　　〔圣药王〕　珠冠³²儿怎戴者？霞帔³³儿怎挂者？这三檐伞³⁴怎向顶门遮？唤侍妾簇捧者。我从来打鱼船上扭的那身子儿别，替你稳坐七香车³⁵。

　　（衙内云）小娘子，我出一对与你对：罗袖半翻鹦鹉盏³⁶。（正旦云）妾对：玉纤重整凤凰衾³⁷。（衙内拍桌科，云）妙、妙、妙！小娘子，你莫非识字么？（正旦云）妾身略识些撇竖点画。（衙内云）小娘子既然识字，小官再出一对：鸡头个个难舒颈。（正旦云）妾对：龙眼团团不转睛。（张千同李稍拍桌科，云）妙、妙、妙！（正旦云）妾身难的遇着相公，乞赐珠玉³⁸。（衙内云）哦，你要我赠你甚么词赋？有、有、有。李稍，将纸笔砚墨来！（李稍做拿砌末³⁹科，云）相公，纸墨笔砚在此。（衙内云）我写就了也！词寄〔西江月〕。（正旦云）相公，表白一遍咱。（衙内做念科，云）夜月一天秋露，冷风万里江湖。好花须有美人扶，情意不堪会处。仙子初离月浦，嫦娥忽下云衢。小词仓卒对君书，付与你个知心人物。⁴⁰（正旦云）高才，高才！我也回奉相公一首，词寄〔夜行船〕。（衙内云）小娘子，你表白一遍咱。（正旦做念科，云）花底双双莺燕语，也胜他凤只鸾孤。一霎恩情，片时云雨，关连着宿缘前注⁴¹。天保今生为眷属，但则愿似水如鱼。冷落江湖，团圆⁴²人月，相连着夜行船去。（衙内云）妙、妙、妙！你的更胜似我的！小娘子，俺和你慢慢的再饮几杯。（正旦云）敢问相公，因甚么要杀白士中？（衙内云）小娘子，你休问他。（李稍云）张二嫂，俺相公有势剑在这里！（衙内云）休与他看。（正旦云）这个是势剑？衙内见爱⁴³媳妇，借与我拿去治⁴⁴三日鱼好那！（衙内云）便借与你。（张千云）还有金牌哩！（正旦云）这个是金牌？衙内见爱我，与我打戒指儿罢。再有甚么？（李稍云）这个是文书。（正旦云）这个便是买卖的合同？（正旦做袖文书科，云）相公再饮一杯。（衙内云）酒勾⁴⁵了也！小娘子，休唱前篇，则唱么篇⁴⁶。（做醉科）（正旦云）冷落江湖，团圆人月，相随着夜行船去。（亲随同李稍做睡科）（正旦云）这厮都睡着了也！（唱）

　　〔秃厮儿〕　那厮也忒⁴⁷懵懂，玉山低趄⁴⁸，着鬼祟醉眼乜斜⁴⁹。我将这金牌虎符都袖褪⁵⁰者；唤相公，早醒些，快迭⁵¹！

〔络丝娘〕 我且回身将杨衙内深深的拜谢，您娘向急飚飚⁵²船儿上去也。到家对儿夫尽分说那一番周折。

（带云）惭愧，惭愧！（唱）

〔收尾〕 从今不受人磨灭，稳情取好夫妻百年喜悦。俺这里，美孜孜在芙蓉帐笑春风；只他那，冷清清杨柳岸伴残月。（下）

（衙内云）张二嫂！张二嫂那里去了？（做失惊科，云）李稍，张二嫂怎么去了？看我的势剑、金牌可在那里？（张千云）就不见了金牌，还有势剑共文书哩！（李稍云）连势剑、文书都被他拿去了！（衙内云）似此怎了也？（李稍唱）

〔马鞍儿〕 想着、想着跌脚儿叫，（张千唱）想着、想着我难熬，（衙内唱）酪子里⁵³愁肠酪子里焦。（众合唱）又不敢着旁人知道，则把他这好香烧、好香烧，咒的他热肉儿跳！

（衙内云）这厮每扮戏那！⁵⁴（众同下）

【注释】

① 切鲙：宋元时流行吃活鱼鲙，客人挑好鱼后，让卖鱼人当场将鱼杀、洗好，然后切成一块块薄片。随后，客人把鱼片自行放进桌上的小锅煎好，再浇上作料或浓汁热吃。切鲙是一门手艺活，当场切鱼鲙片，也能保证客人吃到鲜鱼。旦：杂剧中如果一出戏是旦角主唱的，常常在后面加一个"旦"字以示区分。 ② 衙内：本为禁卫的官职之一，唐、五代时藩镇常以自己子弟充任此职，故后来便将权势官员的子弟通称为衙内。 ③ 标取：砍杀。 ④ 则：便，只。 ⑤ 唗："啐""呸"之意。 ⑥ 狗鳖：狗虱。 ⑦ 直恁的般多：意为怎么这样多。 ⑧ 每：此处作"们"解。 ⑨ 这个是摄毒的盏儿：这盏酒是我为你检查有无毒药的。 ⑩ 科：古典戏曲中叙述动作的副词，此处的"接科"和下面的"饮科"，都是描述接酒、饮酒的动作。 ⑪ 低唱浅斟：低声唱，慢喝酒。 ⑫ 花残月缺：花谢了，圆月没了。 ⑬ 此句意为我此番能进来卖鱼是靠打关节贿赂了人。 ⑭ 罗列：摆放。 ⑮ 打捏：生活用费。 ⑯ 做打科：指做出打人的动作，隐含打情骂俏之意。 ⑰ 儿子：昵称，意为好小子。 ⑱ 万福：旧时妇女向长者、贵人行礼时的用语。 ⑲ 爁：烩，把煎好的鱼片配上作料或浓汁。 ⑳ 嗏："咑""呸"之意。 ㉑ 怕不的：恐怕会。 ㉒ 做兀的关节：做咋样的安排。 ㉓ 一射：一箭之遥。 ㉔ 拖狗皮：骂人的话，像拖死狗一般拖过来。 ㉕ 落花媒人：现成媒人。 ㉖ 包髻、团衫、绣手巾：旧时婆妾的聘礼。受用：享受的待遇。 ㉗ 世不曾：从不曾。 ㉘ 刁决古憋：性格古怪、执拗。 ㉙ 做意儿科：做出有情意的轻薄动作。 ㉚ 使不着：用不着守住。 ㉛ 做喜科：做出轻浮兴奋的动作。 ㉜ 珠冠：缀有名贵珠宝的帽子。 ㉝ 霞帔：皇帝赏赐给命妇穿的绣花长背心。 ㉞ 三檐伞：古时有一定级别官员夫人外出时的遮阳伞，有三条边檐，象征权势。 ㉟ 七香车：古时用有香木

料制成的华车。七香：指香气浓烈，并非指七种香气。《渊鉴类函》引曹操致杨彪书云："今赠足下画轮四望通幰七香车三乘。" ㊱ 鹦鹉盏：一种形似鹦鹉嘴的海螺壳酒杯。 ㊲ 玉纤：美妇人的手。凤凰衾：绣有凤凰图案的被子。 ㊳ 珠玉：对诗词文章的雅称。 ㊴ 拿砌末：拿纸墨笔砚等道具。 ㊵ 按〔西江月〕词牌规格，此一句多了两个字，一方面为了念白需要，另一方面表现杨衙内文墨不通。 ㊶ 宿缘前注：前世注定缘分。 ㊷ 团圞：团圆。 ㊸ 见爱：若爱。 ㊹ 治：切。 ㊺ 勾：够。 ㊻ 幺篇：后篇，隐喻上床。 ㊼ 忒：太。 ㊽ 玉山低趄：酒醉后身体倒歪。 ㊾ 醉眼乜斜：酒醉后睁不开眼。 ㊿ 袖褪：藏在衣袖中。 (51) 快迭：快些。 (52) 急飐飐：顺风快行。 (53) 酩子里：含混中、背地里。 (54) 这厮每：这些家伙。全句意为你们这些家伙好像在演戏啊！

【评解】

《望江亭》这出戏是关汉卿戏剧的代表作之一。它真实地揭露了元代的社会矛盾，即蒙古统治者对汉族的民族压迫和奴役，他们可以随时欺凌普通老百姓，从最高统治者"圣人"那里弄到势剑、金牌随意捕人、杀人。同时，也表现了下层人民对新生活的追求、向往，讴歌了美、善、正义，鞭挞了丑陋、邪恶、黑暗。下层老百姓及汉族官员为了保卫自己的幸福，只能不畏恶势力进行斗争，并运用智慧去取得胜利。剧中白士中、谭记儿不仅保卫了自己的婚姻，实际上也证明了正义终将战胜邪恶。由于关汉卿就生活在那个时代，他当然亲身经历过恶势力的压迫，亲眼看到过类似戏中杨衙内那样的蒙古贵族横行不法的暴行，所以，他笔下的杨衙内骄横、凶残、愚蠢的形象就塑造得特别生动。

本折是全剧的精华，表现谭记儿如何改扮卖鱼婆，在虎穴险境中机智地与杨衙内周旋，终于盗取势剑、金牌的过程。剧情曲折跌宕，一开始，杨衙内带着两个亲随走狗张千、李稍，又有势剑、金牌、文书，貌似十分强大，要取白士中首级似乎很容易。而白士中和谭记儿则处于弱势地位，要逃过一劫似乎很难。但是，杨衙内这类花花太岁看似强大，骨子里却很虚弱，他有一个软肋，即流氓成性，作恶多端，已到了色令智昏的地步。眼看潭州府就在眼前，白士中也几乎在杨衙内之流的掌中了，杨衙内却迷了心窍，好色贪淫的旧病复发，见了个鱼婆张二嫂便想霸占为妾，结果反被谭记儿借机灌醉，失去势剑、金牌，也就决定了他彻底失败的命运。

本剧中的谭记儿是个极有光彩的女子，她美丽、有主见，虽守寡，但不失大家风范。我们知道，在那个时代，寡妇的生存环境是很艰难的，既容易受到社会引诱，也会受到恶势力逼迫。杨衙内早就想占有她，但她自有主见，坚决不嫁这个玩弄女性的花花太岁，她追求的是真正爱情，若找不到真爱，便甘心出家。邂逅白士中后，她见白士中是官身，开始也不肯允嫁，后来见白士中爱得很真诚，又加上白姑姑的撮合，她终于肯嫁了。这不是她软弱，而是她的最佳选择。

当得知大祸将临时，谭记儿表现得比白士中还沉着、坚定、机智、勇敢，为了捍卫自己的幸福婚姻，她立马由娇羞变为刚烈，提出了冒险去接近杨衙内，智取势剑、金牌的主意。这个主意实现起来很难，要想办法混进去，见到杨衙内，使他对张二嫂迷恋；又要十分谨慎小心，不能落入杨衙内的圈套，不能被杨衙内暴力得逞，否则，就全盘皆输了。当然，为了迷惑住杨衙内，谭记儿也必须采取一些特殊手段去"勾引"杨衙内，要"浪"一些，这就要适当做一点牺牲，说一些违心的肉麻话，做违心的小动作。不过，做这一切都要守住底线——保证自己不失身，保住贞洁。若她受到污辱，那么即使最后盗取了势剑、金牌，她也会丢掉幸福，白士中肯定会以此为借口休掉她。可见，谭记儿的使命多么难，但她都完成了，获得了大团圆结局。

《望江亭》在戏曲史上占有很重要的地位，至今仍是京剧舞台久演不衰的经典剧目。20世纪60年代还曾拍摄过同名京剧影片，由著名京剧大师张君秋主演谭记儿。此剧至今仍为张派京剧演员的常演剧目。

感天动地窦娥冤

关汉卿

【剧情简介】

流落楚州山阳县的长安京兆籍秀才窦天章，因贫借高利贷者蔡婆婆银二十两，第二年本利滚至四十两。窦天章无力偿还，只得将七岁独生女儿端云抵卖给蔡婆婆之子做童养媳，自己上京赶考以求改变窘境。临行时，蔡婆婆资助窦天章十两银子当盘缠。

端云三岁时就失去母亲，到蔡婆婆家后改名窦娥，与蔡婆婆儿子成婚。不想才过三年，其夫病亡，美貌的窦娥也成为寡妇。山阳县南门有个开药铺的赛卢医，借蔡婆婆十两银子高利贷，第二年要还二十两，他还不出。蔡婆婆前去讨债，赛卢医起了黑心，将蔡婆婆诓至无人处要勒死她，正好被路过此地的张孛老、张驴儿父子救下，赛卢医逃走。但张家父子亦非善类，他们得知蔡婆婆家富足，婆媳均为寡妇，便起黑心逼蔡婆婆嫁张孛老，儿媳窦娥同嫁张驴儿，欲奸占蔡家妇女和财产。蔡婆婆生命面临威胁，只得违心将一对豺狼领回家"报恩"。

张驴儿随父一进蔡家，不仅吃喝享乐，还逼娶窦娥，窦娥多次力拒。张驴儿便用威胁手段到赛卢医处弄到一包老鼠药，打算毒死蔡婆婆后再逼奸窦娥。这天，蔡婆婆生病想吃羊肚汤，窦娥做好汤后要给婆婆端过去，张驴儿却抢着送。他先尝了一口，谎称太淡，让窦娥去厨房取盐，趁窦娥不在时撒入毒药。谁知羊肚汤端进去后，蔡婆婆突感恶心未吃，被馋嘴的张孛老喝下，一命呜呼。张驴儿诬窦娥毒死其父，要窦娥立嫁，万事全休，若不允便告官。窦娥自认为清白，拒绝张驴儿要挟。张驴儿便以"药死公公"的罪名将窦娥送官。楚州太守桃杌昏庸残暴，偏听张驴儿一面之词，对窦娥严刑拷打，逼其屈招，又立判次日处斩。窦娥含冤无处伸，在法场上对天发下三愿：一是请求刽子手将一丈二尺白练挂于旗枪，若自己确为屈死，鲜血向上全溅于白练之上；二是身死之时，天降大雪，遮盖尸身；三是此后三年楚州大旱。窦娥被斩后，鲜血都溅白练，时值六月炎夏，竟下起一场大雪，刽子手感到冤杀了窦娥。

三年后，早已高中做官的窦天章升为两淮提刑肃政廉访使，得知楚州三年亢旱，知必有冤情，遂进驻楚州，顺便寻访女儿。当夜，窦娥冤魂前来告状，向父哭诉冤情。窦天章大惊，天明后调阅案卷，始知女儿屈死。他命人找到蔡婆婆，了解实情，又立捕张驴儿和已逃亡的赛卢医到案，终于弄清冤情。张驴儿判剐一百二十刀处死，赛卢医充军，前太守桃杌及办案的房吏、典史、刑名等人均杖责一百，永不叙用，蔡婆婆由窦天章扶养。

第 三 折

（外①扮监斩官上，云）下官监斩官是也。今日处决犯人，看做公的②把住巷口，休放往来人闲走。（净扮公人鼓三通③、锣三下科。刽子磨旗④、提刀，押正旦带枷上）（刽子云）行动些，行动些，监斩官去法场上多时了！（正旦⑤唱）

〔正官端正好〕 没来由犯王法，不提防遭刑宪，叫声屈动地惊天！顷刻间游魂先赴森罗殿⑥，怎不将天地也生埋怨？

〔滚绣球〕 有日月朝暮悬，有鬼神掌着生死权。天地也，只合把清浊分辨，可怎生糊突了盗跖、颜渊⑦？为善的受贫穷更命短，造恶的享富贵又寿延。天地也，做得个怕硬欺软，却元来⑧也这般顺水推船。地也，你不分好歹何为地？天也，你错勘⑨贤愚枉做天！哎，只落得两泪涟涟。

（刽子云）快行动些，误了时辰也。（正旦唱）

〔倘秀才〕 则被这枷扭的我左侧右偏，人拥的我前合后偃⑩，我窦娥向哥哥行有句言⑪。（刽子云）你有甚么话说？（正旦唱）前街里去心怀恨，后街里去死无冤，休推辞路远。

（刽子云）你如今到法场上面，有甚么亲眷要见的，可教他过来，见你一面也好。（正旦唱）

〔叨叨令〕 可怜我孤身只影无亲眷，则落的吞声忍气空嗟怨。（刽子云）难道你爷娘家也没的？（正旦云）止有个爹爹，十三

15

年前上朝取应⑫去了，至今杳无音信。(唱)早已是十年多不睹爹爹面。(刽子云)你适才要我往后街里去，是甚么主意？(正旦唱)怕则怕前街里被我婆婆见。(刽子云)你的性命也顾不得，怕他见怎的？(正旦云)俺婆婆若见我披枷带锁赴法场餐刀⑬去呵，(唱)枉将他气杀么哥⑭，枉将他气杀么哥！告哥哥，临危好与人行方便。

(卜儿哭上科，云)天那，兀的⑮不是我媳妇儿！(刽子云)婆子靠后！(正旦云)既是俺婆婆来了，叫他来，待我嘱咐他几句话咱。(刽子云)那婆子，近前来，你媳妇要嘱咐你话哩。(卜儿云)孩儿，痛杀我也！(正旦云)婆婆，那张驴儿把毒药放在羊肚儿汤里，实指望药死了你，要霸占我为妻。不想婆婆让与他老子吃，倒把他老子药死了。我怕连累婆婆，屈招了药死公公，今日赴法场典刑。婆婆，此后遇着冬时年节、月一十五，有瀽不了的浆水饭⑯，瀽半碗儿与我吃；烧不了的纸钱，与窦娥烧一陌儿。则是看你死的孩儿面上！(唱)

〔快活三〕 念窦娥葫芦提⑰当罪愆，念窦娥身首不完全，念窦娥从前已往干家缘。婆婆也，你只看窦娥少爷无娘面。

〔鲍老儿〕 念窦娥伏侍婆婆这几年，遇时节将碗凉浆奠；你去那受刑法尸骸上烈些纸钱，只当把你亡化的孩儿荐。(卜儿哭科，云)孩儿放心，这个老身都记得。天那，兀的不痛杀我也！(正旦唱)婆婆也，再也不要啼啼哭哭，烦烦恼恼，怨气冲天。这都是我做窦娥的没时没运，不明不暗，负屈衔冤。

(刽子做喝科⑱，云)兀那婆子靠后，时辰到了也。(正旦跪科)(刽子开枷科)(正旦云)窦娥告监斩大人，有一事肯依窦娥，便死而无怨。(监斩官云)你有甚么事？你说。(正旦云)要一领净席，等我窦娥站立；又要丈二白练，挂在旗枪上。若是我窦娥委实冤枉，刀过处头落，一腔热血休半点儿沾在地下，都飞在白练上者。(监斩官云)这个就依你，打甚么不紧⑲。(刽子做取席站科，又取白练挂旗上科)(正旦唱)

〔耍孩儿〕 不是我窦娥罚下这等无头愿，委实的冤情不浅；若没些儿灵圣与世人传，也不见得湛湛青天。我不要半星热血红尘洒，都只在八尺旗枪素练悬。等他四下里皆瞧见，这就是咱苌弘化碧^⑳，望帝啼鹃^㉑。

（刽子云）你还有甚的说话？此时不对监斩大人说，几时说那？（正旦再跪科，云）大人，如今是三伏天道，若窦娥委实冤枉，身死之后，天降三尺瑞雪，遮掩了窦娥尸首。（监斩官云）这等三伏天道，你便有冲天的怨气，也召不得一片雪来，可不胡说！（正旦唱）

〔二煞〕 你道是暑气暄，不是那下雪天；岂不闻飞霜六月因邹衍^㉒？若果有一腔怨气喷如火，定要感的六出冰花^㉓滚似绵，免着我尸骸现；要甚么素车白马^㉔，断送出古陌荒阡！

（正旦再跪科，云）大人，我窦娥死的委实冤枉，从今以后，着这楚州亢旱^㉕三年！（监斩官云）打嘴！那有这等说话！（正旦唱）

〔一煞〕 你道是天公不可期，人心不可怜，不知皇天也肯从人愿。做甚么三年不见甘霖降？也只为东海曾经孝妇冤^㉖，如今轮到你山阳县。这都是官吏每无心正法，使百姓有口难言！

（刽子做磨旗科，云）怎么这一会儿天色阴了也？（内做风科，刽子云）好冷风也！（正旦唱）

〔煞尾〕 浮云为我阴，悲风为我旋，三桩儿誓愿明题^㉗遍。（做哭科，云）婆婆也，直等待雪飞六月，亢旱三年呵，（唱）那其间才把你个屈死的冤魂这窦娥显！

（刽子做开刀，正旦倒科）（监斩官惊云）呀，真个下雪了，有这等异事！（刽子云）我也道平日杀人，满地都是鲜血，这个窦娥的血都飞在那丈二白练上，并无半点落地，委实奇怪。（监斩官云）这死罪必有冤枉。早两桩儿应验了，不知亢旱三年的说话，准也不准？且看后来如何。左右，也不必等待雪晴，便与我抬他尸首，还了那蔡婆婆去罢。（众应科^㉘，抬尸下）

【注释】

① 外：古典戏曲术语，一般为外末、外旦、外净等角色简称，在戏中系次要角色或过场人物。 ② 做公的：此处泛指衙役、捕头、兵丁等人。 ③ 净：角色名称，俗称花脸。鼓三通：按一定的敲鼓韵律连续擂鼓三遍。 ④ 磨旗：挥动、摇动旗帜，这是为了造势。⑤ 正旦：戏剧中的主要角色，一般指青衣或闺门旦。这出戏中的窦娥，在京剧中由青衣担

当。　⑥森罗殿：迷信传说中阴间阎罗王居住之地。　⑦盗跖：春秋时著名盗寇。颜渊：春秋时著名贤人，孔子的学生。　⑧元来：同"原来"。　⑨勘：察访，判断。　⑩前合后偃：前仰后倒。　⑪行有句言：有句话说。　⑫取应：应科考。　⑬餐刀：吃一刀，被刀砍。　⑭也么哥：语尾助词，哼腔，相当于"依呀嗨"。　⑮兀的：这个。　⑯瀽不了：倒不了，意为剩下的。浆水饭：粥，也指混在一起的剩饭剩汤。　⑰葫芦提：糊涂、马虎。　⑱做喝科：做出吆喝的动作。　⑲打甚不紧：有什么要紧。　⑳苌弘化碧：苌弘是周朝贤臣，被冤杀后其血化为碧玉。典出《庄子·外物》。　㉑望帝啼鹃：望帝即古蜀王杜宇，让王位给臣子后被贬荒山，死后化为鹃鸟，哀声凄厉，此鸟称为杜鹃。　㉒邹衍：战国时燕国忠臣，被燕王下于狱中，含冤大哭，时值六月，上天降霜以证其冤。　㉓六出冰花：雪花，为六角形。　㉔素车白马：东汉时张劭病死，其好友范式全身缟素，让白马驾着用白布装饰的车了前去吊唁。　㉕亢旱：大旱。　㉖东海曾经孝妇冤：《汉书·于定国传》载，东海县有寡妇周青孝顺婆婆，婆婆因老病不愿牵累媳妇而自尽，其小姑诬周青谋杀告官。周青被官处死前，指刑台旁竹竿发誓，死时血往上流，并三年大旱。后皆应验。　㉗明题：明明白白都说完了。　㉘众应科：众人做出答应的动作。

【评解】

　　《窦娥冤》是中国古典戏曲中最重要的经典悲剧之一，也是关汉卿最优秀的代表作之一。这出戏通过一位善良、贤惠的青年寡妇窦娥被官府冤杀的案例，反映出在没有人权、没有法律公正和法治秩序的封建专制社会中，普通下层老百姓的命运是多么悲惨！

　　窦娥深陷冤案终致被杀，最主要的原因是统治者草菅人命。在他们看来，小老百姓的生命是不值钱的，所以窦娥刚被人诬陷栽赃，太守桃杌便立即立案，并且快审快结，又以最快速度执行死刑，这都是很不正常的。本来窦娥的案情并不太复杂，只要找到赛卢医、了解张驴儿的为人，案子便可破。但桃杌呢，他既不调查、勘察现场，也根本不听被告的自辩，更不向被告的婆婆取证言，而是一味偏听原告恶人先告状，然后就用最简单的办法——刑讯逼供，"一杖下，一道血，一层皮"，以惨毒手段办案。试想，一个弱女子如何经得起公堂上残酷的刑罚？窦娥此时生不如死，只有屈招的份，为的是速死，免得再活受罪。与此同时，太守桃杌还判窦娥斩立决，第二天就执行，这也是不寻常的。封建社会断案，尤其是死囚案，县里判刑要申报州府，然后由道、省上报至刑部，待刑部复审后才能在秋后处决，没有六月里处决死囚的。这样，仅仅审了一堂，第二天就被处斩的窦娥，不仅被剥夺了上诉的权利，甚至连喊冤枉的时间都没有。可见，在窦娥生活的元代，普通老百姓的人权状态、生存环境是多么恶劣，大大不如同是封建社会的其他朝代。

　　窦娥在法场上喊冤，连刽子手都同情她，为什么官府如此草菅人命？因为窦娥无权无势，是小老百姓，可以随便对付，傲慢的官吏不可能听她申述。桃杌在公堂上骂窦娥是"贱虫"，既然是"虫"又"贱"，哪里还有基本人权？另一个原因在于窦娥是女性，在一个男性权利处于绝对优势的社会，女性的权利又是可以随意忽视的。桃杌正是出于一种叫作"唯女子与小人为难养也"的习惯性思路，才对窦娥三推六问、肆意拷掠；同时，放过了真正的凶手张驴儿。这说明，女性在元朝那样的封建社会，所受的苦难比同等地位的男性要多。

本折叙写了窦娥在法场上自诉冤屈及最后被杀的过程，同时，也表现了她的觉醒和反抗。如果说她在酷刑无助下被迫屈招还有些软弱的话，那么在刑场上的窦娥就坚强地起来反抗了。当然，窦娥的反抗形式是独特的，即她通过谴责天和地的方式，来谴责统治者的野蛮和残暴，喊出了"天地也，做得个怕硬欺软，却元来也这般顺水推船。地也，你不分好歹何为地？天也，你错勘贤愚枉做天"的强音。这声音是控诉，是反抗，是对封建统治者罪行的清算，也是宣示人的价值，这是隐藏在老百姓心底的怒火和力量。这里的天、这里的地，当然不是指主宰世间的大自然，而是指统治人间的朝廷、官府。在蒙古贵族的统治下，冤狱遍地，白骨露野，受到阶级压迫和民族压迫的普通老百姓，枉死者何止成千上万？

当人世间的冤狱无法平反的时候，剧作家也只能发挥丰富想象，以浪漫手法，通过窦娥许下的三个绝望的誓愿，来证明她的冤屈。血溅白练、六月飞雪、三年亢旱，这种超自然之力的报复举动，只能存在于艺术之中，但确也揭示了一个真理：人命关天，马虎不得，若制造冤案，会招致天怒人怨，终将遭到报应。我们读剧本中窦娥的许多唱词、念白，可以说是字字血，句句泪，满篇皆为冤。窦娥说，她将把"天地也深埋怨"。在本剧第四折中，她的魂魄又托梦给父亲，叮嘱他"你将滥污吏都杀坏，与人分忧，为万民除害"。说明她彻底觉醒了，而这一愿望岂不也是所有下层人民的期望吗？

《窦娥冤》自问世以来一直持续演出，从未间断，已知有京剧、秦腔、晋剧、川剧、昆剧、赣剧等十多个剧种演出过，有演整出戏的，也有只演《斩娥》单折的，剧名有时也称"六月雪"。

温太真玉镜台

关汉卿

【剧情简介】

东晋时，翰林学士温峤邀姑母刘夫人携表妹刘倩英搬至京城建康旧宅居住。倩英姑娘年方十八岁，刘夫人有意让多才多艺的温峤教女儿写字抚琴，正好这天温峤来拜访，刘夫人忙让倩英出来拜见表哥。温峤见表妹出落得天仙般美丽，顿时喜出望外，一口答应义务当先生。

第二天，温峤如约来到刘府，姑母唤出倩英，让她尊温峤为师父。于是这位老师开始授课，先是听倩英操琴，刘夫人要温峤进行指点。然后，又让温峤教倩英写字，倩英握笔姿势不好，温峤借纠正之名乘势对她捏手捏腕，引起了倩英的反感，含嗔回房。刘夫人说女儿大了该嫁，请温峤做媒，在翰林院找一位学士才子为婿。温峤应允，假意出门转了一圈，便回来告诉姑母已找到一位与自己年龄、才学相同的学士，堪与表妹匹配，还带来玉镜台作为聘礼。刘夫人大喜。过了几日，官媒来见刘夫人，称奉学士言语，要择日迎娶倩英过门。此时，刘夫人方知温峤是给自己做媒。她想摔碎玉镜台悔婚，但玉镜台乃御赐之物，她不敢造次，只得被迫把女儿嫁与温峤。

温峤虽骗娶了刘倩英，但老夫少妻并不和谐，成亲多时两人都未能同房。温峤低声下气说："我虽然老了点，但真心爱你。假如你找一位少年轻狂丈夫，一年半载后便会三妻两妾了，你有何幸福？"但这仍未打动妻子。正在此时，王府尹奉旨设水墨宴，邀翰林院各位学士夫妇赴宴。宴席上要吟诗作赋，若吟得好，学士金杯饮御酒，夫人插金凤钗，还能搽官定粉（高官夫人专用的脂粉）；若诗作得低劣，学士要喝瓦盆水，夫人头戴草花，用乌墨涂面蒙羞。刘倩英担心出丑，再三叮嘱温峤用心吟诗，温峤说："我诗作好了，你肯随顺我吗？"刘倩英称："你今天若是让我插金凤钗、搽官定粉，我就不闹了，此后真心依随你。"温峤的诗果然拔得头筹，刘倩英也在宴会上大出风头，从此再也不嫌弃老丈夫，夫妇恩爱团圆。

第 二 折

（老夫人上，云）昨日选定今日是吉日良辰。梅香，门首觑者，则怕学士①来时，报我知道。（梅香云）理会的。（正末②上，云）姑娘选定今日好日辰，不曾衙门里去。肯分③的姑娘又来请；便不来请，我也索去。可早来到门首。梅香，报复去，道温峤来了也。（梅香报科，云）温学士来了。（夫人云）道有请。（梅香云）请进。（正末做见科④）（夫人云）今日学士怎生来的恁早⑤？（正末云）为领尊命，教小姐琴书，就不曾到衙门去。（夫人云）因为老身薄面，误了学士公事，老身知感不尽。梅香，快请小姐出来，拜学士者。（梅香云）小姐，有请。（旦上，云）妾身正在绣房中，听的母亲呼唤，须索⑥见去。（做见科）（夫人云）倩英，你拜哥哥！今日为始，便是你师父了也。（旦做拜科）（正末背云）小姐比昨日打扮的又别，真神仙中人也！（唱）

〔南吕一枝花〕 藕丝翡翠裙，玉腻蝤蛴⑦颈；妲己⑧空破国，西子⑨枉倾城。天上飞琼散下风流病。若是寝正浓，梦乍醒，且休问斜月残灯，直睡到东窗日影。

（云）将琴过来，教小姐操一曲咱⑩。（旦学操琴科）（正末唱）

〔梁州第七〕 兀的不可喜煞罗帏绣幕，风流煞金屋银屏！这七条弦兴亡祸福都相应，端的个圣贤可对，神鬼堪惊；俗怀顿爽，尘虑⑪皆清。一弄儿指法泠泠，早合着古操新声。金徽弹流水潺湲⑫，冰弦打余音齐整，玉纤点逸韵轻盈。聪明，怎生的口诀手未到心先应！海棠色、蕙兰性，想天地全将秀⑬结成，一团儿智巧心灵。

（夫人云）再操一遍，则怕还有不是处，教学士听，有不是处再教。（正末唱）

〔牧羊关〕 纵然道肌如雪、腕似冰，虽是一段玉，却是几样磨成：指头是三节儿琼瑶，指甲似十颗水晶。稳坐的有那稳坐堪人敬，但举动有那举动可人憎。他兀自未揎⑭起金衫袖，我又早先听的玉钏鸣。

（夫人云）小姐，弹琴不打紧；须装香来，请哥哥在相公抱角床⑮上坐，着小姐拜哥哥。"一日为师，终身为父。"学士教小姐写字者。（旦写字科）（正末云）腕平着，笔直着。小姐，不是这等。（正末起把笔捻旦手科）（旦云）是何道理，妹子根前捻⑯手捻腕！（正末云）小生岂有他意？（夫人云）小鬼头，但得哥哥捻手捻腕，你早十分有福也。（旦云）"男女七岁，不可同席。"（夫人笑科，云）哥哥根前掉书袋⑰儿。（正末唱）

〔隔尾〕 你便温柔起手里须当硬⑱，我呆想望迎头儿撇会清⑲，恰才轻搭着春葱⑳尽侥幸。（带云）似这等酥密般抢白，（唱）遮莫你骂我尽情，我断不敢回你半声，也强如编修院甲和书生每厮强挺㉑。

（云）小姐，不是了也。腕平着，笔直着。（旦怒云）哥哥，你又来也。（正末唱）

〔四块玉〕 兀的紫霜毫烧甚香，斑竹管有何幸㉒，倒能勾柔荑㉓般指尖擎。只你那纤纤的手腕儿须索平正。我不曾将你玉笋㉔汤，他又早星眼睁，好骂我这泼顽皮没气性。

（夫人云）小姐，辞了哥哥，回绣房去。（旦拜科，下）（正末云）温峤更衣去咱。（做行科，云）见小姐下的阶基，往这里去了。

我只见小姐中注㉕模样，不曾见小姐脚儿大小。沙土上印下小姐脚踪儿。早是我来的早，若来的迟呵！一阵风吹了这脚迹儿去，怎能勾见小姐生的十全也呵！（唱）

〔牧羊关〕 妇人每鞋袜里多藏着病，灰土儿没面情，除底外四周围并无余剩。几般儿窄窄狭狭，几般儿周周正正。几时迤逗㉖的独强性，勾引的把人憎。几时得使性气由他跐㉗，恶心烦自在蹬。

（带云）小姐去了也。几时得见，着小官撇不下㉘呵！（唱）

〔贺新郎〕 你便是醉中茶，一啜嚯然醒㉙。都为他皓齿明眸，不由我使心作幸。待寻条妙计无踪影，老姑娘手把着头稍自领㉚。索㉛甚么嘱咐叮咛，似取水垂辘轳，用酒打猩猩㉜。到这里惜甚廉耻，敢倾人命！休、休、休，做一头海来深不本分，使一场天来大昧前程㉝。

〔隔尾〕 他借妆梳颜色花难并，宜环佩㉞腰肢柳笑轻，一对不倒踏窄小金莲尚古自剩㉟。想天公是怎生？这世情，教他独占人间第一等。

（正末回科）（夫人云）学士稳便。老身有句话：想小姐年长一十八岁，不曾许聘他人，翰林院有一般学士㊱，烦哥哥保一门亲事。（正末背云）小官暗想来，只得如此……若不恁㊲的呵，不济事。（做向夫人云）姑娘，翰林院有个学士，才学文章，不在侄儿之下。（夫人云）似你这般才学少有。那学士多大年纪，怎生模样？哥哥，你说一遍。（正末唱）

〔红芍药〕 年纪和温峤不多争㊳，和温峤一样身形；据文学比温峤更聪明，温峤怎及他豪英？保亲㊴的堪信凭，搭配的两下里相应。不提防㊵对面说才能，远不出㊶门庭。

〔菩萨梁州〕 古人亲事，把闺门礼正。但得人心至诚，也不须礼物丰盈。点灯吃饭两分明：缑山㊷无梦碧瑶笙，玉台有主菱花镜。更有场大厮并㊸，月夜高烧绛蜡灯㊹，只愁那烦扰非轻！

（云）温峤与那学士说成，择定日子同来。（夫人云）多劳学士用心。（正末做出门笑科㊺，云）温峤，你早则"人生三事"皆全了也。（虚下，将砌末㊻上科）（做见夫人科，云）告的姑娘得知，

适才俺儿径去与那学士说了。今日是吉日良辰，将这玉镜台权为定物；别使⑰官媒人来通信，央您俺儿替那学士谢了亲者。（唱）

〔煞尾〕俺待麝兰腮、粉香臂、鸳鸯颈，由你水银渍、朱砂斑、翡翠青。到春来小重楼策杖⑱登，曲阑边把臂行，闲寻芳、闷选胜⑲。到夏来追凉院、近水庭，碧纱厨、绿窗净，针穿珠、扇扑萤⑳。到秋来入兰堂、开画屏，看银河、牛女星，伴添香、拜月亭。到冬来风加严、雪乍晴，摘疏梅、浸古瓶，欢寻常、乐余剩㉑。那时节、趁心性，由他娇痴、尽他怒憎，善也偏宜、恶也相称。朝至暮不转我这眼睛，孜孜㉒觑定，端的寒忘热、饥忘饱、冻忘冷。㉓（下）

（官媒上，诗云）"析薪如何，匪斧弗克。娶妻如何，匪媒弗得。"㉔自家是个官媒。温学士着我去老夫人家说知：选吉日良辰，娶小姐过门。可早来到也。无人报复㉕，我自过去。（做见科，云）老夫人磕头！㉖（夫人云）媒婆何来？（官媒云）奉学士言语，着我见老夫人，选日辰娶小姐过门。（夫人云）是那个学士？（官媒云）是温学士。（夫人云）他是保亲的。（官媒云）他不是保亲的，则他是女婿。（夫人云）何为定物？（官媒云）玉镜台便是定礼。（夫人云）有这等事？我把这玉镜台摔碎了罢！（官媒云）住、住！这玉镜台不打紧，是圣人㉗御赐之物；不争你摔碎了，做的个大不敬，为罪非小。（夫人云）嗨，吃他瞒过了我也！梅香，便说与小姐知道，收拾停当，选定吉日，送小姐过门去罢。（下）

【注释】

① 学士：翰林学士的简称，此处指温峤。温峤，字太真，太原祁县人，父温襜曾为河东太守。温峤年轻时风仪秀整，有才学，举秀才，先任东阁祭酒，后补上党潞县县令，随姨父平北大将军刘琨任参军，有功升上党太守、建威将军、督护前锋军事。刘琨任司空，任命温峤为右司马。西晋亡后，元帝渡江，温峤支持刘琨奉晋元帝建东晋朝，任散骑常侍。刘琨被害，温峤任太子中庶子。晋明帝即位，拜侍中，转中书令，因受奸臣王敦嫉恨，自降为左司马。后参与平定王敦叛逆，进号前将军，封建宁县公。明帝病危，与王导等同受顾命。又参与平定苏峻谋叛，升任骠骑将军，开府仪同三司，加散骑常侍，封始安郡公，食邑三千户。在赴藩就国路上，病逝于牛渚矶，享年42岁，追赠侍中、大将军，赐钱百万，谥忠武。已故前妻王氏及后妻何氏均赠始安夫人。　② 正末：元杂剧中角色行当之一，又称"末泥"，相当于今天京剧中的老生，一般扮演年龄较大的成熟男子。元杂剧还有一个规矩，每剧只有一个正末，可以变换剧中角色，但每折都要出场。　③ 肯分：凑巧，正好。　④ 做见科：做见礼的动作。　⑤ 恁早：这么早。　⑥ 须索：赶快。　⑦ 蜻蜓：

天牛幼虫，因色白，便以之喻美女脖颈。 ⑧ 妲己：传说中商纣王的宠妃，残杀大臣，祸害百姓，引诱纣王无道亡国。 ⑨ 西子：西施，春秋时越国美女，越王勾践战败后将她献与吴王夫差。后夫差宠西施而国亡，勾践复国后，西施随越国大夫范蠡出走。 ⑩ 咱：表祈使语气词。 ⑪ 尘虑：杂念。 ⑫ 金徽：原指琴的标牌，此处为琴的代称。潺湲：水流的声音，此处形容琴声。 ⑬ 秀：特别美丽、有气质之意。与前面“海棠”“蕙兰”等一样，都是形容女性美质的。 ⑭ 揎：卷起。 ⑮ 抱角床：太师椅，其两边扶手似抱住坐者脊背一般。 ⑯ 捻：握，捏。 ⑰ 掉书袋：搬书本教条。 ⑱ 起手里须当硬：写字时用笔要有力。 ⑲ 撇会清：装一回正经。 ⑳ 春葱：形容少女的纤纤玉手。 ㉑ 编修院：翰林院。强挺：争执，辩论。 ㉒ 何幸：用反问语气表示很幸运。 ㉓ 柔荑：一种很软的茅草，形容女子的纤手。 ㉔ 玉笋：喻女子手指。 ㉕ 中注：容貌引人注目。 ㉖ 迤逗：挑逗。 ㉗ 跐：生气跳脚。 ㉘ 撇不下：心里放不下。 ㉙ 一嗳嚏然醒：一喝马上醒。 ㉚ 手把着头稍自领：用手抓着头发把自己交给别人，意为自己送上门来给别人机会。 ㉛ 索：作“须”解。 ㉜ 取水垂辘轳，用酒打猩猩：打水时却把辘轳(打水工具)放到井下去，猩猩爱酒却用酒去泼它，比喻正中下怀。 ㉝ 大昧前程：大大地冒一次境遇的风险。 ㉞ 环佩：穿金戴银。 ㉟ 倒踏：走路困难的样子。金莲：女子的脚。尚古自剩：袅袅婷婷的样子。 ㊱ 一般学士：许多学士。般：同“班”。 ㊲ 若不恁：若不如此。 ㊳ 不多争：差不多。 ㊴ 保亲：保媒者。 ㊵ 不提防：没必要。 ㊶ 远不出：出不了。 ㊷ 缑山：在今河南洛阳，相传仙人王子晋七月七日驾白鹤歇于此。 ㊸ 大厮并：大吵闹。 ㊹ 绛蜡灯：深红色蜡灯。 ㊺ 做出门笑科：表演出门、笑的动作。 ㊻ 砌末：也称“切末”，元曲中指舞台小布景、道具，此处指下文讲的玉镜台(玉石磨成的镜子)。 ㊼ 别使：另外差遣。 ㊽ 策杖：拄杖。 ㊾ 闲寻芳、闷选胜：闲时看花，烦闷时找好风景玩。 ㊿ 萤：夏夜时一种会发光的小飞虫。 (51) 乐余剩：快乐无穷。 (52) 孜孜：执着。 (53) 这几句形容温峤对倩英的爱慕已到了忘情的地步。 (54) 怎样才能砍下柴禾？非用斧头不可。如何才能顺利娶到妻子？那就非请好媒人不可。此语化用《诗经·伐柯》中的诗句。 (55) 报复：报告，接待。 (56) 此句句首省略了一个“给”字。 (57) 圣人：皇帝。

【评解】

《玉镜台》中的主角温峤虽然在历史上确有其人，情节故事却完全是杜撰的，温峤的姑母家压根儿就没有一个嫁了温峤的表妹刘倩英。温峤的两任夫人一位姓王，一位姓何，没有姓刘的。不过，要说关汉卿完全乱编也不对。南北朝时就有关于温峤的绯闻在民间流传，南朝宋刘义庆在《世说新语·假谲》中记录了这个故事。关汉卿自然是读过这部书的，便把整个故事移植过来编成此戏。

这出戏是一部轻喜剧，大团圆结局，与《单刀会》的英雄大戏和《窦娥冤》的悲壮剧相比，风格完全不同。在这部戏中关汉卿给我们传递了信息，他可能有过类似温峤这样的经历——曾与一位年轻美貌的女子相爱，女子为他的才学所惑，成为他的情人或夫人(爱妾)；也可能迫于社会舆论压力，因两人年龄差距太大而未能结合，于是写了这部戏表达自己的感受。而这位女子极有可能是当时的当红明星珠帘秀。她是大都(今北京)的勾栏名伶，《青楼集》中称她“杂剧为当今独步”，她曾演出过许多关汉卿的戏，两人有交往，并赠词表达感情。关汉卿赠珠帘秀词

《南吕·一枝花》，内有"恰便似一池秋水通宵展，一片朝云尽日悬。你个守户的先生肯相恋，煞是可怜"等句。这部戏也代表了关汉卿的一种婚姻观，即年龄不应成为爱情的障碍，才子佳人中的才子不一定是年轻男子，更重要的是男方必须有才气，对待爱情必须专一。

粗略地看，这出戏中的婚姻并不美满，温峤借教授表妹弹琴和写字的机会，对倩英小姑娘动手动脚，有点不正经。但这种忘情动作，正是他被刘倩英美貌所惑，才生出无限爱恋，举动失措，所以我们恐怕不能简单斥之为流氓。

温峤这个人不仅学富五车，而且情商颇高，对自己所钟爱的女子善于抓住机会，盯住不放；同时，为了达到目的，他又不拘泥于礼法，采取一些非常的手法，甚至是诓骗的手法。这是此剧过去容易让人产生"格调不高"之类误会的地方，因而在现代戏曲舞台几乎不见有演出。不过，关汉卿认为，他并不是盲目地赞美老夫少妻式的婚姻，而是为这种婚姻的美好与否设置了两条底线作为衡量标准：一条是郎才女貌，即男方必须是才子，年龄大些没关系，要有才学（做官，有护家的本钱）；二是男方要对女方出于真心爱慕，不是玩弄感情或占有色相。关汉卿在戏中通过温峤之口对倩英说："你少年心想念着风流配"，但长安富贵家的青春子弟"有多少千金娇艳为妻室。这厮每黄昏鸾凤成双宿，清晓鸳鸯各自飞，那里有半点儿真实意？把你似粪堆般看待，泥土般抛掷"，"还不到一年半载，他可早两妇三妻"。警告她："你若别寻个年少轻狂婿，恐不似我这般十分敬重你。"当时的社会，富家子弟三妻四妾之外还要养"外宅"，妇女常独守空房得不到丈夫的专爱。关汉卿认为只有专一的爱情才是最美的，老夫少妻不是问题，关键是老夫娶了如花似玉的少妻后，会更爱恋、关心、体贴妻子，妻子肯定会非常幸福。今天有些姑娘择偶时也不要太年轻的，而宁愿嫁年纪偏大的男子，即要嫁成熟、成功的男人，未始不是出于这种考虑。其实，温峤只活到 42 岁，他娶妻时年龄就算很大，用今天的眼光看也不算老夫少妻。

这折戏的艺术特点是描写细腻、贴切。既有人物心理活动的展现，如温峤见到倩英姑娘后的失态和他灵机一动便为自己做起媒来等；同时，又通过细微动作，如借教倩英写字而去捏她的手等小动作，使戏变得更有情趣。假如计两位会表演的演员去演，肯定非常吸引人。

细心的读者可能会发现，温峤姑母刘家老太太在促成女儿嫁内侄方面可能也是起了作用的。丈夫没了，母女二人自然要找个依靠。侄儿温峤已是翰林学士，有才学，仕途无限，又无妻室，女儿嫁他是可以的。所以她才主动请温峤给女儿当老师，其实倩英小姐琴技已很成熟；至于写字嘛，虽欠缺些，但完全可以自己练，所以这个先生本来是不必请的。她此举纯粹是为了创造条件让双方有机会接触，让侄儿爱上女儿。因此，当温峤对倩英动手动脚时，女儿动气，她老人家一点也不生气，还托侄儿做媒，这就有点主动"送肥肉入虎口"的味道了。后来从官媒口中得知未来女婿就是温峤，她假意生气，要摔聘礼玉镜台，官媒说这是圣人御赐之物，她便赶快顺水推舟"被迫"同意。这些假动作实际上都是做给女儿看的。今天我们欣赏这出戏，可千万别像倩英小姐那样，被这位世故老太太的表象给骗了。

赵盼儿风月救风尘

关汉卿

【剧情简介】

汴梁城勾栏院中，有个著名歌妓宋引章，因色艺双全为众多客人所喜爱。有两个嫖客深恋着她，一个叫周舍，是州府同知的儿子，花花公子；另一个是书生安秀实，虽有满腹文章，却不能忘情花酒，一心想娶宋引章为妻。宋引章嫌安秀实不会疼爱人，而周舍不仅家中有钱，又会花言巧语，她便决定嫁给周舍。宋引章母亲李氏并不看好这桩婚姻，担心女儿"久后自家受苦"，劝她慎重，但宋引章听不进去。

安秀实见宋引章要嫁周舍，无奈去找宋引章的小姐妹赵盼儿帮忙劝解。赵盼儿办事很有主见，她便去找宋引章，告诉她周舍浮夸不可靠，但宋引章坚持说周舍会疼她，不肯嫁安秀实。赵盼儿也没法儿，只得安慰安秀实先住下，等待事态发展。宋引章嫁了周舍后，随着他回到郑州家中，这时周舍马上翻脸，先打了宋引章五十记"杀威棒"，又百般虐待她，朝打暮骂。宋引章被折磨得不像人样，眼看只能等死，私下写信请隔壁王货郎去找母亲，要宋母央求赵盼儿设法来救自己。

赵盼儿得信后很着急，她思得一计，决定自己去诱惑周舍。她带上许多箱笼服饰来到郑州，住进了周舍开设的旅店，让店小二请来周舍相见。周舍见赵盼儿长得漂亮，又广有财物，听说她一心要嫁他，顿时心花怒放。赵盼儿要周舍先休了宋引章才能与她成婚。标榜对自己的女人宁肯打杀也不出卖的周舍，按赵盼儿的要求写下给宋引章的休书。赵盼儿忙用假休书换走宋引章的真休书，劝宋引章快逃走。周舍反悔，不准宋引章逃走，并撕毁了宋手中的假休书。赵盼儿帮宋引章据理力争，周舍认为赵盼儿已属于他，不准她帮宋引章。赵盼儿驳斥说，两人并未婚配。周舍遂拖二女告官，赵盼儿拿出真休书证明周、宋已无夫妻名分，又揭发周舍劣迹。安秀实闻讯亦来告周舍夺妻之罪。郑州太守李公弼审理此案，将宋引章判归安秀实为妻，周舍杖六十，赵盼儿开释回家，侠女救风尘传为佳话。

第 一 折

（冲末扮周舍①上，诗云）酒肉场中三十载，花星整照②二十年。一生不识柴米价，只少花钱③共酒钱。自家郑州人氏，周同知④的孩儿周舍是也。自小上花台⑤做子弟。这汴梁城中有一歌者⑥，乃是宋引章。他一心待嫁我，我一心待娶他，争奈他妈儿不肯。我今做买卖回来。今日特到他家去，一来去望妈儿，二来就提这门亲事，多少是好。（下）

（卜儿同外旦⑦上，云）老身汴梁人氏，自身姓李。夫主姓宋，早年亡化已过。止有这个女孩儿，叫作宋引章。俺孩儿拆白道字⑧，顶真续麻⑨，无般不晓，无般不会。有郑州周舍，与孩儿做伴多年。一个要娶，一个要嫁；只是老身谎彻梢虚⑩，怎么便肯？引章，那周舍亲事，不是我百般板障⑪，只怕你久后自家受苦。（外旦云）奶奶，不妨事，我一心则待要嫁他。（卜儿云）随你，随你！（周舍上，云）咱家周舍，来此正是他门首，只索进去。（做见科）（外旦云）周舍，你来了也！（周舍云）我一径的来问亲事，母亲如何？（外旦云）母亲许了亲事也。（周舍云）我见母亲去。（卜儿做见科）（周舍云）母亲，我一径的来问这亲事哩。（卜儿云）今日好日辰，我许了你，则休欺负俺孩儿。（周舍云）我并不敢欺负大姐。母亲，把你那姊妹弟兄都请下者，我便收拾来也。（卜儿云）大姐，你在家执料⑫，我去请那一辈儿老姊妹去来。（周舍诗云）数载间费尽精神，到今朝才许成亲。（外旦云）这都是天缘注定，（卜儿云）也还有不测风云。（同下）

（外扮安秀实上，诗云）刘蕡下第⑬千年恨，范丹⑭守志一生贫。料得苍天如有意，断然不负读书人。小生姓安名秀实，洛阳人氏。自幼颇习儒业，学成满腹文章，只是一生不能忘情花酒⑮。到此汴梁，有一歌者宋引章和小生做伴。当初他要嫁我来，如今却嫁了周舍。他有个八拜交的姐姐是赵盼儿，我去与他劝一劝，有何不可。赵大姐在家么？（正旦扮赵盼儿上，云）妾身赵盼儿是也。听的有人叫门，我开门看咱。（见科，云）我道是谁，原来是妹夫⑯。你那里来？（安秀实云）我一径的来相烦你。当初姨姨引章要嫁我来，如今却要嫁周舍，我央及你劝他一劝。（正旦云）当初这亲事不许你来？如今又要嫁别人，端的姻缘事非同容易也呵！（唱）

〔仙吕点绛唇〕 妓女追陪，觅钱一世，临收计，怎做的百纵千随，知重咱风流媚。

〔混江龙〕 我想这姻缘匹配，少一时一刻强难为。如何可意？怎的相知？怕不便脚搭着脑杓成事早⑰，怎知他手拍着胸脯悔后迟！寻前程，觅下稍，恰便是黑海也似难寻觅，料的来人心不问，天理难欺。

〔油葫芦〕 姻缘簿全凭我共你？⑱谁不待拣个称意的？他每都拣来拣去百千回。待嫁一个老实的，又怕尽世儿难成对；待嫁一个聪俊的，又怕半路里轻抛弃。遮莫⑲向狗溺处藏，遮莫向牛屎里堆，忽地便吃了一个合扑地，那时节睁着眼怨他谁！

〔天下乐〕 我想这先嫁的还不曾过几日，早折的容也波仪，瘦似鬼，只教你难分说、难告诉、空泪垂！我看了些觅前程俏女娘，见了些铁心肠男子辈，便一生里孤眠，我也直甚颏！

（云）妹夫，我可也待嫁个客人。有个比喻。（安秀实云）喻将何比？（正旦唱）

〔那吒令〕 待妆个老实，学三从四德；争奈是匪妓⑳，都三心二意。端的是那里、是三梢末尾㉑？俺虽居在柳陌中、花街内，可是那件儿便宜？

〔鹊踏枝〕 俺不是卖查梨㉒，他可也逞刀锥㉓。一个个败坏人伦，乔做胡为。（云）但来两三遭，不问那厮要钱，他便道："这弟子敲镘儿㉔哩！"（唱）但见俺有些儿不伶俐，便说是女娘家要哄骗东西。

〔寄生草〕 他每有人爱为娼妓，有人爱做次妻。干家的㉕干落得淘闲气，买虚的看取些羊羔利㉖，嫁人的早中了拖刀计。他正是"南头做了北头开，东行不见西行例"㉗。

（云）妹夫，你且坐一坐，我去劝他。劝的省时，你休欢喜；劝不省时，休烦恼。（安秀实云）我不坐了，且回家去等信罢。大姐留心者！（下）（正旦做行科，见外旦云）妹子，你那里人情㉘去？（外旦云）我不人情去，我待嫁人哩！（正旦云）我正来与你保亲。（外旦云）你保谁？（正旦云）我保安秀才。（外旦云）我嫁了安秀才呵，一对儿好打莲花落㉙！（正旦云）你待嫁谁！（外旦云）我嫁周舍。（正旦云）你如今嫁人，莫不还早哩？（外旦云）有甚么早不早！今日也大姐，明日也大姐，出了一包儿脓。我嫁了，做一个张郎家妇、李郎家妻，立个妇名，我做鬼也风流的。（正旦唱）

〔村里迓鼓〕　你也合三思而行，再思可矣。你如今年纪小哩，我与你慢慢的别寻个姻配。你可便宜，只守着铜斗儿㉚家缘家计。也是你歹姐姐把衷肠话劝妹妹，我怕你受不过男儿气息。

（云）妹子，那做丈夫的做不的子弟，做子弟的做不的丈夫。（外旦云）你说我听咱。（正旦唱）

〔元和令〕　做丈夫的便做不的子弟，他终不解其意。那做子弟的他影儿里会虚脾㉛，那做丈夫的忒老实。（外旦云）那周舍穿着一架子衣服，可也堪爱哩。（正旦唱）那厮虽穿着几件屹蜋皮㉜，人伦事晓得甚的！

（云）妹子，你为甚么就要嫁他？（外旦云）则为他知重您妹子，因此要嫁他。（正旦云）他怎么知重你？（外旦云）一年四季，夏天我好的一觉晌睡，他替你妹子打着扇；冬天替你妹子温的铺盖儿暖了，着你妹子歇息。但你妹子那里人情去，穿的那一套衣服，戴的那一副头面，替你妹子提领系、整钗镮。只为他这等知重你妹子，因此上一心要嫁他。（正旦云）你原来为这般呵。（唱）

〔上马娇〕　我听的说就里，你原来为这的，倒引的我忍不住笑微微。你道是暑月间扇子扇着你睡，冬月间着炭火煨，那愁他寒色透重衣。

〔游四门〕　吃饭处，把匙头挑了筋共皮；出门去，提领系，整衣袂，戴插头面整梳篦。衒㉝一味是虚脾，女娘每不省越着迷。

〔胜葫芦〕　你道这子弟情肠甜似蜜，但娶到他家里，多无半载周年相弃掷，早努牙突嘴㉞，拳椎㉟脚踢，打的你哭啼啼。

〔幺篇〕　恁时节"船到江心补漏迟"，烦恼怨他谁？事要前思免后悔。我也劝你不得，有朝一日，准备着搭救你块望夫石㊱。

（云）妹子，久以后你受苦呵，休来告我。（外旦云）我便有那该死的罪，我也不来央告你。（周舍上，云）小的每，把这礼物摆的好看些。(正旦云)来的敢是周舍?那厮不言语便罢,他若但言,着他吃我几嘴好的。(周舍云)那壁姨姨,敢是赵盼儿么?(正旦云)然也。(周舍云)请姨姨吃些茶饭波。(正旦云)你请我?家里饿皮脸⑰,也揭了锅儿底?窨子里秋月——不曾见这等食?⑱(周舍云)央及姨姨,保门亲事。(正旦云)你着我保谁?(周舍云)保宋引章。(正旦云)你着我保宋引章那些儿?保他那针指油面,刺绣铺房,大裁小剪,生儿长女?(周舍云)这歪刺骨好歹嘴⑲也!我已成了事,不索⑳央你。(正旦云)我去罢。(做出门科)(安秀实上,云)姨姨,劝的引章如何?(正旦云)不济事了也。(安秀实云)这等呵,我上朝求官应举去罢。(正旦云)你且休去,我有用你处哩。(安秀实云)依着姨姨说,我且在客店中安下,看你怎么发付我。(下)(正旦唱)

〔赚煞〕这妮子是狐魅人⑪女妖精,缠郎君天魔祟⑫。则他那裤儿里休猜做有腿⑬,吐下鲜红血,则当作苏木水。⑭耳边休采那等闲食,那的是最容易、剜眼睛嫌的,则除是亲近着他便欢喜。(带云)着他疾省呵!(唱)哎,你个双郎⑮子弟,安排下金冠霞帔。(带云)一个夫人来到手儿里了。(唱)却则为三千张茶引⑯,嫁了冯魁⑰。(下)

(周舍云)辞了母亲,着大姐上轿,回咱郑州去来。(诗云)才出娼家门,便作良家妇。(外旦诗云)只怕吃了良家亏,还想娼家做。(同下)

【注释】

① 冲末:元杂剧中行当名称,即副末。周舍:本剧中男主角,舍即舍人的简称,一般称呼显贵子弟,周舍即周公子之意。 ② 花星整照:意为时常嫖娼。 ③ 花钱:嫖资。 ④ 同知:知府、知州等副职的名称。 ⑤ 花台:妓院的别称。 ⑥歌者:歌妓,亦泛指较高级的妓女。 ⑦ 卜儿:元杂剧中老年妇人角色。外旦:元杂剧正旦之外的次要旦角。 ⑧ 拆白道字:元代一种文字游戏,玩法是将某一字拆开,变成一句话说出来。 ⑨ 顶真续麻:一种接字游戏,即下一句的头一个字必须是上一句的末一个字(也可用谐音字)。 ⑩ 谎彻梢虚:彻头彻尾说谎。 ⑪ 板障:古代口语,即作梗、设置障碍。 ⑫ 执料:照料。 ⑬ 刘蕡:唐朝才子。他在试卷中劝皇帝杀宦官,考官不敢录取,此后就用"刘蕡下第"作为考试落榜的代称。 ⑭ 范丹:东汉经学大师马融弟子,因不愿为官,一生甘受清贫,卖卜为生。 ⑮ 花酒:在妓女处吃酒,意即嫖妓。 ⑯ 妹夫:妓院内妓女对其他妓女某一长期固定嫖客的称呼,如该妓女比称呼者小,其固定嫖客便被称为妹夫,显示亲切。 ⑰ 此句意为急于求成、迫不及待。 ⑱ 此句意为你与宋引章的婚事全凭你我做主。因宋引

章是妓女，从良时不必由父母做主或媒妁之言，而赵盼儿是宋引章的义姐，她就可以做主。
⑲ 遮莫："尽管""只怕""哪管"等意思。　⑳ 匪妓：坏妓女、坏女人，这里用作谦称。
㉑ 三梢末尾：结局、收场。　㉒ 卖查梨：查梨是一种酸果，此为口语，意即将酸梨当甜梨
卖，以次充好的意思。　㉓ 逞刀锥：斤斤计较。　㉔ 敲镘儿：敲诈钱财。镘儿：指钱财。
㉕ 干家的：持家主妇。　㉖ 羊羔利：元代的一种高利贷，其利息似母羊生羊羔般多。
㉗ 此句意为不接受教训，重蹈覆辙。　㉘ 人情：做客。　㉙ 莲花落：旧时叫花子边唱曲
边讨饭，其曲即莲花落。此处作为受穷、讨饭的代名词。　㉚ 铜斗儿：比喻家境富庶、稳
固。　㉛ 虚脾：虚情假意。　㉜ 蚍蜉皮：蜣螂的皮，喻坏人穿漂亮衣服。　㉝ 衔：整个、
全部。　㉞ 努牙突嘴：龇牙咧嘴。　㉟ 拳椎：用拳头捶打。　㊱ 望夫石：古代民间传说，
一女子丈夫被征去打仗，她登高望远盼夫归，久而化作人像石。　㊲ 饿皮脸：饿肚皮。
㊳ 此句意为地窖中从来没见过秋天月亮(月食)的事。此处讥讽对方小气。　㊴ 歪刺骨：歪
七歪八的刺头身子骨。好歹嘴：好一张臭嘴巴。　㊵ 不索：不需要。　㊶ 狐魅人：像狐狸
精般迷惑人。　㊷ 郎君：女人对男人的称呼，此处指嫖客。天魔祟：勾引男人的女妖魔。
㊸ 此句意为不要相信他裤子里有条腿这样的实话。意为宋引章骗人骗惯了，连她的真话也
已无法相信。　㊹ 苏木水：一种红色染料。此句意为宋引章真的吐了血，也不能相信，可
能是苏木水。　㊺ 双郎：亦称双渐、双生、双通叔等，北宋豫章县令，这里指安秀实。
㊻ 茶引：茶商交税后的贩茶执照。　㊼ 冯魁：茶商。卢州妓女苏小卿与双郎相爱，双郎外
出求官，冯魁遂以三千张茶引把她买下，她不肯，题诗于金山寺壁。时双郎已得官，途经
金山寺见苏小卿诗，遂连忙乘船追回苏，两人结成夫妻。此故事亦编成戏曲。此处用冯魁
比喻周舍。

【评解】

　　《救风尘》是一出名剧，因为是写妓女以智慧惩罚嫖客的戏，所以颇具可看性，
流传极广。当代一些地方戏曲剧种，如越剧、锡剧等，都有改编本，至今仍不时
演出。

　　元代的妓女分为两种：一种是专职妓女，活动于城市的烟花巷中，有专门的
妓院；另一种是勾栏瓦舍中的演艺者，即歌妓(也称青楼女)。勾栏瓦舍中有相当
部分女子是"卖艺不卖身"的，但在当时她们的社会地位低下，仍被文人以"歌
妓"呼之。应该说，大部分妓女都是因为生活所逼，从小就被父母卖到妓院，她
们在那里含泪卖笑受辱，收入中的大部分却不归她们，而且嫖客大都无情无义，
许多妓女年老后生活无着，陷入痛苦悲惨境遇。所以，妓女们渴望获得真正的爱
情，希望有家庭、有子女，想过夫唱妇随的幸福生活。于是，许多妓女便将从良
作为毕生幸福的奋斗目标。

　　关汉卿是"在野派"作家，又与勾栏瓦舍中的许多艺妓有来往，例如他与杂
剧演员珠帘秀等就来往密切。他对沦落风尘有从良愿望的女子深表同情和赞赏，
而对玩弄妓女感情的男子深表厌恶和谴责。他写《救风尘》这出戏，就鲜明地抒发
了自己的爱憎，而且还在戏中肯定了妓女自行婚配选择的权利，这在当时的社会
是很可贵的。

《救风尘》第一折写妓女从良时如何进行婚恋选择。毫无疑问，妓女从良碰到的第一个问题便是选择什么样的男人。这里有一个大前提，也即不利的条件：妓女的选择范围有很大的局限性，基本上仅限于嫖客之中，不可能到社会上去选未婚"处男"。戏中的宋引章、赵盼儿，她们若从良，只能在熟悉的嫖客中去选一个，即使不选择周舍这一类人，也只能选安秀实那一类人。这是因为她们的社交生活圈子就局限在嫖客中，同时，她们的身份、地位也不允许她们有更好的选择。

为什么宋引章开始时会错选周舍而不是选更可靠的安秀实呢？我认为这不能简单地归结为宋引章眼光不准、不会识人，也不必苛责她追求虚荣。因为妓女从良，首先就需要嫖客有经济实力，即拿得出大笔银子给她赎身。另一方面，妓女在妓院纸醉金迷惯了，因此需要找一个有实力、能养她、让她过好日子的嫖客做丈夫，经济实力稍差的嫖客当然不在考虑的范围内。而妓女大都很穷，像杜十娘、花魁女瑶琴那样的富妓女毕竟很少，所以我们在此折戏中看到，宋引章从良时第一选择便是花花公子周舍。为什么？他家富，父亲又是州同知。而安秀实是个穷书生，宋引章认为跟了他会去同唱"莲花落"（讨饭）。从这样的婚恋观出发，其选择往往可能是错误的。宋引章的选择还有一个误区，就是她分辨不清男人是花言巧语还是真心相爱。在那个时代，一个嫖客，何况还是有财有势的花花公子，他的诺言怎可当真？在周舍没有将宋引章搞到手之前，他为了占有宋引章，不惜用夏天为她整夜打扇、冬天为她暖被之类的虚言去诱惑；一旦女人到手，便换上另一副面孔，所以女子要对花头花脑的男子格外小心！作为妓女，首先要考虑的应该是人可靠与否，物质条件不应作为第一个门槛，宋引章后来的苦难、教训即源于此。

当然，就算她最后嫁了安秀实，是否就一定幸福？难说。首先，从良的妓女如果嫁的是有身份的人家，一般当不成正妻，只能做妾；如果失去生育能力而无子女，则与婢仆的地位等同。像明末名妓柳如是，才色俱佳，她先钟情于陈子龙，但因为陈家只同意她做妾，她就一点儿办法也没有；最后倒是另嫁做了正配填房夫人，但丈夫是个老头子钱谦益，钱一死，她即因无地位而被迫自杀。关汉卿以极大的热情写这部戏，而且还从正面塑造了一个美貌、有智慧、大胆勇敢、有侠义心肠的妓女赵盼儿形象，表现了他对妓女人格的尊重和同情，这一形象有特殊的意义。

在艺术上，本折以极简练的手法，将宋引章的爱慕虚荣、头脑简单、涉世未深、固执轻率的性格摹写了出来。她嫁人的原因竟然是周舍许诺的夏打扇、冬暖被，说明她对社会的险恶、生活的长远打算，心中全然无数。而周舍呢，仅以有限的笔墨就暴露其中山狼的真面目了。相比宋引章，赵盼儿就显得有光彩得多，她不仅美貌，而且在择偶方面颇有主见，深知妓女从良的归宿总是"做次妻"，而嫁人的"早中了拖刀计"，所以劝宋引章要"三思而行"，"慢慢的别寻个姻配"。周舍之类的人，她一眼就看穿，这种人是白穿了几件虼蜋皮，"人伦事晓得甚的"？

赵盼儿自己也希望从良，她的名字里还有一个"盼"字，但她并没有为自己张罗这一步，是过分慎重还是未遇知音，抑或是不甘为妾？我们不知道，但这个光彩照人的女子，一直为别人从良而"两肋插刀"，自己却未考虑从良择配，其光彩的背后又何尝不是眼泪和悲哀？《救风尘》表面上是喜剧，实际上却暗藏酸、苦、辣的人生况味，这实在是一出社会悲剧。赵盼儿会有幸福婚姻的归宿吗？宋引章会真正幸福吗？人们不得而知。《救风尘》是关汉卿艺术上成熟的一部优秀作品。

崔莺莺待月西厢记

王实甫

【剧情简介】

唐德宗贞元十七年二月上旬，西洛才子张珙(字君瑞，又称张生)因丧母又加功名未遂，一直在外书剑飘零，闻说朝廷开科，他决定赴京城长安应试。途经河中府蒲津关，想起少年时八拜之交的结义兄弟、征西大元帅杜确统领十万大军就在此镇守，感慨万千。这天，他从状元旅店小二处得知附近有一名胜普救寺，乃武则天时所建，十分壮丽，便决定去游玩一番。到了普救寺后，张珙在寺僧法聪引领下进佛殿参观，正逢一富家请寺僧做道场。香烟缭绕之中有一佳丽，千般袅娜，万般旖旎，一对小脚就价值黄金百镒，美貌胜似天仙。张生见罢，痴痴的魂不守舍，当即决定不赴长安，向长老法本在寺中借得半间房住下，以温习功课之名欲接近这位美女。

原来这位姑娘乃前朝崔相国之女，名叫莺莺，年方十九，不但美艳非常，而且针描女工、诗词计算无不精通。她的父亲早已亡故，母亲崔夫人娘家姓郑，依然健在，有一贴身使女名叫红娘。因兵荒马乱路途有阻，崔父亡故后灵柩无法回乡，只得暂寄在普救寺中，全家在寺内西厢安身。此时，莺莺早由母亲做主许配表哥郑恒，因郑恒居留在京师中，两人尚未成婚。

崔家道场事完，法本请莺莺到方丈奉茶，张生冲进去，大胆上前向莺莺示爱，虽为莺莺及红娘所拒，却给她们留下深刻印象，莺莺叮嘱红娘将此事瞒住崔夫人。二月十五，崔家又做佛事，张生求法本以他亲戚名义附斋，在拈香之际又与莺莺见面，两人眉目传情，勾得怀春少女莺莺神魂荡漾，心底里便爱上张生。正在此时发生了一件天大的祸事——强徒孙飞虎带五千兵围住普救寺，要抢莺莺去做压寨夫人。崔夫人慌忙与法本商议，但寺僧无力退敌，无奈之下她接受法本的建议，向寺内僧俗人众宣布：谁能退得贼军，便许配莺莺为妻。张生自告奋勇揭榜，写书遣寺僧惠明到蒲关请杜确出兵，终于杀退孙飞虎。正当张生、莺莺都庆幸好事将成、得遂所愿之际，崔夫人却在宴请张生时，以莺莺有婚约在先而赖婚，要张生、莺莺结成兄妹，并助张生金帛另娶他女。二人大为失望，张生当场赌气就要离去，崔夫人却不准，命张生留下，称明日"别有话说"。当夜，张生心绪烦闷，在园中抚琴，莺莺在琴音中听到心上人对爱情的倾诉，芳心不能自持。在红娘的帮助下，两人开始传柬示爱。莺莺约张生夜间园中私会，张生跳墙进了西厢，欲与莺莺共偕鱼水，莺莺却碍于礼法突然变卦，张生怅然回到书房，害起相思病来。崔夫人听说张生病重，央法本请医生诊治。莺莺得知，也派红娘前去探望，并赠情书安慰张生。张生喜不自胜，更让红娘传书约莺莺到书房私会，莺莺思念张生，决意大胆走出关键一步，遂于深夜随红娘去见张生，两颗久渴的心终于紧贴在一起。从此，两人暗中亲密来往，俨然如夫妻一般。

一直在暗中注意着女儿和张生的崔夫人，见莺莺体态发生变化，便知两人"做下来了"。她又从小厮欢郎处得知夜间莺莺和红娘曾去"烧香"，很长时间没回来。崔夫人决定将此事弄出"响声"，当面拷问红娘，终于得知真相，欲严加责罚。红娘反责她许婚又赖婚为不义，既赖婚又留下张生是为"不当"，给旷夫怨女偷情创造了条件。崔夫人回嗔作喜，借口米做成熟饭，决定将女儿配与张生，但崔家不能招白衣（平民）之婿，要张生立即赴京科考，张生只得与莺莺在长亭依依洒泪道别。

张生一举得中，但因未实授官职，暂时在翰林院编修国史，因而无法将莺莺接去团聚，便派琴童持书先赴普救寺报告消息。莺莺回书奉礼，以表相思之情，并催张生速归。不想，崔夫人之侄郑恒先来到普救寺，想与莺莺完婚，为莺莺所拒。他转而向崔夫人造谣，称张生得中状元，已被卫尚书家抛彩球强招为婿，莺莺只能做"二房"，还说此事京中无人不知。崔夫人大怒，当即决定女儿依然嫁给郑恒。幸好张生已被朝廷实授河中府尹，及时赶到普救寺，得知真相，便要逮捕造谣挑拨的郑恒。郑恒惧怕，碰树自杀。张生、莺莺夫妻团圆。

第四本　第二折

（夫人引侏①上，云）这几日窃见莺莺，语言恍惚，神思加倍，腰肢体态，比向日不同：莫不做下来了②么？（侏云）前日晚夕，奶奶③睡了，我见姐姐和红娘烧香，半晌不回来，我家去睡了。（夫人云）这桩事都在红娘身上，唤红娘来！（侏唤红科④）（红云）哥哥唤我怎么？（侏云）奶奶知道你和姐姐去花园里去，如今要打你哩。（红云）呀！小姐，你带累我也！小哥哥，你先去，我便来也。（红唤旦科）（红云）姐姐，事发了也，老夫人唤我哩，却怎了？（旦云）好姐姐，遮盖咱！（红云）娘呵，你做的稳秀⑤

者，我道你做下来也。（旦念）月圆便有阴云蔽，花发须教急雨催。（红唱）

〔越调斗鹌鹑〕 则着你夜去明来，倒有个天长地久；不争你握雨携云⑥，常使我提心在口。则合戴月披星，谁着你停眠整宿？老夫人心教多，情性侉⑦；使不着我巧语花言，将没做有。

〔紫花儿序〕 老夫人猜那穷酸做了新婿，小姐做了娇妻，"这小贱人做了牵头"。俺小姐这些时春山低翠，秋水凝眸⑧。别样的都休，试把你裙带儿拴，纽门儿扣，比着你旧时肥瘦⑨，出落得精神，别样的风流。

（旦云）红娘，你到那里小心回话者！（红云）我到夫人处，必问："这小贱人！（唱）

〔金蕉叶〕 我着你但去处行监坐守⑩，谁着你迤逗⑪的胡行乱走？"若问着此一节呵如何诉休⑫？你便索与他个知情的犯由。

（红云）姐姐，你受责理当，我图甚么来？（唱）

〔调笑令〕 你绣帏里效绸缪⑬，倒凤颠鸾⑭百事有。我在窗儿外几曾轻咳嗽，立苍苔将绣鞋儿冰透。今日个嫩皮肤倒将粗棍抽，姐姐呵，俺这通殷勤的着甚来由⑮？

（红云）姐姐在这里等着，我过去。说过⑯呵，休欢喜；说不过，休烦恼。（红见夫人科）（夫人云）小贱人，为甚么不跪下！你知罪么？（红跪云）红娘不知罪。（夫人云）你故自口强哩。若实说呵，饶你；若不实说呵，我直打死你这个贱人！谁着你和小姐花园里去来？（红云）不曾去，谁见来？（夫人云）欢郎见你去来，尚故自推哩。（打科）（红云）夫人休闪了手，且息怒停嗔，听红娘说。（唱）

〔鬼三台〕 夜坐时停了针绣，共姐姐闲穷究⑰，说张生哥哥病久。咱两个背着夫人，向书房问候。（夫人云）问候呵，他说甚么？（红云）他说来，（唱）道："老夫人事已休⑱，将恩变为仇，着小生半途喜变做忧。"他道："红娘你且先行，教小姐权时落后。"

（夫人云）他是个女孩儿家，着他落后怎么！（红唱）

〔秃厮儿〕 我则道神针法灸⑲，谁承望燕侣莺俦⑳。他两个经今月余则是一处宿，何须你一一问缘由？

〔圣药王〕 他每㉑不识忧，不识愁，一双心意两相投。夫人，得好休，便好休，这其间何必苦追求？常言道"女大不中留"。

(夫人云)这端事㉒都是你个贱人。(红云)非是张生、小姐、红娘之罪，乃夫人之过也。(夫人云)这贱人倒指下我来，怎么是我之过？(红云)信者，人之根本，"人而无信，不知其可也。大车无輗，小车无軏，其何以行之哉"㉓？当日军围普救，夫人所许退军者，以女妻之。张生非慕小姐颜色，岂肯建区区退军之策？兵退身安，夫人悔却前言，岂得不为失信乎？既然不肯成其事，只合酬之以金帛，令张生舍此而去。却不当留请张生于书院，使怨女旷夫，各相早晚窥视，所以夫人有此一端㉔。目下老夫人若不息其事，一来辱没相国家谱；二来张生日后名重天下，施恩于人，忍令反受其辱哉？使至官司，夫人亦得治家不严之罪。官司若推其详，亦知老夫人背义而忘恩，岂得为贤哉？红娘不敢自专，乞望夫人台鉴㉕：莫若恕其小过，成就大事，掩㉖之以去其污，岂不为长便乎？(唱)

〔麻郎儿〕 秀才是文章魁首，姐姐是仕女班头；一个通彻三教九流，一个晓尽描鸾刺绣。

〔幺篇〕 世有、便休、罢手，大恩人怎做敌头？起白马将军故友，斩飞虎叛贼草寇。

〔络丝娘〕 不争和张解元参辰卯酉㉗，便是与崔相国出乖弄丑。到底干连着自己骨肉，夫人索穷究㉘。

(夫人云)这小贱人也道得是。我不合养了这个不肖之女。待经官呵，玷辱家门。罢，罢！俺家无犯法之男，再婚之女，与了这厮罢。红娘，唤那贱人来！(红见旦云)且喜姐姐，那棍子则是滴溜溜在我身上，吃我直说过了。我也怕不得许多，夫人如今唤你来，待成合亲事。(旦去)羞人答答的，怎么见夫人？(红云)娘根前有甚么羞？(唱)

〔小桃红〕 当日个月明才上柳梢头，却早人约黄昏后。羞得我脑背后将牙儿衬着衫儿袖。猛凝眸，看时节则见鞋底尖儿瘦。

一个恣情㉙的不休，一个哑声儿厮耨㉚。呸！那其间可怎生不害半星儿羞？

（旦见夫人科）（夫人云）莺莺，我怎生抬举你来，今日做这等的勾当！则是我的孽障，待怨谁的是！我待经官来，辱没了你父亲，这等事，不是俺相国人家的勾当。罢、罢、罢！谁似俺养女的不长俊㉛！红娘，书房里唤将那禽兽来！（红唤末科）（末云）小娘子唤小生做甚么？（红云）你的事发了也，如今夫人唤你来，将小姐配与你哩。小姐先招了也，你过去。（末云）小生惶恐，如何见老夫人？当初谁在老夫人行说㉜来？（红云）休佯小心㉝，过去便了。（唱）

〔小桃红〕既然泄漏怎甘休？是我相投首㉞。俺家里陪酒陪茶倒搁就。你休愁，何须约定通媒媾？我弃了部署不收㉟，你原来“苗而不秀”。呸！你是个银样镴枪头。

（末见夫人科）（夫人云）好秀才呵，岂不闻“非先王之德行不敢行”㊱？我待送你去官司里去来，恐辱没了俺家谱。如今将莺莺与你为妻，则是俺三辈儿不招白衣女婿，你明日便上朝取应去。我与你养着媳妇，得官呵，来见我；驳落㊲呵，休来见我。（红云）张生早则喜也。（唱）

〔东原乐〕相思事，一笔勾，早则展放从前眉儿皱，美爱幽欢恰动头㊳。既能勾，张生，你觑兀的般㊴可喜娘庞儿也要人消受。

（夫人云）明日收拾行装，安排果酒，请长老一同送张生到十里长亭去。（旦念）寄语西河堤畔柳，安排青眼㊵送行人。（同夫人下）（红唱）

〔收尾〕来时节画堂箫鼓鸣春昼，列着一对儿鸾交凤友。那其间才受你说媒红㊶，方吃你谢亲酒㊷。（并下）

第四本　第三折

（夫人、长老上，云）今日送张生赴京，十里长亭，安排下筵席。我和长老先行，不见张生、小姐来到。（旦、末、红同上）（旦云）今日送张生上朝取应，早是离人伤感，况值那暮秋天气，

好烦恼人也呵！悲欢聚散一杯酒，南北东西万里程。（唱）

〔正宫端正好〕 碧云天，黄花地，西风紧，北雁南飞。晓来谁染霜林醉？总是离人泪。

〔滚绣球〕 恨相见得迟，怨归去得疾。柳丝长玉骢㊸难系，恨不倩疏林㊹挂住斜晖。马儿迍迍㊺的行，车儿快快的随。却告了相思回避，破题儿又早别离。听得道一声“去也”，松了金钏；遥望见十里长亭，减了玉肌：此恨谁知？

（红云）姐姐今日怎么不打扮？（旦云）你那知我的心里呵？（唱）

〔叨叨令〕 见安排着车儿、马儿，不由人熬熬煎煎的气；有甚么心情花儿、靥儿㊻，打扮得娇娇滴滴的媚；准备着被儿、枕儿，则索昏昏沉沉的睡；从今后衫儿、袖儿，都揾㊼做重重叠叠的泪。兀的不闷杀人也么哥㊽！兀的不闷杀人也么哥！久已后书儿、信儿，索与我㊾恓恓惶惶的寄。

（做到见夫人科）（夫人云）张生和长老坐，小姐这壁坐，红娘将酒来。张生，你向前来，是自家亲眷，不要回避。俺今日将莺莺与你，到京师休辱末了俺孩儿，挣揣一个状元回来者。（末云）小生托夫人余荫，凭着胸中之才，视官如拾芥㊿耳。（洁云）夫人主见不差，张生不是落后的人。（把酒了，坐）（旦长吁科）（唱）

〔脱布衫〕 下西风黄叶纷飞，染寒烟(51)衰草萋迷。酒席上斜签着坐的，蹙愁眉死临侵地(52)。

〔小梁州〕 我见他阁泪汪汪不敢垂，恐怕人知。猛然见了把头低，长吁气，推整素罗衣。

〔幺篇〕 虽然久后成佳配，奈时间(53)怎不悲啼。意似痴，心如醉，昨宵今日，清减了小腰围。

（夫人云）小姐把盏(54)者！（红递酒，旦把盏长吁科，云）请吃酒！（唱）

〔上小楼〕 合欢未已，离愁相继。想着俺前暮私情，昨夜成亲，今日别离。我谂知(55)这几日相思滋味，却原来此别离情更增十倍。

〔幺篇〕 年少呵轻远别，情薄呵易弃掷。全不想腿儿相挨，脸儿相偎，手儿相携。你与俺崔相国做女婿，妻荣夫贵，但得一个并头莲，煞强如状元及第。

（红云）姐姐，不曾吃早饭，饮一口儿汤水。（旦云）红娘，甚么汤水咽得下。（唱）

〔满庭芳〕　供食太急，须臾对面，顷刻别离。⑤若不是酒席间子母每当回避，有心待与他举案齐眉。虽然是厮守得一时半刻，也合着俺夫妻每共桌而食。眼底空留意，寻思起就里，险化作望夫石⑤。

（夫人云）红娘把盏者。（红把酒科）（旦唱）

〔快活三〕　将来的酒共食，尝着似土和泥。假若便是土和泥，也有些土气息，泥滋味。

〔朝天子〕　暖溶溶玉醅⑧，白泠泠似水，多半是相思泪。眼面前茶饭怕不待要吃，恨塞满愁肠胃。"蜗角虚名，蝇头微利"⑤，拆鸳鸯在两下里。一个这壁，一个那壁，一递一声长吁气。

（夫人云）辆起⑥车儿，俺先回去，小姐随后和红娘来。（下）（末辞洁科⑥）（洁云）此一行别无话儿，贫僧准备买登科录看，做亲的茶饭少不得贫僧的。先生在意，鞍马上保重者！从今经忏无心礼，专听春雷第一声⑥。（下）（旦唱）

〔四边静〕　霎时间杯盘狼藉，车儿投东，马儿向西，两意徘徊，落日山横翠。知他今宵宿在那里？有梦也难寻觅。

（旦云）张生，此一行得官不得官，疾便回来。（末云）小生这一去，白夺一个状元。正是"青霄有路终须到，金榜无名誓不归"⑥。（旦云）君行别无所赠，口占一绝，为君送行："弃掷今何在，当时且自亲。还将旧来意，怜取眼前人。"（末云）小姐之意差矣，张珙更敢怜谁？谨赓⑥一绝，以剖寸心："人生长远别，孰与最关情？不遇知音者，谁怜长叹人？"（旦唱）

〔耍孩儿〕　淋漓襟袖啼红泪，比司马⑥青衫更湿。伯劳东去燕西飞，未登程先问归期。虽然眼底人千里，且尽生前酒一杯。未饮心先醉，眼中流血，心里成灰。

〔五煞〕　到京师服水土，趁程途节饮食，顺时自保揣身体。荒村雨露宜眠早，野店风霜要起迟！鞍马秋风里，最难调护，最要扶持。

〔四煞〕 这忧愁诉与谁？相思只自知，老天不管人憔悴。泪添九曲黄河溢，恨压三峰华岳⑥低。到晚来闷把西楼倚，见了些夕阳古道，衰柳长堤。

〔三煞〕 笑吟吟一处来，哭啼啼独自归。归家若到罗帏里，昨宵个绣衾香暖留春住，今夜个翠被生寒有梦知。留恋你别无意，见据鞍上马，阁不住⑰泪眼愁眉。

(末云)有甚言语嘱咐小生咱？(旦唱)

〔二煞〕 你休忧"文齐福不齐"，我则怕你"停妻再娶妻"⑱。休要"一春鱼雁无消息"！我这里青鸾⑲有信频须寄，你却休"金榜无名誓不归"。此一节君须记：若见了那异乡花草，再休似此处栖迟。⑳

(末云)再谁似小姐？小生又生此念。(旦唱)

〔一煞〕 青山隔送行，疏林不作美，淡烟暮霭相遮蔽。夕阳古道无人语，禾黍秋风听马嘶。我为甚么懒上车儿内，来时甚急，去后何迟？

(红云)夫人去好一会，姐姐，咱家去！(旦唱)

〔收尾〕 四围山色中，一鞭残照里。㉑遍人间烦恼填胸臆，量这些大小车儿如何载得起㉒？

(旦、红下)(末云)仆童，赶早行一程儿，早寻个宿处。泪随渡水急，愁逐野云飞㉓。(下)

【注释】

① 俫：元杂剧中对儿童角色的称呼，此处指欢郎。　② 做下来了：做出了私下婚配之事。　③ 奶奶：欢郎对夫人的尊称。下文他又称莺莺为姐姐，因莺莺年纪轻，他是崔家下人，可以混叫。　④ 唤红科：做出唤红娘的动作。　⑤稳秀：隐密，宋元习惯用语。稳通"隐"。　⑥ 握雨携云：形容男女发生性关系。　⑦ 俉：固执、刚愎。　⑧ 春山低翠：比喻莺莺身体沉缓。秋水凝眸：形容莺莺目光发呆。　⑨ 比着你旧时肥瘦：要装得和过去身材一样。　⑩ 行监坐守：监督保护。　⑪ 迤逗：勾引、引诱。　⑫ 诉休：应付、糊弄。　⑬ 绣帏：床帐之中。绸缪：男女欢爱时的动作。　⑭ 倒凤颠鸾：指交配。　⑮ 着甚来由：为着什么。　⑯ 说过：辩得过、应付得过。　⑰ 闲穷究：抓住某一话题闲聊一番。　⑱ 休：结束。此句意为与老夫人的纠葛、摩擦已完了。　⑲ 神针法灸：意为医术高超。　⑳ 谁承望：谁估计得到。燕侣莺俦：像燕子、黄莺般亲昵欢爱。　㉑ 他每：他们俩。　㉒ 这端事：这桩事。　㉓ 此段话出自《论语·为政》，意为一个人怎可没信用。　㉔ 一端：一件错事。　㉕ 台鉴：让尊者阅读、思虑、决策，此处意为慎重行事。　㉖ 搲：摩弄、揉

搓，此处为糊涂一点以促成之意。 ㉗ 参辰卯酉：和稀泥应付。 ㉘ 索穷究：不必穷认真。 ㉙ 恣情：恣意发泄。 ㉚ 厮耨：徐渭《南词叙录》称“北人谓相昵为耨”，此处形容交合时动作十分亲昵。 ㉛ 不长俊：不争气。 ㉜ 行说：说这件事，告这个状。 ㉝ 休佯小心：别假装害怕的样子。 ㉞ 投首：自首，主动认错。 ㉟ 部署：宋元时枪棒师傅的称谓。此句意为我不给你当老师出主意了。 ㊱ 非先王之德行不敢行：此语出自《孝经》，意为不敢做不符合先王德行标准的事。 ㊲ 驳落：落榜。 ㊳ 恰动头：刚刚开局。 ㊴ 兀的般：这样的。 ㊵ 青眼：指柳叶，这里为双关语。 ㊶ 说媒红：谢媒礼。 ㊷ 谢亲酒：谢媒酒宴。 ㊸ 玉骢：青白色好马、快马，此处指张生之马。 ㊹ 恨不倩疏林：恨不得请那些树木。 ㊺ 迍迍：缓慢的样子。 ㊻ 靥儿：女子点搽在面部的妆饰，泛指面颊酒窝。 ㊼ 揾：擦、揩。 ㊽ 也么哥：语气词，即“依呀嗨”。 ㊾ 索与我：只好与我。 ㊿ 拾芥：采摘芥菜，意为容易取得。 (51) 染寒烟：沾染寒气。 (52) 死临侵地：没精打采。 (53) 奈时间：但眼下。 (54) 把盏：举杯祝酒。 (55) 谂知：深切体会。 (56) 这三句形容时间过得太快。 (57) 望夫石：传说一男子被征去打仗未归，其妻天天盼望，久而化为一石。 (58) 玉醅：美酒。 (59) 蜗角虚名：语出《庄子·则阳》，喻微小。蝇头微利：像苍蝇头大的利益，语出班固《难庄论》。 (60) 辆起：驾起。 (61) 末辞洁科：末和洁都是元杂剧角色的行当名称，末即正末，指张生，现在京剧中已演变为小生行当；洁指法本，老生。此为张生做出向法本告别的表演动作。 (62) 春雷第一声：科场发榜，古时进士考试都在春天，发榜时影响大，故以春雷形容。 (63) 青霄：云天。此二句是决心要考中的意思。 (64) 赓：续吟。 (65) 司马：指白居易，唐代诗人。他曾于元和十年任九江郡司马，写有《琵琶行》长诗，末二句为“座中泣下谁最多，江州司马青衫湿”。 (66) 华岳：华山。 (67) 阁不住：禁不住。 (68) 停妻再娶妻：指抛弃原妻另娶新欢。《唐律·户婚律》规定，有妻更娶妻者，徒一年。 (69) 青鸾：青鸟，传说为西王母信使。唐李商隐《无题·相见时难别亦难》末句为“青鸟殷勤为探看”。 (70) 花草：指别的美女。栖迟：栖息、迟留。此二句意为见了美好女子，别马上另娶。 (71) 此二句描摹了一幅动态意境——在四面群山的一条窄窄山路上，夕阳中，只见一个落寞的骑马人正挥鞭前行。 (72) 载得起：装得下。 (73) 泪随渡水急，愁逐野云飞：形容离别愁绪，眼泪和着流水淌去，忧愁跟着天上黄云随处飘荡。

【评解】

王实甫的《西厢记》是中国古典戏曲中最精彩的爱情篇章之一，也是元代杂剧的代表作之一。它取材于唐代作家元稹的传奇小说《莺莺传》。两部作品前面大半部分的情节大同小异，唯结尾不同。《莺莺传》中，张生因“文战不胜”，滞留京师，“因赠书于崔，以广其意”，实际上是将崔莺莺遗弃了。“后岁余，崔已委身于人”，而张生则“亦有所娶”，作者却让张生对自己“始乱终弃”的行为发一通“天之所命尤物，不妖其身，必妖其人”的议论，好像他是不愿受莺莺的妖惑才抛弃她的。张生后来路经莺莺家时又欲求见莺莺，莺莺不愿家庭受影响，理所当然拒绝他，并告诫张生：“还将旧时意，怜取眼前人。”而张生（元稹）却把这段风流韵事公布于众，显见并不道德。元杂剧《西厢记》安排了一个大团圆结局，让张生对莺莺的爱情忠贞不渝。也正因为如此，《西厢记》中男女主人公的爱情才显得更加美丽，成为旧时代青年男女向往或争取婚姻自由的楷模，并得以流传下来。

　　《西厢记》之所以能成为中国古典戏曲艺术的爱情戏之冠，在于它在树立新的爱情、婚姻观念上取得了重大突破，即青年男女自主择婚。大家知道，旧时青年男女是没有资格自主择偶的，"男女授受不亲"就排除了自由恋爱的可能性。"父母之命""媒妁之言"则是婚姻的铁律，只要是无媒娶嫁、无父母之命（父母不在时须由兄嫂或伯叔、姑舅等长辈做主）的婚姻，都是属于"不道德"的"出乖露丑"，没有法律保障。所以，青年男女闹出"梁祝"式、"宝黛"式的爱情悲剧，也就十分正常了。但《西厢记》中的张生、莺莺大胆追求自主婚姻，在两情相悦的前提下，勇敢地跨出了"越轨"的那一步。这一步的意义在于：是由崔莺莺主动跨出去的，是她半夜里主动把自己送到张生书房去的，此时，什么礼教、什么危险后果，她都抛在了脑后。更可贵的是，在两人结合前的那一刻，她只提出了一个要求，就是"妾千金之躯，一旦弃之，此身皆托于足下，勿以他日见弃，使妾有白头之叹"。呵，仅仅是企求张生能专一爱她就足够了，根本不像一些女孩子那样，要嫁高门富户，在获取许多金钱、利益之后才肯献身。遗憾的是，莺莺的这一步，千百年来，多少青年男女都不敢跨出去，许多人最后闹个悔恨终身。所以，莺莺的形象是旧时女性中最有光彩的，她敢于藐视或忽视封建礼法，敢于主动跨进张生的书房。而这一步，即使是敢爱、敢向往婚姻自主的祝英台、林黛玉等人，也没有跨出去。在封建社会，妇女受封建礼教的压迫比男子重，崔莺莺跨出这一步，需要拿出比张生跨出的那一步更大的勇气，冒更多的风险。就这一点来说，《西厢记》的爱情境界比《红楼梦》确实高出了一个层次。曹雪芹在《红楼梦》中也安排贾宝玉、林黛玉读《西厢记》，但他们没能读通。曹雪芹不会这么写，是因为在一个封建礼教严密的社会，这种男女私婚是要受谴责、否定的。元代社会相对于清代，封建礼教对老百姓的控制较宽松，所以元杂剧中青年男女自主择婚、不受社会礼教拘束的例子很多，除《西厢记》外，像《倩女离魂》《墙头马上》等都是，说明元杂剧作家创作时思想上更少束缚、更放得开，笔下的人物便更有光彩。清代封建礼教束缚严，所以林黛玉虽是可爱的，但又是可怜的，她只能封闭自己的爱；崔莺莺才是敢于自主追求幸福美满婚姻的楷模。近年来，有些剧种在改编《西厢记》时，一味以张生追求莺莺作为主线，而将莺莺作为被动配角。这恐怕是一种对《西厢记》的误读，没有看到此剧中莺莺这个人物比张生更有光彩、更勇敢，其举动也更有意义。

　　《西厢记》中有四个主要人物，张生、莺莺和热心的红娘都是数百年来人们十分喜爱的人物，唯有崔夫人不受观众、读者欢迎。在20世纪50年代初，人民政府颁布了新《婚姻法》，提倡、保护自由恋爱，反对父母包办、干涉婚姻。于是，《西厢记》里的崔夫人、《梁祝》里的祝员外、《红楼梦》里的贾母，便成为戏曲舞台上婚姻领域封建保守势力的代表人物。现在一般的研究者也总是把崔夫人作为干涉、拆散张生、莺莺恋情的人物进行批判、鞭挞，这几乎成了铁案。这样解读《西厢记》里的崔夫人公正吗？

　　近年，有研究者对此提出疑问，认为应重新客观地评价崔夫人这个人物。毫无疑问，元代的王实甫绝无反封建意识，他塑造崔夫人这个形象，是展开剧情矛盾冲突的需要。他并没有很简单地把崔夫人作为反面形象脸谱化，而是赋予了这个人物世故、老练但又一心为女儿幸福着想的复杂特征。在戏中，她要为女儿婚姻当家是确实的，所以先把女儿许配郑恒；但当强寇孙飞虎派兵围困普救寺要抢夺莺莺的危急时刻，她便宣称谁能退贼兵就把莺莺嫁给谁。这一步很重要，要知道崔家是先相国之家，按照道学家观念，女子"失事大"，另行择配便是"失节"，莺莺既先许郑恒，就不能另嫁，只能玉碎，不应"瓦全"。但崔夫人在危难之际并未要女儿为先许之未婚夫守节，实际上就突破了当时社会道德底线。当贼兵退走，张生要践约时，崔夫人突然感到为难：一方面她知道张生、莺莺才子佳人相爱又般配，但毕竟莺莺许配郑恒在前，至今尚未退婚，有法律效力；另一方面，郑恒是自己亲内侄，如果贸然让女儿另嫁，郑恒面前怎么交代？思想矛盾之下，她向张生抛出了一个建议：让二人兄妹相称，助银另娶。我认为，这个主意不能简单地理解为是"赖婚"，它是崔夫人摆脱女儿"一女二许"窘境的一项最佳选择，当然也包括了对张生的试探。张生反应激烈，赌气要马上离开普救寺，这时崔夫人喝住张生："你且住者，今日有酒也(意为你今日多喝酒醉了)。红娘，扶将哥哥去书房中歇息，到明日咱别有话说。"崔夫人没有乘机赶走张生，而是把这个怜香惜玉的多情种依旧留在西厢之内，实际上为这对旷夫怨女日后偷情越轨创造了条件。她作为过来之人，应当可以预见张生留下的后果，但还是留下他了。我们只能说崔夫人这一"失误"是一种纵容，多少反映了她内心中不便说出来的愿望。以后的情节发展大家都知道了，张生、莺莺终于"生米煮成熟饭"。

　　我们再来赏析第四本第二折，即人们称为"拷红"的这场戏。这场戏的情节跌宕起伏，出人意料，又很在情理之中。开头崔夫人传红娘，人们都以为这一回红娘完了，一顿毒打在所难免；而张生也将被崔夫人追究，或被赶走。没想到崔夫人对红娘一番询问后，情势来了个大变，本来担忧的责罚成为天降喜讯。王实甫的聪明在于他不仅写了《拷红》这场戏，而且还让崔夫人也演了一场戏，即明面上是崔夫人拷问红娘，实则却变成红娘责问崔大人；明面上是调查张生、莺莺，目的却是把张生、莺莺"做下来了"的事正式公开。只有这样，她才有理由把女儿嫁给张生，他们已是事实婚姻了。更奇怪的是，本折戏一开头，崔夫人便说她发现女儿这些日子"语言恍惚，神思加倍，腰肢体态，比向日不同"，说明作为母亲，她一直在暗中密切关注着女儿。而欢郎关于莺莺半夜烧香不归的"告密"，则是她借机发作的由头。接下来便传红娘询问，红娘很害怕，以为不免一顿拷打，性命不保。没想到她冒险反守为攻，责备崔夫人对张生失信、留张生于书院为他勾引莺莺创造条件的错误时，崔夫人却不嗔反喜，连说红娘的话"也道得是"，借口崔家"无再婚之女"，决定为免出乖露丑，将莺莺配与张生。这说明崔夫人的"拷红"是在故意弄出"响声"，然后借机落篷，这样，她作为家长就免去了"治家不严"的责任。

当然，作为有丰富社会阅历的故相国夫人，考虑问题自然会更全面、更长远、更深层次一些，那就是张生、莺莺结合后婚姻有没有保障，是否因此就能一了百了。按当时法律，莺莺尽管已为张生占有，但许配郑恒在先，郑家没有休她，崔家也未退婚，所以莺莺之身仍然属于郑恒，如果郑恒告官，依旧能讨还妻子。况且郑恒是尚书之子，在京城总还有势力；而张生是老百姓，是弱势群体，在当时的社会条件下，张生要保护他和莺莺的"非法婚姻"，唯一的办法是自己也求得一官，利用官场势力、关系来压倒对方。而这一层利害关系，热恋中的张生、莺莺是不懂的，世故的崔夫人懂，所以她必须逼迫张生赶快赴京科考求官。许多学者、观众读不懂崔夫人逼张生上考场的深意，将张生被迫赴考理解成老夫人干预女儿婚姻，这是错误的。此时崔夫人已承认张生为婿，并让他快去求一个官，作为长辈，对晚辈提这种要求并不过分。青年男女不能总是沉湎于卿卿我我之中，他们要过日子、要吃饭、要婚姻安定，必须有生存的本领。后来剧情发展也证明了这一点，郑恒果然来逼婚，幸赖张生此时已当上河中府尹，有了官员身份，才在气势上压倒了郑恒，逼得郑恒只能自杀。这说明崔夫人当初逼张生赴考这步棋虽然冷酷了一点，却是对的，有超前的忧患意识。

第四本第三折写尽张生、莺莺的离愁之情，文辞优美，充分表现了王实甫的才情。一曲"碧云天，黄花地，西风紧，北雁南飞。晓来谁染霜林醉？总是离人泪"，读来使人心碎。这阕唱词可以当作像马致远《天净沙·秋思》这类小令来欣赏，是元曲中的唱词精华。它用碧云、黄花（菊花）、西风、北雁这四种风马牛不相及的东西组合起来，构成一幅图画，而这幅画既有天又有地，还有动态的风、雁，更寓风、雁的声音，是一幅有声的立体图画。此种抒情造势，不用华丽辞章而能达到极致，显示出作者驾驭语言的才能。本折戏中描摹张生、莺莺离索的愁绪，如〔叨叨令〕中的车儿、马儿、花儿、靥儿、被儿、枕儿、衫儿、袖儿的运用，看似通俗，实则加重了情绪的描写。作者通过写景来创造意境、抒发剧中主人公的情感也格外成功，如〔四边静〕中"车儿投东，马儿向西，两意徘徊，落日山横翠"，〔一煞〕中"青山隔送行，疏林不作美，淡烟暮霭相遮蔽。夕阳古道无人语，禾黍秋风听马嘶"，〔收尾〕中"四围山色中，一鞭残照里"，犹似一幅幅风景画，有力地寄托了人物的情感。

【补述】

张生、莺莺的爱情故事，早在元杂剧之前便已被搬上舞台，宋代赵令畤的《蝶恋花鼓子词》、金朝董解元的《西厢记诸宫调》（俗称"董西厢"）等，都在王实甫的《西厢记》之前。在"王西厢"之后，又有"南西厢"（《崔莺莺西厢记》）、"明西厢"（明代李日华所作传奇本《西厢记》）等。所有这些古本"西厢"中，数王实甫的成就最大，徐渭、凌濛初、屠隆、李卓吾、金圣叹等名家均评点过，金圣叹更将《西厢记》评点为"第五才子书"。而当代专门研究《西厢记》的专家中，以王季思、蒋星煜、戴不凡等成就最高。

《西厢记》在当代被广泛改编、移植，是古典戏曲中至今改编最多、演出最频繁的剧目之一。当然，各家改编本在移植、改编时对内容常各取所需，有所侧重。有的突出反封建婚姻主题，以张生、莺莺为双主角；有的以莺莺为第一主角；有的因剧团小生行当为强项而偏重写张生戏，莺莺成为被动配角；有的则以热心的红娘为第一主角，张生、莺莺都成了陪衬（如京剧荀派代表剧目《红娘》）。但在所有的戏中，崔夫人都成为保守势力的代表，至今未见突破。

吕蒙正^①风雪破窑记

王实甫

【剧情简介】

北宋时，洛阳富户刘仲实有一18岁女儿刘月娥，因高低不就，尚未出阁。他迷信姻缘天成，于是便决定让女儿抛彩球选婿。哪知刘月娥将彩球抛给了穷书生吕蒙正，刘仲实大感意外。得知吕蒙正与另一穷书生寇准结为兄弟，两人在城外破瓦窑中安家，刘员外欲给吕蒙正补偿些钱让他退婚。但刘月娥不肯，一气之下刘员外将女儿赶出家门，连好衣服、首饰也不许带走。吕蒙正便将刘月娥带回破窑中成婚，寇准以大伯身份想说服刘员外认下女婿，亦被刘员外轰出。

吕蒙正靠在街上卖字代笔为生，又养着一个妻子，日子过得十分窘迫，他只得趁白马寺发放斋饭时去蹭饭。暗中一直关心着女儿、女婿生计的刘员外决定断掉吕蒙正"赶斋饭"的路，亲自到白马寺找到长老，要他从今以后改鸣钟放斋饭为饭后再鸣钟。那天，吕蒙正按经验听到钟声后去赶斋，只见斋饭早已施舍完毕。长老对他说："你是孔子门徒，满腹文章，为何不能去应试做官，也强似在此吃尴尬饭。"吕蒙正受长老羞辱，挥笔在墙上写下"男儿未遇气冲冲，懊恼阇黎斋后钟"两句诗后离去。

刘员外让夫人带上好衣服、美食一起到破窑，劝女儿别再守着穷秀才，回自己家里去过。刘月娥说要取得丈夫同意才肯走。刘员外夫妇很不高兴，打碎了一些瓦盆烂碗，拿着衣服、食物回去了。吕蒙正回到破窑，得知丈人、丈母来过，他也十分生气，正好寇准也回来了，寇准对吕蒙正说："刘员外也太不该了，怎么把我的东西也打坏了。兄弟，你也别烦恼，我在集市上碰到一个体面故交，他送给我两锭银子做盘缠，我们一同上京应试求官去。"吕蒙正认为这个主意好，便安顿好妻子，与寇准一起上京。

吕蒙正应试高中状元，除授本县县令。他本想马上去接刘月娥团圆，但不知妻子近况如何，于是便将一支金钗、一套新衣服交给媒婆，要他去破窑中假称自己已死，劝她改嫁。刘月娥大怒，要拉媒婆去见官，吕蒙正忙上前认妻，并说明原委。这时，刘员外得知女婿做了官，要来相认，吕蒙正夫妇不睬。已被封为莱国公的寇准赶到，他告诉吕蒙正当日赴京的两锭银子乃刘员外所助，刘员外断吕蒙正"赶斋饭"之路及打碎破窑中杂物，乃是为了激励吕蒙正发奋求官。吕蒙正夫妇大为感激，一家人遂相认团圆。

第 二 折

（长老引行者上）（长老云）明心不把优花拈，见性何须贝叶②传。日出冰消原是水，回光月落不离天。贫僧是这白马寺中长老。为贫僧积功累行，累劫修来，得悟大乘三昧③，住持在此寺，朝参暮礼④。今日上堂做罢好事，在此闲坐。行者，山门前觑者，看有甚么人来。（行者云）理会的。（刘员外上，云）若无闲事恼心头，便是人间好时节。老夫刘员外是也。自从我那女孩儿嫁了吕蒙正，那厮每日长街市上，搠笔⑤为生，又在白马寺中，每日赶斋⑥，着老夫心上好生不自在。今日无甚事，去寺中对长老说一声去。来到方丈也，行者报复去，道有刘员外特来相访。（行者云）理会的。（报科⑦，云）报的师父得知，有员外来了也。（长老云）道有请。（行者云）有请。（做见科）（长老云）员外，此一来有何事？（刘员外云）师父，老夫无事也不来。有我的女婿吕蒙正，他每日来你这寺中赶斋。他空有满腹文章，不肯进取功名，他听的这钟声响便来赶斋。长老，老夫所烦，今后先吃了斋饭，后声钟。他赶不上斋呵，他自然发志也呵，他必然去寻他的道路⑧去也。（长老云）我知道了也。此事易为，员外，你自请回去也。（刘员外云）师父恕罪，我回私宅中去也。自今饭后声钟响，空到斋堂快快归。奋志上朝去应举，恁时方见锦衣回⑨。（下）（长老云）小和尚，每日都吃了斋时，可与我声钟⑩。等那吕蒙正若来时呵，我自有个主意。（吕蒙正上，云）小生吕蒙正。每日长街市上，搠笔为生。时遇冬天，下着如此般大雪。寺里钟响也，我去寺中赶斋去，得的一分斋饭，与我浑家食用。来到也。（见长老科，云）师父，将斋饭来我食用。（长老云）无了斋也。吕蒙正，你来，我和你说，俺常住家计较⑪来，满堂僧不厌，一个俗人多。你一日吃我一分斋饭，一年吃着多少？往日先撞钟后吃斋，因为多了斋粮，先吃了斋后撞钟，唤作斋后钟。你为孔子门徒，你有满腹文章，你若应过举呵，得一官半职，不强似在寺中赶斋？既为男子汉，不识面皮羞。回去！（吕蒙正云）我出的这门来，我为男子大丈夫，受如此羞辱。为我一个，斋后声钟，我怎生回家见我浑家的面，这和尚无礼，我瓦罐中取出这笔来，我在这壁子上写四句诗，骂这和尚。（写诗科，云）男儿未遇气冲冲，懊恼阇黎⑫斋后钟。呀，后韵⑬不来，且罢。斋也赶不的，哎，且回我那破窑中去也。（下）（长老云）吕蒙正去了也。我出的这山门来，是去的远了也。这厮心里敢怪贫僧也。（做看诗科）呀，他在我山门下写下两句诗：男儿未遇气冲冲，懊恼阇黎斋后钟。小和尚每，休着损坏了他这两句诗。此人大志不小，异日必有峥嵘⑭之日。无甚事，回方丈中去。两廊无事僧归院，再续残灯念旧经。（下）（正旦上，云）自从嫁的吕蒙正，在这破窑中，他每日在这白马寺中赶斋，可怎生这早晚不见回来也。（唱）

〔正宫端正好〕 夫妇取今生，缘分关前世⑮。穷和富是我裙带头衣食⑯。帘儿揭起柴门倚，专等俺投斋⑰婿。

〔滚绣球〕 听的钟声响报信息，这斋食有次第⑱。俺知他的情意，他待俺着甚回席。虽然是时下贫，有朝发愤日，那其间报答恩德。这其间⑲不见回归，做下碗热羹汤等待贤夫冷。揣着个冻酸馅⑳，未填还拙妇的饥㉑，有甚稀奇。

（正旦云）秀才这早晚敢待来也。（刘员外同卜儿㉒上，云）老夫刘员外，我的女孩儿嫁了吕蒙正。想我女孩儿富里生，富里长，他几曾受这等穷来？婆婆，（卜儿云）老的，为甚的？（刘员外云）咱两口儿看孩儿去来。将着一分香美茶饭，与孩儿吃；将着一套衣服，与孩儿穿。来到也，月娥，开门来。（卜儿叫门科，云）孩儿在家么？（正旦云）是谁唤门哩？我开开这门。（正旦见卜儿科，云）原来是父亲母亲。（唱）

〔倘秀才〕 今日个灵鹊儿吖吖㉓的报喜，甚风儿吹来到俺这里？淡饭黄齑㉔吃甚的？（刘员外云）那穷厮那里去了？（正旦唱）旋酒处舀了一碗热水，抄纸处讨了把石灰，教学处寻了管旧笔㉕。

（刘员外云）我道是做甚么买卖，原来是排门儿搠笔为生。㉖
孩儿，你眼里也识人，嫁了这么一个叫花头。孩儿，跟我家去
来，兀的你母亲将着㉗衣服，你便穿；替下旧的，与那穷厮穿。
我将这茶饭，你便先吃了好的；剩下的与那穷厮吃。（正旦云）父
亲，你说的差了也。（唱）

〔倘秀才〕　你着我穿新的他穿旧的，我吃好的他吃歹的㉘？
常言道夫妻是福齐。俺两口儿过日月，着他独自落便宜，怎肯教
失了俺夫妻情道理。

（刘员外云）女孩儿也，你恋着这个穷秀才，有甚么好处？三
千年不能够发迹！孩儿，你家去来。（旦儿云）我不问了俺秀才，
我不敢去。（刘员外云）你真个不去？父亲的言语，倒不中听，你
则向着那穷秀才。我将这破砂锅打碎了，把这两个碗也打了，把
这匙箸搣㉙折了。孩儿也，你至死也休上我门来，我也无你这等
女孩儿！婆婆，将那衣服茶饭小的每㉚将着，咱家去来。（下）
（正旦哭科，云）父亲也，你好狠也。（吕蒙正上，云）小生吕蒙正
是也。赶不的斋，天色晚将来也，还我那破瓦窑中去。（见正旦
科）大嫂㉛，有甚么人到俺家里来？我一脚的不在家，把我铜斗
儿家缘，都破败了也。（正旦唱）

〔倘秀才〕　搣折的匙呵如呆似痴，摔碎碗长吁叹息。（吕蒙
正云）端的是谁打了来？（正旦唱）打破砂锅璺㉜到底。俺娘将着
一分充饥饭，俺父抱着一套御寒衣，他两口儿都来到这里。

（吕蒙正云）原来是俺岳父、岳母来。他老两口儿去了，可怎
生这早晚不见哥哥㉝来？（寇准上，云）小生寇平仲是也。这几日
不曾看兄弟去，来到这破瓦窑门首，兄弟在家么？（吕蒙正云）
呀，哥哥来了。（寇准云）兄弟，你两口儿敢相争来？（吕蒙正云）
俺两口儿不曾相争。有我丈人、丈母来到这里，要他女孩儿家
去，他不肯去也，将我家活都打碎了。（寇准云）原来是这等，老
员外无礼也。这家私也有我的一半儿，你怎生打坏了我家活㉞。
兄弟，你休烦恼，我恰才街市上遇着一个故交的官人，他见我贫
穷，赍发㉟与我两个银子，教我上朝应举去。兄弟，趁着这个机
会，咱二人上朝应举去来。媳妇儿有甚么嘱咐的言语，嘱咐兄弟

咱。(吕蒙正云)小姐，你守志者，我得了官时，便回来也。(正旦云)吕蒙正，你去则去，早些儿回来。妾身在家，不必你忧心也。(唱)

〔尾声〕 则这瓦窑中将一应人皆回避，你金榜无名誓不归。(云)若得官呵，你为义夫，妾身为节妇。(唱)立一通贤达德政碑，扶起攀蟾折桂枝㊱，带将你那金银还家来报答你那妻。你若提着一个瓦罐还家来，我可也怨不的你。(下)

(寇准云)兄弟，咱收拾了行装，上朝应举，走一遭去。(吕蒙正云)哥哥，则今日收拾纸墨笔砚，俺走一遭去来。倚仗胸中七步才㊲，攀蟾稳步上天阶。布衣走上黄金殿㊳，凤池㊴夺得状元来。(同下)

【注释】

① 吕蒙正：字圣功，河南洛阳人。其父吕龟图曾任起居郎，多内宠，将吕蒙正及其母赶出家门，故幼时吕蒙正生活贫困。吕蒙正于北宋太平兴国二年中状元，授将作监丞，后仕途顺利，先后任翰林学士、左谏议大夫、参知政事、中书侍郎兼户部尚书、同平章事等，三度拜相，被宋真宗授太子太师，封莱国公，后改封徐国公、许国公。致仕后居洛阳，去世后追赠中书令，谥文穆。 ② 贝叶：原为印度贝多树的叶子，印度人多用来写经，故佛经也称为贝叶经。 ③ 大乘：佛教的一个流派，亦称大乘佛教(另有较原始的小乘佛教)。三昧：原为佛教名词，指入定，此处作真经、真髓解。 ④ 朝参暮礼：早晨起来在佛前做功课，夜里临睡前做祷告。 ⑤ 搧笔：用力使笔，意为卖力写字。 ⑥ 赶斋：按时去庙里吃免费素饭菜。 ⑦ 报科：做出报告的表演动作。 ⑧ 寻他的道路：意为努力去闯出一条自己的谋生之路来。 ⑨ 怎时：到时候。锦衣回：做官后衣锦荣归。 ⑩ 声钟：敲一次钟。 ⑪ 俺常住家计较：意为我们庙里过日子的方式。 ⑫ 阇黎：指寺僧。 ⑬ 后韵：后两句诗。 ⑭ 峥嵘：原指险恶的山势，此作优异前程解。 ⑮ 关前世：来自前世。 ⑯ 裙带头：指妻子。衣食：衣食来源、依靠。 ⑰ 投斋：吃斋饭白食。 ⑱ 次第：此处指发放时间。 ⑲ 这其间：到这个时候。 ⑳ 冻酸馅：指冷的馅心馊掉的食物。 ㉑ 拙妇：旧时妇女自己谦称。此句意为填不饱我小妇人饥饿的肚子。 ㉒ 卜儿：元杂剧中行当名称，一般扮演老妇人。 ㉓ 吖吖：喜鹊的叫声。 ㉔ 齑：切碎的菜和肉。 ㉕ 这三句形容吕蒙正之穷。 ㉖ 排门儿：排门板，旧时集市上商家的一扇扇可卸可关的门。此句形容吕蒙正在集上卖字，但连一张桌子也置办不起，只好借人家排门板当桌子。 ㉗ 兀的：犹言"这"。将着：拿着、带着。 ㉘ 吃歹的：吃粗劣食物。 ㉙ 撅：弯卷。 ㉚ 小的每：小厮们。 ㉛ 大嫂：古时丈夫对妻子的一种俗称。 ㉜ 璺：原意指陶瓷、玻璃器皿上的裂纹，此处作"问""根究"解。 ㉝ 哥哥：指寇准。 ㉞ 我家活：我家的家什。 ㉟ 赍发：打发、资助。 ㊱ 蟾：蟾宫，传说中月宫，上有桂树。这句话常用来比喻科考获胜。 ㊲ 七步才：典出《三国志·魏书》。曹丕袭魏王爵，为打压有文才的兄弟曹植，逼他行七步之内吟出一首诗，曹植做到了。指像曹植那样七步之内就能吟诗的才学。 ㊳ 黄金殿：皇家宫殿，以

黄金装饰。　㊴凤池：殿试考场。

【评解】

《破窑记》这部杂剧是一出激励读书人发奋的戏。剧中情节比较通俗，抛彩球招亲、父母嫌贫爱富、落魄书生中状元之类的老套故事，很容易为文化不高的观众所接受，也反映了那个时代千儒万学只挤一条求官小径的无奈和期盼。所以，这出戏的知名度很高，演出也较频繁。它既为文人所欢迎（文人认为它为自己扬眉吐气），也为下层市民、农民喜爱，是雅俗共赏的戏。

本折戏表面上吕蒙正是主角，但实际背后的操盘者是刘员外。他看到吕蒙正满足于借人家排门板上街卖字、白马寺中蹭斋饭的清苦生活，觉得这样下去，女儿会永远翻不了身，吕蒙正胸中才学也无法发挥出来，便精心设局，把女婿逼上架，让他赴京赶考。他先是到白马寺叫长老把斋前钟改为斋后钟，使习惯了听到布斋钟就赶去蹭饭的吕蒙正吃不上饭，还被长老奚落"满堂僧不厌，一个俗人多"，断了他蹭斋饭的路。然后又赶到破窑，原想把女儿接回家，逼吕蒙正赴京，但刘月娥忠于丈夫，宁守破窑甘穷。刘员外这个计策未成功，便打碎其家什扬长而去，也是为了刺激女婿发奋。最后，又私下赠寇准两锭银子，让他们去赶考。刘员外的心机，说是望婿成龙自在情理之中，但他根本目的还是为了女儿的幸福，他是爱女儿的，所以这个"大款"形象很可爱。

本折戏在塑造吕蒙正形象方面也是成功的。他赴白马寺蹭饭，说明此人过惯了安于现状的苦日子，内心有惰性，需要外力撞击才能迸发火花。刘月娥不肯离开破窑，说明吕蒙正在爱情上很忠贞又有才气，赢得了富家女的心。他受寺僧奚落后写的两句诗"男儿未遇气冲冲，懊恼阇黎斋后钟"，说明他心底有一团火，性格中有刚烈的一面，并不真是只能吃现成饭的无用书生。最后他喊出"倚仗胸中七步才，攀蟾稳步上天阶"的誓言，说明他骨子里还是个自负、能立志、不甘贫穷的人。与此同时，刘月娥性格也很鲜明，她不肯随父母回娘家，显示出她不在困苦前低头的刚烈；甘守破窑充分表现了她对爱情的忠贞；选择吕蒙正为夫则体现了她的独特的婚恋观，即重才而不重财，看发展而不看眼前，这在那个时代是很可贵的。

四丞相高会丽春堂

王实甫

【剧情简介】

金朝因灭辽、灭北宋达到全盛，金主传旨，要在五月端午节召文武官员至御园赴射柳会。管军元帅、领大兴府（今北京）事、右丞相（朝堂排名第四）完颜乐善是位有功老臣，他奉旨欣然前去。射柳会开始时，押宴官、左丞相徒单克宁对众官宣布：若有人能远远射中柳枝，不仅有酒，还赏玉带锦袍。众官员推完颜乐善先射，他谦让不肯。这时，年轻气盛的右副统军使李圭抢上前要与完颜乐善比试，没想到因武艺不精，连射三次不中，而老丞相完颜乐善却三箭三中取胜。落了下风的李圭不服，他想起皇上要众文武明天到香山游玩并赐宴，决定以自己的一领八宝珠衣为注，与完颜乐善在香山再赌双陆，一心要把他手中的锦袍玉带赢回来，既出口恶气，又可羞辱他。

第二天，香山大会正式开局，完颜乐善接受李圭挑起的赌双陆大战，他以御赐宝剑为注。前两局李圭又输，八宝珠衣也给了完颜乐善。第三局开赌时，双方约定谁输了便以墨涂脸受辱。结果第三局完颜乐善输掉，他不肯放下架子涂墨蒙羞，争执中打落李圭两颗门牙。金主大怒，将他撤职，贬至济南府安置。

完颜乐善到济南府后，整天饮酒看山，垂钓看花，享受田园之乐；同时回味人生，自我反省，颇为悔闷。幸喜当地府尹是他昔年培养提携的下属，对他照顾甚周，还送酒宴、歌妓为他解闷。不久，"草寇"作乱，金主派使者到济南府宣召完颜乐善还朝，命他带兵征讨，并许成功后官复右丞相。

完颜乐善衣锦还家，夫人安排酒宴迎接丈夫，众官员也纷纷上门道贺，相府恢复了往日气象，这使他感慨万千。"草寇"听说完颜乐善又被起用，便不战而降，金主大悦，立即恢复了他右丞相之职，并赐黄金千两、香酒百瓶。完颜乐善就在家中丽春堂设宴庆贺。这时，李圭也来负荆请罪，完颜乐善对跪在地上的李圭说："既然金主原谅了我，我也不记你的旧仇了。"丽春堂上随即一派歌舞升平。

第 三 折

（外扮孤①上，诗云）声名德化九天闻，长夜家家不闭门。雨后有人耕绿野，月明无犬吠荒村。小官完颜女真人氏，自幼跟随郎主，多有功勋，今除小官在此济南府为府尹。近闻京师有四丞相②，因打李圭，如今贬在济南府歇马。想小官幼年间都是四丞相手里操练成的，不料今日到俺这里。这四丞相每日则在溪边钓鱼饮酒。我知他平日好歌舞，小官今日载着酒肴，携一歌妓，直至溪边与四丞相解闷，走一遭去。（下）（左相③上，云）变幻者浮云，无定者流水，君看仕路间，升沉亦如此。自从四丞相打了李圭，圣人见怒，贬去济南府歇马去了。不想圣人思起此人往日功劳，又值草寇作乱，今奉圣人命，着老夫遣使臣星夜赶到济南府，取四丞相还朝，依旧为官。左右，说与去的使命，小心在意，疾去早来。（下）（正末拿渔竿上，云）自从香山会被李圭所奏，圣人见怒，贬在济南府闲住。老夫每日饮酒看山，好是快活也呵。（唱）

〔越调斗鹌鹑〕　闲对着绿树青山，消遣我烦心倦目。潜入那水国渔乡，早跳出龙潭虎窟。披着领箬笠蓑衣，提防④他斜风细雨。长则是琴一张、酒一壶，自饮自斟，自歌自舞。

〔紫花儿序〕　也不学刘伶荷锸⑤，也不学屈子投江⑥，且做个范蠡归湖⑦。绕一滩红蓼，过两岸青蒲⑧。渔夫，将我这小小船儿棹将过去，惊起那几行鸥鹭。似这等乐以忘忧，胡必归欤⑨？

（云）我暂停短棹，看一派好景致也。（唱）

〔小桃红〕　水声山色两模糊，闲看云来去，则我怨结愁肠对谁诉。自蹉跎，想这场烦恼都也由咱取。感今怀古，旧荣新辱，都装入酒葫芦。

（云）家童，将渔竿来者。（孤引旦儿上，云）此女子乃有名歌妓，小字琼英，谈谐歌舞，无不通晓。今日将着酒肴，直到溪边，与老丞相脱闷⑩，走一遭去。琼英，你到那里，好生追欢作乐，要丞相喜欢。来到这里，左右人远避者。唤着你，你便来；不唤你，你休来。兀的⑪不是老丞相在那里钓鱼哩。（旦儿云）咱则在他背后立着，看这老丞相钓鱼。（正末唱）

〔金蕉叶〕　撑到这芦花密处，款款将船儿缆住。见垂柳风摇翠缕，荡的这几朵儿荷花似舞。

〔调笑令〕　我向这浅处扭定身躯。呀，慢慢的将钓儿我便垂将下去，银丝界破波文绿，可怎生浮蛃儿⑫不动纤须？（旦儿云）老爷好快活也。（正末做回头科，唱）我这里回头猛然觑艳姝⑬，可知道落雁沉鱼⑭。

（孤云）小可闻知老丞相在此，特来与老丞相脱闷。将酒来，琼英，你唱一曲者。（旦儿云）理会的。（做唱科）（正末唱）

〔秃厮儿〕　可人意清歌妙舞，酬吾志美酒鲜鱼。则这春风一枝花解语，似出塞美人图，可便妆梳。

〔圣药王〕　乐有余，饮未足，樽前无酒典衣沽。倒玉壶，听金缕，直吃的满身花影倩人扶，我可也不让楚三闾⑮。

（孤云）想老丞相在京时，那般书画阁兰堂，锦茵绣褥，香车宝马，歌儿舞女，那般受用快活。今日在此闲居，索是忧闷也。（正末唱）

〔麻郎儿〕 昨日个深居华屋，今日个流窜荒墟，冷落了歌儿舞女，空闲了宝马香车。

〔幺篇〕 知他是断与甚处外府，则落的绕青山十里平湖。驾一叶扁舟睡足，抖擞着绿蓑⑯归去。

（孤云）老丞相也则一时间在此闲居，久后圣人还有任用。（正末云）府尹，你不知，老夫为官，不如在此闲居也。（唱）

〔东原乐〕 纵得山林趣，惯将礼法疏，顿忘了马上燕南旧来路。如今拣溪山好处居，为甚么懒归去？被一片野云留住。

〔绵搭絮〕 也无那采薪的樵子，耕种的农夫，往来的商贾，谈笑的鸿儒，做伴的茶药琴棋笔砚书。秋草人情即渐疏，出落的满地江湖，我可也钓贤不钓愚。

〔络丝娘〕 到今日身无所如，想天公也有安排我处。可不道吕望⑰、严陵⑱自千古，这便算的我春风一度。

（孤云）老丞相，再饮一杯。（旦儿云）妾与老丞相把一杯咱。（做递酒科）（使命上，云）小官天朝使命。为四丞相贬在济南府歇马⑲，如今草寇作乱，奉圣人的命，着小官直往济南府，取他回朝。今日到此处，说他在河边钓鱼，不在家中，一径寻来，兀的不是四丞相？左右，接了马者。四丞相听圣人的命。（孤云）老丞相，天朝使命至也。（正末做跪科）（使命云）圣人的命，将你前项罪尽皆饶免。今因草寇作乱，着你星夜还朝，将你那在先手下操练过的头目每选拣几个，收捕草寇。若收伏了时，依旧着你为右丞相之职。望阙⑳谢恩者。（正末拜谢科）（使命云）老丞相，恭喜贺喜。（正末云）官人每鞍马上驱驰，辛苦了也。（使命云）小官索回圣人话去。老相不必延迟，早早建功，以慰圣意。（正末云）官人稳登前途。（使命云）左右的将马来，则今日便回京师去也。（下）（孤云）小官说是么，今日果来宣取老丞相，复还旧职也。（正末云）我去呵，我则放不过李圭那匹夫。（孤云）老丞相，量那

李圭，何足道哉。（正末唱）

〔拙鲁速〕 我今日赴京都，见銮舆㉑，也不是我倚仗着功劳，敢喝金吾，其实的瞒不过这近御。我去处便去，那一个闲人敢言语。那无徒甚的㉒是通晓兵书，他怎敢我跟前、我跟前无怕惧。

（孤云）老丞相临行，有甚么话分付小官者？（正末唱）

〔幺篇〕 我如今上路途，你听我再嘱咐。则要你抚恤军卒，爱惜民户，兄弟和睦，伴当宾伏。从今一去，有的文书，申到区区，再也不用支吾㉓，你跟前、你跟前敢做主。

（孤云）老丞相若到朝中，必然重用也。（正末云）我去之后，则是辜负了这派好景也。（唱）

〔收尾〕 则我这好山好水难将去，待写入丹青画图。白日里对酒赏无休，到晚来挑灯看不足。（下）

（孤云）不想天朝使命来，还取的四丞相往京师去了。琼英，（旦儿云）有。（孤云）我与你将酒肴整备，再到十里长亭，与丞相送行，走一遭去。（诗云）香山设宴逞粗豪，久矣闲居更入朝。不知此去成功后，李圭头上可能饶。（下）

【注释】

①外：外末行当的简称。孤：代表所装扮的角色。下面的正末、旦儿等均是角色行当名词。　②四丞相：本剧主角完颜乐善。　③左相：剧中左丞相、押宴官徒单克宁。④提防：备防。　⑤刘伶：魏晋名士，"竹林七贤"之一，奉老庄哲学，曾任建威将军，常乘鹿车、携美酒，使人荷锸相随。荷：背负、携带。锸：铁锹。　⑥屈子投江：屈子即战国时楚国大诗人屈原，他因遭谗被楚王所贬，投汨罗江而亡。　⑦范蠡归湖：春秋时越国大夫范蠡助越王勾践灭吴后，携美女西施出走泛舟太湖。　⑧红蓼、青蒲：均为水草，青蒲有蒲草及菖蒲两种。　⑨胡必归欤：何必一定要再回朝堂做官呢。欤：古文中语气助词。　⑩脱闷：解闷。　⑪兀的：意为"这""这个"。　⑫浮蟆儿：钓线用的浮标。⑬觑艳姝：看见艳美的娇娘。　⑭落雁沉鱼：看见此美女天上飞雁会惊得掉下，鱼儿羞于自己丑陋而赶快沉下去。　⑮楚三闾：指屈原，他曾任楚国三闾大夫。　⑯绿蓑：新蓑衣，为细蓑草所制，可避雨。唐朝词人张志和《渔歌子》有"青箬笠，绿蓑衣，斜风细雨不须归"之句。　⑰吕望：西周初年的丞相姜尚，字子牙，因其祖先曾封于吕，故亦称吕尚。他曾在渭水垂钓，周文王亲自去聘他出山，并说"吾太公望子久矣"，故号之为"太公望"，后人亦以吕望称之。事见《史记·齐太公世家》。　⑱严陵：东汉初隐士严光，字子陵，曾与光武帝刘秀一同游学。刘秀当皇帝后，召他去洛阳任谏议大夫，他不肯，归隐于富春江，钓鱼为生。至今该地仍存遗迹。　⑲歇马：过去官员、武将出行常乘马，若停留或宿下便称歇马，是一种对有身份人的讲法。　⑳望阙：朝着皇宫所在的方向致意。　㉑銮舆：原

指皇帝出行时的全副执事排场，亦用作皇帝圣驾的代称。　㉒甚的：怎么会、如何会。㉓支吾：推托、延宕。

【评解】

《丽春堂》这出戏，以金朝统治者高层内部争斗为题材，虽然故事情节并不曲折，但视角独特，在元代杂剧中独树一帜。戏中的人物都是虚构的，所描写的生活却是真实的。

我们知道，金的兴起速度很快，当他们的最高层统治者还没有准备好对原辽国地区和北宋淮河以北广大地区的汉族老百姓进行统治的时候，便控制了上述地区，并自以为文治武功足以夸耀，天下从此太平，进入"盛世"，可以"享用"江山了。上层统治者此时已无意再四处征伐，但他们也不会实施开明而有效的农耕政策与民休息，恢复被战乱破坏的农业生产，而是热衷于下大赌注比骑射、赛双陆。当然，比赛骑射能体现尚武精神，但这种赌博式的骑射比赛的结果反而是加剧了朝臣之间的钩心斗角。同时，从这出戏中看到，作为新一代武将代表人物的右副统军使李圭，其骑射功夫已经荒废，与老一代的功臣代表右丞相完颜乐善比"射柳"，竟三发不中。这样的将领统兵打仗，其胜算能有多少？而金主却还沉湎于游乐，热衷于举行宴会，以赌赛和赏赐来笼络文武大臣，说明高层统治者已开始腐败。

这里所选的是《丽春堂》第三折，这折戏叙述完颜乐善被贬到济南府后心灰意懒，不得已寄情山水打发日子，以此来宣泄官场上暂时失意的情绪，最后又接到金主旨意调回朝堂，内中并没有很精彩的故事。所以这折戏便以抒情为主，注重对主人公完颜乐善的心理活动进行刻画。当然，人物的这种心理活动有一种文化的理念在主宰着，这就是自晋代以来知识阶层中一直延续着的隐士思想，其特点是以寄情山水来消极避世，以纵酒赋诗的生活方式来政治避祸，以诵老庄之学来养生避仕。这折戏中完颜乐善出场时，披箬笠蓑衣，手执钓竿，俨然严光再世，先是一段〔越调斗鹌鹑〕，唱出了"闲对着绿树青山，消遣我烦心倦目。潜入那水国渔乡，早跳出龙潭虎窟。披着领箬笠蓑衣，提防他斜风细雨。长则是琴一张、酒一壶，自饮自斟，自歌自舞"，接着是一阕〔紫花儿序〕，也是讲寓情山水的。不过，这里有一点要注意：心里依旧放不下名利场的完颜乐善，他既不是昔日"竹林七贤"式的避世者，也不会学屈原的不同流合污，而是崇尚范蠡式的功成名就之后归隐山水，享受另一种大自然赋予的生活。完颜乐善的寄情山水，多少还是出于无奈的被动选择，他的出世思想其实境界有限，与严光及"竹林七贤"一类人还是有很大差距的。因此，当使者来向他传旨调他回京时，他刚刚称自己"纵得山林趣，惯将礼法疏，顿忘了马上燕南旧来路。如今拣溪山好处居，为甚么懒归去？被一片野云留住"，此时却立刻欣然应召，还盘算着回朝复职后如何去报复政敌。戏中刚冒出一点思想的火花，便又马上熄灭了。山水再美，也留不住尘世中人，他仅当作是"春风一度"而已。这些都真实反映了作者王实甫对社会、世情的解读。

从来官场风云瞬息万变，宦海前途莫测。官员一旦失势，人情冷暖便有两种结果在等着：一是同僚倾轧，下属变脸，处处受刁难，到处是冷面孔；另一种情况是亦有下属死党力挺，或有远大目光者对一时失势者帮扶一把，实为感情投资，估计失势者会东山再起，预先和失势并有可能复出者结成患难死党，以后便可获得加倍报偿。王实甫虽未进入官场，但他对当时官场的一些潜规则是非常了解的。在这一折戏中，他专门写了一个次要人物济南府尹。他原是完颜乐善一手培养、提拔起来的，深知完颜乐善在朝中根子很深且功劳大，皇帝最终还是要倚靠这种人。再说，完颜乐善所犯过失并不是谋逆或与皇帝顶撞，不过是脾气暴躁动手打了官员，这种罪名尚不足以让其彻底翻船，复用的可能性很大。因此，这位济南府尹抓住良机，进行表忠心的感情投资，恭恭敬敬去看望完颜乐善，不仅送酒食和美貌歌妓，还当面说了许多奉承安慰话，并称老丞相仅是"一时间在此闲居，久后圣人还有任用"。可以想见，困窘中的完颜乐善听到地方官的这些奉承话，心里是多么高兴。被朝廷正式召回时，完颜乐善便关照这位无名无姓的济南府尹道："从今一去，有的文书，申到区区，再也不用支吾，你跟前、你跟前敢做主。"也就是说，今后完颜乐善丞相发下的文书，济南府尹将不折不扣地执行，两个人的人身依附关系、死党关系便这样形成了。可以想见，以后这位济南府尹将获得加倍的报偿。我们从这折戏可以窥见金朝官场上的一些世态，说明当时新的统治秩序已经形成了。当然，从艺术上看，济南府尹和歌妓琼英的出现亦使演出效果增色不少，一场应该较冷的戏便一点也不显得枯燥了。

破幽梦孤雁汉宫秋

马致远

【剧情故事】

西汉时，北番王呼韩耶单于带甲十万，南移汉朝边塞称藩，想获得汉元帝赐婚公主，遂遣使入汉请婚。与此同时，汉元帝也因后宫空虚，命中大夫毛延寿广选天下美女九十九名，皆画成图像，进纳后宫。那些美女为了获得元帝宠幸，纷纷给毛延寿送礼，希望他能把自己画得漂亮些，使自己有机会接近皇帝。哪知其中有个芳龄十八的王嫱，小字昭君，乃秭归人士，虽十分美貌，却因不肯屈服于毛延寿百两黄金的索贿，被毛延寿在她画像上"点破"（在画像上加疵）。这样，王昭君便被贬在永巷居住。昭君见不到皇帝，只能在深夜弹琵琶解闷，被元帝发现。元帝见她十分美丽，大为惊诧，不解为何进呈的美女图画中没有她。元帝便命黄门取出原图观看，发现画工做了手脚，元帝又闻说毛延寿索贿一事，大为震怒，下旨命金吾卫逮捕毛延寿。同时，又封王昭君为明妃，开始宠幸她。

那毛延寿得到消息，提前逃跑，潜入匈奴，向单于献上昭君画像。单于被昭君美色迷住，决定发文书给元帝，要他遣送昭君入番当阏氏（匈奴王后），否则便要南侵，让元帝江山不保。元帝自见了昭君，日夜临御，如醉如痴，竟久不临朝，现在听说呼韩耶单于要索取王昭君，大为震怒。尚书令五鹿充宗见汉朝甲兵不利，无大将能与匈奴打仗，劝元帝送昭君和番。元帝虽割舍不下与昭君的恩爱，但亦没有办法，只得将此事告诉了昭君。昭君对他说，只要得息刀兵，“妾情愿和番”，效一死以报陛下。汉元帝便在长安灞陵桥畔为昭君饯行，两人洒泪话别，都十分痛苦。

昭君离了长安，一路风尘辛苦，来到黑龙江畔，此处是汉朝和番国的分界。昭君对来接她的番王说，她要用一杯酒浇奠，永辞汉家长行。没想到洒酒祭奠才毕，她便跳入黑龙江自尽。番王无奈，遂将昭君就地安葬，并将毛延寿逮捕送回汉朝。汉元帝在宫中日夜思念昭君，梦中还见到昭君回宫，醒来后感到分外凄凉。此时，番邦送来奸臣毛延寿，元帝传旨将他处斩，但这又怎能化解元帝对昭君的孤枕相思之情？

第　三　折

（番使拥旦上，奏胡乐科，旦云）妾身王昭君[①]。自从选入宫中，被毛延寿将美人图点破，送入冷宫。甫能得蒙恩幸，又被他献与番王形像[②]。今拥兵来索，待不去，又怕江山有失。没奈何将妾身出塞和番。这一去，胡地风霜，怎生消受也！自古道：“红颜胜人多薄命，莫怨春风当自嗟。”（驾[③]引文武内官上，云）今日灞桥[④]饯送明妃，却早来到也。（唱）

〔双调新水令〕 锦貂裘生改尽汉宫妆，我则索看昭君图画模样。旧恩金勒短，新恨玉鞭长。本是对金殿鸳鸯，分飞翼，怎承望！

（云）您文武百官计议，怎生退了番兵，免明妃和番者？（唱）

〔驻马听〕 宰相每商量，大国使还朝多赐赏。早是俺夫妻悒怏[⑤]，小家儿出外也摇装[⑥]。尚兀自渭城[⑦]衰柳助凄凉，共那灞桥流水添惆怅。偏您不断肠。想娘娘那一天愁都撮在琵琶上。

（做下马科[⑧]）（与旦打悲科[⑨]）（驾云）左右慢慢唱者，我与明妃饯一杯酒。（唱）

〔步步娇〕　您将那一曲阳关休轻放，俺咫尺如天样。慢慢的捧玉觞⑩，朕本意待尊前挨些时光。且休问劣了宫商⑪，您则与我半句儿俄延⑫着唱。

（番使云）请娘娘早行，天色晚了也。（驾唱）

〔落梅风〕　可怜俺别离重，你好是归去的忙。寡人心，先到他李陵⑬台上。回头儿却才魂梦里想，便休题贵人多忘。

（旦云）妾这一去，再何时得见陛下？把我汉家衣服都留下者。（诗云）正是：今日汉宫人，明朝胡地妾。忍着主衣裳，为人作春色。（留衣服科）（驾唱）

〔殿前欢〕　说甚么留下舞衣裳，被西风吹散旧时香。我委实怕宫车再过青苔巷，猛到椒房⑭，那一会想菱花镜里妆，风流相，兜的又横心上。看今日昭君出塞，几时似苏武⑮还乡？

（番使云）请娘娘行罢，臣等来多时了也。（驾云）罢、罢、罢，明妃，你这一去，休怨朕躬也。（做别科，驾云）我那里是大汉皇帝！（唱）

〔雁儿落〕　我做了别虞姬楚霸王⑯，全不见守玉关⑰征西将。那里取保亲的李左车⑱，送女客的萧丞相⑲？

（尚书云）陛下不必挂念。（驾唱）

〔得胜令〕　他去也不沙架海紫金梁？枉养着那边庭上铁衣郎⑳。您也要左右人扶侍，俺可甚糟糠妻下堂㉑！您但提起刀枪，却早小鹿儿心头撞㉒。今日央及煞娘娘，怎做的男儿当自强！

（尚书云）陛下，咱回朝去罢。（驾唱）

〔川拨棹〕　怕不待放丝缰，咱可甚鞭敲金镫响。你管燮理阴阳，掌握朝纲。治国安邦，展土开疆。假若俺高皇㉓，差你个梅香，背井离乡，卧雪眠霜。若是他不恋恁春风画堂，我便官封你一字王㉔。

（尚书云）陛下，不必苦死留他㉕，着他去了罢。（驾唱）

〔七兄弟〕　说甚么大王不当恋王嫱，兀良㉖，怎禁他临去也回头望！那堪这散风雪旌节影悠扬，动关山鼓角声悲壮。

〔梅花酒〕　呀！俺向着这迥野悲凉：草已添黄，色早迎霜；犬褪得毛苍，人搠起缨枪；马负着行装，车运着粮粮㉗，打猎起围场。他、他、他伤心辞汉主，我、我、我携手上河梁。他部从入穷荒㉘，我銮舆㉘返咸阳。返咸阳，过宫墙；过宫墙，绕回廊；绕回廊，近椒房；近椒房，月昏黄；月昏黄，夜生凉；夜生凉，泣寒螿；泣寒螿，绿纱窗；绿纱窗，不思量。

〔收江南〕 呀！不思量除是铁心肠。铁心肠也愁泪滴千行。美人图今夜挂昭阳㉙，我那里供养，便是我高烧银烛照红妆。

（尚书云）陛下回銮㉚罢，娘娘去远了也。（驾唱）

〔鸳鸯煞〕 我煞大臣行说一个推辞谎，又则怕笔尖儿那火㉛编修讲。不见他花朵儿精神，怎趁那草地里风光？唱道伫立多时，徘徊半晌；猛听的塞雁南翔，呀呀的声嘹亮，却原来满目牛羊，是兀那载离恨的毡车㉜半坡里响。（下）

（番王㉝引部落拥昭君上，云）今日汉朝不弃旧盟，将王昭君与俺番家和亲。我将昭君封为宁胡阏氏，坐我正宫㉞。两国息兵，多少是好。众将士，传下号令，大众起行，望北而去。（做行科）（旦问云）这里甚地面了？（番使云）这是黑龙江㉟，番汉交界去处。南边属汉家，北边属我番国。（旦云）大王，借一杯酒，望南浇奠；辞了汉家，长行去罢。（做奠酒科，云）汉朝皇帝，妾身今生已矣，尚待来生也。（做跳江科）（番王惊救不及，叹科，云）嗨，可惜，可惜！昭君不肯入番，投江而死。罢、罢、罢，就葬在此江边，号为青冢㊱者。我想来，人也死了，枉与汉朝结下这般仇隙，都是毛延寿那厮搬弄出来的。把都儿，将毛延寿拿下，解送汉朝处治。我依旧与汉朝结和，永为甥舅，却不是好！（诗云）则为他丹青画误了昭君，背汉主暗地私奔；将美人图又来哄我，要索取出塞和亲。岂知道投江而死，空落的一见消魂。似这等奸邪逆贼，留着他终是祸根；不如送他去汉朝哈喇㊲，依还的甥舅礼㊳两国长存。（下）

【注释】

① 王昭君：王嫱，字昭君，南郡秭归人。西汉元帝时被选入宫，数年见不到皇帝，自愿和番嫁匈奴呼韩邪（本剧作"耶"）单于为阏氏，临行时元帝方知其美貌过人。昭君入匈奴后被呼韩邪单于立为宁胡阏氏，生子伊屠智㥄师，为右日逐王。呼韩邪死，昭君从胡俗，又嫁新单于，生两个女儿。昭君病逝后葬于黑龙江（今呼和浩特市大黑河）之南，其青冢至今犹存。　② 形像：图画。　③ 驾：圣驾的简称，此处指汉元帝刘奭。他柔顺好儒，沉湎

酒色，宠幸皇后王政君，造成日后外戚王莽（王政君之侄）篡汉。在他的统治下，西汉趋于衰落。　④灞桥：今西安灞陵桥，古时进出长安城的道口。　⑤悒怏：忧愁得心绪不宁。　⑥摇装：古代习俗，有人远行时，亲友们择吉日在江边饯行，但上船后至江心即移棹而返，然后再择日正式出发。　⑦渭城：秦咸阳古城，在长安西北方渭水北岸，汉高祖时称新城，汉武帝改名为渭城。　⑧做下马科：表演下马动作。　⑨与旦打悲科：与正旦（王昭君）做依依不舍悲切的动作。　⑩玉觞：玉杯。　⑪宫商：此处泛指乐曲。古代称宫、商、角、清角、徵、羽、变宫为七声（相当于现在简谱的1、2、3、4、5、6、7），以其中之一声为主，即构成一种调式，以宫声为主的调式称为"宫"或"宫调式"，其他各声为主的则称"调"。　⑫俄延：拖延时间、缓慢、慢节奏。　⑬李陵：字少卿，陇西成纪人，汉武帝时名将，曾任骑都尉。天汉二年（前99），率五千人击匈奴，遇敌十万被围，苦战多日不脱，因粮尽矢绝被迫投降。他本想再找机会归汉，但后来汉武帝杀其全家，只得真降，但心仍系汉室。　⑭椒房：皇帝后宫之后妃居住之所，常以椒和泥涂壁，兼有暖和、芳香作用，也喻多子。后来也以椒房代指后妃。　⑮苏武：字子卿，西汉杜陵人，曾任郎官。奉汉武帝命出使匈奴，被扣拒降，匈奴将他发送至北海（今俄罗斯贝加尔湖）边牧羊，他依然手持汉节，坚不屈服。在匈奴共十九年，至汉昭帝时才被释放回来，被拜为典属国，享荣耀。　⑯别虞姬楚霸王：楚霸王即项羽，秦末义军领袖，后与汉高祖刘邦争天下时在垓下一战失败，在乌江自刎。虞姬是他的宠妃，为不致落到刘邦手中，先项羽自杀。　⑰玉关：玉门关，西汉时为防西域诸部侵凌，在此驻兵防守。此处泛指边关。　⑱李左车：西汉初刘邦手下谋臣，有功，他并没有给谁保亲。此句是元帝在讽刺尚书等大臣，意为到哪里去寻找李左车那样才干的保亲大臣。　⑲萧丞相：西汉初刘邦手下大臣，建西汉朝，他的功劳第一，被任命为丞相，封侯。此句亦是元帝讽刺大臣无能。　⑳铁衣郎：兵士，他们所穿的盔甲均是铁皮制成，故称盔甲为铁衣。　㉑糟糠妻：贫贱时曾一起吃过酒糟、糠秕的患难妻子。东汉时光武帝刘秀之姊湖阳公主新寡，她想嫁大臣宋弘，宋弘有妻子，他不肯再娶公主，遂对光武帝刘秀说"贫贱之知不可忘，糟糠之妻不下堂"，婉拒了皇帝赐婚。下堂：遗弃。　㉒小鹿儿心头撞：口语，意为心里恍惚不定。　㉓高皇：汉高祖刘邦，汉朝开国皇帝。　㉔一字王：意为最高级别的王爵。辽代王爵级别，一个字封号为最高一级王爵，如赵王、魏王等，为国王；而两个字封号的王爵就低一级，相当于郡王，这个惯例延续到元代。汉初虽有以一个字封王的王爵，但级别与两个字的并无区别。马致远是元代人，他借用辽金时封例，在剧中比喻元帝眼中昭君舍身和番功劳极大。　㉕他：古汉语中同"她"。　㉖兀良：语气词，表示惊叹，可理解为"啊呀""啊"等。　㉗糇粮：干粮。　㉘銮舆：皇帝车驾。　㉙昭阳：汉代宫名。　㉚回銮：銮驾回宫。　㉛那火：那伙。　㉜毡车：用毛毡装饰的车子，可保暖，此处指昭君所乘匈奴的车子。　㉝番王：旧时文艺作品中对少数民族首领的称谓，此处指匈奴单于。　㉞正宫：原为皇后的代名词，此处指匈奴单于后庭名分最高的妻子。实际上匈奴单于的正宫为大阏氏，王昭君入匈奴封的是宁胡阏氏，为宠妃之一，并不是匈奴单于的正宫。　㉟黑龙江：今呼和浩特之南的大黑河。　㊱青冢：今呼和浩特南郊之昭君坟。　㊲哈喇：匈奴语，即杀头。　㊳甥舅礼：西汉初，对匈奴实行和亲政策，如汉文帝就将宗人女（诸侯王之女）送匈奴为单于阏氏，故后代匈奴单于自称与汉室是甥舅亲。

【评解】

《汉宫秋》这出戏是马致远的代表作，也是元杂剧中比较有名的作品。

虽然王昭君历史上实有其人，而且其"和番"事迹也见于史书，但本剧中虚构了许多故事情节，特别是昭君行至黑龙江投江自尽，以示她有不入番受辱的气节，这完全违背了历史真实。我们当然不能说马致远是因历史知识缺乏而采取杜撰、戏说手法的，因为昭君和亲的历史在《汉书》中有翔实记载，马致远不可能没读过《汉书》，他对昭君和亲这段历史肯定是非常熟悉的。不能简单地认为马致远有历史局限性，也不能因为今天我们提倡各民族的和谐团结，就认为这是一出思想内容不利于民族团结的不好的戏，并因此否定它在戏剧史上的地位。

要弄清马致远为何故意篡改历史事实，尚需从作者所处的社会、时代背景上去认识、了解。马致远是元代大都人，他虽长期生活在被辽、金、元少数民族政权控制的地区，但由于他是汉人，所以在元代推行的"四等人制"（蒙古人、色目人、汉人、南人）政策中，其社会地位只比南人稍好一点而已，他必然曾感受到蒙古人和色目人的歧视、压迫，内心肯定是不满的。又据《寒山堂曲谱》一书透露，马致远中年时曾一度到南方任过江浙行省的省务官，他在那里与南人打交道，思想感情肯定站在汉族人民一边，对蒙元灭宋后在汉族地区实施残暴统治不满。与此同时，各地汉族人民也不断举行起义，或者以宗教为掩护，秘密结成帮会道门。这些都会影响到马致远的思想，引起他的同情和共鸣。但当时南人、汉人中又没有萧何、卫青、霍去病那样的人才，无法赶走蒙元统治者，他便只能在思想上"人心思汉"，借文艺作品来抒发不屈事胡的心情，讽喻汉族人民应当像王昭君那样不媚事胡人。正因为如此，这出戏在当时才能引发汉族人民的共鸣，代表他们的心声。所以，我们不应把昭君投黑龙江自尽的戏说情节简单地认定是歪曲历史，也不是毁坏民族团结；而是当时清醒的汉族知识分子在进行民族气节的教化，是金、宋两个王朝被蒙元灭亡后民族情绪的曲折反映，有一定的进步意义。

就马致远现存的七部杂剧作品看，其中大部分是神仙佛道题材，如《陈抟高卧》《吕洞宾》《任风子》《黄粱梦》《荐福碑》等，反映了作者的消极避世思想，似乎是在麻醉自己，没有像关汉卿作《窦娥冤》那样，从正面去反映或揭露社会的黑暗，抨击现实的不公平。《汉宫秋》这样反映"人心思汉"的戏的出现，已属不易，我们不能苟责古人。

《汉宫秋》虽然着重于写民族压迫下的气节，反映广大汉族人民国破家亡、骨肉夫妻分离的痛苦感情，而且男主角还是位皇帝，但作者并未写成一部政治斗争戏，而是以爱情作为一条主线，贯穿全戏。先是因为毛延寿索贿未成点破美人图，使王昭君只能在永巷寂寞等待，而当她的美貌随琴声一起被汉元帝发现，两人便产生了"如痴似醉"的爱情，"爱他晚妆罢，描不成画不就，尚对菱花自羞"，并立即封她为明妃。在汉元帝眼里，昭君的美"体态是二十年挑剔就的温柔"，"脸儿有一千般说不尽的风流"，还将昭君比作广寒宫中的嫦娥、洛伽山的观音，弄得他"久不临朝"。这样美貌的心上人要被迫送给番王为妻，元帝的心头怎能割舍得下？而这里所选的本剧第三折，便是写元帝与昭君在灞桥饯别、昭君为报元帝之爱拒不入番、投江而亡的一段故事。

这折戏一开场，便笼罩在沉重而悲凉的氛围中。在元帝的眼中，他的爱妃竟改了汉服，换上了胡人装束，这就意味着美貌的王昭君从此便不再属于他了。所以汉元帝失态了，他情不自禁地发出了"您文武百官计议，怎生退了番兵，免明妃和番者"的呼喊。这是一种绝望的呼喊，一个皇帝保不住自己的爱妃，如此呼喊也无人能帮助他，这岂不是天大的悲剧？这还不够，作者随后又让元帝唱了一阕〔驻马听〕，发出"早是俺夫妻悒怏，小家儿出外也摇装"的感叹，希望今天虽然在灞桥饯别昭君，只是"摇装"的仪式，昭君并不正式出发，而是先回宫再住些日子。此时，元帝的心碎了。"尚兀自渭城衰柳助凄凉，共那灞桥流水添惆怅。偏您不断肠。想娘娘那一天愁都撮在琵琶上。"他希望自己能跟昭君再多在一起待一会儿，于是便"慢慢的捧玉觞"，要侍从们"您则与我半句儿俄延着唱"，渲染与心爱的人离别时的愁绪，达到了极致。作为一个皇帝，窘困到如此地步，怎不令人同情？这里虽然背后隐含着弱国的屈辱、外敌的强横，充斥着政治因素，但表现出来的分明是爱情，将统治者之间的争斗化作对美女的争夺和一对夫妻的生离死别的悲剧。这虽然是帝王个人的爱情悲剧，但更代表了民族的悲剧。

也正因如此，戏中便以相当的笔墨去着力煽情、抒情，这情，当然不是兴亡之情，而是爱情。当尚书劝元帝不要再苦苦依恋昭君，眼看昭君乘坐的胡人毡车即将启动之时，元帝又发出了新一轮呼喊："兀良，怎禁他临去也回头望！那堪这散风雪旌节影悠扬，动关山鼓角声悲壮。"这还不够，马致远又通过一阕〔梅花酒〕再一次表现元帝这个多情种缠绵悱恻的心情："他部从入穷荒，我銮舆返咸阳。返咸阳，过宫墙；过宫墙，绕回廊；绕回廊，近椒房；近椒房，月昏黄；月昏黄，夜生凉；夜生凉，泣寒螀；泣寒螀，绿纱窗；绿纱窗，不思量。"这一长串的排比三字句，代表了人物内心最强烈的感受，具有极大的冲击力和震撼力。在元杂剧中，这样高昂、连贯的唱词是极少的，艺术上是独特的，如瀑布般自高山向深谷连续不断地飞泻而下，然后化成流淌不尽的一河愁水。马致远是元散曲中的大家，他的词曲特色是善于遣词造句来营造意境，如有名的《天净沙·秋思》便是一曲脍炙人口的小令。马致远在创作杂剧时，也常常把唱词写得很美，从而使这些唱段常常能单独成为抒情小令。这〔梅花酒〕的后半阕便具有这种特征，而且极其口语化，一气呵成，富有节奏感。这种快节奏、近似快板的唱法，对后世的戏曲产生的影响很大，例如京剧的西皮快板、沪剧的"赋子板"等唱法，就可能继承了元杂剧的这种演唱传统。在这种连环排比演唱的时候，演员还可以做出各种动作，达到唱做结合，颇具剧场效果。这种竭力抒情、营造悲凉的感情气氛，它越是厉害，人们对元帝就越同情，从而越勾起对故国的怀恋之情。这样，君王的一段爱情故事便被赋予了爱国主义、民族主义的内涵，这与后来《长生殿》所写的唐明皇和杨贵妃的爱情有根本的不同。不过我们应看到，这出戏也有一些局限性，即戏中元帝发泄对大臣的不满情绪，似乎造成这一爱情悲剧的是大臣们的无用或背叛，皇帝自己好像没有责任，这是不公允的。

从情节结构上看，第三折是全剧的高潮，一是元帝与昭君由选美风波引出的爱情故事，在这一折以悲剧而结束；二是番王（匈奴单于）与汉元帝之间的争夺美女的矛盾也归于结束，尽管番王没能得到昭君，但他也不再追究与元帝的恩怨了；三是匈奴本来与汉朝动刀兵，现在也不想打仗了，依旧与汉朝恢复甥舅关系；四是那个搬弄是非的腐败分子兼汉奸毛延寿也有了结果——匈奴将其逮捕解送汉朝处斩，自然这是大快人心的结局，使人们对王昭君不幸的伤怀多少得到了一些化解。就情节发展而言，本剧到第三折便结束了，第四折则是讲汉元帝在昭君死后对她的思念，做了一场梦，是一种抒情独白。从结构上讲，有一点蛇足之嫌，但因其唱词极美，富有文采，也颇耐看，所以全剧仍不失为优秀剧作。

【集遗】

以王昭君远嫁匈奴和亲为题材的戏，据说关汉卿也写过，但已佚失。清代剧作家尤侗创作了《吊琵琶》传奇剧，情节与《汉宫秋》相似。另有陈与郊创作的《昭君出塞》和无名氏的《和戎记》传奇，是以昭君为主角的。现代有京剧大师尚小云创演的京剧《汉明妃》和红线女创演的粤剧《昭君出塞》，影响很大。20世纪60年代，剧作家曹禺创作了话剧《王昭君》，对《汉宫秋》反其道而行之，讲昭君主动和亲，实现胡汉一家亲的民族大团结，昭君赴嫁旅途不再悲悲切切。这说明在不同的时代，同一题材的戏可以写出不同的思想和情感。

江州司马青衫泪

马致远

【剧情简介】

唐宪宗时，吏部侍郎白居易（字乐天）与翰林院编修贾浪仙、孟浩然为友。阳春三月，公务之暇，三人换上便服结伴往街市教坊司游玩。教坊司乐籍中有个名妓裴兴奴，聪明美丽，尤擅琵琶，曾拜当时琵琶名家曹善才为师。其父亲裴五早亡，如今跟随母亲过活。这天一大早，裴妈妈便把兴奴叫醒，让她梳洗打扮准备接客，正好白乐天等三人前来，大家相互见了礼，通了姓名。裴妈妈见来的三位都是儒士，显得十分热情，连忙吩咐摆酒。有兴奴这么漂亮的女子陪着，又是弹琵琶，又是劝酒，三个儒士觉得很尽兴。白乐天看中了兴奴，本打算住下，无奈贾、孟二人已醉，他不放心二人回去，只得与兴奴依依暂别。从此，白乐天便经常到教坊司宿歇，与兴奴俨如夫妇，这样一晃便是半年光景。

哪知唐宪宗却认为朝中文臣多尚浮华，便将他们一一贬出京城，白乐天被贬为江州司马。他只得与兴奴告别，并说此一去多则一年少则半载，便再回来找她。兴奴也爱着白乐天，表示矢志等他。白乐天走后，她便不再梳妆，也不留别的客人。可是过了很长时间，也没有白乐天的一点消息。裴妈妈是个私利虔婆，并不考虑女儿感情，想让她重新找个有钱人。正巧有个浮梁茶商刘一郎，带着三千引的细茶，前来京师贩卖，听说裴兴奴色艺俱佳，便想占为己有。他去教坊司拜访，指名要裴兴奴接客，裴兴奴不肯。刘一郎便死乞白赖地纠缠兴奴，又夸耀自己如何有钱，兴奴十分厌恶，心里只想着白乐天的情意。正在此时，有一皂隶持书寻到教坊司来，称他是白乐天的手下人，白乐天因患时疾已经死在江州，并递上白乐天临死前给兴奴写的一封"遗书"，书中让兴奴"勿以驰者为念，别结良缘"。裴妈妈乘机让兴奴嫁给刘一郎，刘一郎立即奉上白银五百两作为聘礼。兴奴见白乐天已死，也无可奈何，只得给白乐天奠洒了一碗酒，烧一陌纸钱告慰他，含泪从了刘一郎。其实，白乐天并没有死，是虔婆给刘一郎出的这个狠毒主意，那皂隶、遗书都是假冒的，专门用来骗裴兴奴。刘一郎见兴奴已从，就立逼兴奴上船跟他回乡。兴奴愤慨地对虔婆说："我替你挣了一生的钱，你就这么狠心千乡万里把我卖了！"

原来白乐天也一直思念着兴奴，本来他以为一年半载就可以回长安，哪知皇帝不让他回京，再加上找不到可靠人捎信给裴兴奴，所以便耽误了下来。这天，他的朋友、廉访使元稹外出采访民风，路过江州来探访他。元稹说他的官船停泊在江边，让白乐天把接风酒宴改在船上，两人就着一江明月，对饮谈心。就在此时，突然一阵琵琶的音调从远处江面上传来，在明月之夜格外动人心弦。白乐天细听此声甚熟，觉得这弹琵琶的人受过正规训练，不像荒村细民的野调琵琶。于是派手下人到该船上去告诉弹奏者，有两位官人想与她见面。原来那弹琵琶者正是裴兴奴，她被卖给刘一郎为妾已经半年了，刘一郎外出贩茶，一直把她带在船上。兴奴初见白乐天，当他是鬼，忙取钱投入水中。白乐天告诉她，自己一直好好的，没死，至此兴奴才知上了刘一郎和虔婆的当。元稹安慰他们说，这些人妄称人死，骗人之妾，便已犯罪，慢慢治他们。白乐天与心上人重逢，兴奋之下当场作了一阕《琵琶行》长诗，让兴奴朗诵了一遍。这时，丫环梅香报告刘一郎已回，白、元二人别去。

兴奴见刘一郎已酒醉，她决心离开这个粗鄙的茶商，便收拾行装，乘夜色跳上白乐天他们的船尸而去。刘一郎天明醒来，不见兴奴，便上岸去报官，反被地方官怀疑他谋杀兴奴，锁拿入狱。此时，元稹的江南采访公务结束，奏告皇帝唐宪宗，准白乐天回朝复职。白乐天便控告刘一郎和裴虔婆骗婚之罪。唐宪宗宣裴兴奴上殿亲自审问，尽得实情，遂下圣旨，白乐天仍任旧职，裴兴奴判给他为夫人，老虔婆决杖六十，刘一郎充军远方。白乐天才子佳人夫妇团圆。

第 三 折

（白乐天①引左右上，云）下官白居易。自左迁②司马，来此江州，又早一年光景。昨日驿中报来，说故人元微之③有事江南，打从这里经过。不免分付左右，预备饮馔④，伺候则个。（外扮元微之上，云）小官姓元名稹，字微之。见任廉访使之职。昨蒙圣恩，差来采访民风⑤，经过江州。我想此处司马白乐天，乃某至交契友，不免上岸探望他一遭。来到这州衙门首。左右报复去，道有故人元稹来访。（左右报科⑥，云）有故人元老爹来访。（白乐天云）道有请。（左右云）请。（进见科）（白乐天云）微之，甚风吹得你来？贵脚踏贱地，使下官喜从天降。（元微之云）乐天久居江乡，牢落⑦殊甚，下官常切怀抱。奈拘职守，不得相从。今幸天假其便，再瞻眉宇⑧，岂胜庆幸！（白乐天云）左右将酒过来。微之，少屈片时。（元微之云）不必留坐，下官行李俱在船上。下官正要与乐天文叙一会，可将这酒席移到船上，送我一程如何？（白乐天云）下官亦有此心，咱就同去。左右，快携酒肴来者。（同下）

（净⑨上，云）小子刘一郎。自从娶得裴兴奴，又早半年光景。众朋友日日置酒相招，无有虚日。今日又是王官人相邀。大姐，好生看家，小子吃酒去来。（下）（正旦引梅香上，云）妾身裴兴奴。不想狠毒虔婆贪钱，为我不肯留客求食，把我卖与茶客刘一郎为妻，随他茶船来到这里。问人说来，这里正是江州。那单俫⑩吃酒去了，不在船上。对着这般江天景物，想起那故人乐天，不由人不感伤也呵。（唱）

〔双调新水令〕　正夕阳天阔暮江迷，倚晴空楚山叠翠。冰壶天上下，云锦树高低。谁倩王维⑪，写愁入画图内？

〔驻马听〕　常教他尽醉方归，是他拂茶客青山沽酒旗；伴着我死心搭地，是兀那隐离人望眼钓鱼矶。（带云）这江那里是江，（唱）则是递流花草武陵溪⑫，幽囚风月蓝桥驿⑬。直恁的天阔雁来稀，莫不是衡阳移在江州北？

（云）天色将晚，那厮吃酒去了，甚时回来？梅香，拂了床，我自家睡去罢。（唱）

〔步步娇〕 这个四幅罗衾初做起，本待招一个风流婿；怎知道如今命运低。长独自托冰鉴⑭两头儿偎，怎的般受孤恓，知他是谁，唤你做鸳鸯被？

（云）本待睡些儿，怎生睡得着？梅香，将那琵琶过来，对此明月，写我愁怀咱。（做抱琵琶科）（唱）

〔搅筝琶〕 都是你个琵琶罪，少欢乐足别离。为你引商妇到江南，送昭君出塞北。紫檀面拂金猊，越引的我伤悲。想故人何日回归，生被这四条弦拨俺在两下里，到不如清夜闻笛。

（做弹琵琶科）（白乐天同元微之上，云）来到这舟中，一江明月，万顷苍波⑮，秋光可人。微之，咱慢慢的对饮几杯。（做听科）（元微之云）那里琵琶响？（左右云）是那对过客船上，有人弹的琵琶哩。（白乐天云）左右，你将船棹近些。（做移船科）（白乐天云）这琵琶不是野调⑯，好似裴兴奴指拨。（元微之云）左右的，你去着他过来弹一曲，怕做甚么？（左右见旦科，云）小娘子，那边船上两位老爹教请一见。（正旦云）我就去。（做见白乐天认科）（正旦唱）

〔雁儿落〕 我则道是听琴锺子期⑰，错猜作待月张君瑞⑱；又不是归湖的越范蠡⑲，却原来是遭贬的白居易！

（旦做怕、回避科）（白乐天云）兴奴，你躲我怎么？（正旦唱）

〔小将军〕 肯分的月色如白日，他不说，我的知是鬼！相公呵，怕你要做好事⑳，兴奴尽依得，你则休渐渐来跟底。

（白乐天云）兴奴，你是甚意思，越躲的远了。（正旦唱）

〔沉醉东风〕 我观觑了衣服样势，审察了言语高低。你且自靠那边，俺须有生人气，远些儿个好生商议。（做取钱投水科）（白乐天云）你丢钱怎的？（正旦唱）我为甚将几陌黄钱漾在水里？便死呵，也博个团圆到底！

（白乐天云）兴奴，你近前来。（正旦又认科）（白乐天云）你如何来到这里？（正旦云）这等看来，想还是活的。（叹科，云）相公，你做的好勾当㉑！弄的我这等，还推不知哩。（唱）

〔拨不断〕 但犯着吃黄斋㉒，这不是好东西！想着那引萧娘㉓写恨书千里，搬倩女离魂㉔酒一杯，携文君㉕逃走琴三尺，怎秀才每那一桩儿不该流递！

（白乐天云）我自相别，来此江州。无时不思念大姐。只是无心腹人，不好寄书。你却等不的我回家，就跟着这商船来了，倒说我的不是。（正旦悲科㉖，云）苦死人也！教我一言难尽。（白乐天云）你说。（正旦云）自从与相公分别之后，妾再不留人求食，专等相公回来，以谐㉗终身之托。不想老虔婆逐日嚷闹，百般啜哄㉘，妾身只是不从。那一日走进那茶客刘一郎来，带的钱多，要来请我，妾抵死不肯。老虔婆和那蛮子㉙设计，送到相公一封书，说相公病危死了。妾挨不过虔婆贪钱，把妾卖与他，来到这里。听的人说是江州，妾身正要打听相公的消息。今日那单僚又吃酒去了，妾身思想无奈，对月弹一曲琵琶遣怀，不想得见相公，实天赐其便也。这位相公是谁？（白乐天云）是我心友廉访元微之。（做悲科）（元微之云）乐天不必烦恼。这厮捏写假书，妄称人死，骗人之妾，自有罪犯，慢慢治他。（白乐天云）适间我作了一篇《琵琶行》，写在这里，大姐试看咱。（正旦接科，念云）浔阳江头㉚夜送客，枫叶荻㉛花秋瑟瑟。忽闻水上琵琶声，主人忘归客不别。移船相近邀相见，添酒回灯重开宴。千呼万唤始出来，犹抱琵琶半遮面。转轴拨弦㉜三两声，未成曲调先有情。弦弦掩抑㉝声声思，似诉平生不得志。低眉信手续续弹，说尽心中无限事。轻拢慢捻拨复挑㉞，初为《霓裳》后《六幺》㉟。曲终抽拨当心画，四弦一声如裂帛。自言家在京城住，名属教坊第一部。曲罢常教善才服，妆成每被秋娘妒。今年欢笑复明年，秋月春花等闲度。门前冷落鞍马稀，老大嫁作商人妇。我闻琵琶已叹息，又闻此语重唧唧。同是天涯沦落人，相逢何必曾相识。我从去年辞帝京，谪居卧病浔阳城。其间旦暮闻何物，杜鹃啼血猿哀鸣。岂无山歌与村笛，呕哑嘲哳㊲难为听。今夜闻君弹一曲，为君翻作《琵琶行》。却坐促弦㊳弦转急，满座闻之皆掩泣。就中泣下谁最多？江州司马㊳青衫湿。（正旦云）相公好高才也！（梅香慌上，云）姐姐，员外回来了也！（正旦唱）

〔挂搭沽〕恰打算别离苦况味，见小玉言端的，又惊散鸳鸯两处飞。咱须索权回避。我这里淹粉泪，怀愁戚，忙蹙金莲㊵，紧荡罗衣。

（白、元虚下）（净带酒上，云）大姐那里？我醉了，扶我一扶者。（正旦唱）

〔沽美酒〕　我则道蒙山茶有价例，金山寺里说交易。每日江头如烂泥，把似嗞^㊶不的少吃。则被你殃煞我吃敲贼！

〔太平令〕　常教我羡鸂鶒^㊷鸳鸯贪睡，看落霞孤鹜齐飞^㊸。（净云）大姐过来，扶着我睡去。（正旦唱）听不上蛮声獠气，倒敢恁烦天恼地！搂只、抱只、爱你，休醉汉扶着越醉。

（净云）我娶到的老婆，如何不服侍我？我醉了。（正旦唱）

〔川拨棹〕　厮禁持^㊹，这是谁跟前撒殢滞^㊺？吃是来眼脑迷希^㊻，口角涎垂。觑不的村沙样势^㊼，也是我前缘厮勘对。

〔七弟兄〕　从早至晚夕，知他在那里，咱是甚夫妻？撇得我孤孤另另难存济。我凄凄楚楚告他谁，你朝朝日日醺醺地。

（净做醉睡科）（正旦云）这厮醉的睡着了。我如今就过白相公船上去罢！（唱）

〔梅花酒〕　我子待便摘离^㊽，把头面^㊾收拾，倒过行李，休心意徘徊，正愁烦无了期。（白乐天上，云）大姐叫我怎的？（旦云）单徕沉醉睡着，妾随相公去罢。（唱）恰相逢在今夕，相公你还待要候甚的？和俺有情人一搭里^㊿。那单徕正昏睡，囫囵课你拿只，江茶引我抬起，比及他觉来疾。

〔收江南〕　我教他满船空载月明归，三更难拨棹歌齐。我把这画船权作望夫石，便去波莫迟，却不道五湖西子嫁鸱夷^[51]。

（白乐天云）趁此秋清夜静，咱过船撑将开去，他那里寻我？（元微之云）乐天，等小官回朝奏知圣人，取你上京，先奏辨此事，决得与兴奴明日完聚。（白乐天云）微之，若得如此，咱两个感恩非浅。（正旦唱）

〔水仙子〕　再不见洞庭秋月浸玻璃，再不见鸦噪渔村落照低；再不听晚钟烟寺催鸥起，再不愁平沙落雁悲；再不怕江天暮雪霏霏，再不爱山市晴岚翠；再不被潇湘暮雨催，再不盼远浦帆归。

（白乐天云）谁想今日又重相会，使初心得遂，实天所赐也。

（正旦唱）

〔太清歌〕 莫不是片帆饱得西风力，怎能够谢安㊿携出东山妓？此行不为鲈鱼脍㊾，成就了佳期，无个外人知。那厮正茶船上和衣儿睡，黑娄娄地鼻息如雷。比及杨柳岸风唤起，人已过画桥西。

〔二煞〕 咱两个离愁虽似茶烟湿，归心更比江流急。离江州谢天地，出烟波渔父国㊾。遮莫他耳听春雷，茶吐枪旗。着那厮直赶到五岭三湘建溪，干相思九万里。

（白乐天云）开了船去罢。（正旦唱）

〔鸳鸯煞〕 若不是浮梁茶客十分醉，怎奈何江州司马千行泪？早则你低首无言，仰面悲啼；畅道情血痕多，青衫泪湿。不因这一曲琵琶成佳配，泪似把推，崄添满浔阳半江水。（同下）

（净做酒醒慌上，云）吃的醉了，一觉睡着，醒来不见了大姐，可往那里去了？只怕落在江中。怎么箱笼开着？一定是走了。地方㊝，拿人，拿人！（杂当㊞扮地方上，云）这船上是甚么人？半夜三更，大呼小叫的。（净云）是小子新娶的小娘子，不知逃走那里去了。一定有个地头鬼拐着他去，你们与我拿一拿。（地方云）哎，胡说，这明月满江，又静悄悄无一只船来往，只是你这船在此，走往那里去？想是你致死㊟了，故意找寻。我拿你到州衙见官去来。（地方锁净科）（净诗云）我刘一郎何曾捣鬼，小老婆多应失水。（地方诗云）这里面定有欺心，送官去敲折大腿。（同下）

【注释】

① 白乐天：白居易，字乐天，唐代下邽人，贞元进士，宪宗朝曾任翰林学士、左拾遗、赞善大夫等官。元和十年(815)因得罪权贵被贬江州司马，唐穆宗即位后召回长安。见宦官专权，朋党倾轧，白居易自请外放任杭州、苏州刺史，在杭州任上治理西湖，筑白公堤，至今犹存。唐文宗时官至太子少傅，唐武宗初年在刑部尚书任上致仕，晚年退居洛阳香山，自号"香山居士"。他的多篇诗文为传世佳篇，是唐中期代表诗人，与元稹唱和甚多，世称"元白"，有《白氏长庆集》传世。 ② 左迁：降调。 ③ 元微之：元稹，字微之，唐代河南洛阳人，中唐诗人和传奇小说作家，曾任右拾遗、监察御史、通州司马、工部侍郎同平章事、同州刺史、武昌节度使等职。他与白居易唱和甚多，史称"元白"。其传奇小说《会真记》《莺莺传》最为有名，被认为是他的一段风流韵事实录，有《元氏长庆集》传世。 ④ 饮馔：酒水和菜肴。 ⑤ 民风：此处指包括有否积案在内的民情。 ⑥ 报科：元杂剧中专门用语，意为做报告的表演动作。 ⑦牢落：本意为野兽奔走，此处作惆怅、无所寄托解。 ⑧ 再瞻眉宇：再次见到你眉宇间的丰采。 ⑨ 净：元杂剧行当，相当于现在京剧

中的花脸。 ⑩ 倈：一即指倈儿，元杂剧中扮演小孩的行当；二是指广西西部的少数民族俚人。此处用作轻蔑咒骂的语言，犹现在人称呼所恨之人为“小人”“坏家伙”。 ⑪ 王维：字摩诘，盛唐著名文人，河东人，开元进士，官至尚书右丞。晚年退居蓝田隐居，以诵佛、绘画、赋诗消遣。他的诗画均佳，世称他“诗中有画，画中有诗”，又通音律，今存《王右丞集》。 ⑫ 武陵溪：晋陶渊明之《桃花源记》描述之处，据说在今湖南常德市境内。 ⑬ 蓝桥驿：传说在今陕西蓝田县东南蓝溪之上。《太平广记》载，书生裴航在此遇仙女云英，求得玉杵臼捣药，结为夫妇。 ⑭ 冰鉴：此处指月亮。 ⑮ 苍波：形容月光下朦胧的波涛。 ⑯ 野调：村野曲调。 ⑰ 锺子期：春秋时音乐家，他的好友伯牙为著名琴师，由于他最能听懂伯牙琴艺，故被伯牙视为知音，两人友谊成千古佳话。 ⑱ 张君瑞：戏曲《西厢记》中男主角张珙，亦称张生。 ⑲ 范蠡：春秋时越国大夫，助越王勾践灭吴国后，弃官泛舟太湖。 ⑳ 好事：此处指给死去的人做超度的道场，此口语至今仍在江南农村流传。 ㉑ 好勾当：意为你干的什么好事。 ㉒ 黄齑：指咸腌菜，其色黄。 ㉓ 萧娘：唐时对女子的称呼。也有将男子称为萧郎。 ㉔ 倩女离魂：元杂剧故事，郑光祖作，详见本书收入的《迷青琐倩女离魂》。 ㉕ 文君：卓文君，西汉时人，其父卓王孙为富家，她寡居后自行择配，夜奔司马相如，传为佳话。 ㉖ 正旦悲科：正旦做悲伤的表演动作。 ㉗ 谐：完成。 ㉘ 啜哄：哄骗。 ㉙ 蛮子：北方人对南方人的蔑称，也用作对野蛮、粗鲁男子的蔑称。 ㉚ 浔阳：唐时属江州(治今九江)。江头：江边。 ㉛ 枫叶：代表秋天的植物。荻：近似芦苇的一种水生植物。 ㉜ 转轴拨弦：弹琵琶前的准备动作，让弦或紧或松，调节音量、音色。 ㉝ 掩抑：弹奏时用掩按抑遏指法而出声，有吞咽幽怨之致。 ㉞ 拢：用手指叩掠。捻：手指轻揉。此句形容弹琵琶时的指法技巧。 ㉟《霓裳》《六幺》：《霓裳》即《霓裳羽衣曲》，《六幺》即《绿腰》《乐世》，都是当时流行的琵琶曲子。 ㊱ 讴哑嘲哳：形容声杂而不成调。 ㊲ 促弦：拨动弦丝。 ㊳ 司马：州官副职，主掌军事。当时白居易虽任职江州司马，但实际上是无实权的冗员散职，所以他的官阶是将仕郎，从九品(比县令还低)，只能穿青色官服。 ㊴ 以上与白居易《琵琶行》原作略有不同。 ㊵ 金莲：女子的小脚。女子缠足之风始于五代，唐代女子尚是天足。此剧乃文艺作品，允许虚构。 ㊶ 噇：无节制地狂吃狂喝。 ㊷ 鸂鶒：古书中描述的像鸳鸯一般的水鸟。 ㊸ 落霞孤鹜齐飞：语出唐王勃散文名篇《滕王阁序》。 ㊹ 厮禁持：纠缠不清之意，古代斥责人使用的口语。 ㊺ 撒殢滞：意为耍无赖。 ㊻ 眼脑迷希：糊里糊涂。 ㊼ 村沙样势：土头土脑、傻里傻气的样子。 ㊽ 摘离：撤离、离开。 ㊾ 头面：首饰，此处泛指值钱衣饰。 ㊿ 一搭里：口语，一块儿。 (51) 西子：西施。鸱夷：范蠡，他离开越国后，浮海到了齐国，变姓名为鸱夷子皮。 (52) 谢安：东晋大臣，字安石，陈郡阳夏人，南迁会稽，为东晋士族首领。历任尚书仆射、中书监、骠骑将军、司徒等，曾主持对前秦的淝水之战。 (53) 鲈鱼脍：用鲈鱼烧制的美味食物。晋大司马东曹掾张翰在洛阳时，见秋风起，想起家乡吴地的菰菜、莼羹、鲈鱼脍极鲜，遂辞官而归。 (54) 渔父：屈原流放之汨罗江畔的打鱼人。此句意为兴奴随白乐天船只已离开刘一郎控制。 (55) 地方：指地保。 (56) 杂当：元杂剧中角色名称，专扮演不重要、无名人物。 (57) 致死：害死。

【评解】

《青衫泪》这出戏是马致远很重要的一部作品，他的创作灵感可能来源于白居易的《琵琶行》这首长诗，同时又借用了当时流传很广的“双渐赶苏小卿”故事。

裴兴奴这个人物也实有其人，白居易在创作《琵琶行》时在序言中就说她"尝学琵琶于穆、曹二善才"。白居易和元稹是好朋友，元稹作《会真记》，塑造了崔莺莺这样很有光彩的勇敢女性，实际上是在写他自己的一段真实经历。而白居易写《琵琶行》，塑造了琵琶女这个角色，人们不能不联想到白居易与她是否也有一段真实的恋爱故事。尽管白居易在诗中塑造的是一位"年长色衰"的贾人妇，还以"同是天涯沦落人，相逢何必曾相识"来掩饰碰到的熟人，而"座中泣下谁最多"这句却向人们透露出了他内心有一段感情创伤的信息。唐朝人所创作的这两部文学作品，又被元代两位剧作家改写成了两部不朽的剧作，这一现象在文学史上倒不失为一段千古佳话。

《青衫泪》是马致远现存的唯一的杂剧旦本戏。它与《汉宫秋》正好相反，《汉宫秋》是末本戏，全剧只有正末在唱；而这出旦本戏，则是全剧都是正旦裴兴奴一个人唱，白乐天这个角色也没有唱段。这与现在的戏曲不同，实际上这种形式代表了戏曲发展的一个阶段。

这部戏最大的成功之处就是塑造了一个历尽曲折苦难、坚持追求幸福爱情的妓女裴兴奴的形象。裴兴奴年轻美貌，琵琶也弹得好，多才多艺，虽然身在乐籍，身边并不缺追求者，她最后却爱上了官不大也没什么家财的白乐天，而且矢志不渝。对刘一郎这个一下子贩卖三千茶引的大客商、一出手就是五百两银子见面礼的大款，她一点也不动心，依旧惦记着白乐天。说明她对白乐天的爱情是纯洁的，她的择偶标准不是金钱、物质第一，而是以是否相知为标准。她最后离开刘一郎，说明她不甘心当金钱的奴隶，不愿让自己的年华消耗在刘一郎这样的俗商身上。这个妓女是有人格、有尊严、有追求的。

这一折戏是全剧的高潮，也是故事情节的转折点，让人有柳暗花明之叹。戏一开头就叙述白乐天困在江州，无法回京，所以对兴奴只有思念和牵挂。正巧好友元稹出差江州，他们相约去江上赏月吃酒，这本是文人的做派，喜欢对着明月把酒，纵论历史兴亡和个人遭际。就在此时，一阵琵琶声把裴兴奴送到了白乐天跟前，对于男女双方而言，都是个意外惊喜，而在这期间，裴兴奴这个人物更显得有光彩。当时，裴兴奴一个人在船上，她想念着白乐天，独白唱出"本待招个风流婿；怎知道如今命运低"，她"恁的般受孤恓"。尽管物质生活可能是丰盈的，但心里是孤独的，所以她便时常"想故人何日回归"。在没有见到白乐天之时，她其实是绝望的。这充分说明，她对爱情是忠贞的。随后，她意外地见到了心上人白乐天，还以为是遇见了鬼魂，心里有点惧怕，赶快把黄钱投到水里，却发出了"便死呵，也博个团圆到底"，心底里的爱还是战胜了对"鬼"的惧怕。

当白乐天当场赋得一篇《琵琶行》后，她马上接过念起来。可以想见，她的心情是多么激动。应当说，《琵琶行》的写成，使裴兴奴更加感受到了爱情的甜蜜，她为自己的正确选择而兴奋不已。也正因为如此，当她发现刘一郎这个俗物已经醉倒，便毫不犹豫地抓紧时机出走，与心爱的白乐天在一起。当然，此行并不是为了"鲈鱼脍",即物质生活,而是为了"再不愁平沙落雁悲","成就了佳期"。裴兴奴终于胜利了,她的痴爱纯情获得了报答。一个阅人无数的妓女,能有这种见识、这种情操、这种追求,实在是很可贵的。

这出戏透露了作者对商人的蔑视,这有其深刻的社会根源。一是中国数千年来一直是农耕文化占主导地位,重农轻商成为社会观念的主流,商人虽有钱,但社会地位较低,也不允许他们做官,一般的儒生并不把他们放在眼里。二是商人在经商中确有坑、蒙、拐、假、骗、讹等手法,而这与儒家思想中所讲的礼、义、廉、耻、信、诚等观念是对立的,商人的社会地位就上不去。封建统治者也常常会抑制和打击他们,从而使中国社会资本主义萌芽无法茁壮成长。但中国古代社会重儒轻商亦有其积极意义,就是实际上对拜金主义、金钱第一的思潮进行了一定程度的抑制,避免了金钱对社会的全面控制,也使全社会的道德不致迷失在金钱中而全面堕落。在一个高度崇商和崇拜剩余价值的社会,金钱霸占社会道德高地的情况难以避免。

吕洞宾①三醉岳阳楼

马致远

【剧情简介】

八仙之一的吕洞宾在蟠桃会上饮宴时,忽见下方一道青气直冲云霄,他感到将有神仙出现,其地方在岳州岳阳郡。于是便"按落云头",扮作一个卖墨的先生,前去寻找有缘之人,点化度他成仙。吕洞宾在岳阳楼上一边观看山川美景,一边将一锭墨抵二百文钱向酒保换酒。又使出法术,招来舞者、歌者、把盏者陪侍,吃得酩酊大醉,酒保唤他不醒,便自去了。岳阳楼下有一株老柳树,已有千百年寿命,他发现杜康庙前有一株白梅花作祟,恐其伤人性命,时常上楼巡查。吕洞宾发现他才是该度之人,但老柳精说自己是"土木形骸",又"根科茂盛,枝叶繁多",无法出家成仙。吕洞宾认为他讲得有理,便让他到楼下卖菜的郭家投身为男,取名郭马儿,让白梅花精到贺家去投胎,取名贺腊梅,让他们结成夫妇,约定日后再来度他们。

三十年后,吕洞宾践约来到郭马儿和妻子贺腊梅开在岳阳楼下的茶坊。他找到正睡觉的郭马儿,要向他化一盏茶吃,郭问他吃什么茶,吕洞宾称要贺腊梅造个木瓜茶;可是喝了又不满意,提出要吃羊脂酥金茶,吕洞宾尝了,又认为不好,要换杏汤茶。在郭马儿换茶过程中,吕洞宾不断旁敲侧击点化,无奈郭马儿总不醒悟,还说要积阴德让妻子生儿育女使郭家有后。吕洞宾说:"你如果把我吐出来的残茶喝了，就教你有子嗣。"郭马儿嫌脏不肯吃。吕洞宾说三盏茶都是假的，郭马儿不承认。吕洞宾便将枣、脂、瓣这些冒充木瓜、酥金、杏汤的东西全吐了出来，要郭马儿吃，又打碎茶盏，郭马儿还是不觉悟。吕洞宾便动员贺腊梅吃，那白梅精吃了便省悟，自称弟子，向吕洞宾稽首。吕洞宾又强行将残茶塞到郭马儿口中，郭马儿觉得如甘露沁心，便要再吃。吕洞宾要他跟自己出家，郭马儿不肯。吕洞宾无奈离去，郭马儿送到水湾，吕洞宾招他上船，郭马儿还是不肯。

此后，郭马儿一合眼便见吕洞宾来招他出家，干脆不卖茶，开始在岳阳楼下卖酒。这天他去按酒，在后街又遇着不想碰见的吕洞宾。吕洞宾说："我在你这岳阳楼醉了两次，今天你再请我吃一醉。"郭马儿请他上楼吃了三碗酒，吕洞宾又动员他出家。郭马儿说："我出家了，妻子怎么办？"吕洞宾说："你把老婆杀了。"郭马儿说："我杀媳妇没有兵器。"吕洞宾便给了他一口剑，郭马儿认为这师父疯了，但白得一口好剑，可拿回家去切菜。谁知当夜三更前后，贺腊梅真的给人杀了。他发现剑上有吕洞宾名字，便报告地方社长，社长告了州官，发下文书要逮吕道人。路上，郭马儿和社长碰见吕洞宾，郭指认吕是杀贺腊梅的凶手。吕洞宾让他们拿文书出来看，哪知郭马儿读文书时发现，上面原先写的吕道人名字变成了郭马儿，郭马儿也傻了眼。这时郭马儿发现贺腊梅走来了，她居然没死。吕洞宾便要社长做见证，以郭马儿诬告谋杀罪拖他去见官。在官府公堂，州官以郭马儿诬告该反坐，判他死罪。郭马儿慌了，要吕洞宾救他，吕洞宾让他跟自己走，郭马儿只得答应。这时公堂上的官员、皂隶都变成了汉锺离等七仙，郭马儿这才记起前身乃是柳树精，他感谢吕洞宾三度点化，愿听他指示。吕洞宾见他觉悟，便引领他乘苍鸾同升仙班。

第　一　折

（净扮酒保^②上，诗云）俺家酒儿清，一贯买两瓶。灌得肚儿胀，溺得脿儿疼。自家店小二是也。在这岳阳楼下开着一个酒店。但是南来北往经商客旅，做买做卖，都来这楼上饮酒。今日早晨间，我将这旋锅^③儿烧的热了，将酒望子^④挑起来。招过客，招过客！（正末扮吕洞宾提墨篮上，云）贫道姓吕名岩字洞宾，道号纯阳子。先为唐朝儒士，后遇锺离^⑤师父点化，得成仙道。贫道在蟠桃会上饮宴，忽见下方一道青气，上彻云霄，此下必有神仙出现。贫道视之，却在岳州岳阳郡。不免按落云头，扮作一个卖墨的先生，长街市上，来往君子，都来买贫道好墨也！（唱）

〔仙吕点绛唇〕　这墨光照文房，取烟在太华^⑥顶上仙人掌。更压着五李三张^⑦，入砚松风响。

〔混江龙〕 梭头琴样，助吟毫清彻看书窗。恰行过一区道院⑧，几处斋堂⑨。竹几⑩暗添龙尾润，布袍常带麝脐香。早来到洞庭湖畔，百尺楼旁。(做上楼科，云)是好一座高楼也。(唱)端的是凭凌云汉，映带潇湘⑪。俺这里蹑飞梯，凝望眼，离人间似有三千丈。则好高欢⑫避暑，王粲⑬思乡。

(酒保云)我在这门首觑者，看有甚么人来。(正末唱)

〔油葫芦〕 俺只见十二栏干接上苍⑭。(酒保云)招过客，招过客！(正末云)休叫，休叫。(酒保云)你怎生着我休叫？(正末唱)我则怕惊着玉皇⑮，谁着你直侵北斗⑯建糟坊。(酒保云)你看我这楼上有牌，牌上有字，上写着世间无此酒，天下有名楼。(正末唱)写道是岳阳楼形胜偏雄壮，更压着你洞庭春好酒新炊荡。(酒保云)老师父，你看这边景致。(正末唱)翠巍巍当着楚山。(酒保云)休道是楚山，连太山、华山都看见了。师父，你看这边景致。(正末唱)浪淘淘临着汉江。(酒保云)不要说汉江，连洞庭湖、鄱阳湖、青草湖都看见了。(正末云)正是鸡肥蟹壮之时。(唱)正菊花秋不醉倒陶元亮⑰？(酒保云)师父，你来迟了，我这酒已卖尽，无了酒也。(正末云)你道是无酒呵，(唱)怎发付团脐蟹一包黄？

(酒保云)这里有酒呵，把甚么与我做酒钱？(正末云)至如我无有钱呵。(唱)

〔天下乐〕 我则待当了环绦⑱醉一场。(酒保云)说便这等说，实是无了酒也。(正末云)你道无酒，你闻波。(唱)那里这般清甘滑辣香？(酒保云)酒有，只你醉了不好下楼去。(正末唱)但将老先生醉死不要你偿。(酒保云)师父，这楼上好凉快哩。(正末唱)我特来趁晚凉，趁晚凉入醉乡。(酒保云)老师父，天色将晚了。(正末云)还早哩。(唱)争知俺仙家日月长。

(云)小二哥，你供养的是一尊甚么神道？(酒保云)这是初造酒的杜康⑲。我供养着他，这酒客日日常满。(正末唱)

〔那吒令〕 我待和你唤上、那登真的伯阳⑳，你觑当、更悬壶的长房㉑，不强似你供养那招财的杜康。(酒保云)师父，我买活鱼来做按酒㉒。(正末唱)休更说钓锦鳞筶新酿㉓，待邀留他过往经商。

〔鹊踏枝〕 自隋唐，数兴亡，料着这一片青旗，能有的几日秋光。对四面江山浩荡，怎消得我几行儿醉墨淋浪。

(酒保云)师父，我这酒赛过琼浆玉液哩。(正末唱)

〔寄生草〕 说甚么琼花露，问甚么玉液浆。想鸾鹤只在秋江上，似鲸鲵㉔吸尽银河浪，饮羊羔醉杀销金帐。这的是烧猪佛印待东坡㉕，抵多少骑驴魏野逢潘阆㉖。

(酒保云)小人听得说，王弘㉗送酒，刘伶㉘荷锸，李白㉙摸月，也不似先生这等贪杯。(正末唱)

〔幺篇〕 想那等尘俗辈，恰便似粪土墙。王弘探客在篱边望，李白扪月在江心丧，刘伶荷锸在坟头葬。我则待朗吟飞过洞庭湖，须不曾摇鞭误入平康巷㉚。

(云)小二哥，打二百长钱酒来。(酒保云)先交了钱，然后吃酒。(正末云)你也说的是，与你这一锭墨，便当二百文钱的酒。(酒保云)笑杀我也。量这一锭墨有甚么好处，那里便值二百文钱？(正末云)我这墨非同小可，便当二百文钱也不多哩。(唱)

〔后庭花〕 这墨瘦身躯无四两，你可便消磨他有几场。万事皆如此，(带云)酒保也，(唱)则你那浮生空自忙。他一片黑心肠，在这功名之上。(酒保云)我不要这墨，你则与我钱。(正末云)墨换酒，你也不要？(唱)敢糊涂了纸半张。

(酒保云)他是个出家人，我那里不是积福处，留下这墨写账，也有用处。罢、罢，打二百文钱酒与他。老师父，酒便与你，自己吃不了，请几个道伴来吃。(正末云)小二哥，你也说的是。你看着，我请几个道伴来者。疾！你来，你来！(酒保云)在那里？(正末云)疾！你也来，你也来。(酒保云)你看这先生风了。(正末云)一个舞者，一个唱者，一个把盏者，直吃的尽醉方归。(酒保云)我说这先生风了，当真风了。把袍袖往东一拂道，你来，你来；往西一拂道，你也来，你也来。一个舞者，一个唱者，一个把盏者，都在那里？(正末云)可知你不见哩。(唱)

〔金盏儿〕 我这里据胡床㉛，望三湘，有黄鹤对舞仙童唱。主人家宽洪海量，醉何妨。直吃的卷帘邀皓月，再谁想开宴出红妆。但得一尊留墨客，（带云）我困了也，（唱）我可是两处梦黄粱。

（正末做睡科）（酒保云）如何？我说你吃不了二百钱的酒。我说你请几个道伴来吃，你不肯，兀的^㉜不醉了！他睡着了，可怎生是好？我这楼上，妖精鬼魅极多，害了他性命，怎生是好？我索^㉝唤起他来。（做唤科）师父，你起来。这楼上妖精极多，鬼魅极广，枉害了你性命。（正末不醒科）（酒保云）他睡着了，叫他不醒，怎生是好？且下楼去，收了旋锅儿，落了这酒望子，上了这板阔，我再上楼去叫他去。可扑，可扑！老师父，你不起来，妖精出来吃了你，不干我事。我自去也。（下）（外扮柳树精上，诗云）翠叶柔丝满树枝，根科荣茂正当时。为吾屡积阴功厚，上帝加吾排岸司。小圣乃岳阳楼下一株老柳树是也。我在此千百余年，又有杜康庙前一株白梅花在此作祟。我上楼巡绰^㉞一遭，可是为何？恐怕他伤害了人性命。今日天晚，须索上楼巡绰一遭。好奇怪。我往常间上这楼来，坦然而上，今日如何心中惧怯？既来，难道回去？须索上去。（做见科）呀！上仙在此，须索回避咱。（正末喝云）业畜，那里去？回来！（柳云）早知上仙在此，只合远接。接待不着，勿令见罪。（正末云）好可怜人也！（唱）

〔醉中天〕 我见他拄着条过头杖，恰便似老龙王。（柳云）早知上仙在此，合当参拜。（正末唱）你这般曲脊驼腰，来我眼前有甚勾当^㉟？（带云）我看你本相。（唱）我这里斜倚定栏干望。（柳云）师父，望甚么？（正末云）你道我望甚么？（唱）原来是挂望子门前老杨。（柳云）小圣在此千百余年也。（正末云）喋声^㊱！（唱）你道是埋根千丈，你如今絮沾泥，则怕泄漏春光。

（云）柳也，你有几般儿歹处^㊲哩。（柳云）师父，我有甚么歹处？（正末唱）

〔忆王孙〕 亚夫^㊳营里晚天凉，炀帝^㊴宫中春昼长。按舞罢楚台人断肠，你只是为春忙。（柳云）再有甚么歹处？（正末唱）饿得那楚宫女腰肢一捻香。

（云）兀那老柳，这岳阳楼上作祟的元来是你！（柳云）不干小圣事，是杜康庙前一株白梅花在此作祟。（正末云）待我看来。真个是杜康庙前一株白梅在此作祟。好、好，兀那老柳，你跟我出家去罢。（柳云）师父，我去不得。（正末云）你为何去不得？（柳云）我根科茂盛，枝叶繁多，去不得。（正末云）他是土木形骸，到发如此之语。（唱）

〔金盏儿〕　我是个吕纯阳，度你个绿垂杨。你则管伴烟伴雨在溪桥上，舞东风飘荡弄轻狂。如今人早晨栽下树，到晚来要阴凉。则怕你滋生下些小业种㊵，久已后干撇下你个老孤桩。

（云）老柳，你跟我出家去来。（柳云）既领师父教训，情愿跟师父出家。但我土木形骸，未得人身，怎生成的仙道？（正末云）你也说的是。土木之物，未得人身，难成仙道。兀那老柳，你听者，你往下方岳阳楼下卖茶的郭家为男身，名为郭马儿；着那梅花精往贺家托生为女身，着你二人成其夫妇。三十年后，我再来度脱你。（做与墨篮科，云）你与我将着㊶这物。（柳做头顶科，云）师父，我这般将着是么？（正末云）不是，再将着。（三科）（正末云）都不是，将来，将来。他是土木之物，未曾得人身，如何便能知道。你看者。（正末抱篮科，唱）

〔赚煞〕　似我这般抱定墨篮儿。（柳抱篮科，云）师父，这般将着可好么？（正末唱）兀的不才似一个人模样。（柳云）师父，你怎生识的小圣来？（正末唱）我底根儿把你来看生见长。（柳云）师父仙乡何处？（正末唱）我家住在白云缥缈乡。（柳云）那里幽静么？（正末唱）俺那里无乱蝉鸣聒噪斜阳。（柳云）徒弟去则去，则是舍不的这一派水也。（正末唱）量湖光，不大似半亩芳塘㊷。（柳云）徒弟省了也。（正末唱）你险做了长亭系马桩。（柳云）敢问师父两句言语，合道不合道是怎么说？（正末云）你一句句问将来。（柳云）师父，合道是怎生？（正末唱）合道在章台㊸路旁。（柳云）师父不合道可是怎生？（正末唱）不合道你则在灞陵桥㊹上。（云）你若肯跟我出家，教你学取一个。（柳云）学取那一个？（正末唱）我着你学那吕岩前松柏耐风霜。（同下）

【注释】

① 吕洞宾：唐末道士，名岩，号纯阳子。会昌中两试进士不第，浪迹江湖，遇汉锺离授丹诀，遂修道，成为中国民间传说中的八仙之一，亦称吕祖。他经常在凡间奔走，度有缘之人，而且吃酒、戏玩、找女人，有凡人的喜恶，与其他清净寡欲的神仙佛道不同，所

以他为普通老百姓津津乐道，旧时有关他的戏曲、文学作品很多。　②酒保：酒店伙计。
③旋锅：一种烫酒的铜壶，也称旋子。　④酒望子：酒旗。　⑤锺离：汉锺离，八仙之
一。相传他姓锺离，名权，受铁拐李点化，上山学道，下山后飞剑斩虎，点金济众。后与
兄锺离简同日飞升。其为仙的传说起于北宋。　⑥太华：西岳华山之主峰太华山，海拔
2160米，传说此处常有仙家来往停留。　⑦五李三张：唐宋间著名墨工李廷珪、张遇的合
称，后来用作墨的别称。　⑧道院：道观。　⑨斋堂：佛寺、佛堂。　⑩竹几：用竹子
制成的茶几。　⑪潇湘：潇水、湘水，此处泛指湖南。　⑫高欢：又名贺六浑，渤海人，
南北朝时东魏大臣。后逼走魏孝武帝，立孝静帝，控制朝政，任丞相。他死后，其第二子
高洋废孝静帝自立为皇帝，建北齐。　⑬王粲：字仲宣，东汉山阳高平人。汉献帝建安年
间曾投荆州刘表，后归曹操，先后任丞相掾、侍中，赐爵关内侯。有文采才华，在"建安
七子"中成就最高。他在荆州时不得志，登麦城城楼万感交集，写下名篇《登楼赋》抒发志
向。　⑭上苍：上天，形容楼高。　⑮玉皇：传说中的玉皇大帝，也称昊天上帝。　⑯北
斗：北斗星，共七颗星。　⑰陶元亮：陶渊明，字元亮，东晋诗人。曾任江州祭酒、彭泽
令，后不愿为五斗米折腰，辞官归田，有《陶渊明集》传世。　⑱环绦：束道袍的腰带。
⑲杜康：传说为夏朝人，高粱酒的发明者，又称少康。　⑳伯阳：魏伯阳，号云牙子，东
汉会稽上虞人。出身高门望族，拒绝出仕，好修道炼丹。　㉑长房：东汉人费长房。《后汉
书·费长房传》说："市中有老翁卖药，悬一壶于肆头。及市罢，辄跳入壶中，市人莫之见，
唯费长房于楼上睹之，异焉，因往再拜奉酒脯。"老翁实为神仙，后度费长房，因费不肯食
粪，终功亏一篑，遂为巫医，失符后为众鬼所杀。　㉒按酒：下酒菜。　㉓钓锦鳞笃新
酿：钓锦色鲤鱼给新酿的酒当下酒菜。　㉔鲸：鲸鱼。鲵：娃娃鱼。鲸鲵也用来比喻凶恶
的人。　㉕东坡：苏轼，字子瞻，号东坡，北宋大文学家。佛印：苏轼的朋友，寺僧。
㉖魏野：字仲先，号草堂居士，北宋诗人，隐居不仕。潘阆：字梦空，号逍遥子，北宋诗
人，官至滁州参军。　㉗王弘：字休元，出身琅琊王氏。他任江州刺史时，常送酒给陶渊
明饮用。后为南朝刘宋开国功臣。　㉘刘伶：字伯伦，沛国人，西晋名士，"竹林七贤"之
一。他常乘鹿车，命人荷锸相随。　㉙李白：唐代大诗人，传说他醉后上采石矶江中摸月
亮，落水而亡。　㉚平康巷：唐代长安里名，亦称平康坊，为妓女聚居之地。　㉛胡床：
又称交床、交椅、绳床，此处当指交椅。　㉜兀的：句首语助，犹言"这"。　㉝索：赶
快。　㉞巡绰：巡察。　㉟勾当：事情。　㊱噤声：别说话、住口。　㊲歹处：错处、
失误。　㊳亚夫：周亚夫，西汉名将。汉文帝时他驻军细柳营，文帝去视察，见军容严整，
大加赞赏。汉景帝时带兵削平吴、楚七国之乱，升丞相。后因其子犯法牵连下狱，绝食而
死。　㊴炀帝：隋炀帝杨广，历来认为他荒淫无道，后宫女子极多。　㊵业种：孽种，指
不长进的后代。　㊶将着：拿着。下文形容柳树未成人形，所以一个墨篮也不知道如何拿。
㊷半亩芳塘：南宋朱熹《观书有感》有"半亩方塘一鉴开"句，此处借用，并改"方塘"为
"芳塘"。　㊸章台：长安城内的一条街。　㊹灞陵桥：在长安城外。

【评解】

　　马致远一生共创作了15部杂剧，其题材大部分是神仙道化、因果报应，如
《陈抟高卧》《任风子》《荐福碑》《黄粱梦》等，而《岳阳楼》在马致远的众多神仙道化
戏中是成就最高的一部。神仙道化戏也是元杂剧中值得注意的一个门类。

　　我们知道，大凡神仙道化题材的作品，其想象力十分丰富，常常是超现实的，

或幻化无穷，或法力无边，或因果报应，或出乎常情，或近似疯癫，等等。总之，现实生活中不可能发生的事，在神仙道化作品中都可能发生。这就要靠作者发挥丰富的想象力，要靠幻想甚至浪漫的空想，在编故事的过程中，使现实生活中不可能发生的事情巧妙地幻化出来，使作品中的人物形象成为一个个超人。马致远在《岳阳楼》中，把剧中的主角吕洞宾的法力仙术想象得很丰富。他先是在蟠桃宴上发现下界有青气，便马上意识到下界必有新的神仙出现，于是来到岳阳楼，终于发现这修炼成功、即将飞升的乃是一株千百余年的老柳树精，但树木未成人形，无法成仙，只能让它先托生为人身，成为郭马儿，又让白梅花托生为女子贺腊梅，吕洞宾与他们约定三十年后再来度化。这一切都是只能在神仙身上发生的怪诞之事。而后面吕洞宾去度郭马儿时，一会儿吃茶吐茶，一会儿幻化出贺腊梅被杀，又偷换文书，又让汉钟离等其他仙家幻化成官府的吏役，最后终于点化了郭马儿，使他觉悟飞升。这些故事情节都来自作者的想象力，没有想象力、不会幻想的人是写不出神仙道化题材的戏的。马致远在这方面的能力，高于同时代的其他杂剧作家。

神仙道化题材的戏剧作品也不单是写法力无边、变幻无穷，甚至弄得不食人间烟火，因为舞台戏剧艺术要有故事情节，同样也要被人看得懂，所以终究还是要写出人的特点、人的生活来。《岳阳楼》这部作品尽管被表现的对象可以是仙家、柳树精、梅花怪，但归根到底还是要赋予他们人性，这是中国古典戏剧作家朴素的人本主义思想的反映。《岳阳楼》第一折中，吕洞宾在楼上观赏洞庭风光、独自喝酒，想到的是高欢、王粲、陶潜、伯阳、王弘、刘伶、费长房等这些凡人。他与酒保谈论杜康，又把一锭墨抵当二百文铜钱，向酒保换酒吃，一点也不像神仙，活脱脱是个旅途窘困的凡人。而在本戏的第三折，作者又通过吕洞宾到郭马儿茶肆吃茶的情节，表现吕洞宾在茶肆挑挑拣拣，一会儿要吃木瓜茶，一会儿要吃酥金茶，一会儿又要吃杏汤。这种安排当然是情节的需要，表演时更加能吸引观众，但我们又何尝不读出了"神仙也有凡人脾性"的弦外之音呢？还要指出的是，马致远在这出戏中不仅写到了酒、写到了茶，而且还用了大量的历史典故，如高欢避暑、王粲思乡、长房恩壶、王弘送酒、刘伶荷锸、李白摸月、陶潜采菊等，显示出作者丰富的知识。在本剧的第三折中，又让吕洞宾唱了一大段鱼鼓简子，长达28小段82句，使说唱的艺术达到高峰。

当然，神仙道化剧并不正面去描述、揭露人世间的矛盾和黑暗，其所传达的思想内容一般也不会激起观众的共鸣，其所起的作用主要是娱乐观众，让观众暂时离开现实生活的烦恼，或笑或讽。因此，这类戏过去一直被批评家讥为逃避现实，并被戴上了一顶"客观上起到麻痹、欺骗人民群众作用"的帽子。虽承认其常常对影射、讽谏现实有一定的积极意义，但因为并没有找到一个独特的标准，总是把它和现实主义的作品放在一个天平上去衡量，这样的结果当然是不公正的，即使马致远这样的大戏剧家，也得不到公正的对待。

其实，神仙道化题材的戏剧作品，其所起的作用是独特的。它通过剧中人传递的出世思想和避世意念，潜移默化地教育凡人自觉地去淡化对物质、财富、名利、私情的追求，宣扬人与人之间的帮助、友善，提倡对社会弱势群体的关爱，尊重大多数的人，惩恶扬善，实际上是进行社会道德的教化，尤其是教导人们要舍得丢弃物质财富和放弃争名逐利，有利于减缓社会财富高度集中的速度，起到了净化社会风气、提高人们社会公德的作用。就像河中的蒿草蒲叶净化污染的水质那样，起着净化社会的道德空间的作用（而不是奉朝廷钦命）。在旧时代，从最高统治者开始，直到下层老百姓，对物质、金钱和名利的追求都是很普遍的，"人不为己，天诛地灭"更被认为是最高信条。宣扬神仙教化的戏剧作品要人们放弃对名利、物质、财富、私利等的追求，这无疑就与整个社会的主流道德传统相背离，从而保证了即使在私有制的古代社会，人们也并不会在金钱、名利、财富、女色等方面彻底迷失。一些美好的公德能一代又一代地传承下来，应该说，其中就有神仙道化剧对人们潜移默化教育的功绩。不能简单地将其归结为"消极避世"，它的真正功能还是通过神仙佛道劝善教化。《岳阳楼》第一折中，当吕洞宾要柳树精跟他学道时，柳树精说了一句很发人深思的话："我根科茂盛，枝叶繁多，去不得。"这"根科茂盛，枝叶繁多"不正是世人为名利、财产、女色、亲友、私利所累的现实写照吗？神仙道化剧提倡彻底抛弃这些，看破红尘出家，让那些想搞更大腐败、积累更多财富、追逐更多名利的人缩手，这对社会和弱势群体而言，未始不是一件好事。

唐明皇秋夜梧桐雨

白　朴

【剧情简介】

唐朝开元年间，奚契丹部擅杀公主，幽州节度使张守珪命部下捉生使安禄山率兵征讨，不料轻敌冒进，全军覆没。张守珪欲按军法斩他，他却称："主帅不欲灭奚契丹耶，奈何杀壮士？"张守珪惜他骁勇，便决定将他解送京都，让皇上圣断。

原来这安禄山乃营州杂胡，本姓康氏，通晓六番语言，为人极狡诈。当时大唐在位皇帝是明皇玄宗李隆基，他宠幸貌比嫦娥的杨贵妃（名玉环，号太真），整日朝歌暮宴，尽情享乐。这天，丞相张九龄押安禄山上殿，明皇见他肥大，便说："你大肚子里面装的是什么？"安禄山道："内中只有对陛下的一颗忠心。"明皇被他的花言巧语所惑，又听说他通六种番语，便对张九龄说："这个人不能杀，留着做白衣将领吧。"张九龄认为此人有反相，但明皇不听，命人当殿释放。安禄山跳了一阵旋舞，明皇更认为他能解闷，让杨贵妃认为义子。不料，安禄山、杨贵妃之间却有了私情。张九龄为除掉安禄山，求助于贵妃之兄杨国忠。明皇不听杨国忠劝，反而加封安禄山为渔阳节度使，统领番汉兵马守边。

不久，明皇将年号改为天宝。有一年七月初七，杨贵妃为庆乞巧节，命宫女在长生殿摆宴，请明皇前来尽欢。当晚，杨贵妃安排了许多节目，明皇看得十分开心，遂赏赐她金钗一对、钿盒一枚，和她信步闲游，共话牛郎织女鹊桥之情，两人在梧桐树下对月盟誓，要"今生偕老，百年以后，世世永为夫妻"，让牵牛、织女星为见证。正当明皇和杨贵妃过着纸醉金迷的生活之际，安禄山在边疆造反，要夺大唐江山。他一路打进潼关，直逼长安。明皇和杨贵妃正在享用四川刚用快马送来的新鲜荔枝，一闻此消息，惊慌无措，只得听从李林甫的建议，弃京城逃往蜀中。途中父老请求将太子留下，以便带领中原百姓平叛。明皇遂拨出三千人马给太子李亨为中原之主，授予传国玺印，并让郭子仪、李光弼两元帅辅佐。

明皇与杨贵妃、杨国忠等逃至马嵬坡，右龙武将军陈玄礼报告军士哗变，杀了奸臣杨国忠，又要明皇将杨贵妃"割恩正法"，否则就不肯护驾。高力士劝明皇杀贵妃，以安将士之心。明皇被迫赐白练让杨贵妃在佛堂自缢，此时他的心碎了。

安禄山的叛乱被平定了，但太子当了皇帝，明皇成了太上皇。他老了，越来越思念杨贵妃，让人画了一幅杨贵妃的图画挂在宫中，每天看个不够。这年秋天，又到七夕之期，孤寂的明皇又来到当年与杨妃盟誓的梧桐树下思念杨妃。他回到寝殿，刚在帏屏边靠下休息，就见贵妃娘娘袅袅婷婷过来请他去长生殿赴宴。兴奋之际突然醒来，原是南柯一梦。这时，外面下起了雨，梧桐树上纷纷扑簌簌滴着雨水，明皇想起与杨妃的誓约，泪水染湿了龙袍，那泪水、雨水共隔着一树梧桐直滴到天晓。

第 四 折

（高力士上，云）自家高力士是也。自幼供奉内宫，蒙主上抬举，加为六宫提督太监。往年主上悦杨氏容貌，命某取入宫中，宠爱无比，封为贵妃，赐号太真。后来逆胡称兵，伪诛杨国忠为名，逼的主上幸蜀。行至中途，六军不进。右龙武将军陈玄礼奏过，杀了国忠，祸连贵妃。主上无可奈何，只得从之，缢死马嵬驿中。今日贼平无事，主上还国，太子做了皇帝。主上养老，退居西宫，昼夜只是想贵妃娘娘。今日教某挂起真容，朝夕哭奠。不免收拾停当，在此伺候咱。（正末上，云）寡人自幸蜀还京，太子破了逆贼，即了帝位。寡人退居西宫养老，每日只是思量妃子。教画工画了一轴真容供养着，每日相对，越增烦恼也呵！
（做哭科，唱）

〔正宫端正好〕 自从幸西川还京兆，甚的是月夜花朝！这半年来白发添多少，怎打叠①愁容貌！

〔幺篇〕 瘦岩岩②不避群臣笑，玉叉儿将画轴高挑。荔枝花果香檀卓，目觑了伤怀抱。

（做看真容科，唱）

〔滚绣球〕 险些把我气冲倒，身谩靠③，把太真妃放声高叫。叫不应，雨泪嚎咷。这待诏④手段高，画的来没半星儿差错。虽然是快染能描，画不出沉香亭畔回鸾舞，花萼楼前上马娇，一段儿妖娆。

〔倘秀才〕 妃子呵，常记得千秋节华清宫宴乐，七夕会长生殿乞巧。誓愿学连理枝比翼鸟，谁想你乘彩凤，返丹霄，命夭！

（带云）寡人越看越添伤感，怎生是好！（唱）

〔呆骨朵〕 寡人有心待盖一座杨妃庙，争奈无权柄谢位辞朝。则俺这孤辰限难熬，更打着离恨天⑤最高。在生时同衾枕，不能勾死后也同棺椁。谁承望马嵬坡尘土中，可惜把一朵海棠花零落了。

（带云）一会儿身子困乏，且下这亭子去闲行一会咱。（唱）

〔白鹤子〕 那身离殿宇，信步下亭皋。见杨柳袅翠蓝丝，芙蓉拆胭脂萼。

〔幺〕 见芙蓉怀媚脸，遇杨柳忆纤腰。依旧的两般儿点缀上阳宫，他管一灵儿潇洒长安道。

〔幺〕 常记得碧梧桐阴下立，红牙箸手中敲。他笑整缕金衣，舞按霓裳乐。

〔幺〕 到如今翠盘中荒草满，芳树下暗香消。空对井梧阴，不见倾城貌。

（做叹科，云）寡人也怕闲行，不如回去来。（唱）

〔倘秀才〕 本待闲散心追欢取乐，倒惹的感旧恨天荒地老。快快归来凤帏悄，甚法儿挨今宵懊恼！

（带云）回到这寝殿中，一弄儿⑥助人愁也。（唱）

〔芙蓉花〕 淡氤氲串烟袅，昏惨剌银灯照。玉漏迢迢，才是初更报。暗觑清霄，盼梦里他来到。却不道口是心苗，不住的频频叫。

（带云）不觉一阵昏迷上来，寡人试睡些儿。（唱）

〔伴读书〕 一会家心焦懆，四壁厢秋虫闹。忽见掀帘西风恶，遥观满地阴云罩。俺这里披衣闷把帏屏靠，业眼难交。

〔笑和尚〕 原来是滴溜溜绕闲阶败叶飘，疏剌剌刷落叶被西风扫，忽鲁鲁⑦风闪得银灯爆。厮琅琅鸣殿铎，扑簌簌动朱箔，吉丁当玉马儿⑧向檐间闹。

（做睡科，唱）

〔倘秀才〕 闷打颏⑨和衣卧倒，软兀剌⑩方才睡着。（旦上，云）妾身贵妃是也。今日殿中设宴，宫娥，请主上赴席咱。（正末唱）忽见青衣⑪走来报，道太真妃将寡人邀宴乐。

（正末见旦科，云）妃子，你在那里来？（旦云）今日长生殿排宴，请主上赴席。（正末云）分付梨园子弟齐备着。（旦下）（正末做惊醒科，云）呀！元来是一梦。分明梦见妃子，却又不见了。（唱）

〔双鸳鸯〕 斜軃翠鸾翘，浑一似出浴的旧风标，映着云屏一半儿娇。好梦将成还惊觉，半襟情泪湿鲛绡。

〔蛮姑儿〕 懊恼，窨约⑫。惊我来的又不是楼头过雁，砌下寒蛩，檐前玉马，架上金鸡；是兀那⑬窗儿外梧桐上雨潇潇。一声声洒残叶，一点点滴寒梢，会把愁人定虐。

〔滚绣球〕 这雨呵，又不是救旱苗，润枯草，洒开花萼，谁望道秋雨如膏。向青翠条，碧玉梢，碎声儿毕剥，增百十倍歇和芭蕉。子管里珠连玉散飘千颗，平白地瀽⑭瓮翻盆下一宵，惹的人心焦。

〔叨叨令〕 一会价⑮紧呵，似玉盘中万颗珍珠落；一会价响呵，似玳筵前几簇笙歌闹；一会价清呵，似翠岩头一派寒泉瀑；一会价猛呵，似绣旗下数面征鼙操。兀的不恼杀人也么哥，兀的不恼杀人也么哥！则被他诸般儿雨声相聒噪。

〔倘秀才〕 这雨一阵阵打梧桐叶凋，一点点滴人心碎了。枉

83

着金井银床紧围绕，只好把泼枝叶做柴烧锯倒。

（带云）当初妃子舞翠盘时，在此树下，寡人与妃子盟誓时，亦对此树。今日梦境相寻，又被他惊觉了。（唱）

〔滚绣球〕　长生殿那一宵，转回廊，说誓约，不合对梧桐并肩斜靠，尽言词絮絮叨叨。沉香亭那一朝，按霓裳舞六幺⑯，红牙箸击成腔调，乱宫商闹闹吵吵。是兀那当时欢会栽排下，今日凄凉厮辏着，暗地量度。

（高力士云）主上，这诸样草木，皆有雨声，岂独梧桐？（正末云）你那里知道，我说与你听者。（唱）

〔三煞〕　润蒙蒙杨柳雨，凄凄院宇侵帘幕。细丝丝梅子雨，妆点江干满楼阁。杏花雨红湿阑干，梨花雨玉容寂寞。荷花雨翠盖翩翩，豆花雨绿叶潇条。都不似你惊魂破梦，助恨添愁，彻夜连宵。莫不是水仙弄娇，蘸杨柳洒风飘？

〔二煞〕　味味⑰似喷泉瑞兽临双沼，刷刷⑱似食叶春蚕散满箔。乱洒琼阶，水传宫漏，飞上雕檐，洒滴新槽。直下的更残漏断，枕冷衾寒，烛灭香消。可知道夏天不觉，把高凤⑲麦来漂。

〔黄钟煞〕　顺西风低把纱窗哨，送寒气频将绣户敲，莫不是天故将人愁闷搅？前度铃声响栈道，似花奴羯鼓调，如伯牙水仙操⑳。洗黄花润篱落，渍苍苔倒墙角；渲湖山漱石窍，浸枯荷溢池沼；沾残蝶粉渐消，洒流萤焰不着；绿窗前促织㉑叫，声相近雁影高；催邻砧处处捣，助新凉分外早。斟量来这一宵，雨和人紧厮熬。伴铜壶点点敲，雨更多泪不少。雨湿寒梢，泪染龙袍；不肯相饶，共隔着一树梧桐直滴到晓。

【注释】

①打叠：打点、安排。　②瘦岩岩：瘦恹恹，软弱无力的样子。　③谩靠：形容举动失态。　④待诏：汉代被征辟到京城做官的人称为"待诏公车"。唐代翰林院设待诏之所，收罗文词、画工、经术、医卜、艺术等人才养着待用，这里专指养在待诏所内的画工。⑤离恨天：佛教中有三十三层天，离恨天最高。　⑥一弄儿：一股脑、全都是。　⑦忽鲁鲁：形容风声。　⑧玉马儿：古代建房时，在檐下悬挂玉片，风过时会发出响声，此即玉马儿。　⑨闷打颏：意即闷闷的、百无聊赖的样子。　⑩软兀刺：意即瘫软的样子。⑪青衣：指下人，旧时普通下人不准穿彩色衣服，显示低贱身份。　⑫窨约：暗中思忖、揣度。　⑬兀那：这个、那个。　⑭瀽：泼，倾倒。　⑮一会价：一会儿。　⑯六幺：唐代名曲。　⑰味味：形容泉水喷流的声音。　⑱刷刷：形容蚕吃桑叶的声音。　⑲高

凤：东汉读书人，一次他边看晒麦场边看书，一场大雨，麦子都漂走了，他手里还捏着竹竿（晒麦时翻麦子的工具），只管念书，一点也不知道。　⑳伯牙：春秋时著名琴师。水仙操：相传为伯牙所作之名曲。　㉑促织：蟋蟀。

【评解】

　　唐明皇和杨贵妃的悲剧爱情故事，一直是比较热门的文艺创作题材，最早、最成功的作品便是唐代大诗人白居易的长诗《长恨歌》。此后，陈鸿的传奇小说《长恨歌传》、宋乐史的《杨太真外传》，以及《明皇实录》《开元天宝遗事》等对唐明皇、杨贵妃的故事亦有详述。戏剧方面，除南戏中有《马践杨妃》一剧外，元杂剧作家关汉卿写过《唐明皇哭香囊》，王伯成写过《天宝遗事》，庾天锡有《杨太真浴罢华清池》和《杨太真霓裳怨》，但流传下来的只有白朴的《梧桐雨》。它的艺术成就比较高，在戏剧史上有独特的地位，即使是后来的明代传奇剧《长生殿》，其故事情节及思想内容均未能超越《梧桐雨》。

　　白朴之所以要写这个题材，除了因为唐明皇和杨贵妃的曲折爱情故事能在舞台上吸引人以外，我们也不能不从白朴个人经历中去寻求答案。白朴的生活年代大致在金正大三年（1226）到元仁宗朝，其父是金朝的枢密院判官。他经历了金朝亡国的社会大变革，对元朝统治者是痛恨的。当元统治者推举他出来做官时，他一口拒绝，后来干脆从大都移居建康。他深切感受到亡国的滋味，因此，在读《长恨歌》这一不朽名篇及唐史时，对安禄山造反几乎亡唐的教训肯定是有共鸣的。这可能是驱使他写这部戏的原始动力。

　　白居易的《长恨歌》虽然文辞华丽、优美，对唐明皇不忘杨贵妃的一段情意也进行了渲染，但实际上对皇帝与宠妃间的爱情，他是从国家大事的层面上去思考、否定的。第一句就是"汉皇重色思倾国"，点出了明皇把爱情放到了即使"倾国"也不顾的不适当位置，以致"三千宠爱在一身"，"从此君王不早朝"。但当"六军不发无奈何"时，唐明皇并没有勇敢地出来保护心爱的人，杨妃只能"宛转蛾眉马前死"。对这一事件唐明皇肯定是悔恨无限的，他思念杨贵妃，恐怕更多的是一种忏悔、负罪感，正所谓"此恨绵绵无绝期"。七月七日长生殿的盟誓，对他而言不过是一种讽刺、一种来自地下的谴责。而白朴创作《梧桐雨》杂剧，遵循的便是白居易在《长恨歌》中的思路，即重点批判唐明皇这种无度的爱情，也写出了他晚年失势寂寞之时对缢杀杨妃往事的忏悔。

　　那么，什么是帝王无度的爱情呢？白朴在《梧桐雨》里实际写到了，即明皇对杨贵妃的宠幸，造成了杨贵妃直接或间接干预政事。他让杨贵妃之兄杨国忠入阁为相，把持朝政，全是由于爱屋及乌；他让有反骨的胡人安禄山认杨贵妃为母，这种荒唐不仅造成了安、杨之间的暧昧关系，而且还由此使唐明皇提升安禄山为节度使，手握重兵。在本剧楔子中还写到杨贵妃收了安禄山为"干儿子"后，给安禄山做"洗儿会"（旧时习俗，孩子生下三天后才正式洗澡，称为"三早浴"，需设宴庆贺）。唐明皇很高兴，专门取金钱百文赏赐，又对安说："卿既为贵妃之子，即是朕子，白衣不好出入宫掖。"一下子便封安禄山为平章政事，正是"昨为渎职犯，今登内阁相"。由于杨国忠反对，最后才封了个渔阳节度使，但有权统率番汉大军，为以后造反取得了资本。不仅如此，唐明皇还专门颁发诏旨，为满足杨妃的欲望，让四川道派快马向京城赶送鲜荔枝，同时却对边庭的敌情战报不闻不问，以致最后叛军打到长安，明皇和大臣们措手不及。即使是七月七日梧桐树下盟誓，作为帝王也是荒唐的，帝王的私爱不应该贻误国事，因为帝王的一切举动都牵涉到国事。凡是皇帝身边的女人仗着得宠干政或无节制地任用外戚，朝政肯定腐败，此前唐高宗宠武则天、唐中宗宠韦皇后都是教训。白朴通过这出戏否定这种很自私的爱情，来警戒后世。这种帝王的"私情""爱情"，表面看上去似乎很美，其实最不可靠。马嵬坡兵变时，唐明皇为自己的身家性命着想，并没有勇敢地站出来保卫这场生生死死的爱情，而是在"被迫"的幌子下，"割恩"赐白练给杨妃了。可见，那梧桐树下牵牛、织女星见证过的盟誓"世世姻缘注定"，其实并不美丽。联想到白朴不满元朝（在他眼里，蒙元统治者亦是胡人）统治、拒绝出仕而移居建康的经历，他写这出戏实在是有深意的，代表了许多汉族文人的复杂心情。

数百年来人们欣赏《梧桐雨》杂剧时，总是认为该剧虽然写了唐明皇任用安禄山荒唐的一面，但剧中毕竟写到了唐明皇与杨贵妃的真挚爱情，七月七日长生殿盟誓传为佳话。其实，白朴与白居易一样，对唐明皇与杨贵妃两人虚假的爱情都是讽刺的。从杨贵妃方面看，她当然并不甘心为唐明皇所占有。与年轻的寿王（唐明皇之子）被迫分离后，整天被一个老头子玩弄，有何乐处？所以当宫中突然来了个粗壮的安禄山，她便迫不及待地为他举行"洗儿会"，很快两人便有了"私事"。这说明，在爱情方面，杨贵妃并不幸福，甚至可能还有性饥渴，因为唐明皇毕竟老迈了。当然，她在明皇跟前撒娇使性子示爱，也都是事实，我们可理解为她是在进行表演，为了明皇手中的权力和奢华的物质生活，以及杨氏家族的显赫，她不能不也不敢不去"爱"唐明皇。而唐明皇对杨贵妃的爱，则完全是一种极为自私的对美色的追求、对性的占有。他们双方是一种权色的交易，而当这种爱一旦危及自己生命，便会毫不犹豫地被舍弃。所以，无论是白居易《长恨歌》中描述的海上仙山来鸿，还是《梧桐雨》中第四折对长生殿中盟誓的回忆，其实都变成了对两个人爱情"真挚不渝"的讥讽。

在艺术手法上，白朴《梧桐雨》描写唐明皇、杨贵妃爱情，采取了张扬式讽刺的手法，也可以说是一种欲擒故纵，为了否定而不遗余力地过分张扬一件事。这种创作手段的好处是能获得强烈的艺术效果，缺点是容易引发观众、读者对思想内容的误读或产生以为作者有某种局限性的误解。本剧第四折中，唐明皇由于养老退居西宫后，"昼夜只是想贵妃娘娘"，这是很真实的描写，符合唐明皇此时的心情——一是无权了，很孤独；二是马嵬坡赐死杨贵妃，当然内心负疚，而这种负疚，随着年龄的老去越来越强烈，想起杨贵妃昔年的可人服侍，他当然无限惆怅，从而也很容易引起人们对唐明皇的同情。我们当然不怀疑唐明皇此时对杨贵妃的思念是很真诚的，剧中也这样写了，唐明皇专门请待诏画了贵妃真容，那两曲〔滚绣球〕〔倘秀才〕的唱段，"叫不应，雨泪嚎咷""险些把我气冲倒，身谩靠"的失常呼喊，揪人心肺。接下来，又描写他在殿中转、到亭子里回忆杨妃，"常记得碧梧桐阴下立，红牙箸手中敲。他笑整缕金衣，舞按霓裳乐"，而如今"翠盘中荒草满，芳树下暗香消"，"不见倾城貌"，怎不悲凉感慨？此时他的心累了，回殿后靠过去睡下，梦中杨妃派青衣来请他到长生殿赴宴，但未及去就醒了，这便更增添了他的凄凉。此处，作者一口气给了他〔双鸳鸯〕〔蛮姑儿〕〔滚绣球〕〔叨叨令〕〔倘秀才〕五个抒情唱段，尽情地煽情，实际上是让他进行忏悔。这时他回想起了长生殿的那一宵、沉香殿的那一朝，那些近乎疯狂的爱恋使他感情更加不能自持。听着屋外梧桐树滴下的雨声，他只能独自垂泪，感受"雨更多泪不少"，泪染龙袍，"共隔着一树梧桐滴到晓"。值得注意的是，《梧桐雨》杂剧没有采用白居易诗中虚伪的杨妃成仙的传说，而是仅让杨妃在明皇梦中略现了一下便戛然而止，让唐明皇这个"情种"整夜眼泪滴到明。这就告诉人们：世间是没后悔药的，每个人（哪怕他是帝王）都必须为自己的荒唐行为付出代价。

白朴是元曲大家，他写下了大量的散曲和词，留下的词曲就有105首。他的词曲文辞优美，情景交融，这也使他的杂剧的唱词极具文采。本折中描写唐明皇思念杨妃的〔三煞〕，一开头便是排比句"润蒙蒙杨柳雨，凄凄院宇侵帘幕"，接下来便是一连串的"梅子雨""杏花雨""梨花雨""荷花雨""豆花雨"，又联想到"水仙弄娇"等。如果没有平时的细心观察，没有精雕细刻的磨炼，这些美妙词句岂能写得出来？而接下来的〔黄钟煞〕唱段中，连续的六字句"洗黄花润篱落，渍苍苔倒墙角；渲湖山漱石窍，浸枯荷溢池沼"，更具有功力。他的唱词实在是经得起咀嚼，是只能意会而又无法用白话直译、阐述的语言瑰宝。

梁山泊李逵负荆

康进之

【剧情简介】

北宋时，梁山泊头领宋江聚义"三十六大伙""七十二小伙"替天行道，威震山东，令行河北。三月三日清明节，他放假让众兄弟下山上坟祭扫先人，但必须按时归山，违令要斩。梁山好汉黑旋风李逵见有三天假期，便打算到山下杏花庄王林小酒店买几壶酒一醉。他走进店门，拿出一抄碎银子，王林却并不高兴，一边给李逵烫酒，一边不住地哭女儿满堂娇。李逵觉得蹊跷，连忙向王林询问真相。

原来，王林早年丧妻，只有一个18岁的女儿满堂娇，尚未许配人家。就在李逵来酒店之前，有两个好汉来吃酒，他们自称梁山泊头领宋江、鲁智深。饮酒中间，那个叫宋江的看中了满堂娇，要将满堂娇"借"回山寨三天，做压寨夫人，一旁的癫子鲁智深做媒人。王林当时敢怒而不敢言，只能眼睁睁看着女儿被抢走。实际上，这两个强徒为冒名顶替，真名叫宋刚、鲁智恩，并非梁山好汉，可王林怎么会知道。当下李逵听罢大怒，他决定回山逼宋江送还满堂娇，并与王林约定三日内办成。

李逵回到梁山寨，只与军师吴学究见礼，见了宋江就"恭喜"他做了"新郎"，还说要送些碎银给"嫂嫂"做拜见钱，讽刺鲁智深"做的好事"，弄得宋、鲁两个头领摸不着头脑。李逵一时愤怒，拔出板斧要去砍杏黄旗，被众头领拦下。宋江骂李逵醉酒胡闹，李逵便立即"揭发"宋江强抢满堂娇。宋江解释可能是有人冒名作案，但李逵坚不相信，宋江只得答应和鲁智深一起去杏花庄找王林对质。李逵逼宋江立下赌状，若宋江真抢了满堂娇，就要掉脑袋；如果不是宋江做的案，李逵也"纳下这颗牛头"。两个人立的赌状都交吴学究收着，作为追究责任的见证。

梁山几位好汉来到杏花庄王林酒店，李逵指着宋江和鲁智深让王林认，王林摇着头说这两个都不是。抢满堂娇的宋江是青眼儿长子，而这个宋江是黑矮的；那个"做媒的"鲁智深是"稀头发腊梨（癫痫）"，这个鲁智深是剃头发和尚。宋江洗清了冤屈，便与鲁智深先回山寨，等李逵自己到山寨去解释。

李逵自知错怪了宋江，无法交代，便学战国时老廉颇负荆请罪办法，也背着一束荆杖，去见宋公明哥哥，让他打一顿出气。谁知宋江不买账，要小喽啰将李逵端下聚义堂"斩首报来"，吴学究和鲁智深劝不住。宋江将一口宝剑塞给李逵，要他自刎，此时王林赶到，连喊"刀下留人"。他报告说，那两个强盗送回了被蹂躏三天的满堂娇，正被灌醉在酒店内。宋江马上对李逵说："要饶你性命也可以，你得保证把两个棍徒拿来。"李逵满口答应，吴学究让鲁智深去帮他一把。李逵、鲁智深赶到酒店，两个贼徒酒尚未醒，手到擒来，押回山寨。宋江命将二贼绑于花标树上，剖心肝斩首处死。于是山寨设宴庆贺，王林也父女团圆。

第 四 折

（宋江同吴学究、鲁智深领卒子上，云）某乃宋江是也。学究兄弟，颇奈李山儿①无礼，我和他打下赌赛，到那里，果然认的不是。我与鲁家兄弟先回来了，只等山儿来时，便当斩首。小偻偻，踏着山岗望者，这早晚山儿敢待来也。（正末做负荆上，云）黑旋风，你好是没来由也，为着别人，输了自己。我今日无计所奈，砍了这一束荆杖，负在背上，回山寨见俺公明哥哥去也呵。（唱）

〔双调新水令〕 这一场烦恼可也奔人来，没来由共哥哥赌赛。袒下我这红纳袄，跌绽我这旧皮鞋。心下量猜，（带云）到山寨上，哥哥不打，则要头，（唱）怎发付脖项上这一块？

〔驻马听〕 有心待不顾形骸，（带云）这碧湛湛石崖，不得底的深涧，我待跳下去，休说一个，便是十个黑旋风也不见了。（唱）两三番自投碧湛崖。敬临山寨，行一步如上吓魂台。我死后，墓顶上谁定远乡牌？灵位边谁咒生天界？怎擘划②，但得个完全尸首，便是十分采。

〔搅筝琶〕 我来到辕门外，见小校雁行排。（带云）往常时我来呵，（唱）他这般退后趋前，（带云）怎么今日的，（唱）他将我伴呆不睬。（做偷瞧科，云）哦！元来是俺宋公明哥哥和众兄弟都升堂了也。（唱）他对着那有期会的众英才，一个个稳坐抬颏③。我说的明白，道莽撞的廉颇④请罪来，死也应该。

（见科）（宋江云）山儿，你来了也？你背着甚么哩？（正末云）哥哥，您兄弟山涧直下砍了一束荆杖，告哥哥打几下。您兄弟一时间没见识，做这等的事来。（唱）

〔沉醉东风〕 呼保义⑤哥哥见责，我李山儿情愿餐柴⑥。第一来看着咱兄弟情，第二来少欠他脓血债。休道您兄弟不伏烧埋⑦，由你便直打到梨花月上来。若不打，这顽皮不改。

（宋江云）我元与你赌头，不曾赌打。小偻儸，将李山儿端下聚义堂，斩首报来。（正末云）学究哥哥，你劝一劝儿！智深哥，你也劝一劝儿！（学究同鲁智深劝科）（宋江云）这是军状。我不打他，则要他那颗头。（正末云）哥，你道甚么哩？（宋江云）我不打你，则要你那颗头。（正末云）哥哥，你真个不肯打？打一下是一下疼，那杀的只是一刀，倒不疼哩。（宋江云）我不打你。（正末云）不打！谢了哥哥也。（做走科）（宋江云）你走那里去？（正末云）哥哥道是不打我。（宋江云）我和你打赌赛。我则要你那六阳会首⑧。（正末云）罢、罢、罢，他杀不如自杀。借哥哥剑来，待我自刎而亡。（宋江云）也罢，小偻儸将剑来递与他。（正末做接剑科，云）这剑可不元是我的？想当日跟着哥哥打围猎射，在那官道旁边，众人都看见一条大蟒蛇拦路。我走到根前，并无蟒

蛇，可是一口太阿宝剑。我得到这剑，献与俺哥哥悬带。数日前我曾听得支楞楞的剑响，想杀别人，不想道杀害自己也。（唱）

〔步步娇〕 则听得宝剑声鸣，使我心惊骇，端的个风团快。似这般好器械，一拆⑨来铜钱，恰便似砍麻秸。（带云）想您兄弟十载相依，那般恩义都也不消说了。（唱）还说甚旧情怀，早砍取我半壁天灵盖。

（王林冲上，叫科，云）刀下留人。告太仆⑩，那个贼汉送将我那女孩儿来了。我将他两个灌醉在家里，一径⑪的来报知。太仆与老汉做主咱。（宋江云）山儿，我如今放你去，若拿得这两个棍徒，将功折罪；若拿不得，二罪俱罚。您敢去么？（正末做笑科，云）这是揉着我山儿的痒处，管教他瓮中捉鳖，手到拿来。（学究云）虽然如此，他有两副鞍马，你一个如何拿的他住？万一被他走了，可不输了我梁山泊上的气概。鲁家兄弟，你帮山儿同走一遭。（鲁智深云）那山儿开口便骂我秃厮会做媒，两次三番要那王林认我，是甚主意？他如今有本事自去拿那两个，我鲁智深决不帮他。（学究云）你只看聚义两个字，不要因这小忿，坏了大体面。（宋江云）这也说的是。智深兄弟，你就同他去拿那两个顶名冒姓的贼汉来。（鲁智深云）既是哥哥分付，您兄弟敢不同去？（同下）

（宋刚、鲁智恩上，云）好酒，俺们昨夜都醉了也。今早日高三丈，还不见太山⑫出来，敢是也醉倒了。（正末同鲁智深、王林上，云）贼汉！你太山不在这里？（做见就打科，宋刚云）兀那大汉，你也通个名姓，怎么动手便打？（正末云）你要问俺名姓？若说出来，直唬的你尿流屁滚。我就是梁山泊上黑爹爹李逵，这个哥哥是真正花和尚鲁智深。（做打科，唱）

〔乔牌儿〕 你顶着鬼名儿会使乖，到今日当天败。谁许这满堂娇压你那莺花寨？也不是我黑爹爹忒性歹。

（宋刚云）这是真命强盗⑬，我们打他不过，走，走，走！（做走科）（正末云）这厮走那里去？（做追上，再打科）（唱）

〔殿前欢〕 我打你这吃敲材，直着你皮残骨断肉都开。那怕你会飞腾就透出青霄外，早则是手到拿来。你、你、你，好一个鲁智深不吃斋，好一个呼保义能贪色。如今去亲身对证休嗔怪，须不是我倚强凌弱，还是你自揽祸招灾。

（做拿住二贼科）（正末云）这贼早拿住了也。（王林同旦儿做拜科）（鲁智深云）兀那老头儿不要拜，明日你同女儿到山寨来，拜谢宋头领便了。（同正末押二贼下）（王林云）他们拿这两个贼汉去了也，今日才出的俺那一口臭气。我儿，等待明日牵羊担酒，亲上梁山去，拜谢宋江头领走一遭。（旦儿做打战科，王林云）我儿不要苦，这样贼汉有甚么好处？等我慢慢的拣一个好的嫁他便了。（同下）

（宋江同吴学究领卒子上，云）学究兄弟，怎生李山儿同鲁智深到杏花庄去了许久，还不见来？俺山上该差人接应他么？（学究云）这两个贼子到的那里？不必差人接应，只早晚敢待来也。（卒子做报科，云）喏！报的哥哥得知，两位头领得胜回来了也。（正末同鲁智深押二贼上，云）那两个贼汉擒拿在此，请哥哥发落。（宋江云）好宋江！好鲁智深！你怎么假名冒姓，坏我家的名目？小偻儸，将他绑在那花标树上，取这两副心肝，与咱配酒。枭他首级，悬挂通衢警众。（卒子云）理会的。（拿二贼下）（正末唱）

〔离亭宴煞〕　蓼儿洼里开筵待，花标树下肥羊宰，酒尽呵拼当再买。涎邓邓⑭眼睛剜，滴屑屑⑮手脚卸，磣可可心肝摘。饿虎口中将脆骨夺，骊龙颔下把明珠握，生担他一场利害。（带云）智深哥哥，（唱）我也则要洗清你这强打挣的执柯人⑯，（带云）公明哥哥，（唱）出脱你这干风情的画眉客。

（宋江云）今日就聚义堂上，设下赏功筵席，与李山儿、鲁智深庆喜者。（诗云）宋公明行道替天，众英雄聚义林泉。李山儿拔刀相助，老王林父子团圆。

【注释】

①李山儿：李逵别名。　②擘划：处理，规划。　③抬颏：有气概、威严的样子。④廉颇：战国时赵国大将。　⑤呼保义：宋江绰号。　⑥餐柴：吃柴片，此处指挨荆条打。　⑦烧埋：元代判决杀人犯除刑罚外，还要承担被害者的烧埋（料理后事）银子。不伏烧埋：意为不服判决。　⑧六阳会首：指首级、脑袋。　⑨一拃：一只拇指和食指伸直后，中间的差距称一拃。　⑩太仆：古代官名，这里称强徒、绿林好汉，犹后来的"大王"

称呼。　⑪一径：立刻、赶快、特地。　⑫太山：泰山，指岳父。　⑬真命强盗：由真命天子附会而来，意为正宗强盗，真正出名、有实力的强盗。　⑭涎邓邓：形容凝眉钝眼的样子。　⑮滴屑屑：形容害怕、寒颤的样子。　⑯执柯人：媒人。

【评解】

康进之的正末戏《李逵负荆》在元杂剧中有一定的地位，既是早期的梁山起义故事剧，又是与《单刀会》一样的英雄剧，不过它与《单刀会》讴歌的对象不同，是为江湖绿林英雄好汉立传的，我们姑且称之为绿林英雄剧。

北宋徽宗宣和年间，朝政腐败，在宰相蔡京等人"坚持变法"的幌子下，社会分配不公，财富向极少数大官僚、大地主集中，广大贫苦农民更加穷困，农民起义不断，最著名的是以宋江为首的梁山义军和以方腊为首的睦州农民义军。但其中有一个奇怪的现象：同样是两支农民起义军，据真实的历史记载，宋江义军仅三十六人，但他们在民间的传奇色彩却非常浓，而且经过不断加工，宋江等梁山英雄的故事越传越广，越编越奇，其义军规模也越说越大，如在本剧中就说宋江义军发展到"三十六大伙""七十二小伙"的规模。然而，没有老百姓对方腊义军进行讴歌或加工。以致明代作家施耐庵创作《水浒传》时，称宋江的义军为忠义英雄，而方腊义军则被打入灭之而后快的大逆不道之列。关于方腊的造反生涯，一点儿传奇故事都不流传，这实在是一种不公，但其原因至今令人费解。

早在康进之创作《李逵负荆》之前，有关梁山英雄的口头创作就已经很多，最有名的人物就包括宋江、吴学究、鲁智深、李逵、杨雄、林冲、燕青、关胜等人。而这些民间传说必然会引起杂剧作家的注意，他们取材于这些传说，然后对它们进行故事完整化的加工，使其作为真正的艺术品再回到民间，老百姓便逐渐信以为真接受这些农民英雄。也正因为如此，尽管《宋史·张叔夜传》中称宋江等三十六位起义者为"贼"，他们在民间及舞台上、文学作品中却声望日隆。在元杂剧中，以宋江的梁山义军为题材的作品，目前所知的就有好几部，除《李逵负荆》之外，尚有本剧作者的《黑旋风老收心》（已失传）、佚名的《鲁智深喜赏黄花峪》《争报恩三虎下山》《都孔目风雨还牢末》、高文秀的《黑旋风双献功》、李文蔚的《同乐院燕青博鱼》等。值得注意的是，元杂剧中有关梁山起义英雄的故事情节，很多都被施耐庵采纳，写进了不朽名著《水浒传》。随着这部小说的广泛传播，元杂剧中宋江等梁山英雄的戏又为明清以后直至近现代的"水浒戏"的创作、流传、兴盛起到了推波助澜的作用。

作为元杂剧一流作品的《李逵负荆》，其故事情节大都写进了《水浒传》，它是以李逵为主角的末本戏（相当于京剧的花脸戏）。当然，两部作品亦有不同之处，杂剧中的王林到小说中变成了刘太公；杂剧中发现王林女儿满堂娇被掳的只李逵一人，而小说中加进了燕青；杂剧中的强人叫宋刚、鲁智恩，小说中变成了王江、董海；杂剧中李逵怀疑"抢"满堂娇的人是宋江、鲁智深，小说中改为宋江、柴进；杂剧中李逵要去砍杏黄旗，小说中改为先砍倒了杏黄旗；而赌赛状，杂剧中是由吴学究收藏做证，小说中改为裴宣。

与小说《水浒传》相比，杂剧中的黑旋风李逵这头铁牛的形象可能更受观众、读者欢迎一些。为什么？因为《水浒传》中的李逵虽然也写得痛快淋漓，但这个人物既有可爱的一面，如绝对忠于宋江、造反最彻底、有正义感、孝敬母亲、上阵不怕死等，还有残忍、落后的一面，如不讲策略滥杀无辜，嗜赌、霸道、吃人肉等，简直像现代恐怖分子，这些是《水浒传》过分张扬绿林性的败笔。而在元杂剧中，李逵这个人物很"干净"——忠于梁山替天行道事业、富于正义感、助人锄奸、勇敢、粗中有细、耿直、知错即改等。李逵的这些优点在《李逵负荆》中都全部体现出来了，所以这出戏中的李逵是老百姓喜欢的、理想化的真正绿林英雄豪杰形象。

从来人们谈起李逵，都认为他是一个没有头脑的粗人。这出戏中的李逵一改"天杀星"的凶相，虽然有鲁莽的一面，但更多的是对原则问题不让。他还粗中有细，例如他一听王林说女儿被宋江抢上山，回山后便要去砍杏黄旗，并讥讽宋江，还说要给"新嫂嫂"送礼；而当宋江辩称无此事，他便与宋江立赌状。这些都体现出了李逵的机智、正义的一面，虽然莽撞，但很可爱可亲。

第四折一开头，李逵弄清了劫持满堂娇的不是宋江、鲁智深时，他感到自己赌得太鲁莽，也觉得很对不起大哥宋江。如何回山寨向众头领交代，成为他很头疼的事。李逵凭着他的聪明，想出了一个求宋江放自己一马的办法——学战国时老廉颇负荆请罪的办法，身背一把荆条让宋江责打。从这点看，李逵这个人还颇有一些"品位"哩。

宋江却不买账，认为当初的赌注是脑袋，不想抽打几下就算了账。这一下李逵没辙了，他是个豪杰，既然宋大哥不肯饶，那就只好死吧。他向宋江要了把宝剑，这剑原是自己得来的，后来送给了宋江。要剑的目的是提醒宋江他们过去交情很深，想让他发善心。但宋江还是不为所动，于是李逵只好自刎了。这时正好王林赶到，报告说真强徒到了他酒店里，这样的安排使宋江、李逵都找到了台阶。于是宋江让李逵去捉强徒，逮着了就把赌头的事一笔勾销。这样简单的买卖，对李逵来说是小菜一碟。两个盗贼立即被拿住，押回山寨正法，替天行道事业又添了浓重的一笔。

从艺术上看，《李逵负荆》在塑造人物上很成功。这折戏中，李逵的举动很坦诚，他在念白中慨叹"为着别人，输了自己"，就把李逵的性格、优点、缺点都包含了。这时候这个粗人也有了复杂的心态，在〔双调新水令〕中唱出："这一场烦恼可也奔人来，没来由共哥哥赌赛……怎发付脖项上这一块？"从来上阵时不怕死的好汉，此时也要为保住自己脑袋发愁了，但这并不表明李逵怕死。他想到了践约赴死，甚至连死后的事都考虑过了："敬临山寨，行一步如上吓魂台。我死后，墓顶上谁定远乡牌？灵位边谁咒生天界？怎擘划，但得个完全尸首，便是十分采。"这个粗人也有复杂的思想，令人忍俊不禁，李逵形象跃然纸上。后面写他去抓捕宋刚、鲁智恩两个冒牌货，则完全是英雄的做派，不费吹灰之力。

【拾遗】

本剧在戏剧史上对后世影响很大，晚清时的昆曲、徽剧、高腔、京剧都采用此故事题材创作演出，如京剧《丁甲山》。1952 年，上海人民京剧团以此题材编《黑旋风李逵》，王正屏饰李逵，纪玉良饰宋江，李仲林饰燕青，曾连演 70 场。1980 年此戏由上海京剧院一团复排。

须贾大夫谇范叔①

高文秀

【剧情简介】

战国时，因魏国庞涓大军在马陵道被齐国孙膑打败，公子申也成了齐国俘虏，魏国还要三年一次向齐国进贡。转眼三年到了，魏惠王染病不安，要丞相魏齐派一名文武全才之士出使齐国，将贡物输送过去，重修唇齿之好，同时求齐国送回公子申。魏齐便派中大夫须贾赴齐报聘，须贾觉得自己言语拙讷，恐完不成使命，又推荐家中辩士范雎同往。原来范雎广览群书，胸怀妙策，兼通兵书，但怀才不遇，投奔须贾门下只当个门馆先生。魏齐同意了，不仅召见范雎，还许他如果出使成功，要给他重赏加官。

范雎随须贾到了齐国，他果然凭着巧舌说动齐君，使公子申被释放归国。齐国中大夫邹衍认为范雎是个奇才，亲自在驿亭单独设宴以牛酒招待范雎，还说了许多恭维范雎的话。此时，须贾欲启程返魏，他想到驿亭向邹衍行告别礼，邹衍不见，下人称他正宴请重要客人，须贾便闯进去，发现邹衍宴请的人竟是他手下的范雎。邹衍正把齐王所赐的千两黄金交给范雎，范雎推辞不受。这时邹衍又责骂须贾闯宴，须贾受辱之下，顿生疑忌，他认为范雎背着他将"魏国阴事告齐"才获此重赏，决定回国之后再找他算账。

由于对齐国的外交办得很成功，公子申顺利返魏，丞相魏齐也很满意，他亲自上门去看望须贾，大大地夸奖了须贾一番。饮宴中，须贾向魏齐报告了范雎私受齐国中大夫邹衍宴请的事，还说亲眼见到齐国要赏赐范雎黄金千两，范雎必然将魏国"阴事"告齐。魏齐大怒，立派人招来范雎，逼问他有无出卖魏国"阴事"给齐。范雎自然否认，结果遭剥衣毒打。须贾又给遍体鳞伤的范雎喂以牲口草料，对他肆意羞辱，然后乘他昏死过去，将其丢在厕坑中。半夜，满身秽臭的范雎从厕坑中冻醒，他挣扎着爬出来，正碰见府中老院公。老院公将他救起，打水与他洗了身，又赠送旧绵衣，资助了五两碎银子，让他赴他州外府逃命。这一天，正是范雎的生日。

转眼两年过去了，此时秦国新拜一相，名叫张禄。列国迫于秦国威势，不敢不去祝贺，但秦国遍告六国，指名只要列国派自己的中大夫去祝贺。

魏国中大夫须贾带着老院公入秦，但奇怪的是秦国新丞相张禄推故不见，时值天寒大雪，须贾决定去秦丞相府探望拜会。他刚出门，就见雪地中走过来一个人，穿着旧布衣，远远看去，竟像是昔日的门馆范雎。须贾大惊，他想，当初不是已将他杀了吗。他试着喊住那人，果真是范雎。此时范雎也发现了他，依旧一副很害怕的样子。须贾问他为何在此，范雎说自那日逃离，西入秦国已两冬一春了。须贾见他虽然气色很好，但身上穿得很寒酸，便将他带回馆驿，立刻取出一件绨袍赠给他御寒。范雎见他尚念故人之情，便问须贾来秦何事。须贾说是为新丞相张禄祝贺，已好几天了，张丞相尚未接见。范雎说他倒与丞相有些交情，可以引见。须贾大喜，便随范雎来到相府，范雎让他先在门口等着，自己昂然而入，丞相府的门吏个个对他恭敬。范雎进去后半晌不见出来，须贾等得心焦，便问门卒刚进相府的范秀才为何还不见出来。门卒道："这个门里进出的只有丞相，刚进去的就是。"须贾一听，犹如当头一棒，原来当今秦国丞相便是昔日的对头范雎。他知道这回是自投罗网了，只得先回馆驿，改日来肉袒认罪，乞求宽恕。

翌日，秦国丞相范雎在公堂接待齐国中大夫邹衍等五国贵宾，只有魏国的须贾膝行肘步肉袒而进。范雎当着各国大夫之面历数其诬人之罪，又逼他吃驴马的草料。这天也是须贾的生日。须贾忍受不了羞辱，知道难免一死，便请赐剑自刎，幸得老院公赶到，范雎视其为恩公。老院公代须贾求情，范雎说："看老院公之面，又念你良心尚未泯灭，赠我绨袍一领，所以不杀，放你回去，让魏王早早把魏齐解来，取他首级，两国永息刀兵。"须贾唯唯而退，自回魏国。此时邹衍忙代表五国大夫向范雎敬酒致贺。

第 三 折

（须贾引祗从、院公上，诗云）齐邦为使有风尘，今日驱车又入秦。人道此中狼虎地，可能容易出关门？小官须贾，此来为秦国新拜一相，乃是张禄，遣人遍告六国，各以中大夫入秦庆贺。小官到此好几日了，争奈各国使臣也还有未到的，那张禄丞相不肯放参②。时遇冬寒天道，风雪大作，少不得要往相府前去伺候。院公，你在客馆中整顿下茶饭，我等雪慢呵乘车而回也。（院公云）理会的。（院公下）（须贾做行科，云）雪大的紧，祗从人，且将这车儿向人家房檐下略避一会，等雪慢时再行也。（正末上，云）小官范雎是也，入秦以来，改名张禄，代穰侯③为相。

曾遣人遍告六国，各遣中大夫前来称贺。那须贾到此已几日了，我如今卸下冠带，仍旧打扮布衣，到客馆中看须贾去，看他可还认得我么。想我范雎若不受那苦楚，几时得这峥嵘④发迹也呵！（唱）

〔正宫端正好〕　未亨通，遭穷困，身居在白屋寒门。两轮日月消磨尽，不觉的添霜鬓。

〔滚绣球〕　人道是文章好济贫，偏我被儒冠误此身。到今日越无求进，我本待学儒人倒不如人。昨日周，今日秦，（带云）似这般途路难逢呵，（唱）可着我有家难奔，恰便似断蓬般移转无根。道不得个地无松柏非为贵，腹隐诗书未是贫，则着我何处飘沦？

（正末做窥望）（须贾见科，云）奇怪，大雪中走将来这个人，好似范雎也。待道是呵，我当初打杀他了，再怎生得个范雎来？待道不是呵，你看那身分儿好生相似。且休问他是不是，待我唤一声：范雎，范雎，近前来，我和你说话咱。（正末云）谁唤范雎哩？（唱）

〔叨叨令〕　我听的他两三番叫咱往前进，猛可便扭回身行至车儿近。我这里忙掠开泪眼⑤将他认，（须贾云）是我唤你哩。（正末唱）我这里觑绝时倒把身躯褪。（正末做怕科）（须贾云）范雎，你见了小官，这般慌做甚那？（正末唱）大夫也，你莫不又待打我也波哥⑥，你莫不又待打我也波哥，唬的我兢兢战战忙逃奔。

（须贾云）范雎少待，一别许久，正要和你讲话，何故如此惊恐？先生固无恙乎？（正末唱）

〔滚绣球〕　大夫也，想着你折磨我那一场，我吃了你那一顿，你打到我有二三百棍。（须贾云）你且休题旧话，则问先生何以到此？（正末唱）自从我逃灾出魏国夷门，（须贾云）原来先生西入秦邦，有几时了？（正末唱）到今日经两冬，过一春，睡梦里不曾得个安稳。（须贾云）你也曾思量小官么？（正末唱）想着你那雪堆儿里将我棍棒临身，（须贾云）你这般慌做甚么？（正末唱）但题着你名姓先惊了胆。梦见你仪容，（带云）兀的是须贾大夫来也。

（唱）哎呀，可又早唬了魂，有甚精神？

（须贾云）小官今日见先生，观其气色，比往时大不同，想必峥嵘得意于此？（正末云）大夫休说小生吃的，且看小生穿的。（唱）

〔倘秀才〕 你看我这巾帻旧、雪冰透我脑门，衣衫破、遮不着我这项筋，甚的是白马红缨彩色新？自叹气，自伤神，只落的微微暗哂。

（须贾云）嗟乎，范叔一寒如此哉！左右，取一领绨袍⑦过来。（祇从做取衣科）（须贾云）雪大，天气寒冷，此绨袍聊与先生御寒咱。（正末云）量小生有何德能，多谢了大夫！（做接衣科）（唱）

〔伴读书〕 谢大夫多情分，赐绨袍无悭吝。我可便接将来怎敢虚谦逊，觉的软设设身上如绵囤⑧。不由不喜孜孜顿解心头闷，我、我、我，怎报的你这救济之恩？

（须贾云）这绨袍穿着，倒也可体。（正末唱）

〔笑和尚〕 比我旧腰身宽二分，比我旧衣襟长三寸，正遮了这破单裤精臁刃⑨。冻剥剥正暮冬，如今暖溶溶便开春。来、来、来，谢绨袍妆点了我腌身分。

（背云）此人绨袍恋恋，尚有故人之心也。（须贾云）先生，与小官同到邸舍⑩，共一饭叙旧如何？（正末云）敢问大夫为何至此？（须贾云）先生不知，小官特来庆贺张禄丞相。先生在秦已久，可曾闻的张禄丞相与谁人最善也？（正末云）原来大夫因贺张禄丞相到此。小生别无闻见，但张禄丞相与小生亦有一面之交。（须贾云）哦，先生原来与张君有善。（做背科，云）我这绨袍送的着了也。（回云）先生，吾闻秦国大小之事，一决于相君。今吾等在此，去留皆出其口。先生如肯与小官少进片言，慨放小官回还，也见得先生不忘故旧。岂有意乎？（正末云）这个当得，但恐人微言轻，不足为重。（须贾云）我想先生在魏国时，小官也不曾轻视先生。（正末云）多感！多感！（唱）

〔滚绣球〕 想着你那日辰，那时分，我胡吃了三推六问⑪，着我似拽车的驴马同尘。想着你喂惜的情、草料的恩，我怎肯背槽抛粪？（须贾云）君子不念旧恶，这也不必提起了。（正末唱）请你个老哥哥远害全身。则咱这义的到底终须义，大夫也，你那亲的原来则是亲，我怎做的有喜无嗔？

（须贾云）先生乃读书儒者，想昔日春秋赵盾⑫，在那翳桑下遇着灵辄⑬，也无过一饭之恩，后来赵盾有屠岸贾⑭之难，灵辄扶轮而报。小官薄德，怎敢自比于赵盾；据先生义气，决然不在灵辄之后。（正末云）可知道来。（唱）

〔呆骨朵〕休则管巧言令色闲评论，到如今比并甚往古忠臣。我可也不似灵辄，你可也难学赵盾。大夫也，假若你赵盾身危困，我待学灵辄臂扶轮。则不要槽中拌和草，便是那桑间一饭恩。

（须贾云）这早晚雪可慢些儿也，我与先生同行数步，前往相府去来。（做同正末上车行科，须贾云）先生，你休瞒我。想先生在秦，必见重用。既不呵，如何这相府前祗从人等⑮，见先生来，皆凛凛然起避？你必然发迹了也。（正末云）大夫，这厮每有甚么难见处？（唱）

〔滚绣球〕他见我尘满衣，垢满身，更和这鬅松两鬓，才出的相府仪门。他骂我作叫花头、乞俭身，都伴呆着不偢不问。（须贾云）他如今为何惧怕先生也？（正末唱）猛见这素绨袍在我身上全新。为甚的那厮每趋前退后都皆怕？大夫也，可知道只敬衣衫不敬人，自古常闻。

（须贾云）先生，小官想张君得志于秦，自非文武兼全，焉能有此。（正末唱）

〔三煞〕他论机谋减灶厌着齐孙膑⑯，他论战策不弱如鞭尸楚伍员⑰。则他那智量似穰苴⑱，文学似子夏⑲，德行似颜渊⑳，舌辩似苏秦㉑。端的个能安其国，能治其家，能正其身。请大夫把衣冠整顿，我与你同做伴谒张君。

（须贾云）先生，小官去住，皆在张君一语之下，小官只在此等候。（正末唱）

〔二煞〕你略消停且待穷交信，便入去须防丞相嗔。我着你早出潼关，早归汴水，早到东京㉒，早离西秦。引你去亲登相府，完却公差，直着他开放贤门。这归期有准，管着你荡飞骑疾如云。

（须贾云）只是大雪中有劳先生，改日另当致谢。（正末唱）

〔煞尾〕 我与你分开片片梨花粉，拂散纷纷柳絮尘。金马门中往前进，我将你个纳士招贤路儿引。（下）

（须贾云）不想范睢与张禄丞相有一面之交，我之事必济矣。倘得无事放还，我仍旧带了范睢，回于魏国，同享荣华也。（做等科，云）在此等候良久，如何不见范睢出来？我试向前问一声咱。（做见卒子科）（须贾云）小官借问虞候㉓咱。（卒子云）你问甚么？（须贾云）恰才入相府去的先生，如何不见出来？（卒子喝云）休胡说！这府内只有丞相爷出入，那一个敢入的去？（须贾做惊科，云）没也，恰才入去的那个秀才㉔范睢。（卒子云）甚么秀才，则他便是俺丞相爷。（须贾做慌科，云）恰才入去的那秀才便是张禄丞相？嗨，须贾，你中了计也！初闻张禄丞相之名，未知其详，故以列国中大夫皆至秦邦为贺。我若知是范睢，小官焉敢自投虎狼之地？原来他改名张禄，实欲智擒须贾，要报旧日之仇。（做哭科，云）哀哉！可怜我须贾微躯，不能还于本国矣。罢、罢、罢，如今且回客馆去，待到来日，膝行肘步，肉袒求见，万一有个侥幸，得免其死。如不见饶，这也是我命数尽此，复何恨哉？大丈夫睁着眼做，到今日合着眼受。惜乎俺一家老小，倚门而望，岂知死在秦邦，永无还日？（叹科，云）俺一家人则当做了一个恶梦者。（下）

【注释】

①诮：斥责、诘问。范叔：范睢，战国时秦国丞相。　②放参：接待、接见下级官吏或宾客。　③穰侯：魏冉，原为楚国人，秦昭襄王舅，四次任秦国丞相，后被解职就国。　④峥嵘：突出、发迹。　⑤掠开泪眼：意为扒开眼睛。　⑥也波哥：语气助词，意为"呵""依呀嗨"。　⑦绵袍：一种丝棉制成的长袍。　⑧软设设：温暖、柔软之感。绵囤：形容绵衣厚实。　⑨精膁刃：露着的小腿两侧骨头。　⑩邸舍：住所，此处指馆舍。　⑪三推六问：反复拷问。　⑫赵盾：赵宣子，春秋时晋国正卿。曾以车八百乘平周室之乱，立周匡王。　⑬灵辄：春秋时晋国人。一次赵盾在首阳山打猎，路过翳商之地，见一男子卧地，疑为刺客，发现是饿倒之游学者，遂以饭赠之。后晋灵公与奸臣屠岸贾合谋在官中设宴伏甲兵刺杀赵盾，赵盾及时发觉。有一甲士负赵盾上车，扶车轮帮赵盾逃出官门，此人即灵辄，前来报恩。　⑭屠岸贾：晋国奸臣。曾怂恿晋景公乘赵盾死后杀灭其家，后

擅权晋室。晋悼公立，起用赵盾孙子赵武，赵武与韩厥等联合，杀屠岸贾。　⑮祗从人等：侍候服务的下人，泛指门吏、卫兵。　⑯孙膑：战国时齐国军事家，有《孙膑兵法》传世。他曾以减灶添兵之法，率齐兵在马陵道打败魏国统帅庞涓。　⑰伍员：伍子胥，原为楚国人，后因父兄被楚平王所杀，逃往吴国。他助吴国伐楚，攻下郢都，掘开楚平王墓鞭尸泄恨。　⑱穰苴：春秋时齐国军事家，亦称司马穰苴，有兵法传世。　⑲子夏：卜商，春秋时晋国人（一说卫人），孔子得意门生，精研《诗经》《春秋》，兼通《礼》《易》，李悝、吴起皆出于他门下。　⑳颜渊：颜回，春秋时鲁国人，孔子得意门人，后世称"复圣"。　㉑苏秦：战国时纵横外交家，曾背燕、韩、赵、魏、楚、齐六国相印，主张联合抗秦，后失败遭车裂。　㉒东京：开封。其实春秋战国时称大梁，尚无东京之名称，东京是北宋时才开始称呼的。　㉓虞侯：此指侍从。　㉔秀才：旧时一种科考的级别，参加县一级考试后才能取得此身份。战国时尚无科举制度，此处是文艺作品中的虚构、附会说法。

【评解】

《诤范叔》是一出社会恩怨剧。这类剧作主要描写在社会生活矛盾下，人与人之间发生的一些恩恩怨怨，其中有的牵涉到社会公德问题，有的则纯粹是报恩泄怨。这一类剧作的特点是情节复杂紧张、扣人心弦，但其社会警示作用的价值不高，容易引发冤冤相报，与传统文化中以德报怨的道德标准相去甚远。

《诤范叔》这出戏写了须贾和范雎的恩怨，但他们的恩怨既不是好人与坏人的恩怨，也不是嫉妒人才、扼杀竞争者的恩怨，而纯粹是一场误会所引起。从须贾方面看，他对范雎有知遇之恩在先，而且范雎出使齐国还是由他推荐后才经魏齐丞相批准的，只是因为齐国的接待方式不妥，邹衍又对须贾失礼，才引起须贾对范雎卖国的怀疑。作为出使齐国的"代表团团长"，他向魏齐汇报"团员"范雎的反常举动也并非不对。问题是魏齐的偏听偏信而且没有调查就用重刑，须贾也火上浇油对范雎拷打（这主要是须贾在齐国遭冷遇而借此泄愤出气，范雎则是代齐王和邹衍受过）并予人格羞辱，使范雎差点死掉。但须贾出了这口恶气后也就对范雎释然了，所以后来在秦国碰见没死的范雎，他不仅不计前嫌，不再追究卖国嫌疑，而且把他当故交，又赠绨袍御寒，大有他乡遇故知的情感。所以，他们之间只不过是纯粹由误会造成的恩怨。范雎对他报复、羞辱过以后，也没要他的命，只是决定追杀魏齐。因为须贾并非骨子里就是坏人，也不想扼杀范雎这样的人才。

本折颇有可看性，情节引人入胜，结局也让人觉得非常解气。须贾到秦国后想去拜访秦丞相张禄，他一点也不知道张禄就是差点死在他手里的旧门馆先生范雎，所以一见到隐瞒了身份的范雎，他还可怜他并赠绨袍补过。而范雎方面呢，此时就像猫玩弄老鼠一般，将须贾玩弄于股掌之中，试探他对自己是否真有刻骨仇。最后故意把对方引至相府门前，自己也不说破，让门吏告诉须贾真相。须贾此时才如梦方醒，不寒而栗，只能惶惶然等待大祸降临。

应该说，在出使齐国这件事上，范雎是有过错的，错在违反了"外事纪律"，对齐国的失礼他没有抵制，私下接受宴请又不报告，实际效果上配合齐国冷落了顶头上司须贾，这么做当然会引起别人怀疑，范雎的举动亦不宜后人师法。他后来报复须贾,对自身的失误却没有检讨,说明他尚未认识到这一点。剧本这样来描写他的痛快报复,虽然会受到一般小市民的欣赏,但终觉范雎这个人物不大气。当然,也有前因,魏齐和须贾对他的"违纪错误"惩罚太重了,这对后来的"魏齐""须贾"们不无警示意义。

【拾遗】

这出戏在戏剧史上影响较大,元代以后曾改编演出,如明初有传奇剧《范雎绨袍记》《绨袍记》,清代有传奇《绨袍赠》等,现代川剧和京剧均有《赠绨袍》,亦常演出。

布袋和尚忍字记

郑廷玉

【剧情简介】

汴梁富户刘圭字均佐,平生省吃俭用,积聚下大量钱财,但生性悭吝。有妻王氏40岁,膝下一双儿女名佛留、僧奴。这年冬天大雪,王氏让全家人饮热酒取暖,有个落魄秀士冻倒在他们家门口。刘均佐救起此人,问及姓名,对方自称洛阳人刘均佑,游学到此。刘均佐一见便喜欢,认他为义弟,决定留他帮助料理家务,让他在解典库住下。

半年后,刘均佑瞒着刘均佐安排酒食为他过生日,怕刘均佐舍不得破费,谎称这些酒食是亲友所赠。刘均佐认为在吃别人东西,非常高兴。这时,一个背负布袋的胖和尚领婴儿、姹女到他家,一见面就喊:"刘均佐看财奴。"刘均佐笑和尚胖,和尚说:"我是释迦牟尼佛。"原来,刘均佐是上方贪狼星、第十三尊罗汉下凡,因起魄心被罚往人间,佛祖跟前的阿难怕他迷失正道,所以遣弥勒尊佛化为布袋和尚来点化他,又差伏虎禅师化为刘九儿,让刘九儿引导刘均佐回心转意。布袋和尚要刘均佐斋他一饭,他就掌心传授大乘佛法。刘均佑磨好墨后,布袋和尚在刘均佐手掌心写了一个"忍"字,没想到便立刻洗不掉了。布袋和尚讨酒饭未吃,扔了句话"与我那徒弟吃",人便转眼不见。这时,一个叫刘九儿的叫花头来讨债,称刘均佐欠他一贯钱钞。刘均佐说:"我万贯财主怎会欠你一贯钱?"争执中刘均佐拍了刘九儿一下,刘九儿立刻倒地没气。刘均佑去检查,发现刘均佐手心的"忍"字印到了刘九儿胸脯上,如果见官,这便是他拍死刘九儿的证据。眼看闯下大祸,刘均佐被迫把家财、妻儿托付给刘均佑照料,自己想逃命去。不料这时布袋和尚出现,救活了刘九儿,要刘均佐跟他出家。刘均佐放不下家,决定在后花园结草庵修行。不久,儿子佛留来告诉刘均佐:刘均佑和母亲"每日饮酒做伴"。刘均佐大怒，他亲眼看见刘均佑与妻子亲热，拿刀要去杀他，不料走出的又是布袋和尚，刘均佑其实一直在外收账。布袋和尚又动员他扔下家财妻儿，到汴梁岳林寺出家，并关照他要"忍着念佛"。

入寺三个月，刘均佐又忍不住思念妻子儿女，首座乘他睡过去，叫刘妻和子女来探望他。刘均佐正与他们叙谈时，首座把刘妻及子女喝退，称他们是寺中两个大师父的婆娘、孩子。刘均佐大怒，认为和尚诓他出家，却占了他妻儿。这时布袋和尚又出现，劝他忍着。刘均佐坚持要回家，布袋和尚见他还不省悟，便同意他探家。刘均佐回到家乡，在家族坟场见到临出家时的小松柏已长成大树，随后又碰见一位 80 岁老翁，自称是刘均佐的孙子，对方还将叔祖公刘均佑、父亲佛留、姑姑僧奴的坟指给他看，他们都是老死的。孙子又拿出一条手巾，上面印满"忍"字，正是刘均佐当年之物。刘均佐顿感光阴似箭，正想撞树自杀，布袋和尚出现，指出他非凡人，是宾头卢罗汉尊者转世，妻为骊山老母所化，一双子女是金童、玉女投胎。于是刘均佐觉悟，得成正果。

第 二 折

（正末上，云）自家刘均佐。自从领了师父法旨，在这后花园中结下一个草庵，每日三顿素斋食，则念南无阿弥陀佛，过日月好疾也呵！（唱）

〔南吕一枝花〕 恰才那花溪飞燕莺，可又早莲浦观鹅鸭。不甫能①菊天飞塞雁，可又早梅岭噪寒鸦。我想这四季韶华，拈指春回头夏，我将这利名心都毕罢。我如今硬顿开玉锁金枷，我可便牢拴定心猿意马。

〔梁州第七〕 每日家扫地焚香念佛，索强如②恁买柴籴米当家。（带云）若不是俺师父呵，我刘均佐怎了也啊！（唱）谢诸尊菩萨摩诃萨，感吾师度脱，将俺这弟子来提拔。我如今不遭王法，不受刑罚。至如我指空说谎瞒咱，这一场了身脱命亏他。我、我、我，谢俺那雪山中无荣无辱的禅师，是、是、是，传授与我那莲台上无岸无边的佛法，来、来、来，我做了个草庵中无忧无虑的僧家。一回家火发，我可便按纳。心头万事无牵挂，数珠③在手中掐。我这里静坐无言叹落花，独步烟霞。

（云）南无阿弥陀佛，我这里静坐者。（俫儿④上，云）自家是刘均佐的孤儿。俺父亲在后园中修行，俺叔叔与俺奶奶每日饮酒做伴，我告知俺父亲去。开门来，开门来。（正末云）是甚么人唤

开门哩？（唱）

〔骂玉郎〕 我将这稀刺刺斑竹帘儿下，俺这里人静悄不喧哗，那堪独扇门儿砑。（俫儿云）开门来。（正末唱）我这里疑虑绝，观觑了，听沉罢。

（俫儿云）开门来。（正末唱）

〔感皇恩〕 呀，他道是年小浑家，这些时不曾把他门踏。我将这异香焚，急将这衣服整，忙将这数珠拿。（俫儿云）开门来。（正末唱）莫不是谁来添净水？莫不是谁来献新茶？我这里侵阶砌，傍户牖，近窗纱。

（俫儿云）开门来。（正末云）可是甚么人？（唱）

〔采茶歌〕 日耀的眼睛花，莫不是佛菩萨？（俫儿云）开门来。（正末开门见科，唱）呀，原来是痴顽娇养的这小冤家。必定是他亲娘将孩儿无事打，我是他亲爷肠肚可怜他。

（云）孩儿也，你来这里做甚么来？（俫儿云）你孩儿无事不来，自从父亲修行去了，俺母亲和俺叔叔每日饮酒做伴⑤，我特来告与父亲知道。（正末云）哦！你娘和叔叔在房中饮酒做伴，是真个？（俫儿云）是真个，不说谎。（正末怒科，云）这个冻不死的穷弟子孩儿，好无礼也！想着你在雪堆儿里冻倒，我救活了你性命，我又认义做兄弟。我见他家私里外⑥，倒也着意，将这万贯家财都与他掌管着。我恨不的手掌儿里擎着。（见忍字科，云）嗨，孩儿，你且耍去。（俫儿云）爹爹，你只回家去罢。（正末唱）

〔牧羊关〕 你休着您爷心困，莫不是你眼花？（俫儿云）我不眼花，我看见来。（正末唱）他莫不是共街坊妇女每行踏？（俫儿云）无别人，则有俺奶奶和叔叔饮酒。（正末云）这言语是实么？（俫儿云）是实。（正末唱）你休说谎咱。（俫儿云）不敢说谎。（正末怒科，云）是实，我真个忍不的也。（唱）也不索一条粗铁索，也不索两面死囚枷，也不索向清耿耿的官中告，（带云）忍不的了也！（唱）放心波我便与你磕可可⑦的亲自杀。（并下）

（刘均佑同旦儿上，云）自家刘均佑的便是。自从哥哥到后花园中修行去了，如今这家缘⑧过活儿女，都是我的，倒大来索是⑨受用快活也。（旦儿云）叔叔，正是这等说。我早安排下酒食茶饭，两口儿快活饮几杯，可不是好？（刘均佑云）我正要饮几杯哩。我关上这卧房门饮酒者。（饮科）（正末上，云）我手中无刃器，厨房中取了这把刀在手。来到这门首也，我试听咱。（旦儿云）叔叔，这家私里外，早晚多亏你，满饮一杯。（刘均佑云）嫂嫂之恩，我死生难忘也。嫂嫂请。（正末云）原来真个有这勾当，兀的不气杀我也！（唱）

〔哭皇天〕见无吊窗心先怕，他若是不开门我脚去蹅⑩。不由我怒从心上起，刀向手中拿，（做看科，云）我试看咱。（旦儿云）叔叔，你再饮一杯。（正末唱）他两个端然在那坐榻。（云）开门来！（刘均佑云）兀的不有人来了也。（下）（布袋暗上）（旦儿开门科，云）员外，你来家了也么？（正末唱）我把这房门来紧靠，把奸情事亲拿。（旦儿云）你要拿奸情，奸夫在哪里？街坊邻舍，刘均佐杀人哩！（正末唱）何须你唱叫，不索你便高声。（拿旦儿叫科）（正末唱）呀，来、来、来，我和你个浪包娄⑪，（推旦儿科）（唱）浪包娄两个说话咱，（见刀把上忍字科）（唱）呀，猛见这忍字画画儿更不差。

〔乌夜啼〕我则见黑模糊的印在钢刀把，天那，则被你缠杀我也，忍字冤家！（旦儿云）好，出家人如此行凶！刘均佐杀人哩！（正末唱）你可休叫吖吖，一迷里胡扑搭⑫，咱可便休论王法，且论家法。（旦儿云）刘均佐，可不道你出家来，你看经念佛，划地杀人？（正末唱）那里有皂直掇披上锦袈裟？那里也金刀儿削了青丝发？休厮缠，胡遮刺，我是你的丈夫，你须是我的浑家。

（云）我且不杀你，那奸夫在那里？（旦儿云）你寻奸夫在那里！（下）（布袋在帐幔里打唏科）（正末云）这厮原来在这里面躲着哩，更待干罢。（唱）

〔红芍药〕我一只手将系腰来采住向前掐，可便不着你躲闪藏滑。（布袋云）刘均佐，你忍着。（正末见布袋科）（唱）我这里猛抬头觑见了自惊呀，吓的我这两手便可刺答，恨不的心头上将刀刃扎。（布袋云）刘均佐，心上安刃呵，是个甚字？（正末想科，云）心上安刃呵，（唱）哦，他又寻着这忍字的根芽，把奸夫亲向壁衣拿，眼面前海角天涯。

（云）我恰来壁衣里拿奸夫，不想是师父，好蹊跷人也。（唱）

〔菩萨梁州〕两模两样鼻凹，一点一般画画。磕头连忙拜他，则被你蹊跷我也，救苦救难菩萨。些儿失事眼前差，先寻思撇掉了家私罢。待将爷娘匹配的妻儿嫁，便恩断义绝罢，虽然是忍心中自详察。（布袋云）刘均佐，休了妻，弃了子，跟我出家去。（正末云）他着我休了妻，弃了子出家去，（唱）我且着些个谎话儿瞒他。

（布袋云）刘均佐，我着你忍着，你又不肯忍，提短刀要伤害人。可不道你在家里出家？则今日跟我出家去来。（正末云）刘均佐一心待跟师父出家去，争奈万贯家缘、娇妻幼子无人掌管。但有个掌管的人，我便跟师父出家去。（布袋云）刘均佐，你道无人掌管家私，但有掌管的人来，便跟我出家去，你道定者。（刘均佑上，云）自家刘均佑。恰才索钱回来，见哥哥走一遭去。（见科）哥哥，您兄弟索钱回来了也？（正末云）兄弟，便迟些儿来也罢。（布袋云）刘均佐，兀的不掌管家私的人来了也？便跟我出家去。（正末云）兄弟，索钱如何？（刘均佑云）都讨了来也。（正末云）好兄弟，不枉了干家做活。兄弟，我试问你咱。（布袋云）刘均佐，忍着念佛。（正末云）是、是、是，南无阿弥陀佛。（唱）

〔牧羊关〕这分两儿轻和重？（刘均佑云）也有十两五钱不等。（正末唱）金银是真共假？（刘均佑云）俱是赤金白银。（正末唱）他可是肯心肯意的还咱？（刘均佑云）都肯还。若不肯还呵，连他家锅也拿将来。（正末云）正是恩不放债，南无阿弥陀佛。兄弟，将一个来我看。（刘均佑递银科，云）哥哥，雪白的银子你看。（正末接银子，印忍字，惊科）（唱）我这里恰才便汤⑬着，却又早印下，又不曾有印板，也须要墨糊刷。（布袋云）这忍字须当忍者。（正末唱）师父道忍呵须当忍，（刘均佑云）这个银子又好。（正末唱）抬去波⑭，我可是敢拿也不敢拿。

（布袋云）刘均佐，管家私的人来了也，你跟我出家去。刘均佐，你听者。（偈云）休恋足色金和银，休想夫妻百夜恩。假若是金银堆北斗，无常⑮到来与别人。不如弃了家活计，跟着贫僧去修行。你本是贪财好贿刘均佐，我着你做无是无非窗下僧。（正末云）罢、罢、罢，自从认义了兄弟，我心中甚是欢喜。我为一贯钱，打杀一个人；平白的拿奸情也没有，争些儿不杀了一个人。我如今将这家缘家计、娇妻幼子，都交付与兄弟，我跟师父出家去也。兄弟，好生看管我这一双儿女，我跟师父出家去。罢、罢、罢！（唱）

〔黄钟尾〕 我说的是十年尘梦三生话，我啜的是两腋清风七盏茶。非自谈非自夸，我是这在城中第一家。我道吃了穷汉的酒、闲汉的茶，笑看钱奴忒养家，叹看钱奴忒没法，谢吾师度脱咱。我将家缘尽赍发，将妻儿配与他，谢兄弟肯留纳。我将那拨万论千这回罢⑯，深山中将一个养家心来按捺，僧房中将一个修行心来自发，（布袋云）你念佛。（正末云）依着师父，每日则念南无阿弥陀佛。（唱）到大来无是无非快活杀。（下）

（布袋云）谁想到刘均佐又见了一个境头，将家计都撇下，跟我往岳林寺出家去，那其间贫僧再传与他大乘佛法便了。（下）

【注释】

① 不甫能：才能够、好容易。 ② 索强如：犹言胜过。索：确是、真是。 ③ 数珠：念珠。诵佛时手指一只一只盘点念珠，犹似数数，故又称数珠。 ④ 俫儿：元杂剧行当名称，一般指小孩角色。 ⑤ 叔叔：指剧中刘均佑，他是刘均佐的义弟，故刘均佐的儿子佛留称他为叔。做伴：此处指两人关系不正常。 ⑥ 家私里外：家里家外。 ⑦ 磣可可：形容寒碜、难堪、可怜巴巴的样子。 ⑧ 家缘：家财。 ⑨ 倒大来索是：意为"一股脑儿都是"。 ⑩ 磕：踩、踢。 ⑪ 浪包：不正经的样子。娄：喽，一说"搂"字的误书。 ⑫ 一迷里胡扑搭：元代口语，昏天黑地胡叫乱嚷。 ⑬ 汤：同"烫"。 ⑭ 抬去波：意为"抬去吧"。波：语气助词。 ⑮ 无常：民间传说的无常鬼，善勾魂。此处指临死时。 ⑯ 拨万论千这回罢：论万论千地经营的活计从此全不搞了。

【评解】

布袋和尚的形象在民间传说中极为有名，现在寺庙中还可以看到他的金身塑像弥勒佛。用布袋和尚作为剧中的重要角色不仅有趣，而且颇得观众好感。

《忍字记》是一出神仙道化剧，这类作品的特点是故事情节很奇特，常出其不意，而故事也在这看似荒诞的情节中获得发展，最后达到圆满结局。《忍字记》中的布袋和尚法术无边，他幻化刘九儿，让他突然死，又让他突然活；或幻化成刘均佑，引诱刘均佐上当。特别是布袋和尚写在刘均佐手心的那个"忍"字反复出现，有法力，有意味。还通过首座让刘妻及子女来点化他。当这一切都未成功时，又让刘均佐回家，让他感到"寺中方三月，世上已百年"的荏苒光阴，觉得人生苦短，才毅然抛弃一切杂念出家。全剧处处显示出布袋和尚的法力无边。

这里所选的第二折讲刘均佐经过刘九儿事件后，依旧不肯舍弃家财、妻儿，只肯在花园中结草庵修行。他的这种出家不离家的行为，骨子里还是丢弃不下身外之物，为妻、子、财、情等种种私欲所累，因此有必要对其出"重拳"使其清醒。于是布袋和尚便让他看到妻子"出轨"及刘均佑的"不义"，以便让他认识到世间的财、情、利都是虚妄的，从而使刘均佐的感悟又前进了一步，终于同意抛弃财产，到岳林寺出家修行了。布袋和尚的幻化使这出戏充满了情趣。

这折戏为了表现刘均佐凡心不泯，通过一连串唱词、念白来表现其心理活动，深入到他的内心中去，让人感受到人间凡胎的私欲心、利欲心是多么重，也衬托出舍弃私欲的道路多么艰难！戏一开场，刘均佐便唱出："我想这四季韶华，拈指春回头夏，我将这名利心都毕罢。我如今硬顿开玉锁金枷，我可便牢拴定心猿意马。"当然这些都是无奈的选择，所以当他又唱着"每日家扫地焚香念佛，索强如恁买柴籴米当家"，让人觉得口不应心。为何会这样讲？因为布袋和尚帮他化解了一桩人命案，所以他是被逼的、被动的。当儿子佛留（可能也是布袋和尚幻化的）来报告母亲私通叔叔的事时，他就跳起来了，刀也拿在手里了。说明他根本未达到四大皆空、六根清净的境界，布袋和尚"二度"刘均佐，他又没经受住外界的诱惑，他心中还未有佛。而他到岳林寺去，实在是被迫无奈的。

中国戏曲并不单是娱乐或仪式，其实它更重视高台教化的作用，用现在的话讲，非常注重戏的思想教育作用。用什么思想理念去教化？有忠孝节义封建道德，也有神仙佛道四大皆空、避开一切欲念纷争的清净无为理念。这出戏努力劝人放弃私欲私念，包括财、色、情、名利、人伦等，宣扬神仙佛道因果报应，主张修成正果，追求人生和精神的永恒。作者郑廷玉很聪明，把否定私欲的教化用变幻莫测的情节进行包装，使人们看起来一点也不枯燥，真正达到了寓教于乐，这一点值得后人深思。

戏中第四折写刘均佐回乡探亲，发现寺中方三月，世上已百年。用现在的观念讲，他随布袋和尚走进岳林寺，便走进了一个"时空隧道"，可以让时间倒流或让时速放慢，这是一种当代人的科学幻想。然而，这种时空幻想在中国古代就出现了，而西方直到 20 世纪末由于科学的进步，才在艺术领域出现这种科学幻想的作品，说明中国古代人的想象力是很丰富的。

看钱奴^①买冤家债主

郑廷玉

【剧情简介】

曹州村汉贾仁，幼年父母双亡，长大后因无田产，只得靠帮人挑土筑墙过活，夜来则只能在破瓦窑中安身。他埋怨社会不公，因此常到东岳神下属的灵派侯庙去诉说穷困窘况，祷告神灵能可怜他，与他"小衣禄食禄"，闹得灵派侯不胜其烦，招来管人间生死、贵贱、六科、长短之事的增福神，要他赐些食禄给贾仁。增福神开始不肯，认为贾仁平生不敬天地、父母，毁僧谤佛，该受冻饿而死；但禁不住灵派侯说情，又得到贾仁今后将"和街坊、敬邻里、识尊卑"等信誓旦旦的保证，增福神决定将曹州周家庄周荣祖家的"福力"借他用二十年后再还回原主。灵派侯警告贾仁说："你做财主后，莫瞒天地莫欺心，善有善报，恶有恶报。"

原来这周荣祖的祖父周奉记生平积善施德，又在家中盖佛院念经礼佛，因而广有家财。至周荣祖父亲辈时，为修理宅舍取木石砖瓦，便将佛院拆去，随后暴病去世。满腹诗书的周荣祖想通过应试改换家门，将家中财宝归成一槽，埋藏在后屋墙下，领着妻儿赴京。谁知名落孙山，只得依旧回到老家，却发现原先窖藏的金银财宝都已失去，无奈去洛阳探亲寻求周济。而取走周家财宝的正是贾仁，他是在帮人家打墙时偶尔挖到这些财宝的，于是便悄悄地据为己有，买田造屋，俨然成为富翁。

贾仁暴富后，便露出势利、悭吝、狠毒的嘴脸，平素半文钱也舍不得用。有人向他讨要一贯钱，就像割他一块肉似的，贾仁得了个外号叫"悭贾儿"。贾仁生平有一遗憾——妻子不能生育，于是便想买个儿子。正巧周荣祖和妻子张氏、儿子长寿因投亲不遇，潦倒于贾仁所开旅店之内，经店小二和贾家账房陈德甫牵线，周荣祖忍痛将儿子卖与贾仁为子，改姓贾。贾仁在立买卖合同文书时，却要陈德甫不写卖价多少，只说若一方反悔违约便赔一千贯。文书写好后，贾仁只肯出一贯钱买儿子，周荣祖不肯，但因事先未议定身价，且不能反悔，贾仁又当面殴打不肯改姓贾的长寿，还耍赖要周荣祖付儿子的饭钱。陈德甫实在看不下去，央求贾仁又添了一贯钱，自己向贾仁预支了两个月工钱，共两贯钱拿出来资助周荣祖。周家夫妇含悲离去，贾仁因陈德甫帮他办成了大事，便送了他一只烧饼作为报偿。

二十年后，长寿在贾家长大成人，人称"贾半州"，他每天要花费三五两银子。这时，年老的贾仁妻子早亡，自己也因悭吝致病，他唤贾长寿去泰安州东岳庙烧香还愿。贾长寿到东岳庙，想找个干净处歇下，预备明日烧头香。哪知早有一对老夫妇占了地方在那里休息，贾长寿耍"钱舍"（大款）脾气打骂老夫妻，想把他们轰走未成。此时贾仁已死，夜里他的魂魄来到庙里，引得贾长寿梦中连叫三声"父亲"，老儿都答应了，贾长寿便打那老儿。第二天烧香时又出怪事——贾长寿只要一提到父母，那对老夫妇便打喷嚏；而那对老夫妇一说到请神灵保佑儿子，贾长寿便也打喷嚏。其实，这对老夫妇不是别人，正是贾长寿的亲生父母周荣祖和张氏。

周荣祖夫妇从岳庙回到曹州，因张氏害心痛病，夫妻二人寻到一家药店去讨些药治病，哪知这药店是昔年熟人陈德甫所开，他们都认出了对方。陈德甫告诉周荣祖："贾仁已死，你们夫妇的儿子已长大成人，掌管了万贯家财。"这时贾长寿来看望陈德甫，陈让长寿认父母，双方这才发现在岳庙烧香时遇到的都是自家人，周荣祖要告长寿不孝，张氏劝住。长寿慌忙拿出一盒金银赔礼，周荣祖打开一看，原来银子上凿着自己祖父名字"周奉记"。这时店小二也来见周荣祖，道出当年真相。长寿认祖归宗，周荣祖让儿子周长寿把多余银子散给贫难无倚靠之人，一家人团圆欢聚。

第 三 折

（小末②扮贾长寿领兴儿上，诗云）一生衣饭不曾愁，赢得人称贾半州。何事老亲能善病，教人终日皱眉头。自家贾长寿便是。父亲是贾老员外，叫作贾仁。母亲亡化已过。靠着祖宗福德，有泼天也似的家缘家计③。俺父亲则生的我一个，人口顺都唤我作钱舍④。岂知俺父亲他一文也不使，半文也不用，这等悭吝的紧。俺枉叫作钱舍，不得钱在手里，不曾用的个快活。近日俺父亲染病，不能动止。兴儿⑤，我许下东岳泰安神州烧香去，与俺父亲说知，多将些钱钞，等我去还愿。兴儿，跟着我见父亲去来。（下）（小末同兴儿扶贾仁上，云）哎呀，害杀我也。（做叹科，云）过日月好疾也！自从买了这个小的，可早二十年光景。我便一文不使，半文不用。这小的他却痴迷愚滥，只图穿吃，看的那钱钞便土块般相似，他可不疼。怎知我多使了一个钱，便心疼杀了我也！（小末云）父亲，你可想甚么吃那？（贾仁云）我儿也，你不知我这病是一口气上得的。我那一日想烧鸭儿吃，我走到街上，那一个店里正烧鸭子，油渌渌的。我推买那鸭子，着实的捋⑥了一把，恰好五个指头捋的全全的。我来到家，我说盛饭来我吃，一碗饭我咂一个指头，四碗饭咂了四个指头。我一会瞌睡上来，就在这板凳上，不想睡着了，被个狗舔了我这一个指头，我着了一口气，就成了这个病，罢、罢、罢！我往常间一文不使，半文不用。我今病重，左右是个死人了，我可也破一破悭，使些钱。我儿，我想豆腐吃哩。（小末云）可买几百钱？（贾仁云）买一个钱的豆腐。（小末云）一个钱只买得半块豆腐，把与那个吃？兴儿，你买一贯钞罢。（贾仁云）只买十文钱的豆腐。（兴儿云）他则有五文钱的豆腐，记下账，明日讨还罢。（贾仁云）我儿，你则依着我。（小末云）便依着父亲，只买十个钱的来。（贾仁云）我儿，恰才见你把十个钱都与那卖豆腐的了？（小末云）他还欠着我五文哩，改日再讨。（贾仁云）寄着五文，你可问他姓甚么？左邻是谁？右邻是谁？（小末云）父亲，你要问他邻舍怎的？（贾仁云）他假是搬的走了，我这五文钱问谁讨？（小末云）直是这等。父亲，你孩儿趁父亲在日，画一轴喜神⑦，着子孙后代供养着。（贾仁云）我儿也，画喜神特不要画前面，则画背身儿。（小末云）父亲，你说的差了，画前面才是，可怎么画背身的？（贾仁云）你那里知道，画匠开光明⑧，又要喜钱。（小末云）父亲，你也忒算计了。（贾仁云）我儿，我这病觑天远⑨，入地近，多分是死的人了。我儿，你可怎么发送⑩我？（小末云）若父亲有些好歹呵，你孩儿买一个好杉木棺材与父亲。（贾仁云）我的儿，不要买，杉木价高，我左右是死的人，晓的甚么杉木、柳木！我后门头不有那一个喂马槽，尽好发送了！（小末云）那喂马槽短，你偌大一个身子，装不下。（贾仁云）哦，槽可短，要我这身子短，可也容易。使斧子来把我这身子拦腰剁做两段，折叠着，可不装下也！我儿也，我嘱咐你，那时节不要咱家的斧子，借别人家的斧子剁。（小末云）父亲，俺家里有斧子，可怎么问人家借？（贾仁云）你哪里知道，我的骨头硬，若使我家斧子剁卷了刃，又得几文钱钢⑪！（小末云）直是这等。父亲，你孩儿要上庙与父亲烧香去，与我些钱钞。（贾仁云）我儿，你不去烧香罢了。（小末云）孩儿许下香愿多时了，怎好不去？（贾仁云）哦，你许下愿来，这等，与你一贯钞去。（小末云）少。（贾仁云）两贯。（小末云）少。（贾仁云）罢、罢、罢，与你三贯，可忒多了。我儿，这一桩事要紧，我死之后休忘记讨还那五文钱的豆腐。（下）（兴儿云）小哥，不要听那老员外。你自去开库，拿着十个金子、十个银子，一千贯钞，我跟着你烧香去来。（小末云）兴儿，你说的是。我开了库，取了十个金子、十个银子、一千贯钞，到庙上烧香去来。
（同兴儿下）

（净扮庙祝上，诗云）官清司吏瘦，神灵庙主肥。有人来烧纸，则抢大公鸡。小道是东岳泰安州庙祝。明日三月二十八日，是东岳圣帝诞辰，多有远方人来烧香。我扫的庙宇干净，看有甚么人来。（正末同旦儿上，云）叫花咱，叫花咱……可怜见俺无挨无倚⑫，无主无靠，卖了亲儿，无人养济，长街上可有那等舍贫的爹爹、奶奶呵！（唱）

〔商调集贤宾〕 我可便区区的步行离了汴梁，（带云）这途路好远也！（唱）过了些山隐隐更和这水茫茫，盼了些州城县镇，经了些店道村坊，遥望那东岱岳万丈巅峰，怎不见泰安州四面儿墙匡⑬？（云）婆婆，这前面不是东岳爷爷的庙哩？（唱）这不是仁安殿盖造的接上苍，掩映着紫气红光。正值他春和三月天，（带云）婆婆，（唱）早来到仙阙五云乡。

〔逍遥乐〕 这的是人间天上，烧的是御赐名香，盖的是那敕修的这庙堂。我则见不断头客旅经商，还口愿百二十行。听的道是儿愿爹爹寿命长，又见那校椅上顶戴着亲娘。我这里千般感叹，万种凄惶，百样思量。

（带云）庙官⑭哥哥，俺两口儿一径来还愿的，赶烧炷儿头香，暂借一坨儿田地，与我歇息咱。（庙祝云）这老人家好苦恼也。既是还香愿的，我也做些好事，你老两口儿就在这一塌儿⑮干净处安歇，明日绝早起来，烧了头香去罢。（正末云）谢了哥哥。婆婆，我和你在此安歇，明日赶一炷头香咱。（旦儿云）佛啰，俺那长寿儿也！（小末同兴儿上，云）兴儿，你看这庙上人好不多哩！（兴儿云）小哥，咱每⑯来迟，那前面早下的满了也。（小末云）天色已晚，我们拣个干净处安歇。兴儿，这搭儿⑰干净处，被两口叫花的倒在这里，你打起那叫花的去。（兴儿云）兀那叫花的，你且过一壁。（正末云）你是那个？（兴儿云）这弟子孩儿，钱舍也不认的？（做打科）（正末云）哎呀，钱舍打杀我也。（庙祝云）这厮无礼，甚么钱舍？家有家主，庙有庙主，他老子那里做官来，叫作钱舍？徒弟，拿绳子来绑了他送官去。（兴儿云）庙官，你不要闹，我与你一个银子，借这堝儿^⑱田地，等俺歇息咱。（庙祝云）哦，你与我这个银子，借这里坐一坐？我说老弟子孩儿，你便让钱舍这里坐一坐儿！自家讨打吃！（正末云）俺这无钱的好不气长也。（旦儿云）老的，咱每依着他那边歇罢。（正末唱）

〔金菊香〕这的是雕梁画栋圣祠堂，又不是锦帐罗帏你的卧房，怎这般厮推厮抢赶我在半壁厢？（兴儿云）你这老弟子孩儿，口里唠唠叨叨的，还说甚么哩？（正末唱）你、你、你，全不顾我这鬓雪鬓霜^⑲，（云）你这厮还要打谁？婆婆，你向前着，我不信。（唱）你可敢便打、打、打，打这个八十岁病婆娘？

（云）庙官哥哥，一个甚么钱舍，将俺老两口儿赶出来了。（庙祝云）他是钱舍，你两个让他些便了。俺明日要早起，自去睡也。（下）（小末云）你这老弟子孩儿，你告诉那庙官便怎的？我富汉打杀你这穷汉，只当拍杀个苍蝇相似。（正末唱）

〔醋葫芦〕你道是没钱的好受亏，有钱的好使强。你和俺须同村共疃近邻庄。（兴儿云）你这叫花的还强嘴哩。（正末唱）俺也是钱里生来钱里长，怎便打的俺一个不知方向！你须不是泰安州官府到此压坛场。

（兴儿云）官便不是官，叫作钱舍。（正末云）俺这无钱的好不气长也。（旦儿云）老的，你与他争甚么，俺每将就在那边歇罢。（正末唱）

〔梧叶儿〕这都是俺前生业，可着俺便今世当，莫不是曾烧着甚么断头香？搵不住腮边泪，挠不着心上痒，割不断俺业情肠。（带云）哎！（唱）俺那长寿儿也，我端的可便才合眼又早眠思梦想。

（贾仁扮魂上，云）自家贾仁的便是。那正主儿来了，俺今日着他父子团圆，双手交还了罢。（做叹科，云）那小的那里知道是他的老子？这老子那里知道是他的儿子？我与他说知。兀那老子^⑳，那个不是你的儿子？（正末做认科^㉑，云）俺那长寿儿也。（小末打科）（贾仁又上，云）兀那小的，那个不是你老子？（小末做叫科，云）父亲，父亲。（正末应云）哎！哎！哎！（小末云）兴儿，与我打这老弟子孩儿。（兴儿云）这叫花的好无礼也。（正末

云)你叫我三声父亲，我应你三声，你怎生打我那？（唱）

〔后庭花〕 你不肯冬三月开暖堂，你不肯夏三月舍义浆。则你那情狠身中病，则你那心平便是海上方。您爷呵，休想道得安康，稳情取无人埋葬。泪汪汪甚人来守孝堂，急慌慌为亲爷来献香。我痛杀杀身躯儿无倚仗，他絮叨叨还口愿都是谎。

〔柳叶儿〕 他也似个人模人样，衒②一片不本分的心肠。有一朝打在你头直上，天开眼无轻放，天还报有灾殃，稳情取家破人亡。

（小末云）天色明了也。兴儿，随俺烧香去来。（做上香科，云）东岳爷爷，可怜见俺父亲患病在床，但得神明保佑，指日平安。俺贾长寿情愿烧三年香，望东岳爷爷鉴察咱。（正末同旦儿打嚏科，云）阿嚏。（小末云）则愿俺的父亲无病无痛。（正末又打嚏科，云）阿嚏。（小末云）则愿俺的父亲无灾无难。（正末又打嚏科，云）阿嚏。（卜儿云）老的，咱们早些烧香去。（正末做拜科，云）东岳爷爷，则愿俺长寿儿无病无痛。（小末做打嚏科，云）阿嚏。（正末云）则愿俺长寿儿无灾无难。（小末又做打嚏科，云）阿嚏。（正末云）则愿俺长寿儿早早相见咱。（小末又做打嚏科，云）阿嚏。（兴儿上，云）阿嚏，阿嚏。（庙祝上，云）阿嚏，阿嚏。（小末云）兴儿，打那老弟子孩儿。（兴儿云）你这叫花的，快走过一边去。（正末做哭科，云）俺那长寿儿也。（唱）

〔高过浪来里煞〕 但得见亲生儿俺可也不似这凄惶，他、他、他，明欺负俺无人侍养。（做哭科，云）俺那长寿儿也。（唱）想着俺长寿年来也和他都一般家血气方刚。（带云）婆婆，（唱）则俺这受苦的糟糠，卖儿呵也合将咱拦当。俺可甚么养小防备老，栽树要阴凉。想着俺那忤逆的儿郎，便成人也不认的爷娘。有一日激恼了穹苍，要整顿着纲常，你可不怕那五六月的雷声骨碌碌只在半空里响。

〔尾声〕 为一家父母昌，生下辈子孙旺。灵椿一株老，丹桂五枝芳。古贤人教子有义方，您家里出不的个伯俞㉓泣杖，量你个看钱奴也学不的窦十郎㉔。（同旦儿下）㉕

（小末云）兴儿，烧罢香也。随俺回家去来。（同下）

【注释】

① 看钱奴：犹如现代所称之守财奴、悭吝鬼。　② 小末：元杂剧中角色名称"小末尼"的简称，一般扮演青少年男子(不是儿童)。　③ 家缘家计：泛指财产及家庭生产经营事务。　④ 钱舍：大款、大少爷。　⑤ 兴儿：贾家僮仆。　⑥ 挝：此处同"刮""沾"。　⑦ 喜神：画像。　⑧ 开光明：画好人像后点眼睛。　⑨ 觑天远：看天远，即来日太远之意。　⑩ 发送：料理后事。　⑪ 又得几文钱钢：又得再花几文钱去换钢刃。　⑫ 无挨无倚：过一天算一天，无指望。　⑬ 墙匡：城墙。　⑭ 庙官：庙中管理事务的人，一般为僧人，下文又称庙祝。官：同"管"。　⑮ 一塌儿：元代口语，一块儿。　⑯ 咱每：咱们。　⑰ 这搭儿：这里，这地方。　⑱ 这坬儿：这块。　⑲ 鬓雪鬖霜：须发全白，指老年人。　⑳ 兀那老子：意为"你这个老头子"。　㉑ 做认科：做认儿子的动作。　㉒ 衠：真、纯。　㉓ 伯俞：韩伯俞，历史上著名孝子。其母脾气较暴，他经常被母亲责打，到了老年，老母还用拐杖打他，他不喊痛，只是悲泣流泪。　㉔ 窦十郎：窦禹钧，五代后周渔阳人，故又称"燕山窦十郎"，以词学闻名。他重视对子女的教育，五个儿子都考中进士，史称"窦氏五龙"，他亦被誉为教子典范，"五子登科"典故即出于此。他还曾兴办义学，官至右谏议大夫。　㉕ 这段唱词在 1958 年中华书局版《元曲选》和 1998 年河北教育出版社版《全元曲》中均无。

【评解】

《看钱奴》这出戏长期不受重视，也很少有人想到要整理演出，其原因在于此戏将因果报应、宿命论观念贯穿于整个戏剧冲突过程中，被认为是宣扬封建迷信的荒诞作品，对其评价不高。

假如拂去笼罩着全剧的迷信宿命、因果报应的尘埃，我们就会发现此戏中有闪闪发光的"金子"，那就是它写到了由于社会物质财富分配不公，造成了贫富悬殊，有钱人物欲横流，尽情享受；穷苦老百姓食不果腹，只能栖身破窑，这引发了社会的尖锐矛盾。贾仁在未获得增福神资助前，他经常去东岳庙向灵派侯诉苦，"埋天怨地"，希望神灵能给他赐财，与他些"小富贵"，连灵派侯也不胜其烦。贾仁的埋天怨地，不正是许多贫困老百姓为社会分配不公而呼喊的一个缩影吗？他们在人间已到了无处可以诉苦的地步，在上告无门的情况下，只能向神灵诉说。我认为，《看钱奴》实在是一出社会问题剧。

后来，贾仁发牢骚终于有了结果，灵派侯要增福神给他钱财，他获得了二十年替周家代为看管钱财的权利(或运气)，一夜暴富，成为大财主。但金钱并未给他带来善良品格，他根本不思敬佛行善、诚信做人，而是更加狡猾刁钻、损人肥己、自私奸恶，爱钱如命到了成为无赖的地步。他不仅私下在墙洞里挖到了周荣祖的钱财后占为己有，而且在买下恩公周荣祖儿子时，竟利用自己的强势地位和周荣祖的书呆子气，炮制不公平的霸王合同，强夺周荣祖的儿子，只付了极微薄的"身价银"。这种人口买卖反映出，当时农村中地主对农民的剥削、掠夺是多么残酷。而这一切都是金钱对贾仁腐蚀的结果，封建地主聚敛财富(人也是一种活的财产)已到了不择手段的地步。金钱本身是无罪恶的，但它一旦掌握在唯利是图、只认金钱不认其他的人手里，金钱就是可怕的，它变成了罪恶之源、杀人不见血的刀子，变成了强盗、恶徒们的帮凶。我们从贾仁身上可以看出，作者对金钱拜物教、"铜臭绿"的厌恶和鞭挞。剧本这样写又是何等深刻！

在这折戏中，贾仁这个看钱奴、悭吝鬼形象塑造得实在是活灵活现，可以毫不夸张地说，贾仁比《儒林外史》里的严监生（严致和）和法国戏剧家莫里哀《悭吝鬼》中的阿巴贡还要出彩。剧中贾仁嘴馋想吃烧鸭子，却舍不得用钱去买，于是便借买鸭子的机会，用五个手指头刮鸭子身上的肥油。回家后吃一碗饭咂一只手指上的鸭油，共吃了四碗饭，还有一只手指上的油未咂，原想留着下顿"下饭"，却被狗舔了去，他为此懊恼不已。他想吃豆腐，说买一文钱就可以了，这还是他快死了，大约想开了，才破一次戒，"奢侈"一下，其实一文钱仅能买半块豆腐。他让养子叫人画像，说画背影就行，因为画正面像怕要另付"开光明"费。更荒唐的是，他连自己死后的遗体埋葬也不想花费棺材钱，而是决定用家里废马槽装。若身子大装不下，就用斧子拦腰剁开折叠起来装。而剁尸身的斧子也关照养子去借别人的，因为他骨头硬，怕卷了刃，又要花额外几文钱去换钢刃。这大段的描写把一个嗜钱如命的家伙活画了出来，其思路之怪癖，使人忍俊不禁。但人们笑过以后，却分明感受到一个被金钱蛀空的灵魂是多么卑劣、猥琐、肮脏！贾仁的金钱拜物主义不仅害了他自己，也害了养子贾长寿。这个小子有了钱，自称"钱舍"，在外横行不法，恃强凌弱，即使是在神圣的庙堂，也不改富家子横暴的本色。可见，被金钱腐蚀是多么可怕。

顺便说一下，这出戏对造成社会不公的利益集团、拜金主义的谴责十分强烈，如第一折中灵派侯警告贾仁要牢记："善有善报，恶有恶报，不是不报，时候未到。"又称："天若不降严霜，松柏不如蒿草。神明若不报应，积善不如作恶。莫瞒天地莫瞒心，心不瞒时祸不侵。"还有"亏心折尽平生福，行短天教一世贫"，"亏心也尽由他，造恶也怎瞒咱，上面有湛湛青天，下面有漫漫黄沙"，这些警世语言是通过一段因果报应故事来演绎的，这就能让普通老百姓相信坏事做不得，从而或能起到警诫富人莫疯狂敛财的作用。所以，不能把本剧中出现的因果报应理念简单理解为消极避世或宣扬迷信，而应把它视作一种劝善警世的手段。

张子房圯桥[①]进履

李文蔚

【剧情简介】（仅第一、二折）

时值寒冬，雪迷荒野，有一道人登场。他自称道号扯虚，表字托空，实际上真名叫乔仙(假仙人的意思)。正在游山玩水之际,见对面走来一人叫张良。乔仙见前面路上有猛虎拦住张良去路,便对张良称自己乃上八洞神仙,这只斑斓猛虎是所养的小猫善哥,只需喊它三声便可驯服骑坐。张良信以为真,不想道人在逗老虎时反被老虎扑倒拉走了。

这时,又来了一位真正的仙人,乃上界太白金星,因看出凡间张良有忠烈之心,又见他在山野迷踪失路,遂化装成老叟,前来指引他奔向大道。原来张良是战国末韩国人,祖上五世拜相,因秦始皇灭韩,张良一心想报仇雪恨,曾用铁锤袭击始皇未中,为避祸逃亡在外。太白金星指使手下人拿住张良,问他何往。张良向他求救,太白金星道:"千经万典,不如忠孝为先,你如何尽忠?"张良说:"尽忠就是首先把皇恩报。"金星大喜,告诉他说:"为臣者必尽其忠,为子者理当尽孝,你今后必定拜相封侯,目下别处难以容身,我指引你到下邳城去,必有教训你之师。"说罢,隐身而去。

张良到了下邳,往投巨富李仁,李仁大喜,延请到家待以酒席。饮宴中间,李仁说起此间圯桥边有一阴阳先生,算无遗策,可去算一下命运如何。张良应诺,来到市中,果见福星所扮卜卦先生在彼,他上前求卜。先生告诉他:"你年已三十,日后有拜相之命,今日中午会遇到贤人指教,你快去圯桥。"张良刚转身,卜卦先生也不见了,他暗觉奇怪。来到圯桥,一位"风魔"老人见他就喊了声:"小子张良!"张良刚向对方说:"老先生,你怎么认得我?"这时老人脚上一只鞋撇在桥上,便喊他道:"小子,你替我拾起鞋再帮我穿好。"张良心中不快,但还替老人拾鞋穿上。老人对他说:"小子张良,我与你有缘,五日之后,你在此等我,我收你为徒,教你安身显耀之法。"

原来,此老人名叫黄石公,乃得道之人,奉上界之命,携三卷奇书要授张良,作为其安邦定国资本。张良当时尚不知黄石公来历,自然半信半疑。五日之后,张良依约来到圯桥,只见黄石公已在。黄石公一见面就责备张良迟到,无恭敬之意,要他过五天再来。张良没法,只好退回。又过了五日,他再次去圯桥,不料想又迟到了。黄石公责备说:"我要传你安邦定国之书,你二次迟到,再与你一次机会,五日之后再来,若再迟到,二罪俱罚。"这一次张良再也不敢大意,他半夜三更就到圯桥等候,一会儿老人才到,见张良已在,很是高兴,遂将那三卷六义三才奇书悉传于张良。张良问及先生来历,黄石公道:"你若久后得志,可去济北谷城山下,见一黄石,即是我了。"黄石公说罢,旋即离去。(本剧第三、四折情节芜杂,故略)

第 二 折

(外扮黄石公上,云)闲游蓬岛跨黄鹤,三千弱水②任逍遥。亲赴苍天朝上帝,奉承敕旨下云霄。贫道济北谷城③山人也。幼年父母双亡，自立安存，不知其姓，忽遇神师指教，已得成道。山下有一石，其石生而黄色，贫道以石为姓，乃黄石公是也。受上界冲虚之仙，专管天上人间智斗战敌之事。贫道体太上好生之德，亲奉敕旨，为下方有一人韩国张良，此人忠烈，感动天庭，差贫道降临凡世，训教此人。张良非凡，乃上界神仙骨骼。贫道将着三卷奇书，乃六义三才定安之术④，授与此人。张良久已后，可为天下斗勇正教之师。贫道今朝日当卓午，必遇此人，直至市廛⑤中等候此人，走一遭去。我本是超凡物外仙，亲承上帝到人间。若遇立国安邦士，我将这三卷奇书用意传。（下）

（外扮李长者领行钱上，云）家缘⑥累积祖流传，孳畜田苗广地园。长幼循循通礼义，子孙永享福绵绵。小生姓李名仁字思中，本贯下邳人氏。自幼攻书，长而颇通经史。承祖、父之荫，所以积家财万贯有余。小生每与游学名儒，常时谈论。近日闻有一人，姓张名良，字子房，韩国阜城人也，因秦嬴政⑦之仇，发愤以报，不想不中其计，逃难在俺下邳。此人心存忠孝，腹隐英华，常思报国之念，亦无倦怠之心。小生常与此人谈论。贤士之才，似东海之水，渊深难测；有虹霓之志，接华岳而高；词翰文章，似浩天之星宿。凌云之志，气冲斗牛，争奈时运未通。我欲赉发贤士，进取功名，诚恐贤士有疑怪之心。时遇三月，融和天气，如今请贤士来饮数杯酒，将微言探问他。贤士若肯呵，小生奉衣服鞍马，赉发他登程去。行钱，与我请将贤士来者。（行钱云）理会的。（做请科，云）贤士有请！（正末上，云）小生张良，自与韩国报仇，不中其计，离了家乡，避难在此下邳，可早数年光景也。此处有一长者，姓李名仁，字思中，是一巨富的财主。小生寄食在他宅中，每日相待，并无怠慢之心，此恩何日得报。长者恰才令人来请，不知有甚事，须索走一遭去。张良也，几时是你那显耀的时节也！（唱）

〔南吕一枝花〕我本是一个贤门将相才，逃难在他乡外。空学的满腹中锦绣文，天也，则我这腹内恨几时开？忧的我鬓发斑白，甘贫贱，权宁耐⑧，兀的不屈沉杀年少客！不能够揭天关，稳坐在青霄⑨，怎生来忧的这俊英杰容颜渐改。

117

〔梁州〕 几时得居八位⑩，封侯可便建节？几时能够列三公
画戟门排？我如今孤身流落在天涯外，本是个守忠义贤臣良将，
倒做了背恩宠逆子之才。见如今沿门乞化，抵多少日转他那千
阶⑪！也是我命里合该，大刚来⑫天数安排。我、我、我，几时
得受皇恩，为卿相，列朝班，奉君王，独步金阶？我、我、我，
几时得承宣命，封重职，坐都堂，镇边关的那境界？我、我、
我，可几时能够居帅府，悬金印，挂虎符，气昂昂走上坛台？凭
着我胸襟气概，与我这风云庆会⑬何年再？暂时困，权宁奈，倚
仗着我这冠世文章星斗才，胸卷江淮。

（云）说话中间，可早来到也。令人报复去，道有张良在于门
首。（行钱云）理会的。（报科，云）员外，有贤士来了也。（长者
云）道有请。（行钱云）理会的。有请！（见科，正末云）长者，小
生多感大恩，每日如此重礼相待，小生何以克当？异日峥嵘，必
当重报也。（长者云）贤士，休说此话，施恩岂望报乎？小生恰才
令人相请贤士释闷闲坐，无物可奉，蔬食薄味，不堪食用，惟表
寸心。行钱，将酒来，我与贤士饮几杯咱。（行钱云）酒在此。
（长者做递酒科，云）贤士，满饮此杯者。（正末唱）

〔隔尾〕 小生深蒙长者多怜爱，则你那救困的恩临我可也常
在怀，（云）长者，似你这般仁德之心，无人可比也。（唱）你胜如
那赵盾的心情将我似灵辄待。有一日若用我安邦的手策，但得一
个微名的县宰，长者也，我答报你个布德施恩大贤客。

（长者云）贤士，岂不闻圣人云："四海之内，皆兄弟也。"⑭
贤士在小生寒舍，每日随茶逐饭，多有管顾不周，万望宽恕。贤
士何出此言也？（正末云）长者之心，量如江淮，如此深恩，小生
岂敢忘也？（长者云）贤士，小生有一言，可是敢说么？（正末云）
长者但言，有何不可？（长者云）想贤士来到此下邳，数年余矣。
我今观贤士容颜，难同往日。欲待赍发贤士进取功名，未知意下
若何？（正末云）感蒙长者盛情，何以克当也？（长者云）贤士，又
有一事。俺这下邳圯桥边有一先生，他算阴阳祸福无差，断人生
死有准。贤士可求一卦，看贤士命运如何？若当求进，小生多奉
鞍马盘费。与贤士权别，先生疾便问卜，小生专等回音也。（正

（末云）长者，小生谨依尊命，暂此权别，小生上长街问卜，走一遭去。（下）（长者云）若是问卜已成，那其间我自有个主意也。（下）

（正末又上，云）小生与长者相别，直至圯桥问卜，走一遭去也。（做走科）（福星扮货卜先生⑮上，云）逍遥静路不难行，动静从心善可诚。长将一念存忠节，自然神圣保其真。贫道上界福星是也，专管人间善恶不平之事。贫道久成真位，忠孝者降其福禄，罪逆者降其祸灾。凡人立身者，以忠孝为本，报应分明。今下方有一人，姓张名良字子房，此人忠孝双全，感动天地。吾奉玉帝敕令，说此人有忠国之心，今受其困，未知详细。贫道化一货卜先生，探此人忠义若何，我指他个正路，可早来到市廛中也。（做见正末科，云）兀的不是此人张良？我唤他一声。（做唤科，云）张良！（正末做惊科，云）好是奇怪，是谁人唤我也？我试看咱。（正末做回身觑科，云）哦，原来是一个货卜的先生。我向前问他一个缘故，怕做甚么。（做见福星施礼科，云）支揖，先生怎生认的在下？（福星云）我如何不识你个子房？来此有何事故也？（正末云）小生是一贫儒，欲问先生仙乡何处也？（福星云）贫道是此处人氏。我闻知你来俺这里多时。我是个货卜的先生，我算的阴阳有准，断人生死无差也。（正末云）先生，小生欲待进取功名，未知命运何如，与在下决疑咱。（福星云）你说那生时年月来。（正末唱）

〔牧羊关〕　你将那《周易》从头论，将我这贵与贱仔细排。（福星云）张良，你问贵贱？这贫与富，是人之所作；贫者不善之因，富者积善所致也。此乃是贫富之因也。（正末唱）我问官禄子息和这家财。你看我命里有，可是我运未通达，盖因是命里无，这年月上不该。（福星云）你如今多大年纪？何年何月何日何时建生？你说将来。（正末唱）我拙年恰三十岁，我是那五月午时胎。且将我今岁行年算，先生也，你将我这贫与贵一一开。

（福星做算科，云）你如今三十岁。兀那子房，我这阴阳有准，祸福无差，不顺人情，你久已后必贵，当来拜相也。（福星觑正末惊科，云）呀、呀、呀！张良，你这会儿容颜，比头里不同。你今日日当卓午，必然遇着贤人指教你也。（正末云）先生，此言有准么？莫不差算了也？（福星云）我如何差算了？不是贫道说大言，则我这阴阳亦如天上月，照察人间祸福星。你那拙运衰时今已去，灾星变做福星临。张良，不则我算的着，那里一个先生，又算的妙哉。疾！（下）（正末做回身科，云）那里也？那里也？支揖先生。（做惊科，云）可那里有个人来？（做回身惊科，云）怎生连这个先生也不见了！好是奇怪也！我索还家见长者去。我试看圯桥咱。（正末做看科）（外扮黄石公上，云）贫道黄石公是也。来到这市廛中，今朝日当卓午，必遇此人张良，行动些⑯。（正末唱）

〔四块玉〕 我这里便缓步行，来到这圯桥侧。（黄石公做见科，云）兀的不是孺子张良？我唤他一声。（做唤科，云）兀那孺子张良！（正末唱）是谁人便道姓呼名自疑猜，我索与你探行藏问端的何妨碍。（黄石公做笑科）（正末云）我试望咱。是谁唤我也呵！（正末做回身科）（黄石公又笑科）（正末云）呀呀呀！一个须发尽白的老先生，好道貌也！（唱）我见他年高大两鬓苍，他髭发一似银丝般白，他生来实丰彩。

（黄石公云）兀那孺子张良，你在这里也。（正末云）老先生，因何认的在下也？（黄石公云）我如何不认的你个孺子张良？（做撇履科，云）兀那孺子张良，你与我取上履来，我教你做徒弟。（正末云）这个先生，好无礼也！他口口声声唤我作："孺子，孺子，你与我取上履来者！"我待取来又不是，不取来又不好。张良，要你寻思：你和他素不相识，他怎生知道你的名字？可有甚么难见处？必是李斯⑰丞相差来擒拿我。似此，如之奈何？我待取这履来，桥上往来的人见，岂不汗颜？说道是你看这个秀才，受如此般的耻辱，怎生与他拿这履？（正末做思科，云）罢、罢、罢！张良，你便拿上这履来呵，有甚么耻处？好是奇怪也呵！（唱）

〔牧羊关〕 你着我待忍来如何忍，他看承的我如小哉，不由我嗔忿忿气夯破⑱我这胸怀。我仿学那豫让⑲般忠孝无嗔，我似那廉颇⑳般避车路，我索与你躬身儿下阶。（云）张良也，你是个看书的人，岂不闻圣人云："老者安之，少者怀之，朋友信之？"㉑此乃为人之所作也。（唱）古人言敬老幼，恤孤困。（云）想小生离了家乡，逃难到于途中，迷踪失路，神灵指引，着我往下邳避灾，"必有教授你之师"。今日长街市上算了一卦，说道我今朝日当卓午，必遇名师也。（唱）这一个老先生敢是那教训我的祖师来。想着我离故邦受辛苦言难尽，张良也你正是成人的可也不自在。

（黄石公云）孺子，与我取上履来者。（正末做取履科）（黄石公做伸足穿履科，云）此子可教，则除是恁的。（黄石公觑正末科，云）兀那孺子张良，你可也有缘，我与你约五日之期，再来此圯桥等候。我要你为徒弟，我传与你安身之法，休失其信也。我去也，我去也。（下）（正末云）师父言道，与我约五日之期，再来此圯桥相会，要传我安身显耀之术。张良，你信他做甚么？此言难以凭信。天色晚了也，我索还家去。（下）

（黄石公再上，云）贫道黄石公是也。与张良约五日之期，再来圯桥相会，可早五日也。则怕张良等待，贫道行动些。孺子张良！（做怒科，云）此孺子好无礼也。我要教授他做徒弟，约五日之期，来此圯桥相会，传与他安身显耀之法，不想此孺子不曾来，好是无缘也。我待回去来，此子则说我失信。喑！我且等他片时。（正末上，云）小生张良，自五日之前，见了那个先生，他口口声声唤我作"孺子、孺子"，约我五日之期，要传与我安身之法。我待去来，着人便道他是个风魔先生，他有甚么安身之法？我待不去来，则怕那个先生等待我。不可失信，我索行动些。说话中间，可早来到圯桥也。（做见惊科，云）兀的不是那个风魔先生？果然在此，好是奇怪也。（黄石公做见正末怒科，云）兀那孺子张良，我约你五日之期，早来这圯桥相会，我要你为徒弟。不想你这厮无缘，这早晚才来，好无恭敬之念也！（正末云）师父息怒，息怒。（黄石公云）兀那孺子，你听者！我再约你五日之期，径来此圯桥相会，我传与你安邦定国之书，久已后可为万代之师。我着你声播千邦，名扬天下。这一遍若是再来的迟，二罪俱罚，我也不饶你！我去也。（下）（正末云）先生去了也。张良也，要你寻思，你道他是风魔先生来，他说如此般良言。头一遍偶遇，第二遍来的迟了。师父言称道："孺子张良，再约五日之期，来圯桥相会，我传与你安邦定国之书，久已后可为万代之师。我着你声播千邦，名扬天下。这一遍若是再来的迟，二罪俱罚。"这言语未知有准么？我且回家去来。（下）

（正末再上，云）小生张良，要你寻思波，待道他是风魔先生来，他说如此般良言。头一遍偶遇，第二遍见了师父，言称道："孺子张良，第二遍来迟，再恕你之过。第三遍再约五日之期，来圯桥相会。我传与你安邦定国之书，久已后可为万代之师。我着你声播千邦，名扬天下。"师父说这等言语，知他是睡里也那梦里？天色晚了也，我索还长者宅中去。来到这长者宅中，我开开这门，入得这房来。（做惊科，云）呀！过日月好疾也。自离了师父，可早五日光景也。今晚三更前后，至圯桥等待师父。若是我无缘，着师父先在圯桥；若是我有福，我先到等待师父。（正末做缚门科，云）我与你拽上这门，将绳子来拴住，寻师父走一遭去。（正末做走科，云）师父还不曾来哩，我且在此等待。师父这早晚敢待来也。（黄石公上，云）贫道黄石公是也。与张良相约三遍，圯桥相会，我教训他为徒弟，不想此子二次来迟。今番第三遍也，若是再来的迟，我自有个主意。（做唤科，云）孺子张良！还未来哩，此子好无缘也。（正末云）师父，您徒弟等待多时也。（黄石公笑科，云）张良来了也，你有缘也。（做撇履科，云）孺子，与我将上履来者！（正末唱）

〔哭皇天〕圣人道敏而好学我心间也倦怠，不耻下问更忒分外。㉒（黄石公云）张良，我传与你驱兵遁甲㉓之书，非同小可也。（背云）此子是无瑕美玉，不遇良工雕琢，岂成其器？他是那擎天之柱，可为栋梁之材也。（正末唱）他说与我驱兵六甲书，看我作无瑕玉、栋梁材。（黄石公笑科，云）孺子，与我将上履来，传与你安身之法。（正末唱）师父你畅好是轻贤，你心怀的意歹。我又索含容折节，敢脊躬身，伏低做小，跪膝在尘埃。我问你个老先生，你便有何教训、教训我的艺才？（正末做进履科）（黄石公做伸足穿履科，云）兀那张良，你听者！你可也有缘，我与你这三

卷天书。此书非同小可，乃六义三才之奇书也，非可乱传。此书
有一千三百三十六余言，不许传与不道不贤之人。此书始传于
世，古之圣贤，皆尽心焉。此书奇义深远，妙术精微，尧舜禹汤
文武周公孔子老聃，无以出此。有六义三才，一者原始，二者正
道，三者求志，四者道德，五者遵义，六者安理。原始者，道不
可以无始，道德仁义一体也。若天下四方，一动一息之处，大而
八纮之表⑳，君臣父子之道，微言修身，深计远虑，所以不穷。
管仲㉕之计可为能，商鞅㉖之计可为盛，弘羊㉗之计可为聚。近恕
笃行，任才使能，所以济物。道德者，本宗不可离道之术。赏不
以功，罚不以罪，小则结匹夫之怨，大则激天下之怒。圣贤之
道，内明外晦，惟不足于明。文王㉘无大声，四国畏之。故孔子
不怒，而民畏于斧钺㉙。国将霸者，士皆归之；国将危者，贤皆
避之。昔者微子㉚去商，仲尼去鲁㉛，而以成名。后有三数，乃
法略也，是天地人三才之法，不可违此数。豪俊之才，发机用
智。逆者难从，顺者易晓。此法可治其国，可立其家，久后可为
万代之师。将闲中今古，静里乾坤，说了一遍。张良你听者：晓
夜孜孜读此经，扬名显耀可安身。忠心辅弼为肱股，定作朝中第
一臣。(正末唱)听说罢魂飞天外，好教我心惊失色。

　〔乌夜啼〕　又不曾梦非熊㉜得遇文王侧，莫不是鬼使神差，
不由我喜笑盈腮。今日个蛰龙须得济时来，谢吾师展脚舒腰拜。
(云)小生张良，异日发达，此训授之恩，必当重报也。(唱)我若
是得发达身安泰，有一日春雷信动，枯木花开。

　〔鹌鹑儿〕　又不曾效傅说㉝版筑在岩墙，偶然遇殷高到来，
我若是立国安邦，可用这兵书战策，我学那周武八元以承八
恺㉞，调鼎鼐㉟，明盛衰。有一日胸卷江淮，平步金阶，把日月
重揩，肃靖边界，扶持着治世的明君，保祚的乾坤永泰。

　(云)师父那里人氏？姓甚名谁？通名显姓咱。(黄石公云)你
问我姓甚名谁？张良，你要知我姓名，你久已后得志时，亲至济
北谷城山下，见一黄石，便是我也。妙算张良独有余，少年逃难
下邳初。逡巡不进泥中履，争得先生一卷书。(下)(正末云)师父
去了也。师父这言语，便似印板儿记在心上一般。一日为官，至

谷城山寻访师父去。师父着我，昼夜勤习，可为万代之师也。（唱）

〔尾声〕罢、罢、罢，我则索用工夫看彻了黄公策㊱，我与你无明夜时时的温故知新不放怀。谢尊师，承顾爱，教训咱，意无歹。漫天机，我将做谜也似猜。想当初报韩仇，命运乖，则我这尽忠心意长在。那时节离家乡，躲避灾；至下邳，有谁睬。我今日遇神师，得术册，（云）若是我投于任贤之处，若委用我呵，（唱）你看我辅皇朝，定边塞，保乾坤，整世界，展江山，平四海；则我胸中学，腹内才，辨风云，知气色。我若是作臣僚，为元帅，掌军权，在阃㊲外，抚黔黎，定蛮貊㊳，逞英雄，显气概，播声名传万载。遂了我这平生志，拂满面尘埃，恁时节，才识这晓经纶安宇宙这一个困穷儒也一个少年客。（下）㊴

【注释】

①张子房：张良，字子房，颍川城父人，西汉初政治家、军事家。秦末，他投靠刘邦后，为刘邦出奇策，在建立西汉王朝中建大功，后封留侯。晚岁学辟谷之术，传为道教鼻祖。圯桥：传说在今江苏睢宁北小沂水上，此处原为古下邳城。 ②三千弱水：据《尚书》《山海经》载，我国西北部曾有弱水，人不能渡，不能载任何物件。三千是一种夸张的说法，形容弱水之大。 ③谷城：春秋时齐地，今山东平阴西南东阿镇，古时候此处属东阿县。 ④六义三才定安之术：指黄石公兵法，见《史记·留侯世家》。 ⑤廪：古时指一所普通民房。 ⑥家缘：家产。 ⑦嬴政：秦始皇，姓嬴。 ⑧宁耐：忍受、忍耐、安于现状。 ⑨青霄：指高位。 ⑩八位：过去朝廷一般有八位最高的官员，此处泛指高官。 ⑪千阶：一千级台阶，这里泛指皇宫、官衙的高台阶。 ⑫大刚来：大概是、大约是。 ⑬风云庆会：叱咤风云的人物在一起庆祝。 ⑭语出《论语·颜渊》。 ⑮货卜先生：算命卜卦先生。 ⑯行动些：意为动作快些、走快点。 ⑰李斯：秦朝丞相，佐秦始皇灭六国，后被秦二世和赵高处死。 ⑱夯破：胀破、穿破。 ⑲豫让：战国时晋国刺客。原为贵族智伯所养，赵襄子灭智氏，他为了报仇，不惜吞炭变哑伪装自己，后在刺杀赵襄子时被捕。他要求向赵襄子衣服刺三剑，了却报主之恩的心愿，旋伏剑自杀。 ⑳廉颇：战国时赵国大将。他因不满辩士蔺相如拜相，想在蔺相如上朝路上拦截羞辱他。蔺相如远远发现，立即避开廉颇的车乘另寻他路上朝。此处作者把典故用倒了，错为廉颇避相如车，实际应为蔺相如避廉颇。 ㉑语出《论语·公冶长》。 ㉒"敏而好学，不耻下问"出自《论语·公冶长》。 ㉓遁甲：战阵之法，又称奇门遁甲。 ㉔八纮之表：有的版本为"八憹之表"，此处指八极以外很远的地方。八纮：八极。 ㉕管仲：春秋时齐桓公的国相，辅佐齐桓公在诸侯中称霸。 ㉖商鞅：卫国人，称卫鞅，入秦后辅佐秦孝公变法改革，封于商，故称商鞅。孝公死后被车裂处死。 ㉗弘羊：西汉中期改革者桑弘羊，曾任侍中，提出实施盐铁专卖。 ㉘文王：周文王。 ㉙斧钺：古时处决犯人常用一种长柄斧头，此处亦指法律。 ㉚微子：商纣王庶兄，封于微地。他见纣王无道，便离开商朝，投奔周王。 ㉛仲尼：孔

子。他本为鲁臣，后见鲁君怠于政事，便离开鲁国，外出周游列国。　㉜梦非熊：《史记·齐太公世家》载，周文王将外出，先占卜问吉凶，卜者说他这次出去将遇到一位非龙非螭、非熊非罴的长者。后文王果在渭水遇到姜子牙。　㉝傅说：传为商王武丁（殷高宗）的国相，原是位筑墙奴隶。　㉞周武：周武王。八元：传说中的上古高辛氏八位贤士。八恺：有的版本作"八凯"，传说中上古王者高阳氏的八位贤者。　㉟调鼎鼐：喻宰相治国。　㊱黄公策：黄石公的学问、兵法。　㊲阃：原意指郭门，此处指边庭。　㊳抚黔黎，定蛮貊：安抚西南黔、黎二地的少数民族，征服不肯俯首的东北方少数民族。　㊴中华书局版《元曲选外编》尚有一段文字，与其他版本不同，本书未采纳。

【评解】

《圯桥进履》叙述西汉张良求师学《太公兵法》的故事，典出《史记·留侯世家》。这部戏共四折，第一、二折讲张良未发达时的经历，第三折、第四折讲张良协助韩信擒获项羽手下大将申阳、陆贾。全剧结构松散，内容芜杂，前两折戏与后两折戏故事情节互不连续，且后两折戏人物繁多，情节冗长而又不紧凑。当然，它可能是适应了当时的观众（尤其是农民）需求，就是戏份要足，演出时间要长。而第一折开头叙乔仙"唤虎""救张良"，为正戏开场前的加戏，与全剧的核心故事情节也是游离的，主要起到活跃剧场气氛、引主角出场的作用，这也是旧时演戏的习俗，我们不必用现代戏剧结构去套，因而苛责古人。我们不妨推测：《圯桥进履》这出戏构思创作时，最初可能只有前面的两折，但因为情节简单，无法凑足一台戏的戏份，后来又补写了两折热闹的武戏。这种状况可能反映了当时杂剧的演出原生态。

这里选赏的第二折是全剧的精华，它取材于《史记·留侯世家》中记载的真实历史。黄石公此人来历不明，又未出仕，而他对张良的试探也富于传奇性。张良功成名就后去济北谷城山寻找他，也只发现一块黄石，莫知所在，后来张良死后也葬于该地。据《太平广记·张子房》中记载，西汉末赤眉军曾发掘张良墓，发现棺内仅存黄石枕头，不见其尸骸衣冠，于是便传说张良早羽化而去，称张良已登仙为"太玄童子"。这就使张良遇黄石公的故事更加扑朔迷离。张良晚年一心追求辟谷修道（可能是为了避免卷入政治斗争），黄石公此人身份便更增加了几分神秘感。因此在剧中，作者增加一些神仙道化的怪诞情节，包括让太白金星、福星登场，黄石公则变成了一位上界"冲虚之仙"，又通过他之口称张良为上界"神仙骨骼"，这些便都变得神神道道。此种神秘主义的表现手法是旧时戏剧作品中常有的，除了真实反映当时社会的迷信宿命思想之外，也增强了戏的观赏效果。

假如我们拂去盖在《圯桥进履》上的这些尘埃，张良求师的过程颇能给人启发，这就是在社会交往中做人要谦虚谨慎，尤其是要养成尊老的品德；同时，要想学到真本事，就必须先付出；做人一定要讲究信用，答应的事一定要做到、做好。这折戏中，张良前两次虽应约赴会，却比黄石公迟到了，说明他求师还缺乏诚意。

后来张良端正了态度，终于取得了黄石公的信任，得以受教兵法，终成开国功臣，名垂后世。

张天师断风花雪月

吴昌龄

【剧情简介】

西洛书生陈世英上京求取功名，路过洛阳时拜见在那里任太守的叔叔陈全忠。陈太守很喜欢这个侄子，将他暂时留在后园书房中就读，等待会试之期临近再行赴京。时值八月十五中秋佳节，陈世英与叔父饮完酒后回到花园，对此良辰美景，作诗一首，又焚香抚琴排遣。不料此琴音直达碧霄月宫，这时月宫中美貌的桂花仙子正被罗睺、计都两个"恶星"缠绕，多亏此瑶琴一曲，感动娄宿星，救了桂花仙子。仙子为报答陈世英之恩，遂在好友封姨和桃花仙子陪同下一起下凡去寻找陈世英了结宿缘。当夜桂花仙子来到陈世英的书房，两人经过一番厮磨，消除了陈世英的顾虑，开始了真诚相爱，度过了一个幸福的夜晚。天明时，封姨和桃花仙子催桂花仙子起身返归天庭，一对初恋情人无奈依依惜别。桂花仙子约陈世英来年八月十五日再相会，陈世英也保证一定等她的到来。

自那夜与桂花仙子欢娱一宵后，陈世英对仙子朝思暮想，终于得了相思之症。陈太守请了许多医生也没治好，陈世英整日神魂颠倒，错把家中嬷嬷当成了桂花仙子。陈太守无计可施，正巧信州龙虎山张道玄天师路过洛阳前来拜会，陈太守说起侄儿怪病。张天师判断为花月之妖给陈世英搅缠成病，便在太守府设坛作法，先后拘来了荷花、梅花、桃花、雪神、封姨等审问，终于弄清了是桂花仙子所惑。桂花仙子来后，亦承认因自己思凡才与陈世英产生私情，但她是为了报恩。张天师为杜绝陈世英想头，便将他的魂魄摄来，与桂花仙子见面，让他了解真相，证明仙、凡路隔，他们的感情最后没有结果。哪知陈世英一见桂花仙子，便控制不住感情，张天师只得将他魂魄遣走。为了惩处仙家们的思凡之心，张天师将封姨、众花神（桃花仙子、菊花仙子、荷花仙子、梅花仙子）、雪神和月宫桂花仙子这"风、花、雪、月"众仙子发往西池长眉仙处，让他定罪处治。张天师告诉陈太守，他侄儿的病很快就会好的，陈太守拜谢。

长眉仙接到这一干思凡的仙子，先进行了一番例行的调查，得知桂花仙子虽在陈世英书房一宿，但两人并无淫邪之事，而且仙子确为报恩而去。长眉仙再将陈世英魂魄招来，见到陈世英尚沉溺于与桂花仙子的感情中，他理解了才子、"佳仙"的冲动。遂判决说：桂花仙子虽不该和陈世英共成欢会，但姑念她居月殿从无匹配，思凡下尘世亦有可原谅之处，仍允她回月宫供职；梅、菊、荷、桃四仙子一概赦免，众神各归本位。

第 一 折

（冲末扮陈太守领张千①上）（陈太守诗云）农事已随春雨办，科差犹比去年稀。小窗睡彻迟迟日，花落闲庭燕子飞。老夫姓陈，双名全忠。由进士及第，随朝数载。谢圣恩可怜，所除②洛阳太守之职。老夫有一侄儿，乃是陈世英，见在西洛居住。数年不见，闻知上朝取应，须打此地经过，必然来拜见老夫。张千，门首觑者，若孩儿到来，报复我知道。（张千云）理会得。（正末扮陈世英上，云）小生西洛人氏，姓陈，双名世英。仗祖父余庇，颇能读书，雪案萤窗③，辛勤十载，淹通诸史，贯串百家。今要上朝，进取功名，从此洛阳经过，有我叔父在此为理④。小生且进城去拜见了叔父，便索长行⑤。可早来到也。张千，报复去，道有陈世英求见。（张千云）报得相公得知，有陈世英在于门首。（陈太守云）老夫语未悬口⑥，我那孩儿早到了也。张千，快着他过来。（张千云）着秀才过去。（陈世英见科，云）叔父，您孩儿多时不见尊颜，请受您孩儿一拜咱。（做拜科）（陈太守云）孩儿也，远路风尘，免礼波。孩儿，我且问你，此一来为何？（陈世英云）叔父，您孩儿一来进取功名，二来探望叔父。（陈太守云）孩儿也，试期尚远，且就在我书房中安下，温习经书，多住几日去，可不好那？（陈世英云）您孩儿依着叔父，住几日去。但恐早晚取扰，不当稳便⑦。（陈太守云）自家骨肉，说甚么取扰。孩儿也，今日是八月十五日，中秋令节，俺和您后园中饮酒去来。（诗云）早安排异品奇珍，与侄儿权且拂尘。值中秋正当玩月，休辜负美景良辰。（同下）

（陈世英重上，云）小生蒙叔父相留在此，元来书房就在后园里面。花木清幽，颇堪居止。今日是八月十五日，中秋节令，适才叔父赐过酒宴，已散了也。你看金风淅淅，玉露泠泠，银河耿耿，皓月澄澄，是好一派蟾光⑧。着小生对此佳景，怎好便去就寝。且待我作诗一首。（诗云）碧汉无云夜欲沉，天香桂子⑨色阴阴。素娥⑩应悔偷灵药，独守瑶台⑪一片心。吟罢这诗，且进这书房门来。我关上门焚上一炷香，取出这张琴来，试弹一曲，自饮三杯闷酒咱。（搽旦扮封姨同旦儿桃花仙上，封姨云）妾身封十八姨的便是。这是桃花仙子，俺二人在这碧云之上。有桂花仙子与下方陈世英有私凡之心，俺二人在此等候，待桂花仙子到来，看个端的。（桃花仙云）十八姨，你看那香风过处，兀的⑫桂花仙子不来了也？（正旦扮桂花仙上，云）妾身乃月中桂花仙子。今因八月十五日，有这罗睺、计都⑬缠搅妾身，多亏下方陈世英一曲瑶琴，感动娄宿⑭，救了我月宫一难。我和他有这宿缘仙契，今日直至下方，与陈世英报恩答义去也。（封姨云）你若不弃嫌呵，俺两个伴着你同到下方走一遭去。（正旦云）好波，就此同往。（桃花仙云）仙子，咱去来，咱去来。（正旦云）是好月色也呵。（唱）

〔仙吕点绛唇〕 夜色溶溶，桂花风动，天香送。万里长空，是谁把银盘⑮捧？

（封姨云）俺趁着这月色行动些咱。（正旦唱）

〔混江龙〕 俺可便疾忙行动，怕的是五云楼畔日华东⑯。（桃花仙云）俺和您私离天宫之上，早来到人间了。（正旦唱）俺如今偷临凡世，私下天宫。这其间风弄竹声穿户牖，更那堪月移花影上帘栊。（封姨云）仙子，则俺三个在这月明之下，又无甚跟随的使数⑰，怎生是好？（正旦唱）俺本是冰魂素魄不寻常，要甚么金童玉女⑱相随从。（带云）十八姨，你只跟着我者。（唱）又没甚幽期密约，止不过明月清风。

（封姨云）你看下方景致，是比俺那仙界不同也。（正旦唱）

〔油葫芦〕 俺和您回首瑶台隔几重，早来到书院中，怕甚么人间天上路难通。（云）封家姨也，则不俺思凡⑲。（封姨云）仙子，可再有何人思凡哩？（正旦唱）想当日那天孙和董永曾把琼梭⑳弄。（桃花仙云）可再有何人？（正旦唱）想巫娥和宋玉曾做阳台梦㉑。（封姨云）姐姐，你此一去报恩，可是如何？（正旦唱）他若肯早近傍，我也肯紧过从。拼着个赚刘晨笑入桃源洞㉒。（桃花仙云）不知刘晨别后，可曾得再会来？（正旦唱）到后来天台山下再相逢。

（桃花仙云）仙子，这也有何为证？（正旦唱）

〔天下乐〕 却不道流出桃花片片红。（桃花仙云）这桃花是我家的故事，你此去敢被那生折下桂花来也㉓。（正旦唱）则你个娇也波容，可便将人厮调哄㉔。我则为报德酬恩要始终，不索你不索你这个咕，那个哝。（封姨云）仙子，我曾敢说甚么？（正旦唱）哎！只你个十八姨㉕口是风。

（云）可早来到后园也。二位且在这书房门首略等一等，我自过去。（封姨云）仙子请过去，俺两个自有分晓。（正旦见陈世英科，云）秀才万福。（陈世英惊科，云）啐！怎么灯直下看见一个如花似玉的女人，莫不是我眼花么？（做揩眼科，云）待我仔细再看咱。（正旦唱）

〔鹊踏枝〕 则见他不惺惚㉖，假朦胧，却待要挂眼睁睛，觅迹寻踪。莫非他锦阵花营，不曾厮共？㉗险教咱风月无功。

（陈世英云）这女人是从那里来的？必然是妖精鬼怪。咝！你说的是，万事全休；说的不是，你见我这床头宝剑么？我将你一剑挥之两段。（正旦唱）

〔河西后庭花〕 我只道他喜孜孜开笑容，怎么的颤钦钦添怕恐。不思量携素手归罗帐㉘，划地㉙要斩妖魔仗剑锋。似这、这等怒叮叮，好着我急难陪奉。秀才也，你敢是那骂上元的也姓封。㉚

（陈世英云）兀的不虎杀我也，靠后。（正旦云）秀才休惊莫怕，我乃月中桂花仙子。今因八月十五日，有罗睺、计都缠搅妾身，多亏你这一曲瑶琴、感动娄宿，救了我月宫一难。我和你有宿缘仙契，一径的㉛报恩而来。秀才留便留，不留呵我自回去也。（陈世英云）住、住，我那里知道？你原来是桂花仙子。有如此般好意，小生一时间错怪了你。便好道，既来之，则安之。仙子请坐，容小生递一杯酒咱。仙子满饮此杯。（正旦云）秀才请。（陈世英云）仙子请。（正旦饮酒科，陈世英云）小生也饮一杯。看着仙子千般体态，万种妖娆，不知小生福分，生在那里？得遇今夜，待与仙子饮个尽醉方归，有何不可？（正旦唱）

〔一半儿〕 只见他高烧银烛影摇红，满注名香宝鼎㉜中。全不似初见时恁般乔面孔㉝，殷勤地捧金钟。元来是一半儿装呆一半儿懂。

（陈世英云）小生有一件事，动问小娘子咱。（正旦云）秀才有甚么话说？（陈世英云）小生学成满腹文章，欲待进取功名去，我这一去可是得官也不得官？（正旦唱）

〔金盏儿〕　我本待鸾凤配雌雄㉞，你只想雕鹗起秋风㉟。怎知我月中丹桂非凡种？（陈世英云）念小生凡胎浊体，怎敢和仙子陪奉？你只说小生来年应举，果是如何？（正旦唱）你问我来年春动有甚吉和凶？则你那文章千卷富㊱，（陈世英云）便有了文章，也要命运哩。（正旦唱）怕不的命运一时通。（陈世英云）若得如此，小生早则喜也。（正旦唱）秀才，我道你来年登虎榜㊲，总不如今夜抱蟾宫㊳。

（陈世英云）多承仙子厚意，再饮几杯，怕做甚么？（封姨云）桃花仙子，我和你过去相见咱。（做见科）（封姨云）仙子，天色明了也，咱回去来。（陈世英云）呀！怎么又有两个小娘子来了也。（正旦云）秀才勿怪，这两个都是我的姨姨、妹妹。（陈世英云）既是你姨姨、妹妹，容小生都也奉一杯儿酒咱。（正旦唱）

〔醉扶归〕　俺和他一去蕊珠宫，同戏百花丛，报与你个二月春雷鱼化龙㊴。饮了那三杯御酒珍珠瓮㊵，四下里旌旄簇拥。准备着五花骢，缓向天街鞚㊶。

〔醉中天〕　六印掌元戎㊷，七纵显英雄㊸。向八座里气昂昂列上公㊹，稳请受着九重天雨露恩和宠㊺。也不枉了十年间苦功，到今朝享用。是必休忘了，我这报前程仙女淳风。

（云）天色明了也。咱回去来。（陈世英云）仙子此一去，可不知几时还得相会也？（正旦云）秀才，你牢记者，妾身此一相别，直到来年八月十五日，再与秀才相见。（陈世英云）仙子，你道定着㊻，小生也不进取功名去，专等来年此夜，在书房中拱候仙子，是必休失信也。（正旦唱）

〔赚煞尾〕　你若有十分的至诚心，我怕没九转丹㊼相送？（陈世英云）小生来年八月十五日，专候仙子来也。（正旦唱）到来年又怕你八月中秋事冗。（陈世英云）既蒙仙子相许，小生怎敢负了此心？但仙子虽同织女，小生非比牵牛，怎么也要一年一会？做这般老远的期约[48]也。（正旦唱）那七夕会牛女佳期，你可也休卖弄。（陈世英云）仙子若果有心于小生，便不到的来年，怕甚么那？（正旦唱）我则怕六丁神告与天蓬[49]，（陈世英云）那六丁总是天上神位，料仙子也不怕他！（正旦唱）更怕的是五更钟，催别匆匆，只落的四眼相看泪珠涌。（陈世英云）仙子，您直恁般[50]慌速，便再停止一会儿也好。（正旦唱）兀的不三星在东[51]。（陈世英云）仙子此一去，休忘了今宵欢会也。（正旦唱）正照着俺二人情重，一般潇洒月明中。（同二旦下）

（陈世英云）嗨！谁想小生遇着月中桂花仙子，欢会了一宵，亲记的临别之时，说道来年八月十五日，再来与小生相会。天那！我几时盼得来年这一日也。（诗云）宿世姻缘定有因，暂时欢会又离分。且温经史书窗下，专等来年月下人。

【注释】

① 冲末：元杂剧中角色名称，一般饰演次要的中老年男性。张千：古典戏曲中常用的官员或大户员外亲随的角色名字，如张千、李万，犹如张三、李四，一般没有什么鲜明性格。 ② 除：授、任。 ③ 雪案：晋朝书生孙康幼年家贫，买不起烛、油照明，常开窗让雪白的月光照在案几上读书。萤窗：晋朝书生车胤，因家贫无钱置办灯烛，夏日捕萤火虫照明。后人以“萤窗”比喻苦读。 ④ 在此为理：在这里为官主政。 ⑤ 便索长行：便会尽快远行。索：赶快、尽早。 ⑥ 语未悬口：话未说完。 ⑦ 不当稳便：不太方便。⑧ 蟾光：月光。传说月中有蟾蜍，故称月为蟾宫，称月光为蟾光。 ⑨ 天香桂子：形容月宫的美色佳境。天香：过去指牡丹，牡丹有国色天香的称谓；此处借来形容桂花，把月中桂花比喻为最美、最香的花，为桂花仙子出场造势。 ⑩ 素娥：嫦娥，月中仙子。唐李商隐《嫦娥》：“嫦娥应悔偷灵药，碧海青天夜夜心。” ⑪ 瑶台：《西游记》中称瑶池，传说为神仙所居之地。晋王嘉《拾遗记・昆仑山》称：“傍有瑶台十二，各广千步，皆五色玉为台基。” ⑫ 兀的：这不是。 ⑬ 罗睺、计都：此二星乃“恶星”，位列十二曜，传说二星犯月，便成月食。 ⑭ 娄宿：传说为天上二十八宿之一，主金。 ⑮ 银盘：圆月亮。 ⑯ 五云楼畔日华东：喻太阳东升。五云：五色祥云中的空中楼阁。宋张君房《云笈七签》云：“元洲有绝空之宫，在五云之中。” ⑰ 使数：仆役、跟班。 ⑱ 金童玉女：传说中天宫王母娘娘跟前漂亮的男女小仙童。 ⑲ 则不俺思凡：不只是我们思凡。 ⑳ 天孙和董永：东汉时董永贫而孝，卖身葬父，感动玉帝孙女织女，与之结为夫妇，日织缣三百匹为董永赎身，双双飞升为仙，后逐渐演绎成《天仙配》故事。琼梭：织女从天上带下来的仙梭。 ㉑ 巫娥和宋玉：战国时楚国文人宋玉撰《高唐赋》，叙楚襄王游云梦台馆，梦中有美妇来会，自称巫山之女，“旦为朝云，暮为行雨，朝朝暮暮，阳台之下”。此处将楚襄王换成了宋玉，用错了典故，不知是否为作者故意。阳台梦：形容男女欢会。 ㉒ 拼着个：无所顾忌。刘晨笑入桃源洞：南朝刘义庆所撰《幽明录》记载，东汉年间，越州剡溪人刘晨、阮肇入天台山

采药，入桃花洞，与二桃花仙女成亲，后刘、阮思乡回家，发现凡间已历七世，二人"忽复去，不知何所"。　㉓折下桂花：喻男女欢会。此句意为你这次去恐怕要被那个书生占有呵。　㉔厮调哄：起哄、胡说八道。　㉕十八姨：传说中的风神。　㉖惺惚：清醒、醒悟，也引申为聪慧。　㉗此句意为莫非他没有到风月场所厮混过。锦阵花营：暗指风月场所或女人堆里。厮共：厮混、经历。此句是桂花仙子怀疑陈世英不懂男女感情。　㉘归罗帐：喻指上床行男女之事。　㉙划地：平白无故地。　㉚此句意为你莫非也像当年骂上元夫人的那个姓封的人一样。唐裴铏《封陟》中说，宝历年间，少室山秀士封陟夜读，有女子三入其室，愿为妻室，被封陟严拒。后封陟病亡，魂入幽府，遇神上元夫人为其延寿十二年。上元夫人告诉他，当日三次夜入房者即是她，封懊悔不已。又，班固《汉武帝内传》称，上元夫人统率十万玉女之神，主持三天上元宫。　㉛一径的：特地、专程。　㉜宝鼎：鼎为古代礼器，象征财富、权威，此处指香炉。　㉝乔面孔：装出来的那副面孔。　㉞弯凤配雌雄：喻男女欢会交合。　㉟雕鹗起秋风：比喻秋闱顺利高中。　㊱千卷富：上千卷文章佳品。　㊲登虎榜：指高中进士榜，亦称龙虎榜。　㊳蟾宫：月宫，这里指来自月宫的桂花仙子，下文蕊珠宫亦指月宫。　㊴鱼化龙：比喻普通书生一举高中，成为人上人。　㊵珍珠瓮：盛藏名酒的精美瓮器。　㊶天街鞚：在天街跨马缓行。天街：京中靠近皇城的繁忙大街。　㊷六印掌元戎：指苏秦挂六国相印的典故。　㊸七纵显英雄：用诸葛亮七擒七纵孟获典故。　㊹此句意为要让自己列于朝廷八个最高的官职位之中。八座：一般指尚书令、仆射、六部(吏部、工部、兵部、礼部、刑部、户部)尚书，也可能指中书令、谏议及六部尚书。　㊺九重天雨露恩和宠：皇家的好处(升官、赏赐)和恩宠。　㊻你道定着：你说话算数。　㊼九转丹：传说中的仙丹。《抱朴子·金丹》："九转之丹，服之三日得仙。"㊽期约：约定日子。　㊾六丁：火神，道家将其与六甲神一起作为护法之神。天蓬：水神，可以管月神。《西游记》将天蓬元帅幻化为猪八戒，善水。　㊿直恁般：怎么这样。　51三星在东：河鼓三星在东方升起，喻天快亮了。

【评解】

《风花雪月》这出戏讲的是神仙与凡人的爱情故事。在元杂剧中，把美貌仙女与凡间书生的爱情写得这么美的作品，实在是绝无仅有。戏中的唱词也极优美、抒情，显示出作者深厚的文学功底。可以说，其艺术上的成就已直逼《西厢记》《单刀会》《汉宫秋》等元杂剧的最高境界。

为什么同是写爱情，而且文辞又同样清丽、优美，《风花雪月》却不敌《西厢记》的影响，数百年来不见广为传唱并成为常演常新的经典呢？恐怕要从这部剧作的结局中去寻找答案。

中国戏曲史上演绎青年男女爱情的作品，不论是喜剧还是悲剧，其结局都表现为当事者男女双方对爱情的忠贞不渝，从而能引发观众或庆贺赞美或悲痛惋惜。其大喜大悲的演出效果，能让观众笑到欢天喜地、赏心悦目，悲到泪湿衣襟、义愤填膺。圆满结局的如《西厢记》《牡丹亭》《柳毅传书》《玉簪记》《宝莲灯》等，最后都是郎才女貌成佳偶、有情人终成眷属；悲剧结局的如《红楼梦》《孔雀东南飞》《梁祝》《白蛇传》《孟姜女》《天仙配》《牛郎织女》等，爱情的男女双方或殉情或被迫分开思念无尽。所以，这些爱情戏剧作品都传唱甚广。

　　《风花雪月》这部戏虽然也塑造了一位敢爱、敢追求幸福的月宫桂花仙子，但她仅与所爱的书生陈世英巫山一会，而且还是为报恩。她与书生之间没有一见钟情或长久相恋的情意，她也没能像白素贞、七仙女、织女、华山圣母等仙子那样敢于走出天庭、仙界，正式下嫁给凡人为妻，而仅仅是在与陈世英临分手时，才约定来年八月十五日中秋之夜再行会面。分别之后，桂花仙子的性格即失去了光彩，第一折中她大胆追求爱情的勇敢精神和对幸福的向往即消失得无影无踪，在后三折戏中竟成了一个符号。倒是陈世英因思念所爱而害相思之病，证明他还是情有所钟；但桂花仙子在月宫不仅不知晓陈世英的强烈思念，而且她也不再关切自己在凡间的所爱。这说明，桂花仙子一开始虽然有热辣辣的爱情，但她与陈世英并无长远打算。他们的再次见面，是在张天师、长眉仙查处桂花仙子与陈世英的私情，而由张天师、长眉仙调来陈世英的魂魄的时候才发生的（为了"取证"）。第一次，在张天师面前，陈世英梦魂一见桂花仙子便喊着："仙子，则被你想杀我也！"思念之情甚为迫切。桂花仙子却唱道："见放着正名师，不是、不是胡攀指。谁教你隐藏下这个可喜的女孩儿？"此时的桂花仙子不仅未有激情的反应，还反而责怪陈世英牵连了她，给人的印象是她在否认自己与陈世英的感情。而第二次，长眉仙处理这桩公案时，又把陈世英魂魄调来，陈世英激动地说："仙子，谁想小生今日还得和你相会也。"桂花仙子却惊讶地唱出："他、他、他怎容易到天台？敢、敢、敢为着我旧情怀？待、待、待折桂子索和谐，怎、怎、怎不教我添惊怪！"最后竟说："休猜做春风来时不曾来。"在桂花仙子看来，似乎这一切好像都过去了。桂花仙子真的就这样容易淡忘与陈世英的情意吗？这让人不解。最后长眉仙宣布"处理结果"：桂花仙子"仍容许伴玉兔将功折罪"。这位仙子也无语要发，安于命运的安排，依旧回月宫供职了。这说明，由于桂花仙子爱得不坚持，她和陈世英的一段感情便只能是虎头蛇尾，没有任何结果。可怜陈世英，白害了一回相思症！当然，这一切都是作者的思想境界局限性所决定，剧本开头种下的是美丽，而收获的却是平庸。

　　这部杂剧的精华之处在戏的第一折，两位男女主角的人物形象都很鲜明、可爱，而情节发展也充满诗意。一开始便通过桂花仙子之口，道出多亏陈世英的一曲琴声使她摆脱了仙界的一场"性骚扰"。这开局写得确实很有内涵、意蕴。桂花仙子为报恩而下凡寻找书生时，封姨和桃花仙子相伴随行，这时，"夜色溶溶，桂花风动，天香送。万里长空，是谁把银盘捧"。真是一派诗情画意，良辰美景，使人陶醉。此时的桂花仙子唱着"怕甚么人间天上路难通"，决心很大，胆子也很大，完全是一个为了幸福天不怕地不怕的女子。其对感情的向往，当不亚于华山圣母、白素贞等。

　　而这时候的书生陈世英，对突然降临的爱情一点思想准备也没有。难怪他对桂花仙子的到来由惊愕到怀疑，他认为这么漂亮的女子突然夜闯书房，只可能是妖怪作祟，所以便提剑要斩桂花仙子。而桂花仙子呢，一腔热情也被泼了一盆冷水，以致怀疑对方不懂情爱。不过此时的她并未退缩，而是耐心向对方表明自己的身份，是为报恩而来。这使陈世英很高兴，立刻接受了她。但书生自有自己的恋爱方式，他没有迫不及待要"鸾凤配雌雄"，而是先敬酒，接着问仙家自己的功名有没有希望。这说明，陈世英此时还仅仅是对桂花仙子产生好感，他最关心的还是功名。这对桂花仙子的热情是一个打击。一般男人见了女子，哪会只问功名而不急着"配雌雄"的？此刻，她的心理是复杂的，不过她依旧有耐心，主动向陈世英暗示，她这次来是欲效"天孙和董永曾把琼梭弄"，"拼着个赚刘晨笑入桃源洞"。这话说得够明白的了。在桂花仙子的大胆、主动进攻下，陈世英终于脑子开了窍，也爱上了她。此时，在桂花仙子眼里，书呆子已"全不似初见时怎般乔面孔，殷勤地捧金钟。元来是一半儿装呆一半儿懂"。桂花仙子又劝告陈世英说："秀才，我道你来年登虎榜，总不如今夜抱蟾宫"，"俺和他一去蕊珠宫，同戏百花丛"，"更怕的是五更钟，催别匆匆，只落的四眼相看泪珠涌"。说明她确实是个多情的种。临分别时，桂花仙子面对陈世英"休忘了今宵欢会也"的回答是："正照着俺二人情重，一般潇洒月明中。"才子、仙女的开局是这么美丽，那海誓山盟又是这么坚贞，虽然是初次见面，但已两情相悦，难舍难离。

我们看到的是，整折戏在描写男女主人公感情方面极为细腻、丰富，爱情的发展一步步地由浅入深，由表面的接触，再深入人物的内心世界，从初时的陌生到心的交流，读来非常动人心弦。同时我们也看到，在桂花仙子的促成、诱导下，陈世英的性格也逐渐变得有光彩起来，不仅有了生理上的激情，而且真正从心底里爱上了这个美丽、勇敢的仙女。原先只关心功名前程的书呆子，为了等待下一个中秋日与桂花仙子相会，决定连上京应考也不去了，还很快害起了相思之症。在这一折戏中，桂花仙子和陈世英两个人物都栩栩如生。相比较而言，桂花仙子的形象更夺目一些，可以毫不夸张地说，这一折戏绝不比《牡丹亭·游园惊梦》和《西厢记·佳期》逊色。其中的许多唱词不仅紧扣了人物的身份、性格，而且字字珠玑，经得起咀嚼和把玩，如〔混江龙〕〔油葫芦〕〔鹊踏枝〕〔金盏儿〕等阕，皆非常讲究音韵、流畅，实在是元曲中的佳品。

从第二折开始，剧情发展从爱情的主线上偏离并转移了。第二折讲陈太守如何找医生为陈世英治病，一些次要角色上场插科打诨，虽有演出效果，但观众最想要了解的陈世英与桂花仙子的爱情线却被扯断了。第三折更是让概念化的人物张天师登场，还极烦琐地表现张天师如何去勾捕桃花、荷花、菊花、梅花、风姨、雪神的过程，情节松散，枝叶过多且冗长不堪。第四折则纯粹变成了最后交代结局，桂花仙子与陈世英的爱情毫无进展，作者将他们的红线彻底割断，一切又恢复到从前状态，仿佛从来没有激起涟漪。本来是一场美丽的言情剧，竟然演变成了一部神仙道化戏，实在可叹。

花间四友东坡梦

吴昌龄

【剧情简介】

北宋神宗年间，官拜端明殿大学士的苏轼因得罪当朝首辅王安石，被贬至黄州任团练副使。赴任路上，他来到浔阳驿，好友贺方回正任当地太守，设宴招待苏轼。席间，贺太守命一美貌歌女前来陪酒，问及来历，得知此女乃唐朝白乐天后代，名叫白牡丹，聪慧异常。苏轼一见，计上心来。原来他有一同窗好友名叫谢端卿，在庐山东林寺落发为僧，十五年来坚持修行不下禅床。他想，谢端卿乃一代文章之士，若能让白牡丹去东林寺，引诱谢端卿将她娶下，谢端卿就可还俗，与苏轼同登仕路。这样，苏轼便可以在朝中获得一个共同对付王安石的帮手。

谢端卿俗名甫，在一班同堂故友中，只有他一个弃仕途出家，法名了缘，号佛印，已修成一定道行。这天，佛印对徒弟行者说："夜来伽蓝菩萨言道，今日午时有魔障至此，你可去山门首看着，来了后报告我。"当天午时，苏轼果弃船上岸到达寺内。佛印接着苏轼，一番叙谈过后，便开素斋招待苏轼，苏轼却称素斋吃不惯，佛印无奈，只得命行者外出买酒买肉。苏轼吃得高兴之余，便要佛印找个善唱的歌妓来助兴，佛印称荒寺古刹，无处寻找歌妓。苏轼便让庙中行者到他船上唤白牡丹到寺。私下里，他对白牡丹说："你现在去诱惑佛印，如果能让他娶了你，他做了官，你就是县君夫人了。"白牡丹自然应诺，便给佛印劝酒，但佛印一滴酒也不沾。苏轼此时只得把话挑明，声称要为佛印做媒，让他娶白牡丹为妻，佛印拒绝了。后来白牡丹自己上前向佛印求爱，结果也没成功，苏轼对白牡丹说："放心吧，我明天做个回席酒宴，不怕他不就范。"

第二天傍晚，苏轼携酒食与白牡丹一起再走进山门，见了佛印就连连告扰。他给佛印把盏毕，又劝和尚还俗，同登仕路。佛印说："志向各有所见，难以相同，做官有什么好？你被贬黄州，有何意思？"佛印给苏轼回敬了一杯酒，便起身告睡。苏轼一走出方丈室，佛印便唤过寺里行者说："我要去赴白莲会，你权且睡在我的床上，一会儿白牡丹若过来，你代我应付一下。"说罢，佛印悄悄离寺而去。夜间，苏轼果然又让白牡丹去方丈室，结果碰见行者僧，两人成就了好事，白牡丹才发现不是佛印，她又羞又气。佛印却乘苏轼睡过去，招来花间四友红梅、夭桃、嫩柳、翠竹，让她们冒充歌妓，前去搅扰苏轼。好色的苏轼在玉春堂与四友尽情喝酒玩乐快活异常。

这下惊动了庐山松神，他见佛印禅师这般魔障东坡学士，恐上帝降罪责怪自己，便赶快去收服花间四友。一阵风吹过，花间四友害怕，说神道来了，忙着躲藏起来。松神责苏轼有违周公之礼，苏轼还想抵赖，声称只一人在此饮酒。松神指出他为四友所作的诗为证，苏轼无法抵赖，只得承认。松神以笏击桌，要把花间四友全部收走，苏轼求告能否留下一个小娘子陪奉，松神不允。苏轼眼看着四位佳丽离去，口中还在狂呼乱叫着她们的名字，忽然醒来，原是南柯一梦。他想回船上去，又怕佛印看破，于是决定领着白牡丹去法座问禅。

次日，东林寺大开法会，佛印禅师升座，苏轼和白牡丹先后向佛印发难，俱被佛印所破，白牡丹当即削发为尼，随佛印出家。苏轼不服，再次发难向佛印问禅，他讥讽道："可惜巫山窈窕娘，梦魂偏嫁你秃襄王。"佛印回道："堂上老师无答语，坐中狂客恼柔肠。"佛印又让花间四友一一假问禅为名，乘机在答词中对苏轼旁敲侧击讽刺一番。佛印先对红梅说："只愁昨夜梦中魂，一枝漏泄春消息。"对翠竹道："东坡节外更生枝，算来不是真君子。"对夭桃云："自是桃花贪结子，错叫人恨五更风。"又借机对嫩柳称："可惜南海观音柳，昨宵折入东坡手。"这每一句都敲打在东坡的痛处，苏轼以酒醉为借口，想否认曾与四位小娘子缱绻过，但他也不得不佩服佛印的道行，遂表示从今忏悔，拜佛印为师。佛印又点化了行者，笑"东坡也忏悔春心荡，枉自有盖世文章"。

第 二 折

（正末云）贫僧了缘和尚。昨日被东坡学士魔障了一日。蚤①是贫僧，若是第二个，怎生是好？（行者云）又是师父，若是行者了当②哩。（正末云）今日天色已晚，学士必然又来。贫僧待要躲避他，见得禅师法门③，无有智慧了。行者，大开方丈，将灯烛剔得明亮，着学士来时，我贫僧自有主意。（唱）

〔南吕一枝花〕 身虽在东土居，心自解西来意④。曾传一盏灯⑤，能有几人知？参透禅机，心外事无萦系。想昨宵甚道理，那苏子瞻一谜里歪缠⑥，更和着白牡丹有千般标致。

〔梁州第七〕 本待要去西方脱除了地狱，我怎肯信东坡泄漏了天机。半生苦行修持力，把心猿锁闭，意马⑦收拾，由他闲戏，任你胡为。端的个几番家识破皆非，一心要只履西归⑧。枉了你玉人儿娇滴滴待枫叶传情⑨，排下个迷魂阵香馥馥似桃花泛蕊⑩，搅的个选佛场乱纷纷做柳絮沾泥。怎知俺九年面壁，蚤明心见性蒲团底⑪，到今日出人世。笑你个愚滥的东坡尚不知，也只是肉眼凡眉。

（东坡引旦儿同上，云）牡丹，我今日安排回席，好共歹与你成就这门亲事。却蚤来到山门。行者报复去，说昨夜的客，今日又来了也。（行者云）师父分付多时，学士老爷请进。（正末迎科，云)学士大人有请。学士,夜来多有简慢,望乞恕罪。(东坡云)禅师,夜来多有搅扰。(旦儿谢科,云)奴家搅扰,一发不当。(正末云)惶恐、惶恐!(东坡云)小官今日薄酒一杯,特来还敬。(正末云)大人,客边⑫何劳如此?(东坡云)看酒过来,端卿请饮一杯。(正末回酒科,云)学士请。(东坡云)端卿,咱闲口论闲事。想你在山间林下,隐迹埋名,几时是了。则不留了发,还了俗,同登仕路,共举皇朝。可不好那?(正末云)学士,这各有所见,难以强同。(唱)

〔隔尾〕 我贫僧呵,半生养拙无人识,你一举成名天下知,这的是名利与清闲各滋味。(东坡云)你这出家的怎生?(正末唱)俺躲人间是非。(东坡云)俺为官的怎生?(正末唱)您请皇家富贵。(带云)好便好,则为一首〔满庭芳〕贬上黄州,也怪不着⑬。(唱)兀的是那才调清高落来得。

(东坡云)这秃厮倒着言语讥讽咱。哎!俺这为官的,吃堂食,饮御酒;你那出家的,只在深山古刹,食酸馅,挨淡斋,有甚么好处?(正末唱)

〔牧羊关〕 虽然是食酸馅,挨淡斋,淡只淡淡中有味。想足下纵有才思十分,到今日送的你前程万里。(东坡云)舌为安国剑⑭,诗作上天梯⑮。(正末唱)蚤难道舌为安国剑,诗作上天梯。你受了青灯十年苦,可怜送得你黄州三不归。

(云)行者,看酒来,大人满饮一杯,贫僧告睡去也。(东坡云)禅师请稳便⑯。(旦儿云)那和尚着了忙哩。(正末离席科,云)我出的这方丈门来。(唱)

〔骂玉郎〕 则被这东坡学士相调戏,可着我满寺里告他谁?我如今修心养性在庐山内,怎生瞒过了子瞻、赚上了牡丹,却教谁人来替?

〔感皇恩〕 你行者休违拗,我须索把你来央及。(做跪科)(行者云)师父只当抢了脸⑰也。(正末唱)我其实被东坡,闲魔障,厮禁持。(行者云)我要赴白莲会⑱去哩。(正末唱)你待赴白莲会里,先和那红粉偷期。(行者云)老人家没正经,不要我学好,教我偷鸡吃,被人拿住怎么了?(正末唱)却待说,又教我,怎生题?

（行者云）师父，我看你欲言不言的意思，要我怎的？常言道：吃乌饭，屙黑屎。我只是依随着你便了。（正末唱）

〔采茶歌〕 你若是肯依随，不羞耻，我比你先争十载上天迟。（云）行者，将耳过来。（做耳嘱科，唱）你和他共枕同眠成连理，蚤是得些滋味休要着痴迷。（下）

（东坡云）牡丹，谢端卿往方丈去了，便赶进方丈去。与他云雨和谐了时，你就唱〔雨淋铃〕："今宵酒醒何处？杨柳岸晓风残月。"我就来拿住他，不怕不随我去还俗也。（旦儿赶进科，云）师父，好共歹⑩与牡丹成就这亲事罢。（行者云）成不得，成不得。贫僧整整十五年不下禅床，菩提露半点俱无。（做欢会科）（旦儿唱）〔雨淋铃〕："今宵酒醒何处？杨柳岸晓风残月。"（东坡云）好个谢端卿，与牡丹云雨和谐了。令人点个灯来，推开方丈门，拿住那佛印了也。（正末上，云）被我瞒过子瞻了也。（旦儿云）却不羞杀我牡丹也。（下）（行者云）好不快活杀行者也。（下）（东坡云）嗨！吾兄是何道理？你不肯也罢，如何将行者污我牡丹？牡丹，你玲珑剔透今何在？俊俏聪明莫谩夸。嫩蕊娇枝关不住，被狂风吹碎牡丹芽。吾兄收拾酒宴，我已醉矣。（正末唱）

〔贺新郎〕 东坡学士解禅机，我怎肯损坏了菩提？恰才是脱身之计。他那厢向绒毛毡里扑绵被，尽强如俺入龙华会⑳，兀的不辱没杀释迦的这牟尼。不争那牡丹来赴约，和尚去偷期，东坡倒觉的有些不伶俐㉑。一个儿待惜花春起蚤，一个儿待爱月夜眠迟。

（东坡做睡科）（正末云）大人再饮几杯。呀！他睡着了，着他大睡一觉，花间四友安在？（旦儿扮四友上，云）妹子们走动，师父，呼唤俺姐妹四人，有何分付？（正末唱）

〔哭皇天〕 我唤你无别意，您四人各做准备。梅也你轻讴着白雪歌，柳也你与我满捧着紫金杯，桃也你和他共枕同眠，竹也如鱼似水。我这里做方做便，陪酒陪歌。东坡比那〔满庭芳〕，〔满庭芳〕可便省些闲淘气㉒。倚伏着神力鬼力，只除是天知地知。

〔乌夜啼〕这是戒和尚念彼观音蜜，自今宵即便与你回席。恁四人各同心儿商议：柳也是必速离了隋堤㉓，竹也你是必休恋着湘妃㉔，梅也你两个罗浮山㉕下会佳期，桃也你与我武陵溪畔㉖曾相识。柳妖娆，桃美丽，梅魂缥缈，竹影依稀。

〔黄钟尾〕那学士呵，你才高世上谁堪比，我教你直睡到人间总不知。柳也只要你迎过客送行人，开青眼展黛眉，伴陶潜㉗的见识。竹也只要你摇龙头摆凤尾，敲翠节弄清音，引王猷的兴味㉘。桃也只要你烘晓日渲朝霞，飘红雨笑东风，赚刘晨的旖旎㉙。梅也只要你散冰魂呈素魄，欺冻雪傲严霜，腻何郎的妩媚㉚。不许你扑剌剌惊破他一枕晨鸡，只要你四人呵，美甘甘迷着他南柯梦㉛儿里。（下）

（四友云）学士大人，休推睡里梦里。（东坡打梦做起科，问云）四位小娘子，谁氏之家？（四友云）俺姊妹四人，是佛印的专房妓妾。听师父法旨，特来与大人奉一杯酒。（东坡云）哦！谢端卿，你瞒的我多哩。放着四位专房，这般美丽，可知不要我那白牡丹。敢问四位小娘子尊姓盛名？（四友云）俺姊妹们教做天桃、嫩柳、翠竹、红梅。（东坡云）小娘子会舞会唱么？（四友云）俺姊妹们都也会唱。（东坡云）有劳四位舞一回，唱一回，待小官吃个尽兴方归也。（四友舞唱介）

〔月儿高〕谩折长亭柳，情浓怕分手。欲跨雕鞍去，扯住罗衫袖。问道归期端的是甚时候？泪珠儿点点鲛绡透。唱彻《阳关》，重斟美酒，美酒解消愁。只怕酒醉还醒，这愁怀又依旧。

（四友云）学士大人，请满饮此杯。俺姊妹们四人各求佳句一首，永为家宝。（东坡云）四位小娘子问小官求诗？有、有、有。一个个说来，从那个起？（梅云）妾身是红梅。（东坡云）玉骨冰肌非等闲，耐他霜雪耐他寒。一枝斜在旧窗下，惹得诗人冷眼看。（梅奉酒云）多谢佳篇，请学士大人满饮此杯。（东坡饮科，云）如今该是翠竹了。万玉丛中汝最魁，亭亭高节肯低回？淑人合配真君子，洒泪成斑㉜却为谁？（竹奉酒云）多谢佳篇，请学士大人满饮此杯。（东坡饮科，云）如今该是天桃了。溶溶粉汗湿香腮，舞尽春风脸上来。只因一点胭脂气，惹得刘郎着意栽㉝。（桃奉酒科，云）多谢佳篇，请学士大人满饮此杯。（东坡饮科，云）如今该是嫩柳了。腰肢袅袅弄轻柔，舞尽春风卒未休。流水画桥㉞青眼在，为谁肠断为谁愁？（柳奉酒科，云）多谢佳篇，请学士大人满饮此杯。（东坡云）我吃，我吃。（四友云）俺姊妹四人共求大人一诗。（东坡云）有、有、有。堪爱尊前四艳妆，清阴护月暗纱窗。桃也魂依玉洞花千片，竹也肠断湘江㉟泪几行，梅也大庾岭头耽寂寞㊱，柳也灞陵桥外弄轻狂。何缘此夕同欢会？小官挣得开怀醉一场。（四友云）好高才也。我姊妹们舞者，唱者，劝学士大人吃个尽醉方归。（东坡云）我吃我吃，兀的㊲不快活杀我也。（同下）

【注释】

①蚤：同"早"，幸亏是、幸喜是。　②了当：了结。　③法门：佛家修行的门径、规则。　④西来意：西方来的道理。因佛教自西方传来，故如此说。　⑤一盏灯：暗喻佛经教义。　⑥一谜里歪缠：一味地胡搅蛮缠。　⑦心猿、意马：心中的杂念、遐想。⑧只履西归：佛教传说，达摩圆寂后葬于熊耳山，后三年，魏使宋云出师西域，遇达摩于葱岭，称"西天去"。后开启达摩墓，仅存革履一只。　⑨枫叶传情：发生在唐朝的红叶题诗故事，事见张实撰《流红记》。　⑩桃花泛蕊：晋代王献之有爱妾桃叶，王甚爱之，作《桃叶歌》。　⑪蒲团：僧人打坐的草垫，圆形。底：边。　⑫客边：旅行在外。　⑬也怪不着：也犯不着、不值得。　⑭舌为安国剑：典出战国时辩士张仪。他被人毒打，遍体鳞伤，回家问妻自己的舌头还在不在。妻说在，他即大喜。　⑮诗作上天梯：唐代科常以诗句为题，或考诗才，故称可以靠诗作登天（高中）。　⑯稳便：自便。　⑰抢了脸：失一回面子。　⑱白莲会：旧时在庐山举行的礼佛活动，在农历四月初一到初七。　⑲好共歹：好歹，恳请。　⑳龙华会：佛教传说，弥勒佛曾于降生地华林园龙华树下说法普度众生，后各寺院每年于四月八日设斋会浴佛，此盛会亦称龙华会。此处引申为法令的泛指。　㉑不伶俐：不尴不尬、不自在。　㉒闲淘气：干生气。　㉓隋堤：隋炀帝时，朝廷于通济渠两岸植柳为其龙船遮阳，此堤遂得名隋堤。　㉔湘妃：指湘妃竹典故。传说尧有二女娥皇、女英，嫁舜帝为妃，舜帝南巡九嶷山病死，娥皇、女英寻至，哭泪滴竹，斑斑点点成湘妃竹。　㉕罗浮山：位于广东境内，为赏梅胜地。传说隋开皇年间，赵师雄至罗浮山，有美人于松林酒肆出，邀与共饮，赵觉对方香气袭人，乃与美人夜宿于此，天明醒来，见自己卧于梅树之下。　㉖武陵溪畔：陶渊明之《桃花源记》所述之地。　㉗伴陶潜：陶渊明辞官归隐，植柳五棵，伴自己耕作，自号"五柳先生"。　㉘晋朝王献临时寄住别人家，令人种竹，有人疑问："你不过是暂时住一下，找什么麻烦？"他答："何可一日无此君！"　㉙东汉时刘晨、阮肇入天台山采药成仙故事。　㉚三国时魏国之何晏，爱脂粉饰面，脸白如玉。㉛南柯梦：唐人李公佐《南柯太守传》称，书生淳于梦梦入大槐安国，娶公主，登高位，醒后方知一梦，大槐安国即屋外槐树下之蚁穴。　㉜洒泪成斑：指娥皇、女英故事。　㉝唐刘禹锡有诗《戏赠看花诸君子》，全诗为："紫陌红尘拂面来，无人不道看花回。玄都观里桃

千树，尽是刘郎去后栽。" ㉞ 画桥：指灞陵桥，在长安城外。 ㉟ 肠断湘江：舜帝二妃娥皇、女英闻舜亡，投湘江而死。 ㊱ 此句喻指大庾岭多梅花。大庾岭：在今江西南部与广东交界处。 ㊲ 兀的：这一来、这个、这。

【评解】

《东坡梦》是以苏轼轶事为题材的作品，在元杂剧中属于别具一格的文人戏。元杂剧中这样的作品还有《王粲登楼》《庄周梦》《举案齐眉》《青衫泪》等，都取得了成功。

我们知道，大凡以文人生活、命运为题材的戏剧作品，若如实褒扬其才学或颂扬其道德的完满，则作品很可能会搞得概念化而味同嚼蜡。要让文人题材作品成为"热门货"，常常须往中间添加"佐料"，将其娱乐化，尽管这样的作品内容与真人的生平史实相去甚远，但往往能起到广为传播的效应，如将唐寅写成"才子加流氓"的人物，杜撰了《八美图》《九美图》，使唐伯虎风流才子名声扬天下，其实真正的唐伯虎命运坎坷，生活困苦，何曾有如此幸运？这部《东坡梦》所叙述的内容当然不是东坡先生的亲历生活，而是艺术创作，这个故事叫"东坡戏佛印"（或称"佛印戏东坡"），内容虽荒诞，但颇有意味。

这还是一部谈禅戏，剧中处处充满了禅意。本剧第一折写到苏东坡去访佛印，让寺中行者去报告，他不报名字，却告诉行者两句偈语："眉山一块铁，特地来相谒。"佛印得报后回道："急急上堂来，炉中火正热。"苏轼又云："我铁重千金，恐汝不能挈。"佛印回道："我有八金刚，将你碎为屑。"苏轼又道："我铁类顽铜，恐汝不能爇。"佛印说："将你铸成钟，众僧打不歇。"东坡道："铸得钟成时，禅师当已灭。"佛印答曰："大道本无成，大道本无灭，心地自然明，何必叨叨说。"两人还未见面，便就"禅锋相对"，每句话都有额外含意。看似答非所问，却不是普通的斗嘴，而是在进行论辩和交锋。第四折写到苏轼不服被佛印戏耍，领着白牡丹到法座向佛印问禅。东坡先说："佛印从来快开劈，苏轼特来闲料嘴。"佛印答："葛藤接断老婆禅，打破砂锅璺到底。"苏轼输了。白牡丹问禅："我白牡丹因何到此？慕风流特来嫁尔。"佛印答道："你本不是妓馆猱儿，堪做俺佛门弟子！"白牡丹也输了。随后是苏轼再问禅，花间四友来问禅，一个"禅"字贯穿了整部戏，具有丰富的哲理性。最后，苏轼、白牡丹皈依佛门，拜佛印为师。看来，表面是讲论禅机，但其实是苏轼、佛印两个文人斗智，他们谈禅、斗禅，实质乃是斗文，看谁的才气足。

这里选解的第二折是全剧中比较有特色的一场戏，整体风格亦庄亦谐，娱乐性极强，禅机则蕴含在轻松的娱乐中。不过，剧中写苏轼与佛印斗智，结果弄巧反拙，两挫于对方，间接宣扬了佛法的威力。戏一开头，苏轼不甘心于前一夜劝佛印还俗失败，决定让白牡丹用美人计，勾引佛印上当。他携带酒席，名为还席，实为设套。而佛印方面也早知对方来者不善，预先防备着东坡这一手，不受东坡让他还俗做官的诱惑，略喝杯酒便假装去睡觉。东坡让白牡丹去禅房以女色引诱佛印，哪知佛印早赴了白莲会，让行者顶缸，苏轼赔了一个美女被行者玷污。正当苏轼懊恼不已时，佛印却要戏耍东坡了。他招来夭桃、嫩柳、翠竹、红梅四姐妹，让她们去迷乱苏轼。苏轼不知此乃花间四妖，错认作佛印的"专房妓妾"，与她们一本正经地吟诗喝酒，还自认为快活，犹如一个发癫狂病者与桃、柳、竹、梅在"对话"，闹了场大尴尬。真可谓聪明反被聪明误。

这折戏表现手法浪漫，想象力丰富，情节曲折、奇特，一会儿是凡人间的游戏，一会儿又是凡人与仙妖间的游戏，情节发展中几个层次连接又十分自然，有点像现代影视中常用的蒙太奇手法。花间四友出场后，苏轼与她们吟诗唱和，辞章华丽而又贴切，显示了作者的诗词功夫，如咏红梅："玉骨冰肌非等闲，耐他霜雪耐他寒。一枝斜在旧窗下，惹得诗人冷眼看。"下面咏竹、咏柳、咏桃，亦都在韵脚、用典、身份、意境、内涵等方面着意讲究。这些诗章巧妙地嵌在剧中，绝不是作者在卖弄文采，而是给剧作增光。文人戏嘛，若没有一点雅意，怎么行？

洞庭湖柳毅传书

尚仲贤

【剧情简介】

大唐仪凤二年，淮阴书生柳毅奉母命赴京应试，不幸落第东归。他想起有位朋友在泾河县为官，便径自去寻访。行至泾河畔，见一少妇在牧羊，她面容憔悴，愁眉不展。询问之下方知此女子乃洞庭湖龙君之女三娘，嫁与泾河小龙为妻。泾河小龙暴虐不仁，又为婢仆所惑，使夫妻不和；泾河老龙王是非不分，罚她在此牧羊，饱受折磨。龙女三娘私下里给父母写下书信一封，希望他们把她搭救出去，只是愁着无人为其送信。柳毅本是侠义之人，遂自告奋勇愿去为三娘送信。三娘拿出书信交给他，又告诉了寻找水府的路径。

不久，柳毅到达洞庭湖畔，见湖口有座庙宇，香案旁有一株金橙树。他取出三娘送的金钗击响金橙树，果有巡海夜叉在碧波中出现，带着他一径来到水府。三娘之父洞庭君问及来意，柳毅把在泾河畔遇见龙女三娘的经过叙述了一通，又呈上三娘书信。洞庭君读罢信又惊又悲，洞庭君夫人得知，急得哭了起来。老龙王赶快让水府上下止住哭声，以免让他弟弟火龙钱塘君知悉，钱塘君秉性暴躁，恐惹事端。哪知钱塘君正好来访，见哥嫂遮遮掩掩，便觉奇怪，终于从洞庭君夫人处得知侄女正在受苦。他顿时大怒，立即点就部下兵将，飞到泾河，与泾河小龙展开一场大战，把失败的小龙吞进肚中，然后把侄女救回。

洞庭君为感谢柳毅传书之恩，提议把三娘嫁给他。柳毅想：龙女已十分憔悴，要她做什么？于是便对洞庭君说："我当初答应为三娘送信，是出于义气，如果因传书而造成杀其夫、夺其妻的后果，岂是义士所为？"这时钱塘君用压力逼他，柳毅严辞斥责，迫使钱塘君赔礼。洞庭君说："既然秀才不肯娶，我岂能强迫？那就多送些金珠财宝，再叫三娘出来当面拜谢。"在音乐声中，龙女三娘盛妆上堂，柳毅一见顿时呆住了。原来三娘已不再是憔悴模样，而是个天仙美女，柳毅懊悔不迭，早知这样就该许了那亲事。龙宫的宴会十分丰盛，龙女又送他珠宝，这使柳毅十分感动，依依不舍地拜别三娘，起身回家。

柳毅辗转回到家乡，母亲欢喜，告诉柳毅已为他订了一门亲事，女方为范阳高门卢氏之女，今天就要娶她过门。柳毅难违母命，被迫成亲。哪知新婚之夜，柳毅发现此女面貌类似龙女，询问之下方知真是心中所爱的三娘。原来三娘也深爱柳毅，便冒充范阳卢氏女，先一步到了淮阴，通过柳母许配给柳毅，柳毅喜极。龙女遂带着柳毅母子飞回洞庭，入龙宫拜见了洞庭君夫妇和钱塘君，认了岳父、岳母，成就了一段佳话。

第 三 折

（洞庭君领水卒上，云）吾神乃洞庭老龙是也。有兄弟钱塘火龙与泾河小龙斗胜去了，未知胜败如何，这早晚敢待来也。（夜叉上，报云）喏，报的上圣得知，有火龙得胜回来也。（洞庭君云）快摆队伍迎接去。（钱塘君上见科，云）哥哥，您兄弟得胜回来也。（洞庭君云）不害生灵么？（钱塘君云）六十万。（洞庭君云）不伤禾稼么？（钱塘君云）八百里①。（洞庭君云）薄情郎安在？（钱塘君云）你问他怎么？被吾吞在腹中了也。（洞庭君云）这个也罢，他须不仁，你也太急性子，若上帝不见谅时，怎么是好？（钱塘君云）哥哥也，与你出了这口气。您兄弟没有使性处②，忍不的了也。（洞庭君云）兄弟，有句话与你商量。想当初若不是柳秀才寄书来，岂有咱女孩儿的性命。道不的个③知恩报恩。左右，与我请将柳秀才来者。（夜叉云）柳秀才有请。（柳毅上，云）小生柳毅，自从来到洞庭湖，在这海藏④里住了好几日。龙王呼唤，不知有甚事，须索⑤见去。（做见科）（洞庭君云）兀那秀才，多亏你捎书来救了我的龙女三娘，如今就招你为婿，你意下如何？（柳毅背云）想着那龙女三娘，在泾河岸上牧羊那等模样，憔悴不堪。我要他做甚么！（回云）尊神说的是甚么话？我柳毅只为一点义气，涉险寄书；若杀其夫而夺其妻，岂足为义士？且家母年纪高大，无人侍奉，情愿告回。（钱塘君做怒科，云）秀才，料想我侄女儿，尽也配得你过。你今日允了便罢，不允我与你俱夷粪壤，休想复还。（柳毅笑云）钱塘君差了也。你在洪波中扬鬐鼓鬣⑥，掀风作浪，尽由得你。今日身被衣冠，酒筵之上，却使不得你那虫蚁性儿。（钱塘君作揖谢云）俺一时醉中失言，甚是得罪，只望秀才休怪。（洞庭君云）兄弟如此才是。既然秀才坚执不肯，我岂可强他。左右，与我请出龙女三娘，拜谢他寄书之恩，再将些金珠财宝，相送回去者。（夜叉云）理会的。龙女三娘有请。（正旦上，云）自从俺那叔父钱塘火龙救的我重到这洞庭湖里来，我这一场多亏了寄书的柳毅秀才。今日父亲在水殿上安排筵席，管待那秀才，唤我出来，必然是着我谢他。我想这恩德如同再生一般，岂是一拜可能酬答也呵。（唱）

〔商调集贤宾〕 则俺那寄书来的秀才错立了身，怎能勾⑦平步上青云。则为他长安市不登虎榜⑧，救的我泾河岸脱离羊群。他本望至公楼独占鳌头，今日向洞庭湖跳过了龙门。则我这重叠叠的眷姻可也堪自哂，若不成就燕尔新婚，我则待收拾些珍宝物，报答您的大恩人。

（做行科，唱）

〔金菊香〕 则我这凌波袜小上阶痕，手提着沥水湘裙与你入殿门。在这浑金椅前，（做见二亲科，唱）参了二亲。那一场电走雷奔，（做见钱塘君科）（唱）驾风云的叔父，你可也索是劳神。

（钱塘君云）侄女儿，不苦了我，只怕苦了你也。（洞庭君云）你若非柳先生，怎有今日？你过来拜谢了他者。（正旦唱）

〔梧叶儿〕 我这里掩着袂忙趋进，改愁颜做喜欣，（做拜谢科）（唱）施礼罢叙寒温。你水路上风波恶，旱路上程限紧。似这等受辛勤，你索是远路风尘的故人。

（柳毅云）这一位女娘是谁？（洞庭君云）则这个便是我的女孩儿龙女三娘。（柳毅云）这个是龙女三娘？比那牧羊时全别了也。早知这等，我就许了那亲事也罢。（正旦做斜看叹云）嗨，可不道悔之晚矣。（唱）

〔后庭花〕 俺满口儿要结姻，他舒心儿不勘婚⑨，信口儿无回话，划的⑩偷睛儿横觑人。我这里两眉攒，他则待暗传芳信。对面的辞了亲，就儿里相逗引。俺叔父敢则嗔，那其间怎的忍！吼一声风力紧，吐半天烟雾昏。轻喝处摄了你魂，但抹着可更分了你身。你见他狠不狠，他从来恩不恩。

（柳毅云）小生凡人，得遇天仙，岂无眷恋之意？只为母亲年老，无人侍养，因此辞了这亲事，也是出于不得已耳。（正旦唱）

〔柳叶儿〕秀才也敢教你有家难奔，是、是、是熬不出寡宿孤辰⑪。谁着你自揽下四海三江阃，你端的心儿顺，意儿真，秀才也便休愁暮雨朝云。

（洞庭君云）秀才既要回去，寡人设有小筵，以表谢意。一壁厢奏动鼓乐。我儿，你送秀才一杯酒者。（正旦做送酒科，唱）

〔醋葫芦〕既不得共欢娱伴绣衾，还待要献殷勤倒玉樽，只怕他阁着酒杯儿未饮早醉醺醺。（洞庭君歌云）上天配合兮生死有途，彼不当妇兮此不当夫。腹心烦苦兮泾之隔，风霜满鬓兮雨雪沾襦。赖明公兮引素书，令骨肉兮家如初。永言珍重兮无时无。（内奏乐科）（夜叉云）这水是贵主还宫之乐。（正旦唱）你道是贵主还宫安乐稳，单闪的他不僦不问。哎，这其间可不埋怨杀你个洞庭君。

（钱塘君云）侄女儿再奉一杯，一壁厢将鼓乐响动者。（歌云）大天苍苍兮大地茫茫，人各有志兮何可思量。狐神鼠圣兮薄社依墙，雷霆一发兮其孰敢当。荷真人兮信义长，令骨肉兮还故乡。愿言配德兮何时忘。（内奏乐科）（夜叉报云）这是钱塘破阵之乐。（正旦唱）

〔金菊香〕这的是钱塘破阵乐纷纷，半入湖风半入云，能得筵前几度闻？（钱塘君云）秀才，你便就了这桩亲事，也不辱没了你。（正旦唱）还卖弄剑舌枪唇，兀的不羞杀你大媒人。

（云）水卒那里？将过宝物来。（夜叉捧砌末⑫上，正旦云）秀才，我别无所赠，有这些珠宝，送与你回家去，侍奉老母，莫嫌轻微也。（柳毅云）多谢小娘子。（正旦唱）

〔浪里来煞〕这薄礼呵请先生休见阻，送行者宁无睭⑬。则为你假乖张⑭不就我这门亲，害的来两下里憔悴损。我则索向龙

宫纳闷，怎禁他水村山馆自黄昏。（下）

（柳毅云）则今日辞别了尊神，小生回家去也。（钱塘君云）你若是再来时，便当相看，休忘了此会者。（柳毅诗云）感龙王许配良姻，奈因咱衰老萱亲⑮。若非是前生缘薄，怎舍得年少佳人。（下）（洞庭君云）柳毅去了也。既然这般呵，今日虽不成这桩亲事，后日还要将机就机，报答他的大恩。（钱塘君云）哥哥说的有理。我恰才硬做媒人的不是，如今还要软软地去曲成他。正是姻缘姻缘，事非偶然，一时不就，且待三年。（同下）

【注释】

① 此处"六十万"和"八百里"都是夸张数字，形容两龙恶斗破坏规模之大。　② 没有使性处：没有放纵自己气性的地方。　③ 道不的个：常言道、岂不闻。　④ 海藏：深藏、藏匿。　⑤ 须索：赶快、立即。　⑥ 扬鬐鼓鬣：张开身体运动。　⑦ 能勾：能够。⑧ 虎榜：进士榜，亦称龙虎榜。　⑨ 勘婚：合婚、成婚。　⑩ 划的：反而、倒是。⑪ 寡宿孤辰：旧时迷信认为，命犯寡宿孤辰者主一生孤寡。寡宿：指双星或多星群的单个成员。孤辰：六甲中无天干相配的地支的称谓。　⑫ 砌末：小道具，指充当珠宝的道具。⑬ 赆：临别时所赠的财物。　⑭ 假乖张：假正经、做作。　⑮ 萱亲：对母亲的尊称。

【评解】

《柳毅传书》是一部流传很广的杂剧，作者取材于唐人小说《柳毅传》（原作者为李朝威），是一个很美丽的人、神相爱的传奇故事。

《柳毅传书》是几近完美的精品。全部四折戏，结构严谨，故事情节完整，也很"干净"，没有枝蔓，不像某些元杂剧中靠插科打诨的情节来拉长篇幅。楔子部分交代龙女三娘这位金枝玉叶为何会被贬在泾河畔牧羊受苦的背景；第一折紧接着柳毅出场，因落第路过泾河畔遇龙女，接受赴洞庭湖传书的委托；第二折讲柳毅将书传到，洞庭君全家得知女儿受折磨，其弟钱塘君被激起义愤与泾河孽龙大战，救回龙女；第三折讲龙女三娘回洞庭后，洞庭君一家感谢柳毅，柳毅拒婚后第一次看到盛妆美丽的三娘，十分后悔，与三娘依依惜别；第四折讲柳毅回到家乡，母亲要他与卢氏女成婚，结果发现妻子竟是龙女三娘，有情人终成眷属。这四场戏，故事发展一环紧扣一环，尤其是第三折，当柳毅因轻率拒婚后，尽管龙宫及三娘送了他许多金珠宝物，但他失去了最珍贵的爱情，内心惆怅可想而知，大有"山重水复疑无路"之格局。没想到第四折柳毅回家后突然发现把三娘娶进了门，真是"柳暗花明又一村"。

剧作对情节进行了梳理改变。原传奇小说中，柳毅回到家乡一连娶了两任妻子，都早亡故，这时龙女三娘才以卢氏女身份嫁给柳毅。而剧本则直接就让龙女三娘嫁给柳毅，而且是柳毅到家就娶，这避免了产生枝蔓，这是合理的。三娘是仙家，什么事办不到？而且以古代交通条件，柳毅从洞庭湖回到淮阴，少说也要一两个月，龙女三娘赶到该处，腾云驾雾一会儿便到，托人到柳家说媒、筹办婚事等事项，时间非常充裕，就等柳毅一到便可入洞房了。在这省略了许多背景交代，如龙女全家周密筹划如何赴淮阴、如何派人赴柳家、如何瞒过柳家等等，都不具体去表现了，给了观众充分想象的余地。这种编剧技巧已接近现代话剧、多幕戏曲的结构，在元杂剧中是很成功的。

在人物形象塑造上，本剧取得的成就也是很显著的。剧中最重要的三个人物柳毅、龙女三娘、钱塘君，都很受观众的喜爱。柳毅落第失意之际，能不惧泾河龙王父子的权势，为龙女三娘传书，并特地转道洞庭湖，此乃侠。当三娘被救回，因不愿"杀其夫而夺其妻"，拒钱塘君暴力逼婚，是为义。当钱塘君以暴而压他与龙女成婚，他不畏惧强横的钱塘君，这是勇。当他离开洞庭湖之际，因对三娘的爱而恋恋不舍，这是情。回家后奉母命娶亲，这是孝。如此君子，当然值得三娘去爱。他最后娶三娘，实在给了三娘最好的归宿，不仅剧中人高兴，连观众也皆大欢喜。龙女三娘的形象是旧时代女子悲惨命运的一个缩影。初嫁泾河孽龙，丈夫有外遇而不再爱她；公婆泾河老龙、龙婆站在儿子一边，一窝龙联合起来虐待她。她无奈之下只能托凡间书生传书，这样的弱者怎不引起人们的同情？更难能可贵的是，她被救回后，没有一阔脸就变，而是知恩图报，始终不改对柳毅之爱，表现了她的善良忠贞和对爱的执着。龙女三娘实在是一位完美的女子。而钱塘君的性格是直率、富有正义感、英勇无畏。听说侄女有难，兄长洞庭君碍于天条不敢动，他挣脱锁链（他前案未清）便带兵赶赴泾河，与泾河小龙一场恶战，一点也不顾及对自己会不会有坏后果。而对凡人柳毅的顶撞，他能改过赔礼，这是谦。这个形象会使我们想起猛张飞、黑李逵、尉迟恭、老廉颇，应该说是很成功的。值得注意的是第二折，为了表现这场二龙大战的残酷、激烈，剧本通过在龙宫的泾河老龙之口来"现场播报"战场上的最新进展，连续设置了十一个曲段进行描绘、渲染，这在元杂剧中是绝无仅有的，也很成功。这种表现手法后来我们在罗贯中的《三国演义》里也看到了，那虎牢关前关云长温酒斩华雄的场面，不就正是用这种手法来表现的吗？罗贯中很可能借鉴了钱塘君大战泾河小龙的艺术手法，当然，也可能是两者异曲同工。

《柳毅传书》是神话故事，龙宫水族、二龙大战、龙女变凡妇、人龙配婚，情节充满丰富想象。但归根到底，龙也好，神也好，都被赋予了凡人的喜怒哀乐。所以，这部用神话"特质"包装的爱情喜剧，归根到底还是写了一群凡间人，使人感到亲切。这部戏第三折写龙宫宴会喜庆，场面很大，但人物感情体贴入微，如洞庭君为女儿向柳毅择配，柳毅觉得龙女面貌憔悴而不喜欢，对钱塘君却说了一番大道理，这样描写人物很真实。我们还看到，贤淑的三娘并没有以龙女尊贵身份去对柳毅颐指气使，而是始终以自己的美丽、爱和耐心去打动柳毅的心。她虽没有直接的示爱语言，但又处处让柳毅感受到她的情意，〔商调集贤宾〕〔后庭花〕〔醉葫芦〕〔浪里来煞〕等，把三娘端庄、沉稳和感恩之情较好地表现了出来，使这折戏似舒缓的流水，但又余音缭绕。当然，也有人认为柳毅先嫌龙女相貌憔悴而拒婚，后见龙女容光焕发而后悔，表现了他的轻薄。但我认为，这样写倒是个真实的柳毅。柳毅是凡人，他救龙女并不是出于爱而是出于行侠仗义，所以洞庭君突然提婚，他的思想准备是不足的，也更碍于礼。后来见美女而生情，正是人性使然，真性情的流露，不必对他求全责备。作者并非想塑造"高大全"式的完人柳毅，既然三娘都不计较他，我们又何必在意？

鲁大夫秋胡戏妻

石君宝

【剧情简介】

春秋时鲁国昭公朝，巨野县鲁家庄有个村汉秋胡，他粗通文墨，早早失去父亲，与母亲刘氏过活。那天正值他娶亲之际，丈人罗大户同丈母上门吃会亲酒，新娘子罗梅英含羞出来拜见父母。那媒婆对梅英道："姑娘，你当初应该挑一个财主人家，好吃好穿，一生快活，像秋家这么穷苦，你怎么肯嫁的？"梅英答道："丈夫家里穷，是我的命，自他们家人来说亲，我心里就愿意。俗话说，贫无本，富无根。一个人要是内心没有好品格，那才会真正一世贫呢！"

正当两亲家和小夫妻喝酒庆贺时，突然官府来了勾军人，称秋胡是一名正军，需要立刻前去从军。那秋胡只得把母亲托付给新婚妻子梅英，叮嘱她赡养照顾，夫妻俩凄然分离。秋胡从军去后，整整十年没有消息。梅英与婆母刘氏相依为命，她采桑种地，辛勤劳作，还与人家缝补浆洗，养活着婆婆。

乡里有个李大户，家中广有金银田财，但有一桩事不如意——缺一个标致的老婆。他见梅英年轻漂亮，秋胡又一去杳无音信，遂动起梅英的脑筋来。偏巧梅英父亲罗大户又借了他四十石粮食未曾还过，便跑去对罗大户说："听说你女婿秋胡在军中吃豆腐泻死了，你女儿现在守寡，没什么指望，还是嫁了我吧，那四十石粮食也不要你还了。你要是不肯，我一状告官，追逼你还债，你穷了，又还不出，肯定追杀你。你女儿嫁了我，还可得些花红财礼。"罗大户夫妇一听女婿已死，他们家又穷，还不出那四十石粮食的债，只得收下李大户的财礼，然后便去找亲家母，要她准许梅英改嫁。梅英的婆婆刘氏听说儿子死了，又怕亲家告官，只得同意。谁知梅英却一口拒绝，声称要"嫁鸡一起飞"，若逼她就寻死。婆婆慌了，说："都是你父母把花红礼送来，才惹这场事。"这时李大户也来相劝，被梅英劈头盖脸一顿打，骂他调戏良人之妻。李大户惹了个没趣，怕事情弄大，只得狼狈离去。

这天，梅英提着篮子在桑园采桑，突然走来一位穿着体面的男子给她作揖招呼。她一惊，还了一礼。看对方模样，好像是个有身份的人。男子向她讨碗冷粥喝，梅英答称她是个采桑妇，不是给人送饭的村姑。没想到此时男子突然要行非礼，梅英大怒，立刻斥责对方。那男子还想用暴力实施性侵害，梅英严拒，并高声呼叫起来。原来，这男子其实是梅英的丈夫秋胡，他从军后，获得元帅器重，屡建奇功，今已被鲁昭公授中大夫之职。因离家十年，思念老母，请假回家探亲，鲁昭公又赐黄金一饼，让他作为赡养母亲之资。秋胡衣锦荣归，到自家桑园口，换上便衣，打算回家时拜见母亲。突然见一美貌村妇正在采桑，他与梅英本只有一夜夫妻，又隔了十年，早已记不清妻子的面貌；而梅英也没认出秋胡，夫妻见面，竟成陌生人。这时，秋胡见梅英不肯就范，便拿出黄金饼来引诱她，称若顺从了，便将此金赠她。那梅英连看也不看，大骂秋胡禽兽行径，伤风败俗，天诛地灭。秋胡想用强力逼迫，梅英便边骂边提着篮子逃出桑园。

秋胡讨个没趣，只得引着从人，摆出中大夫的排场，回家拜见母亲。刘氏见儿子做了大官，又获得黄金饼一块，非常高兴，忙叫媳妇梅英出来。梅英从桑园回家，发现门口拴了一匹高头大马，正诧异，突然发现在桑园欲对自己实施性侵犯的无赖竟是丈夫秋胡，顿时无比愤怒。她把秋胡唤出门外，义正词严地责问他："可曾在桑园调戏过良妇？"秋胡尴尬地想否认，又拿出金饼要送她。梅英不依不饶，依旧追问秋胡的不光彩举动，两人吵闹起来。刘氏闻声出来问询，秋胡称梅英不肯认他。梅英当面揭露秋胡的丑陋嘴脸，并要秋胡写休书离婚。

正在这时，那不死心的李大户又带着罗大户夫妇等一帮人，欲来秋胡家强抢梅英。秋胡一见，亮出中大夫身份，李大户立刻惧怕，谎称自己是来祝贺秋胡荣归。秋胡得知他曾要挟岳父，逼娶梅英，又广放私债，便派人将李大户送巨野县衙究办，打四十板，枷号三个月，罚一千石谷。这时，婆婆刘氏要梅英原谅秋胡，梅英还是不肯，刘氏便欲寻死。梅英无奈，叹着气说："只怪我们婆娘家没能耐争口气！"为了婆婆，她只得与秋胡和好，重新认下丈夫。

第 三 折

（秋胡冠带上，云）小官秋胡是也。自当军去，见了元帅，道我通文达武，甚是见喜，在他麾下，累立奇功，官加中大夫之职。小官诉说，离家十年，有老母在堂，久缺侍养，乞赐给假还家。谢得[①]鲁昭公可怜，赐小官黄金一饼，以充膳母之资。如今衣锦荣归，见母亲走一遭去。（诗云）想当日哭啼啼远去从军，今日个笑吟吟荣转家门。捧着这赤资资黄金奉母，安慰了我那娇滴滴年少夫人。（下）（卜儿上，云）老身秋胡的母亲。自从孩儿去了，音信皆无。前日又吃我亲家气了一场，多亏我媳妇儿有那贞烈的心，不肯嫁人，若是他肯了呵，老身可着谁人侍养？媳妇儿今日早桑园里采桑去了，想他这等勤劳，也则为我老人家来，只愿的我死后依旧做他媳妇，也似这般侍养他，方才报的他也。天气困人，我且去歇息咱。（下）（正旦提桑篮上，云）采桑去波。（唱）

〔中吕粉蝶儿〕　自从我嫁的秋胡，入门来不成一个活路②，莫不我五行中合见这鳏寡孤独？受饥寒，挨冻馁，又被我爷娘家欺负。早则是生计萧疏，更值着没收成歉年时序。

〔醉春风〕　俺只见野树一天云，错认作江村三月雨。也不知是谁人激恼那天公，着俺庄家每受的来苦，苦。说甚么万种恩情，刚只是一宵缱绻，早分开了百年夫妇。

（云）可来到桑园里也。（唱）

〔普天乐〕　放下我这采桑篮，我拣着这鲜桑树。只见那浓阴冉冉，翠锦哎模糊。冲开他这叶底烟，荡散了些梢头露。（做采桑科，唱）我本是摘茧缫丝庄家妇，倒做了个拈花弄柳的人物。我只怕淹的③蚕饥，那里管采的叶败，攀的枝枯？

（云）我这一会儿热了也，脱下我这衣服来，我试晾一晾咱。（做晾衣服科）（秋胡换便衣上，云）小官秋胡，来到这里，离着我家不远，我更改了这衣服。兀的不是我家桑园？这桑树都长成了也。我近前去，这桑园门怎么开着？我试看咱。（做见正旦科，云）一个好女人也！背身儿立着，不见他那面皮，则见他那后影儿；白的是那脖颈，黑的是那头发。可怎生得他回头，我看他一看，可也好那！哦，待我着四句诗嘲拨他④，他必然回头也。（做吟科，诗云）二八谁家女，提篮去采桑。罗衣挂枝上，风动满园香。可怎么不听的？待我再吟？（又吟科）（正旦回身取衣服做见，云）我在这里采桑，他是何人，却走到园子里面来，着我穿衣服不迭？（秋胡做揖科，云）小娘子，支揖。（正旦惊，还礼科，唱）

〔满庭芳〕　我慌还一个庄家万福。（秋胡云）不敢，小娘子。（正旦唱）他不是闲游的浪子，多敢是一个取应的名儒。我见他便躬着身，插着手，陪言语。你既读那孔圣之书，（秋胡云）小娘子，有凉浆儿⑤，觅些与小生吃波。（正旦唱）我是个采桑养蚕妇女，休猜做锄田送饭村姑。（秋胡云）这里也无人，小娘子，你近前来，我与你做个女婿，怕做甚么？（正旦怒科，唱）他酩子里丢抹娘一句⑥，怎人模人样，做出这等不君子，待何如？

（秋胡云）小娘子，左右这里无人，我央及你咱。力田不如见少年，采桑不如嫁贵郎，你随顺了我罢。（正旦云）这厮好无礼也！（唱）

〔上小楼〕 你待要谐比翼，你也曾听杜宇⑦，他那里口口声声，撺掇⑧先生，不如归去。（秋胡云）你须是养蚕的女人，怎么比那杜宇？（正旦唱）你道是不比，俺那养蚕处好将伊留住；则俺那蚕老了，到那里怎生发付？

（秋胡背云）不动一动手也不中。（做扯正旦科，云）小娘子，你随顺了我罢。（正旦做推科，云）靠后！（唱）

〔十二月〕 兀的是谁家一个匹夫，畅好是胆大心粗，眼脑儿涎涎邓邓⑨，手脚儿扯扯也那捽捽。（秋胡云）你飞也飞不出这桑园门去。（正旦唱）是他便拦住我还家去路，我则索大叫波高呼。

（做叫科，云）沙三、王留、伴哥儿，都来也波！（秋胡云）小娘子休要叫！（正旦唱）

〔尧民歌〕 桑园里只待强逼做欢娱，吓的我手儿脚儿滴羞蹀躞战笃速⑩。他便相偎相抱扯衣服，一来一往当拦住。当也波初，则道是峨冠士大夫，原来是个不晓事的乔男女。

（秋胡背云）且慢者，这女子不肯，怎生是了？我随身有一饼黄金，是鲁君赐与我侍养老母的，母亲可也不知。常言道，财动人心，我把这一饼黄金，与了这女子，他好歹随顺了我。（做取砌末见正旦科，云）兀那小娘子，你肯随顺了我，我与你这一饼黄金。（正旦背云）这弟子孩儿无礼也！他如今将出一饼黄金来，我则除是恁般。兀那厮，你早说有黄金不的？你过这壁儿来，我过那壁儿看人去。（秋胡云）他肯了也。你看人去。（正旦做出门科，云）兀那禽兽，你听者！可不道男子见其金，易其过；女子见其金，不敢坏其志。那禽兽见人不肯，将出黄金来，你道黄金这般好用的！（唱）

〔耍孩儿〕 可不道书中有女颜如玉。（秋胡云）呀！倒吃了他一个酱瓜儿!(正旦唱)你将着金,要买人殢云殢雨⑪,却不道黄金散尽为收书。哎,你个富家郎,惯使珍珠,倚仗着囊中有钞多声势,岂不闻财上分明大丈夫?不由咱生嗔怒。我骂你个沐猴冠冕,牛马襟裾!

(秋胡云)小娘子,你不肯,我跟你家里去,成就这门亲事。可不好也!(正旦唱)

〔二煞〕 俺那牛屋里怎成得美眷姻?鸦窠里怎生着鸾凤雏?蚕茧纸难写姻缘簿,短桑科长不出连枝树,沤麻坑养不活比目鱼,辘轴上也打不出那连环玉。似你这伤风败俗,怕不的地灭天诛!

(秋胡云)小娘子,休这等说。你若还不肯呵,我如今一不做二不休,拚的打死你也。(正旦云)你要打谁?(秋胡云)我打你。(正旦唱)

〔三煞〕 你瞅我一瞅,黥了你那额颅;扯我一扯,削了你那手足;你汤我一汤,拷了你那腰截骨;揸我一揸,我着你三千里外该流递;搂我一搂,我着你十字阶头便上木驴⑫。哎,吃万剐的遭刑律。我又不曾掀了你家坟墓,我又不曾杀了你家眷属!

(秋胡云)这婆娘好无礼也!你不肯便罢了,怎么这般骂我?(正旦提桑篮科,唱)

〔尾煞〕 这厮睁着眼,觑我骂那死尸;腆着脸,着我咒他上祖。谁着你桑园里戏弄人家良人妇!便跳出你那七代先灵,也做不的主!(下)

(秋胡云)我吃他骂了这一顿。我将着这饼黄金,回家侍养老母去也。(诗云)一见了美貌娉婷,不由的我便动情。用言语将他调戏,倒被他骂我七代先灵⑬。(下)

第 四 折

(卜儿上,诗云)朝随日出采柔桑,采到将中不满筐。方信遍身罗绮者,从来不是养蚕娘。老身秋胡的母亲便是。我媳妇儿采桑去了,这早晚怎生不见回家也?(秋胡冠带引祗从上,云)小官秋胡,来到此间,正是自家门首,不免径入。母亲,你孩儿回来了也。(卜儿惊问云)官人是谁?(秋胡云)则你孩儿,便是秋胡。(卜儿云)孩儿,你得了官也?则被你想杀老身也。(秋胡送金科,云)母亲,你孩儿得了官,现做中大夫之职,鲁君着我衣锦还乡,赐一饼黄金,奉养老母。(卜儿云)孩儿,这数年索是⑭辛苦也!(秋胡云)母亲,梅英那里去了?(卜儿悲科,云)孩儿,你去了十年光景,若不是你这媳妇儿养活我呵,这其间饿杀老身多时也。今日梅英到桑园里采桑去了。(秋胡云)母亲,梅英那里去了?(卜儿云)他采桑去了,这早晚敢待来也。(秋胡云)嗨,适才桑园里逗⑮的那个女人,敢是我媳妇么?他若回来时,我自有个主意。(正旦慌上,云)走、走、走!(唱)

〔双调新水令〕 若不是江村四月正农忙,扯住那吃敲才决无轻放。第一来怕鸦飞天道黑,第二来又则怕蚕老麦焦黄。满目柔桑,一片林庄,急切里没个邻里街坊,我则怕人见甚勾当。

(云)俺家又不是会首大户,怎么门前拴着一匹马?我把这桑篮儿放在蚕房里,我试看咱。这弟子孩儿无礼也,他桑园里逗引我,见我不肯,他公然赶到我家里来也!(唱)

〔甜水令〕 这厮便倚强凌弱,心粗胆大,怎敢来俺庄上?不由的忿气夯胸膛。我这里便破步撩衣,走向前来,撧住罗裳,咱两个明有官防⑯。

(做扯秋胡科)(卜儿云)媳妇儿,你休扯他,他是秋胡,来家了也。(正旦放手科,唱)

〔折桂令〕 呀,原来是你曾参衣锦也还乡。(做出门叫秋胡科,云)秋胡,你来!(秋胡云)梅英,你唤我做甚么?(正旦云)你曾逗人家女人来么?(秋胡背云)我决撒⑰了也,则除是这般。梅英,我几曾逗人来。(正旦唱)谁着你戏弄人家妻儿,迤逗人家婆娘?据着你那愚滥荒唐,你怎消的那乌靴象简、紫绶金章⑱?你博的个享富贵朝中栋梁,(带云)我怎生养活你母亲?十年光景也!(唱)你可不辱没杀受贫穷堂上糟糠⑲!我挨尽凄凉,熬尽情肠,怎知道为一夜的情肠,却教我受了那半世儿凄凉!

(卜儿云)媳妇儿,你来。(正旦同秋胡见卜科)(卜儿云)媳妇儿,鲁君赐我孩儿一饼黄金,侍养老身。这十年间多亏了你,将这黄金我酬谢你，收了者。（正旦云）奶奶，媳妇儿不敢要，留着奶奶打簪儿戴。（做出门科，云）秋胡，你来！（秋胡云）你又唤我做甚么？（正旦唱）

〔乔牌儿〕　你做贼也呵，我可拿住了赃，哎，你个水晶塔㉑便休强。这的是鲁公宣赐与个头厅相㉑，着还家来侍奉你娘。

（云）假若这黄金，若是别人家妇女呵！（唱）

〔豆叶黄〕　接了黄金，随顺了你才郎，也不怕高堂饿杀了你那亲娘！福至心灵，才高语壮，须记的有女怀春诗一章㉒。我和你细细斟量，可不道要我桑中，送咱淇上㉓。

（云）秋胡，你可曾逗人家妇人来么？（秋胡云）你好多心也。（正旦唱）

〔川拨棹〕　那佳人可承当？（做拿桑篮科，唱）不俫㉔，我提篮去采桑。空着我埋怨爹娘，选拣东床，相貌堂堂，自一夜花烛洞房，怎提防这一场！

〔殿前欢〕　你只待金殿里锁鸳鸯，我将那好花输与你个富家郎。耽着饥每日在长街上，乞些儿剩饭凉浆，你与我休离纸半张！（秋胡云）你怎么问我讨休书来？（正旦唱）早插个明白状，也留与傍人做个话儿讲，道"女慕贞洁，男效才良"。

（卜儿云）秋胡，你为甚么这般吵闹？（秋胡云）母亲，梅英不肯认我哩！（卜儿云）媳妇儿，你为甚么不认秋胡那？（正旦云）秋胡，你听者：贞心一片似冰清，郎赠黄金妾不应。假使当时陪笑语，半生谁信守孤灯？秋胡，将休书来，将休书来！（秋胡云）梅英，你差矣，我将着五花官诰、驷马高车，你便是夫人县君，怎忍的便索休离了去也！（正旦唱）

〔雁儿落〕　谁将这五花官诰汤？谁将这霞帔金冠望？（带云）便有呵。（唱）我也则牢收箱柜中，怎敢便穿在咱身躯上？

〔得胜令〕　呀，又则怕风动满园香。（李大户同罗、搭旦、杂当上，李云）他受了我红定，倒被他抢白一场，难道便罢了？我如今带领了许多狼仆㉕抢亲去也。（罗、搭旦云）今日是个好日辰，我和你抢他娘去！（做见科，云）兀的不是我女儿梅英！（正旦唱）走将来雪上更加霜。早是俺这钓鳌客㉖咱不认，哎，你个使牛郎休更想！（秋胡喝云）兀那厮，你来我家里做甚么？（李惊云）呀！元来他做了官，不是军了也。我闻知你衣锦荣归，特来贺喜。（罗、搽旦云）呸！这等你，说他死了也！（李云）他不死倒是我死。（秋胡云）元来那厮假捏流言，夺人妻女。左右，与我拿下，送到钜野县去，问他一个重重罪名。（祗从做缚科）（李云）这也不是我的主意，就是你的岳翁岳母，欠了我四十石粮食，将他女儿转卖与我的。（秋胡云）这等一发可恶，明明是广放私债，逼勒卖女了。左右，你去与县官说知，着重责四十板，枷号三个月，罚谷一千石，备济饥民，毋得轻纵者。（祗从云）理会的。（李云）一心妄想洞房春，谁料金榜擂槌有正身。（罗、搽旦云）我们也没嘴脸在这里，不如只做送李大户到县去，暗地溜了。（诗云）如今且学乌龟法，只是缩了头来不见人。（同下）（卜儿云）媳妇儿，你若不肯认我孩儿呵，我寻个死处！（正旦唱）吓的我慌忙，则这小鹿儿在心头撞。有的来商也波量，（云）奶奶我认了秋胡也。（卜儿云）媳妇儿，你认了秋胡，我也不寻死了。（正旦云）罢、罢、罢！（唱）则是俺那婆娘家不气长②！

（卜儿云）媳妇儿，你既认了，可去改换梳洗，和秋胡孩儿两个拜见咱。（正旦下，改扮上，同秋胡先拜卜儿，次对拜科）（正旦唱）

〔鸳鸯煞〕 若不为慈亲年老谁供养，争些个夫妻恩断无承望。从今后卸下荆钗，改换梳妆，畅道百岁荣华，两人共享。非是我假乖张，做出这乔模样⑱，也则要整顿我妻纲。不比那秦氏罗敷⑲，单说得他一会儿夫婿的谎。

（秋胡云）天下喜事，无过子母完备，夫妇谐和。便当杀羊造酒，做个庆喜筵席。（词云）想当日刚赴佳期，被勾军蓦地分离。苦伤心抛妻弃母，早十年物换星移。幸时来得成功业，着锦衣脱去戎衣。荷君恩赐金一饼，为高堂供膳甘肥。到桑园糟糠相遇，强求欢假作痴迷。守贞烈端然无改，真堪与青史标题。至今人过钜野寻他故老，犹能说秋胡调戏其妻。

【注释】

① 谢得：博得、获得、幸喜。　② 此句说过门后生活弄得不像样子，意即穷困。

③ 淹的：元代口语，意为"那些"。　④ 嘲拨：用言语勾引。他：同"她"。　⑤ 凉浆儿：凉粥。　⑥ 此句意为他突然说出调戏的话来。　⑦ 杜宇：杜鹃，也称子规鸟。　⑧ 撺掇：挑唆、催促。　⑨ 涎涎邓邓：轻浮、色眯眯的模样。　⑩ 滴羞蹀躞：手足发抖、心发慌的样子。战笃速：战战兢兢。　⑪ 殢云殢雨：喻男女之间的缠绵欢爱。　⑫ 上木驴：封建时代剐刑的刑具，状似驴，行刑时极残忍。　⑬ 先灵：此处指祖宗。　⑭ 索是：实在是、委实。　⑮ 逗：调戏、挑逗。　⑯ 官防：官司、讼事。　⑰ 决撒：败露、尴尬。　⑱ 乌靴象简、紫绶金章：指古代高官的装束。象简：朝笏。紫绶：紫色绶带，唐时规定亲王及三品以上官员方可用紫色。金章：黄金印，高官才准用。　⑲ 糟糠：妻子的谦称。东汉时皇帝要给宋弘赐婚公主，他婉拒，称："臣闻贫贱之知不可忘，糟糠之妻不下堂。"　⑳ 水晶塔：暗指外表好看内心恶浊。　㉑ 头厅相：宰相那么大的官。　㉒《诗经·召南·野有死麕》开头四句云："野有死麕，白茅包之。有女怀春，吉士诱之。"原诗是讲平民婚礼的。　㉓《诗经·鄘风·桑中》云："期我乎桑中，要我乎上宫，送我乎淇上矣。"此乃爱情诗。　㉔ 不俫：含"本来""刚才"之意。　㉕ 狼仆：如狼似虎的仆人或打手。　㉖ 钓鳌客：比喻怀有远大志向和抱负的人。　㉗ 不气长：不争气，没志气。　㉘ 乔模样：假模样、假动作。　㉙ 秦氏罗敷：汉乐府《陌上桑》中的人物。诗中描写太守看中罗敷，罗敷称自己夫君是大官，拒绝了太守的要求。

【评解】

《秋胡戏妻》是一部社会伦理教化剧，通过对衣冠禽兽秋胡、李大户的道德批判，赞美了罗梅英这样的下层劳动者勇敢、善良、坚贞的品格。同时，也提出一个问题：在当时的社会，妇女在反抗时，如何找到自己的真正出路？

挪威剧作家易卜生写了一部戏《玩偶之家》，戏中女主人公娜拉在发现丈夫海尔茂是个伪君子以后，便愤而走出家庭，与海尔茂决裂。鲁迅先生曾经写了著名杂文《娜拉走后怎样》，指出在男权社会，一个单身妇女走出家庭，其前途依然无法预测。娜拉出走了，是否逃得出"海尔茂们"的"如来佛掌"，依旧要打个问号。然而，在封建社会的中国，当罗梅英发现丈夫是个品质恶劣的色狼时，她却连走出家庭、脱离虎穴的权利也没有。就是说，中国"娜拉"无法出走。因为按当时封建社会秩序，女子无权选择自己婚姻，只能嫁鸡随鸡、嫁狗随狗，即使婚姻不幸福，妇女本人也无权提出离婚，必须由丈夫写休书才能有效离婚。因为女子的婚姻主动权掌握在父母手里，即父母之命、媒妁之言。嫁出后的女子便如泼出的水，娘家再也没权利管她了，女子必须遵循"在家从父，出嫁从夫"的原则。《秋胡戏妻》中的罗梅英在发现丈夫的不良行为后，她只能向秋胡"讨"休书，秋胡不写，她一点办法也没有。她虽是一个比较厉害的角色，但秋胡不点头，她一步也走不动。假如她出走了，便是私奔，秋胡可以让官府追回来，秋胡想怎么惩处她，都可获得官府支持，因为罗梅英先犯了"七出"之条。

秋胡不好，那罗梅英离开秋胡就有好的命运吗？我们假设梅英拿到"休书"回娘家了，但从此时开始，主宰她命运之权就又落到了她父母之手。我们从本剧第二折中已经知道，由于罗大户欠下李大户四十石粮食，又无力偿还，于是罗大户在听到传说女婿已死的谣言后，就把女儿又卖给了李大户。而李大户则是个与秋胡一样的色狼、恶棍，梅英即使离开秋胡的"狼窝"，也会马上落进李大户这样的豺虎所设的陷阱，她的命运、前途依然叵测，无幸福可能，这是很可怕的，梅英这个"娜拉"走不出"秋胡"们的手心。《秋胡戏妻》在揭露元代社会妇女悲惨而又无奈的命运方面是很深刻的。梅英最后与秋胡和解，表面的原因是婆婆以死相要挟，而潜在的原因是李大户为代表的社会黑恶势力的压力，更深层次的原因是不合理的社会制度，是泯灭人心、损害妇女权益的封建秩序。《秋胡戏妻》最后以大团圆结束，但对于梅英来说，并非喜剧结尾。像秋胡这样卑劣的恶棍，他有高官厚禄为凭恃，岂会就此洗心革面，不再拈花惹草？梅英会获得真正幸福吗？当然不会。

这部戏的另一个成功之处在于，塑造了罗梅英这样一个光彩夺目的农妇形象，这在元曲中是绝无仅有的。旧时的文艺作品中，村妇大都是粗头呆脑、没文化、没教养的形象，而且大都是次要或过场人物。即使到了清代，曹雪芹在《红楼梦》中塑造的农妇，也不过是一个刘姥姥，精明、世故、贪小、拘谨，当然也懂感恩、讲仗义，这个人物是搞笑着出场的。而剧作家石君宝在《秋胡戏妻》中塑造的梅英这个人物就完全不同了。她出场时是刚结婚的新娘，见自己父母都羞答答的，但当媒婆挑唆她为何不嫁个财主而嫁穷秋胡时，她立刻驳斥说："至于他釜有蛛丝甑有尘，这的是我的命……你看他（秋胡）是白屋客，我看他是黄阁臣。自从他那问亲时，一见了我心先顺。"说明她对婚姻的价值取向颇有自己的独立见解，并不因穷富而改变，而其实挑什么人她也做不了主。正因为她在婚姻上对丈夫很忠贞，所以李大户来挑拨，甚至欲强行实施性侵犯，她也不失身、不屈服。在桑园中对已不认识的秋胡，也是保持着守身如玉，不受那一饼黄金的诱惑。而同时，梅英又有大多数农村妇女的优良品质——勤劳、刻苦、贤惠、孝顺，她不仅种田，还采桑养蚕，帮人缝洗贴补家用，而吃的东西却很差，她就是这样来养婆婆的。结婚十年，只享受了一夜夫妻的幸福，苦苦守着这个家，为的是什么？等来的是桑园内丈夫的性骚扰。她正式见到秋胡时，心情岂能不复杂？但梅英又不是软弱女子，艰苦坚守体现了她的韧劲。坚决反抗两个色狼的性侵害时，她又是非常勇敢，而且以武对武，毫不妥协。这与《窦娥冤》中婆媳俩的软弱受凌，形成鲜明对比。应当说，就人物形象的道德价值而言，梅英比窦娥更有光彩，窦娥是弱势群体中的弱者，梅英是弱势群体中的强者、反抗者。正是她的对恶势力代表李大户、秋胡的坚决反抗，才保护了自己的清白，保卫了自己的婚姻主动权。我们看第四折中，梅英把秋胡喊到门外问他："你曾逗人家女人来么？"这句话问得光明正大、铿锵有声，活脱脱是官府审犯人的口气，大增了梅英的威势，也把秋胡的猥琐一下子刻画了出来了。下面便是一段唱词，对秋胡进行斥责，并大义凛然地宣布："你做贼也呵，我可拿住了赃。"这话讲得真解气，抵得上一篇女权宣言，位居中大夫高位的秋胡应当愧死。而本来还想抵赖桑园戏妻的秋胡，就像一只皮球，一下子泄了气，中大夫的官架子竟在一个村妇面前散了架，最后只好无奈地向母亲求助，但也不敢理直气壮，只讲了句"梅英不肯认我哩"，把头低下去了。这时候的梅英，其光彩也发挥到了极致。我们只能说，这个农村妇女不简单，是另一种巾帼女豪杰。

这部戏艺术上也有特点，情节很紧凑，一场紧接一场，人物不多，但脉络清晰，显示了作者的功力。剧中运用对比手法，制造强烈的戏剧效果，如以秋胡的卑劣衬托梅英的高尚，以罗大户夫妇的软弱衬托梅英的坚强，以李大户的强横衬托梅英的勇敢等，加强了艺术效果。剧中又以巧合误会手法设置了复杂的情节，如让秋胡、梅英这对一夜夫妻十年分离，竟对面相见互不相识，在误会中塑造两个不同品格的人物，这个巧合误会利用得好，成了全剧的高潮。尽管最后结尾很煞风景，但这一无奈结局也许是梅英最好的结果，它是真实的。梅英与曾调戏过自己的无赖的相爱也许还得进行一段很长时期的磨合，尤其是秋胡必须彻底改弦更张，但我们实在也不希望为了体现梅英的光彩夺目，而把结尾处理成为悲剧（梅英或自杀或出走）。

苏子瞻①风雪贬黄州

费唐臣

【剧情简介】

北宋神宗时，因西北用兵，财用匮乏，丞相王安石决定推行青苗助役法，遭翰林学士苏轼反对，王安石便指使御史李定等弹劾苏轼"赋诗讪谤"大臣。皇帝支持推行青苗助役法，遂下旨将苏轼交廷尉拿问，欲置苏轼于死地，赖原丞相张方平力谏，皇帝又惜苏轼之才，赦其死罪，将其贬为黄州团练副使。

苏轼与家童冒着漫天风雪，一路忍饥挨饿，好不容易来到黄州。城外，一位在家乡闲居的免职官员马正卿接他，马正卿也是因反对王安石新法丢官的。他递上热酒让苏轼暖身，又安慰苏轼等待时机，随遇而安。

苏轼被贬黄州后，生活拮据，家中凄凉，只借了两间破房安身。衣不盖身，食不果腹，他在老妻、幼子催逼下，不得已去黄州府求见杨太守，想获得些资助。哪知杨太守乃王安石党羽，又接到王安石书信，命他不得周济苏轼，目的只要将苏轼饿死。杨太守见了苏轼便是一顿呵斥，并将放苏轼进衙的祗候打了二十板。苏轼受羞辱，只得离去。

数年后，皇帝想起苏轼才学，决定召他回京。马正卿和已换了一副面孔的杨太守随苏轼进京。朝见时，皇帝当面向他索要新的诗作，并询问他在黄州时谁对他有恩，谁是仇人。苏轼如实上奏，皇帝封赏对苏轼有恩的马正卿为京兆府尹，怀奸结党的势利小人杨太守则削职为民。皇上又宣布恢复苏轼翰林学士之职，但苏轼却以"旷久"为由，不愿为官，决定闲居野村，从此做一个清闲自在之人。

第 三 折

（马正卿②上，开）老夫马正卿是也。自从子瞻学士贬来黄州，又早许久，我常常差人问候。他虽一时被谗，终无大害。况他受知朝廷，必有宣回之日。但本州杨太守度量狭隘，不能济人。又兼是王安石③门客，决无周给。我且看如何，再作处置。（下）（王安石上，开）下官王安石是也。叵耐④苏轼毁我，已令台官弹劾，贬谪黄州安置，我心还未得遂。如今黄州杨太守，旧是我举用的，不如写一书与他，教他不要周济他。穷乡下邑，举眼无亲，不死那去？我已差人去了，试看如何！（下）（净扮杨太守上，云）无钱只图名，回家没结果。我就不去挝⑤，妻子肯饶我？某乃杨太守是也。自幼读了几句儿书，之乎者也，哄得一举及第。也是祖宗积庆，又蒙王安石丞相抬举，直做到黄州太守之职，此恩未报。近日丞相有书来，说苏轼学士恃才欺慢，见今安置黄州，着我处置他。我想来，苏轼是一代文人，岂可轻易坏他！只是在此穷乡僻邑，薪水不给，又是严冬腊月，冻饿死了。等他来谒见，只是不理他便了。今日升衙无事。左右看着有人来报我知道。（末引老妻、幼子上，云）某苏轼是也。自来到黄州，举眼无亲，借得两间破房住着。衣不盖身，食不充口，无一个人来看顾。天那苏轼一身受苦，也不打紧，连累妻子如此受苦。我空有凌云志气，治世才猷，怎生施展也呵！（唱）

〔越调斗鹌鹑〕 湖海三年，家乡万里。志气如神，形容似鬼。瘴气才收，蛮烟又起。空叹息，人未归，望不见落叶长安，西风渭水。

（云）自从离了京都，到得这里，经了多少凄凉也呵。（唱）

〔紫花儿序〕 见了些鸥行鹭聚，经了些鹤怨猿啼，盼了些凤舞龙飞。往常间胸藏星斗⑥，气吐虹霓，依旧中原一布衣。挥剑长嚱，只被金谷石崇⑦，傲杀陋巷颜回⑧。

（云）我一会家想起来，在杭州做官时，行动前簇后拥，日逐

游乐，甚是受用，到今日如一场大梦也。（唱）

〔小桃红〕想西湖风月绕苏堤，尚觉王孙贵，银烛高烧照珠翠。如今百事成非，江山不管春憔悴。想金勒马嘶，玉楼人醉，依旧画桥西。

（云）前日如此快乐，今日这般生受，想造物好无定也。（唱）

〔天净沙〕住的是小窗茅屋疏篱，吃的是粗羹淡饭黄齑，穿的是破帽歪靴布衣，一身褴褛，便休题，卧重裀列鼎而食。

（俫云）这早晚还没得早饭吃，兀的不饿杀我也。（末云）浑家，孩儿害饥哩，甑中还有米也没有！（旦云）从昨日没了米了。（末云）既没了米，我出去对付些钱米来。（旦云）你平生志气昂昂，不肯屈于人，来到这里，举眼无亲，你那里对付去，你说错了也。（末唱）

〔鬼三台〕怕不待闲争气，赤紧的难存济。我则索折腰为米⑨，更怕甚心急马行迟！你只是婆娘家见识。陶元亮⑩见此不见彼，公孙弘⑪救宽不救急。便做他志若元龙⑫，赤紧的才过子美⑬。

〔紫花儿序〕本待昂昂而已，特地远远而来，怎教快快而回！世无君子，你家有贤妻，休提。拚着个拨尽寒炉一夜灰，但得些粝食粗衣，免得冬暖号寒，年稔啼饥。

（云）我去再谒杨太守，求些用度去。（旦俫下）（末云）黄州杨太守，他也是读书人，我几遍去谒他，他只推故不放参，不知主何意思！我欲不去，出于无奈，妻子忍不过饥寒，只索再求谒一番。行了多时，早到府衙门首。立着一个祇候，不免向前央一央。呀！祇候哥哥，拜揖。（祇候云）是那里来的！（末云）大哥，你替我禀一声。说前翰林苏学士来见。（祇候进报云）禀老爹，门外有苏翰林拜见。（净云）请进，请进。（做见科）（末云）杨大人拜揖。念苏轼不才，远谪此郡，穷途无倚，大人何不青目⑭一二？（净云）我道是谁，原来是安置副使苏轼。你毁谤朝廷，免死足矣，如何又来干谒公衙？我一廉如水，有甚么与你？把门人也不察好歹来报，妨我公事。左右，打这厮二十板。（左右上打祇候

了）（祇候赶末下）（净下）（末云）是我的不是了也。（唱）

〔金蕉叶〕　恨唾手功名未遂，被衮衮儿曹⑮见欺。似这等十
谒朱门九闭，又不是一鹗⑯西风万里。

（祇候云）为你打了我一顿，你还缠甚么？快走快走。（末唱）

〔圣药王〕　你教我快疾回，莫疑迟，可甚踏花归去马如飞。
没道理，不作美。我满舡空载月明归，犹自说兵机。

（云）哥哥，再与我说一声。（祇候云）你好不晓事，为你打了
我，又敢禀哩？你快走、走、走！走的迟，我一顿好打。（末唱）

〔鬼三台〕　他把贤门闭，英雄弃，莫那孟尝君⑰是你？畅好
人面逐高低。今日羞归去。呵，思量可知，可知那经天纬地孔仲
尼⑱，遇着轻贤重色柳盗跖⑲。不争富贵骄人，小人喻利。

（云）这公人道把门闭了，我想这一场好羞也。家中妻子，却
怎了也？（唱）

〔紫花儿序〕　仰望死圣人贤相，思量起怪友狂朋，凄凉杀稚
子山妻⑳。胸中有物，肚里无食，堪悲，虎病山前被犬欺。我觑
杨太守这厮，好管仲之器㉑。觑我为粪土之墙，你却是疥癣
之疾。

（云）罢、罢！我这等人，岂是终身穷困？有一日天子宽恩，
必然再召用也。（唱）

〔绵搭絮〕　凭着我文如游、夏㉒，有一日君胜唐尧㉓，宣的
我依旧抽毫侍禁闱。似禹门平地一声雷㉔，把蛰龙重振起。

（云）我若再得还朝呵。（唱）

〔幺篇〕　对盘龙飞凤椅㉕，赋裁冰剪雾㉖诗。虎遁狼驰，鱼
跃鸢飞。那一日强如今日。沛㉗作云霓，宴罢瑶池，出入向宫
闱，拜舞向丹墀，那其间强似你。

〔尾声〕　无端四海苍生辈，都不识男儿未济。我止望周人之
急紧如金，君子之交淡如水㉘。（下）

【注释】

①苏子瞻：苏轼，字子瞻，号东坡，北宋著名政治家、文学家。关于本剧写到的这段
历史，《宋史·苏轼传》中有记载："（苏轼）徙知湖州，上表以谢。又以事不便民者不敢言，
以诗托讽，庶有补于国。御史李定、舒亶、何正臣摭其表语，并媒蘖所为诗，以为讪谤，
逮赴台狱，欲置之死，锻炼久之不决。神宗独怜之，以黄州团练副使安置。轼与田父野老，

相从溪山间，筑室于东坡，自号'东坡居士'。"　②马正卿：剧中人物，黄州人，原在朝为官，因得罪王安石，罢职回家乡。　③王安石：字介甫，号半山，抚州临川人，北宋政治家、文学家。庆历进士，历任淮南判官、鄞县知县、常州知州、江宁知府、翰林学士兼侍讲，又升任同中书门下平章事（位同宰相），后罢相，为江宁知府，旋复相，不久又罢相，退居江宁半山园。封舒国公，又改封荆国公，故后人称其为"王荆公"。宋神宗三年，他拜相后力推变法，如农田水利、青苗、均输、保甲、免役、市易、保马、方田均税等法。他变法初衷是富国、强兵、惠民，但因新法执行者是既得利益集团、贪官猾吏，他们力图从中渔利，而新法本身又为当时利益集团谋私利提供了巨大的空间。因此，新法施行后反而加剧了社会两极分化的矛盾。王安石死后，宋徽宗、蔡京集团借恢复王安石新法之名，政治上打击原先对新法持异议的司马光、文彦博、吕海、苏轼等人，经济上大肆掠夺民脂民膏，对外软弱无能，终于招致靖康之变，北宋灭亡。对王安石变法的功过论定，后世争议颇大，至今未有定论，但王安石作为文学家的地位从未动摇过。　④叵耐：可恨、岂有此理。　⑤扢：抓、挖，此处指捞取钱财。　⑥星斗：喻指锦绣文章。　⑦金谷石崇：拥有金谷园的石崇。石崇：字季伦，渤海南皮人，生于青州，西晋大臣。因谄媚贾后受重用，任荆州刺史时拦截抢劫贡使、商旅而致巨富，后任太仆、征虏将军、都督徐州诸军事。晋武帝曾助王恺与其斗富，亦只能认输。石崇曾建金谷园，穷极奢侈，后在"八王之乱"中被杀。　⑧颜回：孔子学生，甘清贫，居陋巷。　⑨折腰为米：弯腰低声下气求人施舍米粮。西晋诗人陶渊明任彭泽令时，自称不愿"为五斗米折腰"，后辞职。　⑩陶元亮：陶渊明，字元亮。　⑪公孙弘：字季，齐地菑川人。少家贫，放牧为生，后就学，汉武帝时征为贤良博士，他已六十岁了，后拜左内史、御史大夫，又升任丞相，封平津侯。此人外宽内忌，在任时曾力主杀主父偃、徙董仲舒等大臣。　⑫元龙：东汉末年广陵太守陈登，字元龙。他与刘备交情甚厚，刘备曾赞扬过他有志向。　⑬子美：唐代大诗人杜甫，字子美。⑭青目：青眼。晋阮籍好用青白眼看人，见俗不可耐者用白眼相看，遇正直者以青眼相看。⑮儿曹：犹言"汝辈""你们"。　⑯鹗：猛禽，即鱼鹰。　⑰孟尝君：战国时齐国公子田文。他家中养着大批宾客，最多时达三千人，因而成为好客者的代称。　⑱孔仲尼：孔子，名丘，字仲尼。　⑲柳跖：又名柳下跖，春秋时鲁国人，名跖。《庄子·盗跖》称其"从卒九千人，横行天下，侵暴诸侯"。柳下跖实为起义者。　⑳山妻：古人对自己妻子的谦称。　㉑管仲之器：管仲的器量。《论语·八佾》云："管仲之器小哉。"　㉒游、夏：孔子学生子游、子夏的简称，二人长于文学。　㉓唐尧：传说中陶唐氏部落首领，又称伊祁氏或伊耆氏。　㉔禹门：龙门。此句喻指通过科考一举高中做官。　㉕盘龙飞凤椅：皇帝宝座。　㉖裁冰剪雾：形容诗文构思精巧。　㉗沛：充裕。　㉘君子之交淡如水：意为有修养的人交往中没有物质的往来，只有精神之间的交流。《庄子·山木》云："君子之交淡若水，小人之交甘若醴。君子淡以亲，小人甘以绝。"

【评解】

　　《贬黄州》是一部政治题材戏，其思想倾向是抑王（安石）褒苏（轼），即否定北宋后期王安石的变法，肯定司马光、苏轼等反对变法的政治立场。

　　王安石变法在北宋历史上是一件很大的事件。由于宋徽宗年间蔡京等奸臣上台后，打的是维护王安石新法的旗号，大肆迫害以司马光为首的元祐党人，因此，北宋末年政治腐败、民不聊生并最后导致政权灭亡这笔账，便都算在了王安石的身上。王安石死后，北宋政权在蔡京等主导下，将其封为舒王；崇宁三年，王安石获得配食文宣王（孔子）庙的政治待遇，列于颜回、孟子之后。但至南宋高宗时，赵鼎、吕聪问等上书，取消王安石神位的宗庙配享待遇，并削王爵。南宋时士大夫、知识分子及下层人民对王安石均采取否定态度，连后来元朝统治者修《宋史》时，也对其变法维新予以贬抑。《宋史·王安石传》说他"性强忮，遇事无可否，自信所见，执意不回。至议变法，而在廷交执不可，安石傅经义，出己意，辩论辄数百言，众不能诎。甚者谓：'天变不足畏，祖宗不足法，人言不足恤。'罢黜中外老成人几尽，多用门下儇慧少年"。评述王安石时，借朱熹之言，称王安石"汲汲以财利兵革为先务，引用凶邪，排摈忠直，躁迫强戾，使天下之人，嚣然丧其乐生之心。卒之群奸嗣虐，流毒四海，至于崇宁、宣和（宋徽宗年号）之际，而祸乱极矣"。《宋史》还称王安石为相"此虽宋氏之不幸，亦安石之不幸也"。元明之际的文艺创作，可能受当时主流学者及民间口碑的影响，对王安石讥讽、否定甚多，除这部《贬黄州》以外，"三言二拍"中《拗相公饮恨半山堂》影响亦很大。今天我们阅读这部杂剧，主要是欣赏它的艺术价值，对作品中所体现出来的反对变法的思想倾向，当然不必盲目地去赞同作者的观点。

这部作品塑造了几个人物，苏轼是正面主角，他忧国忧民，又有才华，却被王安石陷害，不仅降职贬往僻远的黄州，而且还受到羞辱和窘迫生活的磨难，作者在作品中流露出对苏轼境遇十分同情的心态。而另一个次要人物王安石，虽出场不多，但其"奸邪""残狠"的性格却很鲜明、清晰，使人感到厌恶。但我们别忘了，这个王安石乃是虚构的艺术形象，并非历史上的真实人物。

本剧第三折描写苏轼在黄州时因生活穷困潦倒，只得放下身段去向杨太守求助，却受了一顿羞辱，什么也没得到的窘相。剧中先写正直的马正卿在暗中关注着苏轼，但与此同时，王安石发书给杨太守，要他不给苏轼发薪水。杨太守是王安石党羽，自然照办。苏轼因家中断粮，衣不盖身，在妻儿的压力下，终于不得不去找杨太守。他哀叹自己已到了"湖海三年，家乡万里。志气如神，形容似鬼"的地步。接下来充分描述了他们全家的贫困生活，连续让他演唱了〔天净沙〕〔鬼三台〕〔紫花儿序〕等曲牌。我们很难想象，一代文豪苏轼当年竟过的是这般生活，而他去见杨太守时受到的羞辱，也写得很真实。杨太守不仅不发薪水，还在言语上讥刺、奚落，同时又借打祗候为名，向苏轼示威。苏轼只得悻悻然离去，可谓"落地的凤凰不如鸡"。在旧时的官场，人情如此淡薄，也从一个侧面反映出封建社会政治斗争的严酷。

这出戏是写文人的，因此唱词都很精美。第二折写旅途中的风雪，颇有特点，以写景来抒发人物的内心世界，取得了一定的成功。

沙门岛张生煮海

李好古

【剧情简介】

一日，东华上仙在天庭宣布：因瑶池会上金童、玉女有思凡之心，决定罚往下方投胎，金童贬在潮州张家为儒士，玉女则托生于东海龙神之家为女身。

却说金童托生潮州张家以后，取名为张羽，字伯腾。从小父母亡故，苦读诗书，奈功名未就，遂游学至海边石佛寺。因见古刹清凉，便拜求寺中法云长老，欲在此借一净室温习经史，长老应允，命行者收拾东南幽静处一间僧房，安排斋食与他。张羽立即奉上白银二两，权为布施。

张羽住下，读了一天书，见天色已晚，便命家童点上灯，焚起香来开始弹琴。一曲高山流水，琴音缭绕，竟引来了海中龙神三姑娘琼莲与使女梅香。原来这位龙女平生雅好音律，他被张羽美妙琴声所吸引，遂趋前偷听。张羽正弹之际，不想琴弦裂断，知有人在外偷听，便出门查看。见是一绝色姑娘和一丫环，便上前见礼，双方互通姓名，郎才女貌，顿生爱慕之情。张羽听说琼莲乃龙王之女，遂脱口而出，称自己尚未婚配，愿求龙女为妻，当夜便要成亲。龙女称要问过父母才能做主，约他八月十五日前去龙宫，再招为婿。张羽见其允婚，要她留下信物，龙女将一方冰蚕织就的鲛绡帕相赠，然后离去。

龙女去后，张羽按捺不住夜夜思念，便要去海上找她，但出门以后，只见四野都是青山绿水、苍松翠柏，竟无处可寻龙女所居之龙宫。正困惑间，有一仙姑出现，她叫毛女，乃秦时宫人，入山采药得成大道。张羽上前诉说，毛女得知龙女亲自许婚，便决意助他，赠张羽三件宝贝——银锅一只、金钱一文、铁勺一把。让他拿着三件宝物，到沙门岛海边烧煮海水，便可寻得龙女。

张羽依仙姑嘱咐，来至沙门岛海边，用三角石头架起银锅，舀了一锅海水，将那枚金钱放入，然后点起火来。那家童又用龙女使女梅香所赠破蒲扇扇火，不大工夫锅水开滚，那海水便也翻沸起来，龙宫遍受煎熬。龙王赶快向石佛寺法云长老求助，法云长老不敢怠慢，忙赶到沙门岛察看，见是张羽在煮海，问及缘由，方知他与龙女私订终身，今天是来索婚的。法云告诉张羽，他受东海龙神所托前来做媒，叫他收起锅勺，随同他一起下海前往龙宫入赘成婚。张羽大喜，当即熄灭了火，随法云下海。

龙宫中早已张灯结彩，龙王设下喜筵，让张羽与龙女成婚，两个年轻人得遂所愿，自然格外欣喜。此时龙王父女方知乃毛女仙姑赠了张羽宝物，才造就了这段好姻缘。这时东华大仙出现，宣布张羽和龙女已偿还凤契，应早离水府，重登仙界，归金童、玉女之位。张羽遂与龙女拜谢了东华大仙，双双携手登仙而去，留下一段鲛绡传情佳话。

第 一 折

（外扮东华仙上，诗云）海东一片晕红霞，三岛齐开烂漫花。秀出紫芝延寿算，逍遥自在乐仙家。贫道乃东华上仙是也。自从无始①以来，一心好道，修炼三田②，种出黄芽至宝③，七返九还④，以成大罗神仙，掌判东华妙严之天。为因瑶池会上，金童玉女有思凡之心，罚往下方投胎脱化。金童者，在下方潮州张家，托生男子身，深通儒教，做一秀士。玉女于东海龙神处，生为女子。待他两个偿了宿债，贫道然后点化他还归正道。（诗云）金童玉女意投机，才子佳人世罕稀。直待相逢酬宿债，还归正道赴瑶池。（下）

（正末扮长老同行者上，诗云）释门大道要参修，开阐宗源老比丘⑤。门外不知东海近，只言仙境本清幽。贫僧乃石佛寺法云长老是也。此寺古刹近于东海岸边，常有龙王水卒不时来此游玩。行者，出门前觑看，若有客来时，报复我家知道。（行者云）理会得。（冲末扮张生引家童上，云）小生潮州人氏，姓张名羽，表字伯腾，父母蚤年⑥亡化过了。自幼颇学诗书，争奈功名未遂。今日闲游海上，忽见一座古寺，门前立着个行者。兀那行者，此寺有名么？（行者云）焉得无名？山无名，迷杀人；寺无名，俗杀人。此乃石佛寺也。（张生云）你去报复长老，道有个闲游的秀才，特来相访。（行者做报科，云）门外有一秀才，探望师父。（长老云）道有请。（做见科，长老云）敢问秀才何方人氏？（张生云）小生潮州人氏，自幼父母双亡，功名未遂。偶然闲游海上，因见古刹清凉境界，望长老借一净室，与小生温习经史，不知长老意下如何？（长老云）寺中房舍尽有。行者，你收拾东南幽静之处，堪可与秀才观书也。（张生云）小生无物相奉，有白银二两送长老，权为布施，望乞笑纳。（长老云）既然秀才重意，老僧收了。行者，收拾房舍，安排斋食，请秀才稳便。老僧且回禅堂，作些功果去也。（下）（行者云）秀才，与你这一间幽静的房儿，随你自去打筋斗，学踢弄，舞地鬼，乔扮神，撒科打诨，乱作胡为，耍一会，笑一会，便是你那游玩快乐。我行者到禅堂服侍俺师父去也。（诗云）行童终日打勤劳，扫地才完又要把水挑。

就里贪顽只爱耍，寻个风流人共说风骚。（下）（张生云）僧家清雅，又无闲人聒噪，堪可攻书。天色晚了也，家童，将过那张琴来，抚一曲散心咱。（家童安琴科，张生云）点上灯，焚起香来者。（童点灯焚香科，张生诗云）流水高山调不徒，锺期⑦一去赏音孤。今宵灯下弹三弄，可使游鱼出听无？（正旦扮龙女引侍女上，云）妾身琼莲是也，乃东海龙神第三女。与梅香翠荷今晚闲游海上，去散心咱。（侍女云）姐姐，你看这大海澄澄，与长天一色，是好景致也！（正旦唱）

〔仙吕点绛唇〕　海水汹汹，晚风微送，兼天涌。不辨西东，把凌波步轻那⑧动。

〔混江龙〕　清宵无梦，引着这小精灵，闲伴我游踪。恰离了澄澄碧海，遥望那耿耿长空。你看那万朵彩云生海上，一轮皓月映波中。（侍女云）海中景物，与人间敢不同么？（正旦唱）觑了那人间凤阙，怎比我水国龙宫？清湛湛、洞天福地任逍遥，碧悠悠、那愁他浴凫飞雁争喧哄。似俺这闺情深远，直恁般⑨好信难通！

（侍女云）姐姐，你本海上神仙，这容貌端的非凡也。（正旦唱）

〔油葫芦〕　海上神仙年寿永，这蓬莱在眼界中。风飘仙袂绛绡红，则我这云鬟高挽金钗重，蛾眉轻展花钿动。袖儿笼，指十葱，裙儿簌，鞋半弓⑩。只待学吹箫同跨丹山凤，那其间，登碧落，趁天风。

（侍女云）想天上人间，自然难比。（正旦唱）

〔天下乐〕　不比那人世繁华扫地空，尘中、似转蓬，则他这春过夏来秋又冬。听一声报晓鸡，听一声定夜钟，断送的他世间人犹未懂。

（张弹琴，侍女做听科，云）姐姐，那里这般响？（正旦唱）

〔那吒令〕　听疏剌剌晚风，风声落万松；明朗朗月容，容光照半空；响潺潺水冲，冲流绝涧中。又不是采莲女拨棹声，又不是捕鱼叟鸣榔⑪动，惊的那夜眠入睡眼蒙眬。

（侍女云）这响声比其余全别也。（正旦唱）

〔鹊踏枝〕　又不是拖环佩，韵丁冬；又不是战铁马，响铮钺；又不是佛院僧房，击磬敲钟。一声声唬的我心中怕恐，原来是厮琅琅，谁抚丝桐。

（张再抚琴科）（侍女云）敢是这寺中有人弄甚么响？（正旦云）原来是抚琴哩。（侍女云）姐姐，你试听咱。（正旦唱）

〔寄生草〕　他一字字情无限，一声声曲未终。恰便似颤巍巍金菊秋风动，香馥馥丹桂秋风送，响珊珊翠竹秋风弄。咿呀呀，偏似那织金梭撺断⑫锦机声；滴溜溜，舒春纤乱撒珍珠迸。

（侍女做偷瞧科，云）原来是个秀才在此抚琴，端的是个典雅的人儿也。（正旦唱）

〔六幺序〕　表诉那弦中语，出落着指下功，胜檀槽慢掇轻拢。则见他正色端容，道貌仙丰。莫不是汉相如作客临邛，也待要动文君，曲奏求凤凰；不由咱不引起情浓。你听这清风明月琴三弄，端的个金徽泅涌，玉轸玲珑。

（侍女云）姐姐，休说你知音人，便是我也觉的他悠悠扬扬，入耳可听。果然弹得好也。（正旦唱）

〔幺篇〕　端的心聪，那更神工，悲若鸣鸿，切若寒蛩，娇比花容，雄似雷轰，真乃是消磨了闲愁万种。这秀才一事精，百事通。我蹑足潜踪，他换羽移宫。抵多少盼盼女词媚涪翁⑬，似良宵一枕游仙梦。因此上偷窥方丈，非是我不守房栊。

（做弦断科，张生云）怎么琴弦忽断，敢是有人窃听？待小生出门试看咱。（正旦避科，云）好一个秀才也！（张生做见科，云）呀，好一个女子也！（做问科，云）请问小娘子，谁氏之家，如何夜行？（正旦唱）

〔金盏儿〕　家住在碧云空、绿波中，有披鳞带角相随从，深居富贵水晶宫。我便是海中龙氏女，胜似那天上许飞琼⑭。岂不知众星皆拱北，无水不朝东？

（张生云）小娘子姓龙氏，我记得何承天《姓苑》⑮上有这个姓来。难道小娘子既然有姓，岂可无名？因甚至此？（正旦云）妾身龙氏三娘，小字琼莲。见秀才弹琴，因听琴至此。（张生云）小娘子既为听琴而至，这等，是赏音的了。何不到书房中坐下，待小生细弹一曲，何如？（正旦云）愿往。（做到书房科，正旦云）敢问先生高姓？（张生云）小生姓张名羽，字伯腾，潮州人氏。早年父母双亡，也曾饱学诗书，争奈功名未遂，游学至此，并无妻室。（侍女云）这秀才好没来头，谁问你有妻无妻哩！（家童云）不则是相公，我也无妻。（张生云）小娘子不弃小生贫寒，肯与小生为妻么？（正旦云）我见秀才聪明智慧，丰标俊雅，一心愿与你为妻。则是有父母在堂，等我问了时，你到八月十五日中秋节届，前来我家，招你为婿。（张生云）既蒙小娘子俯允，只不如今夜便成就了，何等有趣，着小生几时等到八月十五日也！（家童云）正是，我也等不得。（侍女云）你等不得，且是容易哩。（正旦云）常言道，有情何怕隔年期，这有甚等不得那？（唱）

〔后庭花〕　那里也阳台云雨踪，不比那秦楼风月丛。（张生云）敢问小娘子家在何处？（正旦唱）只在这沧海三千丈，险似那巫山十二峰。（张生云）小生做贵宅女婿，就做了富贵之郎，不知可有人服侍么？（正旦唱）俺可更有门风：无非是蛟虬参从，还有那鼋将军、鳖相公、鱼夫人、虾爱宠、鼍先锋、龟老翁。能浮波，惯弄风；隔云山千万重，要相逢指顾中。

（张生云）只要小娘子言而有信，俺小生是一个志诚老实的。（正旦唱）

〔青歌儿〕　甜话儿将人、将人摩弄⑯，笑脸儿把咱、把咱陪奉。你则看八月冰轮出海东，那其间雾敛晴空，风透帘栊，云雨和同；那其间锦阵花丛，玉罄金钟。对对双双，喜喜欢欢，我与你笑相从，再休提误入桃源洞⑰。

（张生云）既然许了小生为妻，小娘子可留些信物么？（正旦云）妾有冰蚕织就鲛绡帕，权为信物。（张生做谢科，云）多感小娘子！（家童云）梅香姐，你与我些儿甚么信物？（侍女云）我与你把破蒲扇，拿去家里扇煤火去！（家童云）我到那里寻你？（侍女云）你去兀那羊市角头砖塔儿胡同总铺⑱门前来寻我。（正旦唱）

〔赚煞〕　你岂不知意儿和，直恁欠心儿懂，我非罗刹女⑲，休惊莫恐。多管是前世因缘今得宠，到中秋好事相逢。且从容，劈开这万里溟蒙，俺那里静悄悄，绝无尘世冗。（张生云）有如此

富贵，小生愿往。（正旦唱）一周围红遮翠拥，尽都是金扉银栋，不弱似九天碧落蕊珠宫⑳。（同侍女下）

（张生云）我看此女妖娆艳冶，绝世无双。他说着我海岸边寻他，我也等不的中秋。家童，你看着琴剑书箱。我拣的将此鲛绡手帕，渺渺茫茫，直至海岸边寻那女子走一遭去。（诗云）海岸东头信步行，听琴女子最关情。有缘有分能相遇，何必江皋笑郑生㉑？（下）（家童云）我家东人好傻也！安知他不是个妖魔鬼怪，便信着他跟将去了。我报与长老同行者，追我东人去。（词云）叵耐这鬼怪妖魔，将花言巧语调唆。若不是连忙赶上，只怕迷杀我秀才哥哥。（下）

【注释】

① 无始：佛、道两家教义认为世间万物都来自前生，而前生又来自前生、再前生，追溯向前，没有开始，故称无始。这里由东华大仙说出，他是道家神仙，意为混元开天辟地以来。　② 三田：道教对人体的说法，即三丹田，上丹田两眉间，中丹田心口下，下丹田在脐下。　③ 黄芽至宝：指炼铅为丹所生之物，黄芽为铅。　④ 七返九还：道家炼丹时，以火（以七代表）炼金（以九代表），使金返本还原，称七返九还。　⑤ 比丘：梵语音译，即和尚、僧人。　⑥ 蚤年：早年。　⑦ 锺期：锺子期，春秋时楚国人，善辨音律。　⑧ 凌波步：形容女子步履轻盈的样子。曹植《洛神赋》："体迅飞凫，飘忽若神，凌波微步，罗袜生尘。"那：挪。　⑨ 恁般：如此、这般、这样。　⑩ 半弓：弓鞋，为旧时缠足妇女所穿。此处称"半弓"，形容其小。　⑪ 鸣榔：打鱼时敲击船后横木，使鱼惊动。　⑫ 撺断：搬弄、抛掷。　⑬ 盼盼：宋时庐州官妓。涪翁：宋代词人黄庭坚的号。他们两人曾作词互相酬唱。黄庭坚有次在荆州见词一首，夜梦女子称她家住豫章吴城山，黄醒后认为此人即吴城小龙女。这里将典故混用，把盼盼当作小龙女，又暗喻剧中龙女与张羽亦如黄庭坚与盼盼般知音。　⑭ 许飞琼：古代神话之仙女。　⑮ 何承天《姓苑》：何承天，南朝宋文人，有才学，《隋书·经籍志》载其撰《姓苑》一卷。　⑯ 摩弄：抚弄、安抚。　⑰ 桃源洞：东汉时刘晨、阮肇入天台山采药，迷路后至桃源，遇二仙女成婚。于是称天台山上洞府为桃源洞，即仙境。　⑱ 总铺：宋代军队的巡铺。当时坊巷每二百余步即设巡铺，每铺有兵卒三五人，主巡逻防盗烟火事。　⑲ 罗刹女：梵语，传说中的食人女鬼，《西游记》中的铁扇公主即被称为罗刹女。　⑳ 蕊珠宫：道教中所传之上清境界的宫阙，这里指天上宫阙，泛指仙境。　㉑ 江皋：江水边的高地。郑生：真名为郑交甫。古代神话称江妃之二女游于江边，遇郑交甫，解下玉佩相赠，郑收下行数十步，二女和玉佩皆杳失无踪。此句讲张羽认为不必对龙女去后杳失而悲观。

【评解】

《张生煮海》是一部情爱剧，张羽的执着、龙女的痴情，谱就了一曲美丽的爱情之歌。难能可贵的是，他们尽管私订终身，却取得了大团圆结局，与《西厢记》《柳毅传书》《拜月亭》等一样，为元杂剧中爱情题材剧的上品。其故事结构又略与

《柳毅传书》相同，都是凡人与龙女相恋成婚，又都是龙女主动追凡间男子。不同的是，柳毅开始时放弃了与龙女的婚姻，后来懊悔；而张羽则是对龙女一直紧追不舍，到了迫不及待的地步。

本剧第一折是全剧的精华所在，拂去笼罩在剧中人物身上有关金童玉女、前生夙缘的灰尘，龙女三姑娘无疑就是一位纯情少女。她酷爱音律，为青年书生张羽的琴音所吸引，说明她是张羽真正的知音。他们的相悦、相恋到结合，是有基础的自由恋爱，这种爱情便像诗一般美丽。尤其难能可贵的是，两个年轻人尽管并不门当户对，而且也非"同类"，但他们之间没有任何功利，如门第、金钱、地位等的考量，完全是由知音而萌生爱意，然后向对方表白，无须考察、考验或提出什么条件。这种纯情的爱才是青年人在婚恋中应该憧憬和追求的最高境界。

这折戏艺术上最大的成功之处就是表现得十分细腻。龙女从出海登场到与张羽定情，其情感脉络清晰，而且通过一系列唱段，揭示出了龙女三娘的纤细、清纯又真挚的性格。她和使女一出海，首先映入眼帘的是"海水汹汹，晚风微送，兼天涌"的景色，初出闺门的少女自然便"不辨西东"。而当她"把凌波步轻那动"时，抬眼才见"那耿耿长空……万朵彩云生海上，一轮皓月映波中"。当然，她之所以出海上岸，并非贪玩，而是内心有所期待——"只待学吹箫同跨丹山凤，那其间，登碧落，趁天风。"正因为她想从人间觅姻缘，所以她立刻听见了张羽的琴声。俗话说，恋爱中的青年男女特别美丽，身体感官特别灵捷，这肯定是真的。你看，张羽的琴声打动不了近在寺里的和尚，却把遥远处的龙女给引来了。

接下来就写龙女听琴的感觉。在她眼中，这琴声是世界上最美好的，它一会儿如"疏剌剌晚风，风声落万松"，一会儿又如"响潺潺水冲，冲流绝涧中"。它"不是拖环佩，韵丁冬"，不是"战铁马，响铮铩"，"又不是佛院僧房，击磬敲钟"；而是一俊雅秀才在此抚琴。她立刻被张羽神韵吸引了，一颗春心开始摇荡起来——"则见他正色端容，道貌仙丰。莫不是汉相如作客临邛，也待要动文君，曲奏求凤凰；不由咱不引起情浓。"龙女大胆地接近张羽，说明她为了追求自己的幸福，思想上没有任何包袱，只有爱意。最后，龙女与张羽终于走近交谈，让对方了解，直奔定情的主题，这抵得上许多青年人三年的幻想和情感折磨。

值得注意的是，此剧唱词极美，如本折中龙女的许多唱段，除上面引过的几阕之外，〔后庭花〕〔青歌儿〕〔赚煞〕等也都很精彩，如"你则看八月冰轮出海东，那其间雾敛晴空，风透帘栊，云雨和同；那其间锦阵花丛，玉斝金钟。对对双双，喜喜欢欢，我与你笑相从，再休提误入桃源洞"，又如"一周围红遮翠拥，尽都是金扉银栋，不弱似九天碧落蕊珠宫"。这些唱词真算得上是字字珠玑，回味无穷。

本剧作者在写戏时想象力丰富，让凡人与龙王之女恋爱，已是超常规思维。第三折开头描写石佛寺行者路遇大虫，被它吞入肚中。行者便在大虫肚内咬其心肝，迫使大虫屈服，后被大虫一屁放出，一个筋斗再打回石佛寺，逃得性命。这种描写使我们联想起《西游记》中孙悟空钻进铁扇公主和狮驼岭妖怪老魔头肚子的故事，大约吴承恩是看过这部剧作的，所以借鉴了本剧的创作构思。尽管《张生煮海》中张羽与龙女的爱情并无实质性的阻力，剧情跌宕不多，但它的成就是不容小觑的。

包待制智赚灰阑记

李行甫

【剧情简介】

北宋年间，郑州民妇刘氏因丈夫早亡，生活艰难。她膝下有一儿一女，女儿张海棠颇有姿色，出于生计，刘氏让其走了卖俏之路。儿子张林觉得妹妹丢人，苦劝不听后辞了母亲赴汴梁去找舅舅，思量找件正经活计。张海棠在卖笑生涯中，认识了财主马均卿，她对母亲说："做妓女总到不了头，马员外看中了我，不如嫁到马家为妾。"刘氏贪图马均卿的一百两银子财礼，便同意了。张海棠嫁入马家为妾不久，母亲刘氏亡故，她为马均卿生下一个儿子，取名寿郎，一晃孩子五岁了。

马均卿的大娘子是个丑女人，心肠毒如蛇蝎。她与郑州衙门中赵令史相好，两人一直想谋杀了马员外，占他的家产，好做长久夫妻，他们把小妾张海棠视作眼中钉。这天，马大娘子又唤赵令史到家商议此事，赵令史拿出一包毒药交给她，嘱她方便时对马均卿下手，马大娘子自然答应。

这天，马均卿和大娘子领着寿郎到各寺院烧香，只有海棠独自在家安排茶饭。门外来一个男子在打听张海棠，海棠发现原来是哥哥张林来了。张林在汴梁寻亲不遇，途中又害了冻天行病症，盘缠用尽，只得回郑州，发现母亲已亡化，才寻到这里。他希望海棠原谅自己看不起妹妹的过错，给些资助，使他能谋一个职位。哪知海棠却说自己只有身上的衣服头面，还都是员外和大娘子给的，不能做主拿它们资助张林，还要哥哥以后别再上门。说罢进府去了。张林站在马家典库前正懊恼，马大娘子回来了，询问得知张林的身份和来意，便进去找到海棠说："外边的男子既是你哥哥，就该拿点衣服头面去资助他。"海棠答称未得员外同意不敢这么做。马大娘子假意道："这事由我做主，员外回来了我跟他说明。"张海棠大喜，遂脱下衣服头面交给马大娘子。马大娘子拿了张海棠的衣服头面，跑去却对张林挑拨说："你们家妹子太狠心了，她有许多衣服头面，一样也不肯拿出来，我让她拿，就像挖她肉似的。没办法，谁让我们是亲戚呢？这些衣服头面是我爹娘陪嫁之物，现在送给你，去换些钱做盘缠。"张林哪知其中底细，还当马大娘子是好人，千恩万谢后离去，然后把衣服头面拿出去换些银两，打算到开封府做公人去，有机会还要报复妹子。

马均卿回到家中，发现张海棠身上的衣服头面都没有了，便觉奇怪。这时马大娘子来了个恶人先告状，说张海棠外面有奸夫，是风尘中的相好，她把衣服头面都拿去资助奸夫了，正好被我撞见。马均卿大怒，气得责打海棠，海棠有口难辩。马大娘子又在旁死咬住海棠"养奸夫"，马均卿一下子气病了。马大娘子让海棠煎碗汤给员外吃，海棠做好汤以后，马大娘子抢过，要由她亲手端给马均卿吃，并借口汤里还要加些盐酱，把海棠支开，撒入毒药。马均卿喝了汤不一会便死了，马大娘子反赖是海棠毒死了丈夫，问她是私了还是见官。若私了，所有房产连同儿子都归马大娘子，海棠净身离家；若见官，要问她个谋杀亲夫的罪名。海棠认为自己没做坏事，便不肯私了，决意见官。

哪知马大娘子早已与奸夫赵令史暗中商定，要在公堂上谋害海棠。郑州太守苏顺是个糊涂官，一切听赵令史摆布。一番过堂，赵令史便咬定海棠娼妓出身，是她谋杀亲夫，而且连儿子寿郎也不是海棠所生，应断归马大娘子所有。海棠大呼冤枉，说儿子是其亲生，有收生的刘四婶、剃胎毛的张大嫂并街坊邻里可以为证。哪知这些人早被马大娘子用银子买通，他们都说寿郎系马大娘子所生，海棠又被欺了。赵令史下令对海棠用刑，一番拷打之后，海棠熬不住只得屈招。赵令史命人将海棠用九斤半的大枷枷了，派公人薛霸、董超押送开封府定罪，又送五两银子给二解差，要他们路上方便时结果了海棠性命。二解差一路上折磨海棠，天正下着雪，路又滑，海棠走不了，解差要打折她的腿。此时有个公人模样的人路过，海棠看着像哥哥张林，便喊了一声。原来张林已在开封府包待制手下为差，他是去接包大人回衙的，看见妹子受苦，不由奚落起她昔日的"悭吝"来。海棠哭着说："马大娘子给你的衣服头面，正是我所赠送，是身上脱下的，因为这件事，马员外才冤枉了我。"张林得知原委，方知错怪了妹妹，他告诉海棠包大人能为她做主。张林对二解差说："我是开封府五衙首领，请二解差好好照顾妹子。"

再说赵令史虽然买通了薛霸、董超，心里总不放心，带着马大娘子一路跟过来，途中正遇张林。张林欲将二人逮往开封府，没想到二解差却放走了赵令史和马大娘子。张林与二解差发生了一场冲突，最倒霉的是路边的小酒店主人收不到解差和张林的酒钱。

张林陪同海棠来到开封府衙，进去之前，他关照妹子，一定要向包大人申诉冤情，这包待制就像一面镜子悬在上面，胆子一定要大一些。这时包大人升堂了，他就是包拯，字希文，庐州金斗郡四望乡人，现居龙图待制天章阁学士，正授南衙开封府尹之职，敕赐势剑金牌，可先斩后奏。包待制公堂森严，海棠被押进去后吓得不敢说话，张林在旁见了着急，再三抢出来代她说。包待制认为一个衙门中祇候人，怎可代犯人禀事，打了他三十大板。包待制要海棠别害怕如实告诉，海棠才把冤情一一陈说，并称是郑州官吏滥用酷刑才被屈打成招。包待制命人将马大娘子及寿郎、左右邻居等一干涉案人员统统解到开封府大堂听审，他觉得此案的关键是要断清哪一个母亲是孩子的亲生母。看到五岁的寿郎后，他顿时有了个既简单又实用的主意，便对海棠和马大娘子说："我现在有个'灰阑断案'的办法，在公堂上用石灰画一条阑圈，让寿郎站在中间，你们两个母亲各拽住孩子一条手臂往自己方向拉，谁能把孩子先拉出阑圈，谁就是孩子的生母。"包待制让张林用石灰画好圈，两个女人开始往外拉孩子，马大娘子使起了劲，一连三次，都是她把孩子拉出了灰阑之外。包待制拍桌子发了怒，对海棠呵斥说："你这个女人，为什么不用一点力气去拉孩子？来呀，给我重重地打！"海棠忙说："请大人息雷霆之怒。妾身十月怀胎，三年乳哺，煨干就湿，不知受了多少辛苦，才把他养到五岁。如果我也使劲硬拉，两边都用力，孩子幼嫩，便可能扭折了他的胳膊，必然造成损伤。所以，我情愿被官爷打死，也不忍心用力去拉伤了孩子。"包待制听罢，顿时回嗔作喜，说这件事已经断清，律意虽远，人情可推。古人云：观其所以，察其所由。只有亲生娘亲，才会想到孩子幼嫩，心疼自己骨肉会否被拉致伤。马大娘子非孩子亲生母亲，是为了图占家产。

这时，赵令史及州官苏顺亦被解到。张林揭发了赵令史与马大娘子曾在路途与二解差勾结，说明马大娘子与赵令史早就成奸，包待制下令用刑，两人招认了毒杀马均卿的阴谋勾当，还招承用银子贿赂接生婆等邻人做假证的罪行，全案立即审清。包待制断判：苏顺刑名违错，革职后永不叙用；街坊、老娘人等受贿做假证，各杖八十，充军三百里；解役薛霸、董超公人受贿，杖一百，发远恶地面充军；马大娘子与赵令史凌迟。所有马家房产田地，都判归张海棠支配，以养育好儿子寿郎。张林免差役，居妹子之家，照应其母子。

第 四 折

（冲末①扮包待制引丑张千、祗候上）（张千喝云）喏！在衙人马平安，抬书案。（包待制诗云）当年亲奉帝王差，手揽金牌势剑来。尽道南衙追命府，不须东岳吓魂台。老夫姓包名拯，字希文，乃庐州金斗郡四望乡老儿村人氏。为老夫立心清正，持操坚刚，每皇皇于国家，耻营营于财利，唯与忠孝之人交接，不共谗佞之士往还。谢圣恩可怜，官拜龙图待制天章阁学士，正授南衙开封府府尹之职，敕赐势剑金牌②，体察滥官污吏，与百姓伸冤理枉，容老夫先斩后奏。以此权豪势要之家，闻老夫之名，尽皆敛手；凶暴奸邪之辈，见老夫之影，无不寒心。界牌外结绳为栏，屏墙边画地成狱。③官僚整肃，戒石④上镌御制一通；人从森严，厅阶下书"低声"二字。绿槐阴里，列二十四面鹊尾长枷；慈政堂前，摆数百余根狼牙大棍。（诗云）黄堂⑤尽日无尘到，唯有槐阴侵甬道。外人谁敢擅喧哗，便是乌鹊过时不啼噪。老夫昨日见郑州申文，说一妇人唤作张海棠，因奸药死丈夫，强夺正妻所生之子，混赖家私，此系十恶大罪，决不待时的。我老夫想来，药死丈夫，恶妇人也，常有这事。只是强夺正妻所生之子，是儿子怎么好强夺的？况奸夫又无指实，恐其中或有冤枉。老夫已暗地着人吊取⑥原告，并干证人等到来，以凭复勘。这也是老夫公平的去处。张千，抬听审牌出去，各州县解到人犯，着他以次过来，待老夫定罪咱。（正旦同解子、张林上）（张林云）妹子，你到官中，少不得问你，只要说的冤枉，这包待制就将前案与你翻了。若说不过时，你可努嘴儿，我帮你说。（正旦云）我这冤枉，今日不诉，更等待何日也！（董净⑦云）待制爷爷升厅久了，须要赶牌解到，快进去。（正旦唱）

〔双调新水令〕则我这腹中冤枉有谁知？刚除的哭啼啼两行情泪。恨当初见不早，到今日悔何迟！他将我后拥前推，何曾道暂歇气。

（张林云）妹子，这是开封府前了，待我先进，你随解子入来。这包待制是一轮明镜，悬在上面，问的事就如亲见一般，你只大着胆自辩去。（正旦云）哥哥，（唱）

〔步步娇〕你道他是高悬明镜南衙内，拚的个诉根由直把冤情洗。我可也怕甚的？则为带锁披枷有话难支对。万一个达不着大小机，哥哥也，你须是搭救你亲生妹。

（张林做先进科）（正旦同二净跪见科）（董净云）郑州起解女囚一名张海棠解到。（张千云）刑案司吏，与解子批文，打发回去。（包待制云）留下在这里，待审过了，发批回去。（张千云）理会的。（包待制云）张海棠，你怎么因奸药杀丈夫，强夺正妻所生之子，混赖他家私，你逐一从头诉与老夫听咱。（正旦做努嘴，看张林科）（张林云）妹子，你说么，嗨！他出胞胎可曾见这等官府来？我替你说罢。（跪云）禀爷，这张海棠是个软弱妇人，并不敢药杀丈夫，做这般歹勾当哩。（包待制云）你是我衙门里祗候人，怎么替犯人禀事？好打！（张林起科）（包待制云）兀那妇人，你说那词因⑧来。（正旦再努嘴科）（张林跪云）禀爷，这张海棠并无奸夫，他不曾药杀丈夫，也不曾强夺孩儿，也不曾混赖家私。都是他大浑家养下奸夫赵令史，告官时又是赵令史掌案，委实是屈打成招的。（包待制云）兀那厮，谁问你来？张千，拿下去，与我打三十者。（张千拿张林打科）（张林叩头，云）这张海棠是小的亲妹子，他从来不曾见大官府，恐怕他惧怯，说不出真情来，小的替他代诉。（包待制云）可知道为兄妹之情，两次三番，在公厅上胡言乱语的；若不是呵，就把铜铡来切了这个驴头。兀那⑨妇人，你只备细的说那实话，老夫与你做主。（正旦云）爷爷呵！（唱）

〔乔牌儿〕 妾身在厅阶下忙跪膝，传台旨⑩问详细。怎当这虎狼般恶狠狠排公吏。爷爷也，你听我一星星说就里⑪。

（包待制云）兀那张海棠，你原是甚么人家的女子，嫁与马均卿为妾来？（正旦唱）

〔甜水令〕 妾身是柳陌花街，送旧迎新，舞姬歌妓。（包待制云）哦，你是个妓女。那马均卿也待的你好么？（正旦唱）与马均卿心厮爱，做夫妻。（包待制云）这张林说是你的哥哥，是么？（张林云）张海棠是小的妹子。（正旦唱）俺哥哥只为一载之前，少吃无穿，向我求觅。（包待制云）这等你可与他些甚的盘缠么？（正旦唱）是、是、是，他将去了我这头面衣袂。

（张林叩头，云）小的买窝⑫银子，就是这头面衣服倒换的。（包待制云）难道你丈夫不问你这头面衣服，到哪里去了？（正旦云）爷爷，俺员外曾问来，就是这大浑家撺掇⑬我与了哥哥将的去，却又对员外说我背地送了奸夫，教员外怎的不气死也！（唱）

〔折桂令〕 气的个亲男儿唱叫扬疾⑭。（包待制云）既是他气杀丈夫，怎生又告官来？（正旦唱）没揣的告府经官，吃了些六问三推。（包待制云）你夫主死了，那强夺孩儿，又怎么说？（正旦唱）一壁厢夫主身亡，更待教生各札⑮子母分离。（包制待云）这孩儿说是那妇人养的哩。（正旦唱）信着他歹心肠千般妒嫉。（包待制云）那街坊、老娘，都说是他的。（正旦唱）他买下了众街坊，所事儿依随。（包待制云）难道官吏每再不问个虚实？（正旦唱）官吏每更不问一个谁是谁非，谁信谁欺。（包待制云）你既是这等，也不该便招认了。（正旦唱）妾身本不待点纸招承，也则是吃不过这棍棒临逼。

（包待制云）那郑州官吏，可怎生监逼你来？（正旦唱）

〔雁儿落〕　怎当他官不威牙爪威，也不问谁有罪谁无罪。早则是公堂上有对头，更夹着这祗候人无巴臂⑯。

〔得胜令〕　呀！厅阶下一声叫似一声雷，我脊梁上一杖子起一层皮。这壁厢吃打的难挨痛，那壁厢使钱的可也不受亏。打的我昏迷，一下下骨节都敲碎。行杖的心齐，一个个腕头有气力。

（张千禀，云）郑州续解听审人犯，一起解到。（包待制云）着他过来。（搽旦⑰、俫儿并街坊、老娘入跪科）（张千云）当面。（包待制云）兀那妇人，这孩儿是谁养的？（搽旦云）是小妇人养的。（包待制云）兀那街坊、老娘，这孩儿是谁养的？（众云）委实大娘子养的。（包待制云）此一桩则除是恁般。唤张林上来。（做票臂，张林做出科，下）（包待制云）张千，取石灰来，在阶下画个阑儿。着这孩儿在阑内，着他两个妇人，拽这孩儿出灰阑外来。若是他亲养的孩儿，便拽得出来；不是他亲养的孩儿，便拽不出来。（张千云）理会的。（做画灰阑着俫儿站科）（搽旦做拽俫儿出阑科）（正旦拽不出科）（包待制云）可知道不是他所生的孩儿，就拽不出灰阑外来。张千，与我采那张海棠下去，打着者。（张千做打正旦科）（包待制云）着两个妇人，再拽那孩儿者。（搽旦做拽俫儿出科）（正旦拽不出科）（包待制云）兀那妇人，我看你两次三番，不用一些气力拽那孩儿。张千，选大棒子与我打着。（正旦云）望爷爷息雷霆之怒，罢虎狼之威。妾身自嫁马员外，生下这孩儿，十月怀胎，三年乳哺，咽苦吐甜，煨干避湿，不知受了多少辛苦，方才抬举的他五岁。不争为这孩儿，两家硬夺，中间必有损伤。孩儿幼小，倘或扭折他胳膊，爷爷就打死妇人，也不敢用力拽他出这灰阑外来，只望爷爷可怜见咱。（唱）

〔挂玉钩〕　则这个有疼热亲娘怎下得！（带云）爷爷，你试觑波。（唱）孩儿也这臂膊似麻秸细。他是个无情分尧婆⑱管甚的，你可怎生来参不透其中意？他使着侥幸心，咱受着腌臜气⑲。不争俺俩硬相夺，使孩儿损骨伤肌。

（包待制云）律意虽远，人情可推。古人有言：视其所以，观其所由，察其所安，人焉瘦哉！人焉瘦哉！⑳你看这一个灰阑，倒也包藏着十分利害。那妇人本意要图占马均卿的家私，所以要强夺这孩儿，岂知其中真假，早已不辨自明了也。（诗云）本为家私赖子孙，灰阑辨出假和真。外相温柔心毒狠，亲者原来则是亲。我已着张林拘那奸夫去了，怎生这早晚还不到来？（张林拿赵令史上，跪科，云）喏，禀爷，赵令史拿到了也。（包待制云）兀那赵令史，取得这等好公案！你把这因奸药杀马均卿，强夺孩儿，混赖家私，并买嘱街坊老娘，扶同硬证㉑，一桩桩与我从实招来。（赵令史云）哎哟，小的做个典吏，是衙门里人，岂不知法度？都是州官，原叫作苏模稜，他手里问成的。小的无过是大拇指头挠痒，随上随下，取的一纸供状。便有些甚么违错，也不干吏典之事。（包待制云）我不问你供状违错，只要问你那因奸药杀马均卿，可是你来？（赵令史云）难道老爷不看见的，那个妇人满面都是抹粉的，若洗下了这粉，成了甚么嘴脸？丢在路上也没人要，小的怎肯去与他通奸，做这等勾当！（搽旦云）你背后常说我似观音一般，今日却打落的我成不得个人，这样欺心的。（张林云）昨日大雪里，赵令史和大浑家，赶到路上来，与两个解子打话，岂不是奸夫？只审这两个解子，便见分晓。（董净云）早连我两个都攀下来了也。（包待制云）张千，采赵令史下去，选大棒子打着者。（张千云）理会的。（做打赵令史科）（正旦唱）

〔庆宣和〕你只想马大浑家做永远妻，送的我有去无归。既不吵㉒你两个赶到中途有何意？咱与你对嘴，对嘴。

（赵令史做死科）（包待制云）他敢诈死？张千，采起来，喷些水者。（张千喷水，赵令史醒科）（包待制云）快招上来。（赵令史云）小的与那妇人往来，已非一日，依条例也只问的个和奸，不至死罪。这毒药的事，虽是小的去买的药，实不出小的本意。都是那妇人自把毒药放在汤里，药死了丈夫。这强夺孩儿的事，当初小的就道，别人养的不要他罢。也是那妇人说，夺过孩儿来，好图他家缘家计。小的是个穷吏，没银子使的，买转街坊老娘，也是那妇人来买。嘱解子要路上谋死海棠，也是那妇人来。（搽旦云）呸！你这活教化头，蚤招了也，教我说个甚的？都是我来，都是我来。除死无大灾，拚的杀了我两个，在黄泉下做永远夫妻，可不好那！（包待制云）一行人听我下断：郑州太守苏顺，刑名违错，革去冠带为民，永不叙用。街坊老娘人等，不合接受买告财物，当厅硬证，各杖八十，流三百里。董超、薛霸，依在官人役，不合有事受财，比常人加一等，杖一百，发远恶地面充军。奸夫奸妇，不合用毒药谋死马均卿，强夺孩儿，混赖家计，拟凌迟，押付市曹，各剐一百二十刀处死。所有家财，都付张海棠执业，孩儿寿郎，携归抚养。张林着与妹同居，免其差役。（词云）只为赵令史卖俏行奸，张海棠负屈衔冤。是老夫灰阑为记，判断出情理昭然。受财人各加流窜，其首恶斩首阶前。赖张林拔刀相助，才得他子母团圆。（正旦同张林叩头科，唱）

〔水仙子〕　街坊也，却不道您吐胆倾心说真实。老娘也，却不道您岁久年深记不得。孔目㉓也，却不道您官清法正依条例。姐姐也，却不道您是第一个贤慧的。今日就开封府审问出因依㉔。这几个流窜在边荒地，这两个受刑在闹市里。爷爷也，这灰阑记传扬得四海皆知。

【注释】

①　冲末：元杂剧角色名称，亦称副末。　②　势剑金牌：皇帝授予的金虎符和尚方宝剑。　③　此句形容包待制刚正廉明，治所内政清刑简。界牌：原意为交界处的牌子，此处泛指官衙界墙处。结绳为栏：用绳索拉起来圈押犯人或就地审理的做法。屏墙边：村头街角的墙边。画地成狱：画地为牢。　④　戒石：安放在官衙门口的戒石铭，起警示作用。⑤　黄堂：本意谓天子便殿，后成为太守衙门代称，亦引申为太守职务的代称。　⑥　吊取：提取。　⑦　董净：指本剧前文中的解差董超，以净行扮演。　⑧　词因：案由、冤情。⑨　兀那：意即"你这个"。　⑩　台旨：此处指上官（包公）所发指示。　⑪　一星星：一点点、一桩桩。就里：实情。　⑫　买窝：谋职时的花费开支。　⑬　撺掇：挑唆、建议。⑭　亲男儿：丈夫。唱叫扬疾：争吵、大闹。　⑮　更待教：更弄得。生各札：硬是、活生生地。　⑯　无巴壁：没凭据、没证据。　⑰　搽旦：元杂剧角色名称，主要扮演反派女性人物。　⑱　尧婆：心肠恶毒的后母。　⑲　腌臜气：冤枉气。　⑳　语出《论语·为政》，表示包待制有知人之法。　㉑　扶同硬证：串通别人，伪造证词。　㉒　既不吵：要不的话、倘非如此。　㉓　孔目：指判官、吏目，有时元杂剧中也称"六案孔目"。　㉔　因依：缘由、真相。

【评解】

《灰阑记》是一出社会公案剧，寄托了作者对当时社会道德标准的评判。全剧叙说一位从良妓女张海棠嫁入富户人家后的一连串遭遇。她虽因姿色获得丈夫喜欢，但出身低微，又有卖笑经历，在丈夫和大娘子眼里总是低一等。而她生有儿子，大娘子没儿子，这就牵涉到两个女人将来在家中地位的变化，也就是家产的支配、拥有权的变化，海棠和大娘子之间便不可避免地要发生矛盾冲突。因此，这场夺子案从本质上说是一场财产的争夺战。大娘子勾搭赵令史，谋杀亲夫马均卿，抢夺寿郎的"亲生权"，挑唆海棠与哥哥张林不和，骨子里都是为了独占马家财产。

这场诉讼，案中套案，既有两个母亲对儿子的争夺，又有男女奸情，还有杀人案，背后更是财产的争讼。此外，还有解差的受贿、太守苏顺的渎职案、赵令史包揽词讼违法案、收生婆等邻居的伪证案，其中还夹着张林、海棠兄妹的误会矛盾等。这一系列案子看似毫无头绪，但善于断案的包待制大人还是抓到了最关键的突破口，即谁是寿郎的生母。他认为只要首先把这一点突破了，全案就能破解。我们看到，在这部戏的第四折中，包待制便非常有智慧地用了一个"灰阑计"，让寿郎的真正生母浮出水面，让假冒生母者露出破绽。生母问题弄清后，包待制便可以判断马大娘子是这系列阴谋的主犯，牵出了另一主犯赵令史；同时，由于寿郎生母问题弄清了，那些受贿做伪证的嫌犯便也露出了原形。到了此时，赵令史和马大娘子为了推卸责任保命，便会互相撕咬，招出谋杀案的真相，连同受贿的二解差一并牵出。全案突破后，郑州太守苏顺的渎职罪也就拔出萝卜带出泥逃不掉了。所以，这个复杂的案子看似盘根错节，但由于提纲挈领，一下直捣黄龙，破得很爽利。我们不能不佩服剧作家这种"快刀斩乱麻"的功夫。一场复杂的公案剧，最后在推向高潮（"灰阑计"断案）之际戛然收场，显示出了作者驾驭情节的能力。

这折戏中最值得注意的亮点是写了人性，即表现了一个奇特的破案方式——人性破案。"灰阑计"断案，看起来过于简单，也近乎荒唐，表面上等于告诉人们，谁的力气大谁就能证明自己是孩子生母；但人们都忽略了一点，即这不是拔河比赛，双方用全力去硬拉的不是拔河绳或其他物件，而是个只有五岁的孩子。孩子细皮嫩肉，两边都使劲硬拉，必然造成损伤。假如非亲生母，她绝不会想到这一层，因为她关心只是如何用力气把孩子拉过去。而亲生母亲与儿子十指连心，首先关心的是儿子的安危，为了儿子不损伤，宁可自己受冤屈，只有亲生母才会有这样的胸怀、品格。所以，这"灰阑计"看似荒诞、简单，内涵却很深，包含着对人性的考量。张海棠拉孩子失败后讲的这一番话，是作为一个母亲的真情告白，合情合理，是真正的人性的体现。包待制据此判断，也就非常合理合法，还很科学。

这件案子中，那些收生的刘四婶、剃胎毛的张大嫂及邻居们，他们受了贿，在公堂上做伪证，最后终于败露。作者借包待制之口也重重地惩罚了他们，显然是大快人心。若没有他们的伪证，赵令史就无法将海棠枉判，他们起了为虎作伥的作用。伪证罪是现代司法审判中经常碰到的问题，而中国古代的司法机构早就对此实施惩处了，可见当时在知识分子层面，对司法审判中的伪证罪不仅注意到了，而且深恶痛绝。

整部戏情节紧张、复杂、曲折，且又数案连串，故事生动、跌宕，十分吸引人。对张海棠这个人，作者有自己的道德评判，一方面通过张林对海棠做皮肉交易维持生计的行为进行了否定；另一方面她作为一个社会的弱者，从良后受到马大娘子的欺压乃至被诬陷入狱，作者又寄予了无限同情，说明作者在人格上很尊重张海棠。可见，在元代社会，下层女子为生活所迫当妓女，在一般市民阶层而言，并不是什么可鄙的行为，她们依旧能获得社会的同情。包待制最后把马家的所有财产都判给了张海棠，说明当时社会对从良妓女的正当、合法权利是保护的，并不会因她们有不光彩经历而剥夺。

【拾遗】

《灰阑记》这部戏在现代戏曲舞台上已不大演出，但它在国外影响很大，有多种外文译本，在欧洲传播较广。

据考证，《灰阑记》的故事最早出自印度的《佛本生经》，其中《二母争子》的情节为：一母夜叉抢得一男孩，谎称为己生，其生母与之争夺时，由佛菩萨判断。菩萨在地上画出一条线，让孩子站在线上，让夜叉与生母各拽一边，孩子被拉向哪一边，哪一边的即为生母。其生母拽孩子失败，称不忍用力拉伤孩子，并心疼地大哭。菩萨即判定其为生母。北魏慧觉等所译《贤愚经》卷十二中亦有二母争儿的故事。

《灰阑记》的改编本中，最有名的是德国戏剧家贝尔托·布莱希特于1945年改编的话剧《高加索灰阑记》。剧情为：格鲁吉亚总督在暴乱中被杀，总督夫人仓皇逃跑中把儿子米歇尔托给女佣，善良的女佣将其抚养成人。叛乱平息后，总督夫人为继承总督财产，向女佣索要儿子。女佣不肯，称此子系她所出。两女争子闹至法庭，法官阿兹达克用灰阑计断案，因女佣不忍心拽坏孩子，法官遂判定女佣是真生母，总督夫人则失子又丢财产。布莱希特改编此剧时，吸收了中国传统戏曲中每一折的时间、环境不受限制的手法，拆除了所谓的"第四堵墙"，对欧洲的戏剧发展有很大的意义。

关于《灰阑记》题材的演变，可参阅《梵佛异域传因缘——元杂剧〈灰阑记〉题材演变初探》一文，该文刊于南京《艺术百家》杂志2004年第5期。

元代彭伯威亦创作过《灰阑记》，剧本已佚。亦有人称其实此即李行甫的作品，彭伯威作此剧是记录有误。

地藏王①证东窗事犯

孔文卿

【剧情简介】

南宋初，岳飞统军在朱仙镇打得金国四太子闭门不出，不料朝廷却派使臣连宣十三道圣旨，要他立即回京城临安。岳飞还以为是皇帝要赏赐他，可一到京，他并没见到皇帝，而被窃居宰相的金国内奸秦桧诬为谋反，被逮入大理寺问罪。

无端入狱的岳飞回顾了自己收降戚方、擒获李成、扶助赵构登基、破金国大军的一系列征战经历，觉得自己忠心耿耿，并未背叛朝廷，何来谋反之罪？他只能仰天长叹："皇天可表，岳飞忠孝！"向高宗呼喊："杀了岳飞、岳云、张宪三人……你便似砍折条擎天架海紫金梁！"

岳飞父子被杀，举国称冤，惊动幽冥地府。地藏王菩萨化成呆行者叶守一，在西湖灵隐寺中，揭发秦桧夫妇诬害忠良的阴谋。秦桧不承认，呆行者说："你勾结金邦，与'贤老婆'在家中东窗下策划杀害忠良。"原来，岳飞下狱后，秦桧搞不到谋反证据，弄得很被动，朝廷中有大臣要求予以释放。秦桧与妻王氏在东窗下密议此事，王氏对他说："你不懂吗？'缚虎则易，纵虎则难'。"秦桧遂决意诬杀岳飞。现在他和老婆私下策划的阴谋全露馅了，于是便凶相毕现企图拘捕呆行者。可他不知道，呆行者是地藏王菩萨的化身，菩萨斥责他说："你冤杀三位忠良还想抵赖吗？普天下的人谁不知道你的罪行？老百姓都是一肚子的怨气无处出！"他又说："现在岳飞定国保家功劳已定论了，你秦桧勾结敌国、背叛朝廷之罪也已毕露，你逆天行事，休言神明不报，只不过是早晚的问题。那时节，你将成为十恶不赦之犯，打入地狱后永远不得超生。"呆行者又送给秦桧八句藏头诗，连起来取头一个字读便是"久占都堂，有塞贤路"。秦桧更加妒火中烧，便派虞侯何宗立带人到灵隐寺去拘捕呆行者。哪知何宗立进寺，发现呆行者早已走了，唯留纸一张，上有八句诗，内有："丞相问我为何处？家住东南第一山。"秦桧命何宗立到东南第一山去抓人。他远远地见前面有个卖卦先生，指引他往东南方向前行，忽见呆行者就在前面，何宗立说奉秦丞相钧旨就要抓他。呆行者说："这前面就是东南第一山，你看，秦桧披发带柳被押过来了。"何宗立突然发现，果有一像秦桧的囚犯走过来，牛头鬼在旁边监押着他。秦桧对何宗立说："你回去告诉我夫人，东窗的罪行败露了，我正被清算，在地狱受苦。"

屈死的岳飞冤魂不散，奉天佛、玉帝牒敕，由东岳圣帝领着去给高宗赵构托梦。但见怨雾凄迷，悲风乱吼，梦中的高宗见到了来诉说冤屈的岳飞。岳飞对高宗说："臣等三人曾为国家出力，统三军舍命，与四国敌军厮杀，将四京九府平收。不想扶侍君王不到头，秦桧为了贪图贿赂，私下与金邦勾结，要将大宋江山一笔勾。请陛下赶快惩处秦桧，替微臣报仇。用刀斧将秦桧押赴市曹中诛杀，把这种禽兽千刀万剐！"

何宗立看到秦桧在地狱受苦，又知道呆行者即是地藏王化身，便赶快回京。他这一来一回算时间也只有四旬光景，没想到家人却说已隔了好几年，他也发现自己已两鬓染霜老了许多。大家告诉他江山社稷已改，朝廷已换了新君。新皇帝唤何宗立前去询问，何宗立启奏说："秦桧命我去拘捕呆行者，一算卦先生指点我去东南第一山，见到了那个和尚。我正想拘捕他，谁知那和尚却说'用不着你忙了，我已把秦桧捉在这里了，你要不信，就让你看看'。"何宗立又说："臣果然在地狱见到秦桧正在受惩罚。当初他加害岳飞，今日灾难临。阴司的刑罚比阳间狠，秦桧正受千般凌虐苦，监押他的全是恶鬼狞神。岳飞、岳云、张宪已经飞升为神，请陛下将秦桧灭绝三宗九族，剖棺剉尸，把恩和仇赶快算清。"

第 二 折

（正末扮呆行者②拿火筒上，念）吾乃地藏神，化为呆行者，在灵隐寺中，泄漏秦太师东窗事犯。（诗曰）损人自损自身己，我疯③我痴我便宜。人我场中④恁试想，到底难逃死限催。

〔中吕粉碟儿〕 休笑我垢面疯痴，恁参不透我本心主意，则为世人愚不解禅机。鬅鬙⑤着短头发，胯着个破执袋⑥，就里敢包罗天地。我将这吹火筒却离了香积⑦，我泄天机故临凡世。

〔醉春风〕 又不曾礼经忏⑧法堂中，俺则是打勤劳山寺里，则为你上瞒天子下欺臣。（带云）你道我痴，我道你奸。"缚虎则易，纵虎则难。"⑨太师，（唱）这言语单道着你！你休笑我秽，我干净如你！你问我缘由，我对你说破，看怎生支对？有甚不知你来意！

〔迎仙客〕 你来意我理会得，你未说我先知。知你个怕心也你那梦境恶，故来动俺山寺里，祝神祇，礼忏会⑩。休只管央及俺菩提，道不得念彼观音力。

（等太师云了⑪）（正末唱）

〔石榴花〕 太师一一问真实，你听我说因依。当时不信大贤妻⑫，他曾苦苦地劝你，你岂不自知？东窗下不解西来意⑬，我葫芦提⑭，你无支持。则为你奸猾狡佞将心昧，你但举意⑮，我早先知。

〔斗鹌鹑〕 知你结勾他邦，可甚于家为国？咱人事⑯要寻思，免劳后悔。岂不闻湛湛青天不可欺！据着你这所为，来这里唬鬼瞒神，做的个藏头露尾。

（云）太师，你休笑这火筒。（唱）

〔红绣鞋〕 他本是个君子人⑰则待挟权倚势，吹一吹登时教人烟灭灰飞。则为他节外生枝，教人落便宜。为甚不厨中放，常向我手中携？（带云）这其间不是我掌握着呵。（唱）敢起烟尘，倾了社稷！

〔十二月〕 笑你个朝中宰职，只管里懊恼阇梨⑱。我这里明明取出，他那里暗暗掯提⑲。不是疯和尚直恁为嘴，也强如干吃了堂食。

〔尧民歌〕 你好坐儿不觉立儿饥，这的是两头白面做来的。我重吃了两个莫惊疑，你屈坏了三人待推谁？普天下明知、明知其中造化机。百姓每恰似酸馅一般，都一肚皮衔⑳包着气。

〔满庭芳〕 你则待亡家败国，你几曾夺旗扯鼓，厮杀相持？将别人边塞功番㉑成罪，你只会改是为非。有神方难除你病疾，无妙药将我难医。你将那英雄辈，都向钢刀下做鬼，云阳㉒内血沾衣！

〔快活三〕 则为你非来我这风越起，风过处日光辉。则为你拿了云握住雨不淋漓。㉓便下雨呵，则是替岳飞天垂泪！

〔鲍老儿〕 替头儿看看趱到㉔你那里，怕犯法没头罪。我不念经强如人咒骂你，你仔细参详八句诗中意。你心我知，一言既出，驷马难追。

（诗曰）久闻丞相理乾坤，占断官中第一人。都领群臣朝帝阙，堂中钦伏老勋臣。有谋解使蛮夷退，塞闭奸邪禁卫宁。贤相一心忠报国，路上行人说太平。（云）俺这里景致好。（唱）

〔耍孩儿〕 这寺嵯峨秀丽山叠翠，这湖瀑布岚光水碧，这山千层万叠似屏帏，这玉湖清浩荡尽苏堤。青山只会磨今古，绿水何曾洗是非？枉了你修福利，送的教人亡家破，瓦解星飞。

〔三煞〕 岳飞定家邦功已休，秦桧反朝廷事已知，你两家冤仇有似檐间水。则为奸谀宰相千般狠，送了慷慨将军八面威。你所事违人理，休言神明不报，只争来早来迟。

〔二煞〕 你看看业罐满㉕，渐渐死限催，那三人等候在阴司内。这话是金风未动蝉先觉，暗送无常死不知。㉖那时你归泉世，索受他十恶罪犯，休想打的出六道轮回㉗。

〔收尾〕 便似哑谜般说与你猜，你索似闷弓儿㉘心上疑。有一日东窗事犯知我来意，只怕你手揾着胸脯怎时节悔。（下）

【注释】

① 地藏王：佛教大乘菩萨之一。《地藏十轮经》云："安忍不动犹如大地，静虑深密犹如秘藏。"其道场在今安徽九华山。　② 呆行者：痴癫样子的行者。行者：佛寺中尚未剃度的出家人，有的还兼充杂役，如《西游记》中的孙悟空，因没有正式剃度，被称为孙行者。本剧中的呆行者形象，后来在文艺作品中发展成为灵隐寺的济颠僧（济公和尚）。　③ 疯：亦有其他版本作"风"。　④ 人我场中：包括别人和自己的社会群体。　⑤ 鬅鬙：头发散乱的样子。　⑥ 执袋：有背带的布袋，旧时一般僧人常用之物。　⑦ 香积：僧家的食物或寺院厨房原料。　⑧ 礼经忏：礼拜三宝，忏悔罪过。　⑨ 南宋成材《朝野杂编》载："一日，桧独居书室食柑，玩皮以爪划之，若有思者。王氏窥见，笑曰：'老汉何一无决耶？捉虎易，放虎难也。'桧掣然当心，即片纸付入狱。是日，岳王薨于棘寺。"　⑩ 礼忏会：参加念经礼拜、忏悔罪过的法会。　⑪ 等太师云了：等太师说完以后。太师：指秦桧。他窃居相位，故人称"太师"。早期元杂剧可能带着参军戏的影子，剧本较简，除主要人物有台词外，次要人物的台词常被省略，因不须唱，所以演员上台后可以现编。此剧中的秦桧是反派形象，非主要角色，因而没有唱词，剧本把他的道白也省了。　⑫ 大贤妻：这里用作对桧妻王氏的讽刺。　⑬ 此句意为东窗下犯下罪行的人不知道西方来客（地藏王）的目的。⑭ 葫芦提：本意为糊涂，此处意为故意不说明、有意卖关子。　⑮ 举意：私下行动或策划想法。　⑯ 人事：在社会上所做的事情。　⑰ 君子人：指火筒。因为火筒不会干坏事，所以称它为"君子般的人"。此讽刺秦桧干坏事，连火筒也不如。　⑱ 阇梨：亦称"阇黎""阿只梨"等，原意为规范师，此处指和尚。　⑲ 掂提：念叨、掂量。　⑳ 衡：纯粹、全部。　㉑ 番：同"翻"或"反"。　㉒ 云阳：秦时城名。因韩非子、李斯父子皆刑死于此，后世即以云阳作刑场的代称。　㉓ 此句喻秦桧手握大权不办好事。　㉔ 替头儿：替死鬼、担罪者。趱到：轮到、赶上。　㉕ 业罐满：恶贯满盈。业：罪孽。罐：同"贯"。　㉖ 此二句意为表面上秦桧还在台上，实际上他已被阴司暗中勾去了。蝉：此处指智者。无常：阴间勾魂鬼。　㉗ 六道轮回：佛教传说，世间有生命的人和动物都要死，然后再转世投胎，如此往复无限。此生修行造福，来生便可享荣华富贵；此生若做造孽恶事，来生便遭报应或转投猪、狗、蛇、蝎等动物。此为轮回。唯有成佛、成仙才能免轮回往生之苦。六道：天道、人道、修罗道、地狱道、饿鬼道、畜生道。　㉘ 闷弓儿：有的版本作"闷事儿"，即闷葫芦，指别人猜不透的人。

【评解】

这部剧作是痛惜民族英雄岳飞被宋高宗赵构、秦桧为首的汉奸集团杀害的最早的一部戏剧作品，对后来的戏曲、文学、说唱艺术作品的影响很大，《说岳全传》《济公传》等有关"疯僧扫秦"的情节都取材于这部作品。有关地藏王化为呆行者、何宗立到"东南第一山"（阴间）见到秦桧在地狱受苦的故事情节，可能源于当时的一些民间传说，也可能是作者的原创，现已难以考证。

以现代戏剧创作的规矩而言，《东窗事犯》是一部艺术上不完整的剧作，每折戏基本上只有一位正末在唱和念，少有其他人物活动。但由于全剧表现出了强烈的爱憎感，而且唱词锋芒犀利，串联起来简直是一篇讨伐大汉奸秦桧的檄文，在元杂剧中也可算是独树一帜。

南宋时期，秦桧死后尽管曾一度被贬谥为"缪丑"，但后来投降派得势，便对其亡灵恢复"名誉"。所以，在整个南宋朝，秦桧并未"大臭"（嘉定元年，秦桧的走狗党羽史弥远踞相，让皇帝复秦桧申王王爵，又赠谥"忠献"，以后封号、谥号再未撤销过），显示了南宋小朝廷的无耻。在元朝人修《宋史》时，才公布了秦桧暗中曾降金的真相，对秦桧的评价也终于盖棺论定，列入奸臣行列，成为古今极恶之一。秦桧真正遗臭万年，是古代戏剧、曲艺及文学工作者之功，通过舞台、书场、书本对其罪行进行披露，并口诛笔伐，终于还其本来面目。

本折中，地藏王以其无边之法力，以所化的呆行者形象，在灵隐古刹揭露了秦桧为诬杀岳飞，与恶妻王氏密商的"东窗阴谋"。同时，又义正词严地斥责秦桧勾结金邦、为害国家的奸佞罪行，并指出："你（秦桧）所事违天理，休言神明不报，只争来早来迟。"到那时，秦桧"归泉世……休想打的出六道轮回"！剧中那八句藏头诗，暗含秦桧"久占都堂，有塞贤路"，已激起民愤。整折戏都是呆行者在讨伐秦桧罪行，一气呵成，不给奸臣以半点辩解机会，实在痛快淋漓至极。

由于中国古代治史往往有为尊者讳的习惯，《宋史》虽披露了宋高宗赵构置北狩之徽、钦二帝于不顾，一意屈膝议和并参与杀害岳飞的罪行，但为赵构作传时，未将其定为暴君逐出本纪。故后世有关岳飞题材的文艺作品对赵构的谴责不够，而杭州西湖边岳坟前的跪像也仅有"三雄一雌"四凶而没有赵构，本剧当然也存在这方面的遗憾。

醉思乡王粲①登楼

郑光祖

【剧情简介】

东汉末年，高平儒生王粲学成满腹文章，奉母命进京求官。原来他父亲王默任太常博士，生前与左丞相蔡邕交好，蔡邕数次写信来要他赴京相见。哪知王粲到京以后，蔡邕却一直不肯见他，王粲盘缠带得不多，欠下了旅店许多房钱、饭钱，遭店小二讥刺，无奈也只得忍着。

蔡邕是位饱学之士，当年因与王默同僚为官，两家还指腹为婚，后来王默生下儿子王粲，蔡邕亦生下一个女儿，成为儿女亲家。蔡邕对未来女婿王粲自然非常关切，听说王粲有才但心气高傲，决心对他进行一番教诲。这天，正好翰林学士曹植（字子建）来访，蔡邕想以激将之法暗中帮助王粲，曹植认为此计可行。两人商定后，蔡邕便让门吏传王粲进府参见。那王粲进门见了曹植，并不叩拜，只唱了个喏。蔡邕觉得王粲失礼，忙向曹植赔罪。酒宴之上，蔡邕举杯说这杯酒应当为王粲洗尘，可是他把酒端过去却又赶快收住，说："今天翰林曹学士在此，哪有先敬王粲晚辈之礼？"便把这杯酒敬给了曹植。第二巡把盏开始，蔡邕刚说要递给王粲就忙收回，声称曹学士应喝双杯，又把酒递给了曹植。第三杯酒，蔡邕先举给王粲，王粲再次要接酒，蔡邕又说要请曹植喝个"三杯和万事"，还是不让王粲喝酒。王粲忍耐不住，顿时不快，责问蔡邕为何轻慢自己。蔡邕也装出不高兴的样子，干脆把酒席抬过一边，又把王粲奚落了一顿。王粲气得不辞而别，心想不如回家去吧。曹植赶出门外，劝王粲投奔荆王刘表求取功名，王粲称自己没有路费，曹植送他白金一锭、青衣一套、骏马一匹、致刘表书信一封，说他到了那里一定会受重用。此时王粲并不知道，这些银子、衣物、马匹都是蔡邕暗中所赠的。

王粲到荆州后，依旧不肯改自负孤傲脾气，看不起荆襄饱学之士、文臣武将。刘表让蒯越、蔡瑁二将与王粲相见，顺便教训他一下。那蒯越、蔡瑁见王粲后，轻浮地上前说："那壁厢书生是不是仲宣（王粲的字）呵？"又说："久闻贤士大名，如雷贯腿。"王粲见二人如此，便更不屑搭理他们。他对刘表亮明了自己抱负，要向姜尚、张良等古名人看齐。刘表认为他讲大话，正要考查他的军事才能时，王粲不屑理会，竟睡着了。

王粲在荆州也未得志，他精心写下万言建策，寄给曹植，央他启奏圣上，但过了很久，也没一丝儿消息，加上刘表也死了，他失望至极。闲来无事，应好友许达之邀，登上城中的溪山风月楼喝酒。王粲想起自己年已三十，至今功名未就，腮边泪流。楼主许达知王粲乃是人才，便安慰他。面对许达，王粲喝不下酒，想起老母在家盼望，他总结出自己失败的教训，是"这气、这愁和这泪"。许达以一首《捣练歌》相赠，又劝他等待时机。王粲嗟叹功名不遂，不如坠楼而亡，幸许达拉住。王粲怀才不遇，竟在这溪山风月楼上睡过去了。此时朝廷派使者至，因圣上看了王粲万言长策甚喜，召他去任天下兵马大元帅。许达忙推醒王粲，哪知王粲听得这个消息，反倒一点也不着急了。

春风得意的王粲进京了，蔡邕、曹植都去十里长亭接他。哪知王粲见了曹植恭敬有加，听说蔡邕要来，想拒绝接见，但因为蔡邕是丞相，自己为元帅，又不能不见。酒席宴上，王粲亦像当年蔡邕不给他吃酒那样，一连三次敬酒都怠慢蔡邕，只敬曹植。蔡邕责他无礼貌，王粲反唇相讥。这时，曹植出来打圆场，把当年实际上是蔡邕在暗中资助他的真相说了出来，称这么做是为了涵养你的锐气。王粲这才恍然大悟，对蔡邕赔礼。蔡邕对王粲道："因你性子骄傲，不肯谦让尊老，才挫折你一番。万言策是我转达圣上，助你获得大元帅之职。如今你当了官，赶快赴高平去接老母，回来后便好与小女结花烛夫妇。"

第 三 折

（副末扮许达引从人上，诗云）壮气如虹贯碧空，尘埃何苦困英雄。假饶不得风雷信，千古无人识卧龙。小生姓许名达，字安道，乃荆州饶阳人也。先父许士谦，曾为国子监助教，年仅六十，病卒于官。止存老母在堂，训诲小生，颇通诗礼。不想老母亡化，小生学业因此荒废，有负先人遗教，至今愧之。小生赖祖宗荫下，就此城市中建一座楼，名曰溪山风月楼，左有鹿门山，右有金沙泉，前对清风霁岭，后靠明月云峰，端的是玩之不足，观之有余。但凡四方官宦，到此无可玩赏，便登此楼，饮酒中间，常与小生论文。有等文学秀士，未经发迹，小生置酒相待，临行又赠路费而归。人见小生有此度量，皆呼小生为东道主。近日有一人，乃高平人氏，姓王名粲，字仲宣。此人是一代文章之士，持子建学士②书呈，投托荆王刘表③，刘表不能任用。后刘表辞世，此人淹留在此。小生深念同道，常与他会饮此楼。只一件，此人不醉犹可，醉呵，便思其老母，想其乡闾，不觉泪下。今日时遇重阳登高节令，下次小的每安排酒果，请仲宣到此，共展登高之兴，聊纾望远之怀，只等来时，报复我知道。(正末上，云)小生王粲，将子建学士书呈，投托荆王刘表，刘表听信蒯越、蔡瑁④谗言，不能任用，流落于此。小生只得将万言长策，寄与曹子建学士，央他奏上圣人，至今不见回报，多分又是没用的了，使小生羞归故里，懒睹乡闾。此处有一人许安道，幸垂顾盼，时与小生尊酒论文，稍不寂寞。今日重阳佳节，治酒于溪山风月楼，请我登高，须索走一遭去。(叹介)时遇秋天，好是伤感人也！〔鹧鸪天〕(词云)一度愁来一倚楼，倚楼又是一番愁。西风塞雁添愁怨，衰草凄凄更暮秋。情默默，思悠悠，心头才了又眉头。倚楼望断平安信，不觉腮边泪自流。(唱)

〔中吕粉蝶儿〕 尘满征衣，叹飘零一身客寄。往常我食无鱼弹剑伤悲⑤，一会家怨荆王，信谗佞，把那贤门来紧闭。(带云)从那荆王辞世呵，(唱)不争⑥你死丧之威，越闪得我不存不济。

〔醉春风〕 我本是未入庙堂臣，倒做了不着坟墓鬼。想先贤多少困穷途，王粲也我道来命薄的不似你、你！我比那先进何及，想昔人安在，(带云)小生三十岁也，(唱)我可甚么后生可畏。

（云）说话中间，可早来到也。楼下的，报复去，王粲来了也。（从人报科）报的东人得知，王仲宣来了也。（许达云）道有请。（见科，云）仲宣请。（做上楼科）（诗云）欲穷千里目，（正末云）更上一层楼。⑦（许达云）家童将酒过来，仲宣，蔬食薄味，不堪供奉，请满饮此杯。（正末云）敢问安道，此楼何人盖造？（许达云）仲宣不问，许达也不道，此楼是先父许士谦盖造。（正末云）因何造此？（许达云）因四方官宦，到此无可玩赏，故建此楼。（诗云）一座高楼映市廛，玉阑十二锁秋烟。卷帘斜眺天边月，举眼遥观日底仙。九酝酒光斟琥珀，三山鸾凤舞翩跹。停杯畅饮才歌罢，倒卧身躯北斗边。（正末诗云）安道，你看危楼高百尺，手可摘星辰。不敢高声语，恐惊天上人。（唱）

〔迎仙客〕 雕檐外红日低，画栋畔彩云飞，十二阑干、阑干在天外倚。（许达云）这里望中原，可也不远。（正末唱）我这里望中原，思故里，不由我感叹酸嘶，（带云）看了这秋江呵，（唱）越搅的我这一片乡心碎。

（许达云）仲宣为何不饮？（正末云）小生一登此楼，就想老母在堂，久阙奉养，何以为人！（许达云）仲宣不登楼便罢，但登楼便思其老母，想其乡同。母子，天性也。母思其子，慈也；子思其母，孝也。故母子为三纲之首，慈孝乃百行之原。我想大舜古之圣人，父顽、母嚚、弟傲，尝设计害舜，舜尽孝以合天心，终不能害舜，终能使一家底豫⑧。（诗云）历山号泣自躬耕⑨，青史长传大孝名。今日登高频怅望，岂能无念倚闾情。（正末诗云）旅客逢秋苦忆归，可堪鸿雁正南飞。倚门老母应头白，何日重来戏彩衣。（唱）

〔红绣鞋〕 泪眼盼秋水长天远际，归心似落霞孤鹜齐飞⑩，则我这襄阳倦客苦思归。我这里凭阑望，母亲那里倚门悲。（许达云）仲宣，既然如此感怀，何不早归故里？（正末云）吾兄怕不说的是哩！（唱）争奈我身贫归未得。

（许达云）仲宣满饮此杯。你看此楼，下临紫陌，上接丹霄，宴海内之高宾，会寰中之佳客。青山绿水，浑如四壁开图；红叶黄花，绝似满川铺锦。寒雁影摇摇曳曳，数行飞过洞庭天。寒蛩声唧唧啾啾，几处叫残江浦月。俺这里鲈鱼正美，新酒初香，橙黄橘绿可开樽，紫蟹黄鸡宜宴赏。对此开怀，何故不饮？（诗云）风送潮声过远洲，雨收山色上危楼。美玉不换重阳景，黄金难买菊花秋。（正末云）忆昔离家二载过，鬓边白发奈愁何。无穷兴对无穷景，不觉伤心泪点多。（唱）

〔普天乐〕 楚天秋，山叠翠，对无穷景色，总是伤悲。好教我动旅怀，难成醉。枉了也壮志如虹英雄辈，都做助江天景物凄其。（云）老兄，小生有三桩儿不是。（许达云）可是那三桩儿不是？（正末云）是这气、这愁和这泪。（许达云）气若何？（正末唱）气呵做了江风淅淅。（许达云）愁若何？（正末唱）愁呵做了江声沥沥。（许达云）泪若何？（正末唱）泪呵弹做了江雨霏霏。

（许达云）仲宣，时遇清秋，阶下有等草虫，名寒蛩，又名促织，此等草虫叫动，家家捶帛捣练。小生不才，作《捣练歌》一道，则是污耳。（歌云）忽闻帘外杵声摇，声上声低声转高。罗袖长长长绕腕，轻轻播播播风飘。看看看是谁家女，巧巧巧手弄砧杵。停停听是两娉婷，玉腕双双双擎举。湾湾湾月在眉峰，花花花向脸边红。星眼眼长长出泪，多多多滴捣衣中。径开径入径纹波，叠叠重重重数多。相相相唤邻家女，欲裁未裁裁绮罗。秋天秋月秋夜长，秋日秋风秋渐凉。秋景秋声秋雁度，秋光秋色秋叶黄。中秋秋月旅情伤，月中砧杵响当当。当当响被秋风送，送到征人思故乡。故乡何在归途远，途远难归应断肠。断肠只在纱窗下，纱窗曾不忆彷徨。休玩休玩中秋月，月到中秋偏皎洁。此夜家家家捣衣，添入离愁愁更切。寒露初寒寒草边，夜夜孤眠孤月前。促织促织叫复叫，叫出深秋砧杵天。谁能秋夜闻秋砧，切切悲悲悲不禁。况是思归归未得，声声捶碎故乡心。（正末叹云）好高才也！其思远，其调悲，使人闻之，不觉潸然泪下。（诗云）寒蛩唧唧细吟秋，夜夜寒声到枕头。独有愁人听不得，愁人听了越添愁。（唱）

〔石榴花〕 现如今寒蛩唧唧向人啼，哎，知何日是归期？想当初只守着旧柴扉，不图甚的，倒得便宜。（许达云）大丈夫得志食于钟鼎，不得志隐于山林。（正末唱）则今山林钟鼎俱无味。命矢时兮。哎，可知道枉了我顶天立地居人世。(许达云)仲宣，今年贵庚了？(正末唱)老兄也，恰便似睡梦里过了三十。

〔斗鹌鹑〕 又不在麋鹿群中①，又不入麒麟画里②。自死了吐哺周公，枉饿杀采薇伯夷。自洛下飘零到这里，划的无所归栖。(带云)小生当初投奔刘表的意呵，(唱)指望待末尾三稍，越闪的我前程万里。

(许达云)仲宣，想昔日孔子投于齐景公，景公不能用，复投鲁哀公，封孔子为鲁司寇，三日而诛少正卯。齐景公故将美女数十人，习成女乐，献与哀公，哀公受了女乐，三日不朝。孔子弃职而归，投于卫灵公，与之言治国之道。卫灵公仰视飞雁，孔子知其不能用，投于陈国。其时陈国被吴国征伐，孔子遂困于陈、蔡之间，粮食都绝，从者皆病不能起。圣人尚然如此，何况今日乎！老兄，(诗云)诗酒当前且尽情，功名休问几时成。天公自有安排处，莫为忧愁白发生。(正末诗云)三尺龙泉七尺身，可堪低首困风尘。王侯将相元无种③，半属天公半属人。(唱)

〔上小楼〕 一片心扶持社稷，两只手经纶天地。谁不待执戟门庭，御车郊原，舞剑尊席。(许达云)仲宣，当初肯与蒯、蔡同列为官，可不好来？(正末唱)我怎肯与鸟兽同群，豺狼做伴，儿曹同辈？兀的不屈沉杀④五陵豪气！

(许达云)仲宣，想你辞老母，离陈蔡，谒蔡邕⑮于京师，不能取其荣贵。又持子建学士书呈，投托荆王刘表，内妨蒯、蔡，不肯同列为官。先生主见，小生尽知。但他自干他的事，你自干你的事，便好道黍则黍，麦则麦，泾则泾，渭则渭，虽后稷⑯之圣，不能化穗而成其芒；虽大禹之功，不能澄清而变其浊。芒穗清浊，尚然不变，何况于人乎？既托迹于刘表，何苦不同官于蒯、蔡？(诗云)嗟君志气本超群，争奈朝中多忌人。所以独醒千古恨，至今犹自泣累臣⑰。(正末)(诗云)有志无时命矣夫，老天生我亦何辜。宁随泽畔灵均⑱死，不逐人间乳臭雏。(唱)

〔幺篇〕 据着我慷慨心，非贪这激滟杯。这酒呵便解我愁肠，放我愁怀，展我愁眉。则为我志愿难酬，身心不定，功名不遂。(云)吾兄将酒过来。(许达云)酒在此。(正末饮科，云)再将酒来。（许达云）仲宣，为何横饮几杯？（正末唱）倒不如葫芦提⑲醉了还醉。

（云）小生为功名不遂其心，不如饮一醉，坠楼而亡。（做跳下，许达惊扯住科，云）呀，早是小生手眼快，蝼蚁尚且贪生，为人何不惜命？古人有云：存其身而扬其名，上人也；将其身而就其名，中人也；舍其身而灭其名，下人也。吾想此中屈原、卞和⑳二人，虽得其名，卒舍其身。如吾兄为功名不遂，要坠楼身死，是为不知命矣。昔吕望有经纶济世之才，虽在贫窘，意不苟得，年登八旬，垂钓于渭水。后文王梦非熊之兆，出猎西郊，至磻溪见吕望，同载而归，以为上宾。至武王时，成功立业，封号太公。今老兄发悲，不为别故，止为家中老母无人侍养。小生到来日会江下父老，收拾青蚨㉑，赍为路费，送老兄还归故里，有何难哉！（诗云）只为你高堂有母鬓斑斑，客舍淹留甚日还。囊里黄金愿相赠，免教和泪倚阑干。（正末诗云）耻向人间乞食余，登台一望泪沾裾。可怜漂泊缘何事，不寄平安问母书。（唱）

〔满庭芳〕我如今羞归故里，则为我昂昂而出，因此上怏怏而归。空学成补天才却无度饥寒计，几曾道展眼舒眉。则被你误了人儒冠布衣，熬煞人淡饭齑。有路在青霄内，又被那浮云塞闭。老兄也，百忙里寻不见上天梯。

（许达云）仲宣，你看那一林红叶，三径黄花。一林红叶傲风霜，如乱落火龙鳞。三径黄花擎雨露，似润开金兽眼。登高望远，人人怀故国之悲；抚景伤情，处处洒穷途之泣㉒。老兄，（诗云）暑退金风觉夜长，蝉声不断送秋凉。东篱满目黄花绽，雁过南楼思故乡。（正末诗云）采采黄花露未晞，他乡谁为授寒衣。独怜作客人南滞，不似随阳雁北飞。（唱）

〔十二月〕几时得似宾鸿北归，倒做了乌鹊南飞。仰羡那投林倦鸟，堪恨那舞瓮醯鸡。方信道垂云的鸥鹏羽翼，那藩篱下燕鹊争知。

（带云）老兄也！（唱）

〔尧民歌〕真乃是鹤长凫短不能齐㉓，从来这乌鸦彩凤不同栖。挽盐车骐骥陷淤泥，不逢他伯乐不应嘶㉔。只争个迟也么疾，英雄志不灰，有一日登鳌背。

（做睡科）（外扮使命上，诗云）雷霆驱号令，星斗焕文章。圣主贤臣颂，今朝会一堂。吾乃天朝使命是也。今有王仲宣献上万言长策，圣人见喜，宣他为天下兵马大元帅㉕，兼管左丞相事。打听得在许安道楼上饮酒，许安道在么？（许达见科，云）那里来的大人？（使命云）小官天朝来的使命，宣王仲宣为天下兵马大元帅，快报复去！（许达云）王仲宣，王仲宣！（正末云）做甚么大呼小叫的！（许达云）今有天朝使命，宣你为天下兵马大元帅。（正末云）来了不曾？（许达云）见在楼直下哩！（正末云）慌做甚么，忙做甚么！既来了，怕他回去了不成？（许达云）则吃你这般傲慢？（正末唱）

〔煞尾〕　从今后把万言书作战场，辅皇朝为柱石。扶侍着万万岁当今帝，则愿的稳坐定蟠龙饯金椅。（同使命下）

（许达云）那王仲宣别也不别，竟自去了，有这般傲慢的，可知道荆王不肯用他！（诗云）一片雄心大似天，可知不肯受人怜。今朝身佩黄金印，才识登楼王仲宣。（下）

【注释】

① 王粲：字仲宣，山阳郡高平人。建安初，董卓把汉献帝刘协劫迁长安，王粲时年轻，亦跟了过去，左中郎将蔡邕见而奇之，对其礼敬有加。后长安乱，王粲赴荆州依刘表，未受器重。刘表亡后，王粲劝刘表子刘琮挟荆襄九郡降曹操，以功被封军谋祭酒。曹操晋魏王，拜他为侍中。著诗、赋等共60篇，其《七哀诗》《登楼赋》等均十分有名，为"建安七子"之一。建安二十一年从征东吴，病死于途。粲二子受魏讽案牵连均被杀，绝后。
② 子建学士：指曹植。曹植字子建，曹操第三子，著名文学家，后封陈思王，其创作的大量诗文中《洛神赋》尤为出众。学士：学者，这里因曹植在文学方面的成就而称之。　③ 荆王刘表：字景升，山阳高平人，东汉末年盘踞荆州的地方军阀，曾任荆州刺史，进封镇南将军、荆州牧、成武侯，后病死。子刘琮摄政，降曹操后迁为青州刺史、列侯。刘表没有封赠过"荆王"。　④ 蒯越、蔡瑁：刘表手下策士、将领，二人均中庐人。蒯越曾任章陵太守、封樊城侯，荆州降后升为光禄勋。蔡瑁为刘表姻亲，掌控荆州大权。　⑤ 战国时齐相国孟尝君田文养了许多宾客，其中有个人叫冯谖，开始来投奔时，孟尝君并不重视他，饮食规格亦不高，冯食前弹剑而歌："长铗归来乎，食无鱼！"孟尝君赶快将他迁至幸舍，食亦有鱼了。后冯为孟尝君买薛地之人心，助孟尝君复相。　⑥ 不争：只为。　⑦ 此为唐朝人王之涣《登鹳雀楼》诗句。这里让许达、王粲讲出来，便是戏说之词，不必当真。　⑧ 底豫：得到快乐。《孟子·离娄上》云："舜尽事亲之道而瞽瞍底豫。"　⑨ 指舜忍住冤屈悲苦耕于历山。　⑩ 唐王勃《滕王阁序》："落霞与孤鹜齐飞，秋水共长天一色。"这亦是戏说语言，借用来增加文采，不必当真。　⑪ 麋鹿群中：指隐于林野，与麋鹿为群。　⑫ 麒麟画

里：入朝为官之意。西汉宣帝时曾建麒麟阁，藏霍光等十一位功臣图像于其中。　⑬ 语出《史记·陈涉世家》，意为王侯将相并非与生俱来，通过奋斗可以获得。　⑭ 屈沉杀：自我扼杀。　⑮ 蔡邕：字伯喈，东汉文学家、书法家，曾治汉史，董卓专权时被迫任侍御史、左中郎将。董卓被诛，他表示同情，为王允所杀。他有一女儿即蔡琰（字文姬），为古代著名才女之冠，曾沦入匈奴为左贤王所占，作《悲愤诗》《胡笳十八拍》极有名，后被曹操赎回，再嫁董祀。蔡邕并未任过左丞相，本剧中给他安的这一职务亦属于戏说。　⑯ 后稷：周部族始祖，姓姬名弃，尧时任农官，教民耕稼，后世奉为农神。　⑰ 累臣：无罪而被拘系之臣，这里指战国时楚国屈原被谗遭贬，自沉于汨罗江，后世冤之。　⑱ 灵均：屈原之字。⑲ 葫芦提：糊里糊涂、浑浑噩噩。　⑳ 卞和：春秋时楚国人，曾获一美玉璞先后献楚厉王、武王，被诬为诈，遭断左右足之刑。后抱玉璞哭于楚山之下，楚文王使人剖璞，果得美玉，命名为和氏璧。后成为历代王朝的传国玉玺，现亡失无踪。　㉑ 青蚨：古代传说中昆虫名，后作为钱的代称。　㉒ 穷途之泣：典出《晋书·阮籍列传》。"（籍）时率意独驾，不由径路，车迹所穷，辄恸哭而返。"　㉓ 鹤长凫短不能齐：语出《庄子·骈拇》。"长者不为有余，短者不为不足。是故凫胫虽短，续之则忧；鹤胫虽长，断之则悲。"　㉔ 此二句描写千里马为何为伯乐所识，典出《战国策·楚策》。　㉕ 天下兵马大元帅：这个官职是剧作家杜撰的，东汉三国时无此官职，当时执掌兵权的称大将军，位次于丞相。大将军号创自汉武帝时，首任者为卫青，汉成帝时罢此职，改为大司马。东汉初，光武帝刘秀又封吴汉为大将军。汉献帝时以武平侯曹操担任此职，后让袁绍，曹操自任司空、行车骑将军。建安十三年，罢三公，置丞相，由曹操担任。魏国建立后，夏侯玄、曹真等曾先后任大将军。王粲为文人，根本不可能任天下兵马大元帅或大将军，这是戏剧舞台的夸张讲法。

【评解】

《王粲登楼》是一出文人戏，抒发文人怀才不遇的感慨，代表了元朝时许多汉族知识分子报国无门的处境和感受，颇获当时及后世知识分子共鸣。

汉末，王粲南下依刘表，未获重用。建安九年（204），他登当阳东南之麦城城楼，想到自己功名未就，百感交集，遂写下著名的《登楼赋》，以表达自己的抱负。《三国志·魏书·王粲传》称王粲到荆州后，刘表"以粲貌寝而体弱通说，不甚重也"。其实王粲除文才较好之外，并无军国才能。刘表死后，刘表次子刘琮重用他，他出的主意就是让刘琮举荆州向曹操投降。把如此文人捧为姜尚、张良之才，实在只能戏说玩笑一下，不能当真。而郑光祖也仅是找了个抒发胸中之气的由头，他亦未必不知道王粲才学之所擅长之处。此戏的情节大都属于戏说，除了几个人名真实之外，全剧故事系虚构。

不过，《王粲登楼》在元杂剧中的地位仍很高，即以此处所选的第三折而言，它至少有以下几个特点：

第一，作者善于写景，借景抒情，把外在环境与胸中的烦闷很好地交融在了一起。剧中〔鹧鸪天〕词云："一度愁来一倚楼，倚楼又是一番愁。西风塞雁添愁怨，衰草凄凄更暮秋。"〔迎仙客〕云："雕檐外红日低，画栋畔彩云飞，十二阑干、阑干在天外倚……我这里望中原，思故里，不由我感叹酸嘶。"又通过许达之口形容此楼"一座高楼映市廛，玉阑十二锁秋烟。卷帘斜眺天边月，举眼遥观日底仙。"还讲此楼"下临紫陌，上接丹霄……青山绿水，浑如四壁开图；红叶黄花，绝似满川铺锦"。这些描写都极其精彩。

第二，大量引用典故，显示出作者古典文学、史学知识的渊博。除第二折中引用了姜尚、张良、周亚夫、蔺相如、管仲、孙武、孙膑、韩信等许多典故外，在第三折中又引用孔子、屈原、大禹、后稷、姜子牙等典故，这些历史知识，作者信手拈来，用得极其自然、流畅。文人戏崇尚雅句，若不了解这些用典，是不易读懂这部戏的。

第三，作者的诗词功底极佳，善于将念白和唱词写得很雅。今天我们寻章摘句，犹值得花时间去咀嚼。除上面引用的例子以外，尚有剧中的一曲古风《捣练歌》，文字雅俗共赏，一气呵成，为元曲中佳品。

第四，戏中塑造人物性格也较成功。对失意王粲的描摹极为传神，他因心高而不第，自然不服。登楼后因思母竟不欲喝酒，后又欲一醉而亡，但当听说天朝使者捧旨来封他大官时，他又故作不屑，一点也不激动，其实是做给别人看的，假意表明自己淡泊名利。一句"既来了，怕他回去了不成"，让人看了觉得酸劲十足，活画出文人心态——有些才、性高傲、心胸窄、做作、无大器的弱点。不过，联想到当时汉族知识分子备受歧视、排挤的现实，人们还是能够理解和包容知识分子的这些缺点的。

迷青琐倩女离魂

郑光祖

【剧情简介】

青年书生王文举曾由任衡州同知的父亲与同僚张公弼两家指腹为婚，聘张公弼女儿倩女为妻。后来张公弼去世，17岁的倩女随母亲李氏过活。倩女不仅人长得美貌，而且针织女工、饮食茶水无所不会。

李氏数次寄信给王文举，要他前去相见。当时已父母双亡的王文举见春榜发动，考场开科，打算赴京城长安应举，就便探望岳母。他来到张家，拜见了准岳母李氏，李氏见王文举一表人才，非常欢喜，忙命丫环梅香到绣房中请倩女出来相见。倩女下楼来，见有个俊雅秀才在场，正自羞涩，她母亲李氏却对倩女道："孩儿，上前拜见你哥哥吧。"待倩女与王文举见礼时，李氏又向王文举介绍说："这个便是我家倩女小姐。"两人还没来得及交谈，李氏便催促女儿回房。倩女出了厅堂，便很奇怪地对梅香说："咱家哪里又冒出来一个哥哥呵？"梅香道："小姐，不认得他吧？他就是你被指腹为婚的王秀才。"倩女道："既然他就是王生，怎么又让我认他为哥哥？母亲打的是什么主意？"那边李氏对王文举说试期还远，希望他在自家住一二日再走，并命家人为他收拾书房。

倩女自见过王文举后，顿生爱慕之情。少女家心细，她想母亲明知她与王文举的关系，怎么叫她去认哥哥，莫非母亲想悔婚不成。这么个念头一起来，便越想越担心，梅香也为她着急。转眼间王文举出发的日子到了，李氏让女儿随她一起到折柳亭为王文举送行。倩女向王文举敬了饯行酒，王文举对李氏道："小生有一件事想冒昧地动问，这次特来拜见母亲，原为的是与小姐的婚事。但母亲却让小姐对我以兄妹礼相见，不知母亲是什么主意？"李氏笑道："孩子，你问得好。老身想，俺家三辈不招白衣郎，你如今虽有满腹文章，但还没有功名。这次赴京科考，若得一官半职，便可回来成亲。这样安排总可以吧？"文举无奈点头，倩女却向前对他说："哥哥，你得了官后，可不许去聘娶别的女子呵！"文举道："小姐说哪里话来？我一得了官，便立即回来成亲，让你当县君夫人。"李氏便催倩女与梅香回家，倩女只得与王文举依依惜别。那李氏见他二人都有爱意，自是欢喜，心想，等王文举一得官回来，便给他们把婚事办了，到那时自己就等着抱外孙。

王文举别过岳母、倩女，行至舣舟江边，因船尚未开，便抚琴解闷。忽见岸边有一女子赶来，仔细一看，竟是倩女，惊喜之下，问倩女为何到此。倩女说她因牵挂文举，所以背着母亲赶过来，循着琴声找到了哥哥，她愿伴随文举一同上京。王文举向来遵古人之道，认为妻子必须经明媒聘娶，若带女子私奔，便是纳妾的做法，因而希望等他得官回来，再光明正大娶为正妻。哪知倩女偏有道理，说："你去京城，我不放心。如果你得了官，王侯宰相家要招你为婿，我怎么办？"王文举道："要是我考不中呢？""那我就荆钗布衣，愿与你同甘共苦。"倩女态度坚决。王文举听罢很高兴，决定带着倩女赴京，两人便在舟中先成了亲。

科考开始，王文举中了状元，他忙写了信向岳母报喜，并让家人张千赴衡州送信。哪知这会儿李氏正心里烦恼，原来自从王文举走后，倩女就一病不起，整天昏昏沉沉的，一合眼就与王文举在一起，虽经求医问卜，总不见好。这天张千的书信一送来，李氏便拆开阅读，却见信中称王文举已中状元，等有了官职便携"小姐"一起回来。病中的倩女　听书中内谷，顿时气得昏了过去，救醒过来后痛责起王文举来，梅香也怪张千不该送这样的信来，可是张千也是满肚子的委屈："我哪知道这不是平安家信，而是一封休书呢？"

又过了些日子，王文举兴冲冲地到了衡州张家，原来他已被任命为衡州通判，前来拜见李氏。一进门，他就跪地请求岳母恕罪。李氏说："你何罪之有？"王文举道："小生不该私自带了倩女小姐上京赴考。"李氏惊诧道："你说什么胡话？我女儿现今染病在床上，什么时候出门过？"王文举便叫随来的倩女上前拜见母亲。李氏见又一个女儿走到跟前，吓了一跳，指着此女道："你……你……一定是鬼魅！"王文举也慌了，拔出宝剑指着带来的倩女说："你是何方妖精？从实招来，若不实说，一剑挥为两段！"哪知这个倩女也慌了起来，辩解说自己绝不是妖。李氏道："这样吧，让她到房中去，看她认不认识梅香？如不认识，就是妖。"谁知这个刚回家的倩女一进闺房，看见床上昏睡的那个倩女，便走上前去，与床上倩女合二为一。原来随王文举赴京的倩女乃是倩女的魂魄。这时床上的倩女也苏醒过来，病也立刻好了。王文举闹不明白，怎么这倩女随了我三年，倒能与这边另一个病倩女合为一体。李氏也深感此事大异，知是女儿思念女婿所致，便对他们说："今天是吉日良辰，就为你们办婚事。女儿，你就受下五花官诰，等做夫人县君吧。"

第 二 折

（夫人慌上，云）欢喜未尽，烦恼又来。自从倩女孩儿在折柳亭与王秀才送路，辞别回家，得其疾病，一卧不起。请的医人看治，不得痊可，十分沉重，如之奈何？则怕孩儿思想汤水吃，老身亲自去绣房中探望一遭去来。（下）（正末上，云）小生王文举，自与小姐在折柳亭相别，使小生切切于怀，放心不下。今舣舟江岸，小生横琴于膝，操一曲以适闷①咱。（做抚琴科）（正旦别扮离魂上，云）妾身倩女，自与王生相别，思想的无奈，不如跟他同去，背着母亲，一径的赶来。王生也，你只管去了，争知我如何过遣也呵！（唱）

〔越调斗鹌鹑〕 人去阳台，云归楚峡。②不争他江渚停舟，几时得门庭过马？悄悄冥冥，潇潇洒洒。我这里踏岸沙，步月华；我觑这万水千山，都只在一时半霎。

〔紫花儿序〕 想倩女心间离恨，赶王生柳外兰舟，似盼张骞天上浮槎③。汗溶溶琼珠莹脸，乱松松云髻堆鸦，走的我筋力疲乏。你莫不夜泊秦淮卖酒家④？向断桥西下，疏剌剌秋水菰蒲⑤，冷清清明月芦花。

（云）走了半日，来到江边，听的人语喧闹，我试觑咱。（唱）

〔小桃红〕 我蓦⑥听得马嘶人语喧哗，掩映在垂杨下，唬的我心头丕丕⑦那惊怕，原来是响珰珰鸣榔板捕鱼虾。我这里顺西风悄悄听沉罢，趁着这厌厌⑧露华，对着这澄澄月下，惊的那呀呀呀寒雁起平沙。

〔调笑令〕 向沙堤款踏，莎草带霜滑；掠湿湘裙翡翠纱，抵多少苍苔露冷凌波袜。看江上晚来堪画，玩冰壶潋滟天上下，似一片碧玉无瑕。

〔秃厮儿〕 我觑远浦孤鹜落霞⑨，枯藤老树昏鸦⑩。听长笛一声何处发，歌欸乃，橹咿哑。

（云）兀那船头上琴声响，敢是王生？我试听咱。（唱）

〔圣药王〕 近蓼洼，缆钓槎，有折蒲衰柳老蒹葭；傍水凹，折藕芽，见烟笼寒水月笼沙，茅舍两三家。

（正末云）这等夜深，只听得岸上女人声音，好似我倩女小姐，我试问一声波。（做问科，云）那壁不是倩女小姐么？这早晚来此怎的？（魂旦相见科，云）王生也，我背着母亲，一径的赶将你来，咱同上京去罢。（正末云）小姐，你怎生直赶到这里来？（魂旦唱）

〔麻郎儿〕 你好是舒心的伯牙，我做了没路的浑家⑪。你道我为甚么私离绣榻，待和伊同走天涯。

（正末云）小姐是车儿来，是马儿来？（魂旦唱）

〔幺〕 险把、咱家、走乏，比及你远赴京华。薄命妾为伊牵挂，思量心几时撇下。

〔络丝娘〕 你抛闪⑫咱，比及见咱，我不瘦杀多应害杀。（正末云）若老夫人知道怎了也？（魂旦唱）他若是赶上咱待怎么？常言道：做着不怕。

（正末做怒科，云）古人云：聘则为妻，奔则为妾。老夫人许了亲事，待小生得官回来，谐两姓之好，却不名正言顺！你今私自赶来，有玷风化，是何道理？（魂旦云）王生，（唱）

〔雪里梅〕 你振色怒增加，我凝睇不归家。我本真情非为相吓，已主定心猿意马。

（正末云）小姐，你快回去罢。（魂旦唱）

〔紫花儿序〕 只道你急煎煎趱登程路，元来是闷沉沉困倚琴书，怎不教我痛煞煞泪湿琵琶？有甚心着雾鬓轻笼蝉翅，双眉淡扫宫鸦。似落絮飞花，谁待问出外争如只在家。更无多话，愿秋风驾百尺高帆，尽春光付一树铅华。

（云）王秀才，赶你不为别，我只防你一件。（正末云）小姐防我那一件来？（魂旦唱）

〔东原乐〕 你若是赴御宴琼林罢，媒人每拦住马，高挑起染渲佳人丹青画，卖弄他生长在王侯宰相家。你恋着那奢华，你敢新婚燕尔在他门下。

（正末云）小生此行，一举及第，怎敢忘了小姐。（魂旦云）你若得登第呵，（唱）

〔绵搭絮〕 你做了贵门娇客，一样矜夸；那相府荣华，锦绣堆压，你还想飞入寻常百姓家⑬？那时节似鱼跃龙门播海涯，饮御酒插宫花。那其间占鳌头，占鳌头登上甲。

（正末云）小生倘不中呵，却是怎生？（魂旦云）你若不中呵，妾身荆钗裙布，愿同甘苦。（唱）

〔拙鲁速〕 你若是似贾谊⑭困在长沙，我敢似孟光般显贤达⑮。休想我半星儿意差，一分儿抹搭⑯。我情愿举案齐眉傍书榻，任粗粝淡薄生涯，遮莫⑰戴荆钗，穿布麻。

（正末云）小姐既如此真诚志意，就与小生同上京去如何？（魂旦云）秀才肯带妾身去呵，（唱）

〔幺篇〕 把艄公快唤咱，恐家中厮捉拿。只见远树寒鸦，岸草汀沙，满目黄花，几缕残霞。快先把云帆高挂，月明直下；便东风刮，莫消停，疾进发。

（正末云）小姐，则今日同我上京应举去来。我若得了官，你便是夫人县君也。（魂旦唱）

〔收尾〕 各剌剌向长安道上把车儿驾，但愿得文苑客当时奋发。则我这临邛市沽酒卓文君，甘休侍你濯锦江题桥汉司马。⑱
（同下）

【注释】

① 适闷：释闷、解闷。 ② 此二句形容情人分离。阳台：高唐。楚峡：三峡。又用"人去"对仗"云归"，出典为楚襄王遇神女云雨高唐故事。 ③ 晋张华《博物志》称，张骞出使西域时，曾由黄河源到了天上，与牛郎、织女相见。 ④ 唐代诗人杜牧《泊秦淮》："烟笼寒水月笼沙，夜泊秦淮近酒家。" ⑤ 菰蒲：水边的菖蒲。 ⑥ 蓦：突然、忽然。
⑦ 丕丕：犹现代口语"啪啪"。 ⑧ 厌厌：浓重的。 ⑨ 孤鹜落霞：出自王勃《滕王阁序》中"落霞与孤鹜齐飞"句。 ⑩ 枯藤老树昏鸦：出自马致远《天净沙·秋思》。 ⑪ 浑家：古代对妻子的称呼。 ⑫ 抛闪：躲避。 ⑬ 飞入寻常百姓家：出自刘禹锡《乌衣巷》。
⑭ 贾谊：西汉人，有才学，著《过秦论》，曾任太中大夫，因得罪权贵，被贬至长沙任长沙王太傅。 ⑮ 东汉梁鸿娶妻孟光，相敬如宾。孟光给梁鸿送饭，总要举案齐眉。 ⑯ 抹

搭：怠慢、马虎。　⑰遮莫：即使、哪怕是。　⑱此句指西汉时卓文君私奔司马相如的故事。

【评解】

《倩女离魂》是一出非常美丽的爱情婚姻剧，剧中塑造了一个敢于大胆地追求幸福并终获成功的奇女子倩女形象，读来叫人感慨不已：原来一个人可以爱到灵魂出窍的境界。

这出戏的故事情节出自唐代作家陈玄祐的传奇小说《离魂记》。小说的女主人公也叫倩女，只不过父亲这个人物有姓有名叫张镒，而与倩女相恋的秀才名叫王宙，太原人，是张镒外甥。倩女魂魄随王宙私奔的原因是张镒为女儿另许婆家，王宙愤而离去，倩女魂同往，而肉身凡胎的倩女则病倒在床。五年后，王宙与倩女魂生下二子，因倩女魂思念父母，两人共诣张家。张镒听说又来一倩女，大为惊骇。二倩女见面，突然合二为一。这件奇事究竟有没有在生活中真实地发生过？陈玄祐言之凿凿，据他说是听莱芜县令张某所言，而张某又是张镒的堂侄，内中情节还更加详细，看来是"确有"其事了。

我们暂时莫从科学角度来评判这件事到底有没有，还是从艺术角度来欣赏一下这部戏吧。这个离奇而又美丽的故事实在感人至深。剧中倩女的魂魄离身，说明她是一个多么痴情的少女！在她的生活中，爱情几乎成了人生的全部目标，这里没有任何的功利，没有其他的杂念。无论王文举中与不中、得官与不得官，她都无所谓，若王文举考不上，她便荆钗布衣同过贫困生活，这是何等高尚的境界！她的灵魂出窍，实在是因为对所爱之人的怀恋，才因情生痴，弄出了一段故事来的。

这部戏如一曲歌、一首诗，重点围绕倩女魂离、魂嫁、魂合三个阶段来展开故事，中间虽无大的波澜，仅用一些误会串联起来，但因情节离奇，作者编故事的想象力丰富，所以戏中故事可看性、可读性很强。在戏剧创作中，误会是经常使用的手段，但这部戏中的误会，就其程度而言，也并不严重——倩女母李氏让她称呼王文举为哥哥，一点也不包含悔婚的因素，而仅是让王文举能安心去求官，所以暂时推迟婚期而已，但倩女已迫不及待，母亲的话就这样引起了女儿的误会。这从一个侧面可以看出，古代大家闺秀的闺中生活十分枯燥、乏味，而她们的感情更脆弱，一旦与男子接触，便很难再控制内心对爱、对异性的向往、渴望和冲动。这个时候，长辈稍稍泼点冷水，她们就会产生误会。

这里所选的第二折，详细叙述了倩女的离魂与王文举私奔的过程。为什么要离魂私奔？在作者看来，为了爱而私奔的女子总归不是淑女，必须给倩女一个理由。像传奇小说《离魂记》那样，写成倩女母要悔婚另择佳婿行不行？也不行，因古人婚事崇尚父母之命，若违父母之命则为不孝，在作者的观念看来，也不允许。所以便只好以误会作为理由，尽管戏剧冲突依据不足，但显然于倩女形象无损害。那么，什么理由能促成倩女私奔而又不受道德谴责呢？这就是倩女魂对王文举讲的："王秀才，赶你不为别，我只防你一件。"一件什么？就是王文举若高中了，"媒人每拦住马，高挑起染渲佳人丹青画，卖弄他生长在王侯宰相家。你恋着那奢华，你敢新婚燕尔在他门下"。原来，即使让灵魂私奔，也要有充足理由，就是为了防止书生变心，另攀高枝，得监视着他。作者想了这么个理由，王文举想要不接受倩女就难了，而倩女的名节也可以保住；戏演出时，道学者也难以找到"诲淫"或"背父母之命"的借口，因为倩女此举仅是执行父母之命而已，不是私相悦授，便无可指摘。当然，倩女的借口也推进了剧情的发展，使情节有了起伏的波澜。若无王文举的责怪和倩女的借口，戏就太平静了，也不好看。

相比倩女，剧中王文举的形象光彩不够，他既未大胆向岳母提出先成婚再带倩女一起赴京的要求，又对倩女之魂摆起了"冬烘"，虽是姿态，其实可憎。末一场还疑倩女之魂为妖，要动宝剑斩妖，显然，他对倩女所爱之深仍估计不足，他绝对不会想到，一个奇女子可以爱到魂离身体的地步。从这点讲，王文举倒真是幸运和幸福的。

此剧从艺术上说，其想象力丰富，尽管有《离魂记》传奇小说在前，但要编成一部四折舞台剧，需进行艰苦的剪裁、创造、补充情节等工作，亦不容易。尤其是最后写到倩女的身与魂相合，有很大难度，但都被一一克服了。本剧文辞优美，善于将别人的佳句、典故引入剧中，增加了文采，是很成功的。

功臣宴敬德不服老

杨　梓

【剧情简介】

唐朝初年，万民安乐，太平盛世。天子命宰相房玄龄大开功臣宴，军师徐懋公为压宴官。规定有功者坐上首，簪花饮酒；功少者坐下位，只饮酒不簪花；如有搅闹功臣筵宴者，先斩后奏。朝中十路总管纷纷入席，他们中有殷开山、程咬金、杜如晦、高士廉、尉迟恭、秦叔宝等。

酒宴刚开始，皇族李道宗来了，他一见桌上有酒有花，全不知谦让，拿起花就戴，捧起酒杯就喝，还坐了上首。鄂国公尉迟恭看不过，便问李道宗有什么功劳敢坐上首簪花喝酒。李道宗反唇相讥，两人言语不合，尉迟恭将李道宗两颗门牙打落。李道宗称："如今已是太平盛世，你这样的人用不着了。"由于闹了功臣宴，两人都遭撤爵罢官，尉迟恭被贬往职田庄务农。他临走时，徐懋公率百官在十里长亭相送，众人回顾了尉迟恭当年的功劳以示安慰，徐懋公则打算写本保奏，让尉迟恭还朝。

尉迟恭遭贬的消息传到东方的高丽国，高丽国王自恃手下有勇将铁肋金牙，遂欲侵犯边界，命铁肋金牙率十万兵马攻打鸭绿江。前线吃紧，秦叔宝病倒，朝中无大将可派，房玄龄便命徐懋公去请尉迟恭出山。哪知尉迟恭心中有气，称患风疾不肯奉诏。徐懋公没法，只得命手下人装扮成高丽国士兵，到庄上来袭扰。尉迟恭不知有诈，他老当益壮，竟把士兵都打了出去，可是却露了馅。徐懋公出现，尉迟恭尴尬。得知殷开山、程咬金已亡，刘文静、秦叔宝又病倒，他欣然同意挂帅出兵，朝廷恢复了他鄂国公爵位。

尉迟恭领兵到了前线，打破了高丽国的"七层回子手"阵法，活擒敌帅铁肋金牙，班师还朝。朝廷给尉迟恭加官晋爵，使他重列朝班为臣。

第 三 折

（高国王上）英雄久镇高丽王，善晓黄公①三略书，吾乃高丽国大将是也。文通三略，武解六韬，运筹帷幄之中，决胜千里之外。休言人在帐前喧，便在鸦鹊过时不敢噪。俺这海东有十六国：辛罗国、卯日国、分定国、文直国、落难国、门神国、大汉国、小汉国、蛤麻国、三汉国、日本国、扶桑国、矮人国、百席国、丁香国、了奠国、高丽国。惟有俺这一国，不服大唐。闻知唐朝病了秦琼②，贬了尉迟，将老兵骄。我手下有一大将，名唤铁肋金牙，此人有万夫不当之勇。着他领兵十万，前去绿鸭江边、白鹤坡前，单奈③尉迟出马。小校，与我唤铁肋金牙出来。（丑）阵鼓铜锣一两敲，辕门里外列英雄，三军报道平安否，买卖归来汗未消。吾乃大将铁肋金牙是也，元帅呼唤，须索去走一遭也。盔甲在身，不能施礼。（高国王）唤你出来，别无他事，有大唐家病了秦琼，贬了敬德，与你雄兵十万，前去绿鸭江边、白鹤坡前，单奈尉迟出马，小心在意。（丑）理会得。今日领军马与尉迟交持夫了。（诗）自小英雄志气高，身披耀日锦征袍，飞临阵地沙场上，战败千军血染刀。

（生上）只有天在上，更无山与齐，举头红日近，回首白云低，吾乃房玄龄④是也。自从将尉迟贬去职田庄闲居，可又三年光景了。如今高丽国知俺这里病了秦琼，贬了敬德，着铁肋金牙在绿鸭江边、白鹤坡前，如今下战书来，单奈尉迟出马相持。今尉迟又有风病举发，动止不得，未知虚实，下官奉圣上的命，着军师徐懋公⑤亲往探病。小校，与我请军师徐懋公出来。（小校）

得令，军师有请。（徐上相见介）军师，奉圣上命，今有高丽国下战书，单奈尉迟相持。尉迟若果风病，再作道理，即去回报。（并下）（旦⑥同尉迟上）老爷，想着你有盖世的功劳，今日不用了，你那病从何起？（尉）只为在那功臣宴上打了李道宗⑦，将我贬在此职田庄闲居，又早三年光景了也。奶奶，你去开门看者，有人无人回我。（旦）理会得。开得这门来，呀，无人，不免掩上着。老爷，前后无人。（尉）奶奶，真个无人？你道我这病是真的假的？（旦）老爷的病，怎么是假的？（尉）呀，我那得甚么风病来。昨日庄东头王伴哥，请我赴牛儿会，有那伴哥来迟。我道，伴哥，你为何来迟。他道，往城中沽酒去来。我道，你到城中去，可有甚么新闻么。他说，新闻到没有，闻得高丽国差铁肋金牙下战书来，单奈尉迟出马。我听他说罢，卒然倒地，众人扶我起来，我就是这等左瘫右痪起来。（旦）老爷，你如今假妆有风疾，我那里知道。（尉）奶奶，我一自降唐出界丘，苦征恶战数千秋，两条眉锁江山恨，一片心怀帝王忧。鬓老尚嫌弓力软，眼昏犹识阵云愁。水磨刚鞭不喇喇一骑马，我也曾扶立唐家四百秋。

〔越调斗鹌鹑〕 我也曾展土开疆，相持对垒，不能勾富贵荣华，划地里把我来罢官卸职。他欺负俺是大老元勋，我不合打了那无端的逆贼。今日贬了尉迟，闲了敬德，救了我残生，都亏了军师世勣。

〔紫花儿序〕 若不是老相公倾心儿闹，恰便似韩元帅⑧伏剑而亡，我便是子房公拂袖而归。奶奶，我如今与伴哥每肥草鸡儿，冲糯酒儿，在这职田庄受用，可不强似为官？每日闲伴渔樵每闲话，到豁达似文武班齐，落魄忘机。谁待要为是非，我向这急流中涌退。我如今罢职闲居，若是那铁肋金牙索战，我看他怎生和他相持。

奶奶，我分付你来，只怕朝中有人来问，你只说老爷有病哩。（旦）老爷你放心，我知道了。（徐）老夫徐懋公是也。奉圣旨的命，着老夫往职田庄上探尉迟老将军病，可早来到也。小校，那里是职田庄？（小校）这里便是。（徐）小校，你且回避着，唤你便来，不唤你不要来。（小校）理会得。（徐）开国勋臣，有人在此么？（尉）奶奶，是甚么人敲门？你去看来。（旦）理会得。开了这门来，是谁？（徐）老夫人拜揖，老将军有么？（旦）军师，俺老爷染病哩。（徐）请通报说，徐勣在此拜见老将军。（旦）理会得。军师少坐，老将军，军师在门首要拜见你哩。（尉）呀，奶奶，不好了。那将军徐勣是足智多谋之人，他如今来，若不见他，他又疑我没病；若出去见他，倘或挑起那往年间相持厮杀的事情，忘了那风疾怎么好？也罢，奶奶，倘或挑起那相持厮杀的事，我若忘了风疾，你就旁边说，老爷，你的拐儿，我就这等风疾起来。奶奶开了这门，待我去迎接军师。（徐）老将军请了。（尉）军师少礼也。

〔小桃红〕　不知今日甚风吹。（徐）久别尊颜，我这里有一拜。（尉）军师，我老夫回礼不得了。我如今讲礼不得这里可便权休罪。（徐）老将军。我和你自别之后，不觉又是三年光景了。（尉）军师一自离朝到今日。（徐）老将军染甚病证？（尉）天有不测风云，人有旦夕祸福。谁想我临老也带着残疾。军师，唐家十路总管，都好么？（徐）也都没了。（尉）消磨了往日英雄辈。高士廉、杜如晦①如何？（徐）都闲了。（尉）他可都闲身就国。殷开山、程咬金他两个如何？（徐）都已亡了。（尉）他两个都归泉世。刘文静、秦叔宝他两个如何？（徐）都病了。（尉）军师，唐家十路总管，闲的闲，病的病，死的死，如今止有军师和老汉。俺一班儿白发故人稀。

军师，你到小庄贵干？（徐）奉圣上的命，今有高丽国下战书，不奈别的，单奈尉迟出马。圣上命着你星夜领兵前去，复还鄂国公之职，有功回来另行升赏。（旦）谢恩。（尉）奶奶，不要谢恩，我去不得。（徐）老将军不去呵，便是违宣抗敕。（尉）

〔金蕉叶〕　我、我、我便有几颗头敢违宣抗敕？一句话恼得从头便至尾。怎着我这胡老子安邦定国？你何不去教李道宗相持来对垒？

（徐）老将军便有风疾，也请下高丽走一遭。（尉）军师，我这等模样，若到阵面前争先，铁扇子团花遮箭牌。两阵对员，擂鼓摇旗，呐喊一声，那边问道：大唐家甚么人出马？俺这里无人回答。他那里又问：大唐家甚么人出马？俺这里叫两个小卒，这每一扶上俺到阵前，对那边说道，我便是尉迟敬德。可不羞死了人也。

〔调笑令〕　他觑了俺这般模样，临老也带着残疾。军师你觑甚么阃外将军八面威。但开口只说我是唐家苗裔，只好去高衙行倚官挟势。若不是军师劝谏赦了罪累，险些个死无葬身之地。

（徐）老将军请走一遭，扶持社稷。（尉）

〔秃厮儿〕　我怎扶持江山社稷？难论着鞭简共楂樋。你可待强扶持，尉迟在军阵里，高丽家，捺相持，可教谁敌？

〔圣药王〕　军师你莫疑惑，其实的去不得，到朝中说与圣人知。到朝中说与众□，□□如今年纪近了七十，染了病疾，提起那排军布阵似呆痴。（徐）常言道，老将会兵机。（尉）休、休、休便提起老将会兵机。

（旦）老爷，你那拐儿。（尉）奶奶，老夫风疾举发，去不得。（徐）老将军去不得，老夫告回。（尉）奶奶，送了军师出去，闭了门。（徐）出的这门□，我观此人容貌，不是那有病的。方才拜下去，那两条臂膊犹如铁柱一般。那老夫人又在旁边说道，老爷，你那拐儿。眉头一展，计上心来。众军校那里？（卒）有分付。（徐）你众人到这人家去安下，要他男子汉铡草喂马，女人家补衲袄翰鞋。你说，我是高丽的小军。他家是有钱的，你问他要白米饭、炒嫩鸡儿、冲糯酒儿吃，那一个老子无礼打将去。（卒）列位，方才老爷分付，着俺拣这房子打进去。开门，开门。（尉）奶奶，又是甚么人在外头叫？不要放他进来。（旦）理会得。（卒）我每是高丽的小军，行到这里，天色已晚，借你房子歇息一歇息。男子汉闸草喂马，女人家补衲袄翰鞋。又要白米饭、炒嫩鸡儿、冲糯酒儿吃。夜晚间又要洗洗澡、槌槌腰、剌剌屁股儿。（旦）村弟子孩儿，你是甚么人，这等无礼？待我哄他一哄，你在这里歇息，我闭了门者。（卒作叫嚷介）（尉）奶奶，外面又是甚么人喧嚷？（旦云）（尉）这厮好无礼，待我自去回他。众长官，我这房屋窄小，养不得马，你到别家去罢。（卒）放屁！你不肯，打你老子。（尉）

〔麻郎儿〕 这厮他便恶狠狠的叫起。雄纠纠的欺谁？你毁伤我唐家宰职，（打介）着这厮吃我一会儿脚踢拳槌。

〔幺篇〕 你便恼番了尉迟，性起，一双手搊住他头鬐，纵虎躯轻舒猿臂。我便革支支挣得你粉碎，一会儿教你死。

（徐轻轻至尉背后班介）（尉）

〔络丝娘〕 是谁人班住了尉迟敬德？（徐）老将军，你风疾好了么？（尉）只被你败破了我谎也。军师的世勣，正是船到江心补漏迟，我不解其中尊意。

（旦）老爷，你的拐儿哩？（尉）迟了也。（徐）小校，这就是总兵老爷。（卒）老爷，小的有罪也。（徐）老将军，只今日复还鄂国公之职，就领兵下高丽去。有功重加升赏，此去只是老将军年老也。（尉）

〔耍三台〕 你须知咱名讳，尽忠心天知地知。这一场小可如美良川⑩交兵的手段，御科园⑪单鞭夺槊的雄威。小可如牛口谷鞭伏了窦建德⑫，小可如下河东与刘黑闼⑬相持。你看我再施逞生擒王世充⑭的英雄，你看我重施展活捉雷世猛当时的气力。

（徐）老将军，你那时年纪小，跨下神乌马，腰悬着水磨鞭，弓开得胜，马到成功。今日年纪高大了，便好道老不以筋骨为能，只怕你也近他不得了。（尉）

〔幺篇〕 我老只老呵，老了咱些年纪；老只老呵，老不了我脑中武艺。老只老呵，老不了我龙韬虎略；老只老呵，老不了我妙策神机。老只老呵，老不了我一片忠心贯日；老只老呵，尚兀自万夫难敌。（徐）老将军，你便索要去，只怕你老了，去不得。（尉）俺老只老，止不过添了些雪鬓霜髭；老只老，又不曾驼腰曲背。

〔尾声〕 老只老呵，只我这水磨鞭不曾长出些白髭须，量这厮何须咱费力。你看这厮，明日在垓心里，绰见我那铁扑头、红抹额、乌油甲、皂罗袍，他便跳下马受绳缚，着这厮卷了旗，卸了甲，收了军，拱手儿降俺这大唐国。（下）

（徐）想着那老将军果然无病，老夫略施小计，使他登时激发，就领兵交战去了。下官即去回圣天子命也。（下）

【注释】

① 黄公：黄石公，秦末人，他曾传授张良兵法。详见本书《张子房圯桥进履》篇章。
② 秦琼：唐初大将，字叔宝，齐州历城人，官至左武卫大将军。 ③ 单奈：单点、单挑。
④ 房玄龄：唐初大臣，名乔，字玄龄，齐州临淄人。唐太宗即位后，他长期任宰相。
⑤ 徐懋公：徐世勣，字懋功，曹州人，唐初大臣，战功卓著，智慧过人，曾任并州都督、尚书左仆射、司空等，封英国公。后赐姓为李，又为避李世民讳，改名为李勣。 ⑥ 旦：杂剧角色名称，此处扮演尉迟恭夫人。 ⑦ 李道宗：字承范，唐高祖李渊堂侄，屡有战功，曾任灵州总管，后还护送文成公主入藏。此剧中称他无战功，与史实不符。 ⑧ 韩元帅：指西汉初开国功臣韩信。 ⑨ 高士廉、杜如晦：均唐初大臣，随李世民起义有战功。
⑩ 美良川：亦名"美阳川""秦王涧"，在今山西闻喜县西南。《说唐演义》称尉迟恭未投唐之前曾于此地败李世民。 ⑪ 御科园：亦作"御果园"，位于洛阳市郊，尉迟恭曾在此处救李世民。京剧《御果园》即叙此事。 ⑫ 牛口谷：牛口峪，在今河南荥阳市西北。窦建德：隋末割据军阀，后被李世民攻灭。 ⑬ 刘黑闼：隋末割据军阀，后被唐攻灭。 ⑭ 王世充：隋末割据军阀，曾称帝，后被唐攻灭。

【评解】

《功臣宴》这出戏实际上有两个方面的主题，一是作者崇尚、敬重功臣，对皇亲国戚凭血统、裙带关系取得高位这样的用人机制给予了否定。这部戏中塑造的李道宗这个形象（不是历史上真实的李道宗）就令人憎厌。他身居高位凭的是宗室身份而不是功劳，却不把身经百战、九死一生的功臣放在眼里，还说天下太平用不到这些人了。这种情况在历代封建王朝都是很普遍但也最不得人心的，所以李道宗便成为一个反面形象，虽着墨不多，但很鲜明。二是作者对人才的爱惜，认为只要是真正的人才，即使他有缺点，即使年龄大了，也要用。若年龄大但身体好，锐气不减当年，依旧能叱咤风云，就应该再用。作者塑造了一个"烈士暮年，壮心不已"的尉迟恭形象，他在国家危急之际，不计较个人得失，不服老，奋勇带兵出征，这种精神多么值得赞赏！

这部戏的剧名非常有意思。从人的生命规律而言，有少年、青年、中年、壮年、老年之分，但从事业、为国家做贡献这个角度讲，不应有年限之别，而应当永远有青春活力。老年有自己的优势——阅历广、知识面宽、经历多、经验丰富（正面的、反面的、成功的、失败的）、遇到困难挫折有承受能力、有威望等。《功臣宴》这部戏中，作者实际上提出了尊老、爱老、发挥老年杰出人才作用的问题，这在今天仍有现实意义。而读这部剧作，人们更会想起战国时老廉颇的不公平遭遇，他明明还能领兵打仗，却生生地被赵王弃之不用，最后弄得赵国败亡。这是个多么惨痛的教训！

这部戏的精华在第三折，写面对高丽国的袭扰，朝中无大将可用，宰相房玄龄命徐懋公前去请尉迟恭重新出山。而此时的尉迟恭呢，也听说了高丽国来进攻，早就想带兵出征了，他年龄虽大，壮心不老。但一想起被李道宗欺侮，他的心态又不平了，觉得还是少管闲事，装病休养算了。这是尉迟恭得到不公正对待后的想法，很真实，很人性化。然而尉迟恭终究是一位大英雄，即使老了，仍虎瘦雄心在。这一点，同僚徐懋公非常了解，所以徐懋公一见尉迟恭，向他传达圣上旨意命他带兵出征时，即使尉迟恭说自己有风疾，说"怎着我这胡老子安邦定国？你何不去教李道宗相持来对垒"等赌气话，徐懋公也不计较。他施了一个小计策，让手下假扮高丽国的军士，就破了尉迟恭的风疾。

尉迟恭装病露馅后，他自己表示愿意出山。本来这折戏到此便可结束，但作者意犹未尽，又添加了一点小波澜——让徐懋公再激一下尉迟恭。徐懋公说："今日年纪高大了，便好道老不以筋骨为能，只怕你也近他（高丽国大将铁肋金牙）不得了。"这么一激，果然把尉迟恭逼得跳起来，把心里的想法一股脑儿全倒了出来："我老只老呵，老了咱些年纪；老只老呵，老不了我脑中武艺。老只老呵，老不了我龙韬虎略；老只老呵，老不了我妙策神机。老只老呵，老不了我一片忠心贯日；老只老呵，尚兀自万夫难敌。"最后，又发出"老只老呵，只我这水磨鞭不曾长出些白髭须，量这厮何须咱费力"的豪言。至此，一个老当益壮、不服老的大英雄形象便呈现在了人们面前。

东堂老劝破家子弟

秦简夫

【剧情简介】

商贾富户赵国器家大业大，浑家李氏不幸早年过世，儿子扬州奴却不成器，虽娶了李节使女儿翠哥为妻，但仍不肯安分经营父业。为了保住儿子和家业，赵国器忧愁成病，临死之前，他命扬州奴请来隔壁的结义兄弟"东堂老子"李实（字茂卿），托孤于他，并留下文书。扬州奴想了解父亲的文书内容，东堂老告诉他内中写着："扬州奴所行之事，不曾禀问叔父李茂卿，不许行。假若不依叔父教训，打死勿论。"

父亲死后，扬州奴依旧不改纨绔子弟本性，又不肯听东堂老的劝告，在外结交两个无赖光棍柳隆卿、胡子传，十年光景便把家财败光，古董玩器、田产物业、孳畜牛羊、油磨房、解典库、丫环奴仆，皆典尽卖绝，妻子翠哥屡劝不听。最后没钱花了，便要卖所住的房子，翠哥忙去告诉东堂老。东堂老严厉斥责了扬州奴不争气，遂决定自己出银二百五十锭买下此房产。扬州奴虽然惧怕东堂老打骂，但银子到手依然故我，便让两泼皮去买十只大羊、五果五菜、响粮狮子等物前来享用。

扬州奴将卖房子的最后这笔钱财肆意挥霍，妻子翠哥又去东堂老处告状，哭告着说这么下去，下一步就该卖我了。东堂老在月明楼找到正在花天酒地的扬州奴，责骂他白花钱养了一班无赖，扬州奴辩解说，他是在学古人孟尝君、公孙弘。东堂老说："孟尝君、公孙弘养的都是英才，你手下养的是什么货色？"扬州奴称："柳隆卿、胡子传他们会替我办事。"东堂老说："你如果没了钱，他们就会抛弃你，你后头有讨饭的日子哩。"

不久，扬州奴把卖房子的钱也败光了，他和妻子都当了叫花子，无奈住进了破寒窑，昔日的好友柳、胡二人也不理他了，有次还故意拉下饭店的吃饭账让他顶。夫妻俩处处遭白眼，到了这个时候，扬州奴才开始后悔起来，他大骂柳隆卿、胡子传，说这辈子没见过像他们这样坏的东西。翠哥天天叫肚子饿，走投无路之际，又想到去找东堂老讨口吃的。翠哥先找东堂老的浑家，喊着婶婶，要求给碗饭。东堂老浑家心疼地让人做碗面给他们吃，扬州奴一边吃面，一边担心东堂老回家又要打他。没想到东堂老真回来了，把他骂了一顿，还要打，被东堂老浑家劝下。扬州奴出了门，私下对婶婶说想做生意，东堂老浑家给了他一贯钱。扬州奴拿了这一贯钱去买成炭做贩卖生意，赚了一贯，还剩两包炭，送给婶婶做烘脚燃料。以后又学着卖菜，因为扬州奴过去是富家子，害羞不肯叫卖，被东堂老发现，逼着他前街后巷学叫卖。他满面含羞，对东堂老说："叔叔，侄儿往常不肯听你的教训，今天受穷，终于知道钱来之不易，我今后一定过节俭日子。"东堂老见他一天赚了一贯钱，就叫他拿五百钱买些杂面和油盐酱带回寒窑去。扬州奴回道："我这是什么贱肚肠，还配吃油盐酱？"东堂老又让他买点羊肉、鱼之类的尝尝，扬州奴说："我想也不敢想了，只能拣点菜叶煮一煮，烧点淡粥吃。"东堂老经过这一番试探，发现扬州奴已醒悟过来，遂对他说："孩子，你暂时先回去，过不了三五日，我重叫你做个大大的财主。"

这天正是东堂老寿诞，邀街坊邻里去他新宅子摆酒庆贺。人家都有贺礼，扬州奴夫妻也去了，但袖内无钱做贺礼，十分羞愧。东堂老见了忙安慰他说："侄儿，你莫慌张，今天有正事找你。"他对众亲朋说："由于扬州奴不肖，他父亲托孤于我，今天我要宣布一下当初给我立的文书。"扬州奴还以为是份生死文书，哪知真正的文书却写着："赵国器暗寄课银五百锭在老友李茂卿处，与男扬州奴困穷时使用。"原来当初东堂老买下扬州奴房产的钱，都是扬州奴父亲的银子，如今东堂老已把扬州奴卖出去的田产一一赎回，并立下一本细账，他连同此田产物业、解典库、油磨坊等尽数交还扬州奴。扬州奴夫妇突然又变成富户，双双拜谢叔婶恩情。这时，扬州奴昔日的酒肉朋友柳隆卿、胡子传又想来找他，扬州奴将他们拒之门外，他确实浪子回头了。

第 三 折

（扬州奴同旦儿携薄篮[①]上）（扬州奴云）不成器的看样也！自家扬州奴的便是。不信好人言，果有恓惶事。我信着柳隆卿、胡子传，把那房廊屋舍，家缘过活②，都弄得无了，如今可在城南破瓦窑中居住。吃了早起的，无那晚夕的。每日家烧地眠，炙地卧③，怎么过那日月？我苦呵，理当；我这浑家他不曾受用一日。罢、罢、罢，大嫂④，我也活不成了，我解下这绳子来，搭在这树枝上，你在那边，我在这边，俺两个都吊杀了罢。（旦儿云）扬州奴，当日有钱时，都是你受用，我不曾受用了一些；你吊杀便理当，我着甚么来由？（扬州奴云）大嫂，你也说的是，我受用，你不曾受用。你在窑中等着，我如今寻那两个狗材去。你便扫下些干驴粪，烧的罐儿滚滚的，等我寻些米来，和你熬粥汤吃。天也！兀的不穷杀我也！（扬州奴同旦儿下）（卖茶上，云）小可是个卖茶的，今日早晨起来，我光梳了头，净洗了脸，开了这茶房，看有甚么人来。（柳隆卿、胡子传上，云）柴又不贵，米又不贵，两个傻厮，正是一对。自家柳隆卿，兄弟胡子传，俺两个是至交至厚，寸步儿不厮离的兄弟。自从丢了这赵小哥，再没兴头。今日且到茶房里去闲坐一会，有造化再寻的一个主儿也好。卖茶的，有茶拿来俺两个吃。（卖茶云）有茶，请里面坐！（扬州奴上，云）自家扬州奴。我往常但出门，磕头撞脑的，都是我那朋友兄弟。今日见我穷了，见了我的都躲去了，我如今茶房里问一声咱。（做见卖茶科，云）卖茶的，支揖⑤哩。（卖茶云）那里来这叫花的？哦！叫花的也来唱喏！（扬州奴云）好了好了，我正寻那两个兄弟，恰好的在这里。这一头贵发，可不喜也！（做见二净唱喏科，云）哥，唱喏来。（柳隆卿云）赶出这叫花子去！（扬州奴云）我不是叫花的，我是赵小哥。（胡子传云）谁是赵小哥？（扬州奴云）则我便是。（胡子传云）你是赵小哥，我问你咱，你怎么这般穷了？（扬州奴云）都是你这两个歹弟子孩儿弄穷了我哩！（柳隆卿云）小哥，你肚里饥么？（扬州奴云）可知我肚里饥。有甚么东西，与我吃些儿。（柳隆卿云）小哥，你少待片时，我买些来与你吃。好烧鹅、好膀蹄，我便去买将来。（柳隆卿下）（扬州奴云）哥，他那里买东西去了，这早晚还不见来？（胡子传云）小哥，还得我去。（扬州奴云）哥，你不去也罢。（胡子传云）小哥，你等不得他，我先买些肉、鲊、酒来与你吃。哥少坐，我便来。（胡子传出门科⑥）（卖茶云）你少我许多钱钞，往那里去？（胡子传云）你不要大呼小叫的，你出来，我和你说。（卖茶云）你有甚么说？（胡子传云）你认得他么？则他是扬州奴。（卖茶云）他就是扬州奴，怎么做出这等的模样？（胡子传云）他是有钱的财主，他怕当差，假妆穷哩。我两个少你的钱钞，都对付在他身上，你则问他要，不干我两个事，我家去也。（扬州奴做捉虱子科）（卖茶云）我算一算账，少下我茶钱五钱，酒钱三两，饭钱一两二钱，打发唱的耿妙莲⑦五两，打双陆⑧输的银八钱，共该十两五钱。（扬州奴云）哥，你算甚么账？（卖茶云）你推不知道。恰才柳隆卿、胡子传把那远年近日欠下我的银子，都对付在你身上。你还我银子来！账在这里。（扬州奴云）哥阿！我扬州奴有钱呵，肯妆做叫花的？（卖茶云）你说你穷，他说你怕当差，假妆着哩。（扬州奴云）原来他两个把远年近日少欠人家钱钞的账，都对付在我身上，着我赔还。哥阿，且休看我吃的，你则看我穿的，我那得一个钱来？我宁可与你家担水运浆，扫田刮地⑨，做个佣工，准还你罢。（卖茶云）苦恼！苦恼！你当初也是做人的来，你也曾照顾我来，我便下的要你做佣工还旧账！我如今把这项银子都不问你要，饶了你可何如？（扬州奴云）哥阿，你若饶了我呵，我可做驴做马报答你。（卖茶云）罢、罢、罢，我饶了你，你去罢。（扬州奴云）谢了哥哥！我出的这门来。他两个把我稳在这里，推买东西去了；他两个少下的钱钞，都对在我身上，早则这哥哥饶了我，不然，我怎了也！柳隆卿、胡子传，我一世里不曾见你两个歹弟子孩儿！（同下）

　　（旦儿上，云）自家翠哥。扬州奴到街市上投托相识去了，这早晚不见来，我在此烧汤罐儿等着。（扬州奴上，云）这两个好无礼也！把我稳在茶房里，他两个都走了，干饿了我一日。我且回那破窑中去。（做见科）（旦儿云）扬州奴，你来了也。（扬州奴云）大嫂，你烧得锅儿里水滚了么？（旦儿云）我烧得热热的了，将米来我煮。（扬州奴云）你煮我两只腿。我出门去，不曾撞一个好朋友。罢、罢、罢，我只是死了罢。（旦儿云）你动不动则要寻死，想你伴着那柳隆卿、胡子传，百般的受用快活，我可着甚么来由。你如今走投没路，我和你去李家叔叔，讨口饭儿吃咱。（扬州奴云）大嫂，你说那里话，正是上门儿讨打吃。叔叔见了我，轻呵便骂，重呵便打。你要去你自家去，我是不敢去。（旦儿云）扬州奴，不妨事。俺两个到叔叔门首，先打听着，若叔叔在家呵，我便自家过去；若叔叔不在呵，我和你同进去，见了婶子，必然与俺些盘缠也。（扬州奴云）大嫂，你也说得是。到那里，叔叔若在家时，你便自家过去见叔叔，讨碗饭吃。你吃饱了，就把剩下的包些儿出来我吃。若无叔叔在家，我便同你进去，见了婶子，休说那盘缠⑩，便是饱饭也吃他一顿。天也！兀的不穷杀我也！（同旦儿下）（卜儿⑪上，云）老身李氏。今日老的大清早出去，看看日中了，怎么还不回来？下次孩儿每安排下茶饭，这早晚敢待来也。（扬州奴同旦儿上）（扬州奴云）大嫂，到门首了，你先过去。若有叔叔在家，休说我在这里；若无呵，你出来叫我一声。（旦儿云）我知道了，我先过去。（做见卜儿科）（卜儿云）下次小的每，可怎么放进这个叫花子来？（旦儿云）婶子，我不是叫花的，我是翠哥。（卜儿云）呀，你是翠哥！儿也，你怎么这等模样？（旦儿云）婶子，我如今和扬州奴在城南破瓦窑中居住。婶子，痛杀我也！（卜儿云）扬州奴在那里？（旦云）扬州奴在门首哩。（卜儿云）着他过来。（旦云）我唤他去。（扬州奴做睡科）（旦儿叫科，云）他睡着了，我唤他咱。扬州奴！扬州奴！（扬州奴做醒科，云）我打你这丑弟子！天那，搅了我一个好梦，正好意思了呢？（旦儿云）你梦见甚么来？（扬州奴云）我梦见月明楼上，和那撇之秀⑫两个唱那〔阿孤令〕，从头儿唱起。（旦儿云）你还记着这样儿哩。你过去见婶子去。（扬州奴见卜儿科，云）婶子，穷杀我也！叔叔在家么？他来时，要打我，婶子劝一劝儿。（卜儿云）孩儿，你敢不曾吃饭哩？（扬州奴云）我那得那饭来吃？（卜儿云）下次小的每，先收拾面来与孩儿吃。孩儿，我着你饱吃一顿。你叔叔不在家，你吃，你吃。（扬州奴吃面科）（正末上，云）谁家子弟，骏马雕鞍，马上人半醉，坐下马如飞，拂两袖春风，荡满街尘土。你看啰，呸！兀的不眯了老夫的眼也。（唱）

〔中吕粉蝶儿〕谁家个年小无徒，他生在无忧愁太平时务。

空生得貌堂堂一表非俗。出来的拨琵琶，打双陆，把家缘不顾。那里肯寻个大老名儒，去学习些儿圣贤章句。

〔醉春风〕全不想日月两跳丸⑬，则这乾坤一夜雨。我如今年老也逼桑榆，端的是朽木材，何足数、数。则理会的诗书是觉世之师，忠孝是立身之本，这钱财是倘来之物⑭。

（云）早来到家也。（唱）

〔叫声〕恰才个手扶拄杖走街衢，一步一步，蓦入门樘去。（做见扬州奴怒科，云）谁吃面哩？（扬州奴惊科，云）我死也！（正末唱）我这里猛抬头，则窥觑，他可也为甚么立钦钦⑮恁的胆儿虚？

（旦儿云）叔叔，媳妇儿拜哩！（正末云）靠后。（唱）

〔剔银灯〕我其实可便消不得你这娇儿和幼女，我其实可便顾不得你这穷亲泼故。这厮有那一千桩儿情理难容处，这厮若论着五刑⑯发落可便罪不容诛。（带云）扬州奴，你不说来？（唱）我教你成个人物，做个财主，你却怎生背地里闲言落可便长语？

（云）你不道来，我姓李，你姓赵，俺两家是甚么亲那？（唱）

〔蔓青菜〕你今日有甚脸落可便踏着我的门户，怎不守着那两个泼无徒？（扬州奴怕走科）（正末云）那里走？（唱）吓得他手儿脚儿战笃速，特古里我根前你有甚么怕怖？则俺这小乞儿家羹汤少些姜醋，（正末云）还不放下！（唱）则吃你大食店里烧羊去。

（扬州奴做怕科，将箸敲碗科）（正末打科）（卜儿云）老的也，休打他。（扬州奴做出门科，云）婶子，打杀我也！如今我要做买卖，无本钱，我各扎邦便觅合子钱⑰。（卜儿云）孩儿也，我与你这一贯钱做本钱。（扬州奴云）婶子，你放心，我便做买卖去也。（虚下，再上，云）婶子，我拿这一贯钱去买了包儿炭来。（卜儿云）孩儿，你做甚么买卖哩？（扬州奴云）我卖炭哩。（卜儿云）你卖炭，可是何如？（扬州奴云）我一贯本钱，卖了一贯，又赚了一贯，还剩下两包儿炭，送与婶子烘脚，做上利哩。（卜儿云）我家有，你自拿回去受用罢。（扬州奴云）婶子，我再别做买卖去也。（虚下，再上，叫云）卖菜也！青菜、白菜、赤根菜、芫荽、胡萝卜、葱儿呵！（卜儿云）孩儿也，又做甚么买卖哩？（扬州奴云）婶子，你和叔叔说一声，道我卖菜哩。（卜儿云）孩儿也，你则在这里，我和叔叔说去。（卜儿做见正末科，云）老的，你欢喜咱，扬州奴做买卖，也赚得钱哩。（正末云）我不信扬州奴做甚么买卖来？（扬州奴云）您孩儿头里卖炭，如今卖菜。（正末云）你卖炭呵，人说你甚么来？（扬州奴云）有人说来：扬州奴卖炭，苦恼也。他有钱时，火焰也似起，如今无钱，弄塌了也。（正末云）甚么塌了？（扬州奴云）炭塌了。（正末云）你看这厮。（扬州奴云）扬州奴卖菜，也有人说来：有钱时伴着柳隆卿，今日无钱担着那胡子传。（正末云）你这菜担儿，是人担，自担？（扬州奴云）叔叔，你怎么说这等话？有偌大本钱，敢托别人担？倘或他担别处去了，我那里寻他去？（正末云）你往前街去也，往那后巷去？（扬州奴云）我前街后巷都走。（正末云）你担着担，口里可叫么？（扬州奴云）若不叫呵，人家怎么知道有卖菜的。（正末云）下次小的们，都来听扬州奴哥哥怎么叫哩。（扬州奴云）叔叔，你要听呵，我前面走，叔叔后面听，我便叫。叔叔，你把下次小的每赶了去，这小厮每，都是我手里卖了的。（正末云）你若不叫，我就打死了你个无徒！（扬州奴云）他那里是着我叫，明白是羞我。我不叫，他又打我。不免将就的叫一声：青菜、白菜、赤根菜、胡萝卜、芫荽、葱儿阿！（做打悲科，云）天那！羞杀我也！（正末云）好可怜人也呵！（唱）

〔红绣鞋〕　你往常时在那鸳鸯帐底那般儿携云握雨。哎！儿也，你往常时在那玳瑁筵前可便噀玉喷珠，你直吃得满身花影倩人扶[18]。今日呵，便担着孚篮，拽着衣服。不害羞、当街里叫将过去。

（扬州奴云）叔叔，您孩儿往常不听叔叔的教训，今日受穷，才知道这钱中使[19]，我省的了也。（正末云）这话是谁说来？（扬州奴云）您孩儿说来。（正末云）哎哟！儿也，兀的不痛杀我也！（唱）

〔满庭芳〕　你醒也波高阳哎酒徒[20]，担着这两篮儿白菜，你可觅了他这几贯的青蚨[21]？（带云）扬州奴，你今日觅了多少钱？

（扬州奴云）是一贯本钱，卖了一日，又觅了一贯。（正末唱）你就着这五百钱，买些杂面你便还窑去。那油盐酱旋买也可是零沽？（扬州奴云）甚么肚肠，又敢吃油盐酱哩？（正末唱）哎！儿也，就着这卖不了残剩的菜蔬。（扬州奴云）吃了就伤本钱，着些凉水儿洒洒，还要卖哩。（正末唱）则你那五脏神也不到今日开屠㉒。（云）扬州奴，你只买些烧羊吃波？（扬州奴云）我不敢吃。（正末云）你买些鱼吃？（扬州奴云）叔叔，有多少本钱，又敢买鱼吃？（正末云）你买些肉吃？（扬州奴云）也都不敢买吃。（正末云）你都不敢买吃，你可吃些甚么？（扬州奴云）叔叔，我买将那仓小米儿来，又不敢舂，恐怕折耗了。只拣那卖不去的菜叶儿，将来煨熟了，又不要蘸盐搋酱，只吃一碗淡粥。（正末云）婆婆，我问扬州奴买些鱼吃，他道我不敢吃。我道你买些肉吃，他道我不敢吃。我道你都不敢吃，你吃些甚么？他道我吃淡粥。我道，你吃得淡粥么？他道，我吃得。（唱）婆婆呵，这厮便早识的些前路，想着他那破瓦窑中受苦。（带云）正是不受苦中苦，难为人上人。（唱）哎！儿也，这的是你须下死功夫。

（扬州奴云）叔叔，恁孩儿正是执迷人难劝，今日临危可自省也。（正末云）这厮一世儿则说了这一句话。孩儿，你且回去。你若依着我呵，不到三五日，我着你做一个大大的财主。（唱）

〔尾煞〕 这业海㉓是无边无岸的愁，那穷坑是不存不济的苦。这业海打一千个家阿扑㉔逃不去，那穷坑你便旋十万个翻身、急切里也跳不出。（同卜儿下）

（扬州奴云）大嫂，俺回去来。天那！兀的不穷杀我也！（同旦下）（小末尼上，云）自家李小哥，父亲着我去请赵小哥坐席，可早来到城南破窑，不免叫他一声：赵小哥！（扬州奴同旦上，见科，云）小大哥，你来怎么？（小末云）小哥，父亲的言语，着我来，明日请坐席哩。（扬州奴云）既然叔叔请吃酒，俺两口儿便来也。（小末尼云）小哥，是必早些儿来波。（下）（扬州奴云）大嫂，他那里请俺吃酒，明白羞我哩。却是叔叔请，不好不去。到得那里，不要闲了，你便与他扫田刮地，我便担水运浆。天那！兀的不穷杀我也！（同下）

【注释】

① 薄篮：又称"孝篮"，一种圆形的扁竹篮，此处指扮乞丐的演员用的讨饭篮道具。
② 家缘过活：家产及从事经营活动的财物。 ③ 烧地眠，炙地卧：旧时穷人冬天睡在地上嫌冷，烧地取暖。 ④ 大嫂：古时丈夫对老婆的一种称呼。 ⑤ 支揖：作揖。 ⑥ 出门科：做出门的表演动作。 ⑦ 耿妙莲：指唱曲的艺人，可能是杜撰的人名，也可能是当时的著名艺人。 ⑧ 双陆：古代博戏的一种，局如棋盘，左右各六路，故名。 ⑨ 扫田刮地：指收割、翻耕土地等农活。 ⑩ 盘缠：指日常花费。 ⑪ 卜儿：元杂剧角色名，常扮演老妇人。 ⑫ 撒之秀：歌妓名字。 ⑬ 日月两跳丸：把日月喻为跳动的两个圆球，喻时光流逝。 ⑭ 倘来之物：意外获得之物，身外之物。 ⑮ 立钦钦：古代俗话，形容胆小的样子。 ⑯ 五刑：指笞、杖、徒、流、死五种惩处犯人的刑罚。 ⑰ 各扎邦：比喻动作干脆、迅速。合子钱：指本钱和利息，古人以本为母，利息为子，合子即本利相等之意。 ⑱ 满身花影倩人扶：形容一个人醉酒后由女人扶着，眼睛里全是女人的影子晃来晃去。典出唐陆龟蒙《和袭美春夕酒醒》诗。 ⑲ 中使：珍惜着用。 ⑳ 高阳哎酒徒：高阳酒徒，指西汉时高阳儒生郦食其。 ㉑ 青蚨：原指古代一种虫子，后引申为铜钱。 ㉒ 五脏神：原意为内脏，此处引申为食欲。开屠：开荤。 ㉓ 业海：孽海。 ㉔ 打一千个家阿扑：翻一千个筋斗。

【评解】

在元杂剧中，《东堂老》是一部题材独特的财经戏剧作品。我们透过规劝、挽救回头浪子的一系列故事情节，便能立即看到中国古代商人们是如何进行资本运作的。

过去一般的研究者都从社会问题的角度去解读《东堂老》这部戏，认为该剧塑造了一个知错能改、浪子回头的人物，剧本的这种立意对于净化社会风气、劝人向善很有意义。该剧的主角扬州奴原是个纨绔子弟，从小生活在舒适的环境中，拿着老爸的银子不当钱，"崽卖爷田不心疼"。老爸让他到隔壁请东堂老过来，他先让下人去，后又要骑马去，一副大少爷派头。他又交结狐朋狗友，还称这是学孟尝君养三千食客，实在可笑至极。那些奸棍匪类，便整天引诱他吃喝嫖赌，破掉了他的家产，最后弄得他连唯一的住房也卖掉了，而卖房的钱一旦花光，无赖们便都离他而去。昔日出手大方的"孟尝君"，与妻子一起沦为住破窑的讨饭化子。吃着苦头的扬州奴终于及时警醒改过，在东堂老的帮助下，重掌旧时的家业，开始了新的经营生活。

在剧中，东堂老是个关键性人物，没有他的严厉教训，扬州奴也不会变好。这是一位能为朋友仗义的道德完人。他对朋友既讲忠，又讲恕，又讲诚，又讲严。讲忠，他忠于朋友之托，决心把帮助扬州奴浪子回头的责任担起来，并一直在暗中照应他们夫妻。扬州奴之妻翠哥来讨饭，东堂老浑家便赶紧弄面给他们吃；扬州奴想做生意，东堂老浑家又把一贯钱给他做本钱，使扬州奴逐渐学会了从卖炭、卖菜中去博利，还懂得有了钱不能乱花，要算着用。讲恕，东堂老虽知道扬州奴不肖，但依然耐心磨炼他、相信他可以重塑。讲诚，他把当年朋友赵国器托付给他的房产、财物，完完全全地交还给原主扬州奴，他一丝半毫也没有取用。讲严，他把扬州奴当作自己亲子侄般严管严教，始终不肯放弃，这需要多大的勇气、耐心和胸襟。在传统道德面前，东堂老以其人格力量成了朋友的楷模。

这部戏的另一个特点是通过展示一位富家子弟的落魄经历，细致地摹写了当时下层社会贫穷百姓真实的生活，他们住的是破窑，烧的是拾来的干驴粪，吃的是粥，最窘时简直到了要"煮腿吃"的地步。翠哥见了东堂老的浑家，声声向婶子叫肚子饿，颇令人同情。当扬州奴赚到一贯钱后，东堂老叫他去买油盐酱，他也舍不得，说："甚么肚肠，又敢吃油盐酱哩？"而得知叔叔东堂老要请客，他们很高兴受邀，但自知穷困，上不得正席面，于是决定去了后就帮着干活，一个"扫田刮地"，一个"担水运浆"，这不正是富家穷亲戚的做法吗？太真实了，如果作者无生活体验，绝对写不出如此这般文字。

最可贵的是，这部戏比较真实地反映了商业社会的一些本质特征。首先，剧中详细叙述了原始资本的积累、运作过程。本折中写到扬州奴从婶子处借到一贯钱后便去做炭生意，买进卖出，赚到了一贯钱，这是他生平第一次懂得如何赚钱。后来他又卖菜，开头不好意思吆喝，后来被东堂老逼着学会了。为了节约成本，他把攒下的钱当资本，舍不得吃用花销，吃的是水煮的菜叶，连盐酱也无，和着粥吃。其次，这部戏告诉人们该如何理财、如何守住财富，即一定要节俭持家，少花费。再次，本剧针对中国传统"富不过三代"的社会现象，提出了一个新的理念：如果觉得自己的合法继承人有可能守不住财产，应该另外选一个可靠的监护人，先把财富交给监护人代为掌管，待法定继承人具备了掌权资格后，再由监护人交还家族财产，这样来保住财富。这部戏中的赵国器深知儿子一时无法继承他的财产，便将家财托给东堂老暂掌，这说明赵国器这个老板在财富方面颇有民主思想，这种财富理念是很超前的。最后，这部戏明着讲的是浪子回头、东堂老助人为乐，实际上是讲了一个商业诚信问题。东堂老私下受命保管赵国器的五百锭大银，精心运作，不动声色地把扬州奴亏出去的财物、资本一一回购，不使其损失，最后又完璧归赵。这段佳话都是出于东堂老的诚信。东堂老只要把赵国器遗嘱毁掉，不就可以独吞下这笔财富或部分吞下这笔巨额财富了吗？但东堂老一点也不欺心，他在资本运作过程中始终讲诚信，这就叫树立商业信誉、讲究商业道德。古代商品经济还不发达，又处在"人不为己天诛地灭"理念的社会，能在商业活动、资本运作过程中坚持诚信，这就很进步了。也正因为如此，《东堂老》作为中国古典戏剧中第一部财经题材戏剧，无疑在戏剧史中占有重要的地位。

宜秋山赵礼让肥

秦简夫

【剧情简介】

西汉末年，民不聊生，汴京人赵孝与其弟赵礼学成满腹文章，但依旧贫穷，过着家无余粮、衣不蔽体的日子。两兄弟无奈奉母亲李氏外出逃难，来到宜秋山下度荒。赵礼见母亲饥饿难忍，把家中的最后一把米熬了些粥给母亲吃，两兄弟却喝野菜汤充饥。

一天，赵礼外出挖野菜，被绿林强人铜刀马武一伙人擒住。马武字子章，邓州人，从小学成十八般武艺，当年应武举被嫌外貌丑陋而落第，于是落草为寇，他每日要吃一副人心肝。赵礼被带到山寨后，马武要将他剖腹剜心做醒酒汤喝。赵礼哀求说家中有老母和哥哥赵孝，希望放他回去与母亲、哥哥告别后再上山来给马武就食，并以个人信誉担保一定会回来。马武同意。赵礼回到家中，见哥哥赵孝不在，便把自己即将被强人吃掉的事告诉了母亲，母亲痛苦不堪，心如刀绞。赵孝回家后得知弟弟已上了山，他焦急万分，辞了母亲，连忙去山寨中救弟弟赵礼。

赵礼重返山寨，见到马武后，便要求给一个痛快的死法。这时赵孝赶到，对马武求告说，他比兄弟"肥壮"些，希望吃他；而赵礼却坚持求马武吃自己，称他比赵孝肥一些，留下哥哥可以侍奉母亲。这时李氏也赶到，对马武哀求把自己吃掉，放过两兄弟。一家三口都说自己肥，求马武吃掉自己放过别人。马武大为震动，说："我也是母亲所养，也懂父母兄弟恩爱，怎忍心吃掉这么好的人？"他决定三个人一个都不杀，全部放回，还赠他们衣服一套、金银一秤、白米一斛，给二贤士养母。

过了些年，光武帝刘秀登基，汉朝重振纲纪，丞相邓禹奉命定下二十八个东汉开国功臣，马武因投奔新朝战功第一，被任命为天下兵马大元帅。皇帝要求大臣每人举荐贤士入朝为官，马武想起昔日赵孝、赵礼兄弟"让肥"献身的义举，便举荐了他们二人。皇帝将赵孝、赵礼和李氏从宜秋山接到京城洛阳，在朝堂上，母子三人见到曾经要吃他们的马武，吓得直发抖。邓禹向他们说明，马武乃是开国功臣，这次保奏两兄弟为官的就是马武，两兄弟赶快归还当年马武所送的衣物米银。马武说："你们这是什么意思？莫非嫌我那些东西是打劫之物？"皇帝得知两兄弟让肥争死，认为都是贤士，遂封赵孝为翰林学士，赵礼为御史中丞，赐黄金千两安家养母，李氏也获旌表。

第 一 折

（冲末扮赵孝、正末赵礼①抬老旦卜儿上）（卜儿诗云）汉季生民可奈何，深山无处避兵戈。朝来试看青铜镜，一夜忧愁白发多。老身姓李，夫主姓赵，是这汴京人氏。所生下两个孩儿，大的赵孝，小的赵礼，两个十分孝顺。争奈家业飘零，无升合②之粟。方今汉世中衰，兵戈四起，士民逃窜，似此乱离，只得随处趁熟③。两个孩儿不知抬着老身到这甚么去处？（赵孝云）母亲，这是宜秋山④下。（正末云）哥哥，似这等艰难，何以度日呵？（唱）

〔仙吕点绛唇〕　这些时囊箧消乏，又值着米粮增价，忧愁杀。一日三衙⑤，几度添白发。

（赵孝云）母亲，想俺弟兄两个，空学成满腹文章。俺只在这山中负薪，兄弟采些野菜药苗，似此充饥，几时是俺弟兄们发达的时节也？（正末云）哥哥，母亲年纪高大，俺正是家贫亲老，如之奈何？（唱）

〔混江龙〕　待着些粗粝，眼睁睁俺子母各天涯。想起来我心如刀割，题起来我泪似悬麻。饿杀人也，无米无柴腹内饥；痛杀人也，好儿好女眼前花。恢恢天网，漫漫黄沙，我一身饿死，四海无家。眼看得青云兄长⑥事无成，可怜我白头老母年高大。压的我这双肩苦痛，走的我这两腿酸麻。

（赵孝云）兄弟，俺二人抬着母亲，来到这宜秋山下，是好一派山景也！（正末云）哥哥，看了这郊外景致，好是伤感人也呵！（唱）

〔油葫芦〕　子母哀哉苦痛杀，恨转加，我这里举头一望好嗟呀！伤心老母难安插，空对着赏心山色堪图画。故园风落花，荒村水褪沙。俺只见斜阳一带林梢挂，掩映着茅舍两三家。

（卜儿云）孩儿，你看那日落山腰，渐渐的晚了也。（正末唱）

〔天下乐〕　我则见落日平林噪晚鸦，天涯何处家？则俺那弟兄每日月好是难过咱。母亲也年纪高，筋力乏，被这些穷家活把他没乱煞⑦。

（云）哥哥，如今有那等官员财主每，朝朝饮宴，夜夜欢娱，他每那里知道俺这穷儒每苦楚也？（赵孝云）俺这穷的如此，富的可是怎生？兄弟略说一遍咱。（正末唱）

〔那吒令〕 想他每富家，杀羊也那宰马，每日里笑恰，飞觞也那走斝⑧。俺百姓每痛杀，无根橡片瓦。那里有调和的五味全？但得个充饥罢，母子每苦痛哎，天那！

（赵孝云）兄弟，富豪家如此般受用，兀的不苦杀俺这穷儒百姓也！（正末唱）

〔鹊踏枝〕 他可也忒矜夸⑨、忒豪华，争知俺少米无柴，怎地存札？子母每看看的饿杀，天那！则亏着俺这百姓人家。

（卜儿云）孩儿每，似这般饥馁，如之奈何也？（正末云）母亲。（唱）

〔寄生草〕 饿的这民饥色，看看的如蜡渣⑩。他每都家家上树把这槐芽掐，他每都村村沿道将榆皮剐，他每都人人绕户将粮食化。（赵孝云）兄弟，俺如今衣不遮身，食不充口，兀的不穷杀俺也！（正末唱）现如今弟兄衣袂不遮身，可着俺贫寒子母无安下。

（云）我安排些饭食，与母亲食用咱。（赵孝云）兄弟，你则在这里守着母亲，我安排去。（正末云）哥哥陪侍母亲说话，你兄弟去。（卜儿云）你两个孩儿休去！老身安排去。（正末云）母亲坐的。您孩儿去这轿儿后面，还有一把儿米，就着这涧泉水，我淘了这米，拾的一把儿柴，兀的那一家儿人家！我去讨一把儿火。庄院里有人么？（丑扮都子开门科⑪，云）是谁唤门哩？（正末云）我来讨一把儿火来。（都子云）兀的是火。等你做罢饭时，剩的刷锅水儿留些与我。（正末云）你要做甚么？（都子云）我要充饥哩。（下）（正末云）俺穷则穷，更有穷似俺的。我吹着这火，可早粥熟了也。哥哥，请母亲食用。这一碗与哥哥食用。（赵孝递粥科）（卜儿云）赵礼孩儿有么？（正末云）母亲，您孩儿有。（赵孝云）兄弟，你有么？（正末云）哥哥，您兄弟有了也。（唱）

〔醉扶归〕 我吃的这茶饭有难消化，母亲那肌肤瘦力衰乏。（卜儿云）可怎生孩儿碗里无粥汤。（正末云）母亲，你孩儿吃了也。（赵孝云）母亲，你看兄弟拿着个空碗儿哩。（正末云）哥哥，您兄弟有。（唱）量这半杓儿粥都添了有甚那？我转着这空碗儿，我着这匙尖儿刮，我陪着个笑脸儿百般的喜洽。（背云）母亲今日吃了这些粥汤，明日吃甚么那？（唱）不由我泪不住行儿下。

（都子、俫儿上，云）这个庄户人家吃饭哩，我叫花些儿咱。（正末云）母亲你见么？则道咱三口儿受贫，又有艰难似俺的也！（唱）

〔后庭花〕　我则见他番穿着绵纳甲，斜披着一片破背褡⑫。你觑他泥污的腌身分⑬，风梢的黑鼻凹。（都子云）爹爹、奶奶，有残汤剩饭，与俺这小孩儿一口儿吃也好那。（正末唱）他抱着个小娃娃。可是他蓬松着头发，歪篡笠头上搭，粗棍子手内拿，破麻鞋脚下靸，腰缠着一绺儿麻，口咽着半块瓜，一弄儿乔势煞⑭，饥寒的怎觑他？

（都子云）可怜见，叫花些儿。（正末云）母亲！哥哥！（唱）

〔青哥儿〕　他一声声向咱、向咱抄化⑮，我羞答答将甚些、甚些赍发？可怜我也万苦千辛度命咱。现如今心似油炸，肉似钩搭，死是七八，那个提拔？（带云）母亲！哥哥！（唱）似这般凄凄凉凉，波波渌渌⑯，今夜宿谁家？多管在茅檐下。

（都子云）孩儿也，俺回去来。（俫儿云）爹爹，我肚里饥。（都子云）你肚里饥么？（俫儿云）我肚里饥。可吃些甚么？（都子云）他也没的吃，咱别处寻讨去来。（都子、俫儿下）（卜儿云）孩儿每，收拾了，咱趁熟去来。（正末唱）

〔赚煞尾〕　我口不觉开合，脚不知高下，我则见天转山摇地塌。（跌科）（卜儿云）孩儿，你敢无食力⑰么？（正末云）母亲，您孩儿没用，倒吓着母亲也。（唱）不是我无食力身躯闪这一滑，多管是少人行山路凹凸。（带云）母亲，（唱）你莫叫吖吖，你孩儿水米不曾粘牙，看来日饥时俺吃甚么？不冻杀多应饿杀。眼见的山间林下，可怜身死野人家。（同下）

【注释】

　①　赵孝：字长平，沛国蕲人。王莽时天下大乱，饥荒遍野，许多地方发生人吃人惨剧。一日，赵孝之弟赵礼为饥寇所得，赵孝闻知，立刻自缚至饥寇处，称"礼久饿羸瘦，不如孝肥饱"，请求吃掉赵礼，释放赵礼。群寇震动，遂将两兄弟放回。后赵孝在东汉朝官至谏议大夫，迁卫尉。赵礼为御史中丞。冲末、正末：元杂剧角色名称，冲末有时亦称副末。②　升、合：均是古代对粮食的容积计量单位，过去最大的为石，往下依次为斗、升、合，1949年后均废止。　③　趁熟：从灾区到年成较好地域逃荒觅食。　④　宜秋山：今河南泌

阳县，其实并无山。　　⑤ 一日三衙：一日三次。旧时衙门吏役需向长官于早、中、晚一日三参，此处引申为三次、三回。　　⑥ 青云兄长：有出息(获取功名)的兄长。　　⑦ 没乱煞：犯愁煞。　　⑧ 此句指杯盏横飞，觥筹交错。觥、斝：古代酒器。　　⑨ 矜夸：摆阔、张扬。⑩ 蜡渣：形容脸色黄瘦如蜡渣。　　⑪ 丑扮都子开门科：由丑角扮叫花子做开门的表演动作。都子：乞丐。　　⑫ 背褡：没有袖子的开襟短上衣。　　⑬ 腌身分：脏身体，脏兮兮的模样。　　⑭ 一弄儿乔势煞：全部都是寒酸狼狈相。一弄儿：全都是、一概是。乔势煞：怪模样。　　⑮ 抄化：讨要。　　⑯ 波波渌渌：奔波劳碌之态。　　⑰ 无食力：饿得支撑不住。

【评解】

　　《赵礼让肥》是一部宣扬儒家伦理道德的戏。在这部戏中，既表现了赵孝、赵礼兄弟对母亲的尽孝，又表现了赵孝、赵礼两兄弟之间为了保护另一个人能生存下来的爱悌，同时也表现了绿林盗寇马武的良心不泯，以及邓禹、马武和皇帝的选贤、举贤的求贤之心。虽然戏的开头是赵孝、赵礼及母亲三人挣扎在饥饿、盗寇威胁的死亡线上，最后却是封官、赏金，取得了大团圆结局，从而把一个曾经人吃人的社会美化成国泰民安、朝野群贤毕至的乐园。

　　这部戏没有揭示造成人吃人现象的社会弊病的根本原因——封建的社会制度，但这部戏却在宣扬一系列儒家道德的同时，无意间真实记录了当时社会的状况，那就是老百姓的苦难已经到了令人难以想象的地步。"二十四史"中曾经多次出现因战乱、饥荒、蝗灾等原因而"人相食""易子而食"的人间残酷景象，这部戏形象地把那一幕人间惨剧表现了出来。

　　作者着力塑造了母亲李氏和她的两个儿子赵孝、赵礼三个人物的形象。第一折中，赵孝、赵礼兄弟为了逃避饥饿的死亡威胁，千辛万苦带着年老的母亲逃到宜秋山下。赵礼为了让母亲增强体质，他把最后一把米熬成粥后，让母亲和哥哥喝，自己却一口也不舍得喝，以致饿得晕倒过去。后来，又为了养活母亲，赵礼外出樵采，被马武所获，他面临被盗寇烹食的险恶危境，想到的还是母亲和兄长。而当他与母亲告别后，又"信"字当先，再回山寨甘愿被食。这一举动在今天看来令人不可思议，但在那个社会却是坚持道德规范必须做出的牺牲。当然，赵孝也是好样的，他听说弟弟将被吃，连忙赶到山寨去"让肥争死"。两兄弟及他们的母亲，其品德确实是高洁的，戏在塑造人物方面是成功的。

　　尽管本剧第三折是作者着力要表现的高潮，即赵礼回到山寨准备被吃，赵孝、母亲先后赶来"让肥争死"，以及马武良心发现而赠礼并释放母子三人回家，情节曲折惊险，但总不免有说教感。同样饥饿的盗寇真的会放掉到嘴的"肥肉"而大发善心吗？赵礼遵守信用重陷虎口，在现实生活中就是拿自己的生命开玩笑，是很难令人去仿效的，因此其艺术感染力就可能打点折扣。我认为，全剧最感人之处是在第一折，而不是兄弟"让肥"的那一折。剧中写到赵礼在逃荒旅途上打算为母亲熬粥，可他们身边连火石也没有。而当叫花子给赵礼火种时，竟要赵礼把"剩的刷锅水儿留些与我"，以此来充饥，可见这一家也实在饿极了。另一个"都子"（叫花子）带着一娃娃沿途讨饭，小娃娃一个劲地喊："爹爹，我肚里饥。"他们向赵礼兄弟处想讨点吃的，看到赵家窘相，那叫花子便只得说："他也没的吃，咱别处寻讨去来。"这父子叫花子走了，但小娃娃那声声"爹爹，我肚里饥"的呼喊，却分明在耳际萦绕不去。这里写尽了社会动乱时老百姓的苦难众生相，而相比这些更穷困的"都子"们，赵家的境遇还算是较好的。

刘晨阮肇误入桃源

王子一

【剧情简介】

晋朝时，天台山桃源洞住着二位仙子，她们原是上界紫霄玉女降谪尘寰。那时天台县有刘晨、阮肇两名儒生，因奸臣当朝，在山下盖一茅庵修行学道。正奉上帝敕命纠察人间善恶的太白金星见刘、阮二人有仙风道骨，与二仙女有姻缘之分，遂决定给刘、阮二人指路。

这天，刘晨、阮肇入山采药迷路，见天色已晚，打算找一个地方宿歇。太白金星所化的老樵夫告诉他们，山上白云深处有个桃源洞可以投宿。二人依言，行了数里，只见迷人佳景中露出一所华丽房舍，两位美貌的姑娘呼叫着刘、阮二人的名字，将他们迎入房中，设盛筵招待两位不速之客。宴毕，刘、阮各拥一位佳人入洞房效鱼水之欢。

自从与两佳丽成婚后，刘、阮二人不知不觉在温柔乡里过了一载。虽然此处鸟语花香、美酒佳肴、丽人为伴，但终究难忘思乡之念，两人便辞别娇妻，撞开山间白云雾嶂，回到老家三家疃故地。忽然，他们发现了一个奇怪的景象——路边一年前刚亲手栽下的两株松树早已长成了参天大树。刘晨带阮肇回到自己的家，发现门口场地上正在办社酒，而坐席中的人没一个认得。他一边撞门一边喊儿子刘弘的名字，哪知跑出一个中年男子对他说："你个撞席的馋嘴，刘弘的名字是你随便喊的？看我不揍你！"村里的人都来围住威吓他，刘晨忙亮明身份，说他和阮肇入山采药一年未归，如今回自己的家凭什么挨打。原来刘弘正是那中年汉子的父亲，说起来刘晨还是他的爷爷。刘晨见家中发生变故，知道自己是在山中遇仙，山中虽只一年，世上已百年，他们已经很难再被家乡人接受，无奈只得与阮肇离去，再入天台山桃源洞。

这时太白金星又出现，他向刘、阮二人指示："你们与桃源洞二仙子有宿世姻缘之分，三年修行满后，便可重赴蓬莱仙班。"于是刘、阮二人在桃源洞中与二仙女重续前缘，再享"玉软香娇"伉俪生活。

楔　子

（小旦上，云）小妾是桃源洞仙子侍从的。为刘晨、阮肇二人，与俺仙子有五百年夙世姻缘，自去春与仙子成了姻眷，到今刚及一载。奈二人尘缘未断，又早思归。今日令我等先将酒果到十里长亭伺候，待仙子与刘、阮相别。（正末同阮肇、二旦乘车上，云）咱兄弟二人自去春到桃源洞中，多感二位小娘子错爱，倏忽一载。且莫说他温香软玉、恩意绸缪，只是绣阁兰房，尽也受用不尽。怎奈心中只想回归乡里，目今又值暮春时候，闻得百禽鸣野，使我思归之意，一倍加切。不免暂时告别回家，小娘子休得见怪。（二旦做打悲科，云）我二人自谓终身已得所托，刚才一载，乃遽别乎？常言道：心去意难留。贱妾便当相送，亲至十里长亭，一杯饯别。（做把酒科）（正末回酒科，旦云）贱妾聊赋一诗相赠。（诗云）殷勤相送出天台，仙境那能却再来？云液既归须强饮，玉书无事莫频开。花当洞口应长在，水到人间定不回。惆怅溪头从此别，碧山明月照苍苔。（正末云）多谢小娘子厚意，这般眷恋。但此别非久，不过旬日之间便当再会也。（唱）

〔仙吕赏花时〕　我做甚三叠阳关①愁不听，也只为一段伤心画怎成。则不是人感慨别离轻，听兀那流莺树顶②，先啼出断肠声。

〔幺篇〕　抵多少绿暗红稀出凤城，拚得个倒尽沙头双玉瓶。直到这十里短长亭，避不的登山蓦岭，便子索回首问前程。（正末同阮下）

（旦云）他二人去了也。我等本待和他琴瑟相谐，松萝共倚③，争奈尘缘未断，蓦地思归。虽然系是夙因，却也不无伤感。倘若天与之幸，再与他相见，亦未可知。（诗云）人间无路水茫茫，玉洞桃花空自香。只恐韶光易零落，何时重得会刘郎？（并下）

第　三　折

（净扮刘德引沙三、王留等将砌末④上，云）某姓刘名德，现在天台县十里庄居住。时当春社，轮着我做牛王社会首。今日请得当村父老沙三、王留等，都在我家赛社。猪羊已都宰下，与众人烧一陌平安纸，就于瓜棚下散福，受胙饮酒。牛表、伴哥，你把柴门紧紧的闭上，倘有撞席⑤的人，休放他进来。（众做打鼓、烧纸、饮酒科）（正末同阮肇上，云）自到桃源洞中与那两个小娘子结成姻眷，不觉过了一载。为闻百鸟鸣春，顿起思归之念，再寻旧路回家。兄弟，你也看见，这眼前景物都更变不同了，好伤感人也呵。（唱）

〔中吕粉蝶儿〕 兔走乌飞，搬不尽古今兴废，急回来物换星移。成就了凤鸾交、莺燕侣，五百年夙缘仙契。不多时执手临岐，倒揽下干相思一场憔悴。

〔醉春风〕 则被这红灼灼洞中花，碧澄澄溪上水，赚将刘、阮入桃源，畅好是美⑥、美。受用他一段繁华，端详了一班人物，别是个一重天地。

（做行路科，阮肇云）兄长，这一路上全不似旧时光景，却是何故？（正末唱）

〔迎仙客〕 下坡如投地阱，蓦岭似上天梯，这的是蝴蝶梦中家万里。不甫能⑦雨才收，没揣的风又起。似这般风雨凄凄，早难道迟日江山丽。

〔红绣鞋〕 见了这三五搭人家稀密，过了这百千重山路透迤，那里也新郎归去马如飞。愁的是林深禽语碎，怕的是路远客行迟。呀！却原来鹧鸪啼烟树里。

（云）早来到这里，望见那古寺，过了一座小桥，便是家中了也。（唱）

〔醉高歌〕 望见那萧萧古寺投西，行过这泛泛危桥转北。早来到三家疃上熟游地，这搭儿分明记得。

（正末做意惊见科⑧，云）好怪，这两株松树我去时亲手栽下，与兄弟上天台山采药，到今只有一年光景，这两株树怎么就长得偌来大，不由我心中好生疑惑。（阮肇云）我也记得，这等大的快，敢则是地肥哩。（正末唱）

〔普天乐〕 曾得个几星霜、多年岁，为甚么松杉作洞，花木成蹊？往时节将嫩苗跑土栽，今日呵见老树冲天立。见了这景物翻腾非前日，不由人几般儿心下猜疑。修补了颓垣败壁，整顿了明窗净几，改换了茅舍疏篱。

（做打家唤门科）开门咱，我来家了也。（净云）果有撞席人来，休开门。（正末唱）

〔石榴花〕 则见这野风吹起纸钱灰，咚咚的挝鼓响如雷。原来是当村父老众相知，赛牛王社日，摆列着尊罍。（做叫云）刘弘，开门来，开门来。（唱）到的这柴门前便唤咱儿名讳，他那里默无声弄盏传杯。一个个紧低头不睬佯妆醉，方信道人面逐高低。

〔斗鹌鹑〕 我今日衣锦还乡，儿呵你也合开门倒屣。（云）刘弘，快开门来。（净云）你则是个撞席的馋嘴，怎么敢叫刘弘？要讨我打你。（正末唱）我这里道姓呼名，他那里嗑牙料嘴⑨。则道是铺啜之人来撞席，饕餮他酒共食。似恁般妄作胡为，敢欺侮咱浮踪浪迹。

（净云）今日当村众父老在我家赛牛王社，烧一陌纸，祈保各家平安。那里走将这两个不知羞耻的人来，要我酒肉吃，倒魇镇⑩俺众人一年不吉利。（正末唱）

〔上小楼〕 则见他一时半刻，使尽了千方百计。吃紧的理不服人，言不谙典，话不投机。看不的乔所为、歹见识、刁天决地，早叹道气昂昂后生可畏。

（净云）这等撞席的人，倒敢胡言乱语的。牛表、沙三，急忙打出去者。（众做打科）（正末唱）

〔幺篇〕 真乃是重色不重贤，度人不度己。使的这牛表、沙三、伴哥、王留，唱叫扬疾。走将来手便棰，脚便踢，将咱忤逆。这的是孩儿每孝当竭力。

（云）我是刘晨，同兄弟阮肇去春上天台山采药，今年归家。你是何人，倒来打我？（净云）你这两个面生可疑之人，我那里认的？你快去！快去！（正末唱）

〔满庭芳〕 你道我面生可疑，便待要扬威耀武，也合问姓甚名谁。那些个吐虹霓三千丈英雄气，全不管长幼尊卑。（净云）我父亲刘弘在日，尝说老爷刘晨，上天台山采药不归，到今百余年，知他是狼餐豹食，你还提他则甚？（正末唱）你道我上天台狼餐豹食，谁想我入桃源雨约云期。休得要夸强会，瞒神吓鬼，大古里⑪人善得人欺。

（净云）这两个汉子是风魔，是九伯⑫。我记的父亲在日对我说，老爷刘晨上天台采药，那一年亲手栽下门前这两株松树，到今百余年，兀那松树长的偌大，我父亲刘弘也故许多年了。你道是上春采药去的，你则看这树，难道一年便长得这般大小？（正末做省悟科，云）则这句话可将我提省了也。我适才到得门首，见这两株树，便觉有些疑惑。这等看来，当真去百余年了。孩儿，此非汝的罪过也，则是我的愚浊。方知道山中方七日，世上已千年，信有之也。（唱）

〔十二月〕 叹急急年光似水，看纷纷世事如棋。回首时今来古往，伤心处物是人非。若不游嫦娥月窟，必定到王母瑶池。

〔尧民歌〕 呀！生折散碧桃花下凤鸾栖，端的个人生最苦是别离。倒做了伯劳飞燕各东西，早叹道有情何怕隔年期。伤也波悲，登高怨落晖，添几点青衫泪⑬。

（正末做打悲科，云）你父亲刘弘已死，你又是他孩儿，却是我一家骨肉。我当年同兄弟阮肇上天台山采药，只为日暮迷其归路，遇一樵者，指引到桃源洞去投宿。行至数里，忽见金钉朱户，似王者之居。有笙歌一部，簇拥二女子，迎接我二人到家筵宴，成其夫妇。刚及一载，为闻百鸟鸣春，思归故里，早已物换星移，过了一百多岁。信知彼处乃是神仙之境。（阮肇云）兄长，这等看来，我和你便不归家也罢了。（正末唱）

〔耍孩儿〕 方信道洞天深处非人世，包藏着云纵雨迹。（带云）我想临行之时，（唱）怎将断肠诗句赠别离，分明是漏泄与肉眼愚眉。他道花当洞口应长在，水到人间定不回。参透了其中意，本是个神仙境界，错认作裙带衣食。

（净云）听了你这一篇话，你敢真是俺老爷，做了神仙回家来的。老爷，则你一向在那里受用？（正末唱）

〔五煞〕 我受用淡氤氲香喷鹊尾炉，光潋滟酒倾蕉叶杯。脚趔趄佳人锦瑟傍边立，醉疏狂闲吟夜月诗千首，眼迷希细看春风玉一围。到今日归何地？想杀我龙肝凤髓，害杀我蝤首蛾眉。

〔四煞〕 也曾交颈睡并手行，也曾重裀坐列鼎食。不枉了百年三万六千日，依旧索背将宝剑匣中去，再也不倒着接篱花下迷。成就了风流婿，匹配上鸾交凤友，差排下蝶使蜂媒。

〔三煞〕 他那里一壶天地宽，两轮日月迟，不比这彩云易散琉璃脆。但不知别来仙子今何在，从今后逢着仙翁莫看棋。回首更人世，我只怕泰山石烂，沧海尘飞。

〔二煞〕 现如今桃源好结缡，问甚么瓜田不纳履，我和他武陵溪畔曾相识。寂寞了十二阑瑶台仙子吹箫伴，迢递了五百里芳草王孙去路迷。阑珊了三千年王母蟠桃会，生疏了日边飞翠鸾丹凤，冷落了云外鸣玉犬金鸡。

〔尾煞〕 折末⑭你奔关山千百重，进程途一万里。我则怕春光去了难寻觅，(云)兄弟，咱和你去来。(唱)趁着这几瓣桃花半溪水。(同阮肇下)

(净云)不想我老爷刘晨，果然遇仙回来，已经隔世，方悟彼处非凡，急急的与阮肇复入山中去了。虽然如此，我又不认的他，知道是真是假？也不必去追寻他了。只是我这牛王社父老每不曾劝的酒，如何是好？(众云)今日天气又好，酒席又盛，虽则被那两个撞席的搅扰了这一会，然也吃得醉的醉了、饱的饱了，我们都散罢，待明年容在下还席。(并下)(净云)父老每都散了也。这两个毕竟是甚么人？非是俺喃喃笃笃⑮，争奈他面生不熟。也不知这刘晨果然是俺爷爷也，又不知那阮肇当真是俺叔叔。又没处辨他假真，任去来不须追逐。纵然在桃源洞炼药烧丹，只不如俺牛王社醉酒饱肉。(下)

【注释】

① 三叠阳关：出自唐王维《送元二使安西》："劝君更尽一杯酒，西出阳关无故人。"
② 听兀那流莺树顶：听着那流莺在树梢歌鸣。兀那：那个、那，加兀是强调的意思。
③ 松萝共倚：比喻夫妻和睦、相亲相爱。 ④ 砌末：杂剧专用名称，指布景道具。
⑤ 撞席：吃白食者。 ⑥ 畅好是美：真正是美好、美极了。 ⑦ 不甫能：好不容易、刚刚能够。 ⑧ 做意惊见科：做意外地、惊讶地看事物的表演动作。 ⑨ 嗑牙料嘴：说长道短、搬弄是非。 ⑩ 魔镇：用邪气冲撞。 ⑪ 大古里：总之是。 ⑫ 九伯：宋元时口语，意即痴呆、风魔、憨大。 ⑬ 青衫泪：典出唐白居易《琵琶行》。 ⑭ 折末：元杂剧中亦作"遮末"，意为尽管、任凭。 ⑮ 喃喃笃笃：絮絮叨叨。

【评解】

《误入桃源》是一部神仙道化戏,这类题材在元杂剧创作中是比较多的,是文人出世思想的一种反映。

这部戏有一个特点,就是戏剧的结构不是由剧中人之间的矛盾冲突来构成,而是通过丰富的想象力编织了一个美丽、新奇的神话故事。它以故事的奇特而见长,不是以曲折、紧张的矛盾冲突去吸引观众。剧中写到刘晨、阮肇两个修行者入山采药,因他们与两个谪凡的仙女有夙世姻缘,太白金星遂引导刘、阮二人至桃源洞,很顺利地与二仙女结为夫妇。剧中唯一的波澜是刘、阮在洞中一年思念家乡,遂回到自己的村子,发现已历百年,无法再为孙辈们接纳。但二人很快又在太白金星帮助下找到桃源洞,与二仙女团圆。刘、阮二位在整个成婚、成仙过程中,始终一帆风顺,毫无矛盾冲突(如与二仙女的感情波折),基本上是平铺直叙的。这么做的局限性是人物形象出不来,剧中人均无鲜明性格,很难吸引人的眼球和给人留下印象。但这种局限性被作者叙述的赏心悦目的美丽故事抵消了——世上有如此好事,不用付出任何代价,不用千辛万苦伤筋费神,便娶仙女为妻还成了仙,哪个才子、凡夫不向往!

作者在这部戏的唱词上用了很大功夫。剧中的唱词词斟句酌,极尽绮丽,尤以第二折中的唱词最佳。写到刘、阮二人入仙山时,通过刘晨之口描叙美景:

〔滚绣球〕香渗渗落松花把山路迷,密匝匝长苔痕将野径封,静巉巉锁烟霞古崖深洞,高耸耸接星河哨壁巉峰。闹吵吵栖鸦噪暮天,悲切切玄猿啸晚风。絮叨叨鹧鸪啼转行不动,磕磕踞虎豹跨上虯龙。白茫茫遍观山下云深处,黄滚滚咫尺人间路不通,眼睁睁难辨西东。

又如写到仙山的水和花时,以排比句进行描述:

〔滚绣球〕水呵莫不黄河天上来?花呵莫不碧桃天上种?水呵索强如翠岩前三千丈玉泉飞送,花呵干闪下闹西园一队队课蜜游蜂。水呵则是弥漫三月雨,花呵可惜狼藉一夜风。水呵近沧波濯尘缨一溪光莹,花呵性轻薄乱飘零枉费春工。水呵抵多少长江后浪催前浪,花呵早则一片西飞一片东,岁月匆匆。

又如描述桃源洞房舍的〔脱布衫〕"光闪闪贝阙珠宫,齐臻臻碧瓦朱甍。宽绰绰罗帏绣栊,郁巍巍画梁雕栋"和〔叨叨令〕中的"华胥梦""南柯梦""非熊梦""蝴蝶梦""高唐梦"等排比句式唱词,也都精彩纷呈,显示出了作者的非凡才华。

这里选的第三折,叙述刘、阮二人与二仙女结姻一年后回到乡里的奇遇,实际上是将凡间的浑浊世界与桃源洞美妙幸福仙境进行了对比。他们进入桃源洞时,受到仙子、美酒、华屋的招待;而回到自己家园,却是嘈杂喧闹的社会、孙子的误解、村民的围噪。两相比较，反差是何其之大！联想到刘、阮二人隐居天台山，原是"见奸佞当朝，天下大乱"，因此才避世林下，说明作者对当时社会黑暗的现状极端不满。但是在元帝国残暴的民族压迫下，当时的社会根本不会有桃源洞式的仙境净土，《误入桃源》也仅仅是陶渊明《桃花源记》的又一翻版而已。但作为一个美丽的故事，此剧的文字颇令人有"余香满口"之感。

【拾遗】

《误入桃源》这出戏源自宋代李昉等编的《太平广记》卷六十一《天台二女》。原文称：

> 刘晨、阮肇入天台采药，远不得返。经十三日，饥，遥望山上有桃树子熟，逐跻险援葛至其下，啖数枚，饥止体充。欲下山，以杯取水，见芜青叶流下，甚鲜妍，复有一杯流下，有胡麻饭焉。乃相谓曰："此近人矣。"遂渡山，出一大溪，溪边有二女子，色甚美，见二人持杯，便笑曰："刘、阮二郎捉向杯来。"刘、阮惊，二女遂欣然如旧相识，曰："来何晚耶？"因邀还家……食毕行酒，俄有群女持桃子，笑曰："贺汝婿来。"酒酣作乐，夜后各就一帐宿，婉态殊绝。至十日求还，苦留半年……归思甚苦，女遂相送，指示还路。乡邑零落，已十世矣。

可见，王子一在创作这部戏时，增加了许多情节，又加了太白金星等人物。由于故事较平，后世改编演出极少，其剧本的价值偏重于阅读。

月明和尚度柳翠

李寿卿

【剧情简介】

杭州抱鉴营街积妓墙下住着一个妓女，名叫柳翠，母亲姓张，父亲亡故。这柳翠不仅容貌窈窕，而且聪明博学，歌舞吹弹尽皆精妙，获"上厅行首"声誉，还傍着一个富得流油的牛璘员外。说起这位柳翠姑娘，却也来历非凡，她本南海观世音菩萨净瓶内一支杨柳枝，因偶污微尘，被罚往人世遭受一个轮回，三十年后才能由佛前第十六尊罗汉月明尊者点化返本回元。

柳妈妈张氏欲给柳翠亡父做十周年的超度，牛员外一出手就送来一千贯经钱，柳妈妈便请嵩亭山显孝寺住持长老带十僧众来家。但寺里数来点去，只有九个和尚，长老便想起香积厨下烧火的月明和尚。此人来寺后不仅全身腌臜，而且喝酒吃肉，不拘小节。但因为缺人，便只好把他带上。原来月明和尚正是西天第十六尊罗汉月明尊者，为不露本相，才装出如此模样，他听说是去柳翠家做佛事，便很高兴地答应了。

长老与众僧在柳家念经祷告，聪明的柳翠见了月明和尚就作一偈："由他铁脚禅和子，到俺门前跌破头。"月明回一偈："则俺天堂路上生荆棘，都是你这地狱门前滑似油。"后来他们一来一往，又一连互相作了好几首偈。月明试探地对她说："人道你归一，你可不归一。"柳翠答："师父，我怎生不归一？我是第一个归一的人。"月明认定她并未被红尘迷了本性，便劝她出家去。柳翠不肯，说："我年纪轻，正要多赚钱呢。我跟你出家，你能免我的生死吗？"月明说他可以帮她免去六道轮回之苦。柳妈妈听见了，骂月明是疯和尚，把他赶出了门。月明和尚第一次度柳翠没能成功。

自从那天家中做过超度佛事以后，柳翠一做梦就见到月明，有次还做梦变成一只梨花猫。她出门不敢走前街，怕撞见和尚，却偏偏在后巷遇见月明。和尚把她带到茶馆说："你躲不过我的，跟我出家吧。"柳翠不肯，月明道："你不是怕做梨花猫吗？为什么不对我讲。"柳翠想，自己梦里的事他怎么也知道。柳翠想跑，月明拦住，要她剃发出家。柳翠不肯，还想着牛员外。她想摆脱月明，便在茶馆内装睡不理他。月明为了让她觉悟，便让阎君神领牛头鬼力在梦中吓唬柳翠，要斩她。柳翠慌了，呼唤人来救她，月明过来，问她愿否出家修行。柳翠只得同意，月明便让阎君放了柳翠。醒来后，柳翠坚持要先与一班风月场中姐妹告别，月明和尚还是没能度柳翠。

月明随柳翠回家去，路上他催柳翠落发，柳翠希望出家不落发，月明不同意。进了柳家，月明与柳翠下双陆，把黑白二子比作柳翠和她娘，又不断点化她，两人作了一些偈，柳翠逐渐看破人生，把平时穿的漂亮衣服也烧了，以示出家的决心。月明要趁热打铁带柳翠走，柳妈妈劝女儿再住一宿，牛员外也要来会她，月明劝柳翠别动凡心，柳翠没法再坚持，便跟月明和尚走至河边。月明叫她上船，柳翠说："怎么有船无艄公？"和尚称："要什么艄公？就是我在此渡人。"到了对岸，月明说："我引你到西天佛莲池内。"柳翠不解，月明告诉她："依旧把你这柳枝插进观音菩萨的净瓶中。"

显孝寺中，长老请月明说法，柳翠过来问禅，事毕后便去化瓦粮。回来后，长老说："月明关照，你赶快击云板唱'今宵酒醒何处？杨柳岸晓风残月'这两句。那时师父返照回光，和你同登大道。"柳翠照着做了，这时她的幻觉中出现了牛员外，柳翠拒绝了他，牛员外便走了。柳翠随后在东廊下坐化了，月明便驾起祥云，带着柳翠的神魂来到南海，终于恢复柳枝原身，回归佛门大道。

第 二 折

（旦儿上，云）妾身是柳翠，自从做罢好事，见了那和尚，我睡里梦里，便见那和尚。我夜来做了一个梦，梦见变做个梨花猫儿。我今日欲待问人，争奈唤官身①，我不往这前街里去，则怕撞见那和尚，只后巷里去波。（正末上，云）远远望见柳翠往这里去了。小鬼头，你怎生躲的过贫僧也。（唱）

〔南吕一枝花〕　我恰才离了曹溪②一指前，又来到佛祖三更后。我则索分开临济③晓，踏破他这葛藤秋。百般的救不出白骨荒丘，每日家则恋着花和酒。我今番月度柳，我是个包含着天地风流，只要你肯信俺这波罗蜜咒。

〔梁州第七〕　投至我度脱的一株翠柳，柳翠唻，少不的搜寻遍四大神州。你倚仗着枝疏叶嫩当时候，不肯道跨天边彩凤，只待要听枝上鸣鸠。你可也锁不住心猿意马，却罩定野鹭沙鸥。你则恋着他那一时间翠嫩青柔，怎不想久以后绿惨红愁。（带云）柳也，你若肯跟我出家去呵，（唱）我着你再休恋那红尘内赤力力④虎斗龙争，碧天边来往往乌飞兔走。柳翠唻，早思着绿阴中闹簇簇⑤燕侣莺俦，酒楼，玉沟。跳出那月明圈，不落樵夫勾。比及个成材时架梁后，饶你便坚硬心肠似木头，我只着你磨做骷髅。

（云）柳翠，你怕做梨花猫儿，怎生不问我这月明尊者来？（旦儿背云）我梦寐中的勾当，这和尚他怎生知道？（回云）师父，我梦寐中做的勾当，你怎生知道？（正末云）柳翠，无量阿僧祇劫⑥，与大千沙界⑦轮回，一切般若波罗蜜心，向不二门头变化。一条大路上天堂，则为你那心邪行不得。（旦儿云）师父，你是甚么和尚？（正末云）我是月明和尚。（旦儿云）你便是月明和尚，夜来八月十五日你不出来，今日八月十六日你可出来。正是月过十五还依旧。（正末云）这小鬼头倒说的有个来去。（唱）

〔隔尾〕　你道是月过十五也索还依旧，哎，柳也，谁似你飞尽香绵未肯休，直等的絮满了官街，那其间有谁救？（旦儿云）师父，长老寻你哩。（做走科）（正末云）那里去？你待要躲我那。（唱）哎，你个迷人的好是费手。（旦儿云）师父，行者寻你哩。（做走科）（正末云）那里去？你又躲我那。（唱）我这个度人的好是缠头。（旦儿云）师父，我两次三番躲不过你。（正末云）你怎生躲的过我？（唱）谁着你惹一缕清风则在这背巷里走。

（旦儿云）师父，长街市上不是说话去处，我和你茶房里说话去来。（正末云）你也道的是。疾，兀的不是个茶房。茶博士，造个酥签⑧来。（旦儿云）我则不言语，看他说甚么？（正末云）柳翠也，你待怎生？（旦儿云）月也，你待如何？（正末云）我着你发心修行，出离生死。（旦儿云）本无生死，何求出离？（正末云）绝了业障本来空，离了终须还宿债。（旦儿云）如何得个了绝？（正末云）凡情灭尽，自然本性圆明。（唱）

〔幺篇〕 只要你凡情灭尽元无垢，划的⑨道枝叶萧条渐到秋。（云）茶博士，你将把剃头刀儿来，与柳翠落了发者。（唱）我便减不的你头轻，也则是免了些生受。（旦儿云）师父，我剃了头不羞么？（正末唱）你当日合忧处却不忧，到今日这合修处却不修。（旦儿云）师父，我剃了头可是如何？（正末云）柳翠也，你问的我是。（唱）若是削了你这青丝就是剃了你个柳。

（旦儿云）师父，我柳翠委实出不的家。（正末唱）

〔牧羊关〕 你则恋着那天淡清风晓，云间白露秋，你比我敢剩受了些万絮千头。你如何则想着你那堤边，好也啰，可怎生全不依我这渡口？那枝叶合采也那不合采，（旦儿云）昨日八月十五日来。（正末云）昨日正是八月十五日。（唱）我这言语索中秋也那不是中秋。（旦儿云）只怕你素魄光辉少。（正末唱）你道我素魄光辉少，柳翠唻，谁着你那两叶儿眉黛愁。

（旦儿云）我生的天然色、天然态、花样娇、柳样柔。（正末云）喋声！（唱）

〔幺篇〕 卖弄你的天然色、天然态，花样娇、柳样柔，则你那瘦腰肢则管里卖弄风流。我本待对杨柳听蝉，（旦儿云）俺那牛员外呵。（正末唱）好也啰，他却待剪牡丹喂牛。（云）柳翠也，自古及今，你这柳身上罪业不轻哩！（旦儿云）我这柳有甚么罪过？（正末唱）你曾搬的个陶令⑩门前种，你曾引的个隋帝广陵⑪游。（旦儿云）那隋炀帝要到广陵，只为贪看琼花，干着杨柳甚事？（正末唱）他因赴千里琼花会，柳翠唻，也则是这两行金线柳。

（旦儿云）这和尚缠的我慌，则除是这般。（做睡科）（正末唱）

〔隔尾〕你本恋着朝云暮雨慵回首，却被这明月清风缠杀你那头，不肯将七碗卢仝⑫耐心候。你解不过这赵州⑬，省不得这悟头。柳翠咲，你不向野塘内三眠，偏来渲房⑭里宿。

（云）你睡着了，我着你大睡一觉。这等人不着他见个恶境头，他可也不得省悟。柳翠，你快醒来，唤官身哩。（虚下）（外扮阎神，领净⑮牛头鬼力上，云）天堂地狱门相对，任君拣取那边行。寿从心地阴功起，神向清明善念生。吾神乃地府阎神是也，掌管人间生死轮回之事。今为杭州柳翠，触污圣僧罗汉，更待干罢，牛头鬼力，与我摄过柳翠来者。（鬼力做拿旦儿跪科）（阎神云）为你在人间触污圣僧罗汉，牛头鬼力，将柳翠斩讫报来。（旦儿云）苦呵，着谁人救我也？（正末上，云）柳翠，有生死无生死？（旦儿云）师父，有生死。（正末云）求出离⑯也不求出离？（旦儿云）求出离。（正末云）肯修行也不肯修行？（旦儿云）肯修行。（正末云）你若不肯修行，你回头试看波。（旦儿云）兀的不吓杀我也。（正末唱）

〔牧羊关〕你觑那牛头鬼亲行刃，他把的龙泉剑扯在手。（带云）柳翠，你若不是我呵，（唱）恰才这清风过，怎了你那六阳会首。你跟我去呵，我着你剩积些阴功；你不跟我去呵，早早定了些阳寿。你跟我去呵，我着你上明晃晃一条金桥路；你不跟我去呵，便索向翻滚滚千丈奈河⑰流。恰才那脖项上可着那钢刀挫，哎，柳翠也，抵多少树叶儿可便打破你这头。

（云）且留人者。（阎神云）早知圣僧来到，只合远接，接待不着，勿令见罪。（正末云）阎神，柳翠犯着何罪？（阎神云）因柳翠触污着圣僧来。（正末云）柳翠的罪过，饶的也饶不的？（阎神云）柳翠的罪过，饶他不的。鬼力快下手者。疾，休推睡里梦里。（旦儿做惊醒科，云）兀的不吓杀我也。（正末唱）

〔骂玉郎〕彩云坠地可便无人救，哎，你个呆柳翠，呆柳翠早回头，则你那事到头来怎出的这无常勾。抖搜的宝钏鸣，僝僽⑱的云鬓松，阿搂⑲的湘裙皱。

〔感皇恩〕呀，则见他刀下难收，早吓的汗雨交流，荡了香魂，消了素魄，瞪了星眸。他用着春纤玉手，忙抹这粉颈油头。

（旦儿云）这的是那里？（正末唱）这的茶房里、桌儿前。（旦儿云）这早晚多早晚也？（正末唱）柳翠也，这早晚是午时候。

〔采茶歌〕 这的是剑光浮，那里也鬼神愁。（带云）柳翠，你觑波。（唱）兀的不一轮明月在柳梢头。枝叶相连百十口，则你那翠眉终日端的为谁愁？

（旦儿云）恰才分明的杀坏了我，却又不曾死。我待道死来却又生，待道生来却又死。生死原来是幻情，幻情灭尽生死止。（正末云）假若生死止在何处？速道，速道。（旦儿云）师父，我答不的这一转语。（正末云）云来云去，虚空本净。花开花谢，田地常存。（旦儿做拜科，云）弟子早省悟了。这回和月常相守也。（正末唱）

〔黄钟尾〕 你道是这回和月常相守，（带云）我为你走了两番也，（唱）才赚的春风可便树点头。聚莺朋，会燕友；蜂衙喧，蝶梦幽；转黄鹂，鸣锦鸠；噪昏鸦，覆野鸥；袅金丝，春水沟；拂红裙，夜月楼；酒旗前，望竿⑳后；风又狂，雨又骤；霜正严，雪正厚；霜来欺，月来救，我救的这月里桫椤永长寿。（旦儿云）师父，你如今带我那里去？（正末唱）我着你访灵山会首㉑。（旦儿云）待我辞别那一班儿姊妹弟兄，就跟的去。（正末唱）也不索㉒别章台的这故友。（旦儿云）师父，为甚么不着我别去？（正末云）你道我为甚么不着你别去？（唱）我则怕你又折入情郎画眉手。（同下）

【注释】

① 唤官身：唐宋时定例，官妓奉召应无条件出席宴会陪酒或唱曲。　② 曹溪：六祖惠能在曹溪宝林寺演法而创禅宗，故以曹溪代禅宗之名。　③ 则索：只得、只好。临济：禅宗的别号。　④ 赤力力：形容物件碰撞、摩擦的声音。　⑤ 闹簇簇：聚集喧闹的场面。　⑥ 无量阿僧祇劫：佛家语，形容时间很长。阿僧祇：无数。劫：时间量词。　⑦ 大千沙界：原指恒河沙世界，此处意为极多。　⑧ 酥签：掺和酥油的茶汤。　⑨ 划的：依旧、仍然是。　⑩ 陶令：指晋代诗人陶渊明，他任过彭泽县令，故称。　⑪ 广陵：古郡名，辖地在今扬州。　⑫ 卢仝：唐代诗人。其《走笔谢孟谏议寄新茶》诗云："一碗喉吻润，两碗破孤闷。三碗搜枯肠，唯有文字五千卷。四碗发轻汗，平生不平事，尽向毛孔散。五碗肌骨清，六碗通仙灵。七碗吃不得也，唯觉两腋习习清风生。"此诗被称为"七碗诗"。　⑬ 赵州：唐代高僧，法名从谂，为赵州观音院禅师，故以"赵州"代称。　⑭ 渲房：宋元时对茶馆的称呼。　⑮ 净：净行角色，扮演牛头鬼力。　⑯ 出离：出家。　⑰ 奈河：佛教中地狱之河。千丈：指其宽阔。　⑱ 僝僽：忧愁、烦恼。　⑲ 阿搂：搂抱。　⑳ 望竿：酒店门前挂

酒旗的竹竿。　㉑ 灵山：西方佛祖所居之地。会首：主持法会的高僧。　㉒ 不索：不必、不须再。

【评解】

《度柳翠》是一部神仙道化的度脱戏，全剧充满着因果报应、出世飞升、六道轮回的佛教理念。

此故事在宋元间一直是很普及、很热门的文学创作题材，这一故事最早出自宋代以前。传五代时有一至聪禅师在祝融峰修行十年，一日下山遇一美人红莲，为其所惑，遂与合欢，天明时，僧起沐浴，与妇人俱化。后人有诗曰："有道山僧号至聪，十年不下祝融峰。腰间所积菩提水，泻向红莲一叶中。"明代作家冯梦龙也很看重这个题材，他根据各种传说结合自己的想象，创作出中篇小说《月明和尚度柳翠》，对后世的影响很大。

本剧第二折表现了月明和尚在度脱柳翠过程中的不折不挠坚持精神，也表现了柳翠由于凡心未泯，千方百计抗拒、步步设防的无奈，两个人在剧中的性格都很鲜明。月明和尚接受第一次度脱柳翠未获成功的教训，对柳翠加强了度化的力度。他先是在街巷拦住柳翠，动员她马上出家，柳翠不从。但他仍始终盯住对方，将她约到茶馆里，与她作偈谈禅，实际上是两个人斗智慧，看谁能说服对方。从月明和尚方面看，目的是启发她的觉悟。月明云："我着你发心修行，出离生死。"柳翠云："本无生死，何求出离？"说明柳翠亦有机锋。月明又说："绝了业障本来空，离了终须还宿债。"柳翠反问："如何得个了绝？"月明答曰："凡情灭尽，自然本性圆明。"柳翠输了，月明想立即给她落发，可她还是不肯出家，因为她放不下相好的大款牛员外，受不了青灯黄卷寂寞苦。为了逃避月明的纠缠，她便倒头睡觉。

柳翠小看了月明的法力，为了使她惊醒，月明请阎君神给柳翠托梦，说她在人间"触污着圣僧"，要斩柳翠。在生死压力面前，梦中的柳翠终于皈依，也开始参悟生与死，悟得了"生死原来是幻情，幻情灭尽生死止"的佛教理念。

月明和尚为了度柳翠，对她步步紧逼，这恐怕是当时寺院为了弘法传教、强度俗人为僧活动的真实写照。说明元代统治者提倡佛教后，佛寺势力强大，僧人常强度俗客，实为掠夺人口。同时我们也看到，全剧并没有批判当时社会或统治者的内容，处处透露出来的是宣扬因果报应和宿命论的唯心观念。这些都是这部作品思想上流露出来的很消极的东西，今天我们在赏析这部剧作时，应当多注意它内容上封建迷信方面的局限性。

昊天塔孟良①盗骨

朱 凯

【剧情简介】

北宋时，镇守三关的大将六郎杨景夜梦父亲杨令公和弟弟七郎杨延嗣前来倾诉，称杨家军在与北番辽军韩延寿部交战时被围困于虎口交牙峪，七郎为救父亲被奸贼潘仁美乱箭射死。杨令公死战不脱，撞李陵碑而亡。番兵将杨令公尸首焚烧，把骨殖吊在幽州昊天寺塔尖，每日轮流让一百名小卒射骨殖三箭，名曰"百箭会"，使杨令公在阴司疼痛不已。为此，老令公只能托梦给儿子杨景，希望他能把骨殖抢回。七郎也嘱哥哥回朝之后要将他们父子冤情奏明圣上，报仇雪恨。

杨景醒来后，想起父亲和七弟的遭遇，顿时泪流满面。天明后，立即召部将花面兽岳胜前来商议，策划如何抢回父亲的骨殖。正在这时，汴京杨府有小军到，称奉杨景之母佘太君之命下来书，原来佘太君夜间也梦见杨令公前去倾诉，希望她能命杨景赶快去幽州抢回骨殖，使他不再受箭伤之苦。杨景寻思，这件事只有让部将孟良出马才能取胜。他决计用激将法，让小军把住营门不放孟良进去，故意不让他知道正在商议重要军情。孟良善使宣花斧，打仗十分勇猛。他打听到主将要派人去幽州抢回杨令公骨殖，果然激昂无比，立即来见杨景，一定要前去。杨景大喜，他留下岳胜镇守三关，自己与孟良二人日夜兼程奔赴幽州。

这天傍晚，昊天寺和尚将当天已被射了百箭的杨令公骨殖取下锁好，刚刚关上门要休息，就听到外面有人叫门，说是来送一千支蜡烛布施的。和尚贪财，便把门打开，杨景、孟良冲进去将他擒获，逼他从方丈室取出装骨殖匣子。杨景捧过父亲骨殖，将它背在身上，孟良放火烧毁了昊天寺。两人出幽州时被番兵发现，孟良便让杨景背着杨令公骨殖先走，自己在后面抵挡追赶的番兵。

杨景背着父亲骨殖往南奔至五台山，他见天晚，便想在兴国寺借宿一宵。长老说："寺内虽有空房，但庙里有个莽和尚，十八般武艺精通，他若见到你这个外来客，只怕会找岔子，你要当心。"夜间，杨景独坐僧房，想起父亲的悲惨遭遇，不由哭泣起来。不料正好被回寺的莽和尚听到，便进来追问杨景为何悲伤。杨景见对方并无恶意，便诉自己原是大宋国人的身份。莽和尚听罢，大约已看出什么端倪，便问他认不认得金刀杨令公。杨景十分惊异，便与莽和尚深入交谈，原来他正是失散后落发为僧的哥哥杨五郎。兄弟俩劫后相聚，分外激动。此时番将韩延寿闻知杨六郎盗了杨令公骨殖，率五千番兵连夜追至，将兴国寺团团围住。杨五郎见了韩延寿，假称杨景已被拿获后关在寺内，诱韩延寿入寺，然后与杨景一起将韩杀死后剖腹剜心祭奠父亲，两人会同僧兵，与孟良一起全歼番兵。朝廷命寇准到瓦桥关迎接杨令公骨殖，并宣布圣人之命，表彰杨景全家，赐黄金为杨令公、杨七郎筑坟立庙。

第 四 折

(外②扮长老上，诗云)积水养鱼终不钓，深山放鹿愿长生。扫地恐伤蝼蚁命，为惜飞蛾纱罩灯。贫僧乃五台山兴国寺长老是也。我这寺里有五百众上堂僧，内有一个和尚姓杨③。此人十八般武艺，无有不拈，无有不会，每日在后山打大虫耍子。今日无甚事，天色将晚也，且掩上三门者。(杨景上，云)某杨景④，直到幽州，盗了父亲的骨殖，留兄弟孟良在后，当住追兵去了。我一人一骑，往五台山经过。天色已晚，难以前去，只得在寺中觅一宵宿。来到这三门首，我下的马来，推开三门。兀那和尚，有甚么干净的僧房，收拾一间，与我宿一夜，天明要早行也。(长老云)客官，这一间僧房可干净？(杨景云)我放下这骨殖咱。(长老云)敢问客官从那里来？(杨景云)我来处来。(长老云)你如今那里去？(杨景云)我去处去。(长老云)那里是你家乡？(杨景云)我没家乡。(长老云)你姓甚名谁？(杨景云)我没名姓。(长老云)兀那客官，怎这等硬头硬脑的？老僧不打紧，我有一个徒弟，他若来时，怎肯和你干罢也！(杨景云)他来时便敢怎的我？你自回避。父亲也，兀的不⑤痛杀我也！(正末扮杨和尚上，云)洒家这醉了也。(唱)

〔双调新水令〕 归来余醉未曾醒，但触着我这秃爷爷没些干净。(做听科，云)哦，恰像似有人哭哩。(唱)那哭的莫不是山中老树怪，潭底毒龙精？敢便待显圣通灵，只俺个道高的鬼神敬。

(杨景作哭科，云)父亲也，兀的不痛杀我也！(正末云)兀的不在那里哭哩？(唱)

〔驻马听〕 那里每喧喧哽哽，搅乱俺这无是无非窗下僧。(杨景云)父亲也，痛杀我也！(正末唱)越哭的孤孤另另，莫不是着枪着箭的败残兵？我靠三门倚定壁儿听，耸双肩手抵着牙儿定。似这等沸腾腾，可甚么绿阴满地禅房静？

(正末见长老科)(长老云)徒弟，你来了也。适才靠晚间，有个客官，一人一骑，来到俺寺中借宿。我问他，他不肯说实话。他如今在这房里，你去问他咱。(正末云)师父，你回方丈中歇息，我自问他去。(长老云)正是闭门不管窗前月，一任梅花自主张。(下)(正末见科,云)客官问讯⑥!(杨景云)好一个莽和尚也。(正末云)客官,恰才烦恼的是你来?(杨景云)是我来。(正末云)你为甚么这等烦恼?(杨景云)和尚,我心中有事。(正末云)我试猜你这烦恼咱。(杨景云)和尚,你是猜我这烦恼咱。(正末唱)

〔步步娇〕 只你个负屈含冤的也合通名姓,莫不是远探你那爹娘的病?(杨景云)不是。(正末唱)莫不是你犯下些违条罪不轻?(杨景云)我有甚么罪犯?(正末唱)莫不是打担推车撞着贼兵?(杨景云)便有贼兵呵,量他到的那里?(正末唱)我连问道你两三声,怎没半句儿将咱来答应?

(云)兀那客官,我问着你,不肯说老实话,俺这里人利害也。(杨景云)你这里人利害便怎么?(正末唱)

〔雁儿落〕 俺这里便骂了人也谁敢应?(杨景云)敢打人么?(正末唱)俺这里便打了人也无争竞。(杨景云)敢劫人么?(正末唱)俺这里便劫了人也没罪名。(杨景云)敢杀了么?(正末唱)俺这里便杀了人也不偿命。

(杨景云)你说便这等说,我是不信。(正末云)你不信时试闻咱。(唱)

〔水仙子〕 现如今火烧人肉⑦喷鼻腥。(杨景云)哎,好和尚,可不道为惜飞蛾纱罩灯哩!(正末唱)俺几曾道为惜飞蛾纱罩灯?(做合手科,云)阿弥陀佛!世间万物,不死不生。(唱)若不杀生呵,有甚么轮回证⑧?这便是咱念阿弥超度的经。(杨景云)想你也不是个从幼儿出家的。(正末唱)对客官细说分明,我也曾杀的番军怕,几曾有个信士请,直到中年才落发为僧。

(杨景云)兀那和尚,我也不瞒你,我是大宋国的人。(正末云)客官,你既是大宋国人,曾认的那一家人家么?(杨景云)是谁家?(正末云)他家里有个使金刀的⑨。(唱)

〔雁儿落〕 他叫作杨令公,手段能。(杨景惊科,云)他怎么知道俺父亲哩?兀那和尚,那杨令公有几个孩儿?(正末唱)他有那七个孩儿都也心肠硬。(杨景云)他母亲是谁?(正末唱)他母亲是佘太君,敕赐的清风楼无邪佞。

（杨景云）他弟兄每可都有哩。（正末唱）

〔得胜令〕呀！他兄弟每多死少波生。（杨景云）你敢是他家里人么？（正末唱）只我在这五台呵又为僧。（杨景云）哦，你元来是杨五郎！你兄弟还有那个在么？（正末唱）有杨六使在三关上。（杨景云）你可认的他哩？（正末云）他是我的兄弟，怎不认的？（唱）和俺一爷娘亲弟兄。（杨景云）哥哥，你今日怎就不认得我杨景也？（正末做认科）（唱）休惊，这会合真侥幸！（云）兄弟，闻的你镇守瓦桥关上，怎到得这里？（杨景云）哥哥，您兄弟到幽州昊天寺，取俺父亲的骨殖来了也。（正末做悲科）（唱）伤也么情，枉把这幽魂陷虏城。

（净扮韩延寿上，诗云）我做将军快敌斗⑩，不吃干粮则吃肉。你道是敢战官军沙塞子⑪，怎知我是畏刀避箭韩延寿⑫？某韩延寿是也。叵奈杨六儿无礼，将他令公骨殖，偷盗去了。我领着番兵，连夜追赶。原来杨六儿将着骨殖，前面先去，留下孟良，在后当住。我如今别着大兵，与孟良厮杀，自己挑选了这五千精兵，抄上前来。明明望见杨六儿，走到五台山下，怎么就不见了？一定躲在这寺里！大小番兵，围了这寺者。兀那寺里和尚，快献出杨六儿来！若不献出来，休想满寺和尚，一个得活！（做呐喊打门科）（杨景云）哥哥，兀的不是番兵来了也？（正末云）兄弟不要慌，我出去与他打话。我开了这三门。（做见科）（韩延寿云）兀那和尚，您这寺里有杨六儿么？献将出来便罢。若不献出来呵，将你满寺和尚的头，都似西瓜切将下来，一个也不留还你。（正末云）兀那将军，果然有个杨六儿，被我先拿住了，绑缚在这寺里。俺出家的人，是慈悲为本，方便为门，休把这许多枪刀，吓杀了俺老师父。您去了兵器，下了马，我拿杨六儿与你去请功受赏，好不自在哩。（韩延寿云）我依着你，就去了这刀枪，脱了这铠甲，我下了这马。和尚，杨六儿在那里？快献出来。（正末云）将军，你忙怎的？且跟将我入这三门来，且关上这门。（韩延寿云）你为甚么关上门？（正末云）我是小心的，还怕走了杨六儿。（韩延寿云）杨六儿走不出，我也走不去。关的是，关的是！（正末做打净科，云）量你这厮走到那里去！（韩延寿云）呀，

这和尚不老实，你只好关门杀屎棋，怎么也要打我？（正末唱）

〔川拨棹〕这厮待放蒙挣⑬，早拨起咱无明火不邓邓⑭。损坏众生，扑杀苍蝇，谁待要鹊巢灌顶⑮。来、来、来，俺与你打几合斗输赢。

（韩延寿云）这和尚倒来撒的，那三门又关了。我可往那里出去。（正末唱）

〔七弟兄〕把这厮带鞋鞋，可搭的撑定，先摔你个满天星。休怪俺出家人没的这慈悲性，怒轰轰⑯恶向胆边生，兀良⑰，只要你偿还那令公爹爹命。

（正末做跌打科，云）打死这厮，才雪的我恨也！（唱）

〔梅花酒〕呀，打的他就地挺，谁着你恼了天丁？也不用天兵，就待劈碎你这天灵。磕擦的怪眼睁，搭⑱双拳打不停，飕飕的雨点倾，直打的应心疼。非是咱不修行，见仇人分外明。若不打死您泼残生，这冤恨几时平！（韩延寿云）好打，好打！你且说个名姓与我知道，敢这等无礼！（正末唱）哎，你个韩延寿早噤声，还问甚姓和名？

（正末做拿韩延寿科）（唱）

〔喜江南〕呀，则我这杀人和尚灭门僧，便铁金刚也劝不的肯容情。俺兄弟正六郎杨景镇边庭。（带云）韩延寿！（唱）也不则你兵临在颈，再休想五千人放半个得回营。

（云）兄弟，我打死了番将韩延寿也！（杨景云）哥哥，将韩延寿枭下首级，剜出心肝，在父亲骨殖前，先祭献了。就在这五台山寺里，做七昼夜好事，超度俺父亲和兄弟，早升天界也。（外扮寇莱公⑲冲上，云）老夫莱国公寇准是也。奉圣人的命，并八大王⑳令旨，直至瓦桥关，迎取已故护国大将军杨继业并杨延嗣的骨殖，归葬祖茔。有孟良杀退番兵，报说杨景还在五台山上兴国寺，做七昼夜的大道场㉑，超度亡魂。老夫就带着孟良，不辞星夜来。可早到五台山也！（做见科，云）兀那杨景，老夫奉圣人的命，特来到此。问你取的杨令公并七郎骨殖安在？（杨景云）大人，我父亲并七郎骨殖都有了，现在此处追荐哩。（寇莱公云）既然有了，杨景同杨朗㉒望阙跪者，听圣人的命。（词云）大宋朝纂承鸿业，选良将镇守边疆。杨令公功劳最大，父与子保驾勤王。潘仁美㉓贼臣奸计，陷忠良不得还乡。李陵碑汝父撞死，连七郎并命身亡。百箭会幽魂托梦，盗骨殖多亏孟良。杨延景全忠全孝，舍性命苦战沙场。遣敕使远来迎接，赐黄金高筑坟堂。还盖庙千秋祭享，保山河万代隆昌。（众谢恩科）

【注释】

① 孟良：杨景（杨延昭）部将，正史无传。《光绪保定府志》卷七十九《杂记轶事》载："世传孟良、焦赞，杨六郎神将，战功最多……邑东北有孟良营村，相传为孟良屯兵处。"看来孟良实有其人，但因职务较低，未获正史记载。　② 外：外末，正末之外的次要角色。　③ 和尚姓杨：此处指剧中人物杨令公第五子杨延朗（剧中称杨朗），但《宋史·杨业传》称其第五子名叫延贵，无事迹记载。　④ 杨景：杨家六郎杨延昭，北宋大将，杨业子，曾多次打败辽军，镇守北边三关，官至高阳关副都部署，《宋史》有传。　⑤ 兀的不：这岂不，怎么不。　⑥ 问讯：僧人与他人相见时，先打一躬，然后将伸直的手举至眉心，口中同时念诵"问讯"。　⑦ 火烧人肉：此乃夸张语，并非寺内真的烧人肉。　⑧ 轮回证：验证轮回。　⑨ 使金刀的：指杨业，他上阵用大刀杀敌。杨业，又名继业，北宋名将，太原人，先为北汉将领，后归宋，屡立战功，号称"杨无敌"。雍熙三年（986），他率孤军与辽军战，陷入敌围，长子延玉战死，杨业力尽被俘，绝食三日而死。事后，宋朝追赠他为节度使、太尉、中书令，故后人呼为令公。次子延浦、三子延训升为供奉官，四子延瑰、五子延贵、七子延彬并为殿直官，六子延朗由供奉官升为崇仪副使。延朗因避宋圣祖讳，后改名为延昭，最为有名。延昭子文广，曾在宋仁宗、英宗、神宗朝为官，任知州、防御史、定州路副都总管，曾击败西夏军。　⑩ 快敌斗：迅速斩获敌人，亦可理解为迅速冲到最前头与敌人面对面厮杀。　⑪ 沙塞子：来自沙漠边缘区域的兵士。　⑫ 韩延寿：文艺作品中的辽国大将，《辽史》中不见有传。　⑬ 蒙挣：懵懂、糊涂。　⑭ 不邓邓：形容激动的样子。　⑮ 鹊巢：唐代高僧，杭州人。他见秦望山有长松，枝叶繁茂，遂栖止其上，人称鸟窠禅师，白居易曾数从问道。灌顶：高僧，常州义兴人，自幼出家，后迁临海章安，称章安大师，成为天台宗五祖。此处借指修行得道。　⑯ 怒轰轰：亦作"怒烘烘"，形容盛怒的样子。　⑰ 兀良：骂人口语，犹现代"他娘的"。　⑱ 搲：捏、握。　⑲ 寇莱公：寇准，字平仲，北宋华州人，太平兴国年间进士，因刚直能干逐渐升至宰相，曾被封为莱国公。晚年遭奸臣丁谓等排挤，被贬雷州、衡州，《宋史》有传。　⑳ 八大王：文艺作品中的八贤王、八王。历史原型为宋太宗第八皇子名赵元俨，封周王。但文艺作品中又说他名叫赵德芳，赵德芳史有其人，为宋太祖第四子，封秦王，23 岁即去世。　㉑ 道场：佛教诵经礼拜、说法讲道之场所，此处指超度先人的盛大经忏法事。　㉒ 杨朗：剧本中的杨五郎。　㉓ 潘仁美：潘美，北宋大臣，字仲询，河北大名人，宋太祖部将，官至忠武军节度使。雍熙三年宋军攻辽失败，造成杨业牺牲，他是主要责任人之一，此役对宋军士气打击犹大，以后便无力灭辽。因他资格老，是陈桥兵变的开国之臣，战后宋廷仅对他轻处降职，但不久便又升为同平章事（宰相）。《宋史·杨业传》载，杨业临死前曾说："上遇我厚，期讨贼捍边以报，而反为奸臣所迫，致王师败绩，何面目求活耶！"杨业所斥的奸臣当指统帅潘美及监军王侁二人。当时民意亦认为对潘美处理太轻，故后世文艺作品中一直将他作为奸佞的

代表，事实上不能排除他因妒忌而有意报复致杨业败死的可能性。

【评解】

《昊天塔》是一部讴歌民族英雄杨业父子的杂剧，剧中塑造了宋朝守边的大将杨景、孟良和不忘祖国的杨朗等众英雄群像，充满了悲壮感。

本剧的成功之处就在于思想性强，全剧从头至尾都洋溢着尽忠报国的浩然正气。第一折杨令公与七郎托梦给杨景，诉说冤情及其骨殖现今在辽国所受到的羞辱和受箭时的痛苦，一下子就把观众的心抓紧了。人们没想到，辽国统治者对战死沙场的勇士也不肯放过，实在残暴之至。又由于杨七郎被奸臣潘仁美害死，人们更加痛恨这个置民族国家大义于不顾的国贼，更激起了对英雄们的崇敬、同情之心。这里充满着忠与奸、祖国与敌人、正与邪的大是大非思想较量。作为父亲的儿子和卫国戍边的英雄战将，杨景立即行动。他通过激将法，取得了部下勇将孟良的支持，然后两人潜至幽州昊天寺，将杨令公的骨殖抢出。杨景又来到五台山兴国寺，巧遇五哥杨延朗，兄弟相逢，一片忠义之情，场景实在感人。杨五郎虽然战败后落发为僧，但他心向宋朝、忠于祖国的忠心不改，终于与六弟杨景一起杀死了仇敌韩延寿，回归朝廷。可以说，这部戏虽然写的是"盗骨殖"，但因为这骨殖实际就是忠烈的代表，所以这部戏就是一曲爱国主义的正气歌！

这部戏在艺术风格上亦很有特点，即在营造气氛时巧妙地把悲剧要素和正剧要素结合了起来。全剧叙述的是杨景与孟良深入敌国虎穴，顺利盗得忠骨归葬，又歼灭敌酋韩延寿，应该是可以庆贺胜利的正剧；但想到杨令公、杨七郎的惨死，特别是杨令公死后还不得安宁，骨殖每天要受"百箭会"之痛，杨七郎更是死于奸佞潘仁美的乱箭穿心，两个好人、英雄如此之惨，只能成为人们永远的心头之痛。这样，全剧便被悲壮的气氛所笼罩，最后纵使有光明的尾巴，报了仇，杀了番邦主将，也难以使人为杨景的胜利高兴，因为他的父亲、七弟再也不能复活，观众也就无法从悲壮气氛中挣脱出来。可以说，这部戏既是正剧，又是悲剧；正剧中充满悲壮，悲壮中又有些许令人安慰的欣喜，从而使正剧、悲剧的要素天衣无缝地结合在了一起。

在塑造人物上，这部戏也颇有特色。剧中第一主角杨景，他忠、孝、勇、智四全——为国戍边守三关是为忠，闻说父亲骨殖在辽国蒙难便披荆斩棘抢回是为孝，与孟良双双深入敌后是为勇，智激孟良又保护骨殖安全返国是为智。在第四折中，他摆脱敌人追兵，藏入聚集着汉族僧众的五台佛寺，显示出善于寻找安全环境的机智。而在佛寺夜对父亲受难骨殖的哭泣，显示出他对父亲的怀念和孝。虽篇幅不长，但性格鲜明。而另一个人物杨五郎，虽然是在第四折中间才首次出场，但通过他那快人快语——"俺这里便骂了人也谁敢应"，"俺这里便打了人也无争竞"，"俺这里便劫了人也没罪名"，"俺这里便杀了人也不偿命"，活画出了他敢想敢干、天不怕地不怕、心怀国家、不怕牺牲的英雄性格。当然，杨五郎的无法无天是对辽国统治者而言，并非针对普通老百姓，他不会去杀、去劫、去骂、去打无辜的人，杨五郎的形象是成功的。限于篇幅，杨五郎这个宋朝的边将战败后成为五台山和尚的一段经历未予交代。可以想见，这中间包含了他的一段悲壮、辛酸、痛苦经历和在敌后潜伏的无奈。虽然戏中没有涉及，但给人留下了充分想象的余地，使杨五郎这个人物也更加有了立体感、性格更加复杂、形象更加丰满。他最后智杀韩延寿的举动，是积压已久的火山迸发，是真正的英雄行为。剧中另一个人物孟良也是忠、勇、智兼备，虽然他性格中有鲁莽的一面，但行事有智、有勇、有义。为了保护忠骨，他舍身殿后，独挡追兵，最后又助杨五郎复仇歼灭了敌人。孟良也是一位英雄。

元杂剧中有许多英雄戏，就思想价值而言，当数《昊天塔》为第一。这是因为只有为捍卫国家民族利益而忘我献身的人，才是真正的千古英雄。

宋太祖龙虎风云会

罗贯中

【剧情简介】

五代后周朝时，指挥使赵弘殷之子赵匡胤长大成人，与赵普、郑恩、曹彬、楚昭辅等人结为兄弟，伺图进取。一日，赵匡胤与郑恩来到汴梁桥下一卦摊，卜卦先生苗训一见赵匡胤便大惊下拜，称他为真命天子，赵匡胤心中暗喜。这时，统制官潘美奉元帅石守信之命来聘贤士赵匡胤出仕，称是因统制官王全斌所荐。赵匡胤与郑恩便一起去参见石守信。当他要拜石守信时，石便惊起，一连三次皆如此。石知道赵匡胤非平常之人，遂引他去朝中见周皇讨封求官。与此同时，判官赵普也来投奔石守信。

赵匡胤在军中屡立战功，升到殿前都点检。不久，周世宗去世，幼子柴宗训继位。边境谍报，北番辽军犯境，太后命赵匡胤领兵前去抵抗。大军到达陈桥驿，因天晚暂时驻扎。押衙官李处耘等人便私卜会见大将郑恩，称当今主上幼弱，即使我们出死力破贼，将来朝廷也不会论功行赏。太尉赵点检掌军政六年，威望很高，不如先立他为天子，然后再北征辽邦。郑恩认为很对，便找已任点检帐下掌书记官的赵普商议。赵普认为赵匡胤忠于朝廷，必然不允。郑恩等不听，干脆与众将扯黄旗作为衣袍，往睡梦中的赵匡胤身上一披，等赵苏醒过来，他已被众将士拥立为新君了。赵匡胤无奈答应称帝，但他戒约诸将回朝后不许杀后周朝中的大臣及太后、幼帝。赵匡胤假称奉周太后诏书，带兵回朝，改国号为大宋。消息传到周边的割据小国，吴越王钱俶、南唐后主李煜、西蜀王孟昶、南汉国主刘铢等一个个都慌张起来，只得赶快部署防守，抵抗宋军的进攻。

赵匡胤登基后，他拜有智谋才能的赵普为中书大丞相，封韩王。冬日黄昏，大雪纷飞，赵匡胤扮作白衣秀士，来到赵普府中求教统一大业方略。赵普正在夜读《论语》，他告诉皇帝此书是孔圣人的修身治国之道，他用半部《论语》即可佐主上平治天下。赵匡胤大喜，他称自己虽为皇帝，但为国为民心存"十忧"，目下最要紧的是先统一国家，他欲先征伐北汉国，收复河东太原、上党重镇。赵普却不同意，他认为先取河东则势必面对强敌契丹，对国家安全不利，不如先取南方四国，然后再收取北汉。

赵匡胤采纳了赵普的建议，马上传旨派石守信、曹彬、潘美、王全斌分别带兵前去，四国不敢抵抗，纷纷投降。赵普将四国降王向朝廷献俘，宋主不忍加诛，依旧封赏他们官爵。一代枭雄终成帝业，君臣龙虎风云会。

第 三 折

（赵普①衣冠引张千捧香、桌、书、烛上，云）某赵普是也。自从做掌书记时，扶佐当今皇帝，定有天下之号曰宋，四方承平。以某有推戴之功，官拜中书大丞相，进封韩王。今夜雪下甚紧，料无人来。张千，你拿过香桌来，点上烛，我读一会《论语》咱。（张千云）我烧上些香，剔的灯亮亮的。老爹，你慢慢的看者。（正末纱帽常服上，云）某自从陈桥兵变，众兄弟立我为大宋皇帝，晓夜无眠，恐万民失望，诸国未平。今夜风雪满天，路无行客，寡人扮作白衣秀士，私行径投丞相府里，商量下江南、收川广之策。出的这禁城来，是好大雪也呵！（唱）

〔正宫端正好〕 光射水晶宫，冷透鲛绡帐。夜深沉睡不稳龙床。离金门私出天街②上，正瑞雪空中降。

〔滚绣球〕 似纷纷蝶翅飞，如漫漫柳絮狂。剪冰花旋风儿飘荡，践琼瑶③脚步儿匆忙。用白襕两袖遮，将乌纱小帽荡。猛回头把凤楼④凝望，全不见碧琉璃瓦鸳鸯。一霎儿九重宫阙如银砌，半合儿万里乾坤似玉妆，粉填满封疆。

（云）行了这一会，面前是丞相府了。呀！关了门了。（唱）

〔倘秀才〕 则见他铁桶般重门掩上，我将这铜兽面双环扣响。（做敲门科，张千问云）甚么人敲门？（正末唱）敲门的是万岁山前赵大郎。（张千云）这早晚夜又深，雪又大，来做甚么？（正末唱）堂中无客伴，（张千云）俺老爹看书哩。（正末唱）灯下看文章，（张千云）你来有甚事？（正末唱）特来听讲。

（张千云）你要听讲，当往法堂中寻和尚去，你错走了门了。
（正末唱）

〔呆骨朵〕 冲寒风冒瑞雪来相访，（张千云）有甚么紧急事，你说。（正末唱）有机密事紧待商量。（张千报云）老爹，门外有人叫门。（普云）你问他是谁？（张千云）他说是赵大官人，有机密事来商议。（普做慌科，云）快开门，快开门！（普见驾，跪云）不知主上幸临，有失远接。（张千慌走科）（正末唱）忙怎么了事公人？（普又拜云）恕微臣之罪。（正末唱）免礼波招贤宰相。（正末问张千云）这是那里？（张千云）这就是俺丞相厅房。（正末云）怎么使你这般样人？（唱）正是调鼎鼐⑤三公府，那个是剃头发杨和尚⑥？（普云）陛下尊坐。（正末唱）我向坐席间听讲书。（张千云）老爹，酒食已备。捧上来罢？（正末唱）你休来耳边厢叫点汤⑦。

（正末云）夜深人静，张千好生看着相府门者。（普云）主公，今夜天气甚寒，不求安逸，冒雪而来，却是为何？（正末唱）

〔倘秀才〕 朕不学汉高皇深居未央⑧，朕不学唐天子停眠晋阳⑨，常则是翠被寒生金凤凰。有心思傅说⑩，无梦到高唐。（普云）主公贵为天子，富有四海，尚不肯逸豫。（正末唱）这是俺为君的勾当。

（背云）寡人颇通文墨，试问丞相一问。（问云）寡人问卿，卿试听者。（唱）

〔滚绣球〕 既然主四海为一人，必须正三纲谨五常。寡人呵，幼年间广习枪棒，恨未曾登孔子门墙。《尚书》是几篇？（普云）《尚书》者上古《三坟》《五典》⑪，洪荒莫考。夫子断自唐虞，以典、谟、训、诰、誓、命六体，皆尧、舜、汤、禹、文、武授受之心法。孔安国⑫断为五十八篇，帝王治世之书也。（正末唱）《毛诗》共几章？（普云）夫诗者，古人吟咏性情之大节。有风、雅、颂三经，赋、比、兴三纬。诗有三千，夫子删为三百十一篇，善以为劝，恶以为戒。（正末云）《礼记》主意如何？（普云）夫《礼记》乃汉儒所撰述，杂录古礼之义。盖六经之用，礼实为先，治人事神，无非以礼。日用之间，不可斯须少者。（正末唱）讲《礼记》始知谦让。（云）《春秋》主意如何？（普云）《春秋》以褒贬为辞，敦典庸礼，命德讨罪，世道之兴亡可鉴。（正末唱）论《春秋》可鉴兴亡。（普云）陛下法宗尧、舜、禹、汤、文、武，方为圣主。（正末唱）朕待学禹、汤、文、武，宗尧、舜。（普云）臣有愧于古之贤相也。（正末唱）卿可继房、杜、萧、曹⑬立汉、唐，燮理阴阳⑭。

（正末指桌上书，问云）卿看的是甚么书？（普云）是《论语》。（正末笑云）寡人闻童子入学，先读《论语》，卿何故也看他？（普云）《论语》乃孔门弟子记圣人的切要言语，皆治国平天下之要道。臣用半部，佐我主平治天下。（正末唱）

〔倘秀才〕 卿道是用《论语》治朝廷有方，却原来只半部运山河在掌，圣道如天不可量！似恁的谈经临绛帐⑮，不强似开宴出红妆，听说后神清气爽。

（普云）天寒雪大，臣有一杯酒进献，未敢擅专。（正末云）将酒来何妨？（普叫云）老妻将酒来。（旦捧酒上）（呼噪科）（正末唱）

〔滚绣球〕 银台上画烛明，金炉内宝篆⑯香。（普执壶斟酒科）（正末唱）不当烦老兄自斟佳酿，（旦进酒科）（正末唱）何须教嫂嫂亲捧霞觞！（普云）陛下，臣妻与臣乃糟糠之妻也。（正末唱）卿道是糟糠妻不下堂，朕须想贫贱交不可忘。⑰常言道表壮不如里壮，妻若贤夫免灾殃。（云）朕得卿，卿得嫂嫂，可比四个古人。（唱）朕得卿呵，正如太甲逢伊尹⑱；卿得嫂嫂呵，却似梁鸿配孟光⑲，则愿的福寿绵长。

（正末云）寡人要与商量军国重事，教嫂嫂自便。（旦下）（普云）陛下深居九重，当此寒夜，正宜安寝，又何劳神过虑？（正末云）寡人睡不着。（唱）

〔倘秀才〕 但歇息想前王后王，才合眼虑兴邦丧邦，因此上晓夜无眠想万方。须不是欢娱嫌夜短，早难道寂寞恨更长，忧愁事几桩。

（普云）陛下，不知所忧者何事？说向臣听。（正末云）寒风似箭，冻雪如刀。寡人深居九重，不胜其寒，何况小民乎！（唱）

〔滚绣球〕 忧则忧当军的身无挂体衣，忧则忧走站的⑳家无隔宿粮；忧则忧行船的一江风浪，忧则忧驾车的万里经商；忧则忧号寒的妻怨夫，忧则忧啼饥的子唤娘；忧则忧甘贫的昼眠深巷，忧则忧读书的夜守寒窗；忧则忧布衣贤士无活计，忧则忧铁甲将军守战场。怎生不感叹悲伤！

（普云）陛下念及贫穷，诚四海苍生之福。（正末唱）

〔倘秀才〕　忧的是百姓苦，向御榻心劳意攘。（普云）百姓困苦，只因四方多事。今天下太平，民力渐苏矣。（正末云）一榻之外，皆他人之家也。（唱）忧的是天下小，教寡人眠思梦想。（普云）天下虽未混一，南征北伐，今其时也。愿闻成算所向。（末背云）寡人欲先下江南，且反说，试丞相一试。（唱）想太原府刘崇居北方，朕待暂离丹凤阙，亲拥碧油幢㉑，先取河东上党。

（普云）若先伐太原，非臣之所知也。（正末云）卿怎生说？（普云）太原当西、北二边，使一举而下，则二边之患，我独当之。何不姑留，以俟削平诸国，则弹丸黑子㉒之地将无所逃。（正末云）吾意正如此，姑试卿耳。（普云）西川孟昶、金陵李煜、南汉刘铱、吴越钱俶㉓，彼各仁政不施，百姓怨望。今当选将练兵，分道南伐，无不成功者。（正末唱）

〔滚绣球〕　卿道是钱王共李王，刘铱与孟昶，他每都无仁政万民失望，行霸道百姓遭殃。差何人收四川？令谁人定两广？取吴越必须名将，下江南宜用忠良。要定夺展江山白玉擎天柱，索问你匡宇宙黄金架海梁。卿索仔细参详。

（正末云）兵者凶器，国家不得已而用之。如今收平四国，又须众将中选忠良有纪律者，方可安民。卿试定夺如何？（普云）石守信、曹彬、潘美、王全斌㉔，此四人皆宿有名望，可差他四人去，万无一失。（正末云）既如此，张千，你传旨去元帅府，速宣石守信等四人来者。（张千下）（四将上，云）某石守信等是也，见居枢密统军之职。今晚主上幸赵中令宅，差人来宣呼，不免进见咱。来到这相府门，令人奏入。（报科，见科）（正末云）寡人与丞相商议，天下未一，欲差尔等统军前去，收伏四国，速奏凯旋者。（唱）

〔脱布衫〕　（指曹）取金陵飞渡长江，（指石）到钱塘平定他邦，（指王）西川路休辞栈阁，（指潘）南蛮地莫愁烟瘴。

〔醉太平〕 阵冲开虎狼，身冒着风霜。用《六韬》《三略》定边疆，把元戎印掌。人披铁甲偏雄壮，马摇玉勒难遮挡，鞭敲金镫响叮当，早班师汴梁。

（四将云）臣等托圣主洪福，马到处成功。仰听神策庙算㉕，指示一二。（正末唱）

〔二煞〕 有那等顺天时、达天理，去邪归正皆疏放；有那等霸王业、抗王师，耀武扬威尽灭亡。休掳掠民财，休伤残民命，休淫污民妻，休烧毁民房。恤军马施仁发政，广钱粮定赏行罚，保城池讨逆招降。沿路上安民挂榜，从赈济，任开仓。

（郑恩㉖提棒私行上，云）我闻知主公私幸赵丞相府，一径寻来。陛下召见众将军，做甚么则个？（正末云前事了）（唱）

〔收尾〕 朕专待正衣冠，尊相貌，就凌烟图画功臣像，卿莫负勒金石，铭钟鼎，向青史标题姓字香。能用兵，善为将，有心机，有胆量。仰看天文算星象，俯察山川辨形状。作战先将九地㉗量，决战须将五间㉘防。昼战多将旗帜张，夜战频将火鼓扬。步战屯云护军帐，水战随风使帆桨。奇正相生兵最强，仁智兼行勇怎当！专听将军定四方，坐拟元戎取乱亡。飞奏边功进表章，齐和升平回帝乡。比及列土分茅㉙拜卿相，先将这各部下军卒重重的赏！（众并下）

【注释】

①赵普：字则平，周世宗时因荐入宦，后任赵匡胤掌书记官，参与陈桥兵变。北宋开国，他先后任枢密使、宰相，提出统一中国的"先南后北"策略。宋太宗即位后，他又两度为相，后因病辞职，不久去世。 ②金门：金马门。《史记·滑稽列传》称："金马门者，宦者署门也，门旁有铜马，故谓之曰金马门。"此处泛指皇宫之门。天街：靠皇宫最近的大街，因皇帝是天子，宫门近旁的街便被唤作天街。 ③琼瑶：本指美玉，此处用来形容白雪。 ④凤楼：亦称五凤楼，靠近宫门的楼。 ⑤调鼎鼐：指宰相管理朝政的职责。 ⑥杨和尚：指北宋时杨家将中的杨五郎。其实此时杨家尚未归宋，当是游戏笔墨。 ⑦点汤：宋元时风俗，客来送茶，客去时以沸水冲茶，谓之点汤，此处含有催促客人离去之意。 ⑧汉高皇：汉高祖刘邦。未央：未央宫，西汉时萧何主持修建。 ⑨晋阳：唐高祖李渊在隋末被封为唐公，兼任太原晋阳宫监。 ⑩傅说：商朝贤相。 ⑪《三坟》《五典》：传为中国最早古籍。《三坟》为伏羲、神农、黄帝之书，《五典》为少昊等五帝之书。 ⑫孔安国：西汉时人，孔子第二十一世孙。 ⑬房、杜、萧、曹：指唐代宰相房玄龄、杜如晦，西汉宰相萧何、曹参。 ⑭燮理阴阳：管理国家大事。 ⑮恁的：如此、这样。绛帐：东汉马融授课时，常在堂上施绛纱帐，前授生徒，后列女乐。 ⑯宝篆：亦称"盘香""篆香"。

⑰《后汉书·宋弘传》载，皇帝姐湖阳公主新寡，她看中宋弘，皇帝便召宋弘来征求他的意见，宋弘曰："臣闻贫贱之知不可忘，糟糠之妻不下堂。"力拒这桩婚姻，实际上是怕公主太娇贵，降不住。　⑱太甲：殷商朝明主。伊尹：辅佐太甲为贤相。　⑲梁鸿配孟光："举案齐眉"典故中的夫妻，发生在东汉朝。　⑳走站：驿卒。　㉑碧油幢：原意为绿色的军用帐篷，此处引申为军队。　㉒弹丸黑子：原意为围棋中的如弹丸大的黑棋子，此处形容土地狭小。　㉓孟昶：五代时后蜀皇帝，字保元，名仁赞，生于太原。他在位时生活奢靡，曾造七宝溺器，宋军攻蜀，他出降，被押至开封后死亡，其妻即花蕊夫人。李煜：五代时南唐后主，字重光，善作词，纵情声色。亡国后押送开封，虽封侯爵，形同囚徒，宋太宗被毒死。刘铱：五代时南汉国王，在位时荒淫、苛政，宋军攻破广州，将他俘获，入宋后被封恩赦侯、卫国公等。钱俶：五代时吴越国王，字文德，入宋后改封为淮海国王、汉南国王、许王、邓王等。　㉔石守信、曹彬、潘美、王全斌：均赵匡胤手下大将，参加陈桥兵变的开国功臣，但因残虐或杀俘，名声均不好。《宋史》有传。　㉕神策庙算：朝堂上制定的军事策略。　㉖郑恩：宋朝开国大臣，事迹不详。　㉗九地：《孙子兵法》中有《九地篇》，讲作战时如何选择地形。　㉘五间：指战争时了解和瓦解敌人的五种策略，见《孙子兵法·用间篇》。　㉙列土分茅：亦作"裂土分茅"，指分封爵位和土地。古代分封土地时，用白茅裹泥土授予被封者，作为象征。

【评解】

《风云会》是元末明初文学家罗贯中留下的唯一一部杂剧作品，该剧用粗线条笔墨，全景式地叙述了宋太祖赵匡胤发迹起家、夺取帝位、雪夜定策、扫灭四国的奋斗历史。剧作风格一如他的著名小说《三国演义》，以写政坛风波为主，少有缠绵之情。

相比其他优秀的元杂剧，《风云会》并不算上乘之作，全剧无完整的故事，也无尖锐、复杂的人物纠葛，没有曲折、吸引人的情节。剧中人物庞杂，大都无鲜明性格，比较概念化。又因为这些人物几乎全是男性，他们粗俗不堪，打打杀杀，虽忠于赵匡胤，并帮他在陈桥驿黄袍加身——用现在的话讲是发动军事政变，但很难引发人们对他们的好感。

不过，罗贯中自有他的高明之处，即他的作品善于在全景式的概括中叙述历史，传递理念。同时，他也善于在叙述故事时摘取某一历史片段加以渲染，突出情节效果，给人留下深刻印象。这出戏在概述赵匡胤的创业过程时，选取了他的两个人生片段加以详叙，一是陈桥兵变，二是雪夜访普，而且基本上忠于历史原貌。陈桥兵变时赵匡胤开始并不知情，也非策划者；既成事实后，他又提出要善待太后和幼主，反对杀人等，都与史实吻合。而雪夜访赵普则亦是实有其事，还有赵普讲的"半部《论语》治天下"，都有史实依据。如果说罗贯中写《三国演义》是七分历史真实、三分虚构故事的话，那么他写杂剧《风云会》，基本上也是虚构和史实三七开或四六开。这么做的好处是不违背基本史实，不足之处是难以让人感动。所以，无论是他的《三国演义》，还是杂剧《风云会》，总使人感到一种艺术的冷峻，其作品中的情节、思想、人物都在一座无形的围墙中活着，而读者的思想感情始终进不去，当然也无须为作品中的人物命运共呼吸、分喜忧。

虽然这部戏不是由完整故事将全剧串联起来的，但剧中第三折"访普"又编织了一段比较完整的情节，而且也颇吸引人。这折戏一开头便讲到靠军事政变上台的赵匡胤决心完成统一大业，但他对自己的一套策略并无把握，于是便在一个雪夜中乔装白衣秀士潜出宫墙，亲临宰相赵普家问计。因事先未通知，又没有摆皇帝排场，去后竟然被赵普门吏张千拦在门外，这很有戏剧性。赵普得知"万岁山前赵大郎"来到，赶快把皇帝接进去。虽然张千无礼貌，但赵匡胤也没有追究。之后，他便开始和赵普讨论起统一之战的方略。此后的情节安排未有波澜，故事以赵匡胤调四将攻打四国而结束。

这部戏在赵匡胤形象的塑造上基本是成功的。本剧开头给赵匡胤设计的是纨绔子弟的出身、结义交友的江湖性格、真命天子的政治面貌，又以军事强人地位当皇帝，但作者没有把赵匡胤漫画化为苻坚、朱温、刘知远式的军事强人。作为皇帝，他对后周朝廷的皇族、大臣不滥杀，礼待有加；对赵普等有本事的文臣予以尊重，不惜屈尊亲临宰府问计。当自己先伐太原灭北汉国的军事战略部署被否定时，他也不生气，说明他是真心实意来听取赵普对形势的分析的，他全部采纳了赵普先扫灭南方四国的部署，并立即布置军事行动。在与赵普论读书时，他坦承自己"幼年间广习枪棒，恨未曾登孔子门墙"，一点也不讳言自己的短处，还问赵普《尚书》是几篇。当赵普给他讲解《春秋》《礼记》时，他表示"朕待学禹、汤、文、武，宗尧、舜"（学习夏禹、商汤、周文王、周武王、尧帝、舜帝），要赵普当"房、杜、萧、曹"式的有为宰相，说明他追求的是当一个国富民强、文治武功、君臣同心的有为之主。尤其是听说《论语》乃孔门所记圣人"切要言语"，只需半部《论语》便可治天下时，立刻肃然起敬，发出了"圣道如天不可量"的感叹。他虽当皇帝，但知自己之不足，求知欲特别强，是个想要有所作为的统治者。这一艺术形象与作为历史人物的赵匡胤确实比较接近。尤其可贵的是，当了皇帝后的赵匡胤不仅忧国事，而且忧民情。他在戏中通过一曲〔滚绣球〕，唱出了"忧当军的身无挂体衣"等"十忧"，所关切的不仅有军士、驿卒，而且有贩夫、贫民、书生、饥妻、布衣贤士等各个阶层的子民。这样，一个"十忧之君"的皇帝形象便呈现在了我们的面前，他终于达到了"收平四国，郡邑版图，尽归王化"的目标（当然，这其实反映的是罗贯中自己的民本理念）。赵匡胤是全剧塑造得最成功的人物，也是唯一给人留下印象的形象。

张孔目智勘魔合罗[①]

孟汉卿

【剧情简介】

元朝时，河南府录事司醋务巷住着一位开绒线铺的商人李德昌，他有一个幸福的家庭，妻子刘玉娘美貌贤惠，一子尚小，名叫佛留。一天，李德昌误信卜者之言，称自己有百日之灾，到千里之外才能躲过。他便决定赴南昌经商，先去向叔叔李彦实辞行，并请叔叔看顾妻儿。临行前，妻子刘玉娘向他吐露了一个情况——李彦实之子、赛卢医李文道平时乘刘玉娘独自在家时，时常来调戏她。李德昌听了很是生气，怪她这个时候来提这个事，只是关照刘玉娘小心在意，便出门了。丈夫出门后，刘玉娘在家安分度日。一天，堂弟李文道又来调戏她，被她严拒，又向叔叔李彦实呼救，摆脱了这条色狼。

李德昌到南昌后，生意也还顺利，贩去的绒线卖了，获利甚丰。他便挑着一担财物回家，行至河南府城外，天下起了一场大雨，将他淋出了一场寒证，竟病倒在五道将军庙。时逢七月初七日，有家住龙门镇贩卖"魔合罗"的商人高山路过，李德昌托他到醋务巷家中传信，希望妻子刘玉娘来接他回家。高山应诺去了，哪知他到醋务巷欲打听李德昌家时，正碰到李文道。李文道得知堂哥病倒在破庙，顿起不良之心，故意欺骗高山，称这里是小醋务巷，还有大醋务巷在很远的地方。高山顺着他指的路，转了一个大圈，才又回到原地找到刘玉娘，方知根本没有什么大、小醋务巷。当下，高山把信给了刘玉娘，要他赶快去接有病的丈夫。佛留见高山担子里有"魔合罗"，便喊着要买一个玩。高山送了他一个，并关照孩子别摔坏了，因为底座刻着他的名字。他还对母子俩说，将来孩子父亲回来了，他就会知道我确实送过信，这"魔合罗"就是见证。

刘玉娘匆匆赶到城外破庙，哪知李德昌已七窍流血昏迷，拉到家便已死了。刘玉娘慌了，便去喊堂弟李文道来商议。李文道立刻翻了面皮，一口咬定刘玉娘"与奸夫通谋"药死了他堂哥，问她是私了还是公了。私了便让刘玉娘做他的老婆，万事全休；公了就是见官。刘玉娘自信问心无愧，便同意见官。其实，药死李德昌的正是李文道，他听说堂兄在古庙病重，认为奸占刘玉娘的机会来到，便把高山有意支开，打一个时间差，抢先来到古庙，将堂兄药死，再去讹诈刘玉娘。没想到刘玉娘不肯私了，他当即翻下脸来，要置刘玉娘于死地。

河南府的县令昏庸贪婪，他把案子交给恶吏萧令史去办。萧受了李文道五个银子的贿赂，将刘玉娘屈打成招，问成死罪，下在死囚牢中，又将两个贿银分给了县令。

不久，女真籍的新任河南府尹到任，他上任第三日就碰上刘玉娘谋杀亲夫案，便要将她处斩，刘玉娘喊冤，正好府中六案都孔目张鼎劝农刚回。张鼎见刘玉娘神情凄惨，知有冤情，便问起刘玉娘当时实况，又调阅案卷文书，发现破绽甚多，便责问萧令史：一是案中讲李德昌赴南昌有资本银十一锭，这银子去向不明；二是称七月里有不知名男子来寄信，对这男子也没查过；三是称有奸夫与玉娘同谋，这奸夫也未见人；四是刘玉娘作案毒药来处未查清。总之，这件案子无一人证物证，怎可进行判决？府尹听他分析，决定让张鼎复查，限三日内破案，逾期张鼎也要抵罪。

张鼎仔细调查案情，了解到刘玉娘小叔子李文道曾对她有猥亵情节，又启发刘玉娘回忆发现送信人是卖"魔合罗"的高山，再通过高山得知他被人故意诳骗多走了路，而此人正是李文道，李文道又是赛卢医，具备藏毒药的作案条件。李文道到案后，被迫招认一切，案情大白。府尹判决：本处官吏杖一百永不叙用，李彦实治家不严杖八十，李文道谋杀兄长处斩，刘玉娘平反并请敕旌表，张鼎获重赏。最后，张鼎升职执掌刑名，李文道押赴市曹受刑。

第 四 折

（正末上，云）自家张鼎是也。奉相公台旨，与我三日假限，若问成呵，有赏；问不成呵，教我替刘玉娘偿命。张鼎，这是你的不是了也。（唱）

〔中吕粉蝶儿〕 投至②我勘问出强贼，早忧愁的寸肠粉碎，闷恹恹废寝忘食。你教我怎研穷③，难决断，这其间详细，索用心机，要搜寻百谋千计。

〔醉春风〕 我好意儿劝他家，将一个恶头儿④揣与自己。原来口是祸之门，张鼎也，你今日个悔、悔！则要你那万法皆明⑤，出脱的众人无事，全在你寸心不昧。

（云）张千，押过那刘玉娘来。（张千云）理会的。犯妇当面。（旦跪科）（正末唱）

〔叫声〕 虎狼似恶公人，可扑鲁⑥拥推、拥推阶前跪，我则见暗着气吞着声把头低。

（云）张千，且疏⑦了他那枷者。（张千云）理会的。（做卸枷科，旦起身拜，云）谢了孔目，我改日送烧饼盒儿来。（做走科）（正末云）那里去？你去了呵，我替你男儿偿命那？（旦云）我则道饶了我来。（正末云）兀那妇人，你说你那词因来。若说的是呵，万事罢论；若说的不是呵，张千，准备下大棒子者。（唱）

〔喜春来〕 你道是衔冤负屈吃尽亏，则你这致命图财本是谁？直打的皮开肉绽悔时迟。不是我强罗织，早说了是便宜。

（旦云）孔目哥哥，打死孩儿，也则是屈招了。（正末唱）

〔红绣鞋〕 我领了严假限一朝两日，你恰才支吾到数次十回，又惹场六问共三推。听了你一篇话，全无有半星实，我跟前怎过得。

〔迎仙客〕 比及下桦指，先浸了麻槌⑧，行仗的腕头加气力。直打得紫连青，青间赤。枉惹得棍棒临逼，待悔如何悔。

（旦云）便打杀我，则是屈招了也。（正末唱）

〔白鹤子〕 你道是便死呵则是屈，硬抵对不招实。（带云）我不问你别的，（唱）则问你出城时主何心？则他那入门死因何意？

（云）兀那妇人，我问你：（唱）

〔幺篇〕 莫不他同买卖是新伴当？（旦云）我不知道。（正末唱）莫不是原茶酒旧相知⑨？他可也怎生来寄家书，因甚上通消息？

（旦云）孔目哥哥，我忘了那个人也。（正末云）你近前来，我打与你个模样儿。（旦云）日子久了，我忘了也。（正末唱）

〔幺篇〕 那厮⑩身材是长共短？肌肉儿瘦和肥？他可是面皮黑，面皮黄？他可是有髭髯，无髭髯？

（旦云）我想起些儿也。（正末云）惭愧。圣人道："视其所以，观其所由，察其所安，人焉瘦哉。"⑪（唱）

〔幺篇〕 投至得推详出贼下落，搜寻的案完备。兀的不熬煎的我鬓斑白，烦恼的我心肠碎！

（云）兀那妇人，（唱）

〔幺篇〕 莫不是身居在小巷东，家住在大街西？他可是甚坊曲，甚庄村？何姓字，何名讳？

（云）我再问你咱。（唱）

〔幺篇〕 莫不是买油面为节食？莫不是裁段匹做秋衣？我问你为何事离宅院？有甚干来城内？

（云）张千，明日是甚日？（张千云）明日是七月七。（旦云）孔目哥哥，我想起来也。当年正是七月七，有一个卖魔合罗的寄信来，又与了我一个魔合罗儿。（正末云）兀那妇人，你那魔合罗有也无？如今在那里？（旦云）如今在俺家堂阁板儿上放着哩。（正末云）张千，与我取将来。（张千云）理会得。（做行科）我出的这门，来到这醋务巷。问人来，这是刘玉娘家里。我开开这门，家堂阁板上有个魔合罗，我拿着去。出的这门，来到衙门也。孔目哥哥，兀的不是个魔合罗儿。（正末云）是好一个魔合罗儿也。张千，装香来。魔合罗，是谁图财致命，李德昌怎生入门就死了？你对我说咱。（唱）

〔叫声〕 你曾把愚痴的小孩提，教诲、教诲的心聪慧，若把这冤屈事说与勘官知。

〔醉春风〕 不强似你教幼女演裁缝，劝佳人学绣刺？要分别那不明白的重刑名，魔合罗全在你。你若出脱了这妇衔冤，我教人将你享祭，煞强如小儿博戏。

（云）魔合罗，你说波。可怎不言语？想当日狗有展草之恩⑫，马有垂缰之报⑬，禽兽尚然如此，何况你乎？你既教人拨火烧香，你何不通灵显圣。可怜负屈衔冤鬼，你指出图财致命人。（唱）

〔滚绣球〕 我与你曲湾湾画翠眉，宽绰绰穿绛衣，明晃晃凤冠霞帔，妆严的你这样何为？你若是到七月七，那其间乞巧的，将你做一家儿燕喜⑭，你可便显神通，百事依随。比及你露十指玉笋穿针线，你怎不启一点朱唇说是非，教万代人知。

（云）魔合罗，是谁杀了李德昌来？你对我说咱。（唱）

〔倘秀才〕 枉塑你似观音像仪，怎无那半点儿慈悲面皮？空着我盘问你，你将我不应对。我彻上下，细观窥到底。

（正末做见字科，云）有了也！（唱）

〔蛮姑儿〕 我则道在那壁，原来在这里，谁想这底座儿下包藏着杀人贼。呼左右，上阶基，谁把高山认的？

（云）张千，你认的高山么？（张千云）我认的。（正末云）你与我一步一棍打将来。（张千云）理会的。我出的衙门来试看咱。（高山上，云）我去城里讨魔合罗钱去咱。（张千做拿科，云）快走，衙门里等你哩。（高山云）哎呀！打杀我也。（做见跪科）（正末云）你便是那高山？（高山云）是便是，不知犯甚罪？被这厮流水似打将来。(正末云)兀那老子，你曾与人寄信来么？(高山云)老汉自小有三戒：一不做媒，二不做保，三不寄信。我不曾与人寄信。(正末云)着这老子画了字者。(高山云)我不曾寄信，教我画甚么字？(正末云)兀那老子，这魔合罗是谁塑的？(高山云)是我塑的。(正末云)着那妇人出来。(旦见高，云)老的，你认的我么？(高山云)姐姐，你敢是刘玉娘？你那李德昌好么？(旦云)李德昌死了也。(高山云)死了也，到是一个好人来。(正末云)可不道你不曾寄信？(高山云)我则寄了这一遭儿。(正末云)兀那老子，你怎生图财致命了李德昌？你从实招来。(高山诉词，云)听我老汉一一说真实，孔目哥哥自思忆。去年时遇七月七，来到城里觅衣食。行到城南五道庙，慌忙合掌去参谒。忽然有个李德昌，正在庙中染病疾。哭哭啼啼相烦我，因此替他传信息。一生破戒只这遭，谁想回家救不得。老汉担里无过魔合罗，并没一点砒霜一寸铁。怎把走村串疃货郎儿，屈勘做了图财致命杀人贼？(正末云)兀那老子，你与我实诉者。(高山云)正面儿的头戴凤翅盔，身穿锁子甲，手里仗着剑。左壁厢一个戴黑楼兜子，身穿着绿襕，手拿着一管笔，挟着个纸簿子。右壁厢一个青脸獠牙，朱红头发，手拿着狼牙棒。(正末云)那个不是泥的？(高山云)你叫我实塑。(正末云)张千，与我打这老子。(张千做打科)(正末唱)

〔快活三〕 魔合罗是你塑的，这高山是你名讳。今日个并赃拿贼更推谁？你划地⑮硬抵着头皮儿对。

〔鲍老儿〕 须是你药杀他男儿，又带累他妻。呀！你畅好会使拖刀计。漾⑯一个瓦块儿在虚空里，怎生住的？呀！到了呵须按实田地。不要你狂言诈语，花唇巧舌，信口支持；则要你依头缕当⑰，分星劈两⑱，责状招实。

(高山云)孔目哥哥，休道招状。我等身图⑲也敢画与你。(做画字科)(正末云)兀那老子，你近前来我问你波。(唱)

〔鬼三台〕 你和他从头里，传消息，沿路上曾撞着谁？(高山云)我不曾撞着人。(正末云)兀那老子，比及你见刘玉娘呵，城中先见谁来？(高山云)我想起来也。我入的城来，撒了一胞尿。(正末云)谁问你这个来?(高山云)我入城时,曾问人来,那人家门首吊着个龟盖。(正末云)敢是鳖壳?(高山云)直这等鳖杀我也。他那门前又有个石船。(正末云)敢是石碾子?(高山云)若是碾着,骨头都粉碎了。我见里面坐着个人,那厮是个兽医。(正末云)敢是个太医?(高山云)是个兽医。(正末云)怎生认的他是兽医?(高山云)既不是兽医,怎生做出这驴马的勾当?他叫作甚么赛卢医。(正末云)刘玉娘,你认的赛卢医么?(旦云)他就是我小叔叔。(正末云)你叔嫂可和睦么?(旦云)俺不和睦。(正末唱)听言罢,闷渐消,添欢喜,这官司才是实。呼左右问端的,这医人与谁相识。

(云)张千,将这老子打上八十,为他不应塑魔合罗,打着者。(张千打科,云)六十,七十,八十。抢出去。(高山云)哥哥为甚么打我这八十?(张千云)为你不应塑魔合罗。(高山云)塑魔合罗打了八十,若塑个金刚就割下头来?(下)(正末云)张千,将刘玉娘提在一壁,你与我唤将赛卢医来。(张千云)我出的这衙门来,这个门儿就是。赛卢医在家么?(李文道上,云)谁唤哩?我开门看咱,哥哥叫我怎的?(张千云)我是衙门张千,孔目哥哥相请。(李文道云)咱和你去来。(张千云)到也,我先过去。(报科)赛卢医来了也。(正末云)着他进来。(见科)(李文道云)孔目哥哥,叫我有何事?(正末云)老相公夫人染病,这是五两银子,权当药资,休嫌少。(李文道云)要甚么药?(正末唱)

〔剔银灯〕 他又不是多年旧积,则是些冷物重伤了脾胃。则你那建中汤,我想也堪医治,你则是加些附子当归[20]。(李文道云)我随身带着药,拿与老夫人吃去。(张千云)将来,我送去。(做送药,回科)(正末与张千做耳喑科,云)张千,你看老夫人吃药如何?(张千云)理会的。(下)(随上,云)孔目哥哥,老夫人吃了药,七窍逆流鲜血死了也。(正末云)赛卢医,你听得么?老夫人吃下药,七窍逆流鲜血死了也。(李文道慌科,云)孔目哥哥救我咱。(正末云)我如今出脱你,你家里有甚么人?(李文道云)我有个老子。(正末云)多大年纪了?(李文道云)俺老子八十岁了。(正末云)老不加刑,则是罚赎。赛卢医,你若舍的你老子,我便出脱的你；你若舍不的呵，出脱不的你。（李文道云）谢了哥哥。
（正末云）我如今说与你，我便道：赛卢医。你说：小的。我便
道：谁合毒药来？你便道：是俺老子来。我便道：谁生情造意㉑
来？你便道：是俺老子来。我便道：谁拿银子来？你便道：是俺
老子来。我便道：不是你么？你便道：并不干小的事。你这般
说，才出脱的你。（李文道云）谢了哥哥。（正末云）张千，你着他
司房里去，你与我一步一棍打将那老子来者。（唱）那老子我亲身
的问他是实，（带云）张千，（唱）你只道见有人当官来告执。

〔蔓青菜〕 你说道是新刷卷的张司吏，一径的将你紧勾追，
教我火速来唤你。但若有分毫不遵依，你将他拖向囚牢内。

（张千云）我出的这门来，老李在家么？（李彦实上，云）是谁
唤我哩？（张千云）衙门里唤你哩。（李彦实云）我和你去来。（李
老做见正末科，云）唤老汉有甚么事？（正末云）兀那老子，有人
告着你哩。（李彦实云）是谁告我？老汉有甚罪过？（正末云）是你
孩儿李文道告你。你不信，须认的他声音也。（唱）

〔穷河西〕 谁向官中指攀着伊，是你那孝子曾参㉒赛卢医。
又不是恰才新认义，须是你亲侄。哎！老丑生无端忒下的。

（李彦实云）我不信，李文道在那里？（正末云）你不信，听我
叫，赛卢医！（李文道云）小的有。（正末云）谁合毒药来？（李文
道云）是俺父亲来。（正末云）谁主情造意来？（李文道云）是俺父
亲来。（正末云）谁拿银子来？（李文道云）是俺父亲来。（正末云）
都是谁来？（李文道云）并不干我事，都是俺父亲来。（正末云）兀
那老子，快快从实招来。（李彦实云）哥哥，这都是他做的事，怎
么推在我老子身上？（正末云）既是他，你画了字者。（李老画字
科）（张千云）他画了字也，我开开这门。（李老打文道科，云）药
杀哥哥也是你，谋取财物也是你，强逼嫂嫂私休也是你。都是你
来，都是你来。（李文道云）不是，我招的是药杀夫人的事。（李
彦实云）呀！我可将药杀了哥哥的事都招了也。（李文道云）招了
咱死也，老弟子孩儿。（正末唱）

〔柳青娘〕 只着这些儿见识，瞒过这老无知。却不你千悔万
悔，泼水在地怎收拾。唬的个黄甘甘㉓脸儿如地皮，可不道一言

既出，便有驷马难追。已招伏，怎改易，要承抵。

〔道和〕 方知端的，知端的，虚事不能实。忒晓蹊，教俺、教俺难根缉，教俺、教俺耽干系。使心机，啜赚^㉔出是和非。难支吾，难支对，难分说，难分细。那些、那些咱欢喜，咱伶俐，一行人个个服情罪。若非、若非有天理，这当堂假限刚三日，可不的势剑^㉕倒是咱先吃。

（云）一行人休少了一个，跟我见相公去来。（府尹上，云）张鼎，问的事如何？（正末云）问成了也，请相公下断。（府尹云）这件事老夫已明知了也。一行人听我下断：本处官吏不才，杖一百永不叙用。李彦实主家不正，杖八十，年老罚钞赎罪。刘玉娘屈受拷讯，请敕旌表门庭。李文道谋杀兄长，押赴市曹处斩。老夫分三个月俸钱，重赏张鼎。（词云）奉圣旨赐赏迁升，张孔目执掌刑名。刘玉娘供明无事，守家私旌表门庭。泼无徒败伦伤化，押市曹正法严刑。（旦拜谢科，云）感谢相公。（正末唱）

〔煞尾〕 想兄弟情亲如手足，怎下的生心将兄亏。我将杀人贼斩首在云阳内，还报的这衔冤负屈鬼。

【注释】

①孔目：旧时衙中执掌文书、主管案件或杂事的吏员。魔合罗：本梵语，为佛经中的神道名称，宋元时习俗，每年农历七月初七日要将泥塑或木塑的小孩像加以衣饰，作为对七夕的供奉，称为"魔合罗"，后来逐渐成为孩子的一种玩具。 ②投至：及至、等到。 ③研穷：详细追究。 ④恶头儿：麻烦事、难办的事。 ⑤万法皆明：办事光明正大而又有智慧。 ⑥可扑鲁：形容衙役推搡戴刑具犯人发出的声音。 ⑦疏：松、放开。 ⑧楼指：一种用竹条分夹犯人十指的刑具。麻槌：亦称麻衣拷，旧时对付犯人的一种刑具。 ⑨原茶酒旧相知：原先在茶馆酒店交往的老朋友。 ⑩那厮：那个家伙，此处指送信人。 ⑪出自《论语·为政》。 ⑫狗有展草之恩：传说三国时李信纯有爱犬黑龙，一次他醉卧草地，草上着火，黑龙为救主人，不断跳入附近水沟湿身后再去滚灭草火，不幸累死。 ⑬马有垂缰之报：相传前秦皇帝苻坚被慕容冲军所败，他落入水中，其坐下马跪在水边，让他拉住缰绳才上了岸，逃得性命。 ⑭燕喜：欢喜、庆贺。 ⑮划地：一概地、全都。 ⑯漾：扔、投。 ⑰依头缕当：从头细说。缕当：条分缕析之意。 ⑱分星劈两：一钱一两都必须弄清楚。星：指秤星。 ⑲等身图：与自己身体一般大的人像画。 ⑳附子当归：中药名称。 ㉑生情造意：提出主意。 ㉒曾参：曾子，孔子学生，字子舆，春秋鲁国人，以贤孝著称。一次有个与他同名的人杀了人，误传为他。其母正织布，开始不信，但人家三次来告诉，终于相信，吓得扔掉梭子跳墙逃走。以此喻流言若重复多次，便使人不得不信。 ㉓黄甘甘：形容蜡黄的样子。 ㉔啜赚：以言语诓骗。 ㉕势剑：尚方宝剑。

【评解】

《魔合罗》是一部社会公案剧，通过一位有正义感、有责任心、有智慧的六案都孔目张鼎为一位受冤屈已判成死罪的妇女平反并终于把真正凶犯抓获的经过，揭露封建社会中人性的丑恶和司法的黑暗，也弘扬了正直义士的正气。

这件"魔合罗案"是被害者李德昌的堂弟李文道一手策划和制造的。他先是垂涎堂嫂刘玉娘的姿色，为了占有刘玉娘，起意毒杀了堂兄李德昌，随后又抢夺了李德昌贩线的本利共十一锭银子。本来他想如《窦娥冤》中的张驴儿要挟窦娥那样，以"堂兄暴死"为由头逼占刘玉娘，没想到刘玉娘刚烈不从，于是他便拉刘玉娘见官，诬陷堂嫂"与奸夫合谋杀夫"。为了保证官司能赢，他又向萧令史及县令行贿，使刘玉娘这位受害人家属也成为受害者，要不是碰见张鼎，连性命也不保。所以，这个"魔合罗案"从现代法律角度看，包括了李文道所犯的杀人罪、抢劫罪、行贿罪、诬陷罪，县令和萧令史的受贿罪、渎职罪，李彦实的包庇罪，可谓案中套案，极其复杂。

其实这件杀人案子只要秉公判断，并不难破，这一系列案件中，故意杀人案是最主要的，司法机构只要牵住这个牛鼻子，能洁身自好、秉公而断，便可顺利破案。但官府一上来便枉法审理，县令、萧令史贪酷异常，收受了李文道贿赂，真正的凶手在破案中竟被排除在侦查视线以外了。而且这伙官府执政者不调查、不查找人证物证，只一味用酷刑拷打刘玉娘，搞逼供信，用最野蛮、残酷的办法来对付一个弱女子，将一件作案手段比较狡猾的复杂案子，以极简单粗暴的办法一堂审结，这活画出元代社会官场的黑暗状况。那个县令自己不会办案，将人命关天的大案交给贪吏萧令史，这实际上反映出当时社会的一个现象——元朝统治者为了控制汉人，派出了一批没有基本道德标准的蒙古人或色目人充当各地官员，他们只认钱，不管是非，随意制造冤案，弄得老百姓没有基本的人权，只能在无边无际的黑暗中苟活着。这出戏与《窦娥冤》等剧一样，对于当时的官场黑暗和道德沦丧的现状进行了谴责。剧中那个混账县令说"我做官人单爱钞，不问原被都只要"，真是无耻至极。靠这样的官员去治理，怎会不搞得民怨沸腾？

当然，在当时的官府中也还有凤毛麟角般的正直吏员，本剧中的张鼎孔目就是一个这样的人。他可能出身贫家，在衙门中混的时间还不长，或对钱财不太看重，所以他良心未泯，能从刘玉娘受到折磨后的神态中看出冤情。他说："你看那受刑的妇人，必然冤枉，戴着枷锁，眼泪不住点儿流下。古人云，存乎人者莫良于眸子，眸子不能掩其恶。"当时刘玉娘是什么情状？"湿浸浸血污了旧衣裳，多应是碜可可的身耽着新棒疮，更那堪死囚枷压伏的驼了脊梁。他把这粉颈舒长，伤心处泪汪汪。"做人的基本道德和对弱者的同情心，终于使张鼎主动请缨，勇敢地担负起了复查这件案子的任务。

张鼎又是有智慧的，他从同僚办的这件混账冤案中发现了一连串疑点，没有人证、物证。他认为刘玉娘没有奸夫，无杀人动机。刘玉娘得知丈夫病倒古庙是有人报信，而发案时出现报信人这样的重大细节，前面办案的官吏过去竟没查过。为此，张鼎向刘玉娘重新调查案情，问得很细，不放过一个细节。终于通过七夕的节令由头，帮助刘玉娘回忆起那个卖"魔合罗"的人；通过他偶然留下的"魔合罗"，查到了报信人高山的行止；通过高山了解到他被人诓骗引到别处去转悠了一程，让高山回忆那个人的情况，查出了李文道有作案动机（对刘玉娘有过多次性骚扰）及可能"打时间差"的作案时间等。张鼎又设了个赛卢医李文道药死老相公夫人的假圈套，引诱他为了逃避罪责而乱咬自己父亲，终于迫使其父将他谋杀堂兄的罪行揭发了出来。自然，李文道也会咬出行贿对象萧令史和县令。最后全案告破，刘玉娘得昭雪并获旌表。

作者有很高的编故事技巧，这一系列案套案、案中案，一波又一波地推进剧情发展，他竟安排得妥妥帖帖，不露一丝破绽，公案戏写到这个水平已是高峰了。第四场从正面切入张鼎破案现场，一层一层地把案情掀开，有条有理，有理有据，表现出古人在没有任何科技手段下的破案智慧。同时，本剧还设置了一个小道具"魔合罗"，通过在第二折预先设置的这个细节，埋伏下第四折破案的线索，这些都是孟汉卿的高明之处。

死生交范张鸡黍

宫天挺

【剧情简介】

东汉某年九月十五日，一群白衣秀士聚集于京城外长亭。内中有个来自山阳县的秀士范式（字巨卿）与另一个来自汝阳的秀才张劭（字元伯）是生死之交，两人在太学中成绩突出，屡次由上官推荐，但一来志大耻做州县小吏，二来见谄佞盈朝，于是皆不出仕。今天两个人都要启程返乡，另有山阳秀士孔嵩（字仲山）、洛阳秀士王韬（字仲略）同来送行。话别之际，孔仲山拿出他作的一篇万言长策，提出请范巨卿为他送至贡院，以谋进用。原来孔仲山乃孔子第十七代孙，甚有才学。范巨卿指着万言策对他说："王仲略的岳父乃天官主爵都尉兼学士判院，何不请他通过岳父泰山送上去，还愁不成功吗？"王仲略接过万言策，便对孔仲山拍着胸脯说："这么好的文章，何愁做不了大官？这事包在我身上！"临行，范巨卿与张元伯约定："后年的今月今日，我一定准时到汝阳庄去拜望你的母亲。"张元伯道："哥哥，到那一天，我一定杀鸡炊黍等你，你可别失信呀！"范巨卿道："为人岂敢轻言？信用就是人生大义，一定要履行的！"

光阴似箭，两年的时间很快便过去了，范巨卿依约前往汝阳庄去探望张元伯老母，离庄尚有数里，正碰上王仲略兴冲冲前去上任。原来此人将孔仲山的万言策冒充自己的文章，改了头尾，获得上司青睐，又有岳父帮忙，竟被任命为杭州金判。范巨卿不知内情，听说他得了官，还为他高兴，在路边小店打了二百钱酒为他庆贺。王仲略见范巨卿知识渊博，想乘机从对方那偷学一点皮毛，以便官场上好派用场去应付，却在与范的交谈中出尽洋相。

再说张元伯，他见九月十五日约期已到，便在家中杀鸡炊黍，等待范巨卿的光临。他母亲认为事先也没信息传来，对两年前的约定会不会践约有些疑惑，但张元伯却信心十足地在等候。不一会儿，范巨卿果携王仲略到来，范、张相见，分外喜悦，范巨卿还把带来的礼物送给张母，而王仲略却借口自己已是官身，对张家母子倨傲而不为礼。会见毕，范、张又约定来年九月十五，张元伯到范巨卿家赴"鸡黍会"。范巨卿道："你如果来的话，不必去山阳，到荆州城郭外来寻我即可。"哪知送走范巨卿不到一年，张元伯竟一病不起。临死之前，他要母亲将他多停尸几天，等范巨卿来主丧下葬，否则，就休想灵车发动。

这段时间，范巨卿见豺狼当道，便闭门在荆州城郭外读书，不与官府来往，也无意于仕途的求进。荆州太守第五伦知他大贤大德，亲自上门聘他去州里任掌吏功曹，但范巨卿对此丝毫无兴趣，竟当着第五伦的面睡了过去。梦中见张元伯来诉说他已病亡，希望范巨卿去为他主丧。醒来后，范巨卿便要赴汝阳挂孝奔丧，坚辞第五伦的礼聘好意。第五伦见范巨卿对朋友如此守信，为了尽快让他赶赴汝阳，决定向范赠马代步。

汝阳张家因元伯已病逝多日，又未向远在荆州的范巨卿发过讣闻，所以对范巨卿来主持丧礼并不抱任何希望，张母已同意尽早将儿子下葬。奇怪的是，尽管帮忙的乡亲很多，却拉不动灵车，大家只得暂时作罢。不想到了下午，范巨卿便赶到，他痛哀朋友，安慰张母，又在棺前宣读悼词。在他的主持下，张元伯遗体安然落葬。范巨卿还决定在张元伯的坟茔四周筑墙栽树，要庐墓百日。第五伦得知范巨卿对朋友如此有信义，便在皇帝面前再次推荐范巨卿的人品才学，朝廷遂决定征他为官。第五伦亲到汝阳，找到为元伯庐墓守护的范巨卿传达旨意，范不肯违旨。路上，他们碰见已沦为喝道虞侯的孔仲山，范巨卿问他为何大材小用。孔仲山称自己的万言策被王仲略冒用，所以只能充当马前虞侯的贱役。范巨卿便向第五伦介绍孔仲山的才情，第五伦大怒，对孔仲山说："我要向朝廷奏告，将王仲略依律重处。"不久，皇帝下旨，已故汝阳贤士张元伯遥封翰林院编修，其母、妻并沾荣禄，二子授陈留主簿；范巨卿高才大德、信义双全，封御史中丞；孔仲山封吏部尚书；王仲略诈冒为官，杖一百终身不准为官。

第 一 折

（丑①扮卖酒上，诗云）买卖归来汗未消，上床犹自想来朝。

为甚当家头先白，日夜思量计万条。小可是个卖酒的，在这汝阳镇店开着酒肆。挂上这望子②，看有甚么人来。（王仲略扮孤③上，诗云）朝为田舍郎，暮登抢撞窗。跌下狮子来，骑上羚羝羊。小官王仲略。自从前岁孔仲山所央我与他献的万言长策，不曾替他出力。谁想贡院中有这等利害，我见那秀才每做诗文，唬得我魂飞天外。我连夜将孔仲山的万言策改了头尾，则做我的文章。有我泰山与众官见了甚喜，就除我杭州"佥破"④。走马赴任，来到这汝阳镇。一个酒店儿，我买两钟酒吃，拴了马者。小二哥，打二百钱脑儿酒⑤来。若没好酒，浑酒也罢。（丑云）官人请坐，有酒有酒。（王饮酒科）（正末骑马领家僮上，云）小生范巨卿。前岁九月十五日，约张元伯汝阳庄上拜探老母，依期到此。至元伯处尚有数里田地，天色早哩，去这村中且饮一杯。我下的这马来，盘缠儿系定，入的这酒店。呀，我道是谁，原来是仲略贤弟得了官也。（做见科，王仲略云）哥哥，你请起，污了衣服。小官待还礼来，则是寿不压职⑥。（正末云）贤弟那里迁除？（王仲略云）所除杭州"佥破"。（正末云）敢是佥判？（王仲略云）您兄弟这两日说话，有些儿唇紧。（正末云）贤弟喜得美除⑦，途路之间，无以庆贺。（王仲略云）哥哥，你不必巧语，这里有的是海郎⑧，打半瓶吃罢。（正末云）小二哥，打二百钱酒来，草草权为作庆。（正末把酒科，云）贤弟满饮一杯。（王仲略云）拿瓯子来，我先吃两瓯。（做吃酒科，云）哥哥，我要回你酒，待我去看些按酒⑨来。（做背科，云）嗨！谁想撞将他来。若问起孔仲山的万言策⑩呵，我可怎生支对？我如今灌上几钟，我和他讲文。他文才高似我万倍，我偷学他几句，到杭州去好和人说。（回云）哥哥，想的兄弟文章到的那里。哥哥才学，与在下不同，有甚么名人古书，前皇后代，哥哥讲说些儿，小官洗耳拱听⑪。（正末云）贤弟，你莫非谦乎？（王仲略云）区区实是不济，不是诈谦。（正末云）既不谦呵，想圣人教人，不过仁义礼智、孝悌忠信而已，足下岂可不知？正是以能问于不能，以多问于寡。自天地开辟以来，圣贤相传之道，试听小生略说一遍咱。（王仲略云）你说你说，不要梢了⑫，可瞒不过我。（正末唱）

〔仙吕点绛唇〕 太极初分，剖开混沌⑬。阴阳运，万物纷纷，生意无穷尽。

（王仲略云）这个我也知道。把那三皇五帝，从头至尾，你说一遍我听者。（正末唱）

〔混江龙〕 自天地人三皇兴运，至轩辕氏才得垂裳端冕⑭御乾坤，总年数三百二十七万，称尊号一百八十余君。总不如唐虞氏⑮把七政蒐罗成历象，夏后氏⑯把百川平定粒蒸民，成汤氏东征西怨，文武氏⑰革旧维新，周公礼百王兼备，孔子道千古独尊。孟子时空将性善说谆谆，怎知道历齐梁⑱无个能相信，到嬴秦儒风已灭⑲，从此后圣学湮沦。

（王仲略云）哥哥，这些话我也省的，这一向我早忘了一半，也只是贵人多忘事。哥哥，你将我朝的故事，再说一遍您兄弟听咱。（正末唱）。

〔油葫芦〕 想高皇⑳本亭长区区泗水滨，将诸侯西入秦，不五年扫清四海绝烽尘。他道是功成马上无多逊，公然把诗书撇下无劳问。虽则是儒不坑，虽则是经不焚，直到孝文朝挟书律㉑蠲除尽，才知道天未丧斯文。

（王仲略云）哥哥说的是，自古道文章好立身，着我做官人。有人来告状，则要烂精银。（正末唱）

〔天下乐〕 你道是文章好立身，我道今人都为名利引，怪不着赤紧的㉒翰林院那伙老子每钱上紧。（王仲略云）怎见得他钱上紧？（正末云）有钱的无才学，有才学的却无钱。有钱的将着金帛干谒那官人每，暗暗的衙门中分付了，到举场中各自去省试殿试㉓，岂论那文才高低？（唱）他歪吟的几句诗，胡诌下一道文，都是些要人钱谄佞臣。

（王仲略云）这话伤将我来也。哥哥，你则猥慵惰懒，不以功名为念。你这等闲言长语，当的甚么？（正末云）贤弟也，如今人难求仕进。（王仲略云）怎么难求仕进？（正末云）只随朝小小的职名，被这大官人家子弟都占去了。赤紧的又有权豪势要之家，三座衙门，把的水泄不通。（王仲略云）可是那三座衙门？（正末唱）

〔那吒令〕 国子监㉔里助教的，尚书是他故人；秘书监里著作的㉕，参政是他丈人；翰林院应举的，是左丞相的舍人㉖。（带云）且莫说甚么好文章，（唱）则《春秋》不知怎的发。（王仲略云）春秋这的是庄家种田之事。春种夏锄，秋收冬藏，咱秀才每管他做甚么？（正末云）不是这等说，是读书的《春秋》。（王仲略云）小生不曾读《春秋》，敢是《西厢记》。（正末唱）《周礼》不知如何论。（王仲略云）这的是所行衙门事，自下而上的勾当。县里不理州里去理，州里不理府上去理，俺秀才每管他怎么？（正末云）不是这等说，是周公制作之书。（王仲略云）小生也不曾读这本书，不省得。（正末唱）制、诏、诰㉗是怎的行文。

（王仲略云）那两桩其实不知，这桩儿且是做得滑熟，那告状的有原告，有被告。（正末云）一发说到那里去了！贤弟，你怎生得这一任官来？（王仲略云）这是各人的造物，你管他怎么？谁不着你学我做官来。（正末唱）

〔鹊踏枝〕 我堪恨那伙老乔民㉘，用这等小猢狲，但学得些妆点皮肤，子曰诗云。本待要借路儿苟图一个出身，他每现如今都齐了行不用别人。

（王仲略云）哥哥，你从来有些多事，谁不教你求官应举去来？（正末云）我去不得。（王仲略云）谁拦着你来，去不得？（正末唱）

〔寄生草〕 将凤凰池拦了前路㉙，麒麟阁㉚顶杀后门。便有那汉相如献赋难求进，贾长沙痛哭谁揪问，董仲舒对策无公论。便有那公孙弘撞不开昭文馆内虎牢关，司马迁㉛打不破编修院里长蛇阵。

（王仲略云）俺虽然文章塌撒㉜，也是各人的福分。如今都是年纪小聪明的做官也。（正末云）正是年纪小么。（唱）

〔幺篇〕 口边厢你腥也犹未落，顶门上胎发也尚自存。生下来便落在那爷羹娘饭长生运，正行着兄先弟后财帛运，又交着夫荣妻贵催官运。（王仲略云）哥哥，你如今虽有文章，可也学不的俺这为官的受用快活，俺端的靴踪不离了朝门里。（正末唱）你大拼着㉝十年家富小儿娇，也少不的一朝马死黄金尽。

〔六幺序〕 您子父每轮替着当朝贵，倒班儿居要津，则欺瞒着帝子王孙。猛力如轮，诡计如神，谁识您那一伙害军民聚敛之臣？（王仲略云）哥哥，俺虽年纪小，那一伙做官的，个个都是栋梁之材。（正末唱）现如今那栋梁材平地上刚三寸，你说波怎支撑那万里乾坤？（王仲略云）俺许多官人，怎生无一个栋梁之材？似我才学也勾了。哥，你也少说少说。（正末云）有、有、有。（唱）都是些装肥羊法酒人皮囤㉞，一个个智无四两，肉重千斤。

〔幺篇〕这一伙魔军，又无甚功勋，却着他画戟朱门，列鼎重裀，赤金白银，翠袖红裙，花酒盈樽，羊马成群。有一日天打算衣绝禄尽，下场头少不的吊脊抽筋。（王仲略云）哥哥何必致怒，你这等狠惰慵懒，有甚么好处？（正末唱）小子白身，乐道安贫，觑此辈何足云云。满胸襟拍塞怀孤愤，将云间太华㉟平吞。（王仲略云）好大口也。（正末云）贤弟且略别。（王仲略云）正欢喜饮酒，可那里去？（正末云）前岁也有你来，约定元伯庄上赴会去。（王仲略云）哦，我记得了。哥哥，你馋嘴为那一只鸡、半碗饭、几钟酒，如今要走一千里路哩。（正末云）大丈夫岂为铺啜而已，大刚来㊱则是赴一"信"字。（唱）想为人怎敢言而无信。（王仲略云）哥哥，为人不要老实，还是说几句谎儿好。就失信便怎的？（正末云）大丈夫若失了信呵，（唱）枉了咱顶天立地，束发冠巾。

（王仲略云）我长这么大，才失了一个信儿。（正末云）小二哥，还你二百文酒钱。（王仲略云）哥哥，你若赴鸡黍会，就带小弟同去如何？（正末云）既然贤弟要去，其路也不背，同往赴会去便了。（同下）

（老旦扮卜儿㊲同张元伯上，诗云）花有重开日，人无再少年。休道黄金贵，安乐最值钱。老身姓赵，夫主姓张，不幸夫主蚤年身亡。止留下这孩儿，与山阳范巨卿为友，情坚金石，终始不改。因见豺狼当道，告归闾里，却早二年光景也。（张元伯云）母亲，今日是九月十五日，前岁哥哥约定，今日来拜探母亲。俺如今可杀鸡炊黍，等待哥哥者。（卜儿云）孩儿，二年之后，千里之途，怎生便信的他。（张元伯云）母亲，俺哥哥是至诚君子，必不失信。（卜云儿）孩儿，既是这等呵，我如今便安排下鸡黍，你去门外望一望来。（张元伯云）理会得。我出的这门来，怎生这早晚不见俺那哥哥来也？（正末领家僮上，云）小生范巨卿，可早来到也。家僮接了马者！（做相见科，正末云）兄弟，我来了也。（张元伯云）语未悬口③⑧，哥哥真个来了。千里之途，驱驰不易。（正末唱）

〔金盏儿〕　想二载隔音尘，千里共消魂。（张元伯云）我则道哥哥不来赴会也，谁想有今日！（正末唱）我恨不的趁天风飞出山阳郡。想弟兄的情分痛关亲，我特来升堂重拜母，尊酒细论文。当初若不因鸡黍约，今日个谁识俺志诚人。

（云）兄弟，有王仲略得了官，他同我到此。（王仲略云）哥哥，你也等我一等。（正末云）我在此等候哩。元伯与相公相见咱。（张元伯云）请进，贺相公千万之喜。二位哥哥，受小生两拜。（拜科，王做受科，云）免礼，免礼。小官欲待还礼来，一了③⑨说寿不压职。（张元伯云）是、是、是。（正末云）请起，请起。元伯，请母亲拜见咱。（张元伯云）母亲在草堂。哥哥，咱和您进去见来。（做进拜卜儿科）（卜儿云）巨卿千里赴会，真乃信士也。（正末云）山阳一介寒儒，荒疏愚野，孤陋寡闻。谢老母不择，我和兄弟元伯，结为死生之交。此德此恩，生死难忘。（卜儿云）孩儿，你说道今日哥哥决来赴会，真个来到。这一句话，何其有准也。（正末唱）

〔醉中天〕　母亲道一句话何其准，您孩儿不错了半个时辰。（卜儿云）孩儿，将那村酒鸡黍饭来与哥哥吃。（做摆设科）（正末唱）小子心真你更真。（张元伯云）哥哥，俺有甚么真处。（正末唱）你却早备下美馔，笃下佳酝。（云）家僮，将来。山阳淮楚之地，别无异物。新鲊数包，新橙百枚，黄丝绢一匹，荆妇亲手自造，万望老母笑纳为幸。（卜儿云）何劳如此重意。（正末唱）量这些轻人事④⓪，您孩儿别无甚孝顺。（卜儿云）感承重礼。孩儿，将酒来。（正末唱）何须母亲劳顿。（卜儿云）巨卿，生受您远路风尘也。（正末唱）您孩儿有多少远路风尘。

（王在外做怒科，云）你每说到几时？早不是腊月里，不冻下我孤拐④①来。（正末云）呀，忘了仲略兄弟在外厢了。（卜儿云）有请，有请。（王进堂科，正末云）相公是杭州金判。（卜儿拜科，云）相公请。（王仲略云）老母免礼，免礼。我待要还礼来，寿不压职。小官在京师，也带了些人事来送老母。（做取乔砌末科，正末云）母亲，您孩儿与荆州刺史相约定赴会，不敢失信，来日五更便行。恐晚间酒后不能拜别老母，受孩儿几拜咱。（拜科，卜儿云）你宽怀饮数杯，我亲自执料去。（下）（正末云）贤弟将过酒肴来，吾等对此佳景，可以散心尽欢竟暮，来日为别。（唱）

〔金盏儿〕　就着这黄菊吐清芬，白酒正清醇。相逢万事都休问，想咱人则是离多会少百年身。（张元伯云）将黍饭来。（做食科，正末唱）烹鸡方味美，炊黍恰尝新。我做了个急喉咙陈仲子，你便是大肚量孟尝君。

（王仲略云）我们饮不多几钟，早天色明了也。行人贪道路，哥哥慢行，您兄弟先行。哥哥，您兄弟无伴当，于道路上自做饭吃，这些果子下饭，您兄弟将去，路上嚼他耍子㊷。（做取按酒放唐巾㊸内，戴上，揭衣服取竹筒装酒科，下）（张元伯云）哥哥，今年已过，到来年九月十五日，您兄弟到哥哥宅上赴鸡黍会来。（正末云）兄弟，你若来时，休到山阳，至荆州郭外寻问我来。尊堂前不敢惊寝了。（张元伯云）哥哥，咱和您几时进取功名去？（正末云）男子汉非不以功名为念，那堪豺狼当道，不如只在家中侍奉尊堂。兄弟，您岂不闻尽忠不能尽孝哩。（唱）

〔赚煞〕　礼义乃国之纲，孝悌是人之本，修天爵㊹其道自尊。绕溪上青山郭外村，您与我剩养些不值钱狗彘鸡豚。每日家奉萱亲，笑引儿孙，便是羲皇以上人。㊺（张元伯云）哥哥，若有人举荐我呵，去也不去？（正末唱）便有那送皇宣㊻叩门，聘玄纁㊼访问，且则可掩柴扉高枕卧白云㊽。（同下）

【注释】

　　①丑：古典戏曲中的丑角，鼻子上涂白粉，俗称小花脸。　②望子：酒旗，亦称酒幌子。　③孤：元杂剧中角色名称，扮演官员。　④金破：应为"金判"，州官身边由京官担任的幕僚（若非京官担任，则称判官）。这里故意让王仲略说成"金破"，讽刺他不学无术。有的版本此处也作"金判"。　⑤脑儿酒：头脑酒，用肉和杂味配制。　⑥寿不压职：指年长的低级官员或无官职者，若见到官职比自己高的人，则无权要求对方向自己参拜。　⑦美除：取得称心官职（职务称心或地方称心）。　⑧海郎：宋元时土语，指酒。　⑨按

酒：下酒菜。　⑩ 万言策：为朝廷治理国家所献的长篇建言，万言是形容其内容多，并非限定数量。　⑪ 拱听：拱手听他人语言，言其恭敬。　⑫ 梢了：省略。　⑬ 太极初分，剖开混沌：古代传说，最初天和地合在一起，后来才分开。太极：指原始混沌之气。　⑭ 垂裳端冕：指为政清廉，垂衣拱手，无为而治天下。典出《史记·五帝本纪》。　⑮ 唐虞氏：陶唐氏尧和有虞氏舜。　⑯ 夏后氏：夏禹。　⑰ 文武氏：周文王、周武王。　⑱ 齐梁：齐宣王、梁惠王。　⑲ 到嬴秦儒风已灭：指秦始皇焚书坑儒，读书讲礼乐风气已不存在了。　⑳ 高皇：汉高祖刘邦，他起义前任过泗水亭长。　㉑ 挟书律：秦朝曾有法律规定"敢有挟书者族"，至西汉惠帝时才"除挟书律"。　㉒ 赤紧的：真的是、整个的。　㉓ 省试：唐宋时由尚书省进行的考试称为省试。殿试：由皇帝主持的考试，及格者将由皇帝赐进士出身或赐同进士出身，头三名即钦点为状元、榜眼、探花。　㉔ 国子监：古代的最高学府，汉称太学，晋为国子学，隋改为国子监。　㉕ 秘书监：东汉桓帝时置官署名，为中央政府掌管图籍的部门。著作的：著作郎，魏明帝时设，掌管国史修撰。　㉖ 舍人：旧时对贵族子弟的称呼。　㉗ 制、诏、诰：指由皇帝发布的正式命令文书，分为制、诏、诰。　㉘ 老乔民：宋元时骂人口语，意为"老装腔作势者""老浑蛋"。　㉙ 凤凰池：中书省所在的禁苑池沼的俗称，可引申为仕途。此句意为阻止了仕途。　㉚ 麒麟阁：汉宣帝时设置，在未央宫中，内画功臣图像于其上，以资表彰。　㉛ 汉相如：西汉时文人司马相如。贾长沙：西汉时文人贾谊，曾任长沙王太傅。董仲舒：西汉时文人，治《春秋》，提出"君权神授""天人相与"学说，创"三纲""五常"，要求汉武帝"罢黜百家，独尊儒术"。公孙弘：西汉时文人，武帝时举贤良博士，升丞相，封平津侯。司马迁：西汉时文学家、历史学家，著《史记》。　㉜ 塌撒：意为水平低、粗劣。　㉝ 大拼着：大不了。　㉞ 法酒：按政府规定的规格酿造的酒。人皮囤：喻指酒囊饭袋之徒。　㉟ 太华：西岳华山。　㊱ 大刚来：大概、大约摸。　㊲ 卜儿：元杂剧中对老妇的俗称。　㊳ 语未悬口：话音未落。　㊴ 一了：向来、按例。　㊵ 人事：宋元时对礼物的俗称。　㊶ 孤拐：脚踝骨。　㊷ 嚼他耍子：意为嚼嚼玩玩。　㊸ 唐巾：古时将帽子称为"头巾"，唐巾即唐代传下来的帽子式样，出自唐代帝王家。　㊹ 修天爵：天生的爵位。《孟子·告子上》曰："仁义忠信，乐善不倦，此天爵也。"　㊺ 羲皇：伏羲氏。此句指伏羲朝以前的人都非常注重礼仪。　㊻ 皇宣：皇帝颁发的诏旨。　㊼ 玄纁：黑色和浅红的布帛，常用来作为聘贤士之礼。　㊽ 此句喻拒绝出仕。高枕卧白云：甘居深山白云中。

【评解】

《范张鸡黍》是一部文人题材的伦理教化剧，故事取材于《后汉书·范式传》，在历史上确有其人和其事。

中国文士向来遵循儒家学说中的忠、孝、仁、爱、礼、义、廉、耻、信的道德伦理，将信提高到以信为本、人无信不立的高度，所谓"一诺千金""人而无信，不知其可也"。许多有骨气、讲诚信的人能做到"宁失身，不失信"，"信义"二字在中国的封建道德中有很崇高的地位。

本剧通过两对文人如何交朋待友的经历，提出了朋友间应该建立怎样的友谊的问题。两对朋友、四个文士，由于交友的理念有别，引出了两种不同的结果。一对是实写的被誉为交友典范的"鸡黍交"朋友，即范巨卿和张元伯。他们虽只是异姓结义兄弟，却不仅志趣相同、坦诚相待、互相关爱，而且始终坚守信义，使双方的关系牢固地建立在互相守信、互相信任的基础之上，最后获得了圆满的结局，成就了一段千古佳话。另一对是虚写的，即孔仲山和王仲略。孔仲山饱学有才，又是孔子第十七代孙，他委托好友王仲略代呈万言策，希图朝廷进用。哪知王仲略仗着岳父执掌贡院，竟将万言策据为己有，谋得杭州金判之职，而孔仲山则沦为喝道虞侯。后来王仲略丑事败露，被撤职查办，孔仲山终获重用。王仲略对待朋友无信、无义、无情，与范巨卿的高尚品格形成了鲜明的对比。作者在戏中将两对文人交友的例子作为两条平行的主线进行发展，范、张的"鸡黍之交"作为主线，予以详写；孔、王的分道扬镳则作为对比的虚线，虽着墨不多，但前呼后应，给人留下深刻的印象。无疑，这部戏对文士如何进行交友待客，起到了生动的教科书作用。

戏的最精彩之处在第一折，既写出了范巨卿不失信用到汝阳拜会张元伯和张元伯深信朋友一定会来而预做准备的一段佳话，同时也揭露了封建官场腐败的人才选拔制度。戏一开局便将矛盾指向了当时社会的黑暗政治（用人路线），指出朝堂上已是"谄佞盈朝""豺狼当道"，而像王仲略这样品质恶劣、不学无术之徒，仅凭窃取他人的一纸万言策便侥幸得官。其实说到底，他靠的也不是万言策，而是裙带关系，因为王仲略实在胸无点墨到连一些最基本的学问常识也没有，他那主持贡院的岳父泰山，难道会不知道女婿是大草包一个？我们看到，王仲略路遇范巨卿之后，便想着到他那里去"偷学几句"常识，以便给自己恶补一下，到了杭州也好装潢门面，结果洋相百出，例如他把《春秋》一书当成是"庄稼种田之事。春种夏锄，秋收冬藏，咱秀才每管他做甚"，把《周礼》胡缠成"州里去理"，把皇家的"制、诏、诰"理解成告状时的"原告""被告"，简直让人笑掉了大牙。就是这么一个"宝贝"却通过了考试，堂而皇之地到杭州赴任去。为什么这种不学无术之辈能一路绿灯？第一，这种人有裙带关系，"国子监里助教的，尚书是他故人；秘书监里著作的，参政是他丈人；翰林院应举的，是左丞相的舍人"，全是有背景的人。第二，当时的社会上，"有钱的无才学，有才学的却无钱"。开科考试时，"有钱的将着金帛干谒那官人每，暗暗的衙门中分付了，到举场中各自去省试殿试，岂论那文才高低"？实际状况是"歪吟的几句诗，胡诌下一道文，都是些要人钱谄佞臣"，结果便是"如今人难求仕进"，连"随朝小小的职名，被这大官人家子弟都占去了"。第三，经过这种层层筛选，便弄成"如今都是年纪小聪明的做官也"，"用这等小猢狲，但学得些妆点皮肤，子曰诗云。本待要借你儿苟图一个出身，他每现如今都齐了行不用别人"。而这群新暴发户，正如剧中正末所唱的〔幺篇〕："口边厢你腥也犹未落，顶门上胎发也尚自存。生下来便落在那爷羹娘饭长生运，正行着兄先弟后财帛运，又交着夫荣妻贵催官运。"而整个官场的情况如何？"现如今那栋梁材平地上刚三寸，你说波怎支撑那万里乾坤？"他们"都是些装肥羊法酒人皮囤，一个个智无四两，肉重千斤"。这种官场的状况和腐朽的人才选拔制度，就是元代社会黑暗官场的写照。可以看出，作者是以极其愤慨的心情进行谴责的。

尤其令人作呕的是，当不学无术的王仲略路遇范巨卿时，范作为年长者以谦谦君子风度向他施礼，他竟倨傲不答礼，说什么他是官身，所以"寿不压职"，不能向范回礼。而更讨厌的是，这家伙随范巨卿到了张元伯家，见了张母，本该以子侄礼拜见，他也借口"寿不压职"不肯下拜，真是无耻之尤。当然，跟这种无赖是讲不得什么道理的，因为他认为损人利己、失信害人仅是"小事一桩"。对于窃取孔仲山万言策，他十分轻描淡写地认为："我长这么大，才失了一个信儿。"言下之意，害人害得还不够呢！当荆州太守第五伦责备他为何要"混赖了孔仲山万言长策"时，他还振振有词地反驳："您这个老大人差了，我若不赖他的文章，我可怎么能够做官？"真是够坦承也是够无耻的。这样的混账把持官场，政治要想不黑暗也难。

可能是不敢太得罪朝廷中有权势者，或者是为了让人看了戏后不致太压抑，全剧最后装了一个光明的尾巴。然而，当时的官场上毕竟只抓出了王仲略一个冒牌货，其他的怎么办？还有，范巨卿、孔仲山这样的官员，能在当时的官场站住脚吗？

好在这部戏的主旋律是讲范、张"鸡黍交"的故事，全剧塑造了这么两个讲信义的人物形象，这部戏也就很成功了，毕竟它让我们看到了古人讲信义到了什么程度。他们的精神难道不值得今天的人们去倾慕、仿效、学习、实践吗？

萧何月夜追韩信[①]

金仁杰

【剧情简介】

秦末天下大乱，有淮阴布衣韩信胸怀大志，腹隐良谋，但潜龙久困池中，无伯乐重用他这个乱世英雄，常使他伤感不已。

那年大雪，韩信不善生计，陷入穷困，连饭都吃不上。有位漂纱老妇见他可怜，常将自己的饭让给他吃，韩信大为感动，对她说："你的恩情将来我一定加倍回报。"乡中有个无赖见韩信乞食漂母，事业无成，便经常欺侮他，有一次竟要他连续三遍从其胯下钻过。韩信乃一介书生，招惹不起，只得忍辱钻了无赖子的裤裆，被人笑话。

楚将项羽在江东起义后，称西楚霸王，韩信去投奔他，未被重用。他又投奔在蜀中的汉王刘邦，刘邦也没把他当回事，一气之下，韩信不告而别。刘邦手下的丞相萧何知道韩信是个将才，便赶快连夜前去追赶，终于在路上将他截住，并且向他保证一定在汉王跟前保奏他登坛挂印拜帅。在归来的路上，韩信与萧何摆渡过河，他发现渔公为了吃饭，不得不戴月披星，联想到自己取功名如此艰辛，十分感慨。

韩信执掌了帅印，不免踌躇满志，决心要为刘邦尽职存忠立功勋，将楚霸王大军消灭干净。这时，汉将樊哙认为韩信出身微贱，出言不逊，韩信为整肃军纪将他绑下，汉王出面说情，樊哙获得释放。韩信对刘邦说："过去伊尹、姜尚、傅说、孔子都清贫过，连萧丞相也出身寒门。从前霸王烧阿房宫，杀降兵二十万，不守信用，不肯让位给汉王，这些都是教训。如今我们大王豁达大度，纳谏如流，臣算定五年可以灭楚。"他请张良用楚歌吹散霸王的子弟兵，让王陵先锋在九里山前摆下阵，让灌婴十面埋伏暗藏军；又预先在乌江边伏下渔公，等霸王败退摆渡回江东时说，渡人就不渡马，渡马就不渡人，逼霸王含羞自刎。

楚汉两军在九里山摆下了战场。汉军在韩信的指挥下，用十面埋伏之计打败了霸王。楚霸王走投无路，垓下别虞姬，伏龙泉剑自刎于乌江，使韩信成就了一代战将名。

第 二 折

（等霸王②上，开，一折。③下）（等驾提一折）（等萧何云了）（正末背剑踖竹马儿④上，开）想自家离了淮阴，投于楚国不用。今投沛公⑤，亦不能用。人闷闷而不已，而成短歌。歌曰：背楚投汉，气吞山河。知音未遇，弹琴空歌。弃执戟离霸主，谋大将投萧何。治粟以叹何补，乘骏骑而知他。（诗曰）泪洒西风怨恨多，淮阴壮士被穷磨。鲁麟周凤⑥皆为瑞，时与不时争奈何。

〔双调新水令〕恨天涯流落客孤寒，叹英雄半世虚幻。坐下马空踏遍山水雄，背上剑枉射得斗牛寒⑦。恨塞于天地之间，云遮断玉砌雕栏，按不住浩然气透霄汉。

〔驻马听〕回首青山，拍拍离愁满战鞍，举头新雁，呀呀哀怨伴天寒。止望学龙投大海驾天关，划地⑧似军骑赢马连云栈。且相逢觑英雄如匹似闲，堪恨无端四海苍生眼。

〔沉醉东风〕干功名千难万难，求身仕两次三番。前番离了楚国，今次又别炎汉，不觉的皓首苍颜。就月朗回头把剑看，忽然伤感默上心来，百忙里揾不干我英雄泪眼。

（诗曰）身似青山气似云，也曾富贵也曾贫。时运未来君休笑，太公⑨也作钓鱼人。

〔水仙子〕 想当日子牙守定钓鱼滩，遇文王亲诣磻溪⑩登将台。如今一等盗糠杀狗为官宦，天那，偏我干功名的难上难。想岩前傅说⑪贫寒，平粪土把生涯干。遇高宗一梦间，他须不曾板筑在长安。

（萧何踏竹马儿上了）

〔雁儿落〕 丞相道将咱来不住的赶，韩信则索把程途盼。（萧何云了）为甚却相逢便噤声，非是我不言语相轻慢。

〔得胜令〕 我又怕叉手告人难，因此上懒下宝雕鞍。（萧何云了）说着汉天子犹心困，量着楚重瞳⑫怎挂眼。（萧何云了）弃骏马雕鞍，向落日夕阳岸。办蓑笠纶竿，钓西风渭水寒。

（萧何云了）

〔夜行船〕 看承的自家如等闲，我早则没福见刘亭长⑬龙颜。（萧何云了）谁受你那小觑我的官职？（萧何云了）谁吃你那淹留咱的茶饭？（萧何云了）划地说功名半年期限。

〔挂玉钩〕 我怎肯一事无成两鬓斑！（萧何云了）既然你不用我这英雄汉，因此上铁甲将军夜度关。你端的为马来将人盼，既不为马共人，却有甚别公干？我汉室江山，可知、可知保奏得我甚挂印登坛。

（萧何云了）（渔公上，云了）（萧何并末上船科）丞相道渔公说得是，官人每不在家里快活，也这般戴月披星生受⑭。则末将谓韩信功名如此艰辛，元来打鱼的觅衣饭吃，更是生受。

〔川拨棹〕 半夜里恰回还，抵多少夕阳归去晚。烟水湾湾，珂佩珊珊，冷清清夜静水寒，可正是渔人江上晚。

〔七弟兄〕 脚踏着跳板，手执定竹竿，不住的把船攀。兀良，我则见沙鸥惊起芦花岸，忒楞楞⑮飞过蓼花滩，可便似禹门⑯浪急桃花泛。

〔梅花酒〕 虽然是暮景残，恰夜静更阑。对绿水青山，正天淡云闲。明滴溜银蟾似海山，光灿烂玉兔⑰照天关。撑开船，挂起帆，俺红尘中受涂炭，恁⑱绿波中觅衣饭。俺乘骏骑惧登山，你驾孤舟怕逢滩。俺锦征袍怯衣单，你绿蓑衣不曾干。俺干熬得鬓斑斑，你枉守定水潺潺。俺不能勾紫罗襕⑲，你空执着钓鱼竿，咱都不到这其间。

〔收江南〕 怎知烟波名利大家难。(做上岸科)(渔父先下)抵多少五更朝人马嘶寒，对一天星斗跨雕鞍。不由我倦悼，也是算来名利不如闲。

〔尾〕 我想这男儿受困遭磨难，恰便似蛟龙未济逢干旱。怎蒙了战策兵书，消磨了顿剑摇环。唱道惆怅功名，因何太晚？似这般涉水登山，休、休、休，空长叹。(萧何带住)谢丞相执手相看，不由我半挽着丝缰意去的懒。(下)

【注释】

① 萧何：沛县人，秦末佐刘邦起义，有治国理政之才。刘邦攻入咸阳，他收取秦朝户口文献档案，为统一中国做准备。楚汉相争中，他荐韩信为大将，自己以丞相身份留守关中，为前线不断提供兵源、粮饷，保证了汉军的胜利。西汉建立后，他制定法律，又助汉高祖刘邦消灭了韩信、英布、彭越等势力集团，封酂侯。韩信：淮阴人，少有才学，知兵法。秦末天下大乱，他先仗剑投奔西楚霸王项羽，未获重用。后赴汉中投汉王刘邦，开始嫌官小，欲逃归东方，为萧何发现追回，刘邦拜他为大将。他用"明修栈道，暗度陈仓"之策，率汉军取关中，然后东向扫灭魏、齐、代、赵等割据势力，追刘邦封他为齐王。公元前202年，他率军与项羽战于垓下，全歼楚军，逼项羽在乌江自杀，以功改封楚王。因涉嫌叛乱，被刘邦所囚，降封淮阴侯。又与叛军首领陈豨勾结，被萧何、吕后诱斩于未央宫。据《史记》记载，萧何追韩信乃实有其事。 ② 霸王：楚霸王项羽，名籍，下相人。秦末随叔父项梁率江东八千子弟起义，响应陈胜起义军，尊楚怀王。项梁死后统楚军，大破秦将章邯军，坑杀降卒二十万人。入关中后，火烧阿房宫，杀秦三世子婴，后又杀楚怀王，自称西楚霸王，都彭城，王国辖九郡。楚汉相争中因不善用人，众叛亲离，垓下大败，自刎乌江。 ③ 戏剧文本的简略语，意即先由楚霸王上场表演一番动作。本剧系不完整之文学本，全剧仅有韩信这个角色的唱词及少量念白，其他角色念白极少，所以有点像后来的幕表制戏(没有固定剧本，只有大纲，略载述全剧有几场、某场几个人物、出场先后、情节概要等，唱词念白由演员即兴发挥，演出大纲则张贴于后台)。此剧本也可能是在流传中散佚，其第四折缺失甚多。 ④ 蹅竹马儿：跨竹马儿。竹马：戏曲舞台上以竹竿做的道具，代马。 ⑤ 沛公：汉高祖刘邦。他斩白蛇起义后，称沛公。 ⑥ 鲁麟周凤：指古时吉祥物。 ⑦ 剑枉射得斗牛寒：形容剑锋锐利，典出《晋书·张华传》。西晋丞相张华观天象，见斗牛之间常有紫气，询问雷焕，焕云："此实剑之精，上彻于天耳。"由于雷焕回答得当，获县令之职。他到任后，将县监牢地基挖开，深入四丈多，见一石匣，中有双剑：一名龙泉，一名太阿。当晚斗牛星之间的寒气便消失了。 ⑧ 划地：反而、倒是。 ⑨ 太公：姜子牙，又称姜太公，司马迁在《史记》中述齐国历史的篇章为《齐太公世家》。 ⑩ 磻溪：在今宝鸡市东南，源出南山，北入于渭河，传说姜子牙于此处垂钓而遇周文王。 ⑪ 傅说：殷商时贤相。 ⑫ 楚重瞳：楚国的重瞳子，指霸王项羽。 ⑬ 刘亭长：刘邦，他起义前为泗水亭长。 ⑭ 生受：此处指辛苦。 ⑮ 忔楞楞：形容鸟飞时扑击的声音。 ⑯ 禹门：指

黄河龙门，传为大禹治水时所凿。　⑰ 银蟾、玉兔：均指月光或月亮。　⑱ 恁：您。　⑲ 紫罗襕：紫罗袍，元时三品至五品官用金带紫罗袍，一品、二品官用犀带大团花紫罗袍。

【评解】

《萧何月夜追韩信》是中国古典戏曲中的一出名剧。全剧从韩信年轻时生活窘迫写到投楚、投汉、被萧何发现，直至登坛拜将、攻灭霸王的人生大半经历，塑造了一位出身平民的统帅形象。这个题材直到现在仍有京剧等剧种在演出，其中尤以周信芳先生创造的麒派萧何形象最为有名，《追韩信》也成为麒派的保留剧目。

这部杂剧与现代的京剧剧目《追韩信》最大的不同之处是它以韩信为主角，萧何成了配角，全剧只有韩信一个人有唱词，其他如萧何、刘邦、樊哙、霸王等人物均没有唱段，人物形象也很模糊。可见，现在的京剧《追韩信》已不是元杂剧的《萧何月下追韩信》。

此处选注的第二折基本上交代了韩信为何出走及萧何为何追赶韩信，通过韩信在旅途的孤寂，抒发了他怀才不遇、生不逢时的烦闷心情。一曲〔双调新水令〕就活画出了韩信此刻的心态："恨天涯流落客孤寒，叹英雄半世虚幻。坐下马空踏遍山水雄，背上剑枉射得斗牛寒。恨塞于天地之间，云遮断玉砌雕栏，按不住浩然气透霄汉。"他哀叹："干功名千难万难，求身仕两次三番。前番离了楚国，今次又别炎汉，不觉的皓首苍颜……百忙里揾不干我英雄泪眼。"他终于获得萧何青睐，萧何向他保证奏告汉王，一定让他登坛拜将。他与萧何一同乘船摆渡归去，发现渔公深夜还要打鱼"觅饭吃"，他感慨不单是自己求功名辛苦，打鱼人也很辛苦，又联想到"也是算来名利不如闲"，感叹自己"唱道惆怅功名，因何太晚？似这般涉水登山，休、休、休，空长叹"。全折一直是韩信在表白、抒情，我们从中看出了英雄生不逢时的苦闷，但这又何尝不是元朝大批汉族知识分子怀才不遇、无缘出仕而满肚子牢骚的真实写照呢？

杜牧之①诗酒扬州梦

乔 吉

【剧情简介】

唐朝时，翰林侍读杜牧出差到豫章郡，太守张纺（字尚之）设宴款待。席间，张纺让新近从梨园讨来的一个年仅十三岁的歌妓张好好出来劝酒。张好好面容姣美，吹弹歌舞无所不能，当场为杜牧歌舞一曲，杜牧看得如醉似痴，赋诗赠她，又送礼物，以示喜爱。后来杜牧虽离开豫章，对张好好却留下了印象。

过了两年，杜牧又出差赴扬州。扬州太守牛僧孺（字思黯）乃杜牧父辈忘年交，杜牧去拜访他，牛僧孺设宴欢迎。饮酒中间，牛僧孺命一家乐女子出来服侍杜牧，杜牧见此女子美貌，便极力称赞。原来牛僧孺在京城时与张纺也有交往，前年他去豫章，发现张纺身边有一个女童十分让人喜欢，他两人一向交好，牛僧孺便讨将来作为养女，如今已有近三个年头了。杜牧又见美女，一种异常的感情泛上心头，他为美女的歌舞赋诗一首，以表爱慕之意。此女则为他奉酒一杯，这更令杜牧意马心猿起来，总想着此女可能在哪里见过。两人眉目间顾盼，那牛僧孺岂能不知？原来此女正是杜牧在豫章见过的歌妓张好好。牛僧孺想，杜牧在豫章见过好好，可知他已深爱上了，只不过无法到手。我该杜绝了他的念头，于是便关照家人："以后他再来我家，就说我不在，可打发他去翠云楼闲坐，不让他的念头得逞。"

杜牧垂涎张好好姿色未成，知道牛僧孺是看在父辈之面，所以对他的失态未加责备，心中不免烦闷，便到翠云楼游玩。他独自喝了一阵闷酒，便昏睡过去。只见张好好率四个歌女上前对他说，她们是奉太守大人之命来服侍杜翰林的，她们的名字分别叫玉梅、翠竹、夭桃、媚柳。五女子歌舞一番，杜牧十分欣喜。欢娱间却突然醒来，原是南柯一梦。他犹念梦中张好好情意，家童怕他伤感，便劝他赶快回去。

当时扬州有个富商白谦(字文礼)，与杜牧交厚，他见这位青年才俊惑于女色，便设宴为他解闷。杜牧从白谦处得知，牛府义女即昔年在豫章见过的张好好，便向白谦诉说自己三年前就留意此女，如今更对她爱恋。白谦道："你既与此女有缘，我一定成就你们这桩姻缘，但请你再等几天，我抽时间对牛太守说。"但杜牧因出差期限紧迫，又想一时半会牛僧孺也未必肯把张好好给他，便只好先行择日回京。

牛僧孺三年扬州太守任满，依例赴京参加考绩，他想去杜牧处打听些消息，但杜牧怪他不肯把张好好送给自己，便不肯接见他。牛僧孺知道自己得罪了杜牧，因为白谦曾几次劝他把张好好嫁给杜牧，所幸这次张好好也带来了，牛僧孺便婉转托了已到京城的白谦去向杜牧打点。白谦下书请杜牧赴宴，杜牧欣然而至，这时牛僧孺也到了，牛说起几次去拜访未遇，杜牧只好尴尬地说自己太忙。杜牧提起在扬州时爱恋张好好的情况，当面提出求婚。牛僧孺知道这个翰林不好再得罪，便顺水推舟同意，招来张好好，当面允诺了两个人婚事。杜牧大喜，便拜了老丈人。这时已调任京兆尹的张纺奉圣旨来宣布，杜牧贪花恋酒，本当责罚，姑念其才识过人，赦而不责。张纺见张好好也在这里，不免诧异，得知牛僧孺已对他们许婚，他亦高兴，便对杜牧说："你十年一觉扬州梦，如今终于醒了。"

第 二 折

(张千上，云)小人是太守^②府内亲随。奉老爹钧语，着我打扫的这翠云楼，恐怕杜学士到来游玩，就在此管待他。（正末引家童上楼科，云）昨日太守开宴出红妆，细看此女颜色，娇艳动人，甚有顾恋之意。小官一时疏狂，被叔父识破，念先人之面，未曾加责。今日心中闷倦，故来此翠云楼游玩。小官只为酒病花愁，何日是好也呵！（唱）

〔正宫端正好〕　衫袖湿酒痕香，帽檐侧花枝重。似这等宾共主和气春风，一杯未尽笙歌送，就花前唤醒游仙梦。

（家童云）相公昨日中酒，今日起迟，你看那楼上，却又早安排的果桌杯盘停当也。（正末唱）

〔滚绣球〕　日高也花影重，风香时酒力涌，顺毛儿扑撒上翠鸾丹凤，恣情的受用足玉暖香融。这酒更压着玻璃钟琥珀酿，这楼正值着黄鹤仙白兔翁③；这酒更胜似酿葡萄紫驼银瓮，这楼快活杀傲人间湖海元龙；这酒却便似泻金茎中玉露擎仙掌，这楼恰便似香翠盘内霓裳到月宫，高卷起彩绣帘栊。

（正末语张千云）我昨日中酒，且歇息一会，等太守来时，报我知道。（张千云）理会的。（正末同家童俱睡科）（旦同四旦上，云）妾身张好好，太守大人使俺来这翠云楼上，伏事杜翰林，他怎生却睡着了？我唤他一声。杜老爹④、杜老爹，妾身来了也。（正末起，云）太守大人可曾来么？（旦云）太守公事忙，且不得来，一径着妾等来伏事相公。（正末云）伏事甚么，咱两个且共席坐者。兀那四位小娘子，会舞唱么？（四旦云）颇会些。（正末云）既然会舞唱，大家欢乐饮三杯。（旦云）昨日席间怠慢，相公勿罪也。（正末唱）

〔倘秀才〕　想当日宴私宅翰林应奉⑤，倒做了使官府文章钜公，昨日今朝事不同。暖溶溶脂粉队，香馥馥绮罗丛，端的是红遮翠拥。

（云）小娘子是张好好，这四位小娘子是何人？（旦云）这四个是玉梅、翠竹、天桃、媚柳，一同歌唱，与相公送酒咱。（正末唱）

〔滚绣球〕　樽中酒不空，筵前曲未终。你教他系垂杨玉骢低鞚，准备着倩人扶两袖春风。我这害酒的渴肚囊，看花的馋眼孔，结下的欢喜缘可着他厮重。我伴着些玉婵娟相守相从，也不索闲游柳陌寻歌妓。笑指前村问牧童，直吃的月转梧桐。

（旦云）相公，你在席间坐者，只怕太守到来，妾身且回去咱。（旦同四旦下）（正末做醒科，云）好是奇怪也。恰才那个女子，陪侍我饮酒，怎生不见了？（家童做醒科，云）不觉的盹睡着了。（正末云）你见那女子来么？（家童云）相公，你敢昏撒⑥了？几曾见甚么女子来？（正末唱）

〔醉太平〕 又不是痴呆懵懂，不辨个南北西东，恰才个彩云飞下广寒宫。醉蟠桃会中，一壁厢花间四友争陪奉，胜似那蓬莱八洞相随从，只落的华胥一枕⑦梦初浓，都是这风流醉翁。

（家童云）适才刚打了一个盹，又早晚了也。（正末唱）

〔脱布衫〕 不觉的困腾腾醉眼朦胧，空对着明晃晃烛影摇红。这其间在何处残月晓风，知他是宿谁家枕鸳衾凤。

〔小梁州〕 这些时陡恁春寒绣被空，冷清清褥隐芙蓉。我则道阳台云雨去无踪，今夜个乘欢宠，山也有相逢。

〔幺篇〕 怎承望晓来误入桃源洞⑧，又则怕公孙弘打凤牢龙⑨。手背上掐着疼，脚面上踏着痛，那里也情深意重，犹恐是梦魂中。

（家童云）相公，则是想着那个人儿，便有梦。我也不想甚么，那里得梦来？（正末唱）

〔一煞〕 则愿的行云不返三山洞⑩，好梦休惊五夜钟。我这里绣被香寒，玉楼人去，锦树花飞，金谷园⑪空。飞腾了彩凤，解放了红绒，摔碎了雕笼。若不是天公作用，险些儿风月两无功。

（家童云）咱家回去罢，休信睡里梦里的事。（正末唱）

〔煞尾〕 从今后风云气概都做了阳台梦，花月恩情犹高似太华峰。风送纱窗月影通，篆袅金炉香雾蒙。银烛高烧锦帐融，罗帕重沾粉汗溶。高插鸾钗云髻耸，巧画蛾眉翠黛浓。柳坞花溪锦绣丛，烟户云窗闺阁中。可体样⑫春衫亲手儿缝。有滋味珍馐拣口儿供。再不趁蝶使蜂媒厮断送，再不信怪友狂朋厮搬弄。但能勾鱼水相逢，琴瑟和同，（家童云）相公，咱回去来。（正末唱）早

跳出这柳债花钱面糊桶^⑬。（同下）

【注释】

　　① 杜牧之：杜牧，唐代著名诗人，字牧之，京兆万年人。大和进士，曾任江西观察使，后为淮南节度使牛僧孺幕僚，历任黄、池、睦诸州刺史，又调京任司勋员外郎、中书舍人。其诗多清丽生动，有《樊川文集》传世。　② 太守：指扬州太守牛僧孺。　③ 黄鹤仙：指仙人子安，传说他曾骑黄鹤过黄鹤楼。白兔翁：白兔公子，亦是仙家，为彭祖弟子。　④ 杜老爹：此处为梦中人张好好对杜牧尊称，并非称杜牧为老爹。　⑤ 翰林应奉：翰林院下属官员。　⑥ 昏撒：糊涂、懵懂。　⑦ 华胥一枕：虚无。　⑧ 桃源洞：指晋刘晨、阮肇误入天台桃源洞与二仙女匹配故事。　⑨ 公孙弘：汉代宰相，虽亦延揽人才，但常背后诋毁别人。打凤牢龙：设圈套让人中计。　⑩ 三山洞：传说在神仙所居之海上三神山，此处指风景秀美之处。　⑪ 金谷园：晋代富豪石崇在洛阳所建，此处指私人花园。　⑫ 可体样：合身的。　⑬ 面糊桶：糊涂不分是非。

【评解】

　　《扬州梦》是一部写才子佳人的言情剧。

　　杜牧这个人虽然身在官场，但不丢风流才子本色。他在淮南节度使（驻节扬州）牛僧孺幕中掌书记官时，经常外出寻花问柳，在"十里扬场"尽情享乐，娼楼茶店酒肆到处都留下他的足迹，牛僧孺曾派三十名小卒盯梢并逐日记录其去了何处。数年后，杜牧调任侍御史，牛僧孺劝他别太迷恋风月场所，以保重身体。杜牧抵赖，牛即命人出一箧，拿出一叠文书，都是小卒密报记录，杜牧始狼狈，只得认错，遂终身对牛僧孺不敢违拗。这个故事出自《太平广记》一书，从中可见牛僧孺的手段。后来杜牧对十年供职于扬州的经历曾写下一首《遣怀》："落魄江湖载酒行，楚腰纤细掌中轻。十年一觉扬州梦，赢得青楼薄幸名。"这可能是他在自我检讨扬州十年时的荒唐生活。他对妓女们许愿太多，其实都是逢场作戏，人家怎会不骂他？

　　这出戏风格上比较轻松，写杜牧先在豫章对一位十三岁歌妓张好好有好感，但此时尚未产生爱情。待三年后在扬州见此女长成，颜色姣好，便再也控制不住感情，对她产生爱恋。此女乃父执辈牛僧孺之义女，他不敢造次，才有本折戏中的一梦。当然，他后来还是娶到了张好好，虽然单相思的时间长了点，但毕竟曲折也不多，结局颇圆满，成就了一段才子配佳人的姻缘。

　　我们也发现，在这部轻松、文雅的戏中有一个奇怪的现象——这个爱情纠葛中始终是杜牧在爱、在狂，而作为爱情另一方的张好好，她的感受、心灵深处的声音则处于被忽略的地位，她对杜牧仅有的一点表达，即给他敬了一杯酒而已。令人玩味的是，戏中也始终未见张好好有父母、兄弟姐妹出现，她一出场身份便是豫章太守张纺的歌妓。可以想见，她的出身一定不明，或掠或卖，最后没入梨园，可能已转手过几次了。张纺也是利用职权把她从梨园中弄来的（或买或无偿占有），后来她又不幸变成了牛僧孺的义女。这说明，张好好其实是官员们手中玩物，她这种人即使对杜牧这样的青年才子，也不过逢场作戏。而杜牧对她的爱也是为了她的色，是一种占有，并不一定是真正的爱情。她的"归属权"被转来转去，说明这个美貌女子其实并不幸福。可见在当时文人们眼中，女子对于爱情是无权追求的，只能被动地服从男人们的安排。因此，当我们透过杜牧这桩风流韵事来寻踪张好好的身世时，就会发现在那个男性主导的社会中，妇女的命运便是男人决定一切。张好好虽然最后归属于杜牧，但对于这个风流才子而言，不过是多了一件玩物而已，他能把全部爱情都奉献给张好好吗？当然不可能。其实张好好也未必有这个想法。

这里选的第二折讲杜牧因爱生梦，在梦中与张好好和梅、竹、桃、柳"花间四友"饮酒作乐。可惜风流幸福太过短暂，醒来时不免惆怅，但还是幻想着能实现"三山洞""金谷园"之梦，情态真挚，略无矫饰。就这一点讲，杜牧还是可爱的。

由于这部戏是写文人的，所以剧中处处文采飞扬，所用典故亦多，除第二折中有许多可咀嚼的唱词外，第一折中描写扬州风光景物、风土人情也别有情致。一曲〔混江龙〕，用了许多"三三四"句段，由正末（杜牧）唱出，当为元杂剧中之佳品——

> 〔混江龙〕江山如旧，竹西歌吹古扬州。三分明月，十里红楼，绿水芳塘浮玉榜，珠帘绣幕上金钩。列一百二十行经商财货，润八万四千户人物风流。平山堂，观音阁，闲花野草；九曲池，小金山，浴鹭眠鸥。马市街，米市街，如龙马聚；天宁寺，咸宁寺，似蚁人稠。茶房内，泛松风，香酥凤髓；酒楼上，歌桂月，檀板莺喉。接前厅，通后阁，马蹄阶砌；近雕栏，穿玉户，龟背毬楼。金盘露，琼花露，酿成佳酝；大官羊，柳蒸羊，馔列珍馐。看官场，惯鞾袖，垂肩蹴踘；喜教坊，善清歌，妙舞俳优。大都来一个个着轻纱，笼异锦，齐臻臻的按春秋；理繁弦，吹急管，闹吵吵的无昏昼。弃万两赤资资黄金买笑，拼百段大设设红锦缠头。

真可谓妙歌艳词，细细咀嚼起来余香满口。所以，如果用"诗剧"这个词来评价《扬州梦》，它实在是可以担当得起这个称号的。

玉箫女两世姻缘

乔 吉

【剧情简介】

唐朝时，洛阳城中有个韩姓妓家，有女玉箫，不仅美丽，而且吹弹歌舞、书画琴棋，无所不能，因此做了"上厅行首"。韩玉箫父亲早亡，只依母亲许氏过活，她平时有两个爱好：一是喜吃酸黄菜，二是迷恋着西川成都来的秀才韦皋。原来韦皋是个才子，但自从游学至此遇见玉箫后，便乐不思蜀，连求功名的念头也没有了，只与玉箫日夜厮守在一起。由于韦皋的占有，玉箫再也不肯接待别的客人，妈妈许氏短了许多进项，不免时露怨言。

这天，许氏又给韦皋"洗脑"，奚落他没志气，说："朝廷招贤，人家小姐的相好都去求功名了，你为何不去？"韦皋被逼不过，只得与玉箫暂时分手，前往京城长安赴科考，临行对玉箫说："三年之内，我取得功名就来接你。"但没想到，这次长亭送行是韦皋与韩玉箫的永别。韦皋去后一连数年竟杳无音信，韩玉箫日盼夜望，思念成病，无药可治。她让母亲找个画师把她的真容画下来，又作了一阕《长相思》词，关照许氏拿着画像和词到京城去寻找韦皋，然后便撒手西去。

韦皋自那年赴京，其实已一举状元及第，授了翰林院编修。又领兵西征，有功升为镇西大元帅，镇守吐蕃边疆，一晃过了十八年。他在镇之时，也曾派人去接韩玉箫，但发现她已病死，许氏亦不知去向。韦皋不再婚娶，忧得鬓发斑白。后蒙圣恩诏他班师，路过荆州，便去拜访昔日同学故交节度使张延赏。他刚把军队驻下，许氏就找到大营，韦皋见到许氏，想起韩玉箫之情意，决心恩养许氏一生。

荆襄节度使张延赏是太平公主丈夫，曾官拜虞部尚书，听说韦皋来访，非常高兴，迎进府中，设宴款待，又叫义女张玉箫出来给韦皋敬酒。此女今年十八岁，出身优门人家，吹弹歌舞，无所不精。韦皋一见张玉箫，惊骇不已，原来此女与昔年他宠纳的韩玉箫竟是一个模样。他不由失了常态，乘女子来把盏时轻轻喊了声"玉箫"，那玉箫女一边应答，一边也慌乱起来。张延赏认为韦皋在调戏他义女，顿时面露不悦。那边韦皋却认定张玉箫便是自己的妻子韩玉箫投胎转世，便当面向张延赏求婚。张延赏骂韦皋"人形禽兽"，撤去筵席。韦皋也翻下面皮，发兵包围了节度使府，声称要杀张延赏。无奈之下张玉箫去见韦皋，劝他向朝廷启奏，请旨迎娶她，这样不但荣耀，而且张延赏也就不敢违旨。韦皋应允，立即撤兵赴京。张延赏也决定向朝廷告发韦皋强娶他女儿之事。

到京后为了让张延赏把女儿顺利嫁给自己，韦皋用计让许氏带着韩玉箫遗像到驸马府门前去叫卖，以便让张延赏有机会看到韩玉箫像，能够打动他。许氏叫卖美人画像果然惊动了张延赏，他从许氏手里接过察看，竟与女儿容貌完全一样，大为惊骇，问知果真十八年前有个韩玉箫。他这才觉得自己错怪韦皋，决定将许氏带入朝中，向皇帝奏明此事。唐中宗皇帝看了画像，也认为张玉箫确是十八年前死去的韩玉箫投胎，决定宣张玉箫上殿。满朝大臣见她与图像完全一样，也纷纷称奇。皇帝问张玉箫："你青春年少才十八岁，是否愿嫁中年韦皋？"张玉箫称韦皋年未衰残，若蒙圣恩赐配，愿相守白头。皇帝遂下旨，准许韦皋娶张玉箫，韦皋则认了岳父张延赏，两世姻缘终获团圆。

第 三 折

（末戎装引卒子上，诗云）万里功名衣锦归，当年心事苦相违。月明独忆吹箫侣，声断秦楼凤已飞。自家韦皋①的便是。自离了玉箫大姐，到的京都，一举状元及第，蒙圣恩除为翰林院编修②之职。后因吐蕃③作乱，某愿为国家树立边功，乃领兵西征，一战而收西夏。又蒙圣恩加为镇西大元帅，镇守吐蕃，安制边疆。自得官至于今日，早已十有八年。想我当初与玉箫临别之言，期在三年以里相见。初则以王命远征，无暇寄个音信；及至坐镇时节，方才差人取他母子去。（作掩面悲科，云）不想那玉箫为我忧念成疾，一卧不起。他那妈妈亦不知其所在。某想念其情，至今未曾婚娶，日夜忧思，不觉鬓发斑白。我看这驷马香车，五花官诰，可教何人请受也。今圣恩诏某班师回朝，路过荆州，节度使张延赏④乃某昔年同学故人，不免探望他一遭。传与前军，望荆州进发者。（卜儿上，云）老身韩妈妈是也。自我玉箫孩儿身死之后，我将他自画的那幅真容，往京师寻韦秀才去，不想秀才应过举得了官，蒙朝廷钦命领兵西征吐蕃去了。我欲往那里寻他，一来途路迢遥，二来干戈扰攘，况我是个老妇人家，怎受的那般驱驰辛苦，以此不曾去的。今闻得他班师回朝，我不免就军门前见他者。大哥，烦你通报元帅知道，有韩妈妈特来求见。（卒子报，见科）（末云）妈妈，你在那里来？（卜儿云）万苦千辛，非一言可尽。有我女儿遗下的真容，你自看者。（末对砌末⑤发悲科，云）大姐，教你痛杀我也！妈妈就留在军中，待我回朝之日，与你养赡终身便了。（并下）

（外扮张延赏引卒子上，诗云）披文握武镇荆襄，立地擎天做栋梁。宝剑磨来江水白，锦袍分出汉宫香。老夫姓张名权，字延赏，祖贯西川人氏。幼习儒业，兼读兵书，早年一举成名，蒙圣恩见我人才器识，尚以太平公主，官拜虞部尚书⑥。后因边关不靖，出为荆襄节度使，兼控制西川。有一个义女，小字玉箫，原是优门⑦人家，善吹弹歌舞，更智慧聪明。每开家宴，或是邀会亲贵高宾，出以侑酒⑧，无不倾醉。今有镇西大元帅韦皋，蒙诏颁师，路经于此。此人乃幼年同学故人，某颇有一日之长。他今驻节城外，闻说乘晚要来拜望老夫，我早已差人邀请去了。不免大开夜宴，待兄弟来时，就出玉箫佐酒，以叙十数年渴怀。左右，待韦元帅来时，报我知道。（末上，云）自家韦皋，早至荆州，即欲投拜延赏哥哥，奈以军情事重，未敢擅离，他却早差人来邀我。我须乘此夜色，带的数十骑亲随人去，会见哥哥一遭。把门的，报复去，道有韦元帅来也。（卒子报，见科）（张延赏云）多承元帅屈尊降临，有失迎迓，愿乞恕罪。（末云）久违尊颜，复得瞻拜。何幸，何幸。（张延赏云）多谢元帅不弃。将酒来，我与元帅奉一杯咱。（作乐行酒科⑨）（末云）量你兄弟有何德能，着哥哥如此管待。（张延赏云）教左右唤出女孩儿来劝酒者。（末云）哥哥，既蒙置酒张筵，何劳又出爱女相见，此礼怕不中么？（张延赏云）你我异姓兄弟，有何不可。（唤旦科）（正旦扮玉箫上，云）妾身张玉箫，乃节度使之义女也。闻的堂前呼唤，不免走一遭去。不知又管待甚人？好个夜宴也呵。（唱）

〔越调斗鹌鹑〕 翡翠窗纱，鸳鸯碧瓦，孔雀金屏，芙蓉绣榻。幕卷轻绡，香焚睡鸭，灯上上，帘下下。这的是南省尚书，东床驸马。

（云）好整齐也。（唱）

〔紫花儿序〕 帐前军朱衣画戟，门下士锦带吴钩⑩，坐上客绣帽宫花。本教坊歌舞，依内苑奢华。板撒红牙，一派《箫韶》⑪准备下。则两行美人如画，有粉面银筝，玉手琵琶。

（末云）哥哥，夜已深了，免教令爱出来也，不劳多赐酒肴。（张延赏云）蔬酌不堪供奉，待孩儿出来，劝上一杯。（正旦入见科）（张延赏云）这位是你叔父，乃征西大元帅，不比他人，与你叔父把一杯者。（奏乐，旦把酒科）（唱）

〔金焦叶〕 则见那宫烛明烧绛蜡，我这里纤手高擎玉斝⑫。见他那举止处堂堂俊雅，我在空便里孜孜觑⑬罢。

（做打认科）（唱）

〔调笑令〕 这生我那里也曾见他，莫不是我眼睛花？手抵着牙儿是记咱。（带云）好作怪也。（唱）不由我心儿里相牵挂，莫不是五百年欢喜冤家⑭？何处绿杨曾系马，莫不是梦儿中云雨巫峡⑮。

（张延赏云）孩儿，好生与你叔父满把一杯。（旦把盏，末低首偷叫科，云）玉箫。（正旦低应科，云）有。（张延赏见科，云）你不好生把酒，说些甚的？（正旦慌科，唱）

〔小桃红〕　玉箫吹彻碧桃花，端的是一刻千金价。（末偷视科）（正旦唱）他背影里斜将眼稍抹，唬的我脸烘霞。（张延赏云）再满斟酒者。（旦把盏科，唱）俺主人酒杯嫌杀春风凹。（末低云）小娘子多大年纪？曾许配与谁？（正旦低唱）俺新年十八，未曾招嫁。（末云）小娘子是他亲生女儿么？（正旦唱）俺主人培养出牡丹芽⑯。

（张延赏云）韦皋，我道你是个有道理人，教孩儿与你把盏，你如何因而调戏，看承的我为何人！（末云）实不相欺，我有已亡过的妻室，乃洛阳名妓，与此女小字相同，面貌相类。因此见面生情，逢新感旧。（正旦云）好可怜人也。（唱）

〔鬼三台〕　他说起凄凉话，和我也泪不做行儿下，兜的⑰唤回我心猿意马。我是朵娇滴滴洛阳花，呀！险些的露出风流话靶。（张延赏云）你这等胡说。你道与你亡妻相类，不道与你做了媳妇罢。（正旦唱）这言词道要来不是要，这公事道假来不是假。（末云）委实似我亡妻，非为借言调戏。（正旦唱）他那里拔树寻根，（张延赏云）韦皋，这是我亲生女儿，你做何人看承？（正旦唱）便似你指鹿道马⑱。

（末云）令爱既不曾许聘于人，末将自亡妻室以来，亦不曾再娶。倘蒙不弃，也不辱你驸马门庭。（张延赏云）休的胡说！我与你是故人，才敢出妻见子，你如何见面生情？似你这等人，外君子而中小人，貌人形而心禽兽，即当和你绝交矣。（正旦云）主公息怒。（张延赏云）这妮子也向着他，兀的⑲不气杀我也！（正旦唱）

〔秃厮儿〕　我劝谏他似水里纳瓜⑳，他看觑咱如镜里观花。书生自来情性要，怎生调戏俺好人家娇娃？

（张延赏怒云）如此恶客，请他做甚的。左右，将筵席撤了。（做闹起科）（正旦唱）

〔圣药王〕 怎救搭，怎按纳，公孙弘东阁[21]闹喧哗。散了玳瑁筵，漾了鹦鹉斝，踢翻银烛绛笼纱，（张延赏拔剑科）（正旦唱）翻扯三尺剑离匣。

（张赶杀科，云）我好意请你，你倒起这样歹念头。我先把你杀死，待我面奏圣人去。（正旦云）主公不可造次。（唱）

〔麻郎儿〕 他如今管领着金戈铁甲，簇拥着鼓吹鸣笳。他虽是违条犯法，咱无甚势剑铜铡。

〔幺篇〕 怎么，性大，便杀他！有罪呵，御阶前吃几金瓜。他掌着百十万军权柄把，建奇功收伏了西夏[22]。

（末出外科，云）大小三军，与我围了宅子，拿出老匹夫来，碎尸万段者。（军士作喊、围宅科）（正旦唱）

〔络丝娘〕 不争你舞剑的田文[23]意差，恼的个绝缨会[24]将军怒发。（觑末科，唱）那里有娶媳妇当筵厮喑哑[25]，也合倩个官媒打话。

（张延赏仗剑做意科）（正旦云）主公息怒，待玉箫自去，同他只消的两三句，可着他散了军马。（出见末科，云）元帅，你须是读书之人，何故躁暴？（末云）老匹夫无礼。小娘子本为义女，他却诈作亲生，其间必有暗昧。我求亲事，他不许我还可，乃敢辄自拔剑将我赶杀。我如今只着他片时间寸草无遗。（三军作喊杀科）（正旦唱）

〔东原乐〕 俺家里酒色春无价，休胡说生香玉有瑕。他丈人万万岁君王当今驾，这的是玉叶金枝宰相衙。你这般厮踏踏，恶噷噷在碧油幢下。

〔拙鲁速〕 论文呵，有周公礼法；论武呵，代天子征伐。不学云间翔凤，恰似井底鸣蛙。你这般摇旗呐喊，簸土扬沙，趖趖磨磨，叫叫喳喳。你这般耀武扬威待怎么？将北海尊罍[26]做了两事家。你卖弄你那挡扎[27]，你若是指一指该万剐！

（末云）匹夫欺我太甚，我先杀此匹夫，归朝面奏天子。我也有收伏西夏之功，当的将功折罪。（正旦云）元帅不可。你奏圣旨破吐蕃，定西夏，班师回朝，便当请功受赏；如何为求亲不成，辄敢矫诏，劫杀节使，罪不容诛。岂不闻《周易》有云："师出以律，失律凶也"。夫子云："暴虎冯河，死而无悔者，吾不与也。"㉘元帅请自思之。（末云）末将不才，便求小娘子以成秦晋之好㉙，亦不玷辱了他，他如何便不相容？（正旦云）元帅果要问亲，当去朝廷奏准，来取妾身，岂不荣耀？便俺驸马亦岂敢违宣抗敕？不思出此，而擅自相杀，计亦左矣。（末云）这也说的是。大小三军，可即解了围者。（正旦云）可不好也！（唱）

〔收尾〕 从来秀才每个个色胆天来大，险把我小胆儿文君㉚唬杀。（张延赏云）若不看着故人分上，我必杀汝以雪吾之耻。（正旦唱）息怒波忒火性卓王孙㉛，（末云）待我奏过朝廷，那时不道和你干休了哩。（领众下）（正旦唱）噤声波强风情汉司马㉜。（下）

（张延赏云）请的好客，请的好客，兀的不㉝气杀我也！我想他此一去，必然面奏朝廷。你去的，我也去的，大家奏，大家奏！（下）

【注释】

① 韦皋：字城武，京兆万年人。初任监察御史，后平朱泚叛乱有功，升陇州刺史、奉义军节度使。唐德宗贞元元年，任检校户部尚书，兼成都尹、御史大夫、剑南西川节度使，代张延赏。韦皋在西川屡败吐蕃军。唐顺宗朝时，因皇帝有疾，他表请太子监国，逐王伾、王叔文党，大张守旧派之声势。不久暴病亡，赠太师。《旧唐书》评："皋在蜀二十一年，重赋敛以事月进，卒致蜀土虚竭，时论非之。"　② 翰林院：专管制诰、修史、为皇帝起草私人文件的机构。编修：院中的办事官员，侧重于修史。　③ 吐蕃：唐朝时存在于今西藏、青海、四川西部的一个少数民族地方政权。　④ 张延赏：字宝符。开元末，唐玄宗召见，授左司御率府兵曹参军。韩国公苗晋卿奇其人，以女妻之（他根本未做过驸马）。后不断升官，任给事中、江陵尹、检校兵部尚书、成都尹、剑南西川节度观察使、御史大夫、吏部尚书、中书侍郎、同中书门下平章事等。贞元三年七月病死，年六十一岁，赠太保，谥成肃。《旧唐书》批评他为相时"以私害公"。　⑤ 砌末：原意为戏曲中道具，此处指韩玉箫画像。　⑥ 虞部尚书：此官职后魏时置，唐改为虞部郎中，属工部，已无尚书的职级，主要掌山泽、苑囿、田猎、炭薪等后勤事宜。　⑦ 优门：优伶家庭。　⑧ 侑酒：为饮酒者助兴。　⑨ 作乐行酒科：表演奏乐、倒酒的动作。　⑩ 吴钩：古代吴地所造的一种弯刀。⑪《箫韶》：《大韶》，古代名曲。　⑫ 玉罂：存酒器。　⑬ 空便里：有机会时。孜孜觑：集中精力瞧看。　⑭ 五百年欢喜冤家：指世为姻缘。　⑮ 云雨巫峡：指楚襄王巫山会神女典故，典出宋玉《高唐赋》。　⑯ 牡丹芽：牡丹花朵硕大，被誉为花王，因而用来喻指极娇艳的未婚少女，此处为张玉箫自称。　⑰ 兜的：突然、陡然。　⑱ 指鹿道马：秦二世时，赵高专权，一日赵高指着鹿故意对二世说这是马，二世认为丞相糊涂了，明明是鹿。臣下有附和赵高说是马的，也有同意二世称鹿的。事后，赵高把说是鹿的侍臣统统杀光。"指鹿

为马"成为颠倒是非的代名词。　⑲ 兀的：意为"这不"。　⑳ 水里纳瓜：瓜入水总是浮着沉不下去，比喻事难办成。　㉑ 东阁：汉代公孙弘为相，开东阁以延揽人才，后以此泛指相府。　㉒ 西夏：唐以后存在于今宁夏和甘肃、新疆部分地区的少数民族政权，后被蒙古攻灭。　㉓ 田文：战国时齐国宗室孟尝君，甚贤，家中有三千食客。　㉔ 绝缨会：楚庄王时有次宫中夜宴，灯烛突灭，有人调戏王妃，被王妃拉下冠缨，王妃告诉庄王。庄王不愿查办失态的官员，便命所有参加宴会的人都摘下冠缨，再点灯。后庄王遇难，那个曾调戏王妃的将军救了庄王。《东周列国志》描写过此事。　㉕ 暗哑：因发怒而大喊。　㉖ 尊：古代酒器。罍：古代青铜器名，可盛酒、水。"尊""罍"二字虽联用，意思一样。　㉗ 挡扎：凶狠、刚愎。　㉘ 语出《论语·述而》。　㉙ 秦晋之好：春秋时秦国、晋国互为婚姻，后用来比喻婚姻关系。　㉚ 文君：卓文君，西汉奇女子，寡居时恋上才子司马相如，跟其私奔，甘为卖酒妇。　㉛ 卓王孙：成都富翁，卓文君之父，他开始时反对卓文君与卓相如恋爱。　㉜ 汉司马：司马相如，成都人，字长卿，汉武帝时著名文学家，有《子虚赋》《大人赋》《长门赋》等一批汉赋作品传世，曾任孝文园令。　㉝ 兀的不：意为"这不""好不"。

【评解】

《两世姻缘》表面上是一出有浪漫风格的婚姻爱情戏，其实是一部揭露弱肉强食社会矛盾的批判现实主义戏剧作品。

元代是个社会矛盾很尖锐的王朝，朝纲失序，社会严重不安定，蒙古贵族对中原及南方汉族地区实行残酷、黑暗的统治。当时派往各地的统治官吏为非作歹，凭借武力和权力，对汉族老百姓的财产、子女等有权随意地、无偿地占有。在这种情况下，汉族老百姓（包括知识阶层在内）便与统治者十分对立。在朝廷内部，统治集团之间也是争斗不断。元世祖病逝之后的几代皇帝在位时间均很短暂，皇帝及大臣更换频繁。同时，大臣之间也凭权力或武力可以夺取别人的利益，比如此戏中的一个镇西大元帅，为了抢一个女子，就可以随便动用军队包围节度使的府衙，说明当时社会的那些骄兵悍将实在是到了无法无天的地步。当然，这也是唐朝中期藩镇势力强大、朝廷权威削弱的真实写照。

这部戏的作者很聪明，他杜撰了一个韩玉箫投胎转世变成张玉箫的"两世玉箫"故事，然后又让两个玉箫与韦皋实现"两世姻缘"。表面上看，这个婚恋故事充满了神秘色彩或浪漫主义，似乎美丽得很。但当我们剥去罩在婚姻光环上的投胎转世面纱之后，马上就看到了代表暴力占有的强横势力集团的韦皋的真实面目——他先是借口仕途繁忙，好多年不去接在洛阳思念着他的妻子韩玉箫，终使韩玉箫忧念成病而亡，实际上韩玉箫是被韦皋遗弃的；后来他率大军班师回京，在荆州节度使张延赏家宴上看见张玉箫面貌与韩玉箫相像时，立即对论辈分是侄女的张玉箫产生了占有的邪念，连一点同僚的廉耻也不顾了。当然，他也找了个借口——张玉箫乃他妻韩玉箫转世投胎。这个理由当然十分荒诞，在现实生活中是绝对不可能的。

韦皋的无理要求自然被拒绝。于是，这个武夫悍将当即翻脸，不仅闹了宴席，还私自调兵遣将，把张延赏的府衙围了起来，声称一定要娶到张玉箫；若不同意，张延赏就要性命不保。这样，一个用谎言编织的转世投胎借口，竟变成赤裸裸的官军抢夺妇女的丑剧。张延赏自知力不能抗，便只能让义女去见韦皋。其实这时的张玉箫并非真爱韦皋，而是迫于压力，为了救护全家，只能对韦皋的暴力不表示反对。她让韦皋回京后奏告圣上，可能出于两个考虑：一是想求助于皇帝权威让韦皋杜绝邪念；二是她知道自己逃不出韦皋之手，不如请皇帝赐婚，这样也可以使自己的虚荣心获得满足（要知道她出身于寒微的娼优之家），同时化解韦、张两家的尖锐对立的矛盾，为双方创造落篷机会。但没想到皇帝看了画像也说两个玉箫是转世关系，还下旨赐婚，张家彻底输掉。张延赏看了画后表示养女"确系"韩玉箫转世，其实也是屈服于韦皋的压力，是无奈之举。张玉箫不过是与韩玉箫外貌相像而已，何曾有过什么转世？大家都知道转世是鬼话，人与人外貌相像是常有的事。而韦皋这个强大的军阀，别人是不敢得罪的。在这些美丽的谎话背后，年轻的张玉箫成为男人斗争的牺牲品。

这部戏的风格是轻松的，编织的故事也是奇特的，又是叙述爱情婚恋，所以戏很好看。当我们在回味美丽的传奇式爱情时，脑际却总会出现身为兵马大元帅的韦皋的凶恶相。他凭什么可以不经皇帝批准，就调兵去抢一个女子呢？这部戏在主题开掘上是很深刻的。在这部戏的第三折，比较巧妙地一层层揭开了韦皋的真实面目，一点点撕下了转世投胎的鬼话。戏的主题是严肃的、深刻的，并不是在进行转世的戏说，而是在批判、揭露黑暗的现实社会。一个节度使大官尚且保护不了自己宠爱的义女，何况普通老百姓呢？他们事实上只有受宰割的份了。

李云英风送梧桐叶[①]

李唐宾

【剧情简介】

唐朝天宝年间有个书生叫任继图，妻李云英乃前丞相李林甫孙女。任继图自幼攻习诗书，兼通武艺，为了博取功名，他受同堂朋友、镇守西蕃的大将哥舒翰之邀，受聘参赞军事。李云英尽管难以割舍，但也只得放丈夫前去。

不料，任继图一去数年杳无音信。时逢安禄山造反，攻破京城长安，李云英被军人所掳，为尚书牛僧孺收留。牛僧孺夫人见云英年轻美貌，劝丈夫纳为侍妾。牛见云英出身相门，又有丈夫，便认为义女，让她为女儿金哥教授针织女工。李云英虽栖身牛府，但日夜思念丈夫，只是打听不到任继图的消息。

原来任继图所在的哥舒翰军，在安禄山的进攻下溃败，后来叛乱平息，他又回到长安，不料妻子已失，四处寻找不见。这天，他约了朋友花仲清游大慈寺，因思念妻子云英，便在佛殿粉壁写了一阕〔木兰花慢〕，以泄烦愁心绪，但未署名。哪知他临出门时，李云英也偕同义母、义妹来到佛寺，她发现一男子的身影像自己的丈夫，又在殿壁见新写的〔木兰花慢〕宛如丈夫笔迹，便也和写了一阕，为此还招来牛夫人责备。

秋天到了，金风卷起，黄叶飘落。李云英与金哥在自家园中拾梧桐叶子玩耍，她对金哥说："我要在黄叶上写一首诗，借着这大风，也许能飞到丈夫手中。"她抓起一片黄叶，题了一首诗，然后对天祷告一番。迎风扬起，那桐叶飘飘扬扬飞上了天空。

这年朝廷开科考，皇帝钦点了文、武状元。牛僧孺见女儿金哥已长大，义女云英又找不到丈夫，便想趁两位状元夸官游街时，为两个女儿抛绣球招亲。云英却认为再婚便是失节，坚决不允。牛僧孺夫妇见她固执，也只得由她，但要她陪伴在金哥身边以作"添妆"（伴娘）。没想到新科文、武状元正是任继图、花仲清兄弟。金哥抛绣球先打着任继图，任继图想起妻子无下落，便不肯接，把绣球转递给了花仲清。这时，绣楼上的李云英和夸官游街的任继图也分别认出了对方。

金哥招得武状元为夫，牛僧孺很高兴，府中大排喜筵，庆贺女儿成亲。任继图陪花仲清来到牛府，华堂之上，夫妻终于见面。任继图从怀中取出那片有云英题诗的梧桐叶，称是狂风吹落，一直珍藏在身，李云英十分感动。牛僧孺夫妇也很高兴，遂将一堂酒宴办成两个女儿的婚礼，任继图、李云英一对旧夫妻重偕新花烛。

第 二 折

（外扮花仲清上，云）小生乃节度使李光远②手下偏将花卿之子花仲清是也。从小随父亲习学兵法，自诛逆贼段子章，累建大功，朝廷不蒙重用，以此闲居。小生有友人任继图，此人乃饱学才子，因哥舒翰③请他参赞军事，不意禄山④作乱，回至家中，妻子被掳，家计一空。此人发志，与小生至此，同应科举。适间同至邮亭⑤，小生马要饮水，以此落后了，只索⑥纵马赶他去咱。（下）（任继图上，云）小生任继图，到此大慈寺中歇马，壁间写下一词释闷。回至家中，妻子已被掳去，不知存亡。小生想来，夫妻会合聚散，自有定数，愁之何益？目今朝廷开文武科场，凭着我胸中万卷文章，且鏖战一番。若得一官半职，以显父母，岂不美哉？适同友人花仲清约至此寺中，借一禅房安下候选。待之久矣，不见他来，且往禅房下安歇去咱。（下）

（正旦同小旦引梅香上，云）秋风飒飒，落叶飘飘。秋间天

道，刮起这般大风，越感动我思乡烦恼。妹子，你看是好大风也呵！（唱）

〔正宫端正好〕荐新凉，消残暑。落行云顷刻须臾，翻江搅海惊涛怒，摇脱秋林木。

〔滚绣球〕荡岸芦，撼庭竹，送长江片帆归去，动群山万籁喧呼。他翻手云，覆手雨，没定指性儿难据，乱纷纷败叶凋梧。则为你分开丹凤难成侣，吹断征鸿不寄书，使离人感叹嗟吁。

（云）妹子，这风有贵贱大小。（小旦云）姐姐，这风怎么有贵贱大小？（正旦唱）

〔倘秀才〕有一等入椒桂穿洞房的似大王般敬伏，有一等扬腐儒起陋巷的以庶民比喻。他也曾感动思乡汉高祖，催张翰⑦，忆莼鲈，休官出帝都。

（小旦云）姐姐这风真个大哩！（正旦唱）

〔滚绣球〕卷三层屋上茅，度几声砧上杵，飕、飕、飕，吹散了一天烟雾，送扁舟飘荡江湖。破黄金菊蕊开，坠胭脂枫叶舞，向深山落花满路。去时节长则是向东南巽位⑧藏伏。入罗帏冷清清勾引动怀怨闺中女。渡关河寒凛凛篌落杀思归塞下夫，惊起老树啼乌。

（做风吹梧叶科，正旦拾叶云）妹子，你看怎生风吹一片叶子来。我与你将描笔儿⑨写一首诗在上，天若可怜，借这大风吹这叶儿上诗到家，教俺丈夫知我音耗咱。（小旦云）姐姐，这千山万水，怎能勾⑩到那里也！（正旦题诗科，诗云）试翠敛蛾眉，为郁心中事。搦管下庭除，书作相思字。此字不书名，此字不书纸。书在秋叶上，愿逐秋风起。天下有情人，为我相思死。天下薄情人，不解相思意。有情与薄情，知他落何地。（做手拈叶子，对天祝告科，云）风呵，可怜见妾身流落他乡，愿借一阵知人心解人意慈悲好风，吹这叶子到俺儿夫行去。（唱）

〔倘秀才〕风呵，你略停止呼号怒容咱告覆，暂定息那颠狂性听咱嘱咐。休信他刚道雌雄楚宋玉，敢劳你吹嘘力，相寻他飘荡的那儿夫，是必与离人做主。

（云）风呵，你是必听我分付来！（唱）

〔呆骨朵〕 你与我起青萍[11]一阵阵吹将去，到天涯只在斯须。休恋他醉琼姬歌扇桃花，休摇动搅离人空庭翠竹。休入桃源洞，休过章台路。递一叶起商飙[12]梧叶儿，恰便似寄青鸾[13]肠断书。

（云）风呵，兀的不傒倖杀人也！方才撼山拔树，飞沙走石般起，投至央及你，可倒定息了。我想来，天意多管是嘱咐不到，你不肯吹这叶子去，只索再嘱咐你咱。（唱）

〔叨叨令〕 你管他送胡笳声断城头暮，休道他搅旌旗影动边城戍，休恋他逐歌声罗绮筵前舞，休从他传花信桃李园中入。[14]你是吹来也么哥，是吹来也么哥，直吹到受凄凉鳏寡儿夫行驻。

（云）你看，一阵大风起也。（唱）

〔伴读书〕 顺手儿吹将去，一叶儿随风度。刮马儿也似回头不知处，谢天公肯念俺离人苦。飘然有似神灵助，旋起阶除。

〔笑和尚〕 忽、忽、忽，似神仙鸣佩琚；飕、飕、飕，似列子[15]登云路；疏、疏、疏，玮玎珰檐马儿[16]声不住；嗤、嗤、嗤，鸣纸窗；吸、吸、吸，度天衢；刷、刷、刷，坠落斜阳暮。

（云）四季之中，风虽一般，中间有各别处。妹子，你听我说这四季风与你听咱。（唱）

〔三煞〕 到春来向楼台度歌声轻敲檀板黄金缕[17]，入庭院扇和气香引琼浆白玉壶。园花鸣条，溪河解冻，柳叶青摇，桃萼红舒。花飞锦机，草偃青苔，梅落琼酥，帘垂槛曲，寒料峭透罗厨。

（小旦云）姐姐，这夏天风可是如何？（正旦唱）

〔二煞〕 到夏来竹床枕簟凉生处，茶罢轩窗梦觉余。波皱鱼鳞，扇摇蝉翼，香袅龙涎，帘漾虾须。水面相牵荷蒂，池头远递莲香，波心摇落荷珠。凉生院宇，送微雨出衢。

（小旦云）这秋冬可是怎生？（正旦唱）

〔煞尾〕 到秋来啾啾响和蛩吟絮，飒飒吹斜雁影孤。感动秋声八月初，采扇题诗班婕妤[18]，对景悲秋宋大夫[19]。江上纷纷折败芦，田内潇潇偃禾黍。则送流萤入座隅，积渐雕零岸柳疏，荏苒荷盘老柄枯，飘尽丹枫落井梧。女怨凄凉滴泪珠，悲向晚窗忆征旅。到冬来羊角⑳呼号最狠毒，走石飞沙满路途，透入毡帘酒力徂，寒助冰霜透体肤。爇尽清香冷篆炉㉑，凛冽严凝挂冰箸，刮面穿衣怎遮护？四季中间无日无，惟有秋深更凄楚。怎当他，协和芭蕉夜窗雨。（同下）

【注释】

① 牛僧孺，字思黯，唐安定人，贞元进士。唐穆宗时任户部侍郎、同平章事，敬宗时为武昌节度使，文宗时为兵部尚书、同平章事。因排斥李德裕等朝中异己，为晚唐"牛李党争"中的"牛派"首领人物。唐武宗时，李德裕为相，牛僧孺被贬循州刺史，宣宗时还朝，后病死。著有传奇集《玄怪录》。本剧中说他曾于安史之乱时收留李云英，为虚构情节。
② 李光远：李光颜，字光远，唐朝大将。唐宪宗时跟随大将李愬讨伐蔡州割据集团吴元济，有战功，封为检校司空。　③ 哥舒翰：突厥人，唐将，曾被封为西平郡王、安西节度使。安禄山叛乱，唐玄宗任他为兵马副元帅，统兵20万守潼关。杨国忠胁迫他带病出战，被部将出卖，当了安禄山俘虏，囚于洛阳。安禄山退出长安后，他被杀。　④ 禄山：安禄山，胡人，受唐玄宗宠信，被任为范阳、平卢、河东三镇节度使。天宝十四载率兵造反，一路南下，取洛阳，破潼关，攻入长安。曾称帝，国号燕。后被唐肃宗任用的大将郭子仪、李光弼击败。安庆绪等人杀安禄山继续叛反，后亦被郭、李所灭。　⑤ 邮亭：驿站，司传送文书及作旅馆之责。　⑥ 只索：赶快。　⑦ 张翰：晋代松江人。他在洛阳做官，见秋风起，想起家乡菰菜、鲈鱼、莼菜汤味美，便辞职返乡。　⑧ 东南巽位：风的本位。《易·说卦》云："巽为木，为风。"又曰："巽，东南也。"　⑨ 描笔儿：画笔。　⑩ 能勾：同"能够"。　⑪ 青萍：浮萍，宋玉《风赋》有"夫风生于地，起于青萍之末"。　⑫ 商飙：秋风，李白《登单父陶少府半月台》有"置酒望白云，商飙起寒梧"之句。　⑬ 青鸾：青鸟，传说中的信使，李商隐《无题》有"蓬山此去无多路，青鸟殷勤为探看"句。　⑭ 花信：花信风。此句讲李云英担心风把梧桐叶送错了地方。　⑮ 列子：列御寇，战国时人，他得仙人指教，能驾风驰行。　⑯ 檐马儿：悬在屋檐下的风铃或瓦片。　⑰ 黄金缕：古曲牌名。　⑱ 班婕妤：汉成帝妃子，后失宠，曾作赋自伤，今存诗《怨歌行》一首。　⑲ 宋大夫：指战国时楚国士大夫宋玉。　⑳ 羊角：一种旋风。　㉑ 篆：香炉。

【评解】

《梧桐叶》是一部爱情婚姻剧，通过任继图、李云英这对青年夫妻从失散到团圆的坎坷经历，肯定和赞美了坚贞不渝的爱情。

任继图是一个想有所作为的青年，他文武全才，却生不逢时，投奔守边将哥舒翰，也未能取得功名。想不到乱世中妻子又被掳走，两人失散数年，一直思念、寻找着对方，一个不娶，一个不嫁，最后终获团圆。剧中描写佛殿留诗、桐叶寄情，这是多么美丽的感情呵！

这里选解了该剧的第二折，是讲李云英游大慈寺看到丈夫的笔迹后，内心特别不平静。正当秋天来临，"秋间天道，刮起这般大风，越感动我思乡烦恼"。思乡其实是思人，那狂飙的秋风不仅纷纷折下片片桐叶，也凌空越脊，飞向远方。她突然想，无所不能的秋风一定能充当自己的信使，把一颗心带给心爱的人。于

291

是便在一片梧桐叶上面题诗,然后将它放飞。她的信居然"寄"到了,任继图拾到这片充满思念之情的梧桐叶,格外思念妻子,将梧桐叶珍藏在怀中,成为两人真挚相爱的见证。

然而,当我们品味任继图和李云英的爱情时,也不得不思考:是什么原因造成了这对恩爱夫妻的长期离散?首先,当然是安禄山这类逆贼造成的。他为了自己做皇帝而发动战争,给广大人民造成了巨大的灾难,无数家庭妻离子散,家破人亡。任继图家庭的悲剧,仅是千千万万个受难家庭中的一个,而且还是比较幸运的一个,毕竟他们夫妻在劫后仍都活着,李云英在贞操上又堪称"完璧"。其次,这场灾难的根源乃唐玄宗荒淫失政。天宝年间,玄宗先后任命奸臣李林甫、杨国忠为相,朝堂上充满了阿谀奉承贪酷之徒,这些人品、才学低劣的小人把住朝堂,政事紊乱,遇到国家重大变故时便惊惶失措、应对无策。叛军开始时并没有多少势力,正是唐玄宗、杨国忠等人的一连串错误决策,把安禄山叛军一步步引向长安。据说潼关被叛军攻破后,京城长安完全没有守备,唐玄宗、杨国忠等私下逃跑,连皇家的子女及宫人也不告知,叛军尚未攻进长安,京城就一片混乱。最后,也是更重要的原因,李云英的被掳与其说是叛军造成的后果,还不如说是官军的罪恶。本剧第一折开头通过牛僧孺之口说:"老夫尚书牛僧孺是也。从天子幸蜀,有一女子李云英,乃李林甫孙女,被军中所掳。他说原有夫主,老夫收留在家,夫人每每劝我纳为侍妾……此女相门之家,纳之为妾,此心安忍?因此认为义女。"请注意,这"被军中所掳"五个字,其中大有文章——"军中"是叛军还是官军?从字面含义讲,似是官军,也就是说,李云英是在长安家中被官军掳走的。这所谓的"官军",其所作所为与叛军及强盗有何区别?我们再深究一下:既然官军掳掠了李云英,她又怎么到的牛僧孺手中?只有两种可能:一是官军将掳掠来的人口作为"战利品"上交统帅部,然后再将这类"战利品"分配给各朝官,牛僧孺分到的便是李云英;二是官军掳到人口后,将这些"战利品"当作商品进行买卖,牛僧孺可能就是花了银子后买到李云英的,买来的目的是让她做侍妾。一个故宰相的孙女落下这么个命运,则平民百姓又怎么活?从中可见当时社会之黑暗,大唐官军、官员与强盗何异!

牛僧孺为什么又不把李云英纳为侍妾呢?可能出于多种考虑。一是当他将李云英弄到手后,发现李云英是李林甫之孙女,这就不能不有所顾虑。因为李林甫曾是玄宗的亲信,若皇家追究他将故相之孙女纳为侍妾,在当时是可以定罪的。二是他可能吃不准李云英丈夫现在的状况,若是改名换姓做了官,到皇帝跟前告他,他也有麻烦。三是李云英忠于丈夫,其心甚坚,若过分逼迫,会发生不测,这对身居尚书高位的牛僧孺也不划算。所以,李云英得以"完璧"亦非偶然。而牛僧孺内心恐怕并不希望失去李云英,如果他真希望李云英尽快与丈夫团聚,他早就应该放李云英回家或帮李云英寻夫,以他尚书大人的能力,在劫后的长安找到任继图并不是一件难事。

这部戏在艺术上很有特点，全剧结构紧凑，截取了任继图、李云英相互寻找对方这样一个短时期的经历，加快剧情推进。先以佛殿和诗、桐叶题诗作为铺垫，又以中状元这样的老套子，通过夸官游街抛彩球让他们夫妻相会团圆。作者没有写夫妻失散的经过，如任继图怎么在哥舒翰军失败后逃离的、李云英怎么被掳、牛僧孺如何认下这个义女等。这些情节如果都要实写，当然也很感人，但篇幅势必拉长，也无法给观众以充分的想象空间，反而会把戏的气氛搞得很沉重，就像后来的《桃花扇》《牡丹亭》，并不符合这部戏的风格。

作者李唐宾很有才学，表现在写景、写物均独树一帜，尤其第二折写秋风，简直到了癫狂的境界。李云英见秋风起，勾起对丈夫的思念，然后联想到"这风有贵贱大小"。风有大小是常理，说它有"贵贱"则比较奇兀。金哥问什么是贵、什么是贱，云英道："有一等入椒桂穿洞房的似大王般敬伏，有一等扬腐儒起陋巷的以庶民比喻。"接下来便形容秋风之大，借杜甫诗《茅屋为秋风所破歌》起板，称秋风"卷三层屋上茅，度几声砧上杵，飕、飕、飕，吹散了一天烟雾，送扁舟飘荡江湖"。同时由秋风而想到梧桐叶的飘落，萌生出借梧桐叶寄诗寻夫的想法。这个时候，本来感叹秋风"冷清清勾引动怀怨闺中女"，"寒凛凛徯落杀思归塞下夫"，却马上变成了求告秋风"略停止呼号怒容咱告覆"，祈望它"递一叶起商飙梧叶儿，恰便似寄青鸾肠断书"。既然云英此时有求于风，那么接下来便把秋风形容成为"飘然有似神灵助"，又通过"忽、忽、忽""飕、飕、飕""嗤、嗤、嗤""吸、吸、吸""刷、刷、刷"来形容风。最后形象地通过〔三煞〕咏春风、〔二煞〕咏夏风、〔煞尾〕咏秋风和冬风，抒发李云英此刻急于寻到丈夫的迫切心情，活画出了一个多情女子对丈夫挚爱的情态。

陶学士①醉写风光好

戴善甫

【剧情简介】

宋初，割据江南的南唐国尚未归入版图，朝廷派遣翰林学士陶毂到南唐的都城金陵去索要图籍，逼南唐投降。南唐既不想降，又不敢得罪宋朝，丞相宋齐丘便找来昇州（金陵）太守韩熙载，商定用酒色迷倒陶毂，以便拖延时间。韩熙载传唤金陵名妓秦弱兰到府，告诉她要在宴会上让陶毂就范，秦弱兰应允。

这位宋朝特使陶毂是襄阳人氏，据说乃晋代陶渊明后裔，先在吴越国为臣，三年前降宋，被授为翰林学士。当时宋朝商议下江南灭南唐之事，陶毂便向宋太祖献计，愿凭三寸不烂之舌到南唐国说服后主李煜前来投降。太祖依言，命他到南唐后务必索取图籍文书。陶穀自以为只要见到李后主，便可说动他来降，哪知南唐国早有准备，自七月初陶穀到金陵直至八月将尽，南唐国主一直称病不朝，只有丞相宋齐丘常到馆舍来与他讨论文学，昇州太守韩熙载则不时请吃饭、送东西。那日晚间，陶穀独自在馆舍，不免忧闷，感怀之际，在白壁上写下"川中狗、百姓眼、虎扑儿、公厨饭"十二个字。不想这时正好韩熙载携酒席至，二人对饮不久，韩借更衣的机会，传秦弱兰和一群歌妓上来，要她们给陶穀侑酒。陶穀却声称"大丈夫饮酒，焉用妇人为？吾不与妇人同食"，要秦弱兰和歌者走开。韩熙载又要秦弱兰和歌者献歌，陶穀也坚决不要，还说："我一生不听音乐，但听了音乐，昏睡三日。"连秦弱兰献上的食品他也不吃，自称正人君子，要秦弱兰靠后些。韩熙载只好自己陪他喝酒，没想到一会儿陶穀就醉倒。韩熙载将他扶到卧室，抬头看见素光白壁上陶穀所写那十二个字，便立即抄下，连夜给宋齐丘送去。韩熙载是聪明人，马上解读出那十二个字的隐意为"独眠孤馆"，说明陶穀客中孤寂，可以引诱他。韩熙载报告了宋齐丘后，两人决定仍然让秦弱兰去引诱陶穀。

是夜风清月朗，客舍萧然，陶穀憋不住孤独，便到花园散步。这时柳荫深处传来女子吟咏之声，陶穀信步过去，见一绝色女子由丫环梅香陪着正烧夜香。询问之下，对方自称驿吏寡妻，二十六岁为孀，今已两年。陶穀心动，便乘醉向女子求欢，对方亦不拒绝，两人成就了肉体风流。陶穀亮出身份，称将来要高车驷马娶她，让她当县君夫人。女子取出一条汗巾，要陶穀题诗作为信物，陶穀不假思索，提笔写下〔风光好〕一曲："好姻缘，恶姻缘，奈何天。只得邮亭一夜眠，别神仙。琵琶拨尽相思调，知音少。待得鸾胶续断弦，是何年？"女子大喜，将汗巾收好。原来她正是秦弱兰所装扮，宋齐丘等人终于拿到了陶穀的"招状"。

次日，宋齐丘、韩熙载先后来到馆舍宴请陶穀，宋齐丘命上厅行首秦弱兰劝酒，陶穀又摆出一副道学面孔说："我这次非为歌妓酒食而来，奉命索取图书。"还责备宋、韩等人："使事未完，故令歌者狐媚小官，是何体也？"秦弱兰走上前来，他即直斥："靠后些！"秦弱兰便演唱起那阕〔风光好〕词，陶穀斥为淫词艳曲。为了不让陶穀再装腔作势，秦弱兰揭开了自己冒充驿吏之妻勾引陶穀成功的经过。陶穀还想抵赖，她拿出陶亲书〔风光好〕笔迹，陶穀狼狈不堪，只得佯醉睡倒。过了一会，陶穀见宋、韩二人已走，遂对秦弱兰道："我被你耍了，如今既没脸见南唐主，也无法回宋朝，只好赴杭州去见吴越王，如能得官就来娶你。"

宋齐丘和韩熙载用不光彩的手段摆平了陶穀，暂时获得一些喘息时间，但终究国弱，难逃覆灭命运。宋太祖派大将曹彬率军收服江南，秦弱兰无处可依，流落至杭州，希图找到陶穀。此时陶穀也来投靠吴越王钱俶，宴会之上，他献上新词一阕〔青玉案〕。钱俶喜欢，便传歌者来敬酒，陶穀一见，正是一直思念着的秦弱兰，他躲闪不及，被秦弱兰认出。钱俶见陶穀尴尬，便安慰他说："你们两口子暂在我处居住，我将代为奏告宋主，让你恢复学士之职，依然可享受驷马轩车、五花官诰。"陶穀和秦弱兰拜谢钱俶，两人遂得团圆。

第 三 折

（宋齐丘②引张千上，云）小官宋齐丘，与韩熙载③定计，处置那陶毂学士，如何不见回话？这早晚敢待来也。（韩熙载上）（诗云）安排打凤牢龙④计，引起殢云尤雨心。小官韩熙载，不想陶学士被某识破十二字隐语，用些机关，果中其计。我今来回丞相的话。左右，报复去，道韩熙载来见。（报科）（宋齐丘云）有请！（见科）（宋齐丘云）干事如何？（韩熙载云）此人果中其计，秦弱兰赚了他一篇乐章，亲笔落款，他自将着，今日来回丞相话哩。（宋齐丘云）我料他怎出的咱二人之手。则今日便卧翻羊⑤，摆下果桌，小官就对他说："我唐主病可，今日着俺将着茶饭，来与学士释闷，明日早朝相见。"他听的必然欢喜。饮酒之间，唤秦弱兰来歌此乐章，看他怎生说话。太守一壁厢执料茶饭，小官回了主人的话，便到馆驿中来也。（韩熙载云）谨领钧旨。（同下）

（陶毂上，云）小官陶学士，昨夜晚间，不意驿吏之妻，与我苟合。我看此女有沉鱼落雁之容，闭月羞花之貌，我许他娶为正室。今日等韩太守来时，我嘱他放此妇人回去，等我日后好来取他。（韩熙载上，云）来到这驿亭中。学士恭喜。（陶毂云）敢问何喜？（韩熙载云）学士归有日矣。我主病体颇安，明日早朝，便请相见。（陶毂云）这也则完的一场使事，何足为喜。（宋齐丘引张千上，云）来到这馆驿门首。左右，报复去，道某家来了也。（报见科）（宋齐丘云）学士归有日矣。玉体颇安，请学士明日相见。（韩见宋科）（宋齐丘云）学士，韩太守是当今文学之士，见任太守，即古之京兆尹。陪坐何如？（陶毂云）这也不妨。（宋齐丘云）将酒来，我奉学士一杯。太守一面准备歌儿舞女，教他侑酒⑥，与学士作欢如何？（韩熙载云）丞相说的是。早已备下了，即当唤来供奉学士。（陶毂云）丞相差矣。我辈孔门高弟，何用此辈侑酒？休唤来。（宋齐丘云）学士宽洪大度，何所不容。便唤几个来唱与俺听，学士休听便了。（正旦上，云）今日筵间，那学士还做古憨么！（唱）

〔正宫端正好〕 总然你富才华，高名分，谁不爱翠袖红裙。

你看这般东风桃李香成阵，犹兀自难遣东君恨。

〔滚绣球〕 人都道秀才每村⑦，不会将女色亲。他每则是识廉耻正心不肯，但出语也做的个郎君。假若是夸谈俺好妇人，则着些俗言语便不真。他每用文章也道的来淹润⑧，则着两句诗说尽精神。裙拖六幅湘江水，髻挽巫山一段云，休道不消魂。

（做见科）（正旦云）你看他比前日又冷脸也。（唱）

〔倘秀才〕 昨夜个横着片风月胆房中那亲，今日个绝着柄⑨冰霜脸人前又狠。空这般苦眼铺眉立那教门。我须索心恭谨，意殷勤，侑尊。

（张千云）上厅行首秦弱兰谨参。（旦拜科）（宋齐丘云）学士，此乃金陵数一数二的歌者，与学士递一杯。（陶縠云）丞相，小官此一来，非为歌妓酒食而来。奉命索取图书。李主托疾不见，不以我为朝使相待，弃礼多矣。我非比其他学士，奉命南来，使事未完，故令歌者狐媚小官，是何体⑩也？（宋齐丘云）学士息怒，酒乃天之美禄。学士不饮，小官吃几杯。（韩熙载云）弱兰，你与学士把盏者。（正旦云）理会的。（唱）

〔滚绣球〕 这酒则是斟八分，学士索是饮一巡，则不要滴留喷噀⑪。（陶縠云）靠后些。（正旦唱）学士这玳筵⑫间息怒停嗔，你则待点上灯，关上门，那时节举杯丰韵。（陶縠云）小官不吃酒，但吃一口，昏睡三日。将过去！（正旦唱）这里酒盏儿不肯沾唇，却不道相逢不饮空归去⑬，则这明月清风也笑人，常索教酒满金樽。

（陶縠接杯科）（韩熙载云）弱兰，你歌一曲侑觞咱。（正旦唱词科，云）好姻缘，恶姻缘，奈何天。只得邮亭一夜眠，别神仙。琵琶拨尽相思调，知音少。待得鸾胶续断弦，是何年？（陶縠云）这妇人在我跟前，唱这等淫词艳曲，好生不敬。（宋齐丘云）这也则是风月之词，非为不敬。学士休罪。（韩熙载云）谁着你唱这等词，教学士怪我？酒散之后，我不道的饶了你哩。（正旦唱）

〔叨叨令〕 学士写时节有些腔儿韵，妾身讴时节有些词儿顺。（陶縠云）不知是何等无知之人，做下此等语句？（正旦唱）做时节难诉千般恨，写时节则是三更尽。（旦拜陶科，唱）学士你记

得也么哥，你记得也么哥，（出词科，唱）兀的是亲笔写下牢
收顿⑭。

（陶穀怒云）这个泼烟花赃诬人。我那里与你会面来？（正旦
云）妾身不敢。昨夜蒙大人错爱。（唱）

〔滚绣球〕 那素衣服是妾身，诈做驿吏妻把香火焚。我诵情
诗暗传芳信，向明月中独立黄昏。见学士下砌跟，瞻北辰，转身
躯猛然惊问，便和咱燕尔新婚。咱正是武陵溪畔曾相识，今日伴
推不认人。道的他满面似烧云。

（陶穀云）这妇人好无礼也。你故写淫词，展污⑮小官清名。
（宋齐丘云）学士，各人笔迹，自家认得。（正旦云）学士，你要推
托，听妾身说昨夜之事。（唱）

〔倘秀才〕 妾身本不肯舒心就亲，学士便做不的先奸后婚。
（陶穀云）小官昨夜门也不曾出，那里会你来？（正旦唱）学士早回
过灯光掩上门。（陶穀云）小官并无此事，你赃诬我哩！（正旦唱）
妾身谋成不谋败，学士宜假不宜真，不信不自隐。

（陶穀怒云）这妇人虚诈情由。我若是与你相会呵，我便认了
有何妨？难道小官直如此忘魂？（正旦悲科，云）学士你好无仁义
也。（唱）

〔滚绣球〕 好也啰学士你营勾⑯了人，却便妆忘魂。知他是
甚娘情分，你则是憎嫌俺烟月风尘。昨夜个我虽改换的衣袂新，
须是模样真。咱只得眼前厮趁，实丕丕⑰与你情亲。你把万般做
作千般怒，兀的甚一夜夫妻百夜恩，则是眼里无珍。

（宋齐丘云）学士，这小的最老实，不会说谎。（韩熙载云）老
丞相主婚，小官为媒，招学士为金陵秦弱兰女婿。（陶穀云）小娘
子，是谁教你这等短道儿⑱来？（正旦云）都是太守相公，教妾身
这般见识来。（韩熙载云）学士便娶了秦弱兰何妨？论此女聪明，
不玷辱了你。（正旦云）若得与学士成其夫妇，妾之愿也。多谢二
位老爷。（做叩谢科）（宋齐丘云）你与学士把一杯酒者。（正旦递
酒科）（唱）

〔三煞〕 贱妾煞是展污了个经天纬地真英俊，为国于民大宰
臣。（陶穀云）酒后疏狂，惹此一场是非。（正旦唱）贱妾煞⑲不识

高低，不知远近，不辨贤愚，不别清浑。这的是天注定的是非，天指引的前程，天匹配的婚姻，咱兀的⑳教太守主婚。（陶毂云）可着谁做媒人？（正旦唱）则这〔风光好〕是媒人。

（陶毂做伏案盹睡科）（宋齐丘云）太守，陶学士见咱识破他就里，羞见咱推醉睡了。秦弱兰，俺上马去也。你等他醒了，看他说甚么，便来回俺的话。（韩同下）（陶醒科，问正旦云）他每都去了？（正旦云）都去了。（陶毂云）则着你害了我也。（正旦云）怎生我害了你？（陶毂云）我本意来说他，反被他算了我。我如今也回不的大宋去，也见不的唐主。我且至杭州㉑寻个前程，却便来取你。古人云："十年不识君王面，始信婵娟解误人。"信斯言也。（正旦唱）

〔二煞〕 此别后我专想着你玉堂金马㉒怀离恨，谁再与野花闲草㉓做近邻。（陶毂云）我今别处寻个前程，便来取你。（正旦唱）我等你那取我的轩车㉔，赠咱的官品。我也待显耀乡间，改换我这家门。学士怎肯似那等穷酸饿醋，得一个及第成名，却又早负德辜恩。则要你言而有信，休担阁了少年人。

（陶毂云）姐姐，你既与我成其夫妇，焉肯负你。久以后夫人县君㉕，必然你做也。（正旦唱）

〔黄钟煞〕 你可休一春鱼雁无音信，却教我千里关山劳梦魂。㉖我和你两情调两意肯，这谐合有气分。我觑了暗地哂㉗，全不见没事狠㉘。绸缪处直恁亲，临相别也怀恨。若还家独自身，被儿底少温存，怕不想旧日人，要圆成要寻问。则这续断鸾胶语句儿真，便是我锦片前程敢可也盼的准。（下）

（陶毂云）谁想被宋齐丘、韩熙载反算了我。小官羞归大宋，耻向汴梁。我有故人钱傲，在杭州为天下兵马大元帅，镇守吴越两浙之地，便宜行事㉙，自放两浙官选。我则索㉚那处寻个前程，再做道理。（诗云）当年玉殿逞高强，为爱娇容悔这场。自料不能还故国，须当戴月走南唐。（下）

【注释】

① 陶学士：陶毂，字秀实，邠州人，本姓唐，避后晋皇帝石敬瑭讳改姓陶。十岁能文，初任校书郎、单州军事判官。周世宗时升户部侍郎，曾上《平边策》议取江南。宋初，转礼部尚书、翰林承旨，又改任判吏部铨兼知贡举，再升刑部、户部尚书，开宝三年病逝。

《宋史》说他"多忌好名"。陶穀其实未在吴越国任过职，而本剧写他出使南唐的情节，亦不见载于正史，只在释文莹的《玉壶清话》、皇都风月主人的《绿窗新话》、郑文宝的《南唐近事》中有载。　②宋齐丘：南唐国臣子，曾与冯延巳等为党，排挤韩熙载。　③韩熙载：字叔言，北海人。后唐同光进士，后奔南唐国，任秘书郎、虞部员外郎，兼太常博士，曾被贬和州司马，又召拜中书舍人，迁中书侍郎、光政殿学士承旨等，开宝三年病逝。《宋史》有传。他生前生活腐化，《旧五代史》说他常"后房妓妾数十人，多出外舍私待宾客"，名画《韩熙载夜宴图》即记其盛奢事。　④打凤牢龙：圈套、陷阱。　⑤卧翻羊：杀倒羊。　⑥侑酒：劝酒，为饮酒者助兴。　⑦村：同"蠢"。　⑧淹润：温润、客气。　⑨绝着柄：意为"冷着个"。　⑩体：礼节、道理、程序。　⑪滴留喷噻：滴溜溜胡扯、瞎说。　⑫玳筵：玳瑁宴，喻奢华酒宴。　⑬相逢不饮空归去：苏轼《九月次韵王巩》有"相逢不用忙归去，明日黄花蝶也愁"句。　⑭牢收顿：牢牢收下保存好。　⑮展污：玷污。　⑯营勾：诓骗、勾引。　⑰实丕丕：实实在在之意。　⑱短道儿：缺德的诡计。　⑲煞：实在、确实。　⑳兀的：意为"这就"。　㉑杭州：指吴越国，都城在杭州。　㉒玉堂金马：指在朝廷做官，汉代有金马门、玉堂殿，皆天子宫殿。　㉓野花闲草：比喻妓女或性关系随便的女性。　㉔轩车：宽敞、名贵的车子。　㉕夫人县君：指旧时朝廷对诰命妇女的封号，夫人与县君级别不同。　㉖鱼雁：书信的代称。秦观《鹧鸪天》："一春鱼鸟无消息，千里关山劳梦魂。"　㉗哂：微微地讥笑。　㉘没事狠：平白无故发怒。　㉙便宜行事：上级授权后自行处理事情。　㉚则索：这就赶快去。

【评解】

《风光好》这部戏反映了封建社会不同集团之间为争夺利益而进行的外交角逐，是一出政治题材剧。

宋朝翰林学士陶穀来到南唐国，本是为了说服南唐君臣投降，作为第一步，令他们交出图籍文书（版图、户口资料、钱粮数额等）。不料南唐丞相宋齐丘、昇州太守韩熙载不甘失败，便耍了一套政治手腕，以便对抗或滞迟宋朝对南唐的吞并。韩熙载让金陵"上厅行首"秦弱兰用色相勾引、拉拢陶穀下水，然后使他无颜面再逼南唐臣服，从而使宋朝的外交活动归于失败。表面上看，陶穀上当受骗被迫前往杭州，宋齐丘、韩熙载诡计成功，但他们没认识到，南唐危机的根子并不在陶穀这类外交特使身上，而是宋朝的强大军事实力和国力。南唐要真正避免被吞并亡国的命运，首要的是励精图治，增强国力，而不是这种"小儿科"的外交伎俩。事实也确是如此，当宋齐丘、韩熙载逼走了陶穀之时，便迎来了更大的压力——宋朝派大将曹彬率师南征，一战而破金陵。人家玩外交，背后靠的是实力，一旦外交受挫，便与你动真格，让你彻底玩完。这就是强权社会下小国、弱国的下场。假如不把精力放在富国强兵上，搞一点小阴谋诡计有什么用？本剧中宋齐丘、韩熙载津津乐道于对付陶穀，这是拣芝麻丢西瓜的买卖，几时划算过？这两人聪明是聪明了，可惜反被小聪明所误。

剧中陶穀这个人物形象很鲜明。他到南唐办外交，凭的是大宋的国力，结果由于他生活上的不检点，叫人家抓住把柄，事情办砸了，只好灰溜溜地潜逃杭州。

不过他最后的结果倒并不赖，不但抱得美人归，而且还可能官复原职。但他即使混好了，那一段耻辱也将是一辈子的隐痛。秦弱兰是个妓女，她受制于韩熙载，参与了政治阴谋，当然是身不由己。后来金陵城破，她历尽辛苦，奔赴杭州找到了陶毅。她虽然与陶毅仅一夜夫妻，但还是守着情分，从而给自己挣得了最好的结果。

这里所选的第三折，在塑造人物方面很成功、很有特点。剧中宋齐丘、韩熙载因为拿到了陶毅的把柄，所以便主动来馆舍宴请这位宋朝特使，并由秦弱兰以"上厅行首"身份来劝酒，处处显示出他们成竹在胸、稳坐钓台的态势。而假正经的陶毅此时还蒙在鼓里，还大言不惭地说什么"小官此一来，非为歌妓酒食而来。奉命索取图书"，标榜自己"非比其他学士"。这种口不应心的嘴脸，在读者面前就显得委实可笑。由于他的出言不逊，污辱了秦弱兰的人格，秦弱兰自然不屈服，便盯住他不放，坚持将他的画皮一层层剥去。先是故意唱陶毅所作的"淫词"〔风光好〕刺激他，见陶还不认账，就把原件拿出来，然后把前一天夜里两人的风流韵事详详细细兜出来，宋齐丘、韩熙载又旁敲侧击帮腔，终于使陶毅尴尬地认输缄口，感叹"十年不识君王面，始信婵娟解误人"。这个"银样镴枪头"特使再也没当初挟大国之威的神气了，落了个"羞归大宋，耻向汴梁""戴月走南唐"的下场。而宋、韩的老奸巨猾，秦弱兰受人之托的尽责，其形象也都很鲜明。

庞居士[①]误放来生债

刘君锡

【剧情简介】

襄阳居士庞蕴(字道玄)积聚了巨大财富，他与妻子萧氏、女儿灵兆、儿子凤毛全家都信奉佛教，平日乐善济贫。同城有个叫李孝先的商人，向庞居士借了两个银子，因做生意亏折了，无力偿还，恐庞居士借官府之力追债，愁出了病。庞居士认为自己当初借钱给人是为了行善，如今倒反业上加业，遂将李孝先欠钱的文书烧掉，还再送他两个银子做盘缠。

庞居士的善行惊动了上界增福神，他下凡来找到庞居士，问他为何要这么做。庞居士答称，钱是人之胆，财是富之苗，我不能用钱来造业。他又赠送了增福神一饼金、一匹马，增福神与他约定二十年后再相会。

庞居士见家中磨坊中司磨的罗和整天管着牛推磨还唱着歌很快乐，累的时候为了不打瞌睡，便用两根棒把上下眼皮撑起来。庞居士见他好辛苦，便也给了他一个银子，让他做买卖。罗和拿到银子不知道放在何处好，放水缸里梦见水来淹他，放灶窝梦见火来烧他，揣在怀里梦见人抢，埋在门槛下梦见有人拿刀砍他，愁得歌声也没了，晚上睡不着。他只好将银子送还庞居士，宁愿只支一钱银子买根扁担，帮妓院当脚夫赚钱过活。

庞居士与家人烧香后来到粉房，忽然听见后槽关着的牛、马、驴正在说话。原来这些牲畜前世都是人，因分别借了庞居士二十两、十五两、十两银子还不出，便只得变成牛、马、驴来庞家还债。庞居士方知自己无意间放了来生债造了大业，惊惶失措之下决定把手中所有的借契都烧掉。又说服妻子儿女，将财物散给家中僮仆，每人发二十两银子，让他们自由回家。同时，将牲畜一律放出栏，让它们回归自然，无拘无束生活。剩下的财宝搬上十艘大海船，准备沉入东海。

庞居士弃了千百顷良田，又乘船来到海上，凿了船要沉财宝，可是船却不沉，原来龙神未奉上帝敕旨，不敢收留。后来天使宣了旨，命龙神把庞居士财宝收入龙宫海藏，财宝船才沉下。庞妻问丈夫今后日子如何过，庞居士道："我会编笊篱手艺，鹿门外有一园竹子，让儿子凤毛去砍伐竹子，我编，叫女儿灵兆去卖，全家就不愁没粥吃了。"

却说灵兆每天去襄阳云岩寺门外卖笊篱，若卖不掉，寺里的长老丹霞就全收下来。原来丹霞年轻时为名利所累，如今虽入佛门，凡心未泯，他钟情于美貌的灵兆。一日将她诓入方丈室欲调戏她，谁知灵兆乃观音下凡，几句话便点化了丹霞。此时，庞居士已到鹿门山结庐修行，灵兆因要供父亲斋食，于路上拾得一百文钱带回，但遗下十把笊篱为赠，庞居士点头首肯。

一日，有青衣童子来请庞居士，庞居士全家飞升至天上仙境，正逢已成为注禄神的李孝先。他告诉庞居士，有一位老朋友要来看他，原来是增福神。增福神告诉庞居士："你已功行圆满，飞升为神。你非凡人，乃上界客陀罗尊者下凡，因一念之差受六十年尘缘。庞婆是上界执幡罗刹女，凤毛是善财童子，灵兆为南海普陀自在观音菩萨。如今四圣归天，当劝人世官员，莫恋浮钱，只将好事常行，管教个个得道成仙。"

第 二 折

（正末引卜儿、灵兆、凤毛、行钱②上）（卜儿云）居士，想你昔日之间，多行善事，广积阴功，久后俺子母每也有个好处么？（正末云）婆婆，你说的差了也。便好道公修公得，婆修婆得。十人上山，各自努力。盛世难逢，佛法难遇。若是既逢既遇呵，南无阿弥陀佛，也要咱自省自悟也呵。（唱）

〔中吕粉蝶儿〕 若论着今日风俗，正好宜太平箫鼓。有一等寒俭的泛泛之徒，他出来的不诚心，无实行，一个个强文假醋③。（卜儿云）如今有一等高巾傲带④，表德相呼，不知他那肚皮里如何。（正末唱）怕不他表德相呼，你问波⑤可甚的是那衣冠文物。

（卜儿云）居士，那称才卿的，可是怎生？（正末唱）

〔醉春风〕　他那等空傲慢的唤作才卿。（卜儿云）那称好古的，可是如何？（正末唱）那等假老成的唤作甚么好古。（卜儿云）据居士恤孤念寡，敬老怜贫，世之少有也。（正末唱）凭着我疏财仗义有几人？如这城中试数、数。但见个老的呵，我早则出力的扶持；但见个病的呵，我早则尽心儿调养；但见个贫的呵，我早则倾囊儿资助。

（卜儿云）居士，如今那高楼上吹弹歌舞，饮酒欢娱，敢管待那士大夫哩。（正末云）婆婆，他肯管待那人，也不枉了。（唱）

〔红绣鞋〕　他几曾道开东阁把那名儒来管顾，他每可动不动便宴西楼和那妓女每欢娱。（云）他则请人吃一盏茶呵，却早算计也，（唱）他将那茶托子人情可便暗乘除。常则是伴呆着回过脸，推说话纽身躯。（云）若有个穷相识来，便舍着磕破他头者波。（唱）他每可几曾做那五百钱东道主？

（磨博士⑥上，云）自家罗和的便是。可早到庞居士老的门首也。不必报复，我自过去。（做见科）（正末云）孩儿也，你慌做甚么？我则着你落一觉儿好睡也。（磨博士云）我那里睡来，一夜恰好不曾扎眼，整定害了我一夜。（正末云）你怎生一夜不曾得睡？（磨博士云）蒙与了我这个银子，到的家里没处放着。我揣在怀里，梦见人来抢我的；放在灶窝里，梦见火来烧我；放在水缸里，梦见水来淹我；放在门限儿底下，梦见人拿着锹锄撅我的，拿刀来砍我，枪来扎我。为这一个银子，整定害了我一夜不曾得睡。我想来，爹家里论千论万满箱满柜无数的银子，可没些儿事。爹，你便是有福的消受得他，我罗和那命里则有分簸麦、拣麦、淘麦⑦、晒麦，打罗、磨面，我那里消受的这银子？爹，你省的那胁肢骨里敲髓么？（正末云）孩儿，这是怎么说？（磨博士云）我那骨头里没他的，我送这银子来还了你，我不敢要。（正末云）孩儿呵，我与了你一个银子，搅了你一夜不曾得睡，我家里有两三库都是金银宝贝，都似了你呵，如之奈何？（唱）

〔迎仙客〕哎！银子也你饥不能与人家做饭食，你冷不能与人便做衣服，你这般沉点点冷冰冰衡则是一块儿家福。（云）银子也，你比及到我跟前呵。（唱）知他消磨了那几千年，可则更换过了几万古⑧。他为甚不向你跟前停住？（云）我与他这个银子，打搅的他一夜不曾得睡，你无福消受，送还与我。（唱）哎！这银子呵，原来分定也是前生注。

（磨博士云）爹，我则零支着使罢。（正末云）行钱，将一两银子来与罗和孩儿。等你使的无了呵，再来取。（磨博士云）爹，孩儿也不敢多要，只先支一钱银子，买一条扁担，我做大买卖去也。（正末云）做甚么大买卖？（磨博士云）我只去妓馆家做闲的去也。（下）（正末云）天色晚了也，婆婆，你先歇息去，我宅前院后烧香去来。（卜儿云）理会的。（同灵兆、凤毛下）（正末做烧香走科，云）我来到这粉房。（做念佛科）我来到这油房。（做念佛科）我来到这后槽门首。（内驴、马、牛做声科）（正末云）是甚么人这般说话，我试听咱。（驴云）马哥，你当初为甚么来？（马云）我当初少庞居士十五两银子，无的还他，我死之后，变做马填还他。驴哥，你可为甚么来？（驴云）我当初少庞居士的十两银子，无钱还他，死后变做个驴儿与他拽磨。牛哥，你可为甚么来？（牛云）你不知道，我在生之时，借了庞居士银十两，本利该二十两，不曾还他，我如今变一只牛来填还他。（正末失惊科，云）嗨，兀的不唬杀我也！我当初本做善事来，谁想弄巧成拙，兀的不都放做来生债也！（唱）

〔醉高歌〕枉了我便一生苦鳏寡孤独，半世养贫寒困苦。我则道是谁人向这槽畔低低叙，听沉了着我惨惨的怕怖。

〔满庭芳〕呀！却原来都是俺冤家侪债主，我本待要除灾种福，我倒做了一个缘木的这求鱼。（云）庞居士呵，你是念佛的人，（唱）这的可便抵多少业在深牢狱，不由我不展转踌躇。（云）庞居士我当初与你那银子，我也无甚歹意⑨来。（唱）我则待要钱妆的你来如狼似虎，哎！谁承望今日折倒的做马波为驴。（做念佛科，唱）我看了他这轮回的路，可则是阴司地府。（云）当初借了我银子，无的还我，今日做驴马众生，来填还我。（做念佛科，唱）哦！方信道还报果无虚。

（做叫科，云）婆婆、灵兆、凤毛，你子母每都来。（卜儿同上，云）居士，你这般慌叫怎么？（正末云）我恰才前后烧香，则听的那牛马做声。那牛便道：我少居士二十两银子，无的还他，做牛来填还他。那马便道：我少居士十五两银子，无的还他，做马来填还他。那驴便道：我少居士十两银子，无的还他，做驴来填还他。婆婆，我当初本做善事，谁承望弄巧成拙，都做了来生债也。（卜儿云）嗨！谁想有这等果报？（正末云）婆婆，从今以后，凡百的事，你则依着我者。行钱，将那家私总历文书，都与我搬运将出来。（行钱云）理会的，都搬运将出来也。（正末云）可补个灯来都烧了者，我再也不放与人这钱钞了。（卜儿云）呀！居士，你烧了这家私总历文书，可是主何意来？（正末云）婆婆，你那里知道？（唱）

〔石榴花〕 你道我烧毁了文契意何如，岂不闻君子可便断其初？（卜儿云）哎，居士咱，人自是有钱的好。（正末唱）想着俺借钱时有甚恶心术，怎知做今生债负，来世追补？则愿的祖师指示我向西方去，早回头拔出迷途。（云）烧了者，烧了者！（卜儿云）居士，你留着，休要烧毁了。（正末唱）则管里便左来右去把我邀拦住，这钱也他敢不是我那护身符。

（卜儿云）居士，你好歹休要烧了这文书。（正末唱）

〔斗鹌鹑〕 岂不闻驷马难追，我今日个一言俫既出。（云）婆婆，元来你心与我心不同。（卜儿云）我心怎生与你心不同？（正末唱）我待将这家业消除，你则待将火院⑩、火院来做主。（云）烧了者，烧了者！（卜儿云）居士，你且休要烧者。（正末唱）你为甚么唧唧哝哝百般的无是处？（云）婆婆，你是念佛的人。（唱）我可问你甚的唤作乐有余？我但得个一世儿清闲，便则是生平愿足。

（卜儿云）居士，你且休烧了这文书，听我说咱。俺两口儿偌大年纪，孩儿每都小哩，他久已后长立成人，也要些钱物使用，你与我休便烧了也。（正末云）你划的还有这个心哩。（卜儿云）居士，我主的不差，你只休烧毁了也。（正末云）婆婆，你坚意的不肯烧这文书。行钱，你去抬一柜儿金子来，抬一柜儿珠子来，抬一柜儿银子来。（行钱云）理会得。一柜金子，一柜银子，一柜珠子，都有了也。（正末云）婆婆、灵兆、凤毛，你见么？（卜儿云）居士，我见了也，你可主何意那？（正末唱）

〔上小楼〕 且休论咱这仓廒波务库，更和这家私也那无数。应有的金银财宝，收拾将来，放在一处。则人你这娘儿每厮瞅着厮守着，休离了半步，看你那无常时可便带的他同去。

（卜儿云）居士，你寻思波，俺女儿不曾嫁，小厮儿不曾娶，你投至的⑪挣成这个家业，非一日之故。许多的钱物，也是可惜的。你留下些与后代儿孙受用，可不好那。（正末云）婆婆，你着我做财主；我做了财主，又着凤毛孩儿做财主；凤毛所生的孩儿又做财主，咱家哩辈辈儿做了财主。我问你，这穷汉可着谁做？（唱）

〔幺篇〕 钱无那三辈儿家钱，福无那两辈儿家福。你但看日中则昃，月满则亏，这都是无往不复。久以后到头来另有个养身活路，（卜儿云）你将钱债的文书都烧毁了，还有甚养身活路在那里？（正末做念佛科，唱）我待着你一家儿受佛门普度。

（云）婆婆，凡百⑫的事，你则依着我者。咱家中奴仆使数的，每人与他一纸儿从良文书，再与他二十两银子，着他各自还家，侍奉他那父母去。咱家中牛羊孳畜驴骡马匹，每一个畜生脖子里挂一面牌，上写着道："庞居士释放，不许人收留。"去那鹿门山外有水草处，任他生死。咱家中有十只大海船，一百小船儿，将咱家中金银宝贝玉器玩好，着那小船儿搬运在那大船上，俺一家儿明日到东海沉舟去也。（卜儿云）居士，我依着你，把牛羊孳畜尽释放了，但是家中人都与他从良⑬文书。则一桩儿，你也依着我，留下海船，不要将那钱物载去沉了，等我做些买卖，可不好那。（正末唱）

〔耍孩儿〕 你待着我万余资本为商贾，攒利息冲州撞府⑭。或是乘船鼓棹渡江湖，或是从鞍马昼夜驰驱。我干做了撇妻男店舍里一个飘零客，抛家业尘埃中一个防送夫⑮。冷清清梦回两地无情绪，怎熬的程途迢递，更和那风雨潇疏？

（卜儿云）居士，俺锦片也似家缘过活，你都要沉于海内，久后孩儿每成人呵，将甚么使用？你则依着我留下这钱物者。（正末唱）

〔二煞〕 古人道鹪鹩巢深林无过占的一枝，鼹鼠饮黄河无过装的满腹。咱人这家有万顷田，也则是日食的三升儿粟。博个甚睁着眼去那利面上克了我的衣食，闲着手去那算盘里拨了我的岁数。攒下些山岸也似堆金玉，这壁厢凌逼着我家长，那壁厢快活杀他妻孥。

（卜儿云）居士，你将这家私弃舍了呵，也思量着久后孩儿每怎生过遣那。（正末唱）

〔煞尾〕 我去那酒色财气行取一纸儿重招，我去那生老病死行告一纸儿赦书。岂不闻道儿孙自有儿孙福？我其实便作不的这业，当不的这家，受不的这苦。（同下）

【注释】

① 居士：不出家为僧的佛教信徒。　② 行钱：账房先生。　③ 强文假醋：假装斯文。④ 高巾傲带：高高的头巾（帽子）、名贵的腰带，此处泛指达官贵人。　⑤ 波：语气助词。⑥ 磨博士：负责磨坊工作的人。　⑦ 淘麦：将麦子洗干净。麦子在磨成面粉之前，必须先淘洗、晒干，然后才能上磨盘去磨粉。　⑧ 几万古：几万次。　⑨ 歹意：恶意。　⑩ 火院：火宅，佛家称尘世为火院，意为受劫难世界。　⑪ 投至的：及至、等到。　⑫ 凡百：一切、所有。　⑬ 从良：恢复自由之身，不再当奴仆。　⑭ 冲州撞府：奔走四方。　⑮ 防送夫：解差。

【评解】

《来生债》是一部借神仙道化故事来批判金钱财富的社会伦理剧，通过居士庞蕴的大彻大悟，提出了如何对待钱财问题。

全剧以迷信外衣为掩护，揭露并谴责了钱财的罪恶。剧中先叙述李孝先因借庞居士两个银子，无力偿还终忧愁成病，庞居士得知后心中不安便烧掉了债券。接着，庞居士又给了磨博士罗和一个银子，本来想给他经商的本钱，没想到穷惯了的罗和原先劳作之余还歌唱不断，如今有了银子，歌声没了，连觉也睡不好了。他也不知把银子放在哪里好，水缸里、怀抱中、灶窝里、门槛下，放哪儿心里都不踏实，最后只好仍把银子还给庞居士。更可怕的是，庞居士在粉房听到后槽中牛、马、驴的对话，发现它们前生都是欠债人，因还不出才变牲畜来给他还债的。庞居士慌了，觉得这银钱是罪恶，便决定将所有财富装上十只大海船沉海，全家过上了编竹器谋生的穷日子，同时结庐在山中修行。

该戏对财富的评价既有正确的方面，也有偏激之处。一方面，戏中正确指出了富人在聚敛财富过程中对普通老百姓的残酷剥削。他们所拥有的财富，无一例外都给债务人带来了灾难，有的被债务逼病，有的来生变牛、马、驴还债，有的失去生活的欢乐。应该说，在那样的社会，这是符合实际状况的。另一方面，我们也不应笼统地否定富人积累财富的行为，关键是这些财富能否用于社会物质财富再生产，从而为促进社会财富的二次分配提供条件和保证。但是在封建社会中，中国的富豪从没有将聚敛的财富用于发展社会再生产，从本戏的主人公庞居士到晋朝的石崇、明朝的沈万三、清朝的和珅都是如此。通过这部戏，我们更深刻地认识了中国封建社会的劣根性——由于长期以来对经商的歧视和排挤，当时社会上少数人聚敛了财富之后，从没有想到要去发展商品经济，因而也无法促使手工作坊向规模工业生产转化；他们仅仅是将这些财富或放债，或囤积，或挥霍掉。我们看到，尽管从元代以后直至清代鸦片战争以前，中国的社会经济曾有过相当规模，但始终没有出现资本主义萌芽，从而使中国长期停滞在封建社会阶段，这完全是社会上不正确的财富观造成的。当时富人积聚财富一是为了享受，这是最主要的；二是为了再"生钱"，生钱的途径不是投资办实业，而是放高利贷（虽有钱庄，但主要仍是搞一些高利贷和抵押贷款，不会发展成为银行）；三是大量购置不动产，使无数老百姓失去家园、土地，加剧了社会矛盾；四是把大量财富囤放在家或窖藏地下，不使钱财进入流通领域；五是如庞居士般散财济贫，但这种人少之又少。必须指出，庞居士对财富的观念大部分情况下都是错的，如他片面认为凡放债便是罪业，虽散财济贫但忘掉了教授人家赚钱的方法，对积聚的财富不搞二次分配（如通过办实业给打工者发工资）。他一味消极地囤积财富，最后又将财富散发或沉海，这实际上阻碍了社会的发展。

本剧宣扬封建迷信的内容很多，如因果报应、修行得道，甚至称庞家四人都是天星下凡等，这些当然是愚昧荒唐的。同时要看到，用迷信内容来包装此剧也可能起一些积极作用，谴责放债有罪孽、散财就积德的说教客观上对高利贷者、地主们进行了来生果报和劝善教化，让他们获得警戒，用迷信思想的"力量"敦促他们放慢对普通老百姓的掠夺，从而延缓或阻止社会财富向少数人的快速集中。我们拂去剧中迷信尘埃就会发现，它实际上是一部中国社会没能及早向资本主义发展的反面教材，对研究中国封建社会极为有益。

这种过分强调神仙下凡、因果报应的剧作，其教化力量是有限的，并且其消极作用也极为显著。剧中虽对财富的"罪业"剖析颇深，但把庞居士一家说成是仙、道、菩萨下凡历劫，反而使对钱财的谴责显得苍白无力。从艺术上讲，这部戏还是有一些成功之处，在人物塑造上下了功夫，庞居士、罗和等几个人物性格都很鲜明。艺术想象力也颇丰富，如第二折中对牛、马、驴说话的情节设计就别出心裁，令人耳目一新。

风雨像生货郎旦[①]

无名氏

【剧情简介】

长安府富户李彦和开一座解典铺，有妻刘氏、子春郎及奶妈张三姑，一家人生活得很从容。但李彦和有个好女色的毛病，这些年迷恋着"上厅行首"张玉娥，心想把她娶进家来。哪知该妓女身边另恋着嫖客魏邦彦，此人手段凶残。有一天，张玉娥听说魏邦彦出差回来，便把他唤去说："现在李彦和急着娶我，我给你一月为限，如你不娶，我便嫁李彦和。"魏邦彦说："我如今要出差，一月内肯定来娶，你务必等我。"但一个月过去，魏邦彦没来。张玉娥找到李彦和说："我要嫁你，今天就过门吧。"李彦和便回去同妻子刘氏商议，张玉娥后脚也跟去了。刘氏斥丈夫引狼入室，李彦和执意不听。结果张玉娥刚进李家，便与刘氏大打出手，刘氏竟被气死。

魏邦彦回家后，张玉娥私下约见他说："我虽然嫁了李彦和，但心里只想着你，如今打算盗窃李家金银财宝，再放一把火烧光他的家产。我把李彦和全家人骗到洛河边，你假扮艄公，载我们上船，把李彦和推入河中淹死，把三姑和春郎勒死，我们就能做长远夫妻了。"魏邦彦很高兴，便立即去准备。

过不几天，张玉娥悄悄收拾好金银财宝，放火把李家烧成平地。李彦和立马倾家荡产，只得同家人外出逃难。一行人到洛河边，魏邦彦扮艄公驾船在等候。张玉娥把李彦和一家三口都诓上船，驶到河心，魏邦彦将李彦和推入水中。三姑大叫："杀人！"邻船艄公迅速过来救人，魏邦彦与张玉娥慌忙逃走。三姑与春郎被救上岸，正好有位完颜拈各千户路过，听了三姑诉说，甚为同情。他因无儿，看中春郎。三姑见李彦和已亡，自己无法养活春郎，便做主将他卖给千户，自己则跟路过的"说唱货郎儿"张撇古做了义女。

十三年后，春郎已二十岁，拈各千户垂老，让春郎袭了千户之职，又告诉了他身世。老千户去世，春郎办完后事，便赴老家寻亲。此时张三姑也给义父母送了终，打算把二老的骨殖送回河南府。一天她走到三条岔道大路口，向一位放牛者问路。照面便吓一跳，原来那人正是李彦和，他落水后抓住一块板，抱住游上岸，因没了家产，只能替大户人家放牛。见三姑衣服光鲜，问及原委，三姑说是做唱货郎为生。他虽轻贱这个职业，无奈自己也已穷了。三姑说愿养活他，李彦和便把养牛的活辞了，两人一起回河南。

一天有驿子来唤，称馆驿中有官爷要他们去"唱货郎儿"。两人去了，发现那个官爷很像春郎。这时春郎正在割肉吃，他抓起一张纸擦了手，顺手一丢。李彦和拾起一看，竟是当年春郎的卖身契。三姑小心地把春郎的经历唱出来，春郎被打动，问她是不是张三姑。李彦和又与春郎父子相认，他们欲寻捕凶手，哪知衙役已将魏邦彦、张玉娥解了过来，原来二人侵吞了官银一百多两，刚被抓获。新账旧罪一起算，春郎亲手斩了魏邦彦、张玉娥，一家人庆贺团圆。

第 一 折

（外旦^②扮张玉娥上，云）妾身长安京兆府人氏，唤作张玉娥，是个上厅行首^③。如今我这在城有个员外李彦和，与我做伴，他要娶我。怎奈我身边又有一个魏邦彦，我要嫁他。听知的他近日差使出去，我已央人寻他去了，这早晚敢待来也。（净扮魏邦彦上，诗云）四肢八节刚是俏，五脏六腑却无才。村在骨中挑不出，俏从胎里带将来。自家魏邦彦的便是。这在城有个上厅行首张玉娥，我和他做伴多时，他常要嫁我。今日他使人来寻我，不知有甚事，须索见他去来。（做见科，云）大姐，你唤我做甚么？（外旦云）魏邦彦，我和你说，听知的你出去打差，如今有这李彦和要娶我。我和你说的明白，一个月以里，我便嫁你；一个月以外，我便嫁别人。你可休怪我。（净云）你也说的是。我今日去，准准一个月，我便赶回来也。我出的这门来。（外旦云）呀，可早一个月也。（净回云）你这说谎的弟子。（下）（外旦云）魏邦彦去了也，怎生不见李彦和来？（冲末扮李彦和上，诗云）耕牛无宿草，仓鼠有余粮。万事分已定，浮生空自忙。自家长安人氏，姓李名英，字彦和。在城开着座解典铺。嫡亲的三口儿家属，浑家刘氏，孩儿春郎，年才七岁。有奶母张三姑，他是潭州人。在城有个上厅行首张玉娥，我和他做伴，他一心要嫁我，我一心待娶他，争奈我浑家不容。我今日到他家中走走去。（做见科，云）大姐，这几日不曾来，休怪。（外旦云）有你这样人，我倒要嫁你，你倒不来娶我。（李彦和云）也等我拣个吉日良辰，好来娶你。（外旦云）子丑寅卯，今日正好。只今日过了门罢。（李彦和云）大姐，待我回去，和大嫂说的停当，才来娶你。我如今且回我那家中去也。（下）（外旦云）我要嫁他，他倒不肯。只今日我收拾一房一卧，嫁李彦和走一遭去。（下）

（正旦扮刘氏领俫儿上，云）妾身姓刘，夫主是李彦和，孩儿春郎，年才七岁，开着座解典库。俺夫主守着个匪妓张玉娥，每日不来家。我到门首望着，看他来说些甚么。（李彦和上，云）我李彦和，这几日不曾回家，有这妇人屡屡要嫁我。争奈不曾与我浑家商量。我过去见我浑家去。（做见科，云）大嫂，我来家也。（正旦云）李彦和，你每日只是贪花恋酒，不想着家私④过活，几时是了也呵？（唱）

〔仙吕点绛唇〕　你把解库存活、草堂工课都耽搁。终日波波，白日休空过。

〔混江龙〕　到晚来早些来个，直至那玉壶传点二更过。（李彦和云）大嫂，你可怜见，我实不相瞒，这妇人他一心待要嫁我哩。（正旦唱）你教我可怜见，你待敢是无奈之何。你比着东晋谢安⑤才艺浅，比着江州司马泪痕多⑥，也只为婚姻事成抛躲。劝不醒痴迷楚子⑦，直要娶薄幸巫娥⑧。

（李彦和云）我好也要娶他，歹也要娶他。（正旦云）你真个要娶他？兀的不气杀我也！（唱）

〔油葫芦〕　气的我粉脸儿三闾投汨罗⑨。只他那情越多，把云期雨约枉争夺。你望着巫山庙满斗儿烧香火，怎知高阳台，一路上排锹镢⑩？休这般枕上说，都是他栽下的科。他是个万人欺千人货，你只待娶做小家婆。

〔天下乐〕　你正是引的狼来屋里窝，娶到家也不和，我怎肯和他轮车儿伴宿争竞多。你不来我行呵，我房儿中作念着；你来我行呵，他空窗外咒骂我。（带云）咱两个合口唱叫⑪，（唱）你中间里图甚么？

（李彦和云）大嫂，他须不是这等人，我也不是这等人。（正旦唱）

〔那吒令〕　休信那黑心肠的玉娥，他每便乔趋抢取撮⑫，休犯着黄蘖⑬肚小么。数量着哝过，紧忙里做作，似蝎子的老婆。你便有洛阳田，平阳果，钞广银多。

〔鹊踏枝〕　有时节典了庄科，准⑭了绫罗，铜斗儿家私，恰做了落叶辞柯。那其间便是你郑孔目风流结果，只落得酷寒亭刚留下一个萧娥⑮。

（李彦和云）大嫂，那妇人生得十分大有颜色，怎教我不爱他？（正旦唱）

〔寄生草〕　你爱他眼弄秋波色，眉分青黛蛾。怎知道误功名是那额点芙蓉朵，陷家缘唇注樱桃颗，啜人魂舌吐丁香唾。只怕你飞花儿支散养家钱，旋风儿推转团圆磨。

（李彦和云）那里有这等说话？我如今务要娶他哩。（正旦云）你既要娶他，你娶，你娶！（外旦上，云）妾身张玉娥，收拾了一房一卧，嫁李彦和去。来到门首，没人在这里，不免唤他一声。李彦和，李彦和！（李彦和云）有人唤门，待我看去。（出见科，云）大姐，你真个来了也。（外旦云）你耳朵里塞着甚么，不听得我唤门来？我如今过去拜你那老婆，头一拜受礼，第二拜欠身，第三第四拜还礼。他依便依，不依呵，我便家去也。（李彦和云）你不要性急，等我过去和他说，你且在这里。（入，云）大嫂，张玉娥来了也。他说来拜你，头一拜受礼，第二拜欠身，第三第四拜要还礼。你若不还他礼，他要唱叫起来，就不像体面了。（正旦云）我还他礼便罢。（外旦见科，云）姐姐请坐，受你妹子礼。李彦和，头一拜也。（李彦和云）我知道。（外旦云）这是第二拜也。（李彦和云）是大嫂欠身哩。（外旦做连拜怒科，云）甚么勾当！钉子定着他哩，怎么不还礼？（李彦和云）嗨，妇女家不学三从四德，我男子汉说了话，你也该依着我。（正旦唱）

〔后庭花〕　你踏踏的我忒太过，这妮子欺负的我没奈何。支使的大媳妇都随顺，偏不着小浑家先拜我！他那里闹镬铎⑯，我去那窗儿前瞧破。那贼人俏声儿诉一和，俺这厮侧身儿搂抱着。将衫儿腮上抹，指尖儿弹泪颗。

〔柳叶儿〕　你道他为甚来眉峰暗锁？则要我庆新亲茶饭张罗。（云）李彦和，他那伙亲眷，我都认的。（李彦和云）可是那几个？（正旦唱）都是些胡姑姑、假姨姨厅堂上坐。待着我供玉馔，饮金波，可不道谁扶侍你姐姐哥哥？

（李彦和云）你也忒心多，大人家妇女，怎不学些好处？（正旦唱）

〔金盏儿〕　俺这厮偏意信调唆，这弟子业口⑰没遭磨。有情人惹起无明火，他那里精神一掇显偻儸⑱。他那里尖着舌语剌剌，我这里掩着面笑呵呵。（外旦云）你休嘲拨⑲着俺这花奶奶。

（正旦唱）你道我嘲拨着你个花奶奶，（外旦云）我就和你厮打来。（正旦唱）我也不是个善婆婆。

（打科）（外旦做恼科，云）李彦和，你来。搭杀不成团⑳。我和你说，你若是爱他，便休了我；若是爱我，便休了他。你若不依着呵，俺家去也。（李彦和云）二嫂，他是我儿女夫妻，你着我怎么下的！（外旦云）你不依我，还向他哩。（李彦和云）二嫂，他是我儿女夫妻，你着我怎么下的！（外旦云）这等，你放我家去罢。（李彦和云）住、住、住，你着我怎么开口说？（见正旦科，云）大嫂，二嫂说来，若是我爱你，便休了他；若是爱他，只得休了你。（正旦云）兀的不气杀我也！（作气死科）（李彦和救科，云）大嫂，精细㉑着。（正旦醒科）（唱）

〔赚煞〕　气勃勃堵住我喉咙，骨噜噜潮上痰涎沫。气的我死没腾㉒软瘫做一垛，拘不定精神衣怎脱，四肢沉寸步难那。若非是小孤撮㉓叫我一声娘呵，兀的不怨恨冲天气杀我！你没事把我救活，可也合自知其过，你守着业尸骸学庄子㉔鼓盆歌。（死科，下）

（李彦和悲科，云）我那大嫂也！（外旦云）李彦和，你张着口号甚的？有便置，没便弃。（李彦和云）这是甚么说话！大嫂亡逝已过，便须高原选地，破木㉕造棺，埋殡他入土。大嫂，只被你痛杀我也！（下）（外旦云）这也是我脚迹儿好处㉖，一入门先妨杀了他大老婆，何等自在，何等快活。那李彦和虽然娶了我，不知我心下只不喜他。想那魏邦彦，这些时也来家了。我如今暗地里央着人去与他说知，这早晚敢待来也。（净上，云）自家魏邦彦的便是。前月打差便去，叵耐张玉娥无礼，投到我来家，早嫁了别人。如今又使人来寻我，不知有甚么事？我见他去，此间就是。家里有人么？（外旦出见净科，云）你来家里来。（净云）敢不中么？（外旦云）不妨事。（净云）你嫁了人唤我怎的？（外旦云）我和你有说的话。（净云）有甚么说话？（外旦取砌末付净科，云）我虽是嫁了他，心中只是想着你。我如今收拾些金银财宝，悄地交付了你。可便先到洛河边，寻下一只小船。等着我在家点起一把火，烧了他房子。俺同他躲到洛河边，你便假做艄公，载俺上船。到的河中间，你将李彦和推在河里，把三姑和那小厮，也都勒死了，咱两个长远做夫妻，可不好那？（净云）你那是我老婆，就是我的娘哩。我先去在洛河边等你，明日早些儿来。（下）（外旦云）魏邦彦去了也。我如今不免点火去，在这房后边放起火来。（诗云）那怕他物盛财丰，顷刻间早已成空。这一把无情毒火，岂非是没毛大虫㉗？（下）

【注释】

①像生：指形状如生。货郎旦：以说唱为业的女艺人，此处指女主角张三姑。　②外旦：元杂剧角色名称，正旦之外的旦角。　③上厅行首：宋元时应召官府公关、饮娱活动时色艺出色的妓女。上厅：指官厅。行首：指排在前列的人。　④家私：家庭经营、生活事务。　⑤谢安：字安石，历任尚书仆射、中书监、骠骑将军、录尚书事、司徒等，曾领导东晋将士取得淝水之战的胜利。　⑥江州司马泪痕多：参见本书所收马致远《江州司马青衫泪》一剧。　⑦楚子：喻指楚襄王。　⑧巫娥：指传说中的巫山神女。　⑨三闾投汨罗：指屈原投汨罗江自杀事，他曾任楚国三闾大夫。　⑩排锹䦆：挖掘（设置）陷阱。⑪合口唱叫：斗嘴、吵闹。　⑫乔趋抢取撮：趋炎附势、奉承笼络。　⑬黄蘖：植物名，皮、根可入中药。　⑭准：抵押。　⑮萧娥：元杨显之作杂剧《郑孔目风雪酷寒亭》中的人物，为妓女。孔目郑嵩妻亡后将萧娥娶进门，她虐待郑嵩前妻所生子女，又与高成私通，被郑嵩杀死。后郑充军沙门岛，被受过他恩惠的山大王宋彬救上山，与子女团聚。　⑯闹镬铎：喧闹。　⑰业口：缺德（不吉）之嘴，犹现在所说之"乌鸦嘴"。　⑱偻儸：精神、有生气。　⑲嘲拨：嘲骂、挑衅。　⑳搭杀不成团：硬捏在一起，依然未紧连起来。㉑精细：清醒、醒一下。　㉒死没腾：死气腾腾的样子。　㉓小孤撮：犹现在所说的"小赤佬""小畜牲"。　㉔庄子：战国时人，名叫庄周，哲学家，妻子死后他不哭，而鼓盆而歌。其哲学思想探索生死观，与老子的哲学思想并称为老庄哲学。　㉕破木：劈开树木、锯开木板。　㉖脚迹儿好处：意为"命硬"。　㉗没毛大虫：指老虎，形容这把火烧得像虎吃人那么厉害。

【评解】

《货郎旦》这出戏是讲社会伦理教化的，它劝人们要维护原有家庭的和谐稳定，千万莫图一时淫欲而引狼入室，造成家庭破碎的后果。

在元杂剧中，不同的剧作家对妓女这个群体好恶评价不一。有的戏如《救风尘》（关汉卿）、《玉梳记》（贾仲明）、《两世姻缘》（乔吉）、《玉壶春》（贾仲明）、《度柳翠》（李寿卿）、《青衫泪》（马致远）、《谢天香》（关汉卿）、《苏小卿》（王实甫）等，妓女或忠于爱情或资助相好书生科考或修成正果或仗义行侠，她们外貌美，品行也好，大有出淤泥而不染的品格。在旧时代，不少妓女或因贫穷或是被株连的罪家之女或误入火坑，她们向往有家庭、嫁为人妇（哪怕是为妾）和真挚的爱情。她们对钱财并不看重，而是看重嫖客的人品（也就是真心相爱而已）、才华、门第等，找机会就从良，这是一种无可非议的、正当的要求。但也有一些妓女在风月场中迷失了自己，只看重钱财，为了达到骗钱的目的，不惜坑蒙拐骗，一旦嫖客的"花钱"用完，便翻脸不认人。至于有的妓女从良，本身就是为了谋夺嫖客的财产，像《酷寒亭》中的萧娥、《货郎旦》中的张玉娥等，想娶妓女进门的人不可不察。

《货郎旦》这部戏主要还是通过塑造一个坏妓女形象，以及李彦和引狼入室误娶张玉娥的教训，以达到劝告人们不要去嫖娼，不要轻易把妓女娶进门。应当说这出戏完成了教化劝善的任务，只要看第一折中张玉娥周旋在两个男人之间时"厚魏薄李"的嘴脸，以及她与另一嫖客准备谋害李彦和全家的蛇蝎心肠，就可以看出这个女人是多么可怕！她一进门，李家原先的和谐秩序即被打乱。当然，李彦和在道德上亦是有过错者，一个男人背妻在外嫖妓已属不德，还荒废事业，不听妻子劝告，把妓女娶进门，终于弄得妻死子离家散，自己变穷光蛋。这个教训还不深吗？

在艺术上这部戏亦有特点，人物性格很鲜明，对各个人物善恶的描述很清晰，情节跌宕起伏，充满了悬念，故事很"抓人"。略有不足的是对李彦和过错批判不足，把全部罪恶都安在张玉娥身上，落进了"红颜祸水"的老套子。

朱太守①风雪渔樵记

无名氏

【剧情简介】

西汉时，会稽郡曹娥江畔的集贤庄儒生朱买臣，因家境贫寒，在本庄刘二公家入赘，妻子叫玉天仙。此女虽然美貌，但因嗔怪丈夫没有出息，经常与朱买臣吵闹。那朱买臣满腹经纶，但时运乖舛，直到四十九岁也没能博取功名，整日打柴为生。他与曹娥江捕鱼人王安道、打柴者杨孝先三个人结为兄弟，王安道为大哥，杨孝先为小弟。朱买臣虽天天上山打柴，但他身边常带着一本书，空闲时便写万言长策，以便有机会献给朝廷。

那一日正是冬天，漫天风雪交加，王安道沽了一壶酒，在船上迎接刚从山上打柴回来的两个义弟。三个人对着寒江喝酒暖身，便拉开了话匣子，议论着风雪天富贵人家的生活，感叹着他们渔樵之苦。朱买臣喝罢酒，不料在回家路上冲撞了一位官员，乃朝中大司徒严助，正奉圣人（皇帝）之命遍巡天下访贤。严助见朱买臣是打柴之人，身边却带着书，很是诧异。交谈之间，朱买臣以史书上傅说、倪宽、宁戚、韩信、白起、苏秦、公孙弘、灌婴、姜子牙等先贤发迹前受窘迫为例子，比喻自己有才学而不得志。严助问他姓名，得知眼前的书生兼樵夫便是朱买臣，喜出望外。他说久闻贤士大名，差点当面错过，立即动员朱买臣来年赴京应举。朱买臣正欲结识朝廷命官以为进身之阶，便将平时写好的万言策送上，请严助代他献给圣人。

朱买臣岳父刘二公一向对女婿不肯考取功名不满，他想出一个逼朱买臣上进的主意，让女儿玉天仙向朱买臣讨要休书。玉天仙到家后发现朱买臣也刚回来，看着丈夫一个樵夫样，玉天仙便来了气，不仅逼朱买臣写了休书，还把他尽情奚落一顿，最后干脆将他赶出了家门。朱买臣冒着风雪去找义兄王安道，王安道十分同情他的遭遇，听说朱买臣要赴京科考，便以积攒下的十两银子、一套绵衣为赠。

第二年，朱买臣一举高中，被朝廷授为会稽郡太守。他摆开全副执事返故乡上任，路遇本村表伯张憨古，请他喝了三盅从京城带来的御酒。张憨古回到村里把朱买臣得了官、出行的排场怎样豪华报告给刘二公听，刘二公便唤玉天仙去城里认丈夫。玉天仙说："我们已离了婚，他不会相认。"刘二公却胸有成竹，称朱买臣不能对他家忘恩负义，二十载在刘家生活，不应光想着短处忘了长处。并说："有你王安道伯伯撑着，不怕他不认。"

王安道和杨孝先分别去府衙看望朱买臣，朱太守都热情款待。正饮宴间，他前妻玉天仙来访，朱买臣不肯相认，要赶她走。刘二公上前说情，朱买臣也不依，指着王安道、杨孝先两人说："你认得他们吗？他们也不饶你。"可是王、杨两人都劝朱买臣认下。朱买臣让衙役张千端来一盆水，让玉天仙泼在地上，然后对她说："你如果把水全收拢回盆里，我就认你！"王安道劝道："泼水难收，你这是出难题了。"然后告诉朱买臣："玉天仙羞辱你、逼你写休书、把你赶在风雪里，都是老岳丈主意，是为了使你奋起。当初我给你十两银子和一套绵衣，实际都是刘二公的，他让我转交，不让你知道。"朱买臣听说后对丈人、妻子感戴不已，便当场认妻。这时严助捧旨到，称朱买臣有大才，岁加二千石俸禄；妻刘氏虽休离，但遵父命暗中助夫，判断复婚重聚；王安道、杨孝先、刘二公三隐士各赐田百亩，免终身差役。

第 四 折

（王安道上，云）老汉王安道。自与兄弟朱买臣别后，他奋着那一口气，到的帝都阙下，一举及第，除在俺这会稽郡[2]，为太守之职，正是俺的父母官哩。我在这曹娥江边，堤圈左侧，安排下酒肴，请他到此饮宴。可是为何？当初兄弟未遇时，俺与杨孝先兄弟每日在此谈话。他若不忘旧时，必然到此。这早晚兄弟敢待来也。（刘二公同旦儿上，云）老汉刘二公是也。今日朱买臣做了本处太守，料他为休书的缘故，必然不肯认我。如今先与王安道老的[3]说知，着他说个方便才是。这是他家门首。孩儿，我与你自家过去。(做见科)(王安道云)这是令爱？老的，你同他来有何说话？(刘二公云)只为女婿朱买臣得了官，他若不认俺时，可怎了也？(王安道云)老的放心，这桩事元说④老汉做个大证见，今日都在老汉身上。(刘二公云)既是这般，老汉在一壁伺候着，等你回话便了。(同旦儿下)(正末领张千上，云)小官朱买臣是也。自从到的帝都阙下，一举及第，所除会稽郡太守。有王安道哥哥教人请我，在这江堤左侧，安排酒肴。你道为甚的来？俺哥哥则怕我忘旧哩！袛从人，慢慢的摆开头踏行者。朱买臣，谁想有今日也呵！(唱)

〔双调新水令〕 往常我破绽衫粗布袄煞曾穿，今日个紫罗襕⑤恕咱生面。对着这烟波渔父国，还想起风雪酒家天。见了些霭霭云烟，我则索映着⑥堤边耸定双肩，尚兀自⑦打寒战。

(云)左右接了马者！(做见科，云)哥哥，间别无恙！(王安道云)相公来了也。相公峥嵘有日，奋发有时，请坐！(正末云)若不是哥哥，你兄弟岂有今日？记得你兄弟临行时说的话么？去年时也则是朱买臣，到今年也则是朱买臣。道不的个知恩报恩，风流儒雅；知恩不报，非为人也。哥哥请上，受你兄弟几拜咱。(做拜科)(王安道回拜科，云)相公免礼，折杀老汉也！相公请坐，将酒来。(做递酒科，云)相公喜得美除，满饮十杯。(正末云)哥哥先请。(王安道云)不敢，相公请。(正末饮酒科)(王安道云)相公慢慢的饮几杯。(正末云)张千，俺兄弟每⑧说话，休要放过那闲杂人来打搅者。(张千云)理会的。(做喝科，云)相公饮酒，闲杂人靠后！(杨孝先上，云)自家杨孝先便是。打听的俺哥哥朱买臣得了官，在这里饮酒，我过去见哥哥，呀！这等威严，怎好过去？待我高叫一声，怕做甚么？朱买臣哥哥俫！(张千喝云)嗯！这厮是甚么人，怎敢叫俺相公的讳字？(做打科)(正末云)张千，你好无礼也！不得我的言语，擅自把那打马的棍子打他这平民百姓，你跟前多有罪过，好打也！(唱)

〔川拨棹〕 我则待打张千。(云)且问那吃打的是谁？(杨孝先云)哥哥，是你兄弟杨孝先。(正末唱)原来是同道人杨孝先。(孝先做拜、踢倒酒瓶科)(正末回科，云)兄弟免礼！(杨孝先云)

哥哥喜得美除！（王安道云）兄弟你也来了？（正末云）兄弟好么？（杨孝先云）哥哥，您兄弟好。（正末唱）俺也曾合火分钱，共起同眠，间别来隔岁经年。（云）兄弟也，你如今做甚么营生买卖？（杨孝先云）哥哥，你兄弟依旧打柴哩。（正末唱）还靠着打柴薪为过遣⑨，怎这般时命蹇？

（刘二公同旦儿上，云）孩儿，俺和你同见朱买臣去来。（旦儿云）父亲，我先过去。（刘二公云）孩儿你先过去，看他认也不认。（旦儿见跪科，云）相公喜得美除，我道你不是个受贫的么！（正末云）俺这朋友饮酒处，张千，谁着你放他这妇人来？打起去！（唱）

〔七弟兄〕　这是那一家宅眷？稳便⑩。（王安道云）夫人也，来了也。（正末做见、怒科，唱）请起波玉天仙！去年时为甚耽疾怨？觑绝⑪时不由我便怒冲天，今日家咱两个重相见。

（旦儿云）这都是我的不是了也！（正末唱）

〔梅花酒〕　呀，做多少假腼腆，咱须是夙世姻缘，今世缠绵，可怎生就待不到来年？（旦儿云）相公，旧话休提。（正末唱）当初你要休离我便休离，你今日呵要团圆我不团圆。（云）刘家女，你不道来那。（旦儿云）我道甚么来？（正末唱）你道你正青春正少年，你道你好描条好眉面，善裁剪善针线，无儿女厮牵连，别嫁取个大官员。

〔喜江南〕　去波俫⑫，更怕你舍不了我铜斗儿的好家缘。（旦儿做悲科，云）我那亲哥哥，你不认我，着我投奔谁去？（正末唱）孟姜女不索你便泪涟涟，殢人情使不着你野狐得这涎⑬。（旦儿云）你今日做了官也，忒自专⑭哩！（正末唱）非是我自专，你把那长城哭倒圣人宣。

（旦儿云）你认了罢！（正末云）张千，不与我抢出去⑮，怎的？（张千做抢科，云）快出去！（旦儿做出门）（刘二公问科，云）孩儿也，他认你了不曾？（旦儿云）他不肯认我。（刘二公云）孩儿也，咱两个过去来。（做见科，云）朱买臣，我说你不是个受贫的人么！（正末云）兀那老子是谁？（王安道云）是相公的太山⑯岳丈哩！（正末云）你兄弟不认的他。（王安道云）是相公岳丈刘二公。

（正末云）哥哥，他不是卓王孙⑰么？（唱）

〔雁儿落〕 你这卓王孙呵，怎生便不重贤？（王安道云）他是刘二公，怎做的那卓王孙？（正末云）他既不是卓王孙，（唱）索怎生则搬调的个文君女⑱嫌贫贱？我则问你，逼相如索了休，你当初可也对苍天曾罚愿？

（云）今日座上的众人，你可认得么？（旦儿云）认的。这个是王安道伯伯，这个是杨孝先叔叔。（正末唱）

〔得胜令〕 你可便明对着众人言，还待要强留连。（旦儿云）今日个富贵重完聚，可也好也！（正末唱）你想着今日呵富贵重完聚，（云）刘家女侎，（唱）你当初何不的饥寒守自然？（云）你不道来？（旦儿云）我道着甚么来？（正末唱）你道便做鬼到黄泉，咱两个麻线道儿上不相见。各办着个心也波坚，岂不道心坚石也穿？

（王安道云）相公，认了他罢。（正末云）哥哥，你兄弟难以认他。（刘二公云）我是你丈人，你认我也不认？（正末云）我不认！（刘二公云）亲家劝一劝儿。（王安道云）相公，你认他也不认？（正末云）我不认。（王安道云）你不认，我则捕鱼去也！（杨孝先云）相公，你认也不认？（正末云）我不认。（杨孝先云）你不认，我则打柴去也！（旦儿云）朱买臣，你认我么？（正末云）我不认！（旦儿请谢科，云）你不认，我则嫁人去也！（王安道云）相公，你只是认了他罢！（正末云）我断然的不认他！（旦儿云）朱买臣，你若不认我呵，我不问那里，投河奔井，要我这性命做甚？（正末云）嗏声⑲！（唱）

〔甜水令〕 折莫⑳你便奔井投河，自推自跌，自埋自怨！（旦儿云）王伯伯，你劝一劝儿波！（正末唱）便央及煞俺也不相怜！折莫便一来一往，一上一下，将咱解劝，总盖不过你这前愆。

（王安道云）相公，你认了罢！（正末云）哥哥，（唱）

〔折桂令〕 从来你这打鱼人顺水推船。想着那凛冽寒风，大雪漫天；想着我那身上无衣，肚里无食，怀内无钱。（云）刘家女，你不道来？（旦儿云）我道甚么来？（正末唱）你怕甚舍不得我那南庄北园，撇不了我那东阁西轩。我如今旱地上也无田，水路里也无船。只除这紫绶金章㉑，可不的依还是赤手空拳。

（云）刘家女，你欲要我认你也，你将一盆水来。（张千云）水在此。（王安道云）相公，你只认了夫人罢。（正末唱）

〔落梅风〕　也不索㉒将咱劝，你也索听我的言，你将那一盆水放在当面。（王安道云）兀的不有了水也。（正末唱）请你个玉天仙任从那里㵼。（旦儿做泼水科，云）我㵼了也。（正末唱）直等的你收完时再成姻眷。

（王安道云）相公，这是泼水难收，怎么使得？（刘二公云）亲家，势到今日，你不说开怎么？（王安道云）住、住、住，请相公停嗔息怒，听老汉慢慢的试说一遍咱。也非是我忍耐不禁，也非是我牵牵搭搭。则为你四十九岁只思偎妻靠妇，不肯进取功名，你丈人搬调你浑家，故意的索休索离，大雪里赶你出去。男子汉不毒不发。料得你要进取功名，无有盘费，必然辞别老汉。我又贫穷，有甚东西把你赍发？你也想，这白银十两、绵衣一套，我是个打鱼人，那里得来？是你丈人暗暗的送来与我，着我明明的赍发你。投至赴得科场，一举及第，饮御酒，插宫花，做了会稽太守。当初受贫穷，三口儿受贫穷；今日享荣华，却独自个享荣华。相公，你可早忘了知恩报恩，风流儒雅；知恩不报，非为人也！（正末云）哦，有这等事！若不是哥哥说开就里，你兄弟怎生知道？丈人，则被你瞒杀我也！（刘二公云）女婿，则被你傲杀我也！（旦儿云）官人，则被你勒措㉓杀我也！（正末唱）

〔沽美酒〕　我只道你泼无徒心太偏，元来是姜太公㉔使机变，不钓鱼儿只钓贤。你可便施恩在我前，暗赍发与盘缠。

〔太平令〕　从来个打鱼人言如钩线，道的我羞答答闭口无言。明明的这关节有何难见，险些把一家儿恩多成怨。我如今意转、性转，也是他的运转，呀，不独是为尊兄做些颜面。

（孤领祗从㉕上，诗云）汉家七叶圣明君㉖，不尚军功只尚文。试问会稽朱太守，是谁吹送上青云？小官大司徒严助，曾为采访贤士，到此会稽，遇着朱买臣，将他万言长策举荐在朝，果得重用，除授会稽太守之职。闻的他妻子刘氏，曾于大雪之中，强索休书，赶他出去。他记此一段前仇，不肯厮认。岂知这也非他妻子之罪，元来是丈人刘二公妆圈设套，激发他进取功名之意。小官早已体探明白，奏过官里，如今就着小官亲自赍敕，着他夫妻完聚。既是王命在身，怎么还惮的跋涉㉗？须索驰驿去走一遭。可早来到也，左右，接了马者！（做入见科，云）朱买臣，你休弃前妻一事，圣人尽知来历。今着小官赍敕到此，一干人都望阙跪者，听圣人的命：朱买臣苦志固穷，负薪自给，虽在道路，不废吟哦，特岁加二千石，以充俸禄。妻刘氏其貌如玉，其舌则长㉘，虽已休离，本应弃置，奈遵父命，曲成夫名，姑断完聚如故。王安道、杨孝先、刘二公等，并系隐沦㉙，不慕荣进，可各赐田百亩，免役终身。谢恩！（正末同众谢科）（唱）

〔鸳鸯煞尾〕 方知是皇明日月光非遍，天恩雨露沾还浅。道我禄薄官卑，岁加二千。昔日穷交，都皆赐田。便是妻子何缘，早遂了团圆愿。倒与他后世流传，道这风雪渔樵也只落的做一场故事儿演。

（刘二公云）天下喜事，无过夫妇团圆。今日既是认了，便当杀羊造酒，做一个庆贺的筵席！（词云）玉天仙容貌多娇媚，恋恩情进取偏无意。假乖张故逼写休书，到长安果得登高第。除太守即在会稽城，显威风谁不惊回避。怀旧恨夫妇两参商，覆盆水险做傍州例。若不是严司徒赍敕再重来，怎结末朱买臣风雪渔樵记？

【注释】

　①朱太守：朱买臣，西汉时会稽郡人。年轻时贫穷，其妻受不了贫寒，与他离异后改嫁，与后夫一起帮助朱买臣度过饥寒。朱买臣后赴京上求官，获严助帮助，见到皇帝，谈《春秋》，论《楚辞》，被任为中大夫，后又任会稽太守。赴任时，他端坐车中，前妻与丈夫为他修路，他虽把前妻与丈夫请入车中同坐，并给房舍饭食，但前妻受不了羞辱，不到一月即自缢。朱买臣因击东越少数民族势力有功，升主爵都尉，数年后因违法免官。又任丞相长史，因与丞相张汤不睦，他告发张汤不轨事，张汤畏罪自杀。不久，朱买臣也因有罪被诛。　②会稽郡：秦时置会稽郡，包括今天的浙东、浙北、苏南等地，汉高祖六年改为荆国，十二年又改为吴国，故《汉书》又称朱买臣为吴人。　③老的：犹现在称呼"老人家""老头子""老先生"。　④元说：原来说定。　⑤紫罗襕：紫色绫罗做的上下连衫，为进士及国子监生员服饰。　⑥则索：只得、只能。映着：对着、照肩。　⑦尚兀自：仍然是。　⑧兄弟每：兄弟们。　⑨过遣：消遣、度日，这里引申为生计解。　⑩稳便：请自便，此处为客套式的赶人走开。　⑪觑绝：看穿、看尽。　⑫去波俫：快走吧。　⑬使不着：用不着。野狐得这涎：野狐涎，迷惑人的话。　⑭忒自专：蛮横不讲理。

⑮ 抢出去：赶出去。　⑯ 太山：泰山。　⑰ 卓王孙：西汉武帝时临邛富翁，生女卓文君，寡居后夜奔穷书生司马相如，卓王孙遂与女儿、女婿决绝，后双方重归于好，司马相如亦入朝做官。　⑱ 文君女：卓文君，她自择丈夫，大胆私奔，追求爱情幸福，为千古佳话。⑲ 噤声：犹现代所说的"住口"。　⑳ 折莫：尽管、即使。　㉑ 紫绶金章：紫色的绶带上悬着黄金印。　㉒ 也不索：也不必、也不须。　㉓ 勒揞：折磨、折腾。　㉔ 姜太公，西周初辅佐文王、武王的姜尚。　㉕ 孤：元杂剧中角色名，一般扮官员。祗从：官员随从。㉖ 七叶圣明君：从汉高祖以后的七代皇帝。　㉗ 还惮的跋涉：不惧怕走远路。　㉘ 其舌则长：指玉天仙为长舌妇，好搬弄是非。　㉙ 并系隐沦：都是山野隐居的贤士。

【评解】

《渔樵记》在中国戏曲史上是一出很有名的作品。它通过朱买臣从穷困窘境中脱颖而出，终于熬出头当上一郡太守的奋斗过程，为读书人扬眉吐气，谴责了社会上的势利眼，是一部反映文人追逐名利的戏。

这出戏首先是对读书人进行教化，告诉人们"万般皆下品，惟有读书高"，只要读好书，胸中有才学，即使暂时数十年境况不佳，终有出头的那一天，即所谓"大器晚成"。剧中的朱买臣未发迹时与渔夫、樵夫结为兄弟，讨不起老婆，只能入赘刘家当上门女婿，丈人看不起，妻子嫌他穷。大风雪之日，还要上山砍柴，苦不堪言。义兄弟三个在寒江渔船上喝酒驱寒，议论富贵人家"向那红炉的这暖阁，一壁厢添上兽炭，他把那羊羔来浅注"，"他每端的便怎知俺这渔樵每受苦"？多么羡慕富贵生活！最后，朱买臣终于凭胸中才学博得了朝廷的青睐，也过上了大富大贵的生活，这难道还不是所有读书人的榜样吗？这样活生生的形象化教育，抵得上不知多少篇道德说教。那些乡间文人儒生怎会不被感动、触动？

《渔樵记》鼓励穷寒文士不甘寂寞争名逐利图进取，题材尽管枯燥，但剧本写得非常好，整部作品着力于叙述故事，却又非常抒情，通过环境、场景的描写来实现情和景的交融。本剧一开始便点出"今日遇着暮冬天气，纷纷扬扬，下着如此大雪"，然后又写王安道在渔船上安排新酒，三个人面对舱外漫天风雪议论富贵人家生活，称这"下着的是国家祥瑞"，全不知穷人家"渔樵每受苦"。这样的描述简直就是一幅"风雪寒江高士渔樵图"，竟把穷人的痛苦写得如此有诗意。第三折中描写朱买臣当了会稽太守后衣锦荣归，手下公人如狼似虎，那个同村的张货郎，论辈分还是他的乡中伯伯，喊了他一声名字，居然被公人像"鹰拿燕雀"般抓到朱买臣跟前下跪。后来朱买臣摆谱让他喝了三盅御酒，他感激得屁滚尿流，然后回村里去向刘二公学舌一通，更衬托出朱买臣"一阔地位变"的显赫。第二折中写到朱买臣顶着风雪回家，他"则见舞飘飘的六花飞，更那堪这昏惨惨的兀那彤云霭。恰便似粉妆成殿阁楼台，有如那捽绵扯絮随风洒。既不沙却怎生白茫茫的无个边界"。而此时朱买臣即将面对人生的考验，即妻子要与他决绝逼讨休书。这一段对雪的描写既是写天寒，也是为朱买臣即将要面临的心寒做铺垫，真实地烘托了朱买臣的心情和处境。

本剧语言上亦独具特色，用了许多典故，但最成功的是对元朝时民间的村语粗言借用得淋漓尽致。第二折写朱买臣和妻子玉天仙的吵闹，将大量刻薄的村语从玉天仙口中说出来，既符合人物身份、性格，又十分生动和生活化。玉天仙讽刺朱买臣穷，就说："你将来波，有甚么大绫大罗、洗白复生、高丽氁丝布、大红通袖膝襕、仙鹤狮子的胸背。"她骂朱买臣是"穷短命，穷剥皮，穷割肉，穷断脊梁筋的"，"割了你穷耳朵，剜了你穷眼睛，把你皮也剥了"。又称："我儿也（贬低丈夫），鼓楼房上琉璃瓦，每日风吹日晒雹子打。见过多少振翚振，倒怕你清风细雨洒。我和你顶砖头对口词，我也不怕你。"又如她向朱买臣索休书说："巧言不如直道，买马也索籴料，耳檐儿当不的胡帽，墙底下不是那避雨处。你也养活不过我来……我拣那高门楼大粪堆。"紧接着又斥责朱买臣喊她娘子是什么"屁眼底下穰子"，"夫人，夫人，在磨眼儿里。你砂子地里放屁，不害你那口碜"。以下更是一篇骂人经典，可称绝唱——

> 投到你（朱买臣）做官，你做那桑木官、柳木官，这头踹着那头掀；吊在河里水判官，丢在房上晒不干。投到你做官，直等的那日头不红，月明带黑，星宿眵眼，北斗打呵欠；直等的蛇叫三声狗拽车，蚊子穿着兀剌靴，蚁子戴着烟毡帽，王母娘娘卖饼料！投到你做官，直等的炕点头，人摆尾，老鼠跌脚笑，骆驼上架儿，麻雀抱鹅弹，木伴哥生娃娃！

这些粗话明显保持了当时社会生活中的原貌，它们源于生活，所以非常新鲜、生动和生活化。

这里所选解的第四折是全戏的高潮，趾高气扬的朱买臣面对昔日风雪天赶他出门的玉天仙和丈人刘二公，居高临下，反过来斥责、讽刺他们父女的无情无义，想出了一个要他认下妻子就必须覆水全收的毒计。这一构思反映了文人狭窄的心胸和对未发迹时所受气恼的耿耿于怀。不过总算最后由王安道说出真相，朱买臣顿时气挫，只得认下妻子，而"覆水难收"则成了一个经典成语。

【拾遗】

《渔樵记》在戏剧史上影响很大，它取材于《汉书·朱买臣传》，但戏中朱买臣与妻子的结局与史实不符。历史上，朱买臣得官返乡时妻子已改嫁，前妻与她的现任丈夫曾赐朱买臣饭食，因此朱对他们亦不薄。可能前妻心态复杂，眼见到手的贵夫人身份飞走，她受不了世俗眼光，所以只能自杀。这一题材的戏，明代有昆曲《烂柯山传奇》，其中《痴梦》一折在昆曲舞台上仍有演出，讲述朱买臣之妻幻想丈夫中举，梦中接受凤冠霞帔，醒来仍是一梦。京剧《马前泼水》（又名《朱买臣休妻》）情节与《烂柯山》相同，结局都是朱买臣发迹后其妻想来相认，但朱买臣于马前泼水，要前妻收回后再认，前妻羞愧撞死。京剧《马前泼水》由汪笑侬编演，目前在京剧舞台已不大演出。

包龙图^①智赚合同文字

无名氏

【剧情简介】

汴梁西关有刘氏两兄弟,大哥叫刘天祥,娶杨氏当填房,带一前夫所生之女丑哥;弟弟刘天瑞,娶妻张氏,生子刘安住方三岁,与乡里李社长之女定奴曾指腹为婚。那一年大旱,六谷无收,官府命各家分房减口,赴收成好的地方"趁熟"(谋食)。两兄弟协商由天瑞带妻儿出去,临行兄弟俩立下合同文书,称"弟刘天瑞自愿将妻带子,他乡趁熟,一应家私田产,不曾分另。今立合同文书二纸,各收一纸为照",李社长作为见证一并画押。

天瑞携妻儿辗转到潞州高平县下马村,住进张秉彝店中。夫妇俩都患重病先后去世,天瑞临终将安住托付给张秉彝,待他成人后把夫妇俩骨殖迁葬回故土,又拿出那份合同文书作为刘安住返乡的见证。张秉彝无子,将安住视为己出。转眼之间,安住已长到十八岁。一日,张秉彝带安住给祖宗上过坟后,叫他向另外两座坟祭拜。安住问何故,张秉彝遂将他身世告知,又拿出合同文字给他看。安住拜谢养父母之恩,决定背父母骨殖回乡迁葬。

安住回到汴梁,发现刘家竟已发达,开起典当铺,丑哥也招婿上门。原先杨氏最担心天瑞父子回来,因刘家仅得安住一子,依照法度,非刘家人的丑哥不能继承财产。现在安住突然出现在家门口,她自是惊惶,无奈安住有合同文字,无法不认。她遂假称不识字,要拿合同进去给丈夫看,诓得安住的合同文字,反诬安住是来冒亲。安住又找大伯,说明他并非来争家产,只须葬完父母便回潞州去,刘天祥听老婆的话不肯认侄,还纵容杨氏打破安住头颅。安住哭声惊动李社长,询问之后认定此即亲家天瑞之子,遂出面与天祥夫妇交涉,没能成功,一气之下将刘天祥夫妇告至开封府衙门。

正巧待制包拯自西延边赏军刚回,他接了状纸,将一干人收监,悄悄地先派人去潞州接来证人张秉彝,然后正式升堂审理。天祥夫妇依旧不肯认侄,还说安住是来混赖家私的。包拯对安住道:"既然他说与你没亲,你可以拿大棒子打他。"安住却说不忍打亲大伯、伯母。包拯叫人把安住关入牢中。不久,狱吏来报安住已死,他太阳穴上有伤痕,是被他物所伤。包拯问杨氏:"你与安住是否有亲?若是亲侄儿,打死可以不偿命;若没有亲,杀人要偿命。"杨氏慌了,忙称安住是丈夫亲侄子。包拯问可有凭据,杨氏拿出两份合同文字做证。包拯叫安住出来,原来他根本没死,刘天祥夫妇只得认侄服罪。包拯判决:刘安住力行孝道,赐进士冠带荣身;张秉彝任本处县令,妻赠贤德夫人;李社长赏银一百两,择日嫁女于刘安住;刘天祥糊涂有罪,因老免究,其妻罚赎铜千斤;赘婿与刘家无瓜葛,逐出家门。

第 四 折

（张千排衙上，云）在衙人马平安，抬书案。（包待制上，诗云）冬冬衙鼓响，公吏两边排。阎王生死殿，东狱吓魂台。老夫包拯，自十日前西延边赏军回来，打西关里过，有一伙告状的是刘安住。老夫将一行人都下在开封府南衙牢里，只不审问。你道为何？只为刘安住告的那词因②上说道，十五年前在潞州高平县下马村张秉彝家住来，以此老夫十日不问，我已曾差人将张秉彝取到了也。张千，将安住一起，都与我拿上厅来者。（正末同众上）（正末唱）

〔双调新水令〕 只俺这小人不解大人机，把带伤人倒监了十日。干连人不问及，被论人③尽勾提。暗暗猜疑，怎参透就中意。

（张千云）当面。（众跪科）（包待制云）一行人都有么？（张千云）禀爷，都有了也。（包待制云）刘安住，这个是你的谁？（正末云）是我伯父、伯娘。（包待制云）谁打破你头来？（正末云）是俺伯娘来。（包待制云）谁拿了你合同文书来？（正末云）俺伯娘拿了来。（包待制云）那伯娘是您亲的么？（正末云）是俺亲的。（包待制云）兀那婆子，这个是您亲侄儿不是？（搽旦云）这不是俺亲侄儿，他要混赖俺家私④哩。（包待制云）你拿了他文书，如今可在那里？（搽旦云）并不曾见甚么文书，若见来我就害眼疼。（包待制云）兀那刘天祥，这个是你亲侄儿么？（刘天祥云）俺那侄儿是三岁离家的，连我也不认的。婆婆说道不是。（包待制云）这老儿好葫芦提⑤，怎生婆婆说不是就不是？兀那李社长，端的他是亲不是亲？（社长云）这个是他亲伯父、亲伯娘，这婆子打破他头。我是他亲丈人，怎么不是亲的？（包待制云）兀那刘天祥，你怎么说？（刘天祥云）婆婆说不是，多咱⑥不是。（包待制云）既然这老儿和刘安住不是亲呵，刘安住，你与我拣一根大棒子，拿下那老儿，着实打者。（正末唱）

〔乔牌儿〕 他是个老人家多背悔⑦，大人须有才智。外人行白⑧打了犹当罪，可不俺关亲人绝分义。

（包待制云）你只打着他，问一个谁是谁非，便好定罪也。

（正末唱）

〔挂玉钩〕 相公道谁是谁非便得知。（包待制做怒科，云）兀那刘安住，你可怎生不着实打者？（正末唱）俺父亲尚兀是⑨他亲兄弟。却教俺乱棒胡敲忍下的，也要想个人心天理终难昧。我须是他亲子侄，又不争甚家和计⑩。我本为行孝而来，可怎么生怨⑪而归？

（包待制诗云）老夫低首自评论，就中曲直岂难分。为甚侄儿不将伯父打，可知亲者原来则是亲。兀那小厮，我着你打这老儿，你左来右去，只是不肯打。张千，取枷来将那小厮枷了者。（做枷正末科）（正末唱）

〔雁儿落〕 他荆条棍并不曾汤着皮，我荷叶枷倒替他耽将罪。稳放着后尧婆⑫在一壁，急的那李社长难支对。

〔得胜令〕 呀！这是我独自落便宜，好着我半晌似呆痴。俺只道正直萧丞相⑬，元来是风魔的党太尉⑭。堪悲，屈沉杀刘天瑞；谁知，可怎了葫芦提包待制？

（包待制云）张千，将刘安住下在死囚牢里去。你近前来。（打耳暗科）（张千云）理会的。（张千做枷正末下）（包待制云）这小厮明明要混赖你这家私，是个假的。（搽旦云）大人见的是，他那里是我亲侄儿刘安住？（张千云）禀爷，那刘安住下在牢里发起病来，有八九分重哩。（包待制云）天有不测风云，人有旦夕祸福。那小厮恰才无病，怎生下在牢里便有病？张千你再去看来。（张千又报，云）病重九分了也。（包待制云）你再看去。（张千又报，云）刘安住太阳穴被他物所伤，现有青紫痕可验，是个破伤风的病症，死了也。（搽旦云）死了，谢天地。（包待制云）怎么了这桩事？如今倒做了人命，事越重了也。兀那婆子，你与刘安住关亲么？（搽旦云）俺不亲。（包待制云）你若是亲呵，你是大他是小，休道死了一个刘安住，便死了十个，则是误杀子孙不偿命⑮，则罚些铜纳赎；若是不亲呵，道不的杀人偿命，欠债还钱。他是各白世人⑯，你不认他罢了，却拿着甚些器仗打破他头，做了破伤风身死。律上说：殴打平人，因而致死者抵命。张千将枷来，枷了这婆子，替刘安住偿命去。（搽旦慌科，云）大人，假若有些关亲，可饶的么？（包待制云）是亲便不偿命。（搽旦云）这等，他须是俺亲侄儿哩。（包待制云）兀那婆子，刘安住活时你说不是，刘安住死了，可就说是。这官府倒由的你那？既说是亲侄儿，有甚么显证？（搽旦云）大人，现有合同文书在此。（包待制词云）这小厮本说的丁一确二⑰，这婆子生扭做差三错四。我用的个小小机关，早赚出合同文字。兀那婆子，合同文书有一样两张，只这一张，怎做的合同文字？（搽旦云）大人，这里还有一张。（包待制云）既然合同文字有了也，你买个棺材，葬埋刘安住去罢。（搽旦叩头科，云）索是谢了大人。（包待制云）张千，将刘安住尸首抬在当面，教他看去。（张千领正末上）（搽旦见科，云）呀！他原来不曾死。他是假的，不是刘安住。（包待制云）刘安住，被我赚出这合同文书来了也。（正末云）若非青天老爷，兀的不屈杀小人也！（包待制云）刘安住，你欢喜么？（正末云）可知欢喜哩。（包待制云）我更着你大欢喜哩。张千，司房中唤出那张秉彝来者。（张秉彝上，见正末悲科）（正末唱）

〔甜水令〕　我只为认祖归宗，迟眠早起，登山涉水，甫能勾到庭帏。又谁知伯母无情，十分猜忌，百般驱逼，直恁的命运低微。

〔折桂令〕　定道是死别生离，与俺那再养爹娘，永没个相见之期。幸遇清官，高抬明镜，费尽心机，赚出了合同的一张文契，才许我埋葬的这两把儿骨殖。今日个父子相依，恩义无亏，早则⑱不迷失了百世宗支，俺可也敢忘昧了你这十载提携。

（包待制云）这一桩公事都完备了也。一行人跪着，听我老夫下断。（词云）圣天子抚世安民，尤加意孝子顺孙。张秉彝本处县令，妻并赠贤德夫人。李社长赏银百两，着女夫择日成婚。刘安住力行孝道，赐进士冠带荣身。将父母祖茔安葬，立碑碣显耀幽魂。刘天祥朦胧⑲有罪，念年老仍做耆民。妻杨氏本当重谴，姑准赎铜罚千斤。其赘婿元非瓜葛，限即时逐出刘门。更揭榜通行晓谕，明示的王法无亲。（众谢科）（正末唱）

〔水仙子〕　把白襕衫换了绿罗衣，抵多少一举成名天下知。为甚么皇恩不弃孤寒辈，似高天雨露垂，生和死共戴荣辉。虽然是张秉彝十分仁德，李社长一生信义，也何如俺伯父家有"贤妻"？

【注释】

① 包龙图：包拯，字希仁，北宋庐州人，为中国历史上著名清官。历任监察御史、三司户部副使、天章阁待制、知谏院、龙图阁直学士，又知江宁府、开封府，最后官至枢密副使（副宰相），故民间及文学作品中常以包公、包龙图、包待制、包相爷呼之。 ② 词因：案由、讼词。 ③ 被论人：涉案人。因此案为李社长出首原告，所以刘安住和伯父、伯母都涉案。 ④ 家私：家财。 ⑤ 葫芦提：糊涂或装糊涂。 ⑥ 多咱：大概、可能、大约。 ⑦ 背悔：也称"悖晦"，意为做事糊涂。 ⑧ 行白：发生言语或肢体冲突。 ⑨ 尚兀是：尚且是、况且是。 ⑩ 家和计：家产、家业。 ⑪ 生忿：产生矛盾和不满。 ⑫ 后尧婆：凶毒的后妻或后母。 ⑬ 萧丞相：西汉初丞相萧何，他曾为汉朝制定了许多律令。 ⑭ 党太尉：指北宋初大臣党进，他执法很随意，传为笑话。 ⑮ 误杀子孙不偿命：元朝法律规定，"诸父有故殴其子女，邂逅致死者，免罪"（《元史·刑法志》），这是儒家思想中"君要臣死，臣不得不死；父要子亡，子不得不亡"的法律化。 ⑯ 各白世人：不相干之人。 ⑰ 丁一确二：丁是丁，卯是卯，清晰无疑。 ⑱ 早则：幸亏、庆幸。 ⑲ 朦胧：此处指不明是非。

【评解】

《合同文字》表面上是一部清官包公的断案戏，其实是一出牵涉财产分割和继承的家庭伦理剧，描写的是一场财产争夺战。

这部作品的要害是财产的分割问题。刘天祥、刘天瑞两兄弟虽各自成婚，但因未分家另过，所以实际上刘家的财产是兄弟俩共有的。当然，自刘天瑞携家小外出逃荒以后，刘天祥与杨氏对家庭的发展起了主要作用，还开了解典库，但依旧不能改变两兄弟共有财产的事实，因为当初两兄弟立有合同文书。而作为刘天瑞的唯一儿子，刘安住是当然的财产继承人。

按现在的观念，刘天祥即使把财产的一半或不足一半分给刘安住，自己还可拥有至少一半的财产。问题是按当时封建社会的律条和族规、常规，女性后代对父母的财产是没有继承资格的，假如父母没了，必须拣一名侄子作为嗣子来继承财产。若亲生女儿要招赘女婿养老，也须获得族中同意。而且即使女儿招婿后可以继承财产，若族中侄子、侄孙有意见，尚须酌情分出大部分或相当一部分财产给侄子、侄孙承继。而我们看到，尽管杨氏的女儿亦是刘天祥的继女，但因这女儿与刘家并无血缘关系，因此这个女儿按当时的法律、族规是没有继承权的。刘安住一旦回归刘家，他便成为刘家所有财产的法定继承者，刘天祥和杨氏及女儿、女婿十多年来便全是在为刘安住奔忙敛财了，杨氏焉能甘心？所以杨氏必须否认刘安住的身份，藏匿起两份财产合同，才能为她的女儿、女婿保住财产。我们看到，最后包公判案时竟下令把杨氏女儿、女婿逐出刘家门庭，实际也就逼刘天祥夫妇以刘安住为嗣子，刘安住便成为刘家财产的唯一合法继承人了。包公这个判决用现在的民事法律来审视是不公的，因为养子、养女应同样有继承权；但按封建社会的财产继承律条，包公判的是对的。

这部戏中，包公面对的是一桩棘手的案子。当初刘天瑞的那份合同，因安住涉世未深，竟被杨氏骗走，当时又没亲子鉴定可做，在此情况下，只要刘天祥夫妇咬紧牙关不认侄子，包公也无奈他们何。但包公自有智慧，抓住杨氏曾打破安住头颅这一点，让安住诈死，然后以法律中规定伯父母打死侄儿可不偿命这一点，诱杨氏自己认下侄子，又逼她交出了两份合同，终于使刘安住身份认定完毕，断案也就有了依据，杨氏只能输了官司。这个案子的断案方式与《灰阑记》相同，都是以亲情、人性来断案，在无法科学取证的时代，倒也不失为一种机智。同时，包公严判此案，也是从司法上对合同信用的维护，说明我国在封建社会时即有从法律上维护合同和信用的传统。

《合同文字》与其说是戏，不如说更是封建社会的法律教科书。除了这场财产争夺战之外，该戏还描绘了当时平民百姓面对饥荒的惨状，官府无力救济他们，下了文书逼他们背井离乡外出"趁熟"，而其结果却是刘天瑞夫妇因病客死他乡，丢下三岁孩子，若不是安住义父张秉彝心善，则安住的小命也早就不保了。官府的罪恶，于此可见一斑。

包待制陈州粜米①

无名氏

【剧情简介】

宋朝时陈州三年亢旱，六谷颗粒无收，黎民饥饿，几至人相食。户部尚书、天章阁大学士范仲淹奉旨召平章政事韩琦、中书同平章事吕夷简、权豪刘衙内商议，要从朝中挑选两个清廉能员去陈州开仓粜米，钦定的米价是五两白银一石细米。刘衙内见是肥差，遂推荐儿子刘得中、女婿杨金吾前去。范仲淹同意，还让他们带上御赐紫金锤，称百姓"放刁"可打死勿论。

刘得中、杨金吾素来仗父恶势，抢夺奸淫，干尽坏事。刘衙内行前教唆他们到陈州开仓粜米时更改朝廷法度，每石细米由五两涨至十两，量米用只有八升的小斗，米里还搅和些泥土糠秕；称银子则改用加三成的大秤，十两银子只能称到七两。两个害民贼到陈州后，勾结当地太守、恶仓吏，赚了许多不义之财。当地灾民张憋古和儿子小憋古，因带来籴米的十二两银子只称到八两，与仓吏争执时斥粜米官心肠太黑，刘得中便诬张憋古闹事，举起紫金锤击其头部。张憋古临死前嘱儿子速到开封府找包龙图告状。

范仲淹得知刘得中、杨金吾在陈州贪赃枉法，紧急召韩琦、吕夷简、刘衙内、包待制等人商议。正好小懒古来告状，因不认识人误告在刘衙内手里，刘衙内冒充包待制接了状，在范仲淹等面前为儿、婿辩解。小懒古发现告错后，便又寻到真正的包待制。包待制听说陈州百姓受苦，便当着刘衙内的面领受了赴陈州查办贪污舞弊的差使，还获得了御赐势剑金牌，有权先斩后奏。刘衙内慌了神，求范仲淹到圣人面前要到一纸文书，“赦活的不赦死的”，他想以此保住子、婿性命。

包待制赴陈州，让亲随张千背势剑在前面先走，自己扮作普通百姓走在后边。进城路上遇一女子骑驴摔下扭了细腰，她竟仗势支使包待制扶她回家。包待制询问后方知她是名妓王粉莲，傍了刘得中、杨金吾两个阔嫖客，还吹嘘这两个人大秤小斗榨取民脂民膏的本事，称这两个为讨好她，把御赐紫金锤也典在她处了。包待制把她送到家，她还要拿紫金锤给包待制看，不想刘得中、杨金吾到来，他们不识微服的包待制，几句言语不合便把包待制吊起来凌辱，幸好张千赶到救起。随后包待制升厅坐衙，逮捕知州和刘得中、杨金吾等一干人犯，又在王粉莲处起获紫金锤。于是包待制立判：杨金吾押赴市曹斩首，命小懒古用紫金锤砸死刘得中，随后将小懒古收监。此时刘衙内带赦书赶到，宣布圣命“赦活的不赦死的”，包待制立命牢中赦出小懒古，而刘、杨二贼已死不赦，刘衙内哀叹空忙一场。

第　三　折

（小衙内同杨金吾上）（小衙内诗云）日间不做亏心事，半夜敲门不吃惊。自家刘衙内孩儿。俺二人自从到陈州开仓粜米，依着父亲改了价钱，插上糠土，克落了许多钱钞，到家怎用得了？这几日只是吃酒耍子。听知圣人差包待制来了。兄弟，这老儿不好惹，动不动先斩后闻。这一来，则怕我们露出马脚来了。我们如今去十里长亭，接老包走一遭去。（诗云）老包姓儿㑳[②]，荡[③]他活的少；若是不容咱，我每则一跑。（同下）

（张千背剑上）（正末骑马做听科）（张千云）自家张千的便是。我跟着这包待制大人，上五南路采访回来，如今又与了势剑金牌，往陈州粜米去。他在这后面，我可在前面，离的较远。你不知这位大人清廉正直，不爱民财。虽然钱物不要，你可吃些东西也好。他但是到的府州县道，下马升厅，那官人里老[④]安排的东西，他看也不看。一日三顿，则吃那落解粥[⑤]。你便老了吃不得。我是个后生家，我两只脚伴着四个马蹄子走，马走五十里，我也跟着走五十里，马走一百里，我也走一百里。我这一顿落解粥，走不到五里地面，早肚里饥了。我如今先在前面，到的那人家里，我则说："我是跟包待制大人的，如今往陈州粜米去，我背着的是势剑金牌，先斩后闻，你快些安排下马饭我吃。"肥草鸡儿，茶浑酒儿，我吃了那酒，吃了那肉，饱饱儿的了。休说五十里，我咬着牙直走二百里则有多哩。嗨，我也是个傻弟子孩儿！又不曾吃个，怎么两片口里劈溜扑剌的，猛可里包待制大人后面听见，可怎了也！（正末云）张千，你说甚么哩？（张千做怕科，云）孩儿每不曾说甚么。（正末云）是甚么"肥草鸡儿"？（张千云）爷，孩儿每不曾说甚么"肥草鸡儿"。我才则走哩，遇着个人，我问他："陈州有多少路？"他说道："还早哩。"几曾说甚么"肥草鸡儿"？（正末云）是甚么"茶浑酒儿"？（张千云）爷，孩儿每不曾说甚么"茶浑酒儿"。我走着哩，见一个人，问他："陈州那里去？"他说道："线也似一条直路，你则故走。"孩儿每不曾说甚么"茶浑酒儿"。（正末云）张千，是我老了，都差听了也。我老人家也吃不的茶饭，则吃些稀粥汤儿。如今在前头有的尽你吃，尽你用，我与你那一件厌饫⑥的东西。（张千云）爷，可是甚么厌饫的东西？（正末云）你试猜咱。（张千云）爷说道："前头有的尽你吃，尽你用。"又与我一件儿厌饫的东西。敢是苦茶儿？（正末云）不是。（张千云）萝卜简子儿？（正末云）不是。（张千云）哦，敢是落解粥儿？（正末云）也不是。（张千云）爷，都不是，可是甚么？（正末云）你脊梁上背着的是甚么？（张千云）背着的是剑。（正末云）我着你吃那一口剑。（张千怕科，云）爷，孩儿则吃些落解粥儿倒好。（正末云）张千，如今那普天下有司官吏，军民百姓，听的老夫私行，也有那欢喜的，也有那烦恼的。（张千云）爷不问，孩儿也不敢说。如今百姓每听的包待制大人到陈州粜米去，那个不顶礼。都说："俺有做主的来了！"这般欢喜，可是为何？（正末云）张千也，你那里知道，听我说与你咱。（唱）

〔南吕一枝花〕 如今那当差的民户喜，也有那干请俸的官人每怨。急切里称不了包某的心，百般的纳不下帝王宣⑦，我如今暮景衰年，鞍马上实劳倦。如今那普天下人尽言道："一个包龙图暗暗的私行，唬得些官吏每兢兢打战。"

〔梁州第七〕 请俸禄五六的这万贯，杀人到三二十年，随京随府随州县。自从俺仁君治世，老汉当权，经了这几番刷卷⑧，备细的究出根原。都只是庄农每争竞桑田，弟兄每分另家缘。俺、俺、俺，宋朝中大小官员；他、他、他，剩与你财主每追征了些利钱；您、您、您，怎知道穷百姓苦恹恹叫屈声冤！如今的离陈州不远，便有人将咱相凌贱，你也则诈眼儿⑨不看见；骑着马，揣着牌，自向前，休得要捋袖揎拳。

（云）张千，离陈州近也，你转着马，揣着牌，先进城去，不要作践人家。（张千云）理会的。爷，我骑着马去也。（正末云）张千，你转来，我再分付你：我在后面，如有人欺负我，打我，你也不要来劝，紧记者。（张千云）理会的。（张千做去科）（正末云）张千，你转来。（张千云）爷，有的说就马上说了罢。（正末云）我分付的紧记者。（张千云）爷，我先进城去也。（下）

（搽旦王粉莲赶驴上，云）自家王粉莲的便是。在这南关里狗腿湾儿住。不会别的营生买卖，全凭着卖笑求食。俺这此处有上司差两个开仓粜米官人来，一个是杨金吾，一个是刘小衙内。他两个在俺家里使钱，我要一奉十，好生撒馒⑩。他是权豪势要，一应闲杂人等，再也不敢上门来。俺家尽意的奉承他，他的金银钱钞可也都使尽俺家里。数日前将一个紫金锤当在俺家，若是他没钱取赎，等我打些钗儿戒指儿，可不受用。恰才几个姊妹请我吃了几杯酒，他两个差人牵着个驴子来取我。三不知⑪我骑上那驴子，忽然的叫了一声，丢了个撅子，把我直跌下来，伤了我这杨柳细，好不疼哩。又没个人扶我，自家挣得起来，驴子又走了，我赶不上，怎么得人来替我拿一拿住也好那！（正末云）这个妇人，不像个良人家的妇女。我如今且替他笼住那头口儿，问他个详细，看是怎么。（旦儿做见正末科，云）兀那个老儿，你与我拿住那驴儿者。（正末做拿住驴子科）（旦儿做谢科，云）多生受你老人家也。（正末云）姐姐，你是那里人家？（旦儿云）正是这个庄家老儿，他还不认的我哩。我在狗腿湾儿里住。（正末云）你家里做甚么买卖？（旦儿云）老儿你试猜咱。（正末云）我是猜咱。（旦儿云）你猜。（正末云）莫不是油磨房？（旦儿云）不是。（正末云）解典库？（旦儿云）不是。（正末云）卖布绢缎匹？（旦儿云）也不是。(正末云)都不是,可是甚么买卖?(旦儿云)俺家里卖皮鹌鹑儿⑫。老儿,你在那里住?(正末云)姐姐,老汉止有一个婆婆,早已亡过,孩儿又没,随处讨些饭儿吃。(旦儿云)老儿,你跟我去,我也用的你着。你只在我家里,有的好酒好肉,尽你吃哩。(正末云)好波,好波,我跟将姐姐去,那里使唤老汉?(旦儿云)好老儿,你跟我家去,我打扮你起来,与你做一领硬挣挣的上盖⑬,再与你做一顶新帽儿,一条茶褐绦儿⑭,一对干净凉皮靴儿,一张凳儿。你坐着在门首,与我家照管门户,好不自在哩。(正末云)姐姐,如今你根前可有甚么人走动?姐姐,你是说与老汉听咱。(旦儿云)老儿,别的郎君子弟、经商客旅,都不打紧。我有两个人,都是仓官,又有权势,又有钱钞,他老子在京师现做着大大的官。他在这里粜米,是十两一石的好价钱,斗又是八升的小斗,秤是加三大秤。尽有东西,我并不曾要他的。(正末云)姐姐不曾要他钱,也曾要他些东西么?(旦儿云)老儿,他不曾与我甚么钱,他则与了我个紫金锤,你若见了,就唬杀你。(正末云)老汉活偌大年纪,几曾看见甚么紫金锤?姐姐若与我见一见儿消灾灭罪,可也好么?(旦儿云)老儿,你若见了,好消灾灭罪。你跟我家去来,我与你看。(正末云)我跟姐姐去。(旦儿云)老儿,你吃饭也不曾?(正末云)我不曾吃饭哩。(旦儿云)老儿,你跟将我去来,只在那前面,他两个安排酒席等我哩。到的那里,酒肉尽你吃。扶我上驴儿去。(正末做扶旦儿上驴子科)(正末背云)普天下谁不知个包待制,正授南衙开封府尹之职。今日到这陈州,倒与这妇人笼驴也,可笑哩。(唱)

〔牧羊关〕 当日离豹尾班⑮多时分,今日在狗腿湾行近远,避甚的马后驴前。我则怕按察司迎着,御史台撞见。本是个显要龙图职,怎伴着烟月鬼狐缠。可不先犯了个风流罪,落的价葫芦提罢俸钱。

(旦儿云)老儿,你跟将我去来,我把紫金锤与你看者。(正末云)好,好,我跟将姐姐去,则与老汉紫金锤看一看,消灾灭罪咱。(唱)

〔隔尾〕 听说罢气的我心头颤,好着我半晌家气堵住口内

言。直将那仓库里皇粮痛作践。他便也不怜，我须为百姓每可怜，似肥汉相博，我着他只落的一声儿喘。（同旦儿下）

（小衙内、杨金吾领斗子上）（小衙内诗云）两眼梭梭跳，必定晦气到。若有清官来，一准屋梁吊。俺两个在此接待老包，不知怎么，则是眼跳。才则喝了几碗投脑酒⑯，压一压胆，慢慢的等他。（正末同旦儿上，正末云）姐姐，兀的不是接官厅？我这里等着姐姐。（旦儿云）来到这接官厅，老儿，你扶下我这驴儿来。你则在这里等着我，我如今到了里面，我将些酒肉来与你吃。你则与我带着这驴儿者。（做见小衙内、杨金吾科）（小衙内笑科，云）姐姐，你来了也。（杨金吾云）我的乖，你偌远的到这里来。（旦儿云）该杀的短命，你怎么不来接我？一路上把我掉下驴来，险不跌杀了我。那驴子又走了，早是撞见个老儿，与我笼着驴子。嗨！我争些儿可忘了，那老儿他还不曾吃饭，先与他些酒肉吃咱。（杨金吾云）兀那斗子，与我拿些酒肉与那牵驴的老儿吃。（大斗子做拿酒肉与正末科，云）兀那牵驴的老儿，你来，与你些酒肉吃。（正末云）说与你那仓官去，这酒肉我不吃，都与这驴子吃了。（大斗子做怒科，云）嗯！这个村老子好无礼。（做见小衙内科，云）官人，恰才拿将酒肉赏那牵驴的老儿，那老儿一些不吃，都请了这驴儿也。（小衙内云）斗子，你与我将那老儿吊在那槐树上，等我接了老包，慢慢地打他。（大斗子云）理会的。（做吊起正末科）（正末唱）

〔哭皇天〕那刘衙内把孩儿荐，范学士怎也就将敕命宣？只今个贼仓官享富贵，全不管穷百姓受熬煎，一划的⑰在青楼缠恋。那厮每不依钦定，私自加添，盗粜了仓米，干没了⑱官钱，都送与泼烟花、泼烟花王粉莲。早被俺亲身儿撞见，可便肯将他来轻轻的放免。

〔乌夜啼〕为头儿先吃俺开荒剑，则他那性命不在皇天。刘衙内也。可怎生着我行方便？这公事体察完全，不是流传。那怕你天章学士有夤缘，就待乞天恩走上金銮殿。只我个包龙图元铁面，也少不得着您名登紫禁，身丧黄泉。

（张千云）受人之托，必当终人之事。大人的分付，着我先进城去，寻那杨金吾、刘衙内。直到仓里寻他，寻不着一个。如今大人也不知在那里，我且到这接官厅试看咱。（做看见小衙内、杨金吾科，云）我正要寻他两个，原来都在这里吃酒。我过去唬他一唬，吃他几盅酒，讨些草鞋钱儿。（见科，云）好也！你还在这里吃酒哩！如今包待制爷要来拿你两个，有的话都在我肚里。（小衙内云）哥，你怎生方便，救我一救，我打酒请你。（张千云）你两个真傻厮，岂不晓得求灶头不如求灶尾⑲？（小衙内云）哥说的是。（张千云）你家的事，我满耳朵儿都打听着。你则放心，我与你周旋便了。包待制是坐的包待制，我是立的包待制，都在我身上。（正末云）你好个立的包待制张千也！（唱）

〔牧羊关〕 这厮马头前无多说，今日在驿亭中夸大言，信人生不可无权。哎！则你个祗候王乔诈仙也那得仙。⑳（张千奠酒科，云）我若不救你两个呵，这酒就是我的命。（做见正末怕科，云）兀的不唬杀我也！（正末唱）唬的来面色如金纸，手脚似风颠。老鼠终无胆，猕猴怎坐禅？

（张千云）您两个傻厮，到陈州来粜米，本是钦定的五两官价，怎么改做十两？那张懒古道了几句，怎么就将他打死了？又要买酒请张千吃，又擅吊了牵驴子的老儿。如今包待制私行，从东门进城也，你还不去迎接哩。（小衙内云）怎了？怎了？既是包待制进了城，咱两个便迎接去来。（同杨金吾、斗子下）（张千做解正末科）（旦儿云）他两个都走了也，我也家去。兀那老儿，你将我那驴儿来。（张千骂旦儿科，云）贼弟子，你死也，还要老爷替你牵驴儿哩。（正末云）嗯！休言语。姐姐，我扶上你驴儿去。（正末做扶旦儿上驴科）（旦儿云）老儿，生受你。你若忙便罢，你若得那闲时，到我家来看紫金锤咱。（下）（正末云）这害民贼好大胆也呵。（唱）

〔黄钟煞尾〕 不忧君怨和民怨，只爱花钱共酒钱。今日个家破人亡立时见，我将你这害民的贼鹰鹯㉑，一个个拿到前，势剑上性命捐。莫怪咱不矜怜，你只问王家的那泼贱，也不该着我笼驴儿步行了偌地远。（同张千下）

【注释】

① 陈州：今河南淮阳，古代陈国所在地，后置陈州。粜米：旧时将米卖出去称为粜米（买米为籴米）。　② 姓儿仈：性情固执。　③ 荡：碰着。　④ 官人里老：官府及里正等头面人物。　⑤ 落解：稀薄之意。落解粥：喻指很稀的粥或质量很差的粥。　⑥ 厌饫：解腻。　⑦ 纳不下帝王宣：无法向皇帝交差。　⑧ 刷卷：核查、查阅。　⑨ 诈眼儿：有目的地眨眼、假装未见。　⑩ 撒馒：此处指挥霍。馒：指金钱。　⑪ 三不知：原意为天不知、地不知、人不知，此处作"突然"解。　⑫ 卖皮鹌鹑儿：宋元时对卖淫业的蔑称。⑬ 上盖：上衣。　⑭ 茶褐绦儿：茶褐色带子。　⑮ 豹尾班：皇家仪仗。　⑯ 投脑酒：头脑酒，以猪头或羊头肉汁拌和甜酒制成的食物。　⑰ 一划的：一味地、全身心地。　⑱ 干没了：吞没、贪污。　⑲ 求灶头不如求灶尾：意为求官员本人不如托官员身边的心腹办事人员更直接有效，为宋元时谚语。　⑳ 王乔：传说中的神仙。全句意为祗候（官员随从）冒上司名义敲诈成功。　㉑ 鹰鹯：凶禽，此处喻贪官恶吏。

【评解】

《陈州粜米》是一出很有名的清官戏，后世按此剧情节改编的戏曲剧本亦称"陈州放粮"，是讲包公断案、为民请命的。

这部戏叙述的是宋仁宗年间河南大旱惨状，由于三年不雨，几乎到了人相食的地步，朝廷开仓粜米赈灾，这就反映出了官场众生相。一种是以刘衙内为代表的贪官污吏，他们认为搞腐败的机会来临，于是一面举荐亲友下属去任职，组成腐败链或利益集团；另一方面使用各种手段大搞贪污，如剧中刘氏利益集团便钻无监督的空子，采取小斗粜米、大秤收银的办法，拼命榨取百姓的血汗钱，从而使朝廷的惠民政策变成害民政策。第二种是以范仲淹代表的官僚集团（这里指戏中的范仲淹，不是历史人物范仲淹），他们高高在上，不仅对下面官场种种舞弊行为没有预见和防备，而且对陈州粜米这样重大经济活动中的官员没有任何监督机制，相反还给贪官刘得中配备了御赐紫金锤，让他们借此作威作福，乘机害民。更不应该的是，范仲淹竟同意刘衙内推荐儿子和女婿去，虽说"举贤不避亲"，但范仲淹们总该事先了解一下刘、杨的人品。在官僚主义作风下，他们居然为坏人到陈州舞弊一路开绿灯。对于陈州事件，范仲淹等实不能辞其咎。由此可见封建官场的办事效率之低和官僚主义作风之严重。第三种是以包待制为代表的清官，他们坚决查处腐败。

历史上，包公没有办理过陈州腐败大案，这个故事是虚构的，其贡献是塑造了一位"双料清官"的形象。何谓"双料清官"？一是包公自己不贪不腐，连饭也不吃一顿。他的跟班张千说他外出办案，都只吃粥。二是他脑子清晰，不受下人蒙蔽，严格要求身边吏员头目，不让这些"办公室主任""秘书""卫士"之类的人有机可乘，这在第三折中有详细描写。张千听说去陈州，他想弄点吃的喝的，刚转动脑子，包公便警告他当心饭吃不着，反而"吃那一口剑"。后来张千又在刘得中面前装幌子，称这里有"两个包待制"，即"坐的包待制"和"立的包待制"，暗示自己的权力很大，可以代行包待制之权。这很值得注意，事实上许多官员的幕僚、差役是热衷于弄权的，有的是主官纵容，有的则主官并不知道。包公发现了张千想当"立的包待制"后，又给予了警告。这说明，官员要洁身自好，必须管好身边人，若被身边办事人员牵着走，自己就难保清白。

这部戏最值得注意的是，戏中塑造的包公艺术形象独树一帜。当代戏曲舞台上常见的包公形象是黑脸、正气、官袍、玉带、威严。这出戏第三折中的包公却是一个普通的老头——便服、乔装，没有随从，以致过路的妓女王粉莲都可以支使他，还在他面前摆谱；而包公为了调查案子，竟然不惜替妓女牵驴子；后来因得罪刘得中、杨金吾，包公还被他们吊了起来。这个包公全没其他戏里常见的那种铁面威严，作者并没有刻意去塑造"阎罗老包"，而是塑造了一个平民化的"包老头"，使包公的形象更贴近老百姓、更平民化、更亲切。

孟德耀举案齐眉

无名氏

【剧情简介】

东汉汴梁扶沟县富户孟从叔，昔年曾为府尹，现致仕在家，娶妻王氏，生女孟光，字德耀。这孟光早在娘胎时就由父母做主，与孟从叔同堂故友梁公弼之子梁鸿（字伯鸾）指腹为婚。如今两个孩子均已长成，奈梁鸿家父母双亡，一贫如洗，孟从叔担心女儿嫁过去后要受苦，便欲悔婚，遂决定在家设一酒席，将梁鸿及另两个富家子张小员外、马良甫舍人一起请来，让孟光在三个人中选一人为婿。孟光认为除梁鸿外，其他两个都是"小儒"，遂执意嫁贤儒梁鸿。孟从叔夫妇只得择日招梁鸿进门为婿。

成婚七日，梁鸿没见过孟光的面。这天孟光见父母不在家，便去书房探望梁鸿。哪知梁鸿见了孟光并无喜色，也不言语，孟光跪下向他赔礼。梁鸿说："我看你与我不配，因为你穿戴豪华，我却衣服褴褛。"孟光马上去换了布袄荆钗，梁鸿方与她成夫妇之礼。两人私下约会的事被孟从叔发觉，他认为女儿不应去梁鸿书房，遂将女儿、女婿逐出家门，而且一文钱陪嫁也无。

梁鸿带妻子来到皋伯通庄上，靠与人舂米为生。夫妻相敬如宾，每次孟光来送饭，怕说话时的唾沫溅到碗里，便把给梁鸿吃的饭举到齐眉般高送过去，还要先等梁鸿吃好自己再吃。张小员外、马舍人听说孟光受苦，便来调戏，被孟光斥赶而去。一天，孟家嬷嬷来看望他们，问梁鸿为何不去考取功名。孟光说："我们只能吃粥，哪有盘缠赴京。"嬷嬷取出绵团袄一领、白银两锭、鞍马一副相赠。原来她是暗中受孟父所托，前来送盘缠给梁鸿的。

梁鸿不负孟光期望，一举状元及第，被授本处县令，孟光也做了夫人，受了五花官诰，金冠霞帔。张小员外、马舍人来接新官，梁鸿查处二人劣迹，打一顿逐出儒门。孟光父母牵羊担酒来贺女婿，孟光不想认。嬷嬷说当初她所赠全是孟从叔出资，驱赶他们也是为激励梁鸿发奋。梁鸿、孟光恍然大悟，连连向孟从叔拜谢。这时朝廷使者来宣圣命：梁鸿守志，升本处府尹，赠黄金百斤；孟光贤达，又有举案齐眉美德，与其父孟从叔皆题名史册表彰。

第 三 折

（梁鸿同正旦上，诗云）一去孟从叔，来依皋伯通①。将何度朝夕，且与做佣工。小生梁鸿，自从孟老相公赶将俺两口儿出来，到这皋大公庄儿上居住，俺两口儿与人家舂米为生。小姐，你如何受的这等苦楚也？（正旦云）秀才，你怎生这般说？岂不闻夫唱妇随也呵。（唱）

〔越调斗鹌鹑〕　我本生长在仕女图中，到今日权充在佣工队里。刚备下布袄荆钗，又加着这一副笤帚簸箕。（梁鸿云）当初你不嫁我，可不好也。（正旦云）我嫁你也不为别，（唱）则为你书剑功能，因此上甘受这糟糠气息。我避不的人笑耻，人是非。（梁鸿云）你看咱住的这房舍么。（正旦唱）住的是灰不答的茅团，铺的是干忽剌②的苇席。

〔紫花儿序〕　恰捧着个破不剌碗内，呷了些淡不淡白粥，吃了几根儿哽支杀黄齑。（嬷嬷上，云）老身是孟老相公家嬷嬷，今有小姐赶在皋大公庄儿上住，每日使梅香送饭。梅香与老相公说，有小姐高高的举案齐眉，伏侍秀才。老相公不信，今日着我送饭，就看他去。老相公暗暗的赍发他绵团袄一领，白银两锭，鞍马一副，则当是老身的，赠与他做盘缠，着他去求官。可早来到也。小姐在家么？（梁鸿云）小姐，门首有甚么人叫你哩！（正旦云）秀才，我试看去咱。（唱）若是别人来不须回避，怕只怕是俺爹妈皆知。他着你奋志夺魁，划地③在这里舂着粗粮，筛着细米。问时节怎生支对？可不空着你七步文才④，只这等是一世衣食？（梁鸿下）

（嬷嬷云）小姐万福。（正旦云）我道是谁，原来是嬷嬷，往常时梅香送饭，今日着嬷嬷来。（嬷嬷云）梅香不中用，我亲自送饭来。(正旦云)我与你说话，恐怕唾津儿喷在茶饭里，有失敬夫主之礼。我高高的举案齐眉，先着俺秀才食用者。(嬷嬷云)他有甚么高官重职，你怎生这般敬他那？(正旦云)岂不闻夫乃妇之天？嬷嬷，你道的差了也。(唱)

〔金蕉叶〕 你道他有甚的高官重职，也须要承欢奉喜。虽不曾夫贵妻荣，我只知是男尊女卑。

(嬷嬷云)我看梁官人也是三十以外的人了，还是这般模样。几时能勾发迹也？(正旦唱)

〔调笑令〕 你道他发迹已无期，眼睁睁早虚过了三四十。(嬷嬷云)量他打甚不紧⑤？(正旦唱)你道他根前还讲甚尊卑礼，常言道是夫唱妇随。为甚那男儿死了咱挂孝衣？这消不的我举案齐眉。

(嬷嬷云)他便有甚聪明智慧在那里，你这般敬他？(正旦唱)

〔秃厮儿〕 你道他无聪明智慧，折莫他便鲁坌愚痴⑥，常言道嫁的鸡儿则索一处飞，与梁鸿既为妻，也波相宜。

(嬷嬷云)他每日家饭也无的吃哩！(正旦唱)

〔圣药王〕 折莫他从早起，到晚夕，不得口安闲饭食与充饥。虽然是运不齐，他可也志不灰。只等待桃花浪暖蛰龙飞，平地一声雷。

(嬷嬷云)我闻得梁官人替人做佣工，每日舂米为生。这碓场⑦在那里？待我去看一看。(张小员外、马舍上，张云)自小从来好耍笑，家中广有金银钞。兄弟唤作歪厮缠，则我叫作胡厮闹。自家张小员外的便是，这个是马良甫。俺两个打听的孟光被他父亲赶将出来，在皋大公庄儿上住，与人家佣工舂米为生。俺如今故意的到他那里，调戏他一番，有何不可？(做见科，云)我道是谁，原来是孟光小姐。来、来、来，你与我舂些米儿。舂了米，糠皮儿都是你的。你与我多舂几遍儿！(正旦云)你看这厮甚么道理！兀那厮，你听者。(唱)

〔鬼三台〕 咱与你甚班辈？自来不相会，走将来磕牙料嘴⑧。(张云)兄弟，你看这女人，他这般受苦，倒说咱磕牙料嘴。(正旦唱)陪着笑卖查梨⑨。(马云)小姐，你嫁了我时，比别人不强多着哩？（正旦唱）调弄他舌巧口疾。这厮村的来恁般村性格，俺穷则穷不曾折了志气！（张云）小姐，你当初嫁了俺呀，可不好那？（正旦唱）只管里故意干乔⑩。（张做扯正旦衣服科，云）小姐，向前来，我和你说一句话儿咱。（正旦推科，唱）去波，你歪缠些怎的！

　　（张做跌出、起踢门科，云）你久以后是打莲花落的相识。（马云）咱两个去罢，你便跌了一交，也落的他亲手推这一推。俺又不曾言语，倒吃他一场花白。（诗云）我两个有钱有钞，天生来又波又俏⑪。斗孟光不得便宜，空惹他旁人一笑。（下）（梁鸿上，云）小姐，你为甚么大惊小怪的？（正旦云）可不悔气！被那两个泼男女羞辱了一场。（唱）

　　〔麻郎儿〕　我穷则穷是秀才的妻室，你穷则穷是府尹的门楣。那些儿输与这两个泼皮，白白的可干受了一场恶气！

　　（梁鸿云）小姐，这样人理他则甚！（正旦唱）

　　〔幺篇〕　想起就里事体，（带云）我待和他计较来。（唱）与这厮争甚么闲是闲非。（带云）我待不计较来。（唱）我又做不的那没羞没耻。哎哟天呵，怎生家博得个一科一第！

　　（嬷嬷云）既然如此，怎不教梁官人上朝进取功名去来？若得一官半职，也不受人这等羞辱。（正旦云）嬷嬷，你怕说的不是。但我三餐粥饭尚不能勾完全，这一路盘缠出在那里？不知嬷嬷平日可曾趱下的些私房？不论多少，赍发与秀才前去，此恩异时必当重报也。（唱）

　　〔络丝娘〕　但得你肯赍发到皇都帝里，我怎敢便忘了你这深恩大德？直将你一倍加增做十倍，也还表不的我相酬之意。

　　（嬷嬷虚下，取砌末上科，云）小姐，老身无甚么馈送，止有这绵团袄一领，白银两锭，鞍马一副。你官人此去，若得了官时，休忘了老身也。（诗云）堪叹梁鸿彻骨贫，今朝远践洛阳尘。会须⑫金榜标名姓，始信儒冠不误人。（下）（正旦云）嬷嬷去了也，亏他送与俺偌多东西。秀才，你则着志者！（梁鸿云）小姐放心，若到帝都阙下，小生必然为官也。（正旦唱）

　　〔收尾〕　只愿的丹墀早把千言对，施展你男儿壮气。休得要

做了无名金榜不回归，空教我斜倚定柴门盼望着你。（下）

（梁鸿云）多谢嬷嬷，赍助了鞍马盘缠。则今日好日辰，上朝取应，走一遭去。（诗云）昔作五噫歌⑬，今成万言策。谁知涤器人⑭，即是题桥客⑮。（下）

【注释】

① 皋伯通：吴地富户。据《汉书·逸民列传》载，梁鸿从京师辗转至吴地，居皋伯通家庑下，以帮人舂米为生。　② 干忽剌：干巴巴、光秃秃。　③ 划地：为何、为什么。④ 七步文才：三国时曹植被其兄曹丕相逼，七步之内吟诗一首。此处形容才思敏捷。⑤ 打甚不紧：即"打甚么不紧"，意为有什么要紧。　⑥ 折莫他：尽管他。鲁坌愚痴：只会干坌地粗活的低智商人。坌：人工用钉耙使劲翻地。　⑦ 碓场：舂米的地方。　⑧ 磕牙料嘴：闲讲白说。　⑨ 卖查梨：查梨是一种酸涩果子，口味甚差，故在元代人口语中为卖劣质货的代称。　⑩ 干乔：耍赖、粗鲁无礼。　⑪ 又波又俏：又漂亮又会打扮。　⑫ 会须：应当、应该。　⑬ 五噫歌：《后汉书·逸民列传》载，梁鸿过京师登北芒山，见宫殿华丽，遂作《五噫歌》讽刺之。歌云："陟彼北芒兮，噫！顾瞻帝京兮，噫！宫阙崔嵬兮，噫！民之劬劳兮，噫！辽辽未央兮，噫！"汉帝闻而不喜。　⑭ 涤器人：本指司马相如，此处泛指怀才不遇者。　⑮ 题桥客：指司马相如，泛喻春风得意的人。

【评解】

《举案齐眉》叙述汉朝时梁鸿娶孟光的故事。据《后汉书·逸民列传》记载，梁鸿为扶风平陵人，曾受业太学，后养猪为生。归乡里，势家慕其高节，多欲嫁女与他，他一概拒之，而娶丑女孟光，她"状肥丑而黑"，但能"力举石臼"。孟家富，孟光嫁过去时穿得极好，梁鸿七天不理她。孟光跪于床下求告原因。梁鸿说："我是准备隐居深山的，你穿得这么好怎么行？"于是孟光换上粗劣服饰，梁鸿喜，夫妇隐入灞陵乡中，后辗转至吴地，在富户皋伯通家庑下居住。梁鸿不露本相，与人舂米为生。孟光每次去送饭，都十分恭敬地举案齐眉。皋伯通大惊，认为此夫妇乃道德高洁之人，因为粗汉农夫没有这种家风。梁鸿终身未出仕，亦未中过状元，死后由皋伯通将他葬于要离（春秋时吴地著名刺客）墓旁，孟光则仍回家乡扶风。

这出戏为了表彰梁鸿、孟光的品格，杜撰了孟光是美女，梁鸿在岳父激励、支持下求取功名，当了县令还升府尹。既不符史实，也与梁鸿、孟光志向、品格相违背，把历史本来面目完全改造了。这显然是本剧的败笔，但它又符合中国传统道德及文化审美习惯，即好人要有好报，所以这出戏观众还是接受的。

这里选赏的是该戏的第三折，叙述了孟光为梁鸿举案齐眉的缘由。"恐怕唾津儿喷在茶饭里，有失敬夫主之礼"，孟光每次给梁鸿端饭，都要"高高的举案齐眉，先着俺秀才食用者"。孟光这一举动，我们不应简单地看作是在宣扬"夫为妻纲"，而实际是古人在提倡一种理想的家庭秩序，即丈夫在外干活养家，妻子操持家务应保证丈夫吃好喝好。在当时的社会，体现了家庭的和谐。因而孟光的举动才被儒家奉为道德楷模，"举案齐眉"与"相敬如宾"一样，成为旧时夫妻关系的典范，体现了传统道德中最美好的东西。这一切都源于孟光有一颗纯洁、美好的心灵。她虽出身富家，但择偶首先看人品，为此她弃富家子于不顾，选了贫穷而志高心洁的梁鸿。也正因为此，她才能与丈夫创立一种独特的家庭夫妇关系的礼义，成为千古榜样。

张公艺①九世同居

无名氏

【剧情简介】

郓州寿张县有个义门张氏，北齐时该家庭已历九世未分过家，全族同居一户，到张公艺这一代亦如此，大儿子张悦专管治家，二儿子张玚学文，三儿子张英习武。张公艺家尊卑有序，上下和睦，孝悌敦信，尊老爱幼，更兼他平时仗义疏财，遂为乡里钦敬。

江右儒生王伯清，家中清贫，父死无力营葬，他父亲王原举昔年与张公艺有一面之交，遂试着前来投奔。张公艺二话不说，便资助他二十银子，其中十两让他葬父，十两作为助他赴京赶考费用。王伯清果然不负平生抱负，上朝应试，获圣人青睐，被任为黄门侍郎，选为科举考官总裁。

张公艺平昔居家，每天检查二子张玚、三子张英的功课，同时放手让长子治家。有一天，他吩咐长子张悦办好三件自己未了的事：一是请明师立义学，让乡中人家孩子都能来读书；二是拨二顷田庄钱粮给他，若有穷人家葬不起父母、无力嫁娶的，便给予资助；三是要盖一所池亭园馆，让他每天能有地方养老散步。张悦自然一一照办。

未几，张玚、张英赴京科考，主考官就是王伯清，因二人文才武功俱佳，分别被取为文状元、武状元。王伯清又向圣上奏告张公艺家族九世同居的奇迹，圣人便命钦差前去考查，问张家为何能和顺至九世不分家。张公艺便在长纸上一口气写下一百多个"忍"字，称其家所以不分，是因为彼此都忍了。钦差感慨，回奏圣上，龙颜大悦，又命王伯清去张家加官赐赏，立牌坊孝义之门。

第 三 折

（正末同大末、行钱上）（正末云）自从将家私付与孩儿每，倒大来好清闲也。（唱）

〔正官端正好〕 人事尚炎凉，世态轻忠信，似这般不义富于我如浮云。小人若得十年运，早忘了贫时分。

〔滚绣球〕 向人前敢自尊，胡议论，出言语无半星儿谦逊，气昂昂旁若无人。倚仗着千两金，万两银，见一等穷相识并不偢问②，若见他富豪人便和气若雷陈③。他亲的是朱楼翠阁风流子，他敬的是白马红缨衫色新。何足云云。

（云）行钱，门首看者。看有甚么人来？（行钱云）理会的。（使命上，云）雷霆驱号令，星斗焕文章。小官乃使命是也。有一及第书生王伯清，在圣人前保奏寿张县张公艺，见今九世同居。奉圣人的命，差某问他有何齐家之道。不敢久停久住，须索走一遭。说话中间，可早来到也。令人报复去，道有天朝使命，在于门首。（行钱云）理会的。（做报科，云）报的员外得知，有天朝使命在于门首。（正末云）呀、呀、呀，我索接待去。（做接科，云）早知天使来到，只合远接。接待不着，勿令见罪也。（唱）

〔倘秀才〕 传圣旨天臣到门，忙惊讶心中自忖，有甚事传言达至尊，抬香案，引儿孙，向前接引。

（使命云）圣命至此，张公艺，你焚香接待也。（正末唱）

〔脱布衫〕 炷金炉宝篆氤氲，遥瞻拜玉阙丹宸④。顿首诚惶谢恩，有何事感蒙君问？

〔小梁州〕 止不过草芥微躯一庶民，隐迹山村。（使命云）圣人的命，问你九世不分居，有何齐家之道？（正末唱）圣人问齐家之道何因，为甚么家和顺，九世不曾分。

〔幺〕 老夫自小蒙家训，止不过慈爱宽仁。非老夫能，家无他论，则我这齐家之本，诚意与修身。

（使命云）你有何言语，我与你上达也。（正末云）将纸墨笔砚过来者。（行钱云）纸笔在此。（正末唱）

〔醉太平〕 纸光如素粉，墨浓似春云，抵多少蘸霜毫笔阵扫千军。（做沉吟科）口无言自哂，待对这万言长策无高论，待答那表章无学问。（做写"忍"字科）写到百十个"忍"字对天臣，望传达至尊。

（使命做怒科，云）你这等是不敬上。圣人差我来，问你九世不分居的缘故。你写上许多"忍"字，倘若圣人问我，这"忍"

字着小官怎生回答？好没道理也！（正末云）天臣息怒，听老夫细说。我齐家之道，止不过在此"忍"字而已。（唱）

〔叨叨令〕假如道饭食不周，衣服不备，为下的道心偏逊；恭敬不至，礼节不到，为上的道他生忿⑤。上责下，下怨上，即渐的生嗔恨；上不慈，下不孝，必定相争论。（带云）我家不分呵为何？（唱）彼各都忍了也波哥⑥，彼各都忍了也波哥，因此上父为子隐⑦，上下家和顺。

（使命云）原来是如此！我怎知道也！（正末云）天使，不则齐家之法，有此"忍"字，上至宰臣，下及庶民，皆有此忍。能忍者全身保命，不忍者丧家取祸。天使，听我说一遍。（使命云）你说，小官试听者。（正末唱）

〔随煞尾〕这"忍"字向不平心上安刀刃，呵，心地清能忍清凉绝斗纷。守口如瓶要安分，防意如城主忠信。能忍呵，怨恨成欢仇变恩；不能忍呵，恩爱为仇喜作嗔；能忍呵，谁是谁非尽休问，他弱他强莫争论；能忍呵，宽裕温柔保六亲。你若要远害全身止不过在于忍。（下）

（使命云）谁想这"忍"字上，有如此齐家之道。小官不敢久停久住，回圣人话，走一遭去。忙驰驿路心何急，回奏天庭达圣聪。（下）

【注释】

①张公艺：郓州寿张人。《旧唐书·孝友传》载，张家九世同居，北齐时，东安王高永乐曾至其宅慰问。唐高宗幸泰山路过郓州，也亲至其宅考察，问为何能如此。其家主人在纸上书百余"忍"字，高宗为之流涕，赐以缣帛。②俅问：理睬、过问。③雷陈：东汉时陈重与同郡雷义为挚友，太守张云举陈重孝廉十多次，陈重不肯丢下雷义独白去当官，又让茂才给雷义，因未成功便佯狂不仕。后二人被誉为交友楷模。④玉阙丹宸：皇宫。⑤生忿：因生气而感情冷淡。⑥也波哥：语气助词，犹现在讲"嗨咿""啊"。⑦父为子隐：父亲为儿子掩饰遮过。

【评解】

《九世同居》是一部宣扬封建家庭伦理秩序的杂剧，即在一个血缘关系的大家庭中和谐生活，做到各尽所能，按需分配。这是旧时儒家学说中家庭秩序建设的最高境界。剧中描述的张公艺家族史有其事。不过，这一特殊的家庭结构模式应该说是一个偶然的现象，并不具有普遍的意义。尽管历朝历代皇帝十分推崇，也希望能按"九世同居"的标准来推进家庭伦理秩序的建设，实现家庭安即国家安的理想，但几千年来，也就只出了一个张公艺家族而已。

为什么这种美好的家庭结构始终推广不开来？道理很简单，这是与私有制的出现紧密联系的。家庭成员虽然存在血缘骨肉之亲，但各人由于地位、学识、能力等不同，收入就不尽相同。尤其是因婚姻而有异姓男女进入，在财产的消费、分配上就容易产生不平衡或矛盾。所以，企图依赖血缘关系来维系大家族内各尽所能、按需分配的生活方式便不大可能，大家庭的解体也就是不可避免的。

这里所选的第三折是全剧的精华所在。剧中透露出一个信息：张公艺家庭并非没有矛盾，而且其成员之间在物质分配、担负责任等方面也不可能绝对公平。主持家计的长辈再怎么有权威，也会有风波、不快出现。怎么办？张公艺给出了答案：忍。戏中，他对朝廷使者说："我家不分呵为何？彼各都忍了也波哥，彼各都忍了也波哥，因此上父为子隐，上下家和顺。"接着，他又解释了为何忍了才能保和谐的道理："这'忍'字向不平心上安刀刃，呵，心地清能忍清凉绝斗纷。守口如瓶要安分，防意如城主忠信。能忍呵，怨恨成欢仇变恩；不能忍呵，恩爱为仇喜作嗔；能忍呵，谁是谁非尽休问，他弱他强莫争论；能忍呵，宽裕温柔保六亲。你若要远害全身止不过在于忍。"这便是张公艺家庭的齐家之道，也是一曲真正富于哲理的"忍字歌"。其实，不仅是家庭内部，就是在社会生活其他方面，如同事之间、上下级之间遇到矛盾的时候，又何尝不需要一个"忍"字？古语"小不忍则乱大谋"，提倡忍让、谦虚、"吃亏是福"等，正是建设一个和谐家庭、和谐社会所需要的精神。这出戏带给观众的是具有丰富内涵的、可贵的"忍"字精神。

都孔目风雨还牢末

无名氏

【剧情简介】

梁山泊好汉黑旋风李逵，奉大头领宋江之命前往东平府招安史进、刘唐，路过街市误伤人命，衙役史进将他押进东平府。六案都孔目李荣祖惜他是英雄，遂教李逵认作误伤，府尹判李逵杖八十，迭配沙门岛。同日，府中五衙都首领刘唐误假一月，李荣祖禀告府尹，刘唐被杖脊四十，遂与李孔目结下怨恨。

李孔目家境颇好，妻赵氏，生子僧住、女儿赛娘，妾萧娥为妓家出身。赵氏贤惠，常年生病。这天正逢她生日，一家人喝酒庆贺，来了位不速之客，正是前次李孔目救过的李逵，他为答谢救命之恩，送上一双四两重匾金环为礼。李孔目不受，但李逵硬撂下，李孔目只得让萧娥暂时收下，将来再奉还。哪知这萧娥暗中与衙门中典吏赵令史通奸，她便将李逵来见李孔目的事告诉赵令史。赵令史称李逵是梁山贼人，上司正画影图形缉拿他，教萧娥赶快带着匾金环去衙中告发。

萧娥出首后，府尹便命刘唐立即锁拿李孔目到案，史进想搭救亦无办法。李孔目到案后，一番严刑拷打，只得屈招了"勾结强人"的罪名，下在死囚牢中。史进不但去李家看望，还领李孔目一双儿女来给他送饭。李孔目见僧住头被萧娥打破，又听说妻赵氏因着急发病去世，十分伤心。刘唐为报杖脊之仇，要对李孔目打杀威棒害死他，被史进阻止。萧娥私下送了刘唐两锭银子，要刘唐用"盆吊"酷刑杀死李孔目。刘唐便去行刑，李孔目昏死过去，被丢入死人坑里。后侥幸醒来，为萧娥发现，刘唐将李孔目关入牢中。萧娥又送上一锭银子，要刘唐务必害死李孔目。

李逵听说李孔目被陷害，便向宋江告假一月，带了金珠财宝下山来搭救他。梁山头领活阎罗阮小五也奉宋江之命持书招安史进、刘唐。刘唐见史进发现自己与梁山来往，只得带史进、阮小五一起去牢中救出李孔目，路上碰到李逵，又搭救了险被赵令史、萧娥勒死荒郊的僧住、赛娘，众人齐上梁山。宋江命将被抓获的赵令史、萧娥剖腹剜心，并设宴庆贺。

第 二 折

（刘唐上，诗云）手拿无情棒，怀揣滴泪钱。晓行狼虎路，夜伴死尸眠。自家刘唐便是。今日李孔目结勾梁山泊强贼山儿李逵，受了他一付匾金环，招伏已定，下在牢里。当初我误了假限，直厅①打了我四十；今日他也犯下来了，下在牢里！与我拿出来！（史进拿正末上）（刘唐云）旧规犯人入牢，先吃三十杀威棒。（史进云）这三十杀威棒就打死了。看史进面皮，饶了他罢。（刘唐云）他今日也有哀告我的日子！（正末云）哥哥休记旧恨。（刘唐云）我不和你一般见识，且入牢去。（正末入牢科）（刘唐云）兀那李孔目，我这一回有些闷倦，你唱个曲儿我听。（正末云）我有甚么心肠还唱曲儿？（刘唐云）你若不唱，我一顿棍子就打死你！（正末云）哥哥，小曲儿也罢。（刘唐云）你不要唱旧的，你当初怎生娶那小浑家，他又怎生出首，你都要唱在里面。（正末云）哥，我唱，我唱。（唱）

〔中吕普天乐〕 刘唐你是狠爹爹，整折倒了我三个月！都则为偷寒送暖，我和他义断恩绝，那婆娘衔一味嫉妒心，无半米②着疼热。指望和意同心成家业，到送的俺子父每两处分别。那婆娘这其间知他是醒也醉也？我如今知他是死也活也？僧住、赛娘儿呵，知他是有也没也？

（刘唐云）史进，我如今吃饭去，你休解了他绳索，我便来。
（下）（史进云）哥哥，你当初上花台③，做子弟④，怎生受用快活？
你说一遍，我试听咱。（正末云）兄弟，一言难尽。我说你听。（唱）

〔商调集贤宾〕　想着俺二十年把笔将儒业学，（带云）兄弟，
我为这妇人呵，（唱）折倒了铜斗儿好窠巢⑤。怎承望浪包娄⑥官
司行出首，送的个李孔目坐禁囚牢。岂不闻天网恢恢，也是我自
受自作。赤紧的⑦有疼热大浑家亡过了，想俺那小冤家苦痛嚎
啕。我不合痴心娶妓女，倒将犯法罪名招。

〔逍遥乐〕　送的俺一家儿四分五落，又不敢声扬，我则索心
中窨约⑧。没来由惹下风雹，撞着这冤业难消。又不曾把神灵触
忤着，怎做的犯法违条。我如今身缠铁锁，顶带沉枷，你教我怎
得逍遥？

（云）兄弟也，我且歇息一会咱。（做睡科）（史进云）哥哥睡
了，我也歇息者。（二俫⑨送饭上，云）我是李孔目的孩儿，与俺
爹爹送饭，可早来到也。爹爹，爹爹。（正末醒科，云）兀的不是
僧住、赛娘的声音？史进兄弟。（史进醒科，云）哥哥怎的？（正
末唱）

〔醋葫芦〕　我恰才困腾腾盹睡着，牢门外谁唱叫？听多时认
的语声高。为甚两三番把兄弟厮定搅⑩？多敢是小冤家来到，告
兄弟休得怕勤劳。

（史进云）这叫门的不是你两个孩儿那！（正末云）兄弟，是僧
住、赛娘送饭来。（史进云）我出去开开这门。（做见科，云）真个
是孩儿送饭来（俫哭科⑪）（诗云）牢子哥哥把门开，怎不教我泪盈
腮？两个冤家别无事，只为负屈亲爷送饭来。（史进哭科，云）孩
儿，痛杀我也。你在这里，将饭来，我拿与你老子吃去。我关上
这门，哥哥，孩儿送饭来，你吃些。（做喂科）（正末唱）

〔幺篇〕　我将这一匙饭口内挑，孩儿在牢门外叫了几遭。我
为甚两下里自量度？（俫叫科，云）爹爹！（正末唱）孩儿，我可也
刚应的一声，猛呛了。（做喷史进身上科）（唱）展污了你衣服便休
嗔，告兄弟可怜见且耽饶⑫。

（史进云）污了衣服不打紧。哥哥，你有甚么言语？（正末云）兄弟，我眼见的无那活的人也。着孩儿过来，我看一看，死也死的甘心。（史进云）哥哥，我着孩儿进来。我开开这门。孩儿，跟我进来，看你父亲去。（史进引侏见末科）（侏云）爹爹，我送饭来。（正末云）孩儿，兀的不痛杀我也。僧住，你那头上怎么破了来？（侏云）是二娘打破了来。（正末哭云）孩儿，兀的不痛杀我也。（唱）

〔梧叶儿〕 把孩儿相凌辱，折倒的黄瘦了，使不的你家富小儿骄。头上虱如喷饭，我心中如刀搅。把衣服扯得似纸提条，（带云）哎哟，僧住、赛娘儿也，（唱）这是儿女每没爷娘的下梢。

（刘唐上，云）吃了几杯酒，牢中看贼去来。开门来！（史进云）刘唐来了也，教孩儿且躲在一壁者。（做躲科）（史进云）我开开这门，哥哥来了也。（刘唐云）史进，你敢把囚人放了绳索来？（史进云）您兄弟怎么敢？（刘唐云）我试看去。（做看科，云）兀的不松了绳索也？这两个小的，是谁家的业种？（做打末、侏科）（正末云）哥哥，只打我罢，饶了这两个小的。（唱）

〔后庭花〕 你看我痛煞煞怎动摇？脊梁上粗棍子拷。（刘唐云）这两个业种是那里来的？（正末唱）把僧住支杀的⑬拖将去，连赛娘合扑的带了一交。哥哥，你莫心焦，把往事从头还报。白日里非草草，牢狱中闹吵吵。将军柱钉头发梢，十字下滚肚索，紧邦邦匣定脚。

〔双雁儿〕 我可甚上床犹自想明朝？养小来，防备老。不提防哥哥蓦来到，哥哥你休躁暴，孩儿难打熬。

（搽旦上，云）我在家中打那两个业种，一会儿不见了他。我往牢里看李孔目去。牢子哥哥，开门。（刘唐云）甚么人叫门？我开开这门。（搽旦云）哥哥，我来看李孔目哩。（刘唐云）你进去。你那两个小的也在这里。（搽旦见科，云）好也，你两个小业种，原来在这里！（正末唱）

〔柳叶儿〕 这都是后尧婆⑭凶恶，把孩儿打拷挦揪。狠牢子又来添绳索，教我怎禁着！哎，你个女多娇，则被你断送我也地网天牢。

347

（刘唐云）史进，把李孔目下在后牢里去。（史进云）理会的。（史牵入科）（正末唱）

〔浪里来煞〕 我眼见的一命抛，也留不得三更到。孩儿也，你则去街坊邻里宿今宵，赤紧的着疼热的亲娘亡化早，害的人七颠八倒。天那！这都是我五行中恶限怎生逃⑮。（史进押末下）

（搽旦云）刘唐哥哥，我央及你，我与你两锭银子，你把李孔目盆吊⑯死了可不好？（刘唐云）你放心，都在我身上。（搽旦云）你若盆吊死了李孔目，我再相谢。若死了时，和我说一声儿。（下）（刘唐云）要活的难，要死的可容易。那李孔目如今是我手里物事，搓的圆，捏的匾⑰，挤得将他盆吊死了，一来赚他几个银子使用，二来也偿了我平生心愿。我且吃杯酒去，再来下手，不为迟哩。（下）

【注释】

① 直厅：当堂。　② 半米：原意为半粒米大小，此处意为"半点"，比喻很小很微。③ 上花台：进妓院。　④ 做子弟：当嫖客。　⑤ 折倒了铜斗儿好窠巢：败坏了巨额的家业。铜斗儿：形容家财之巨。好窠巢：富裕家业。　⑥ 浪包娄：宋元时骂人话，意为不正经的坏女人。　⑦ 赤紧的：无可奈何。　⑧ 窨约：隐痛，有苦说不出。　⑨ 俫：俫儿，元杂剧中演小孩的角色名称。　⑩ 定搅：打扰、麻烦。　⑪ 哭科：做哭泣的表演动作。⑫ 耽饶：担待、饶恕。　⑬ 支杀的：形容一把抓住的凶相。　⑭ 后尧婆：宋元时对凶狠后妻或后母的俗称。　⑮ 五行中恶限怎生逃：命中犯厄运怎能逃过去。五行：指命运。恶限：厄运，即死期。　⑯ 盆吊：宋元时将囚犯折磨而死的一种酷刑，参见《水浒传》第二十八回的有关描述。　⑰ 匾：同"扁"。

【评解】

《还牢末》这出戏虽然被称为水浒戏，但并没有从正面去描写梁山英雄劫富济贫、除暴安良的事迹，而是撷取东平府衙门内吏役同事之间钩心斗角的一场丑剧，揭露了封建统治阶级内部的腐败黑暗。

刘唐这个人物在《水浒传》中笔墨不多，其身份一开始就是江湖好汉。他得知梁中书要为老丈人蔡京送生辰纲的消息，便向晁盖报告，并参加了智取生辰纲的活动。上梁山后他又奉晁盖之命赴郓城县向宋江送谢金，以后当然也参加了多次战斗，但并没有出色的表现，在梁山好汉中他的事迹并不突出。而在《还牢末》这部戏中，他虽然与梁山泊早就暗中联系，其身份却是官府爪牙，即"五衙都首领"，平素不仅贪赃枉法，对同僚蛮横，而且折磨犯人的手段极其残忍，甚至可以私下杀人。从他接受萧娥贿银到用"盆吊"酷刑几乎致李孔目死去的娴熟手段看，他干这类事也不是第一次了。而这类人自知作恶多端，因此便用脚踩几只船的办法保护自己，即白道、黑道都要通。戏中的刘唐私通梁山，便是勾结黑道，目的在于保护自己，并非被逼造反。后来上梁山也是因为身份在史进面前暴露了，迫不得已才从牢中放出李孔目，随阮小五上了梁山。因此，刘唐这个人物在这部戏中面目可憎。倒是史进这个人物颇正直、善良，当然，他的身份也是衙吏，与《水浒传》中描写的"九纹龙"史进不同。

这里所选的是本剧的第二折，详细揭露了元朝时牢狱的黑暗。因刘唐曾误假被李孔目报告府尹，挨过四十脊杖，所以当李孔目因私通梁山罪名被关进牢中后，刘唐便认为报复的机会来到了。他先是想用杀威棒致李孔目于死地，但因史进的阻止未成功。刘唐便要李孔目"唱曲儿"，把自己如何娶妓女、如何案发的事自己唱出来，目的当然为了羞辱他。当李孔目一双子女来探监，刘唐也阻止欺侮，全没同事情谊。史进私下把绑李孔目的绳子松开，刘唐也来干涉威逼，最后逼史进将李孔目下在后牢中。这还不算，在接下萧娥的贿银后，便对李孔目使用"盆吊"酷刑。这个刘唐，其手段与强盗无异。可以想见，这样的官府爪牙上了梁山后，梁山泊造反队伍肯定会发生质的变化。其实，这一折戏中描述的宋元时牢狱黑暗状态，在当时是很普遍的。因此，真实揭露封建统治机器的残暴黑暗，恐怕才是这部戏的真正价值所在。而水浒戏则只不过是贴上去的一个标签而已。

施耐庵创作《水浒传》前肯定看过这部剧作，戏中刘唐的残暴手段在《水浒传》中重现了，但刘唐、史进这些人物则被改造了。而更令人奇怪的是，本戏主角李孔目这个人物竟然在《水浒传》中未曾出现，更谈不上名列梁山座次，刘唐这么坏的人却成为水浒英雄。不知道施耐庵先生是怎么想的。

【拾遗】

这部戏是现存的元代六个水浒戏之一，它的题材可能取自民间传说，加上作者的构思加工而成。此剧作者一直存在争议，《元曲选》（中华书局1958年版）署为李致远作；《古名家杂剧》一书署为马致远作，但这部戏唱词粗糙，其风格根本不像马致远的作品；《录鬼簿》《太和正音谱》，以及中州古籍出版社出版的《全元曲》和河北教育出版社出版的《全元曲》，均将《还牢末》列为无名氏作品。故本书亦将其作者定为无名氏。

鲁智深喜赏黄花峪

无名氏

【剧情简介】

郓城把笔司吏宋江上梁山后成为头领，聚三十六大伙、七十二小伙，有百万军马粮草。他规定每年三月三清明、九月九重阳两节放假。这日正逢重阳，他放兄弟们下山，但三日之内必须归山，违者斩首。梁山第十七个头领"病关索"杨雄亦下山赏秋，他见满目红叶黄菊，心旷神怡。

时有一济州秀士刘庆甫带着美貌的妻子李幼奴到泰安烧香，路过草桥店买酒吃，因独饮无聊，便要李幼奴唱曲侑酒，惊动了隔壁正带着悍仆张千等饮酒的花花太岁蔡衙内。此人原是泼皮，平时打死人就像在房上揭一片瓦。他听见李幼奴唱曲，便走过去调戏，逼她为自己递三盅酒，还要喊三声"义男儿"。刘庆甫不同意，被蔡衙内吊起。恰好杨雄也来这家酒店喝酒，遂打抱不平，狠揍了蔡衙内，救起刘庆甫，让他们夫妇从小路回济州去。谁知蔡衙内正在那里候着，用暴力将李幼奴抢走，带去十八层水南寨里蹂躏。刘庆甫想起杨雄的嘱咐，连夜奔梁山告状。

宋江得报，聚集吴学究、大刀关胜及李俊、燕青、花荣、雷横、杨志、卢俊义、武松、王矮虎、呼延灼、张顺、徐宁等头领商议。李逵闻讯前来，请令允许他下山救李幼奴，因为他三天不杀人放火就难受。宋江同意了，还派鲁智深接应他。李逵决定改扮成货郎儿去私访，刘庆甫交给他一把枣梳为凭，李幼奴若见了便知是丈夫派来救她的人。

蔡衙内把李幼奴监押在水南寨里，李幼奴受尽凌辱，正在绝望之时，李逵化装货郎儿来到，救了李幼奴，被蔡衙内发现。李逵打走蔡衙内，将李幼奴带上梁山，让她与丈夫团聚。蔡衙内逃往自家佛堂云岩寺，鲁智深路过此处宿歇，因占了蔡衙内僧房，两人发生冲突。鲁智深得知他就是强抢李幼奴的奸棍，一阵格斗后将他擒获，押上梁山，由宋江判令斩首。

第 三 折

（净扮蔡衙内同旦上，云）自从拐的这妇女人，来到这水南寨里。谁来的到这里？今日我吃酒去也。浑家①，你则在家里，你可休出门去，我便来也。我把这地下筛下灰，不许你行动。拿筛过来，着上些灰，我筛下灰者。（做筛科）（做看科，云）嗨！不曾出门，可早珊②下脚印。（外做打科，云）得也么，就来。（蔡净云）呸！是我珊的。（又做筛科，云）你便走动，我便知道。灰也筛了，我与你一个马子③，投到我来家，要这一马子湿湿。你可不要把米汤茶搅在里头。我着个干净盖儿舀出来尝，我若尝出来，把你那两条腿还打做两条腿。（下）（旦云）闷似三江水，涓涓不断流。有如秋夜雨，一点一声愁。自家李幼奴的便是。自从被这贼汉，将我拐到这水南寨里来，不知我那丈夫刘庆甫在于何处，音信皆无，我心中好是烦恼！那贼汉出去了也，我在这闲坐，看有甚么人来。（正末上，云）自家黑旋风是也。奉着俺宋江哥哥将令，去水南寨里打探事情，寻到刘庆甫浑家唤作李幼奴。须索④走一遭走。（唱）

〔正宫端正好〕 绕村坊，寻门户，一径的打探个实虚。恰便似竹林寺⑤有影无寻处，我问那蔡衙内在何方住。

〔滚绣球〕 希壤忽浓泥又滑，失流疏剌水渲的渠，赤留出律惊起些野鸭鸥鹭。我这里急煎煎整顿了衣服，急周各支荡散了枪竿篓，急彪各邦⑥踏折了剑菖蒲，见一道小路儿荒疏。

〔倘秀才〕 我则见水围着人家一簇，中间里叠成一道旱路，则听、则听的狗儿咬各邦⑦捣碓处。我这里担着零碎，践程途，我与你觅去。

（云）买来，买来，卖的是调搭宫粉，麝香胭脂，柏油灯草，破铁也换。（旦上，云）惭愧也！今日可怎生有个货郎儿在于门首？我开开门，我试看。（旦做见正末科，云）是个货郎儿，哥哥万福。（正末云）不敢，不敢也。（唱）

〔倘秀才〕 我这里见姐姐忙道好处。（云）好人家，好家法；恶人家，恶举动。他也不慌不忙。（唱）他那里掩着袂，货郎儿万福。他那里荒唤⑧个万福，我这里问姐姐商量你可也买甚么物。（旦云）你卖的是那几件儿物件？你数与我听。（正末唱）我这里一一说，从头初，听货郎儿细数。

（旦云）你试数，我试听者。（正末唱）

〔滚绣球〕 铜钗儿是鹦鹉，（旦云）再有甚么？（正末唱）镴镮儿是金镀，（旦云）可再有呢？（正末唱）缕带儿是串香新做，（旦云）再有甚么稀奇的物件？（正末唱）有这个锦裙襕法墨玢梳。更有这绣领戏绒线铺，翠绒花是金缕，符牌儿剪成人物，这个锦鹤袖砌的双鱼；更有那良工打就的纯刚剪⑨；（旦云）可再有甚么物件？（正末唱）有、有，更有那巧匠做成枣木梳。除此外别无。

（旦云）将来我试看者。（做接梳哭科，云）便好道：见鞍思骏马，视物想情人。这梳儿是我与刘庆甫的，可怎生到这货郎手里来？我试问他者。哥哥，恰才从那里来？你路上可撞见甚么人来？这梳儿是甚么人与你来？哥哥，你试说者。（正末云）我见来，我见来。我在那官道傍绕坡子，一壁见一个秀才，捶胸跌脚，啼天哭地。他问道：兀那货郎儿，你往那里做买卖去？我便道：去水南寨做买卖去。他便道：你替我寄个信。我便道：你写。他写不得，与了这个木梳儿，权当一个信物，教我寻他那浑家。我那里寻的是？（旦云）哥哥，那人氏姓甚名谁？他浑家可姓甚么？动劳哥哥说一遍者。（正末唱）

〔倘秀才〕 那秀才济州人氏，姓刘，名甚么庆甫。（旦云）他媳妇是谁？（正末唱）他媳妇姓李。（旦云）哥哥，是李甚么？（正末云）我把来忘了，我试想者。（唱）小名唤作甚么幼奴。（旦云）他正是我的丈夫。（正末云）你好爱便宜，赶着货郎叫丈夫。（旦云）那秀才是我的丈夫。（正末唱）兀那秀才原来是你的丈夫。（旦云）阿，好烦恼人也呵！（正末唱）你可道莫烦恼莫啼哭，我与你做主。

（旦云）是真个好惭愧也！谢了哥哥。（正末云）姐姐，那贼汉那里去了？（旦云）那贼汉不知那里吃酒去了。（正末云）姐姐，你收拾下，那贼汉这早晚敢待来也。（蔡衙内冲上，云）弟兄每少罪也。五瓶酒酸了三瓶，潠了两瓶，吃了些酒脚儿，醉了也。（做见正末云）这厮是甚么人，在俺家门口？村弟子孩儿，精驴禽兽⑩。（正末唱）

〔叨叨令〕 他走将来无高低骂到我三十句。（蔡净云）我打这厮。（做打正末科）（正末唱）哎哟，哎哟，他飕飕飒飒的这棍棒如风雨。（蔡净云）这个是甚么？撅折了！（正末唱）急周各支撅折我些红匙箸。（蔡净云）这鼓子要他怎么，珊破了。（正末唱）坏了买卖也，他则一脚踢破我蛇皮鼓。（云）俺哥哥说来，着我忍事饶人。（唱）哎，我其实可便忍不的也波哥⑪，忍不的也波哥，不邓邓按不住心头怒。

（云）兀那厮，你敢打末？（蔡净云）我敢打你这厮。（正末做打净科）（唱）

〔鲍老儿〕 打这厮好模样歹做处，你是个强夺人家女娇娥，一只手便把领窝捽，粗指头揩双目。是个越岭拔山啸风虎，岂怕你个趁霜兔。打这厮将无做有，说长道短，胆大心粗。

（净云）打的我好辣也！我近不的他，走、走、走。（下）（正末云）这厮走了也，姐姐，你随我去来。（唱）

〔尾声〕 我今日寻着你个李幼奴，分付与你刘庆甫。你两口儿欢喜重圆聚，我直要拿住无徒⑫报了您那苦。（同旦下）

【注释】

① 浑家：古代丈夫对妻子的呼唤，此处说明蔡衙内把强抢来的李幼奴当成是他的女人了。　② 刷：踩、踏。　③ 马子：马桶。　④ 须索：赶快。　⑤ 竹林寺：佛寺名，相传此寺内有无影塔，此处寓意无影踪的事。　⑥ 希壤忽浓、失流疏剌、赤留出律、急周各支、急彪各邦：皆为象声词，形容各种声音。　⑦ 各邦：形容捣碓的声音。　⑧ 荒唤：打招呼。　⑨ 纯刚剪：纯钢剪刀。　⑩ 村弟子孩儿、精驴禽兽：均为骂人话，乡巴佬、畜生。　⑪ 也波哥：语气助词，即"呵""呀"之意。　⑫ 无徒：歹徒。

【评解】

《黄花峪》是元杂剧中写得比较好的水浒戏之一。它从正面描述了梁山英雄如何扶危济困、锄灭豪强、为民除害的事迹，对日后《水浒传》的创作及水浒题材作品的传播，有很大的意义。

这部戏题为"鲁智深喜赏黄花峪"，看题目应以鲁智深为主角，实际上却写了三个好汉——杨雄、李逵、鲁智深。而且鲁智深的戏主要在第四折，总的戏份不多，也没有什么大曲折，仅说他夜宿云岩寺，遭遇蔡衙内后将他擒获。而"喜赏"秋色的人实际是杨雄，为宋江手下第十七个头领，这与《水浒传》不同。《水浒传》中第十七名头领为"青面兽"杨志，杨雄排在三十二位。

这部戏写景抒情具有独到的成就，如第一折中描写杨雄下山后眼中所看到的景色——

〔仙吕点绛唇〕九月重阳，暮秋霜降。闲云往，满目山光，对景堪游赏。

〔混江龙〕猛然观望，见宾鸿摆列两三行。枯荷减翠，衰柳添黄。我则红叶满目滴溜溜枝上舞，可这黄菊可都喷鼻香。端的是堪写在围屏上，看了这秋天景致，怎不教宋玉悲伤。

另有一阕〔油葫芦〕描写秋色，也写得不俗，依然从杨雄口中唱出来——

是这涧水潺潺波浪响，我这里便听了半晌，元来是这水声山色趁秋光。则听啾啾唧唧聒耳山禽唱，唬的那呆呆邓邓的麋鹿赤留出律的撞。见人呵急张张屈屈的走，更那堪惊惊颤颤的慌。我这里手分开芦苇吸溜疏剌的挡……惊起那沙暖宿鸳鸯。

本来是一部写"强人"的戏,却写得如此有文采,而且由一位梁山好汉唱出来,把景色的描摹与英雄气概结合起来,无疑增强了人物的厚度和该戏的诗情画意。

这部戏的另一个成功方面是塑造了李逵的形象。在《水浒传》中,李逵虽也对娘孝、对梁山兄弟讲义气、上阵杀敌勇猛,但脾气暴躁,动辄杀人,不讲政策,对宋江愚忠,又有赌钱、喝酒等坏毛病,并不讨人喜欢。这部戏中的李逵却有智慧,第三折写他(本折戏中的正末)为了救出李幼奴,化装成货郎儿去私访,并与李幼奴对答如流,一阕〔滚绣球〕说明他对货郎担的业务颇熟。为了不过早暴露自己身份,他一点一点诱导李幼奴说出真相,与《水浒传》中那个莽撞盗寇形象不同。而且这项救人任务是他主动请缨出山的,说明他很正直、讲义气。

那么,为什么相比较而言鲁智深戏倒不多呢?我估计,最初这部戏可能是以鲁智深为主的武戏,但后来经过不断修改等集体创作,加进了杨雄、李逵的戏后才变成目前这个样子。只要仔细研读这部戏就会发现,第一折与后面的第四折风格不尽相同,可能此戏在演出中经过多次修改,使原貌改变了。但此戏从正面写梁山英雄群像,并透露出那时有关梁山英雄的传说中便已有宋江、吴学究、关胜、李俊等十多位头领,说明水浒好汉群像已出现,为《水浒传》的创作准备了很好的条件。

争报恩三虎下山

无名氏

【剧情简介】

梁山头领宋江为了掌握东平府的情况,每月派一人下山去打探。第一个月派了"大刀"关胜,第二个月派了"金枪教手"徐宁,第三个月又加派了"弓手"花荣接应,但都不见他们回山。

当时有位官员赵士谦,带正配夫人李千娇、二夫人王腊梅、家中丁都管及李千娇所生一双儿女金郎、玉姐,前往济州府就任通判。赵通判因顾忌梁山一路难行,便将家眷暂留权家店安置,自己先行赴任,待安顿好后再来接他们。丁都管虽是李千娇陪送过来的人,但他早与王腊梅勾搭成奸,二人见赵士谦已走,便在店中背着李千娇一起吃酒取乐,正吃得高兴,外边来了一个卖狗肉者。此人是梁山第十一号头领关胜,因下山后在权家店支家口害了一场病,无盘缠回山,夜里偷了一只狗煮熟后贩卖,积下的钱做盘缠,卖了三条腿,还剩一条腿。关胜上前称呼丁都管、王腊梅为官人、娘子,二人说他们并非夫妻,反嗔怪关胜。双方口角,关胜举拳便打,丁都管倒地装死,王腊梅要将关胜送官,惊动李千娇。她听说关胜是梁山宋江手下好汉，有心结识，便谎认关胜是她兄弟，将他放走。

梁山第十二位头领"金枪教手"徐宁本应到权家店支家口接应关胜，哪知也害了一场冻天行的症候，病倒在店，欠下房饭钱。夜晚，丁都管和王腊梅私下偷情，约定以"赤、赤、赤"为暗号相会。谁知徐宁听到这暗号与梁山暗语相合，以为山上来了人，便伏在过道上接应，黑暗中把正来私会的王腊梅绊了一跤。王、丁大呼有贼，店主赶来绑了徐宁，王腊梅叫来李千娇。李千娇得知徐宁是梁山好汉，又认作兄弟，给了他一只金钗做盘缠，放走徐宁。

赵士谦到任后，将家眷接到济州府，李千娇住在后花园。这天夜里，她正在后园烧香许愿，外面有公人追着一个人进了门。此人对李千娇亮出身份，原来是梁山宋江手下第十三个头领"弓手"花荣，请李千娇搭救，李千娇又认花荣为义弟。谁知他们的谈话被王腊梅听见，王腊梅便去丈夫面前挑唆，称大奶奶房里有奸夫，赵士谦便来捉奸，黑暗中手臂被花荣砍伤。花荣走脱，赵士谦与王腊梅一起到府衙出首，告发李千娇"结构奸夫，伤了亲夫"。知府郑公弼将李千娇严刑拷打，逼她屈招，判了斩罪。李千娇恳求丈夫看顾一双儿女，王腊梅却打算把两个孩子折磨死。

关胜、徐宁、花荣闻知李千娇被陷害，奉了宋江将令前去搭救，在济州府劫了法场，救出李千娇，帮她找回一双儿女，又擒获王腊梅、丁都管和赵士谦。到梁山后，花荣让李千娇谅解了赵士谦，夫妇重归于好，宋江命他们带儿女回乡团聚；又判令将丁都管枭首山前，王腊梅乱箭射死。

第 二 折

（正旦同侲儿上）（正旦云）自从俺相公上任之后，差夫马到那权家店上迎取俺们到官。在这后花园中居住，好是幽静也呵！（唱）

〔中吕粉蝶儿〕 我生长在大院深宅，便烧个灰骨儿断不了我这幽闲体态，尽着他放荡形骸。我可也万千事，不折证，则我这心儿里忍耐。遮莫他翻过天来，则你那动人情四般儿①不爱。

〔醉春风〕 我可也不殢酒，不贪财，我不争气，不放歹。那妮子②闲言长语，我只做耳边风，那里也将他来睬、睬。且把那泼贱的休提，便聪明的无益，到不如老实的常在。

（花荣慌上，云）休赶、休赶。一个来，一个死；两个来，一双亡。（跳墙科③，云）我跳过这墙来，原来是一所花园。远远的一个撮角，亭子里点着明灯蜡烛，亭子下一块太湖石。我在这太湖石边掩映着，看是甚么人来。（正旦云）夜深也，孩儿每都睡了也。我烧香去咱。我开了这门，我搦过这香卓儿④来。天也！李千娇头一炷香，愿天下太平；第二炷香，愿通判相公与一双孩儿身体安康；第三炷香，愿天下好男子休遭罗网之灾。我烧罢香也，我回卧房中去。关上这门，自歇息咱。（下）（花荣云）嗨！好一个贤达的女子也！头两炷香可也不打紧，第三炷香愿天下好男子休遭罗网之灾。我是逃灾避难之人，他说这等吉利的话。我就要上梁山去，不知这娘子姓甚名谁。哦，则除是这般。我如今在房门外走的鞋底鸣，脚步响，料他必然出来。（做走科）（正旦上，云）这鞋底鸣，脚步响，必定是俺通判相公来了！（唱）

〔迎仙客〕 你不守着那小妮子，闲伴着这死尸骸。夜深的向我房里、我房里更做甚么来？你只恁的好不风流，只恁的不自在。（带云）我猜着你也。（唱）你则道我不肯将门开，多管是你壁听在这窗儿外。

（云）相公，你在我那门首鞋底鸣，脚步响，你则道我不开这门。相公，你则休躲了我，我自开开这门。（做开门科）（花荣入门科）（正旦云）可不说来，相公，你躲了我也。到天明你可休寻我的不是。我依旧关上这门者。（做见科，云）兀的⑤不唬杀我也！（花荣云）娘子休惊莫怕，我不是歹人。（正旦云）壮士要的金珠财宝，你都将的去，则留着我的性命咱。（花荣云）娘子，我不是歹人。（正旦唱）

〔红绣鞋〕 唬的我战钦钦⑥系不住我的裙带，慌张张兜不上我的罗鞋，身难整脚难那手难抬。见一个偌来大一条汉，直撞入我这卧房来。（云）壮士，你从那里来？（花荣云）我越墙而来。（正旦唱）可兀的是侯门深似海。

（云）壮士饶命！（花荣云）我不是歹人。（正旦云）你既不是歹人，你通名显姓咱。（花荣云）我是宋江手下第十三个头领，弓手花荣。我不是歹人。（正旦背云）你不是歹人，可是贼哩！早梁山泊上好汉，遇着三个儿也。（花荣云）那壁娘子，也通一个姓名。（正旦云）妾身李千娇。敢问壮士多大年纪？（花荣云）小可今年二十四岁。（正旦云）不是我要便宜，我长着你两岁，我有心认义你做个兄弟，不知你意下如何？（花荣云）休说做兄弟，便笼驴把马，愿随鞭镫。（正旦云）兄弟，你牢记者。妾身是李千娇，夫主是济州通判赵士谦，一双儿女是金郎、玉姐，还有俺相公的小夫人王腊梅，伴当丁都管。他两个数次寻我的不是，则怕久后落在他勾中⑦，你则是早些来救我。（花荣云）姐姐，你放心。李千娇的姓名，经板儿也似印在我这心上。姐姐若无危难便罢了，若有危有难，我舍一腔热血，必来答救姐姐。（丁都管同搭旦上）（丁都管云）二奶奶，俺两个去花园中亭子上，吃几杯酒去来。（做听科，云）二奶奶，你听大奶奶房里有人说话哩，一定是奸夫。俺叫出相公来。（搭旦云）呀！夫人房里真有个人说话。（做唤科，云）相公，相公。（赵通判上，云）二夫人，你叫我做甚么？（搭旦云）你向⑧的好夫人，他房里藏着奸夫说话哩，都像我肯做这等勾当。（赵通判云）你过来，待我听去。（做听科，云）是真个。我踏开这门。（赵通判做踏门科）（花荣做一刀科，云）兀的不有人来！不中，走、走、走。（下）（赵通判云）哎哟，好也啰！你背地里有奸夫，伤了我臂膊也。我和你是儿女夫妻，你这般做下的！（正旦云）天那！可怎生是好也？（搭旦云）你做的好勾当，相公怎么歹看承你来？你藏着奸夫，将相公臂膊砍伤了。相公，你休要打他，这个是十恶大罪⑨，律有明条，拿着见官去来。（正旦云）相公不要听他，没甚么奸夫来。（赵通判云）这事我自家不好问。二夫人，你做状头⑩，拖他见官去。（正旦云）天那！兀的不害杀我也！（同下）

（张千上，排衙科⑪，云）在衙人马平安，抬书案。（外扮孤⑫上，诗云）农事已随春雨办，科差犹比去年稀。矮窗睡足迟迟日，花落闲庭燕子飞。小官姓郑，双名公弼。自中甲第以来，屡蒙迁用，现为济州知府之职。今日升厅坐早衙。张千，喝撺箱⑬，抬放告牌出去。（张千云）理会的。（赵通判上，云）小官赵通判，衙门中告大夫人去来。张千报复去，道有赵通判来见相公。（张千云）有赵通判来见相公。（孤云）道有请。（张千云）请进。（赵通判做见跪科，云）相公，小官特来告状。（孤云）相公请起。有何事？（通判起身科，云）小官有两个夫人。不想大夫人有奸夫在房中说话，小官踏开门，奸夫将刀子伤了我臂膊。相公与我做主咱。

（孤云）相公差矣，你的大夫人是你儿女夫妻，岂有此理？便好道：家丑不可外扬。相公自己断了罢。（赵通判云）相公不断，我别处告去。（孤云）若别处去告，又不如在本府告。我问相公：谁是原告？（赵通判云）小夫人是原告。（孤云）既如此，相公请回，着家中嫡亲的人来首状。（赵通判云）多谢，多谢。小官就回家去，着亲人自来首状也。（下）（孤云）张千，拿过那一行人来。（张千做拿正旦、搽旦、俫儿上见科，云）当面。（搽旦云）大人，我是济州赵通判第二个夫人，这个是他大夫人。他房中藏着奸夫，俺相公踏开门来，那奸夫拿着刀要杀俺相公，不想杀不中，在俺相公臂膊上砍了一刀，现有伤痕。告大人与俺相公做主咱。（孤云）谁是李千娇？（正旦云）妾身便是李千娇。（孤云）喋声⑭！那个和你排房⑮那。兀那大夫人，你岂不知夫乃身之主？你怎生结构奸夫，伤了亲夫？有乖风化，其罪非轻。当日是多早晚时候，到于卧房中，做出这事？你从实说来，免受打拷。（正旦唱）

〔石榴花〕昨宵个月明如水浸楼台。（孤云）你在那卧房中做甚么来？（正旦唱）妾身将这单枕倚翠屏挨。（孤云）初更时候，必是歹人，从实的说来。（正旦唱）只听得那履声款款步闲阶，（带云）其时我只道是通判相公。（唱）妾身可便起来忙把这门开。（孤云）开了门见甚么人来？（正旦唱）见一个碑亭般大汉将这门桯⑯来蓦。（孤云）你见他可是怕人也不怕？（正旦唱）唬的我魂飞在九霄云外。（孤云）他可说甚么来？（正旦唱）他道是姐姐你便休惊怪。（孤云）通判相公怎生便知道来？（正旦唱）谁承望他将通判唤将来。

（孤云）他说是你结构的歹人哩。（正旦唱）

〔斗鹌鹑〕俺又不曾弄月嘲风，怎揽下这场愁山闷海？（孤云）那贼汉怎生般中注模样？（正旦唱）我则见灯影下英雄。（孤云）他拿着些甚么？（正旦唱）谁知他手中有这器械？（孤云）他姓甚名谁？（正旦云）知他姓甚么那！（孤云）你不说他名姓，张千拣大棒子来，将他打着者。（正旦云）等我想咱。我想起来了也。（唱）想起他弓手花荣是说来。（孤云）住、住、住，弓手花荣正是梁山上强盗，便与我拿住。（正旦云）他走了也。（孤云）我则问你要。(正旦唱)这公事怎刬划⑰?(孤云)他走了,更待干罢?便与我画影图形,拿捉将来。(正旦唱)他沿门儿画影图形,直着我面皮上可也无颜的这落色。

(孤云)俺这官府中则要你从实的取责⑱,不要你当厅抵赖。你犯下十恶大罪,须饶不得你那!(正旦唱)

〔上小楼〕你待教我从实取责,我又不敢当厅抵赖。恰待分说,又道咱家不伏烧埋⑲。(孤云)你不招呵,俺这里必不干罢。(正旦唱)我但有那勒喉咙,抹嗓子,裙刀搂带,就在这受官厅自行残害。

(搽旦云)大人,这赖肉顽皮,不打不招。拿那大棒子着实的打上一千下,他才招了也。(孤云)张千,与我打着者。(张千做打科,云)快招!快招!(正旦唱)

〔幺篇〕他、他、他,打的来如砍瓜,似劈柴。棒子着处,血忽淋刺,肉绽皮开。这般苦禁持⑳,恶抢白,怎生宁奈㉑?(孤云)这妇人的罪犯,情理太重也。(正旦唱)只索便一刀两段倒大来迭快。

(搽旦云)你招了罪,不强似你这般吃打?(孤云)张千,打着者。(张千打科,云)招了者,招了者!(正旦做死科)(张千云)相公,打死了也。(孤云)打死了也,将一碗水来喷醒他。(张千做拿水喷科)(搽旦云)相公,你则管打,打死了他,也不干我事。(正旦做醒科)(唱)

〔快活三〕昏惨惨云雾埋,疏刺刺的风雨筛。我一灵儿直到望乡台,猛听的招魂魄。

〔朝天子〕我这里便急待、急待要挣閁㉒,这打拷实难挨。忽然将泪眼猛闪开,谁想道我这残生在。(孤云)张千,将他一双儿女推近前来,叫醒他者。(张千云)理会的。(做推俫儿科,云)你快叫。(俫儿云)奶奶,你苏醒着。(正旦唱)唤我的原来是痴小婴孩。(孤云)采起那厮头稍来者。(正旦唱)他把我揪头稍托下颏。(孤云)张千,打着那厮叫。(张千云)理会的。(做打俫儿科,云)嗯!你叫,你叫。(俫儿叫科,云)奶奶,奶奶。(做哭科)(正旦唱)是谁人喳喳的叫奶奶,一齐的举哀?儿也,可不想便救我离了阴司界。

（孤云）兀那李千娇，你不招便待干罢。再打着者。（正旦云）大人可怜见！我是好人家女，好人家妇。我吃不过这打拷，我招了罢。相公，是我李千娇因奸杀丈夫来。（搽旦云）如何？你早招了也，不吃这般打拷。（孤云）既是招了，张千，上了长枷，下在死囚牢里去。（张千云）理会的。（做上枷科，云）上了枷也。（搽旦云）好么，只说獐过鹿过，可不说麂过㉓。每日则捏舌头说别人，今日可是你还不羞死了哩。毛㉔、毛、毛。（正旦唱）

〔耍孩儿〕 罢、罢、罢，我这里声冤叫屈谁瞅睬？原来你小处官司利害。衙门从古向南开，怎禁那探爪儿官吏每贪财。这里又无那敢为敢做的尚书省㉕，更有那无曲无私的御史台㉖。我恰行出衙门外，那妮子舞旋旋摩拳擦掌，叫吖吖拽巷啰街㉗。

（搽旦云）相公，这一双儿女，我领将家去罢。呸！不识羞的狗骨头。这个是你的儿、你的女，恼了我，搧你那贼弟子孩儿。（正旦云）这妮子说出来做出来。哎！儿也，则被你痛杀我也。（唱）

〔二煞〕 我可也堪恨这个泼短命，堪恨这个歹贱才，我恨不的一枷稍打碎那厮天灵盖。他将我那一双儿女拖将去，苦被那祗候㉘公人把我拽过来。你后来要还我这脓血债㉙！倚仗着你那有官有势，忒欺负我无靠无挨。

（搽旦云）你这一双儿女，就抬举的成人长大，也是个不成器的。等到家我慢慢的结果他。（正旦唱）

〔煞尾〕 那妮子又不知三年乳哺恩，那里晓怀耽十月胎。他将我这一双业种㉚阴图害，可正是拾得孩儿落的摔㉛。（下）

（张千云）牢里收人。（搽旦云）相公，他大牢去了。我领着这两个小的回家中去也。（下）（孤云）张千，将那妇人下在牢中，到来日建起法场，拿出来杀坏了他者。（诗云）则为那李千娇私意传情，赵通判告到公庭。已问实别无冤枉，赴法场明正典刑。（同下）

【注释】

①四般儿：指酒、色、财、气。　②妮子：女人，此处指王腊梅（搽旦）。　③跳墙

科：做跳墙的表演动作。　④ 搇过这香卓儿：搬过这香桌儿。卓：同"桌"。　⑤ 兀的：意为"这个人"或"这样子"。　⑥ 战钦钦：战战兢兢。　⑦ 勾中：圈套。　⑧ 向：向着，宠信。　⑨ 十恶大罪：元代刑律规定，凡犯谋反、谋大逆、谋叛、恶逆、不道、大不敬、不孝、不睦、不义、内乱十种罪名之一者，按律以最高刑罚量刑，不得赦免。　⑩ 状头：原告。　⑪ 排衙：旧时官员审案前，所属吏役须行参谒仪式。排衙科：做排衙仪式的表演动作。　⑫ 外：外末，是正末之外的角色。扮孤：指装孤，当场装扮官员。　⑬ 喝撺箱：旧时官员审案前的一种仪式，包括吏役在堂上喝堂示威、开插状箱等。　⑭ 噤声：喝叫住口。　⑮ 排房：互相介绍身份、论资排辈。　⑯ 门程：门槛。　⑰ 刮划：计划、摆布。　⑱ 取责：画押、招供。　⑲ 不伏烧埋：不服罪、不服判决。　⑳ 禁持：折磨、迫害。　㉑ 宁奈：忍耐、忍受。　㉒ 挣阖：挣扎、苦苦支撑。　㉓ 只说獐过鹿过，可不说麂过：只指责别人的过错，不检查自己的过失。麂：谐音"己"。　㉔ 毛：意为"羞"。　㉕ 尚书省：元时中央政府的办公场所，亦泛指中央政府。　㉖ 御史台：元时中央政府的监察机构。　㉗ 叫吖吖：大声呼叫。拽巷啰街：到处张扬是非。　㉘ 祗候：元杂剧中指地位较高的衙役。　㉙ 脓血债：指受刑后身体留下的后遗症。　㉚ 业种：孽种，原为骂人的话，此处指无辜受牵连磨难的孩子。　㉛ 拾得孩儿落的摔：拾来别人的孩子，任意打骂不会心疼，比喻对与自己无利害关系的人毫不顾惜。

【评解】

　　《三虎下山》是一部正面宣扬梁山英雄知恩图报的水浒戏，写了关胜、徐宁、花荣这三个人物。在情节结构上采用组合的形式，没有连贯的故事，先讲三个梁山英雄与一位通判夫人的交往故事，然后又通过通判家庭内部的妻妾矛盾、主仆矛盾、夫妻矛盾，来一点点展开剧情。所有这些故事情节，都像冰糖葫芦似的串联在一起。我们看到，剧中关胜、徐宁、花荣三个人下山后的遭遇都是分开来写的，各人的故事互不关联，而串起这三个"冰糖葫芦"的则是李千娇这个人物。

　　非常巧合的是，三位英雄有磨难时都得到了李千娇的帮助。而李千娇呢，只要一听说他们是梁山好汉，便立刻认他们为兄弟。这在一般人看来有点不可思议，但作者这一安排是基于李千娇对梁山英雄的认识。她第一次见关胜时便说："我一向闻得宋江一伙只杀滥官污吏，并不杀孝子节妇，以此天下驰名，都叫他作呼保义宋公明。"又通过三虎有恩报恩的举动，从三个侧面叙述了梁山英雄的壮举。这就实际上表明了该剧的思想倾向，即肯定了农民起义武装反抗官府统治的正义性。联想到元朝统治集团对广大人民的残酷压迫，这部戏从正面讴歌、肯定了农民起义，其意义绝不一般。

　　这里选赏的是该剧第二折，叙述花荣下山探听军情，不幸被公人发现，他避逃至通判府后园，正遇李千娇烧香许愿，得知她是个善良的人，遂潜入其房中。不幸被有奸情的丁都管、王腊梅发现，他们便诬花荣是李千娇的奸夫，挑唆赵通判妒恨，导致他们夫妻反目，李千娇被判了死刑。封建社会官府审案的真实情况往往是预先设定好罪名，既不调查研究，也不听本人申诉，更不去分析案由、案情、犯罪的依据、作案时间等，只一味地在公堂上刑讯逼供。一旦取得招状，也不管犯人口供的真实性如何，便立即定案判照，十分草率。而令人可悲的是，如此草菅人命针对的还是一位通判夫人。若是平民百姓或弱势群体，则草菅人命之危害程度更可想而知！在元朝蒙古贵族的统治下，吏治状态已到了极为黑暗的地步。对比梁山英雄只杀滥官污吏、知恩报恩的义举，当时官府的统治者实在太残暴、无耻了。

戏中出现的关胜、徐宁、花荣在梁山的排名，与《水浒传》相比明显靠后，而且三个人的身份显然都不是出身官场。以关胜为例，在《水浒传》中梁山上的座次排名是第五位，而此戏中却说他仅是梁山第十一个头领，相当于《水浒传》中的"扑天雕"李应的位置。而且关胜不拥有"汉末义勇王"关羽后裔那样显赫的家世背景，也不见他当过什么官。此戏中他因生病没了盘缠而偷了人家一只狗煮熟了去卖，企图得钱作为回梁山的盘缠，此等"下三滥"动作竟是关胜所为，也就降低到《水浒传》中时迁的水平了。可见，宋元时的关胜形象还是位绿林英雄，并未走进武圣关羽的神圣光环中，也未当过什么"蒲东巡检"。《水浒传》中关胜成为关羽之后，其形象俨然如"小武圣"，皆是施耐庵老先生的"别有用心"也。

龙济山野猿听经

无名氏

【剧情简介】

龙济山修公禅师自幼出家，数十年间已修成正果。时山中有一猿猴，亦已有千百年道行，自号道妙灵仙。他虽有善缘，但"未居人类，难以超升"，便设法来禅师处听经，以便能够觉悟。

这天修公禅师的普光寺中来了一位樵夫，自称余舜夫，幼习儒业，家业凋零，未能获取功名，便以采樵为生。禅师认为有缘，命行者献茶，又陪樵夫看山。礼毕，樵夫别去。原来此樵夫乃猿猴所化，特来试探禅师。

一天，猿猴悄悄摸进普光寺僧房，想窥看修公禅师的佛经典籍，穿他的袈裟，以便着衣听法，求修正果。修公禅师恐他毁坏经文、佛像，便命山神前去阻拦，猿猴被迫离去。

过了些日子，道妙灵仙又幻化成儒士袁逊，到普光寺听经。见了禅师，称自己乃峡山中人，曾被荐为端州巡官，念瘴乡恶土，未曾赴任，又丧妻妾子女，孑然一身。禅师与他谈禅，但未说破其真相。禅师对行者说："此猿善根将熟，我来日升堂讲经，他必悟宗风，正果朝元而去。"

至期，修公禅师在寺中大开法会，讲经参禅。袁逊上前向禅师坦陈来历，两人问禅，研讨"妙法""如来法""祖师法""道中人""正法"等禅理，猿猴遂被和尚点化，参透禅机，悟得正果，竟于寺中坐化，修公禅师与他亲身下火。猿猴坐化后，一点灵魂真性飞往西方，如来命阿罗汉前来相迎。猿猴发现自己真性已步步金莲，在霭霭祥云中迎着紫气归入极乐世界。

第 二 折

（行者上，诗云）添香洗钵在林泉，要悟如来般若经①。若把灵台②浑无染，自然觉悟已分明。贫僧乃是龙济山普光寺里的行者，可是自幼出家至此，参随着修公禅师，为其行者，常只是修因作悟，念佛看经。俺这师父是个了达③的祖师，在此山内修行了数十余年也。俺师父每日朝则是诵经礼佛，夜则打坐参禅。我贫僧先把这法堂打扫干净，我去香积厨④中，安排下斋饭，等候师父吃用也。（下）（正末扮猿猴儿上，唱）

〔南吕一枝花〕 赤力力轻攀地府敧⑤，束剌剌紧拨天关落⑥。推斜华岳顶，扯倒玉峰腰。怒时节海浪洪涛，闲时把江湖搅。向山林行了一遭，显神通变化多般，施勇跃心灵性巧。

〔梁州第七〕 我恰才向寒泉间乘凉洗濯，早来到九皋峰戏耍咆哮。我将这苍松树上身轻跳。我却便拈枝弄叶，摘干搬条，垂悬着手脚，倒挂着身腰。一番身千丈低高，片时间万里途遥。我、我、我，也曾在瑶池内偷饮了琼浆；我、我、我，也曾在蓬莱山偷摘了瑞草；我、我、我，也曾在天宫内闹了蟠桃。神通，不小。只为我肠中有不老长生药，呼风雨逞威要。我在林下山前走几遭，常好是乐意逍遥。

（云）小圣乃是龙济山中一个道妙灵仙是也。我在此山中千百余年，常只闻经听法，推悟玄宗⑦。今日观见僧堂中，却也无人，向前听咱。呵，真个僧房门闭着，我试进去咱。（唱）

〔四块玉〕 一只手将门扇来摇，两只脚把门桯来跳。我将他香棹轻推椅鞽摇，壁檐前携手窗棂搭。我将这香炉手内提，把火灯头顶着，把钵盂险踢倒。

（云）我在这僧房里面，好是散心咱！（唱）

〔隔尾〕 我这里将帚尘不住在阶址扫，忙将这铙钹手内敲。只听得树叶响嘶零零，我只怕有人到。好着我左瞧，右瞧，原来是风摆动檐头殿铃索。

（云）上的禅床，我坐一坐咱。（禅师上，云）贫僧方才在后山中禅堂入定，猛听得佛殿内不知是何人在此游玩。我试向佛殿门前，看是甚的。呵、呵、呵，原来是个玄猿在此作戏。我且不觑破他，只在此看他怎生作戏。（正末云）我下的禅床来呵，那壁供桌上放着物件，我自看去。（禅师云）他元来在此这般作戏也，我是再看咱。（正末唱）

〔牧羊关〕　我将这经文从头念，袈裟身上穿，把幡幡伞盖拿着。饮了些胆瓶中净水馨香，嗅了些瓦鼎内沉檀缥缈。我这里上侧畔蒲团倒，近经案吹笙箫，我这里转身跳跃观觑了。

（云）此一会料想无人来至，窥如来经典，穿佛祖袈裟，非小可。故经云：着衣听法，获福无量，必生忉利天宫。（禅师云）此猿虽有善缘，未居人类，难以超升。此猿恐怕他扯碎了经文，毁伤了佛像。我着他见个景头⑧，必然大悟也。疾！山神安在？（外扮山神上，诗云）中和正直列英才，玉笋亲临圣敕差。休道空中无神道，霹雳雷声那里来。小圣本处山神是也。祖师有唤，不知有何法旨。（禅师云）山神听吾法旨，你看禅堂内玄猿窥我经典，着我袈裟，汝可惊吓他一回。此猿以后必成正果，慎勿伤害。贫僧且回山中去也。（下）（山神云）兀那业畜，休得无礼！怎敢来俺法堂作戏，佛殿嬉游也！（正末云）却怎生是了也？（唱）

〔骂玉郎〕　他将这殿门来拦住高声叫，我这里心惊颤、心惊颤腿鞋摇。（山神按剑科，云）你怎生敢擅来此处也？（正末唱）我见他龙泉剑⑨扯沙鱼鞘。（山神云）既来此处，安得逃生也？（正末唱）他可便忿怒增，杀气高，威风耀。

（山神云）这的是佛祖之处，法宝金经，你怎敢来戏弄？吾神拿住你，必无轻恕也！（正末唱）

〔感皇恩〕　呀，唬得我无处归着，难走难逃。（山神云）早出来受死也！（正末云）怎生是好也？（唱）我去那法床边遮，经厨畔躲，纸窗间瞧。（山神云）你早出来受死也！（正末唱）他却又连声叫呌，好教我意急心焦。便有那腾云的手策⑩，番身术，怎为作？

（山神云）叵耐业畜无礼！百般的不出这佛殿来，我亲自捉拿。（做捉科）（正末唱）

〔采茶歌〕 告尊神且担饶，吓得我五魂消，再不敢僧房佛殿逞逍遥。将我这性命登时间杀坏了，怎能勾瑶池献果到青霄。

（山神云）本当杀坏了你，上天尚有好生之德。且饶过你罪，再不许你在此作戏也。（正末云）感谢尊神。（唱）

〔尾声〕 再不敢身登山岭逍遥乐，来向禅堂闲戏跃。我自去洞里深藏理玄妙，把灵光⑪悟晓，将经文听了，修一个般若心便是正果⑫了。（下）

（山神云）此猕猿去了也。他虽是个猿精，却有如来觉性，久以后必然成真悟道也。吾神回禅师话，走一遭去也。俺师父广有神通，为玄猿山内纵横，差吾神亲身显化，那其间必悟玄宗。（下）

【注释】

① 般若经：佛经名，亦称"多心经"，唐高僧玄奘译。 ② 灵台：心灵。 ③ 了达：道行高深。 ④ 香积厨：寺院厨房。 ⑤ 赤力力：象声词。"赤力力"与"轻攀地府欹"连用，意为大闹阴曹地府，摆脱它对人的灵魂的控制。 ⑥ 此句意为拨开天门之锁，闯入天界。束剌剌：象声词，形容闯天庭的动静。 ⑦ 玄宗：佛教的通行名称。 ⑧ 景头：景象、情景。 ⑨ 龙泉剑：传说晋代丞相张华见牛、斗二星间有紫气，后使人于丰城狱中掘地得两口宝剑，一名龙泉，一名太阿。现浙江有龙泉市，产龙泉剑，极锋利。 ⑩ 手策：本领。 ⑪ 灵光：佛家语，指人性固有的灵性光明。 ⑫ 正果：佛教语，修炼达到很高境界的成就。

【评解】

《野猿听经》是元杂剧中写得较好的一部神仙道化戏。它通过一位自称道妙灵仙的千年猿猴在龙济山普光寺向有道行的高僧修公禅师听经悟道，最后修成正果，归于西方极乐世界的过程，从正面宣扬了佛教的因果报应轮回思想。

这部戏的思想倾向比较消极，尽管它在情节的构思方面很有特点——那只野猿一会儿化为樵夫，一会儿化作失意书生，一会儿又以本来面目搅扰寺院，写得十分生动有趣，但终究因为它刻意弘扬宿命思想，所以 1949 年以后一直未能被改编演出，人们阅读时对它更多的也是批评。

平心而论，就编剧技巧而言，《野猿听经》与其他优秀的元杂剧相比并不逊色。这部戏有丰富的艺术想象力，把那野猿的形象塑造得很成功。野猿有高超的法术，能幻化成人，还偷过蟠桃，闹过天宫。本来它可以无拘无束地生活，在龙济山当"齐天大圣"，但这位灵猴并不满足，为免轮回之苦，到达西方极乐世界的彼岸，它不断进行自我修炼，以致搅扰普光寺，千方百计要混进僧众中去听经。后来如愿以偿，得以与修公禅师讲经谈禅，终于悟得正果，坐化而去。这种不懈的追求精神是值得称赞的。同时，在这个猿猴的形象身上，我们似乎看到了后来小说《西游记》中孙悟空形象的雏形。第二折中猿猴自述的那段〔梁州第七〕："我、我、我，也曾在瑶池内偷饮了琼浆；我、我、我，也曾在蓬莱山偷摘了瑞草；我、我、我，也曾在天宫内闹了蟠桃。神通，不小。只为我肠中有不老长生药，呼风雨逞威要。"这个猿猴实在有人性的灵悟，懂得如何才能修成正果，便刻意地"将这经文从头念，袈裟身上穿"。无奈求胜心切，被山神驱逐，但它并没有灰心。最后为了灵魂成神，它不惜将身体化为灰烬，做出了巨大的牺牲。没有这种锲而不舍的献身精神，要达到无上境界是不可能的。就这点讲，《野猿听经》于我们亦不无启迪。

这部戏的另一个特点是全剧充满了一种神秘色彩，处处显出禅锋、禅机、禅语的智慧光芒，其中尤以第四折为最。那猿猴化作秀才袁逊（正末），与修公禅师谈禅——

> 正末云：如何是祖师法？禅师云：九年不语，声振五天。正末云：如何是道中人？禅师云：万缘都不染，一念自澄清。正末云：如何是正法？禅师云：万法千门总是空，莫思嘲月更吟风。这遭打出番筋斗，跳入毗卢觉海中。泉石烟霞水木中，皮毛虽异性灵同。劳师为说无生偈，悟到无生总是空。

类似的禅语谈锋在这一折中还有一些，如修公禅师与寺中僧人以春、夏、秋、冬四季为题谈禅，以佛教门宗为题谈禅，以西来意等佛学名词谈禅，等等。这些佛教中关于禅机的辩答，文辞精彩，有的具有哲理，有的表现了神秘主义。当然，也有一些属于避开正面问题的诡辩。

这部戏语言凝练，某些场景的描述堪称字字珠玑，尤其在对景物的描摹上。第一折中描述龙济山称："此座山根盘百里，作镇万方，秀丽清奇，望之如画。端的是奇山览秀，绿水托蓝。真乃洞天之处，福地之乡。"而写樵夫（猿猴）眼中的龙济山，更是好看——

> 〔村里迓鼓〕我子见碧霄、碧霄云控，绿岩、绿岩畔风动。有他那苍松古柏，见一派寒泉出迸。你看那桃花喷火，杨柳拖烟，依稀庵洞。更有那鹣鸟鸣，芝兰秀，桂柏荣。呀，妆点的清幽寺拥。
>
> 〔元和令〕大雄殿，瑞霭浓；禅堂外，晓烟重。我只见那和风丽日春正浓，花柳鲜，百样同。山茶吐锦曲阑中，散一阵暖香风。
>
> 〔上马娇〕阶边又花影重，林前又桃蕊红。山共水四围中，我只见奇峰峻岭高低耸。道苑又重丛，春色花暗融。
>
> 〔后庭花〕我只见直云霓仰大空，更和这接苍虚忉利宫。缥缈烟笼柳，飘

摇风撼着松。我只见遍西东，悠然如梦。怎如俺步青霄三岛峰，玩名山千万重。

本剧在许多地方用了大量的典故，语言清雅，知识性强，充满禅境，是真正的阳春白雪。不过这在一定程度上也妨碍了它的流传，无法为普通观众所喜欢。

《野猿听经》这部戏对后来吴承恩创作小说《西游记》起到了很关键的作用。《西游记》中孙悟空的形象，可能是受到此戏情节的启发而构思的。应该说，它对我们研究《西游记》及孙悟空形象的成形不无启发。

元杂剧作者简介

关汉卿　号己斋，又作一斋，大都（今北京）人（一说为解州人），生卒年不详，可能生于金末。一生创作了六十七种杂剧及一批散曲，目前留存下的除本书所选之剧作外，尚有《关张双赴西蜀梦》《闺怨佳人拜月亭》《诈妮子调风月》《杜蕊娘智赏金线池》《钱大尹智宠谢天香》《钱大尹智勘绯衣梦》《状元堂陈母教子》《邓夫人苦痛哭存孝》《包待制三勘蝴蝶梦》《包待制智斩鲁斋郎》《刘夫人庆赏五侯宴》《山神庙裴度还带》等，另有残缺杂剧三部。元人郏经在《青楼集序》中称："我皇元初并海宇，而金之遗民若杜散人、白兰谷、关己斋辈，皆不屑仕进，乃嘲风弄月，留连光景。"关汉卿是大都"玉京书会燕赵才人"的核心人物，他大约还到过杭州、开封、洛阳等地。

王实甫　大都人，名德信，实甫是他的字，生卒年不详。曾出仕元朝县级官员，有政声，擢拜陕西行台监察御史，后与台臣议不和，年四十余即弃官，后未再出仕。所著杂剧共十四部，今存《崔莺莺待月西厢记》《吕蒙正风雪破窑记》《四丞相高会丽春堂》三部，另有残剧《散茶船》《芙蓉亭》两部。

马致远　大都人，号东篱，生卒年不详。曾任过江浙行省务官（或提举）。所作杂剧共十五种，今存七种，尤擅长神仙道化剧，如《西华山陈抟高卧》《马丹阳三度任风子》《半夜雷轰荐福碑》《邯郸道省悟黄粱梦》等。

白　朴　原名恒，字仁甫，又字太素，号兰谷。金哀宗正大三年（1226）生于汴京，蒙古军破汴，随父北上，曾在聊城、冠县等处居住，曾寄居于文学家元好问之家，多受其影响教导。后至大都，出入青楼，流连勾栏，一意从事杂剧及散曲创作，拒出仕。后南下游历，于元世祖至元十七年（1280）定居于金陵，约于元成宗大德十年（1306）后去世。一生撰有杂剧十六种，今存《裴少俊墙头马上》《董秀英花月东墙记》《唐明皇秋夜梧桐雨》及残曲《水流红叶》《李克用箭射双雕》。

康进之　生卒年不详，棣州（今山东惠民）人。仅知其毕生所作杂剧两部，其中《黑旋风老收心》已失传。

高文秀　东平（今属山东）人，生卒年不详。锺嗣成《录鬼簿》称其"东平府学生员，早卒，都下人号称小（关）汉卿"。共作杂剧三十四种，今遗存五种，除《须贾大夫诌范叔》外，另有《黑旋风双献功》《好酒赵元遇上皇》《刘玄德独赴襄阳会》《保成公径赴渑池会》。

郑廷玉 生卒年不详，元代前期高产剧作家，名次排在关汉卿、高文秀之后，列第三。所作杂剧共二十三种（一说二十一种），流传下来的尚有六种，除本书所选之外，另有《楚昭王疏者下船》《宋上皇御断金凤钗》《包待制智勘后庭花》《崔府君断冤家债主》等。

李文蔚 真定（今河北正定）人，生卒年不详，曾任江州路瑞昌县县尹。所作杂剧共十二种，今存三种，除本书所选之外，另有《破苻坚蒋神灵应》《同乐院燕青博鱼》。

吴昌龄 西京（今山西大同）人，元代前期杂剧作家，生卒年不详。曾在今内蒙古地区从事军屯，后升任婺源知州。共作杂剧十一种，今仅存两种。

尚仲贤 真定人，生卒年不详，约在元世祖中统前后在世，曾任江浙省务提举，后弃官。作杂剧凡十一种，现存三种，即《洞庭湖柳毅传书》《汉高皇濯足气英布》《尉迟恭三夺槊》。

石君宝 平阳（今山西临汾）人，女真族，名德玉，字君宝。金贞祐初从军，官至武德将军。金亡后，从刘自然学画竹，晚岁自号共岩老人。所作杂剧共十种，现存三种，另两种为《李亚仙诗酒曲江池》《诸宫调风月紫云亭》。

费唐臣 大都人，生卒年不详，仅知其为前期元曲作家费君祥之子，费君祥与关汉卿交好。费唐臣所作杂剧今知有三种，仅《贬黄州》一种传世。

李好古 西平（今属河南）人（又说系东平人或保定人），生卒年不详，曾官居南台御史。所作杂剧三种，今仅存一种。

李行甫 名潜夫，字行道，绛州（今山西新绛）人，生平不详，约元世祖至元年间在世。所作杂剧仅存《包待制智赚灰阑记》一部。

孔文卿 平阳人，生平不详，元世祖至元前后在世，享年八十二岁。今遗杂剧《地藏王证东窗事犯》一部。

郑光祖 字德辉，平阳人，约1264年生，1324年前卒，曾长期生活在杭州，以儒者身份补杭州路吏。创作了十八部杂剧，目前尚存八部，除本书所介绍的两部外，尚有《㑇梅香骗翰林风月》《辅成王周公摄政》《虎牢关三战吕布》《锺离春智勇定齐》《立成汤伊尹耕莘》《程咬金斧劈老君堂》。

杨　梓 约生于元世祖中统时期，祖籍浦城（今属福建），后迁居浙江海盐。曾任爪哇等地安抚总使，官至杭州路总管，后致仕，卒赠两浙都转运盐使，上轻车都尉。泰定四年追封弘农郡侯，谥康惠。今存杂剧三部，其余两部为《忠义士豫让吞炭》《承明殿霍光鬼谏》。

秦简夫 大都人，生卒年不详，曾到过南方一些地方。共创作杂剧五部，今存三部，除本书所涉两部外，另有《晋陶母剪发待宾》。

王子一 生卒年、籍贯均不详，疑为女真贵族后裔，生于元末，明初洪武年间去世。所作杂剧共四种，今仅存一部。

李寿卿　太原(今属山西)人，元前期杂剧作家，曾任县丞，生平不详。现存杂剧作品两部，其《伍员吹箫》亦颇有名，余散佚。

朱　凯　字士凯，生平不详。仅存杂剧一部传世。

罗贯中　太原人，约生于1330年，约卒于1400年，元末明初文学家，生平不详。传说曾参加张士诚起义军，后转入文学创作。主要作品有《三国演义》《平妖传》《残唐五代史演义》等，今存杂剧仅一种。

孟汉卿　亳州(今属安徽)人，元代前期杂剧作家，约于元世祖至元年间在世。仅有杂剧《张孔目智勘魔合罗》一部存世。

宫天挺　字大用，大名开州(今河南濮阳)人，除钓台书院山长，卒于常州。曾写过六部杂剧，今存两部，除《死生交范张鸡黍》外，另有一部为《严子陵垂钓七里滩》。

金仁杰　字志甫，杭州(今属浙江)人，生平不详，曾任建康崇宁务官，卒于1329年。有杂剧一部《萧何月夜追韩信》存世。

乔　吉　一作乔吉甫，字梦符，号笙鹤翁，又号惺惺道人，原籍太原，长期寄寓杭州，一生无意仕途，生活清贫。共创作杂剧十一部，今存三种，即《杜牧之诗酒扬州梦》《李太白匹配金钱记》《玉箫女两世姻缘》。

李唐宾　号玉壶道人，广陵(今江苏扬州)人，生卒年不详，曾官淮南省宣使。作杂剧两部，另一部为《梨花梦》，今已不传。

戴善甫　一作戴善夫，真定人，生平不详，曾任江浙行省务官。作杂剧五种，仅《陶学士醉写风光好》传世。

刘君锡　燕山(今北京)人，生卒年不详，少时家贫，曾任省奏，约病逝于明初洪武年间。有杂剧《庞居士误放来生债》一部传世。

图书在版编目(CIP)数据

元杂剧选解/陈云发解. —2 版. —上海：复旦大学出版社，2024.1
(中华经典全解丛书)
ISBN 978-7-309-17125-9

Ⅰ.①元…　Ⅱ.①陈…　Ⅲ.①杂剧-文学欣赏-中国-元代　Ⅳ.①I207.37

中国国家版本馆 CIP 数据核字(2023)第 243365 号

元杂剧选解(第二版)
陈云发　解
责任编辑/高　原

复旦大学出版社有限公司出版发行
上海市国权路 579 号　邮编：200433
网址：fupnet@fudanpress.com　http://www.fudanpress.com
门市零售：86-21-65102580　　团体订购：86-21-65104505
出版部电话：86-21-65642845
上海四维数字图文有限公司

开本 787 毫米×1092 毫米　1/16　印张 24.25　字数 488 千字
2024 年 1 月第 2 版
2024 年 1 月第 2 版第 1 次印刷

ISBN 978-7-309-17125-9/I·1385
定价：52.00 元